译文纪实

THE METAPHYSICAL CLUB

Louis Menand

[美]路易斯·梅南 著

舍其 译

形而上学俱乐部

上海译文出版社

献给我的父母，以及吉尔达

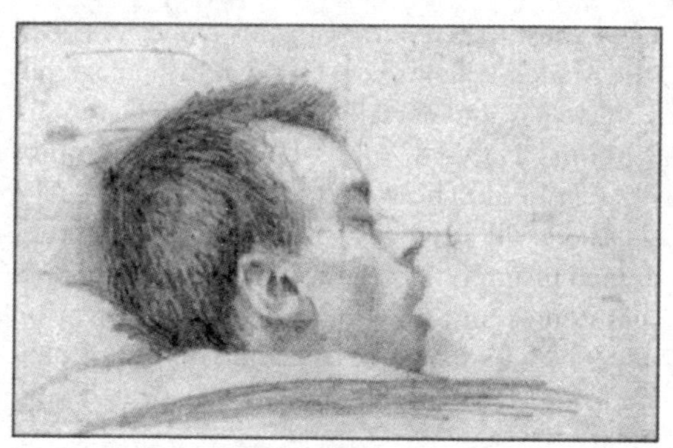

威尔金森·詹姆斯于1863年在瓦格纳堡之役中负伤，正在养伤。（威廉·詹姆斯绘，詹姆斯家庭文件，哈佛大学霍顿图书馆，经霍顿图书馆及贝·詹姆斯授权使用。）

目录

前言 …… 001

第一部

第一章　奴隶制的政治 …… 003
第二章　废奴主义者 …… 026
第三章　莽原之役及后话 …… 056

第二部

第四章　有两种思想的人 …… 083
第五章　阿加西 …… 109
第六章　巴西 …… 132

第三部

第七章　皮尔士一家 …… 169
第八章　误差法则 …… 197
第九章　形而上学俱乐部 …… 223

第四部

第十章　伯灵顿 …… 261

第十一章　巴尔的摩 …… 282
第十二章　芝加哥 …… 317

第五部

第十三章　实用主义 …… 371
第十四章　多元主义 …… 414
第十五章　自由 …… 450

后记 …… 476
致谢 …… 485
参考资料 …… 489

前言

美国经历了一场内战，其政府形态却没有遭遇变革，这一事实引人注目。内战期间，美国没有抛弃宪法，没有暂停选举，也没有发生政变。人们是为了保护在建国时就已建立起来的政府治理制度而战，实际上也是为了证明这一制度值得保护，民主的理念并没有失败。这是葛底斯堡演说的意义所在，也是北方伟大的战斗口号“联邦”的意义所在。制度被保护下来，联邦也确实得以幸存。但从其他几乎所有方面来看，美国变成了另一个国家。战争本身没有让美国变得现代，但战争标志着现代美国的诞生。

作为政治和经济事件，这一转变不难看清，也不难说明。分裂让北方在这四年里可以在没有南方介入的情况下制定国家扩张政策，战时国会也没有让这样的机会溜走。这个国会是美国历史上最活跃的国会之一，支持科学训练和研究，建立了第一个国家税务系统，发行了第一种真正全国通行的货币，使建设公立大学和完成太平洋铁路成为可能。这个国会还使联邦政府成为有立法权的社会和经济进步的引擎，并帮助赢得了战争。邦联的军事失利让共和党于 1865 年之后在国家政治上居于主导地位，同时共和党也是商业的拥护者。三十多年间，强大的中央政府保护并促进了工业资本主义的上升势头，以及与之相关的生活方式，也就是我们称之为“现代”的生活方式。

就这一点而言，内战的结果正如林肯期望的那样，是对美国试验的肯定。除了一件事，就是生活在民主社会的人不应当用相互杀伐来解决分歧。对于亲历内战的那一代人来说，战争是可怕的痛苦的经历，在他们的生命中掏了一个窟窿。对其中一些人而言，战争似乎不只是民主的失败，也是文化的失败、思想的失败。创痛巨深的内战——就像六十年后的第一次世界大战之于欧洲人，以及一百年后的越南战争之于美国人——使战前的信仰和期望轰然崩塌。这些信仰没能阻止国家走向战争，也没有让这个国家准备好面对战争释放的惊人暴力。在战后的新世界，这些信仰显得极为过时。内战扫除了南方的奴隶制文明，随之也几乎完全扫除了北方的知识分子文化。美国花了几乎半个世纪才发展出可以取而代之的文化，找到一整套理念，一种思考方式，来帮助国人应对现代生活的种种情形。这场上下求索就是本书的主题。

回顾这个故事有很多路径。这里我们要走的路，会途经四个人的生活：奥利弗·温德尔·霍姆斯（Oliver Wendell Holmes）、威廉·詹姆斯（William James）、查尔斯·桑德斯·皮尔士（Charles S. Peirce）和约翰·杜威（John Dewey）。他们个性鲜明，并不总能彼此认同，但其职业生涯在很多方面相互交织，总的来看，他们在驱动美国思想进入现代世界时，起到的作用比任何别的团体都要大。他们不仅对其他作家和思想家有无与伦比的影响，也极大影响了美国人的生活。他们的思想改变了美国人的思考方式，让他们继续思考教育、民主、自由、正义和宽容。因此，他们也改变了美国人的生活方式——他们学习、表达自己的观点、理解自身的方式，以及他们对待跟自己不同的人的方式。在很大程度上，我们仍然生活在这些思想家帮助建设起来的国家当中①。

① 在本书中只要有可能我都是用的原始材料，不过也依靠了大量其他作家的作品来获得历史和传记信息、一般性指导，以及诸多见解和参考。以下著作对全书而言必不可少：

关于霍姆斯：Mark DeWolfe Howe，*Justice Oliver Wendell Holmes: The Shaping Years, 1841－1870*（Cambridge, Mass.：Harvard University Press, 1957） （转下页）

我们说霍姆斯、詹姆斯、皮尔士和杜威以及他们的工作十分重要，也是在提出关于知识分子文化本质的一种观点，这个观点实际上正是他们遗产的一部分。思想和意识形态是有区别的。霍姆斯、詹姆斯、皮尔

（接上页） and *Justice Oliver Wendell Holmes: The Proving Years, 1870–1882*（Cambridge, Mass.: Harvard University Press, 1963）; Sheldon M. Novick, *Honorable Justice: The Life of Oliver Wendell Holmes*（Boston: Little, Brown, 1989）; Liva Baker, *The Justice from Beacon Hill: The Life and Times of Oliver Wendell Holmes*（New York: HarperCollins, 1991）; and G. Edward White, *Justice Oliver Wendell Holmes: Law and the Inner Self*（New York: Oxford University Press, 1993）。

关于詹姆斯：Ralph Barton Perry, *The Thought and Character of William James*, 2 vols.（Boston: Little, Brown, 1935）; F. O. Matthiessen, *The James Family*（New York: Knopf, 1947）; Gay Wilson Allen, *William James: A Biography*（New York: Viking, 1967）; Leon Edel, *Henry James*, 5 vols.（Philadelphia: Lippincott, 1953–72）; Jean Strouse, *Alice James: A Biography*（Boston: Houghton Mifflin, 1980）; Howard M. Feinstein, *Becoming William James*（Ithaca, N. Y.: Cornell University Press, 1984）; Gerald E. Myers, *William James: His Life and Thought*（New Haven: Yale University Press, 1986）; Jane Maher, *Biography of Broken Fortunes: Wilkie and Bob, Brothers of William, Henry, and Alice James*（Hamden, Conn.: Archon Books, 1986）; R. W. B. Lewis, *The Jameses: A Family Narrative*（New York: Farrar, Straus and Giroux, 1991）; Alfred Habegger, *The Father: A Life of Henry James Senior*（New York: Farrar, Straus and Giroux, 1994）; and Linda Simon, *Genuine Reality: A Life of William James*（New York: Harcourt Brace, 1998）。

关于皮尔士：Max H. Fisch, *Peirce, Semeiotic, and Pragmatism: Essays*, ed. Kenneth Laine Ketner and Christian J. W. Kloesel（Bloomington: Indiana University Press, 1986）; Joseph Brent, *Charles Sanders Peirce: A Life*（Bloomington: Indiana University Press, 1993）; Kenneth Laine Ketner, *His Glassy Essence: An Autobiography of Charles Sanders Peirce*（Nashville: Vanderbilt University Press, 1998）；以及由 Max H. Fisch 和 Nathan Houser 在 *Writings of Charles S. Peirce: A Chronological Edition*, Peirce Edition Project, 30 vols.（Bloomington: Indiana University Press, 1982– ）中撰写的介绍文字。

关于杜威：George Dykhuizen, *The Life and Mind of John Dewey*, ed. Jo Ann Boydston（Carbondale: Southern Illinois University Press, 1973）; Neil Coughlan, *Young John Dewey: An Essay in American Intellectual History*（Chicago: University of Chicago Press, 1975）; Steven C. Rockefeller, *John Dewey: Religious Faith and Democratic Humanism*（New York: Columbia University Press, 1991）; Robert B. Westbrook, *John Dewey and American Democracy*（Ithaca, N. Y.: Cornell University Press, 1991）; and Alan Ryan, *John Dewey and the High Tide of American Liberalism*（New York: Norton, 1995）。

还有两本著作与知识分子的历史有关，也与本书有重要关联：Philip P. Wiener, *Evolution and the Founders of Pragmatism*（Cambridge, Mass.: Harvard University Press, 1949）；以及 Bruce Kuklick, *The Rise of American Philosophy: Cambridge, Massachusetts, 1860–1930*（New Haven: Yale University Press, 1977）。

士和杜威是美国最早的现代思想家——他们帮助美国人与现代生活境况建立了更好的关系；这种提法，并不意味着他们的思想就构成了对这些境况的合理解释。并不是。但同样也不能说他们的思想与这些境况根本对立。如果想要了解内战后几十年美国生活的其他愿景，霍姆斯、詹姆斯、皮尔士和杜威就不是我们要找的人。毫无疑问，这跟他们的性格和政治见解有关，但也是他们对于思想的态度所带来的。

这是一种什么样的态度呢？如果我们去掉他们彼此在个性和哲学见解上的差异，可以说这四位思想家共有的不是一组思想，而是一种思想——关于思想的思想。他们都相信，思想并非“在外面”等着被发现，而是人们设计发明的工具——就像是刀叉、芯片——用来应对他们所处的世界。他们相信思想并非产生于个体，而是产生于由个体组成的群体——思想是社会性的。他们相信思想并非根据其内在的某种逻辑变化发展，而是像细菌一样完全依赖于宿主和环境。他们还相信，由于思想是对特定且不可复制的环境的临时反应，因此思想的存活并不取决于亘古不变，而是有赖于灵活变通。

认为思想永远不应该成为意识形态——后者要么为现状辩解，要么为否认现状而强加一些超验的律令——的信念，就是他们教导的精髓。从很多方面来看，这都是一种解放的态度，这解释了霍姆斯、詹姆斯和杜威（皮尔士是个特例）终其一生享有的盛名，也解释了他们对整整一代法官、教师、新闻记者、哲学家、心理学家、社会学家、法学教授乃至诗人的影响。他们教导的是一种怀疑态度，帮助人们应付异质的、工业化的、大众市场社会中的生活。在这个社会中，习俗和社区的老旧人际关系似乎已经式微，并被冷冰冰的义务和权威的网络所取代。但怀疑态度也是让这样的社会运转起来的一种品质。是怀疑态度让资本主义得以兴盛的持续剧变状态成为可能。霍姆斯、詹姆斯、皮尔士和杜威帮助思想摆脱束缚，以免成为教会、国家乃至学术界的官方意识形态。他们也在字里行间含蓄地承认，在提升人类幸福的努力中，思想有其局限。

本书力图将这些思想以本来的精神面貌呈现出来——即试图将思想视为通常浸润在我们发现这些思想的个人状况和社会环境中。霍姆斯、詹姆斯、皮尔士和杜威都是哲学家，他们的工作也是抽象思想历史的一部分，其哲学价值在当时就受到质疑，今天仍争讼不断。不过，本书并非是哲学论辩，而是历史阐述，是通过考察美国知识分子设想的变化来描述美国生活的变化。这些设想之所以会变化，是因为这个国家变成了另一个国家。每一次变化有得就有失，这里也一样。这个故事，如果讲好了，应该能帮助我们更好地衡量个中得失。

第一部

约翰·布朗已知最早的照片,1856年摄于堪萨斯州奥萨沃托米。这一年他和儿子在波特沃托米绑架了五名支持奴隶制的定居者,并用短刀割开了他们的头颅。(美国国会图书馆,印刷品与照片部[LC-USZ62-106337]。)

第一章　奴隶制的政治

1

小奥利弗·温德尔·霍姆斯(Oliver Wendell Holmes, Jr.)是联邦军队中的一名军官,身高一米九,很有军人风度。在之后的生活中,他很喜欢在演讲和谈话时拿军事打比方,也不介意被善意地叫成霍姆斯上尉。一直到 1935 年以九十三岁高龄与世长辞,他都留着浓密的军人髭须。战争是他一生经历的中心,关于战争的记忆也始终鲜活。每年到了安提塔姆之役的纪念日他都会喝上一杯葡萄酒以资纪念,在那场战役中他的脖子受了枪伤,被留在前线等死。

但霍姆斯痛恨战争。他第一次参战是李斯堡之役,那时他才二十岁,体重约六十二公斤,在这场战役中胸部中弹。他英勇战斗,恢复得也很快。但他原本就没有多么强壮,随着战争进行,身体的创痛越来越折磨人。他一共负过三回伤,第三次的战斗后来演变成钱斯勒斯维尔之役,这回是脚部中弹。他本想着这只脚恐怕不得不截肢,那就可以退役了;结果脚保住了,他也一直服役到期满。他的很多朋友都战死沙场,有些就死在他面前。每年喝一杯,也是慰藉伤痛。

霍姆斯身上的伤愈合了,精神上的磨难却挥之不去。他参战是出于道德信念,对此他有着超乎寻常的热忱。然而战争不只是让他失去了这些信念，还让他失去了对信念的信仰。他对思想的局限有一种特殊的看法，形象具体，印在脑海里不可磨灭。他带着严厉甚至是愤世嫉俗的态度坚守这一看法，有时会令研究他生活和思想的人望而却步。但在战争结束很久以后，他担任美国最高法院大法官时写下的很多意见都以这一看法为基础。要了解霍姆斯为了写下那些意见所走过的路，我们就得回到内战前的波士顿，看看那个因战争而满目疮痍的世界。

2

我们通常会认为，南北战争意在拯救联邦并废除奴隶制，但在战争开始之前，大多数人都认为这两个理念水火不容。那些想要保住联邦的北方人并不想看到奴隶制蔓延至准州[①]，其中有些人希望奴隶制会在现存的州内逐渐式微。但很多北方的生意人都认为，失去南方意味着经济灾难，而他们的很多雇员又相信，解放奴隶意味着工钱降低。比起奴隶制来，他们对南北分裂的恐惧要大得多；他们也绝不想冒着分裂的风险，试图强迫南方放弃奴隶制。

废奴主义者对联邦的未来并不在意。他们鼓吹："如果是你的右手冒犯了你，那就把右手砍掉。"他们看不起统一主义者，认为他们把自己的利益看得比正义还重，也认为任何缺乏废除或隔离奴隶制的举措都是与虎谋皮。他们给统一主义者安上虚伪和贪婪的罪名，被激怒的统一主义者还以颜色，指责废奴主义者正在刺激南方走向分裂，试图将废奴主义者赶出城镇，有时还想杀了他们。在跟南方的战争打响之前，北方内部就有一场战争。

---

① 准州：指美国建国之初新获得的土地，尚未正式成为新的州。在这些土地上是否允许蓄奴，是南北双方在内战之前角力的焦点之一。——译者

老奥利弗·温德尔·霍姆斯博士，诗人、小说家、哈佛医学院院长，是他将波士顿命名为“中心”（波士顿医学图书馆 Francis A. Countway 医学图书馆授权使用）。

霍姆斯的父亲老奥利弗·温德尔·霍姆斯博士就是一位统一主义者。霍姆斯家族与从清教徒时期开始就在新英格兰地区兴盛起来的那些家族息息相关——奥利弗家族、温德尔家族、昆西家族、布拉德斯特里特家族、卡伯特家族、杰克逊家族，还有李家；不过霍姆斯家族并非富甲一方。霍姆斯博士是位教授，其父埃比尔当过神父。他自视为新英格兰的“婆罗明”[①]（是他自己造的一个词）[②]，这么说的意思是不只要出身好，还得是个学者，或者叫知识分子。他的思想是开明与守旧的混合，结合了智识上的广大与文化上的狭隘。

1830年，霍姆斯博士声名鹊起。前一年他从哈佛大学毕业，这一年则写了一首大受欢迎的诗，抗议拆散宪法号护卫舰“老铁壳”[③]。读完大学他试过学法律，但很快又转向医学。他在巴黎学习，1843年也就是三十四岁的时候，他发表了一篇关于产褥热成因的论文，结果成了疾病细菌理论的里程碑。（他证明了疾病是由主治医生从一场分娩带到下一场分娩的，这篇论文在医学界权威中引发了争议。）他去哈佛医学院任职，最后成了院长。但他的名气还是来自他作为纯文学作者的活动。他是星期六俱乐部的首批会员，这个团体会举办文学宴会和座谈，来宾包括爱默生、霍桑、朗费罗、小理查德·亨利·达纳、詹姆斯·拉塞尔·洛厄尔以及查尔斯·艾略特·诺顿。他是《大西洋月刊》的创办者，是他给这本月刊起的名，还在上面发表了广受欢迎的专栏“早餐桌上的独裁者”（并继之以

① 英文中 Brahman 表示婆罗门，是印度社会中等级最高的种姓。霍姆斯博士所造 Brahmin 与此相仿，特指新英格兰的上层社会或文化人士。——译者

② Oliver Wendell Holmes, *Elsie Venner* (1861), *The Works of Oliver Wendell Holmes* (Boston: Houghton Mifflin, 1892), vol. 5, 4.

③ 宪法号护卫舰（U. S. S Constitution）是美国海军初创时的首批军舰之一，在1812年战争（第二次独立战争）中立下赫赫战功，打败了五艘英国军舰，因此赢得“老铁壳”（Old Ironsides）的称号。战争结束后因损毁严重，维修成本高昂，海军曾考虑将其作为靶舰击沉，但公众强烈反对，并筹款维修。此后宪法号于1907年改为博物馆，1934年起在波士顿对外开放。今天宪法号停靠在查尔斯顿海军造船厂，是波士顿“自由之路”（Freedom Trail）的重要地标。——译者

“早餐桌上的教授”和“早餐桌上的诗人”)。他写了几百首诗,还有三本小说。有很多人,甚至不只是波士顿人,都认为他是他们见过的最伟大的演讲人。

然而他并不掩饰自己的地域性。他最大的野心是在所有方面都成为波士顿观点的代表。(他患有哮喘,出门旅行相当不便。)另一方面,他认为波士顿观点几乎就是唯一值得代表的观点。他认为波士顿是“美洲大陆的思想中心,因而也就是地球的思想中心”①。他还说过的一句话,甚至成了这座城市的代名词:“波士顿的州议会大厦就是太阳系的中心。”②他是(他父亲所信奉的)加尔文主义的敌人,也是位理性主义者。但他对良好教养的信奉近乎原始,看不到有任何理由去挑战一种社会制度的前提条件,这种社会制度在过去的两百多年,培养了像他一样既和蔼可亲又才华横溢的人。

因此,霍姆斯博士对政治议题的看法往往是本能的:他凭借直觉和流行的趋势行事,如果两者相悖,他会随大流。例如1850年他在哈佛医学院当院长的时候,一位名叫马丁·德拉尼的黑人申请入学。德拉尼是个非凡人物,曾与弗雷德里克·道格拉斯一起协助创办了美国最重要的黑人报纸《北极星》,后来还写过一本小说回应《汤姆叔叔的小屋》,即《布莱克》,又名《美国棚屋》。再后来,他在联邦军队中担任少校,这是内战期间非裔美国人获得的最高军衔。1850年时他已三十八岁,其求学于医学院的资历也无可指摘,但在申请哈佛医学院之前,他已经被四所学校拒绝,包括宾夕法尼亚大学。

这一年恰好还有两位来自马萨诸塞州的黑人学生,小丹尼尔·莱恩和艾萨克·斯诺登,在美国殖民协会的资助下申请入学。该协会主张让

---

① Oliver Wendell Holmes, The Professor at the Breakfast-Table (1860), *The Works of Oliver Wendell Holmes*, vol. 2, 83.

② Oliver Wendell Holmes, The Autocrat of the Breakfast-Table (1858), *The Works of Oliver Wendell Holmes*, vol. 1, 125.

非裔美国人重新去利比里亚定居[1]，并以此作为奴隶制问题的解决方案。他们俩保证一拿到学位就移居国外，德拉尼则明确表示打算在美国从医。霍姆斯觉得没有理由不接受他们三人。他还安排接收了哈佛医学院第一位女学生哈丽雅特·亨特，也是波士顿人，条件是她不能参加常规的解剖课程，尽管他也认为女性接受教育绝大部分时候都是在浪费时间。（他曾不情不愿地承认，少数女性有从教育中受益的能力，比如斯塔尔夫人，但是"自然法则不会因为特例而失效"[2]。）

医学院的学生开始抗议。他们通告学校老师，反对女性出现在课堂上，德拉尼、莱恩和斯诺登也遭到排斥。12 月，大部分学生（六十人）集会请愿，宣称"我们不同意被视为黑人的同窗，我们拒绝在大街上跟他们同行，我们也无法容忍他们的兄弟社团跟我们在同一个屋檐下"。此外，"恐怕我们的愤懑不平仅仅是罪恶的开端。如果不加以控制，这种罪恶会与日俱增，而未来体面的白人学生与黑人学生的比例恐怕也会倒转"。人数稍少的一群学生（四十八人）提交了一份表示异议的请愿书，指出在如此令人不快的情形下，"就公众感受眼下这个状态，如果波士顿的医学院拒绝这个不幸的团体在教育上的任何特权（这种特权由职业特性所赋予），他们会觉得这种罪恶简直罄竹难书"。

老师们在霍姆斯家里开了两晚上的会。一开始大家很坚定，但收到一些白人学生说打算转学的通告后，学校屈服了，指示霍姆斯通知美国殖民协会："实验结果已[向医学院教员]证实，种族混合令大部分学生反感，也会损害学校利益"，未来也不再接受黑人学生的申请。不

---

① 利比里亚共和国位于西非，17 世纪起欧洲人在此殖民、贩奴时曾称之为"胡椒海岸"。1821 年，美国殖民协会在此建立黑人"移民区"，将解放后的黑奴有计划地移居此地，建设成他们的新家园。1824 年，此地改名利比里亚，国名在英文中有"自由""解放"之意。1847 年利比里亚宣告独立，是非洲最早独立的现代主权国家。——译者

② Oliver Wendell Holmes, "The Autocrat of the Breakfast Table, No. II", *New England Magazine*, 2 (1832): 137.

允许德拉尼、莱恩和斯诺登注册下学期的课程。哈丽雅特·亨特则在校方建议下撤回了申请[①]。霍姆斯觉得接受这些新学生没有任何问题，但当同事们达成的共识跟他背道而驰，他似乎对改变自己的立场也毫不介意。

莱恩最后去了达特茅斯学院，拿了个学位；斯诺登回到马萨诸塞州总医院，私下跟着一位外科医生学习。（1853 年，他又一次申请了哈佛医学院，还是被拒了[②]。）德拉尼没有放弃，指望着波士顿的废奴主义者会接受他的诉状。1850 年的《逃亡奴隶法》让很多逃跑的奴隶被穷追猛打，废奴主义者以这些奴隶的名义，卷入了一系列大张旗鼓的行动。当年 10 月，就在德拉尼抵达剑桥前的几个星期，由西奥多·帕克神父领导的波士顿治安委员会就驱逐了两名密探。有一对黑人夫妇名叫威廉和埃伦·克拉夫特，他们从佐治亚州扮成白人绅士及其男仆出逃，这两名密探正对他们穷追不舍。1851 年 2 月，一个名叫谢德拉克的黑人服务员，以前也是奴隶，在波士顿一家咖啡馆被追逃者抓获。一支反奴隶制的民防团袭击了关押他的联邦法院，击退执法官，将他安全送到通往加拿大的地下铁路（后来他自己在加拿大开了一家餐馆）。4 月，三百名士兵和武装警察在夜深人静时将佐治亚州的第三名逃亡者，十七岁的托马斯·西姆斯押送

---

① 请愿书递交于 1850 年 12 月 10 日和 11 日。Oliver Wendell Holmes, Sr., to Abraham R. Thompson, n. d., Harvard Medical School Dean's Office Files c. 1839 - 1900, box 3 [Archives AA 1. 20], Harvard Medical Library in the Francis A. Countway Library of Medicine。

② Werner Sollors, Caldwell Titcomb, and Thomas A. Underwood, eds., *Blacks at Harvard: A Documentary History of African-American Experience at Harvard and Radcliffe* (New York: New York University Press, 1993), 18 - 31; Victor Ullman, *Martin R. Delany: The Beginnings of Black Nationalism* (Boston: Beacon Press, 1971), 113 - 21; Dorothy Sterling, *The Making of an Afro-American: Martin Robison Delany 1812 - 1885* (Garden City, N. Y.: Doubleday, 1971), 122 - 35; and Edwin P. Hoyt, *Improper Bostonian: Dr. Oliver Wendell Holmes* (New York: Morrow, 1979), 146 - 51.

到波士顿港口，那里的船等着将他送回奴隶制的牢笼[①]。

但并没有废奴主义者反对哈佛医学院将莱恩、斯诺登和德拉尼除名。(好像也没有人为哈丽雅特·亨特的命运鸣不平。直到1945年哈佛医学院才开始接收女生。)部分原因在于，废奴主义者不赞同美国殖民协会那些社会向善论的政策，也无意代表他们介入纷争。但德拉尼总结道，比起针对任何身处北方的特定黑人的歧视而言，反奴隶制的运动人士更会因为南方人擅自派出密探到北方城市寻回他们"财产"的想法而恼火。他说的没错。内战爆发前的波士顿，关于奴隶制的政治情形一言难尽。

3

1820年左右，在波士顿以北的梅里马克河谷涌现的那些有很多作坊的小镇，包括哈弗希尔、劳伦斯、洛厄尔，都严重依赖南方的棉花。这些小镇将棉花加工为成品，再和鞋、机器零件、橡胶制品及其他批量产品一起卖回南方。依赖是相互的，因为南方并没有真正的工业基础：1860年，单是马萨诸塞州的洛厄尔镇拥有的纺锤，就比后来组成邦联的十一个州的加起来还要多[②]。到19世纪中叶，波士顿已成为金融服务中心，在这种特有的国内经济中占有很大份额。该州的商界领袖及大部分政治领导人都对激怒南方毫无兴趣。对反奴隶制运动人士而言，波士顿银行业的主要地址"州街"，成了"绥靖"的代名词。

---

① James M. McPherson, *Battle Cry of Freedom: The Civil War Era* (New York: Oxford University Press, 1988), 81-3; Lawrence Lader, *The Bold Brahmins: New England's War Against Slavery: 1831 - 1863* (New York: Dutton, 1961), 161; Jane H. Pease and William H. Pease, *They Who Would Be Free: Blacks' Search for Freedom, 1830 - 1861* (New York: Atheneum, 1974), 206 - 32; and Albert J. von Frank, *The Trials of Anthony Burns: Freedom and Slavery in Emerson's Boston* (Cambridge, Mass.: Harvard University Press, 1998).

② McPherson, *Battle Cry of Freedom*, 95.

“州街”的英雄人物是丹尼尔·韦伯斯特，他在美国参议院发表的《3月7日演讲》援引了统一大于分裂的原则，为《1850年妥协案》廓清了道路。这一法案（实际上是一系列法案）讨论了奴隶制在新领土和加利福尼亚州的地位问题，意在令南方满意，也回应了南方对加强《逃亡奴隶法》的要求。自1793年确认奴隶主对逃过州界的奴隶仍拥有财产权的法律就已经成文，而根据《妥协案》的条款，其执行首次成为联邦的责任，也就意味着南方奴隶主可以在联邦执法官和治安法官的帮助下，追缉并带回逃到北方的奴隶，从而碾压了地方官员的权威及州一级的“自由法”。

新的《逃亡奴隶法》在《1850年妥协案》中是争议最少的一项，但还是让北方变得更激进了。这项法律促使很多先前听之任之的统一主义者对南方产生了积极的敌对情绪——不是因为他们觉得这项法律侵犯了美国黑人的自由，而是因为他们认为这侵犯了北方白人的自由。尤利西斯·格兰特在他生命将尽时写道，这是“北方人无法允许的退步”，并认为这也是内战最重要的导火索：“绝大部分北方人对奴隶制并没有特别不满，只要不强迫他们也有奴隶制就行。但他们也无意在对这项特殊制度的保护中，为南方人充当警察的角色。”①

因此，北方人可能会憎恨、抵制《逃亡奴隶法》的强制性，但并不主张废除奴隶制。例如理查德·亨利·达纳自认为在政治上是保守派，却在波士顿的联邦法院冒着生命危险代表逃亡者以及保护他们的人而战。因为他的努力，他不只在街上遭受攻击，在社会上也遭到冷遇，就跟他的朋友查尔斯·萨姆纳一样。查尔斯曾在法尼尔厅的一次演说中谴责《妥协案》，将该法案归为可追溯到古罗马“遗臭万年的国家罪恶”②。乔治·蒂克纳是波士顿上层社会的中心人物，在达纳以辩护律师的身份出现在西

① Ulysses S. Grant, *Personal Memoirs of U. S. Grant* (*1885 - 86*), *Memoirs and Selected Letters* (New York: Library of America, 1990), 773.

② Edward L. Pierce, *Memoir and Letters of Charles Sumner* (Boston: Roberts, 1894), vol. 3, 295.

姆斯一案中后，给达纳写了张字条，告诉他从此以后再也不会见他了。而就在前一年，他还将自己的避暑住宅租给了达纳[1]。

蒂克纳是战前波士顿当权派的代表人物，波士顿的商业、法律和学界利益都跟他紧密相关。他父亲是个相当成功的商人，他的岳父塞缪尔·艾略特在商业上也极为成功。他的母亲在第一段婚姻中有个当律师的孙子名叫乔治·蒂克纳·柯蒂斯，是负责监督《逃亡奴隶法》强制执行情况的联邦政府专员，也正是他促成了托马斯·西姆斯被送回南方。乔治·柯蒂斯的哥哥本杰明，是谢德拉克一案中判处营救人员有罪的法官，此后不久在韦伯斯特的推荐下，成了美国最高法院的大法官。这三人都是丹尼尔·韦伯斯特的密友。但蒂克纳自己并不是商人，也不是律师。他以前是哈佛教授，曾先后就学于达特茅斯学院和欧洲。他是学术改革派、西班牙文学学者、慈善家，波士顿公共图书馆的创立者之一。他对奴隶制的看法部分取决于家庭关系和其所在的社交圈子，但也跟哈佛神体一位论[2]者的看法一样。

1805 年哈佛大学任命亨利·韦尔为霍利斯神学教授，此后学院实际上就转向了神体一位论。这种信仰的基础是相信人之初性本善，反对信奉人之初性本恶的加尔文教派。从很多方面看，这都是一种宗教，会引领其追随者自然而然地反对奴隶制。冲击联邦法院救出被捕逃亡者的反奴隶制民防团，其领袖（西奥多·帕克和托马斯·温特沃思·希金森）就是

① *The Journals of Richard Henry Dana*, Jr., ed. Robert F. Lucid (Cambridge, Mass.: Harvard University Press, 1968), vol. 4, xxv; and E. Digby Baltzell, *Puritan Boston and Quaker Philadelphia: Two Protestant Ethics and the Spirit of Class Authority and Leadership* (New York: Free Press, 1979), 41–3.

② 神体一位论（Unitarianism），又译一位论、唯一神论等，是否认三位一体和基督神性的基督教派别，强调上帝只有一位，而不是有圣父、圣子、圣灵三个位格。神体一位论很早就被教会视为异端，到宗教改革时期也遭到天主教会和多位新教改革家的反对。16 世纪—17 世纪，神体一位论在波兰、法国、英国等欧洲国家发展起来，18 世纪下半叶也发展到了美国。哈佛神学院在聘用亨利·韦尔之前属保守派，在此前后，波士顿还有一些教堂也转向了神体一位论。——译者

神体一位论哈佛神学院的毕业生。但很多哈佛教授都是另一种类型的神体一位论者。他们在社会问题上是保守派，相信法律和秩序，也相信财产神圣不可侵犯。

波士顿神体一位论的牧师发言人威廉·埃勒里·钱宁，出身和联姻都属于新英格兰商界精英圈。他的父母有过奴隶，岳父乔治·吉布斯（也是他的姑父）有部分财富来自经营一家将朗姆酒卖给奴隶贩子的酿酒厂[①]。1835年，也就是一群波士顿暴徒妄图用绳子拖着废奴主义者威廉·劳埃德·加里森游街的那一年，钱宁出版了一本名叫《奴隶制》的小册子，其中同时谴责了奴隶主和废奴主义者，主张以道德劝说而非政治胁迫为原则，并认为这是诱使南方放弃奴隶制的最佳方式。

多年来，开明的神体一位论者都持这样的立场，不只在哈佛，就连钱宁自己在波士顿联邦大街的教区也是如此。钱宁有位很亲近的朋友叫查尔斯·福林，是个德国学者，被哈佛从教师队伍中开除的部分原因就是他的反奴隶制活动（他在教师言论自由问题上的作为也令有关部门感到恼火）。1840年福林死于汽船火灾后，教堂的平信徒不同意钱宁在他自己的教堂为这位好友举行追思会[②]。哈佛有位希腊语教授名叫科尼利厄斯·康韦·费尔顿（也是星期六俱乐部会员），后来还当了哈佛大学校长；他支持奴隶制，反对煽动反奴隶制。萨姆纳跟他曾是密友，但因为萨姆纳对《1850年妥协案》的看法，两人决裂了[③]。南北战争中只有一名哈佛大学教员投笔从戎，还是个德国移民[④]。

---

① Daniel Walker Howe, *The Unitarian Conscience: Harvard Moral Philosophy, 1805 – 1861* (Cambridge, Mass.: Harvard University Press, 1970), 271 – 3, 287.

② Howe, *The Unitarian Conscience*, 311.

③ Edward Waldo Emerson, *The Early Years of the Saturday Club: 1855 – 1870* (Boston: Houghton Mifflin, 1918), 162; and Pierce, *Memoir and Letters of Charles Sumner*, vol. 3, 219 – 20.

④ Mark DeWolfe Howe, *Justice Oliver Wendell Holmes: The Shaping Years, 1841 – 1870* (Cambridge, Mass: Harvard University Press, 1957), 72.

尽管“州街”对他们退避三舍，达纳和萨姆纳在波士顿还是有政治盟友的，其中最著名的当属亚当斯家族。约翰·昆西·亚当斯在卸任总统后当选国会众议员，坚决反对奴隶制利益集团，常常孤军奋战。他很长时间内公开表示强烈反对所谓的请愿禁令，该禁令从 1834 年开始，未加讨论就将所有递交国会的反奴隶制请愿书束之高阁。他在白宫的同僚试图谴责他，结果失败了。他和他父亲约翰·亚当斯都在寻求连任的总统竞选中因南方人的投票而落败，而他的儿子查尔斯·弗兰西斯·亚当斯还在 1848 年由自由土地党提名参与了副总统竞选。

达纳、萨姆纳和查尔斯·弗兰西斯·亚当斯都反对奴隶制，但都不是废奴主义者。他们是“良心辉格党”①。他们相信政治制度可以用来防止奴隶制扩展到新的州和准州，也可以阻挠他们认为的南方的政治勒索。但废奴主义者不同，他们不相信能用政治制度来抵挡奴隶制，因为他们不相信制度。有时候看起来他们似乎也并不相信政治，当然不完全准确，因为废奴主义在对其纲领作出些许调整后，最终在政治上大获全胜。废奴主义者并非不关心政治，抛弃政治就是他们的政治秘诀。

废奴主义源自“第二次大觉醒”，即 1800 年至 1840 年间席卷新英格兰，随后又发展到纽约上州②的基督教福音派复兴。这次觉醒也催生了禁酒、妇女权益和其他社会改革运动，相伴生的还有大量乌托邦和宗教派别，其中最著名的就是摩门教。因此，废奴主义者的运动基础是精神的、

① 美国辉格党于 1833 年成立，其命名正是与英国反对君主专制的辉格党相呼应。他们反对总统专权，认为国会立法权高于总统内阁的执行权。在其存续的二十三年间，该党共产生了四位美国总统。1848 年，因该党提名拥有奴隶的扎卡里·泰勒竞选总统，部分辉格党人分裂出来成为“良心辉格党”(Conscience Whig)。他们反对奴隶制，反对墨西哥战争，与之相对的则是希望与南方保持棉花贸易的“棉花辉格党”(Cotton Whig)。“良心辉格党”人参与组建了自由土地党(Free Soil，主要纲领为反对在新领地上蓄奴)，并提名查尔斯·弗兰西斯·亚当斯竞选副总统，但并未成功。1850 年代中期，部分“良心辉格党”党魁在共和党的创立中也扮演了重要角色。——译者

② 美国口语中，纽约上州(Upstate New York)一般指除了纽约市和长岛地区之外的纽约州，以别于纽约市。——译者

反建制的。废奴主义是那些不相信党派的人组成的党派，是一种自相矛盾的吸引力法则。最终与这种法则完美契合的是神体一位论者和超验主义者，以及像新英格兰这样的后加尔文教派文化，这种文化越来越痴迷于个体良知的道德权威。美国反奴隶制协会是这场运动的组织部门，协会成员相对较少，成为组织中的一员往往会损害个人内在的洞察力。但协会中有很多志同道合的人。

最极端的废奴主义者坚信，任何容许奴隶制存在的制度都是邪恶的，他们拒绝帮助散发作为对请愿禁令的回应而从北方涌入国会的反奴隶制请愿书①。威廉·劳埃德·加里森是他们名义上的领袖，秉持和平主义，认为废奴主义者不应担任政治职位。他将"美国宪法是与死亡订下的契约，是与地狱达成的协议"这句格言印在自己的报纸《解放者》的头版，还公开烧毁了多本宪法。他遵从的政治信条是《独立宣言》，因为它主张人们有出于良知对抗国家的天赋权利(当然，在南方的分裂主义者眼里，《独立宣言》作为他们的政治信条也可以有不同的解读)。对自己的纲领可能引起的后果，他以超脱尘俗的姿态漠然处之。在一次题为《绝不向奴隶制妥协》的演讲中，他说："如果这个国家无法在反奴隶制的动荡中幸存，那就让它灭亡。……除非将人类自由献祭给暴政的祭坛，美利坚合众国无以为继；如果是这样，那就让美利坚合众国被雷电活活劈死，其灰烬上也不会有人洒下眼泪。"②

废奴主义者对改良不感兴趣，他们属意于改头换面。一位废奴主义者(以前也是奴隶主)大胆提出，想终结奴隶制的人有义务投票给反奴隶制的候选人。加里森对此作出严厉答复：任何"政治改良，都应当只受人

① Richard Hofstadter, *The American Political Tradition and the Men Who Made It* (New York: Knopf, 1951), 146; Stanley M. Elkins, *Slavery: A Problem in American Institutional and Intellectual History*, 2nd. ed. (Chicago: University of Chicago Press, 1968).

② William Lloyd Garrison, "No Compromise with Slavery," *Selections from the Writings and Speeches of William Lloyd Garrison* (Boston: R. F. Wallcut, 1852), 139.

们道德观念改变的影响；不应该尝试证明，每一位废奴主义者都有责任成为投票人，而应该证明每一位投票人都有责任成为废奴主义者”。[①] 此外他还说过：“真正的废奴主义……来自天堂而非人间；……它是人生目标，而非一时冲动。”[②]

这种对普通的政治不屑一顾的态度，让废奴主义者甚至与反奴隶制的盟友为敌。良心辉格党和美国殖民协会都主张战术性地或渐进地达成根除奴隶制的目标，废奴主义者对此则没有任何耐心，就像对奴隶主及其辩护人一样。加里森为此解释说：“两个世纪的经验[已经]表明，……理论上的渐进主义，在实践中就会永远无法企及。”[③]良心辉格党人在丹尼尔·韦伯斯特在世时跟他很不对付，1852 年却出现在他的葬礼上，令加里森的同伴温德尔·菲利普斯觉得恶心。没有哪个废奴主义者会做出这么不得体的事情。菲利普斯说：“我们不玩政治。”[④]

加里森原本是来自纽伯里波特的一个穷苦孩子，他的父亲抛弃了家庭。菲利普斯的父亲则是波士顿市长，也是很有钱的律师，跟商界利益集团有业务往来。菲利普斯一开始学的也是法律，但 1837 年时放弃了，当时有位名叫伊莱贾·洛夫乔伊的废奴主义出版人在伊利诺伊州被一群统一主义暴徒枪杀。谋杀案发生后，在波士顿法尼尔厅举行的一次会议上，马萨诸塞州总检察长詹姆斯·奥斯汀为杀死洛夫乔伊的人辩护，将他们与参与波士顿倾茶事件的爱国者相提并论。菲利普斯从听众席上一跃而起，即席演讲谴责奥斯汀。这次演讲可能并不像有意表现出来的那样完全没有准备，但听众的反响十分热烈，也就此开启了菲利普斯作为“废奴

---

① James G. Birney, *A Letter on the Political Obligations of Abolitionists, with a Reply by William Lloyd Garrison* (Boston: Dow and Jackson, 1839), 32.

② William Lloyd Garrison, “Address”, *Liberator*, 9 (July 19, 1839): 114.

③ William Lloyd Garrison, “Prospectus of the Liberator”, *Liberator*, 8 (December 28, 1838): 207.

④ Wendell Phillips, “Philosophy of the Abolition Movement” (1853), *Speeches, Lectures, and Letters* (Boston: Lee and Shepard, 1884), 113.

运动金号角"的职业生涯。他的家人觉得他疯了，还打算把他送进精神病院[①]。

正如马丁·德拉尼的例子所表明，有些反奴隶制运动人士（比如西奥多·帕克[②]）相信奴隶制是邪恶的，但并非也必然相信种族平等，或是相信哈佛医学院就应该接收非裔美国人入学。温德尔·菲利普斯不是这样的。他宣扬多元主义的信条，在这幅美国的图景中，"所有种族，所有习俗，所有宗教，所有语言，所有文学，乃至所有思想"都能受到"崇高、公正且平等的法律"保护[③]。他在女性的社会平等问题上和黑人的社会平等问题上同样直言不讳，当保守派报纸嘲弄够了他的种族平等主义时，会转而拿他的性别平等主义开刀。不过，尽管菲利普斯听起来就像个空想家，他却对坚决拒绝"玩政治"的政治用途了然于胸。他相信："共和国只有不断处于动荡不安中才能存续。……没有哪条走向共和的道路是安全的，只有持续不断的怀疑。"[④]他愿意在任意场合（以任意长度）说出难以启齿的话；他越能把对手弄得恼羞成怒，就越觉得自己有多成功。

温德尔·菲利普斯是霍姆斯博士的表弟。霍姆斯是统一主义者，也坚定地支持韦伯斯特。不仅如此，他（在多年后承认）还从父亲埃比尔那里继承了种族偏见。埃比尔曾在佐治亚州住过一小段时间，认识几位"开明的"奴隶主。埃比尔还有过一本用来警醒白人的小册子，写到 1741 年发生在纽约的一起黑人暴动[⑤]，给年轻时的霍姆斯留下了深刻印象。霍

---

① Hofstadter, *The American Political Tradition*, 139.

② C. Vann Woodward, *American Counterpoint: Slavery and Racism in the North-South Dialogue* (Boston: Little, Brown, 1971), 144.

③ Wendell Phillips,"Idols" (1859), *Speeches, Lectures, and Letters*, 243.

④ Wendell Phillips,"Public Opinion"(1852), *Speeches, Lectures, and Letters*, 53 - 4.

⑤ Oliver Wendell Holmes, The Poet at the Breakfast-Table (1872), *The Works of Oliver Wendell Holmes*, vol. 3, 26; 霍姆斯指的是 The New York Conspiracy, or A History of the Negro Plot, with the Journal of the Proceedings Against the Conspirators, at New York in the Year 1741 - 2 (New York: Southwick & Pelsue, 1801)。

姆斯还是一封祝贺韦伯斯特的公开信的签署人之一，这封信由本杰明·柯蒂斯于1850年的“3月7日演讲”后策划。五年后，他在纽约的一场讲座中抨击了废奴主义者——或者按他的说法管他们叫“黑人超级粉”，这是他用遣词造句的天才灵感制造的不幸成果之一——并详述了白人种族的天然优先权。他解释道：“造物主已悬挂出颜色形成这两个聚集点，因此这应该明白无误、亘古不变。白人无论在名义上是什么，都必须是实际上的主人。”[①]他的评论在媒体上得到了回应。霍勒斯·格里利的《纽约论坛报》批判了他，统一主义报纸《波士顿广告》则写道，霍姆斯曾称废奴主义者为“联邦叛徒”[②]。在文学领域与霍姆斯熟识的人有很多都因这些报道感到失望，尤其是拉尔夫·沃尔多·爱默生。

4

爱默生的名字在他死后跟霍姆斯连在了一起，一个原因是1884年霍姆斯写了一本关于爱默生的书，很受欢迎。他们本来关系也非常好，都是很热情友善的人，而且常常因为共同的兴趣走到一起。1837年，爱默生在哈佛大学优秀大学生联谊会上发表著名的题为《美国学者》的演讲时，霍姆斯就和温德尔·菲利普斯一起坐在观众席上。爱默生和霍姆斯一起创办了《大西洋月刊》，也一起组织了星期六俱乐部的活动，还定期在俱乐部共进晚餐。在爱默生受邀发表演讲的场合，霍姆斯也经常受邀朗诵其诗作，在这些场合中爱默生对霍姆斯才能的赞赏有点儿绵里藏针。他在

① Oliver Wendell Holmes, "Oration, Semi-centennial Celebration of the New England Society in the City of New York" (1855), *The Autocrat's Miscellanies*, ed. Albert Mordell (New York: Twayne, 1959), 77, 80.

② Eleanor M. Tilton, *Amiable Autocrat: A Biography of Dr. Oliver Wendell Holmes* (New York: Henry Schuman, 1947), 224; Hoyt, Improper Bostonian, 159 – 61; and Len Gougeon, *Virtue's Hero: Emerson, Anti-Slavery, and Reform* (Athens: University of Georgia Press, 1990), 219.

日记中写道:“他总是能写好或说好命题作文,部分是因为他确实文思如泉涌,能毫无差别地填满任何给定的沟渠。”①

但是,霍姆斯撰写爱默生的生平这件事,让多数认识他们的人都觉得很荒诞。霍姆斯的朋友亨利·鲍迪奇听说这件事的时候笑出了声。他说,他想不出来“还有哪两个人的天性像他们俩那样天上地下的了”②。他们的共通之处是职业,而不是个人性格。爱默生喜欢跟与自己思想相近的人打交道,但也喜欢独处,是一种没有自我的自我专注,这是他思想和个性的本质。霍姆斯博士则明显热爱交际,说话时口无遮拦,不怕一时兴起谈到禁忌话题;不过一时兴起的都是他关心的内容,而非有什么地方不得体之类的指摘。他有揭穿传统的全副武装,不过大部分时候都没有兴趣动用。

爱默生的兴趣则完全不同。爱默生在19世纪中叶的新英格兰文化中的地位,有些是因为新英格兰文化,有些则是因为爱默生本人。爱默生的思想大部分都是以公开演讲的形式体现出来的。不赞同他的听众有时会觉得这些思想不切实际、形神俱散;赞同他的人则常常会觉得振奋人心。关于爱默生的《美国学者》那场演讲,詹姆斯·拉塞尔·洛厄尔回忆道:“这样的轰动在我们的文字记载中从未有过类似的先例,这样的场面将因其生动别致、妙语连珠而时时在记忆中得到珍视。……过道里多么拥挤,又多么无声无息;窗户上簇拥着多少热切的头颅,人们的热情里包含着多少赞许。”③上了年纪的约翰·皮尔斯牧师对同一场演讲的反应则是:“明显语无伦次、不知所云。……他自称有章法,但我看不出来。”④

这是代际差别,但又不仅仅是代际差别。因为在爱默生的思想中,本

① Tilton, *Amiable Autocrat*, 320.

② Tilton, *Amiable Autocrat*, 344.

③ James Russell Lowell, “Thoreau's Letters”, *North American Review*, 101 (1865): 600.

④ Samuel Eliot Morison, *Three Centuries of Harvard*, *1636 – 1936* (Cambridge, Mass.: Harvard University Press, 1936), 248 – 9.

身就有分歧。比如说,没有什么比爱默生的关键词"自立"听起来更振奋人心的了,而很多跟他同时代的人也是这么理解的。但这个词的描述自相矛盾——一根火柴棍,就靠……自己支撑着自己。被鼓动着去依靠"自己"的这个"我"是什么?爱默生的思想总在与思想的局限相周旋,而他最伟大的文章是在尝试走上人生最终不需要有任何凭借的道路。那些文章呈现出热烈与冷漠的混合,除此之外完全感觉不到安慰之情。但他的很多读者和听众都甘之如饴。

换一种方式来表达的话,可以说爱默生是真正的道德主义者,但对道德说教并不信任,这使得他不断转变自己的构想并使之复杂化。他是会告诉你"别听从传道者"的那种传道者。他在《自立》这篇文章中写道:"我喜欢仪式开始前安静的教堂,这比任何布道都要好。"[①]换句话说,我们仍然会去教堂,但我们不再等着别人告诉我们该做什么。爱默生代表了新英格兰教士的传统,因此尽管他反对传统,还是能成为备受尊敬的人物,这是原因之一。与此同时,他也代表了最终将取代这种传统的东西。神体一位论从加尔文教派手中保全了个体的良知,爱默生则又从神体一位论手中将其保全——正因如此,1838 年他在哈佛神学院做了那场著名演讲之后,三十年间都没有再次受邀到哈佛演讲[②]。在那次演讲中他宣布放弃井井有条的基督教,转而选择个人启示,令神体一位论者大跌眼镜。到他重返哈佛时,剑桥的大部分人都已不再将宗教视为值得关注和奋战的议题了。最后一拨反对达尔文主义的人,也已日薄西山。在 1832 年的一次布道中,爱默生宣布:"让神学救赎体系变得让人完全无法相信,我认为是哥白尼天文学无法抗拒的效应。"也是在这次布道中,他宣布自己并

① Ralph Waldo Emerson,"Self-Reliance" (1841), *Essays and Lectures* (New York: Library of America, 1983), 272.

② Morison, *Three Centuries of Harvard*, 244.

不相信超自然的耶稣[1]。跟其他方面一样，他的认识超前了整整一代人。

当霍姆斯博士了解到爱默生在为他攻击废奴主义者的报道忧虑时，他写信解释说，媒体的报道歪曲了他的观点。抠字眼的话确实如此：他从来没说过废奴主义者是叛徒，但他的说法也足够接近了。爱默生回信写道："得知他们的报道失实，我很高兴。他们失实得越厉害，或是你跟他们对你的看法偏离得越远，我就越觉得欣慰。"并且，他继续写道：

> 对那些最粗鲁的学舌者[来说]，联邦的那套空话……太容易识破了，没法指望能骗到你。而对于存在奴隶制的联邦，没有哪个热血男儿能忍受不去让它名声扫地、分崩离析并最终化为齑粉，哪怕是一天。他们嘴里的"联邦"，已经死了、烂了；真正的联邦，是使联邦保全并重生的意愿，就像让生命保全并重生的意愿一样。单凭这种意愿就会让那个死掉的字眼充满焦虑；每当我们打碎几寸紧箍，这种意愿都会让我们的立场愈发坚定[2]。

这是废奴主义者的讲话。在废奴主义事业上，爱默生是慢热的。任何事情只要是如此笼统又集中于远离其经验的情形，他都不信任。在职业生涯一开始，他就特意让自己远离有关奴隶制的争端。在演讲《美国学者》中，他问道："……被包括在我们所属党派、教派的成百上千人的总数中；我们的观点按照地域被预先划分为不是北方，就是南方；……这难道不是世上的奇耻大辱吗？"[3]在奴隶制扩张的问题上争吵时，"北方"和"南

① Ralph Waldo Emerson, *Sermon CLVII*, *The Complete Sermons of Ralph Waldo Emerson*, ed. Albert J. von Frank (Columbia: University of Missouri Press, 1989 – 92), vol. 4,157.

② Ralph Waldo Emerson to Oliver Wendell Holmes, March 1856 (draft), *The Letters of Ralph Waldo Emerson*, ed. Ralph L. Rusk and Eleanor M. Tilton (New York: Columbia University Press, 1939 – 95), vol. 5, 17 – 18.

③ Ralph Waldo Emerson, "The American Scholar" (1837), *Essays and Lectures*, 71.

方"是所属立场顺理成章的代名词。在《美国学者》中，爱默生不是要降低奴隶制问题在道义上的显著性，也不是要简化这个问题。

毕竟爱默生在本质上是不再信教的神体一位论者。他敬佩钱宁，钱宁关于奴隶制的小册子给他留下了深刻印象；他也认同钱宁的大致观点："我们的危险在于，我们会用别人的良知代替我们自己的，会通过依赖外在的指导来麻痹自己的感官，会用外来的模具塑造自己而非自己决定。"[①]跟钱宁一样，他认为"修身"的工作远比改善社会的工作重要——或者用他自己的话说，后者是在"搅浑慈善的泥潭"。这句话指的是他早期罕见的一次涉足政治争议，即1838年强制切罗基族人迁居密西西比河西岸。那时候他发誓道："我会跟共和国分道扬镳，直到它跟我站在一边。"[②]

但是跟钱宁和哈佛大学的神体一位论者不同，爱默生对社会活动的疑虑跟尊重现状无关。相反，正是因为他不信任现有制度，才使得他对改良运动敬而远之，并认为这束缚和歪曲了个人的正直良善。他一开始就看到，在废奴主义和他在哈佛神学院演讲时弃绝的制度化的宗教之间，并无分别。两者都不鼓励人们为自己而思考。1842年，在解释为何超验主义者不算"党派"时，他写道："正如所谓的每一项'事业'——比方说废奴主义、禁酒、加尔文教派，又或是神体一位论，等等——都很快变成了小商铺；那些一开始从未如此微妙和优雅的文章，在这里被装扮成方便打包带走的一碟碟小菜，以小份零售来适应各位主顾。"[③]在他眼里，就连菲利普斯都不算是激进分子而更像是木偶。他在日记里写道："他只存在于讲台上，没有个性；只是党派的喉舌，去掉党派，这些喉舌就会干瘪、消失。"[④]

---

① William Ellery Channing, "Remarks on Associations" (1829), *Works of William Ellery Channing, D. D.* (Boston: J. Munroe, 1841 – 43), vol. 1, 290.

② Ralph Waldo Emerson, journal, April 26, 1838, *The Journals and Miscellaneous Notebooks of Ralph Waldo Emerson*, ed. William H. Gilman et al. (Cambridge, Mass.: Harvard University Press, 1960 – 82), vol. 5, 479.

③ Ralph Waldo Emerson, "The Transcendentalist" (1842), *Essays and Lectures*, 203.

④ Ralph Waldo Emerson, Journal HO, 1853 – 54 (?), *The Journals and Miscellaneous Notebooks*, vol. 13, 281 – 2.

当然，这样的人正好与反对政治的废奴主义惺惺相惜。跟很多新英格兰人一样，爱默生因为一连串的事件变得越来越激进。随着他对南方不仁不义的认识逐渐加深，他对废奴主义者的认同也越来越强烈。1837年洛夫乔伊的谋杀案让他焦虑不安，但在关于这一事件的一次谈话中，面对那些义愤填膺的废奴主义友人，他将此视为言论自由（洛夫乔伊是个出版人）而非奴隶制的问题。他对《1850年妥协案》的反应更加咄咄逼人。他认为，他一度十分尊敬的韦伯斯特，为了让《妥协案》通过而出卖了自己的灵魂。他写道："自由这个字眼在韦伯斯特先生嘴里，听起来就像高级妓女嘴里的爱情。"①他也宣称《逃亡奴隶法》是"恶法"②。该法律在当地引发的后果，是于1851年4月将托马斯·西姆斯送回了奴隶制的牢笼。这种结果促使一个月之后爱默生在康科德的一次演讲中宣告："去年我们不得不卷入政治，并让追寻我们以前常常回避的责任变成了首要责任。"③

他的声音与最极端的废奴主义者碰出了火花：从个人良知的角度，告诉人们社会责任迫在眉睫。多年以后，霍姆斯博士会在他关于爱默生的著作中声称，爱默生从未"与废奴主义者携手同行……他似乎自成一派"④。但明显不是那么回事，霍姆斯很可能也知道这一点⑤。无论如何，"自成一派"与加入废奴主义者阵营都完美吻合。到1855年霍姆斯在纽约发表演讲时，爱默生已经认识到废奴主义者（像他在早期著作中写的那样）不是空想家和党派人物，而是他自己的化身——他还想说，如果霍姆斯能够只是以自己的学者身份为本，那就也是霍姆斯的化身。

---

① Ralph Waldo Emerson, Journal BO, 1851, *The Journals and Miscellaneous Notebooks*, vol. 11, 346.

② Ralph Waldo Emerson, "Address to the Citizens of Concord" (1851), *Emerson's Antislavery Writings*, ed. Len Gougeon and Joel Myerson (New Haven: Yale University Press, 1995), 65.

③ Emerson, "Address to the Citizens of Concord", *Emerson's Antislavery Writings*, 53.

④ Oliver Wendell Holmes, Ralph Waldo Emerson (Boston: Houghton Mifflin, 1884), 211.

⑤ Gougeon, *Virtue's Hero*, 7 - 12.

爱默生在写给霍姆斯的信中解释道：

> 学者不需要愤世嫉俗就能感觉到，人民大众几乎匍匐在地，有钱人总是出于他们担心城市、教会、学校全都会站在那些四足动物一边而投票。那些不偏不倚的人、理性的人组成的小得可怜的少数派，支持理想的权利，支持人成为理应成为的人，支持每一个人都有像他自己那样的权利（这对明智地维护他自己的权利也是必要的）；有钱人也担心，这是与联合政府相对抗。①

在将废奴主义者描述为不合群的、不墨守成规的人时（"那些不偏不倚的人、理性的人组成的小得可怜的少数派"），爱默生也给他们在有关奴隶制的争吵中分派了一个角色，与此同时又将他们提升到争斗之外。十八年前他就在《美国学者》中说道：

> 任何时候这个世界都只是微不足道的表象。有一半人褒扬某些端庄得体，某些由政府奉若神明的东西，某些转瞬即逝的贸易、战争或人物，另一半人则对这些加以贬损，就好像一切都取决于这种特别的褒贬。奇特的是，整个问题还比不上学者在聆听反方辩论时错过的哪怕是最小的想法。让他坚持自己的信念吧：玩具枪就是玩具枪，别管那些老气横秋的长者如何坚称这是末日审判的号角。②

这不是选边站的问题，而是超脱于立场的整个观念之上的问题。

霍姆斯博士并不信服。他回信给爱默生说，废奴主义者"运用了所有

---

① Ralph Waldo Emerson to Oliver Wendell Holmes, March 1856, *The Letters of Ralph Waldo Emerson*, vol. 5, 17.

② Emerson, "The American Scholar," *Essays and Lectures*, 64.

想得到的语言来蓄意激起恶毒的怨愤，后果就是日益增长的阶层敌意，其本质就是政府停摆，而帕克先生认为政府停摆已经近在眼前”[①]。这有几分道理。尽管用爱默生更喜欢的方式来设想，废奴主义者确定无疑就站在一“边”：他们有政治议题，这项议题也会带来政治上的后果。对西奥多·帕克自己，霍姆斯写道，他支持他的声明，即有可能的话，白人必须一直占据有利地位[②]。（当然，帕克也有这个观点。）

尽管他们关于废奴主义者的意见并不一致，霍姆斯博士和爱默生的关系仍十分要好。对爱默生的著作，霍姆斯博士似乎也一直崇敬有加，因此在 1858 年，他和他妻子将爱默生的五卷著作，作为生日礼物送给了他们的儿子温德尔。

---

① Oliver Wendell Holmes to Ralph Waldo Emerson，March 26，1856，Tilton，*Amiable Autocrat*，227.

② Tilton，*Amiable Autocrat*，227.

第二章　废奴主义者

1

1858年的温德尔·霍姆斯十七岁，是哈佛大学的新生。多年后他表示，是爱默生"让我燃烧起来"[①]。在收到生日礼物九个月后的12月，他在《哈佛杂志》上发表了一篇题为《论书籍》的文章。这是他的处女作，作品中的感激之情溢于言表：这是献给爱默生的爱默生式颂词。青年霍姆斯解释说，爱默生"可能是美国在世的当中看待人和事物时思想最为恢宏"的人。霍姆斯接着写道，他也是一位模范读者。他阅读无禁区，也丝毫不考虑什么得体什么不得体的传统观念。他读书是为了自足："在所有伟大的文学作品中，那些能带来极大启发的书籍，他全都认真研读过……我们[对其中的很多]因他人的权威而嗤之以鼻，自己却从未亲身读过一句；其中一些……教给我们爱和克制的经验，但一千八百年过去了，我们仍未重视《新约》的教导。"[②]

一个月后，霍姆斯恰好在大街上走过爱默生和他女儿埃伦身边，于是转身在他们后面追赶。"温德尔·霍姆斯是霍姆斯博士的儿子，他觉得只要碰到爱默生先生就必须当面表示敬意，"埃伦告诉她妹妹伊迪思，"父亲说：'他是个很英俊很优雅的小伙子，看到他挺让人高兴的。'"[③]五十多年后霍姆斯对于这次遭遇的记忆是，他告诉爱默生："我能取得的任何成就，有一大半必须归功于您。”[4]就算他确实做过这样的评价，埃伦·爱默生也没有记下来(这种评价她一般都会记录下来)。但是很明显，霍姆斯将爱默生视为自己的特别激励。几年后，他专门为获得爱默生的赞同而写了一篇关于柏拉图的文章。(霍姆斯觉得柏拉图有那么一两处已经不合时宜。当他把这篇文章呈给爱默生过目时，爱默生的反应很尖刻："你如果要袭击一位国王，就必须一击致命。"[5])

霍姆斯在《论书籍》那篇文章中论及基督徒还需要学习"爱和克制的经验"，其实是含沙射影，说的是奴隶制。在文中另有一处他这样问道："根据上帝的律法，人能占有其他人吗？我们基本上算是第一代在调查研究的氛围中成长起来的年轻人，并不是每一个疑问都有现成写好的答案；当我们开始卷入这场斗争，我们能不认为这是一场灾难吗？我们能不呼喊'我不相信'而回到自己的房间吗？"[6]这不只是废奴主义的言辞；这是爱默生式的废奴主义言辞，因为它将对奴隶制的宽容与制度化宗教墨守成规的心态联系起来。

两年后霍姆斯在另一篇发表于《哈佛杂志》的文章中写道："就算从来没有人写下《圣经》，就算明天我们就会灰飞烟灭，责任的约束也不会减弱

---

① Oliver Wendell Holmes to Morris Cohen, February 5, 1919, "The Holmes-Cohen Correspondence," ed. Felix S. Cohen, *Journal of the History of Ideas*, 9 (1948): 15.

② Oliver Wendell Holmes, "Books" (1858), *The Collected Works of Justice Holmes: Complete Public Writings and Selected Judicial Opinions of Oliver Wendell Holmes*, ed. Sheldon M. Novick (Chicago: University of Chicago Press, 1995–), vol. 1, 141.

③ Ellen Tucker Emerson to Edith Forbes, January 29, 1859, *The Letters of Ellen Tucker Emerson*, ed. Edith E. W. Gregg (Kent, Ohio: Kent State University Press, 1982), vol. 1, 166.

④ Oliver Wendell Holmes to Patrick Augustine Sheehan, October 27, 1912, *Holmes-Sheehan Correspondence: Letters of Justice Oliver Wendell Holmes, Jr., and Canon Patrick Augustine Sheehan*, ed. David H. Burton, rev. ed. (New York: Fordham University Press, 1993), 71.

⑤ Oliver Wendell Holmes to Elizabeth Shipley Sargeant, December 7, 1926, *Oliver Wendell Holmes Papers*, Harvard Law School Library.

⑥ Holmes, "Books", *The Collected Works of Justice Holmes*, vol. 1, 140–1.

奥利弗·温德尔·霍姆斯于 1861 年 3 月。一个月后，他从哈佛大学退学，加入联邦军队（哈佛法学院图书馆艺术与视觉材料特藏部提供）。

分毫。"[①]这条评论就没那么拐弯抹角了,也激起了一位同班同学的愤怒回击,指责霍姆斯仿效爱默生对耶稣大不敬。霍姆斯当时是《哈佛杂志》的编辑,该杂志刊登的文章支持废除奴隶制,支持哈佛接收女学生,也支持课程改革。1861 年 1 月,杂志刊发了一篇社论,作者也是霍姆斯的一位同学,名叫温德尔·菲利普斯·加里森,是废奴主义者领袖的儿子。这篇社论矛头直指神学院的基督教伦理学荣休教授弗雷德里克·达恩·亨廷顿,并强烈要求"在宗教问题上要有自由意志"[②]。校长费尔顿觉得有些过分,于是写信给霍姆斯博士,反对他儿子编辑的杂志持这样大不敬的论调。1861 年 4 月,霍姆斯即将毕业,哈佛教职员建议对他和另一位同学在弗朗西斯·鲍恩的课堂上"再三且粗俗的无礼行为"提出警告,这位老师是神体一位论正统信仰的捍卫者,批评起爱默生也总是直言不讳。

离经叛道者的自制力往往比信徒的遵纪守法更严格,爱默生就是一个例子。他的学者风范中有一种禁欲主义,对此霍姆斯也欣然效仿。这是青年霍姆斯个性的一个侧面,事实证明很容易被忽略。温德尔·霍姆斯当然是锦衣玉食中长大的孩子,但他并不是个古板的人。他平易近人,交游十分广泛,还挺喜欢打趣;晚年,他的品位大都放在佳人和美酒上。但要是不相信他作为学者的性格有多严肃——就算他还是学生的时候——那就大错特错了。霍姆斯的性格划分得异常清楚。他知道什么时候工作,什么时候休息,从没有混淆过。在交游方面,他的热爱交际跟他父亲如出一辙;在思想上,他逐渐形成了他的崇拜对象的那种孤芳自赏的性格。尽管才十七岁,他已经是个年轻的书呆子,喜欢写诗、收集版画,还会边吃晚餐边跟父亲辩论哲学问题,对这些问题他都看得很严肃。他觉得自己的父亲过于先入为主,无法区分对立的观点,也无法求助于传统智

① Oliver Wendell Holmes, "Notes on Albert Dürer" (1860), *The Collected Works of Justice Holmes*, vol. 1, 154 - 5.

② Liva Baker, *The Justice from Beacon Hill: The Life and Times of Oliver Wendell Holmes* (New York: HarperCollins, 1991), 88.

慧；他认为自己的老师大都抱持传统，迂腐守旧。在他那个年代，他是学生当中的激进分子。

《论书籍》一文中关于“爱和克制”的措辞表明，霍姆斯对暴行高度敏感，在他身上也完全看不到他父亲的种族偏见。他不喜欢拿西印度群岛岛民和戒酒协会开玩笑的《匹克威克外传》，觉得这本小说在道德上粗俗不堪。街头卖艺者的表演也让他很不高兴，因为他认为他们在贬损黑人①。他加入了校园基督徒邦联，但他说只是“因为我想见识一下建立在自由原则上的宗教协会，与更‘正统’的‘基督教友’的宗教纲领区分开”②（后者是另一个学生宗教团体）。和爱默生一样，他相信对这个世界的科学见解与道德信念并非不能相容，也相信更好的道德规范可能会在有组织的宗教之外而非之内。他在哈佛最好的朋友名叫诺伍德·彭罗斯·哈洛韦尔，是个来自费城的贵格会教徒，他哥哥理查德住在波士顿附近，为废奴主义者提供保护。1861 年 1 月，理查德·哈洛韦尔招募霍姆斯给温德尔·菲利普斯当保镖。

这个职位可不只是荣誉性质的。1860 年到 1861 年的冬天，也是霍姆斯在哈佛即将毕业的学年，关于奴隶制的政治斗争到了最后关头。层出不穷的事件和南方的冥顽不灵，让整个北方所有的坚定看法都深受打击。一直以来，对大部分北方人来说这并不是奴隶制的道德问题，而是南北双方势力均衡的问题。但是，南方对北方事务干预越多，对北方的政治意愿打击越大，奴隶制传统就越显得腐坏。如果不是近在眼前，人们也会对奴隶制眼不见心不烦。南方越是咄咄逼人地将自己的事务扔到北方脸

① Oliver Wendell Holmes to Harold J. Laski, November 5, 1926, *Holmes-Laski Letters: The Correspondence of Mr. Justice Holmes and Harold J. Laski*, ed. Mark DeWolfe Howe (Cambridge, Mass.: Harvard University Press, 1953), 2: 893; Holmes to Arthur Garfield Hays, April 20, 1928, Mark DeWolfe Howe, *Justice Oliver Wendell Holmes: The Shaping Years, 1841–1870* (Cambridge, Mass.: Harvard University Press, 1957), 49.

② Oliver Wendell Holmes, “Class Book 1861 — Entry”, *The Collected Works of Justice Holmes*, vol. 1, 170.

上，就越显得令人反感。

1854 年，一位名叫安东尼·伯恩斯的逃亡者在波士顿被抓获。拜富兰克林·皮尔斯总统所赐，在他干预下这名逃犯被送回了奴隶制的牢笼。一个反奴隶制的民防团试图像营救谢德拉克一样救出伯恩斯，结果坏了事。一名副执法官被杀，希金森、帕克、菲利普斯及另外四位激进分子被起诉。国家政府在北方城市的血腥突袭中支持奴隶主的景象，让很多统一主义者都变成了反奴隶制运动人士。阿莫斯·亚当斯·劳伦斯写道："我们夜里入睡时还是老古董、保守派，是倾向妥协和统一的辉格党；一觉醒来，却成了旗帜鲜明的废奴主义者。"[①]马萨诸塞州的作坊小镇劳伦斯，就是因这位劳伦斯的父亲，一位纺织品制造商而得名，阿莫斯·劳伦斯则为自由土地党人在堪萨斯州定居提供了资金支持。

南卡罗来纳州的普雷斯顿·布鲁克斯在参议院议员席上杖击查尔斯·萨姆纳，几乎令其毙命。这样的暴行终于令支持奴隶制的统一主义者相信，南方不再值得同情。科尼利厄斯·费尔顿就是其中一位，他因此转而反对奴隶制。一年后，美国最高法院下达了关于德雷德·斯科特案[②]的意见，确认了南方的立场，即国会无权认为准州上的奴隶制非法，理由是这种行为构成违宪，剥夺了财产权。高院作出结论，即使是自由黑人也不允许上联邦法院。做出裁决的首席大法官罗杰·布鲁克·托尼评论道，他认为黑人是"人类中从属的、低人一等的阶级……除了有权有势的人和政府也许会选择授予他们的权利之外，别无其他权利或特权"[③]。

---

① Amos A. Lawrence to Giles Richards, June 1, 1854, James M. McPherson, *Battle Cry of Freedom: The Civil War Era* (New York: Oxford University Press, 1988), 120.

② 全称为斯科特诉桑福德案(Dred Scott v. Sandford)。黑人奴隶斯科特曾随主人到自由州居住两年，后回到蓄奴州。主人死后，斯科特作为财产可被主人遗孀的哥哥桑福德继承，斯科特提起诉讼要求获得自由，两次败诉后上诉至最高法院。1857 年，最高法院仍然裁决斯科特败诉。该案令最高法院名声扫地，也是南北战争的关键起因之一。——译者

③ Dred Scott v. Sandford, 60 U. S. 393 (1857), 404 - 5.

这跟1850年《逃亡奴隶法》背后的逻辑一脉相承，即将逃亡奴隶视为私人财产。但到1857年，北方的舆论已经变了。乔治·蒂克纳·柯蒂斯代表黑人德雷德·斯科特出庭，他以前是美国政府专员，负责监督《逃亡奴隶法》在波士顿的强制执行情况。乔治的哥哥本杰明曾支持丹尼尔·韦伯斯特，现在也是最高法院大法官，反对裁决的两份异议中有一份就是他提交的。没过多久，他就含愤辞职了。（好像没有人抱怨过弟弟当律师哥哥当法官的利益冲突，可能是因为兄弟俩反正都是输了。）

然而，带来转折的不是文字，而是鲜血。德雷德·斯科特和堪萨斯内战[①]将保守派变成行动派；约翰·布朗则将和平主义者变成战士。1856年，布朗在堪萨斯的波特沃托米绑架了五名支持奴隶制的定居者，并用短刀割开了他们的头颅。1859年10月，在弗吉尼亚州[②]的哈珀斯费里，他试图以一支二十一人的军队入侵南方，但对于开战后下一步该如何推进几乎毫无头绪。他的部队成功杀死的第一个人是名自由黑人，在铁路上工作。布朗的人生巅峰标志着北方舆论的激进化已经到了最后阶段。地无分南北，对很多美国人来说，他成了人类的预兆——梅尔维尔称他为"战争的流星"[③]。布朗是南方人最可怕的梦魇：一个在南方煽动黑人起义的白人，由匿名小册子《黑人密谋》充分调动起来的恐惧，这本小册子在

① 又称"流血的堪萨斯"，指1854年至1858年间在当时尚为准州的堪萨斯和邻近的密苏里州围绕奴隶制之争爆发的一系列流血冲突。美国联邦政府和国会一直试图保持自由州与蓄奴州的势力平衡。1820年《密苏里妥协案》规定除密苏里州以外凡是36.5°N以北的州一律为自由州，1854年的堪萨斯—内布拉斯加法案却规定堪萨斯和内布拉斯加两地居民可投票选择蓄奴州或自由州身份。堪萨斯州无论加入哪方，都将使南北双方在国会失衡。因此，双方均派遣大量移民前往堪萨斯定居，并为了争夺地盘发生了大量流血冲突。前文写到的阿莫斯·劳伦斯资助自由土地党人定居堪萨斯即此历史背景。1861年1月29日，堪萨斯州终于以自由州身份加入联邦，而此后不到三个月即爆发了内战。——译者

② 1861年4月，弗吉尼亚州宣布退出联邦加入邦联。但该州西北四十八县经济结构与东部不同，奴隶制并不普及，因此并不支持退出联邦，分裂出来作为西弗吉尼亚州加入联邦。此处的哈珀斯费里现即位于西弗吉尼亚州。——译者

③ Herman Melville, "The Portent" (1859), *American Poetry: The Nineteenth Century*, ed. John Hollander (New York: Library of America, 1993), vol. 2, 2.

霍姆斯博士年少时就在他心里种下了种族偏见。对很多北方人来说，其中也包括很快将自己跟布朗撇清关系的那些反奴隶制的共和党人，布朗极具煽动性，是个疯子。但他于1859年12月在弗吉尼亚州被处决后，废奴主义者眼里的他披上了神性的光辉。

"布朗的死……就像烈士就义和圣人殉道一样。"[①]西奥多·帕克如是表示。他这时正在意大利，因肺结核而不久于人世。他跟希金森、塞缪尔·格里德利·豪(其妻为茱莉娅·沃德·豪)医生都是所谓"秘密六人组"的成员，他们为布朗提供武器用于哈珀斯费里的突击行动。爱默生则评价道，布朗让"绞刑架像十字架一样光彩夺目"[②]，这个比喻很多人都挂在嘴边。阿莫斯·劳伦斯支付了为布朗辩护的费用；布朗在弗吉尼亚州被绞死后，取回尸体并护送到布朗位于纽约州北部的老家入土为安的人群中，有温德尔·菲利普斯和理查德·哈洛韦尔，菲利普斯还在墓前致了悼词。布朗让废奴主义者尝到了流血的滋味，废奴主义者们群情激愤。一个《旧约》式的人物，一次完完全全的复古，将三十年来一直是独特自由的《新约》风格的运动扔回奥利弗·克伦威尔的精神世界中。爱默生验证了他的论点：布朗真的是个超验主义者。在布朗被定罪后的一次演讲中，爱默生解释道，他"是一位理想主义者，他知道形式有多么欺骗人"。[③]但他也是一位自杀式袭击者，一名杀手。在他被处决后，起先与和平主义联系在一起的反奴隶制运动开始向暴力倾斜。[④]

---

① Theodore Parker to Francis Jackson, November 24, 1859, in John Weiss, *Life and Correspondence of Theodore Parker: Minister of the Twenty-Eighth Congregational Society* (New York: D. Appleton, 1864), vol. 2, 178.

② James Elliot Cabot, *A Memoir of Ralph Waldo Emerson* (Boston: Houghton Mifflin, 1888), vol. 2, 597.

③ Ralph Waldo Emerson, "Speech at a Meeting to Aid John Brown's Family" (1859), *Emerson's Antislavery Writings*, ed. Len Gougeon and Joel Myerson (New Haven: Yale University Press, 1995), 119.

④ C. Vann Woodward, "John Brown's Private War", *The Burden of Southern History* (Baton Rouge: Louisiana State University Press, 1960), 53 - 61; and McPherson, *Battle Cry of Freedom*, 208 - 13.

1860年林肯当选总统后，支持妥协的北方人发现自己面临早有预感的险恶境地，预期分裂的南方人则开始取消北方商品的订单。工钱缩减了，哈弗希尔、马布尔黑德、林恩的制鞋工人都起来罢工[①]。废奴主义者仍然在呼吁分治，统一主义者暴徒则群起而攻之，想要盖过他们的声音，吓退他们。菲利普斯从布朗的葬礼回来之后，统一主义者试图在史泰登岛绑架他，于是他只要离开在波士顿的家，都会随身带一把手枪。12月16日，他在波士顿音乐厅发表题为《暴民与教育》的演讲，专意嘲讽奚落，有三千多人到场。他演讲时，有二十人全副武装，自告奋勇坐在讲台上的菲利普斯身后。演讲结束时，在两百名警员的帮助下他才得以安全穿过大街上蜂拥而至的人群[②]。

四天后，南卡罗来纳州退出联邦。随后是密西西比州，1月9日；佛罗里达，1月10日；亚拉巴马，1月11日；佐治亚州，1月19日。1月20日，南方大势已去，菲利普斯在音乐厅发表了题为《解散联邦》的演讲，话题一如既往是精心设计，意在煽动。大量暴民在外面聚集起来。塞缪尔·格里德利·豪是菲利普斯的保镖之一，在写给查尔斯·萨姆纳的一封信中，他描述了随后的景象：

> 大约五十名坚决果敢的德国人义无反顾地走在前面，将暴民推向左右两边，紧随其后还有四五十名坚决反奴隶制的新英格兰人，手挽手肩并肩地紧跟在菲利普斯身后前进……走下温特街，穿过华盛顿街，一直走到贝德福德街的拐角，真是一场硬仗。那些暴民推搡着我们，嚎叫、咒骂、吵闹声不绝于耳。有几个决心很大的家伙把我们挤到墙上，指望着能让我们停下来或是有一场混战，好趁机让菲利普

① Lawrence Lader, *The Bold Brahmins: New England's War Against Slavery, 1831 – 1863* (New York: Dutton, 1961), 257.

② Irving H. Bartlett, *Wendell Phillips: Brahmin Radical* (Boston: Beacon Press, 1961), 227 – 9.

斯挨一下子；然而菲利普斯表现得十分英勇无畏……贝德福德街角有些路障，我们只好突然停下来。如果我告诉你我几乎被扔进布朗大厦的窗户，我身边的一个人被推着挤着压在巨大的平板玻璃上，结果连玻璃都硬是给压碎了，你就能判断出来这堆障碍物是干什么的了。最后我们到了菲利普斯家门前，硬开出一条路让他进了门。接着还有起哄、鸣喇叭之类的无耻行径，然后人群才慢慢散去。[①]

这些就是十九岁的温德尔·霍姆斯承诺履行的职守。1月23日，即菲利普斯音乐厅演讲三天后，霍姆斯参加了为反奴隶制协会筹款的活动，自己也捐了一小笔钱。1月24日夜间，他被安排给菲利普斯当保镖，菲利普斯当晚按照计划要在翠蒙教堂演讲。哈洛韦尔为这个活动给他发了一根警棍。哈洛韦尔对霍姆斯写道："我真诚希望你不会受伤……也相信你不到最后关头是不会动用武器的。"[②]（毕竟哈洛韦尔也是个贵格会教徒[③]。）

23日下午在教堂举行的一次集会上，菲利普斯成功地用自己的辩才让那些在大厅里起哄的统一主义者安静了三十分钟。但随后登上讲台的爱默生，只讲了几句反对合众国和宪法的话就被轰下了台。（他说："宪法创立时的巨大妥协……直到今天都还在阻碍时代的文明和人性。"[④]这些话是在附和加里森的标准台词。）集会结束后，菲利普斯去找州长，要求接受州民兵组织保护，被州长拒绝。等菲利普斯回到教堂参加晚上的聚会

① Samuel Gridley Howe to Charles Sumner, January 20, 1861, *Charles Sumner Papers*, Houghton Library, Harvard University, 074/394.

② Richard Price Hallowell to Oliver Wendell Holmes, January 23, 1861, *Oliver Wendell Holmes Papers*.

③ 贵格会又称公谊会或教友派，是新教的派别之一。该教派反对任何形式的战争和暴力，主张和平主义和宗教自由，坚决反对奴隶制。在美洲，贵格会教徒受到清教徒迫害，大量逃离马萨诸塞州。宾夕法尼亚州有大量贵格会教徒定居，费城甚至有"贵格会之城"的别名。前文提及，哈洛韦尔兄弟即来自费城。——译者

④ Ralph Waldo Emerson, "Attempted Speech" (1861), *Emerson's Antislavery Writings*, 127.

时，他发现自己被锁在外面了。市长封锁了大楼。温德尔·霍姆斯的防暴能力未能施展。不过在战前争端最高潮时，他还是跟国内最激进的废奴主义者，一个与约翰·布朗有强烈共鸣、主张绝不与南方妥协的人，结成了同盟。

菲利普斯和其他废奴主义者的观点（令统一主义者大光其火的观点）是，如果南方想退出联邦，北方的态度应当是谢天谢地。随后在4月12日，南方开火炮击查尔斯顿港内的萨姆特堡，一举实现了自1820年《密苏里妥协案》以来任何北方人都没能做到的伟业：让北方人团结一心。乔治·蒂克纳写信给一位英国友人说："星星之火已经燎原……所有的人，男人，女人，还有孩子，仿佛全都带着旗帜和对联邦的支持上街了……随便哪个地方都完全接受了内战……一切都势所难免，一切都是我们所能做出的选择中危害最小的；无法无天是最明显的选项，很可能也是唯一的选项。"①菲利普斯这样的废奴主义者，一夜间就从和平主义变成了军国主义。温德尔·霍姆斯的朋友，哈洛韦尔兄弟那样的贵格会教徒都在踊跃参军。霍姆斯博士那样的统一主义者也变成了废奴主义者，支持跟南方开战。就好像反奴隶制阵营中所有层级的知识分子都立刻捐弃前嫌，所有人都发现自己跟大家同呼吸、共命运。一夜之间，所有人都一致同意以前从没有人提倡的解决办法：北方必须参战。政治目标最终还是要靠别的手段来实现。萨姆特堡陷落后不久，之前几乎算是后基督教时代非暴力化身的爱默生，也拜访了波士顿附近的查尔斯顿海军造船厂。他说："有时候火药味也蛮好闻的。"②

4月14日，萨姆特堡陷落。15日，林肯发出了对志愿兵的第一次召唤。25日，温德尔·霍姆斯从哈佛大学退学，参军。很多别的学生也投

① George Ticknor to Edmund Head, April 21, 1861, in George S. Hillard, *Life, Letters, and Journals of George Ticknor* (Boston: Osgood, 1876), vol. 2, 433 - 4.

② Cabot, *A Memoir of Ralph Waldo Emerson*, 2: 601.

笔从戎(南方的学生在冬天就已经回家了,当时南方各州正陆续退出联邦),但霍姆斯是唯一一个懒得通知学校当局的。霍姆斯博士不得不自己跑去费尔顿校长那里解释情况。霍姆斯知道自己是在放弃得到学位的机会,但他似乎并不在意。当他得知自己参加的营不会向南方开拔时,他申请去马萨诸塞州州长正在创建的志愿兵团中担任职务。这时哈佛大学已经同意所有在萨姆特堡之后退学的人回校上课;但直到6月10日,霍姆斯仍然没有返校。和他一样仿佛忽略了学校大赦的学生只有一个,就是他的朋友彭罗斯·哈洛韦尔。费尔顿写信给霍姆斯博士,解释说学校已经决定除非他的儿子返校,否则不得授予学位。费尔顿指出:"我不知道他现在在哪里,只能靠你把这个消息传递给他了。"①

这道通牒起了作用,霍姆斯回校参加了毕业考试。6月21日是毕业班日,他是毕业班诗人,哈洛韦尔则是毕业班演讲人。7月17日,他们班一起毕业了,当天还有授予温菲尔德·斯科特将军荣誉学位的仪式。斯科特将军是墨西哥战争中的英雄,通过这场战争获得的领土开启了关于奴隶制扩张的争议,如今让国家四分五裂。7月23日,霍姆斯和哈洛韦尔被委任为马萨诸塞州志愿兵二十团军官。

哈佛校方认为,霍姆斯春季缺课应当受到处罚,于是从他的总分(哈佛大学评估学生的独特系统)中扣了些分,让他在班上的成绩居于中下等。他没觉得这是个事儿,反而是霍姆斯博士感到恼火。他向费尔顿写信抱怨道:

> 诚然,他突然离开了学校,但就算他没有停下来亲吻自己的母校,别的那么多志愿兵也没有停下来亲吻他们的母亲、妻子和爱人啊。……他的情况完全是个特例。革命不是遵循先例,也不会有先

① Cornelius Conway Felton to Oliver Wendell Holmes, Sr., June 11, 1861, Harvard University Archives, UAI. 15. 890. 3 (170 - 171).

例。在这个例子当中，强制的学术条例在我看来冷酷无情，不合时宜。如果伟大的将军能因为军功获得法学博士学位，而一个可怜的二等兵或中尉却因自己（或他的朋友通过他）回应三军总司令的召唤过于迅速就受到公开羞辱，那恐怕就有点儿太苛刻了。①

“革命不是遵循先例，也不会有先例”，霍姆斯博士开始像爱默生一样说话了。对一些留在家里没有上街的北方人来说，新的紧急状态下旧的礼节可能不再适用的迹象，带来了某种存在主义者的战栗。

2

温德尔·霍姆斯没有感受到这种战栗。他本着道德义务的精神接受了对自己的委任，就算他曾怀有将战争视为某种英雄式冒险的观念，他第一次的战斗经历（1861 年 10 月 21 日，李斯堡之役②）肯定也已令其灰飞烟灭。李斯堡之役是一场很小的战役，虽然在战略上缺乏显要地位，却因其伤亡惨重而令人心惊胆战。跟三个月前因联邦军队一败涂地而恶名远播的第一次马纳萨斯之役相比，李斯堡之役更加真切逼人，也将战争初期联邦军队面临的重重困难凸显出来。

困难之一是军队的政治领导和军事领导之间的紧张态势。乔治·麦克莱伦将军在第一次马纳萨斯之役后担任了波托马克军团的指挥官，但

---

① Oliver Wendell Holmes to Cornelius Conway Felton, July 24, 1861, Mark DeWolfe Howe, *Holmes of the Breakfast-Table* (London: Oxford University Press, 1939), 102 - 4.

② 南北战争中多场战役在南北双方的记载中有不同名称。因为北方士兵多来自城镇，往往以自然地理特点命名战役；南方士兵多来自农村，往往以人造景观或建筑命名战役。如 1861 年 7 月发生在马纳萨斯车站的冲突，南方名之为第一次马纳萨斯之役，北方则以旁边的河流名之为第一次奔牛河之役（Bull Run）；温德尔·霍姆斯参加的第一场战役，南方名为李斯堡之役，北方则名为鲍尔陡岸之役（Ball's Bluff，或译波尔灌木丛之役），等等。本书原文多采用北方名称，但中文译名习惯上多从南方名称。——译者

他并非林肯的仰慕者(他称林肯为“出于好心的狒狒”[1]),对共和党的政治见解也并不赞赏。他基本上只仰慕乔治·麦克莱伦;尽管他组织能力出色,军队动员也是一把好手,但如果对一场战役他没有十足把握其结果会为其指挥官增色,就不会心甘情愿派自己的士兵参战。因此,他有高估敌军实力的倾向,几乎相当于恐惧症了。不过他也知道,要是想保住自己的职位,就得时不时地给首都华盛顿提供一些可圈可点的战绩。

1861 年 10 月,邦联军队在弗吉尼亚州波托马克河上游距离华盛顿六十四公里的李斯堡镇集结。麦克莱伦出于林肯的压力想要做点什么,于是下令让查尔斯·斯通将军从河流的马里兰州一侧“小意思”一下,同时他会率领一支大军向邦联军队的侧翼推进。斯通将这项任务交给爱德华·贝克上校来执行。但是贝克算不上是个军人,内战爆发前,他都在俄勒冈州当参议员,也跟林肯过从甚密,林肯的次子就起名叫爱德华·贝克。贝克在弗吉尼亚州一侧的河岸选了一处陡峭、遍布岩石的断崖发起进攻,这里被叫做鲍尔陡岸,高约三十米。波托马克河涨水了,贝克只找到三条船,每条能坐三四十人,以及一艘小汽艇。不过他还是成功地将约一千七百人及三门火炮的部件从河中央一座名叫哈里森的小岛渡到陡岸下面。在选择悬崖作为进攻路线时,本杰明·巴特勒显然没有停下来想一想,如果要撤退的话这些人怎样才能安全回到悬崖下面。同样,他也完全不知道(部分是因为联邦军队的侦查太糟糕了)有一支邦联大军,就在陡岸上面的树林里等着他[2]。

霍姆斯的马萨诸塞州二十团就在联邦军队中。战斗在当天下午 2 点过后打响,到 4 点钟时,贝克头部中弹身亡,不过到这时候战斗的结果已

---

① George McClellan to Ellen Marcy McClellan, November 2(?), 1861, McPherson, *Battle Cry of Freedom*, 364.

② Allan Nevins, *The War for the Union*, *Volume One: The Improvised War*, *1861 - 1862* (New York: Scribner, 1959), 298 - 9; and McPherson, *Battle Cry of Freedom*, 362.

经一目了然。联邦军队没有地方排兵布阵，好对邦联军队的阵地发起有组织的进攻；当进攻被击退时，他们也没有地方可供后撤。随着太阳落山，他们被赶到悬崖边，赶进河里。在关于这场战争最早的历史记载中，对这次战役的场景有如下描述：

> 现在所有的退路都被切断了。还在陡坡顶端抵抗的人屈指可数，他们的同袍正急急忙忙地滚下陡坡。弗吉尼亚第八兵团[在马纳萨斯之役邦联军英雄纳坦·埃文斯上校指挥下]发起了最后一次猛攻，将他们一个个逼进深渊。在那里，再进行任何挣扎都是徒劳的。有一门大炮从悬崖顶上扔下来，滚到水边，摔成了碎片。战斗已经结束了，邦联军除了向毫无还手之力的对手开火来落井下石，再没有别的事情好做。逃难人群紧紧抓着盖满了鲍尔陡坡的灌木，找不到地方避难，只能在仍然停泊在岸边的唯一一条船上寻找最后的求生机会。另外两条船挤满了伤员，早已远离岸边，也都超载了。毫无意外，那两条船很快就沉了，那些刚刚还在庆幸自己能挤上船的人也都随之落水。大量军官和士兵跳下河想游过去，他们大部分都受伤了，也有一些被仍在无情追杀他们的敌人的子弹打死……最后，黑夜降临，为这恐怖的一幕划上了句号。[①]

渡河参加李斯堡之役的一千七百名联邦士兵，只有八百人生还。

当然，其中一人就是温德尔·霍姆斯，他也几乎命悬一线。马萨诸塞州二十团驻扎在靠近联邦军阵地中心的一小块地方，就在陡坡的顶部。霍姆斯领着他的连队，被一颗来复枪子弹击中了心脏上方。有人把他从战场上拖下来，带到陡坡底下。他没有上那条用来摆渡后来沉了的大船，

① Louis-Philippe-Albert d'Orléans, Comte de Paris, *History of the Civil War in America*, trans. Louis F. Tasistro (Philadelphia: Coates, 1875–88), vol. 1, 413.

而是上了汽艇。这艘汽艇成功穿过河流到了哈里森岛上，霍姆斯被带到一栋用作医院的房子里，并被告知可能会伤重不治。

彭罗斯·哈洛韦尔带了一队散兵，在陡坡的半山腰阻击邦联军队，掩护联邦军队撤退。随后他脖子上挂着剑游过波托马克河，组织大家临时造了个筏子，往返好几趟营救困在弗吉尼亚一侧河岸上的联邦士兵，直到筏子在河当中散了架。有两个人淹死了，但哈洛韦尔安全上了岸[①]。他前往医院那栋建筑探望他的朋友，霍姆斯记得自己重伤躺在那里，哈洛韦尔亲吻了他。因为害怕邦联军会开始炮击哈里森岛，夜里晚些时候，霍姆斯被一辆破破烂烂的两轮急救车转送到团部医院，车上躺在他旁边的伤员头部中弹，昏迷不醒。到了团部医院，他才终于得知自己能活下来[②]。

李斯堡之役对联邦一方的所有参战人员来说都是一场噩梦。当得知自己的好友贝克阵亡的消息时，林肯湿了眼眶。国会召集了一个委员会来调查战争的指挥情况，斯通将军被逮捕，未经指控就被关押在纽约港的拉法耶特堡。一百八十九天后他被释放了，仍然没有指控。最后他还是回了部队，但职业生涯已经毁了[③]。霍姆斯所在的马萨诸塞州二十团有三十八人捐躯[④]。霍姆斯后来回忆起，当从战场上被拖下来时他还在往地上看，看到一位中士躺在地上，头部中弹，满身是血。他被送到哈里森岛上的临时医院时，第一眼看到的景象就有一只截下来的手臂搁在毯子上的血泊中，这只手原本属于他的朋友约翰·帕特南。帕特南的弟弟威

---

① George A. Bruce, *The Twentieth Regiment of Massachusetts Volunteer Infantry, 1861 - 1865* (Boston: Houghton Mifflin, 1906), 52 - 5.

② Oliver Wendell Holmes, *Touched with Fire: Civil War Letters and Diary of Oliver Wendell Holmes, Jr., 1861 - 1864*, ed. Mark DeWolfe Howe (Cambridge, Mass.: Harvard University Press, 1946), 23 - 33.

③ Richard B. Irwin, "Ball's Bluff and the Arrest of General Stone", in Robert Underwood Johnson and Clarence Clough Buel, eds., *Battles and Leaders of the Civil War* (Rpt. New York: Thomas Yoseloff, 1956), vol. 2, 123 - 34.

④ William F. Fox, *Regimental Losses in the American Civil War, 1861 - 1865* (Albany: Albany Publishing, 1889), 164.

廉也受了伤，躺在旁边，当天晚上就去世了。霍姆斯抵达团部医院的时候，太阳出来了，他这才第一次看清和他一起躺在急救车上的人，头部受伤的费迪南德·德雷埃尔上尉。后来他描述道："真是好可怕的景象——本来应该是眼睛的地方看起来就像两个黑洞；他的连鬓胡子上血都结成块了，不断有黑色的血从他嘴里涌出，臭不可闻……"①

在身受重伤的混乱期间，霍姆斯做了一件异乎寻常的事情：实地检验自己的信念。他躺在哈里森岛上的医院里，看着战友们在身边死去，听着这栋建筑将被炮击的传言，审视着自己的哲学信念，意在发现其中是否有他现在也许想改变的地方。他正在经历一种恐惧，生命中从来没有任何东西让他准备好面对这种恐惧，而现在他决定依靠自己的反应能力来应对。他觉得结果很有意思，于是后来在笔记中记了下来。他命笔如下："我一直希望能有一份关于这种经验的备忘录——那段时间对每一个人来说都是那么新颖，尤其对我而言，来自服役和青春的新鲜感让我觉得更是如此。"②

他写道：

> 当我想着我就要死了，文明世界的多数人都宣布，我和我的思想一道走在去鬼门关的路上；这种映像痛苦而清晰地浮现出来——或许最早的念头里还有几分胆怯——但随后我说——管他娘的，反正是战死沙场——我是在尽我职责的时候胸口中弹，就在心脏上方——怕吗？不，我很自豪——然后我觉得我不必因为在临终时公开放弃信仰而心怀愧疚——父亲和我曾讨论过这个问题，我们一致认为，一般来讲这并不代表什么，只不过是因怯懦而向恐惧投降——

① Holmes, Touched with Fire, 30; Irwin, "Ball's Bluff and the Arrest of General Stone", in *Battles and Leaders of the Civil War*, vol. 2, 123 - 34.

② Holmes, *Touched with Fire*, 32.

另外我还想到，如果向死而生极大地改变了我的信念，如果我想公开放弃信仰，我可以这么做吗？对这个问题我的回答是——不——然后是我的哲学开始起作用了——我是要在黑暗中跨一大步——但现在我一如既往地相信，随便发生什么都是极好的——因为这是按照一般规律——而好和普遍（或一般规律）在这个宇宙中都是同义词。……那错综复杂的力量形成了更错综复杂的我，当永恒已成过往，那些力量会自我分解变回更简单的形式吗？或者，我的天使还会继续前进吗？我说不上来——但无疑一切都很好——于是怀着"上帝原谅我，我错了"的心情，我睡着了……①

他发现自己并不需要宗教信仰。不确定性——"我是要在黑暗中跨一大步"——其实就是他需要的全部确定性。确保他已恪尽职守就完全足够令人慰藉了。

在这些往事的结尾，他加了一条笔记。"真是好稀奇啊：在某些情况下，心灵很快就能自我调整以适应全新的关系——有一会儿我想着我就要死了，这个念头看起来也是世界上最自然的事情——但生的希望回到我心里的那一刻，我应该死去的念头却又似乎一直自然而然地面目可憎。"②"心灵很快就能自我调整"：对信念的考验不会亘古不变，而是随时变通。我们需要理由的理由总是在变化。

霍姆斯第一次负伤的记录可能是在战役发生两年后写下的③，写在他战争期间的日记当中。在某个时候，霍姆斯毁掉了日记的其余部分，只保留了这些关于李斯堡之役的记忆，团里的伤亡名录，以及 1864 年 5 月到 7 月，即他服役最后三个月中的一段。他也销毁了自己从前线写回家

① Holmes, *Touched with Fire*, 27 – 8.
② Holmes, *Touched with Fire*, 32.
③ Saul Touster, "In Search of Holmes from Within", *Vanderbilt Law Review*, 18 (1965): 439 n. 3.

的大部分信件，以及所有家人寄给他的信件。留下来的一个信封上有一则霍姆斯写下的笔记，暗示了他选择隐瞒的是什么："那些被销毁的信件——太华丽了。"①他留存下来的家书从未明确提到一开始让霍姆斯参战的那些信念；虽然霍姆斯为自己的责任感和表明勇气的行为感到自豪，但他为之奋战的原因实际上却并未提及。霍姆斯小心翼翼地抹去了他从军的经历和作为废奴主义者的看法之间的所有关联。这不是因为他改变了那些看法，而是因为他关于看法本质的看法改变了。他觉得这是战争带给他的巨大教训，在后来的生活中，他煞费苦心，确保记录中反映了这一点。

3

对于联邦军队中并非所有军官都认同林肯政府的政治目标的疑虑，在战争早期一直困扰着北方。这也是李斯堡之役凸显的另一个困难。在大败而归后逮捕斯通将军，并不代表首都华盛顿对他才干的评估，而是反映了对他忠诚度的评价。怀疑总爱找上那些职业的军事家，还一直向上延伸到最顶层的麦克莱伦。（可能也正是这样，麦克莱伦才乐得将斯通扔给共和党的群狼。）这种怀疑并非完全捕风捉影：毕竟麦克莱伦最后在1864年参与了总统竞选，跟林肯对阵。对政治同情心的关注也一直向下延伸到指挥系统。尽管有霍姆斯和哈洛韦尔这样的军官，马萨诸塞州二十团的主要态度却绝对不能说是废奴主义的，更不是共和党的。

李斯堡之役结束后，斯通将军曾下令让他的部队拘捕在联邦战线后方避难的所有奴隶，并送还给他们的主人。这道命令激怒了彭罗斯·哈洛韦尔，他写信给哥哥理查德说，二十团的人"不只是抓了那些被认为是

① Holmes, *Touched with Fire*, 57 n. 1.

逃亡者的人,实际上还要搜寻他们的主人,并将那些奴隶押送给他们——是的,老天爷啊!新英格兰士兵做了这么龌龊的事情,当然是在斯通的命令下,但他们不只是没有异议,反而带着谄媚、逢迎的热望。”[①]理查德将这封信转给温德尔·菲利普斯,但彭罗斯也已经给菲利普斯写了一封信,说到二十团的很多伤亡人员,包括约翰和威廉·帕特南,以及两名在试图游过波托马克河时阵亡的军官,都是废奴主义者。他提醒道:“有些职位空缺有待填充,如果您能对州议会施加任何影响,请留意让优秀的反奴隶制的人得到任命。否则二十团,您的二十团就不会是原来的样子了——不再是战场上最激进的麻省兵团。”[②]一个月后,哈洛韦尔兄弟开始认为二十团是政治上的败笔。理查德向菲利普斯抱怨道:“我弟弟现在的职位让他必须为支持奴隶制的贵族做出牺牲,我希望他可以不在这样的职位上。”[③]他说的贵族是指铜头蛇——那些反对战争、同情南方的北方人。

霍姆斯自己对林肯并不怎么敬重,不过在战争早期这种态度在北方非常普遍。有些北方人觉得林肯爱走极端,但更多人认为他不够强硬。霍姆斯曾忆起跟他一些哈佛同学在战壕中的一次对话,谈到内战是否造就了一位伟人。有人小心翼翼地提到林肯,但被其他人笑着打断了(后来霍姆斯大幅提高了他对林肯的评价)[④]。但正如哈洛韦尔兄弟发现的,霍姆斯在二十团的很多同伴都看不起废奴主义者,也认为战争大错特错。这些人的领袖人物中有一个叫亨利·阿博特,在团里大家都叫他“小”阿

---

① Norwood Penrose Hallowell to Richard Price Hallowell, November 24, 1861 (copy by R. P. Hallowell), *Wendell Phillips Papers*, Houghton Library, Harvard University, bMS Am 1953 (650).

② Norwood Penrose Hallowell to Wendell Phillips, October 31, 1861, *Wendell Phillips Papers* (649).

③ Richard Price Hallowell to Wendell Phillips, December 6, 1861, *Wendell Phillips Papers* (650).

④ Lewis Einstein, *Introduction to The Holmes-Einstein Letters: The Correspondence of Mr. Justice Holmes and Lewis Einstein, 1903 - 1935*, ed. James Bishop Peabody (New York: St. Martin's, 1964), xvii.

博特。

阿博特在霍姆斯的个人神话中是个重要人物,很容易因此对他的性格产生错误看法。他来自一个还算富裕的家庭,十四岁就进了哈佛,在哈佛的求学生涯主要因为小小的不守纪律而与众不同。他比霍姆斯早一年毕业,战争爆发时,他不太愿意参军入伍,因为他并不确定自己陷阵杀敌的勇力究竟如何。但在他哥哥和一个弟弟都参军后,他也加入马萨诸塞州二十团成了一名少尉。在李斯堡之役中,他的连队打得很激烈,在热火朝天的战斗中他却可以做到冷静无比,连他自己都感到吃惊。他并不知道自己还有这种天赋,后来的每一场战斗中,他似乎都竭尽全力让自己处于可能最危险的境地。

但他很鄙视自己为之奋战的事业。他很钦佩麦克莱伦作为职业军事家和民主党人的角色,在军中他也不断抱怨他们的政治将领。1863 年 1 月 1 日,《解放黑人奴隶宣言》生效时,阿博特从前线给自己的姨妈写信解释说:"总统的宣言理所当然得到了普遍的反感,尤其是命令军官监督执行这一部分。您也许能确信,我们对宪法明显怀有太多敬意,不想监督任何这一类的事情。"①

这也是这个家庭的政治见解。亨利的父亲乔赛亚是波士顿的法官,1862 年 10 月 7 日在法尼尔厅召开的所谓人民大会中他的角色十分突出。这场大会意在抗议《解放黑人奴隶宣言》,并提名一位民主党人与共和党人约翰·安德鲁竞选马萨诸塞州州长。阿博特父子很讨厌霍姆斯博士,他在波士顿为共和党摇旗呐喊的人当中极为突出。亨利向父亲写道:"至于老霍姆斯,我完全同意你的意见,他是个糟糕的跳梁小丑,道义上和身体上早就干巴巴了。我敢肯定,没有什么比让这么个小丑上台演讲更让

---

① Henry Livermore Abbott to Elizabeth Livermore, January 10, 1863, *Fallen Leaves*; *The Civil War Letters of Major Henry Livermore Abbott*, ed. Robert Garth Scott (Kent, Ohio: Kent State University Press, 1991), 161.

人恼火的事情了，讲的还是叛徒啊，'在船很危险的时候还要跟领航员吵架的人'啊，等等。"①

但是亨利·阿博特跟温德尔·霍姆斯却成了好朋友。阿博特的父亲终于表示对此心有疑虑，阿博特解释道：

> 他父亲确实让人不得不鄙视，但小奥利弗，尽管您对他的投机本性有本能的厌恶，他却比那个自高自大的小医生有男子气概得多……我很有信心，他配得上您的友谊。因为在这么艰辛、危险的战场上，很容易看出什么是基于个人的品行。对霍姆斯来说境况尤为艰难，他只是个书生，而不是行动派。②

1862年9月17日，霍姆斯在安提塔姆之役中颈部中弹，这场战役中联邦军队伤亡达一万三千人。也是在这场战役中，彭罗斯·哈洛韦尔的手臂被一颗子弹打穿。他和霍姆斯在一座名叫尼科迪默斯之家的农舍避难，这里也曾短暂落入敌手。霍姆斯担心自己会失去知觉并成为俘虏，于是在一张纸条上写下："我是麻州二十团奥·温·霍姆斯上尉，波士顿医学博士奥利弗·温德尔·霍姆斯之子。"③联邦军队最终收复了农舍周围的土地，霍姆斯和哈洛韦尔得以安全撤离。霍姆斯向自己的双亲写道，他应该不会瘫痪，并且打算回家休养。他叫他们不要来接他，但霍姆斯博士已经上路了，后来还在《大西洋月刊》发表了一篇关于此次旅程的记录（很可能让他儿子大为窝火）④。温德尔·霍姆斯带着那张潦草写下自己名字的纸条回了家，终其一生都保留着。

---

① Henry Livermore Abbott to Josiah Abbott, August 17, 1863, *Fallen Leaves*, 201.

② Henry Livermore Abbott to Josiah Abbott, September 18, 1863, *Fallen Leaves*, 215.

③ Oliver Wendell Holmes, Civil War scrapbook, Oliver Wendell Holmes Papers.

④ Oliver Wendell Holmes, "My Hunt after 'The Captain'," *Atlantic Monthly*, 10 (1862): 738 - 64.

11月7日，林肯终于解除了麦克莱伦的指挥权，这时霍姆斯仍在波士顿养伤。他在马萨诸塞州大选中投了约翰·安德鲁和联邦共和党一票——竞选对手是乔赛亚·阿博特的人民大会选票（最后共和党赢了）[①]，随后出发去跟他的兵团重聚。亨利·阿博特跟他同路，两人一起走了一个星期，也都十分享受这段旅程。"当然，我们本来多多少少有些忧郁，但阿博特让这段旅程变得更轻松惬意，"霍姆斯路过华盛顿时向自己的父母写道，"'我还是同样爱你'的阿博特和我今晚会睡在床铺外面，因为害怕有虫子，不过你们不用担心——……华府满是恶意的臭味——极为令人讨厌——阿博特和我心情都很好——"[②]

在几天后写给妹妹的一封信中，他在结尾解释道：

> 我已经相当坚定地拿定了主意，相信南方已经达成了独立，而且我差不多希望春天就能看到结果——我更喜欢通过干预来挽救我们的声誉，但是，相信我，我们绝不可能轻易战胜他们——军队在艰难、可怖的经历中已经疲惫不堪，而且还会因处置不当而雪上加霜。我相信要不了多久大多数人都会说，我们在徒劳无功地想要实现永远不会发生的事情——（就这样）征服一个伟大的文明国家。我们恐怕做不到——至少军队做不到——[③]

这封信的论调很专断，显然是为了打击一下大后方的虔诚。但关于徒劳无功的那些句子足够严肃，也是霍姆斯对战争产生幻灭的第一丝迹象。这些语句肯定也反映了与亨利·阿博特共度一个星期的影响。不过，将这种心

---

① Howe, *Justice Oliver Wendell Holmes: The Shaping Years*, 135.

② Oliver Wendell Holmes to his parents, November 16(?), 1862, *Touched with Fire*, 69–70.

③ Oliver Wendell Holmes to Amelia Holmes, November 16(?)–19, 1862, *Touched with Fire*, 73.

情跟霍姆斯出于对南方的同情而发出的抱怨区分开来还是很有必要。

1862年的夏末到秋天对联邦来说是战争中最令人气馁的一段时间。安提塔姆之役一天当中死亡的美国人，比美国19世纪其他所有战争——1812年战争、墨西哥战争、美国-西班牙战争的死亡人数加起来的两倍还要多[①]。很多北方人开始觉得，这场战争是自杀式任务。跟这种沮丧混在一起的还有怀疑，怀疑北方人的生命正在因为军事上的处置不当和政治上的好管闲事而白白浪费。这种怀疑随着林肯解雇麦克莱伦死灰复燃。尽管麦克莱伦在战场上表现不佳，还是有很多人认为他在军事上很专业。这些看法在霍姆斯的信中有所反映。这也是铜头蛇的看法，但在1862年秋天并不是只有民主党人才会有这种看法。

在向好之前，情况变得更糟了。12月13日在弗雷德里克斯堡，将近一万三千名联邦士兵非死即伤，而这次邦联军队的伤亡只有不到五千人，也没能夺取任何阵地。林肯后来说道："如果有比地狱还糟糕的地方，那我已经身在其中了。"[②]霍姆斯没有参加弗雷德里克斯堡的战斗，因为他正害着痢疾，这种战地疾病往往是致命的：战争期间，死于痢疾的士兵超过四万四千人[③]。霍姆斯被带进医院时，那里刚有一个人死于痢疾正准备抬出去，他住院期间又死了一个。邦联军占领了弗雷德里克斯堡，联邦军队则造了一座浮桥跨过拉帕汉诺克河。霍姆斯的连队接到命令要穿过浮桥，在没有火力掩护的情况下进入城市。霍姆斯的缺席意味着他的士兵要归亨利·阿博特指挥。阿博特服从命令，只带着一把剑就冲在一排人的最前面，冲进几栋房子排成的半圆。他的部队立即被敌人的火力扫得一干二净。他退了回去，毫不犹豫下令第二排前进——"确定无疑、毫

① McPherson, *Battle Cry of Freedom*, 544.

② McPherson, *Battle Cry of Freedom*, 572, 574.

③ Paul E. Steiner, *Disease in the Civil War: Natural Biological Warfare in 1861 - 1865* (Springfield, Ill.: Charles C. Thomas, 1968), 10.

无用处地赴死"[1]，霍姆斯后来写道——这时候进军的命令撤销了。阿博特在弗雷德里克斯堡之役中活了下来，但他的少尉阵亡了。马萨诸塞州二十团减员四十八人，是内战中死亡人数最多的一次[2]。

这场灾难给霍姆斯留下了深刻印象。他告诉父母，他因为没能跟自己的战友在一起而饮恨吞声[3]。阿博特的举动在他看来是英雄主义的极致。向弗雷德里克斯堡进军的故事后来成了他一次演讲的中心内容，这是霍姆斯最著名的演讲之一，即 1884 年在哈佛的阵亡将士纪念日演讲。霍姆斯并没有出于对这种场合的尊重就在这场演讲中为这次进军找寻意义；反而说打动他的不是阿博特如此漫不经心地将自己暴露在危险之中，而是尽管知道进军的命令极其愚蠢，尽管对就他所知他只能在其名义下慷慨赴死的事业深恶痛绝，他还是这样做了。这样的场面并没有令霍姆斯相信阿博特的政治见解是正确的，倒是让他相信，战争中最勇敢的人也最容易死，这是人类的极大浪费。在弗雷德里克斯堡之后，他开始认为士兵的专业水准和纪律比任何特定事业的价值都要高——成功比信仰的纯粹更值得赞赏。

人们对阿博特超乎寻常的勇气没有什么疑问，很多故事都能证明这一点。而阿博特在发现自己的勇气之后，就让勇气成为自我意识的组织原则，这一点也毫无疑问。他对此很谦逊，也很重视用勇气而非政治见解来评价其他士兵，就像他对彭罗斯·哈洛韦尔在李斯堡之役中的努力表示赞赏[4]，以及在写给父母的信中回护温德尔·霍姆斯一样。

但阿博特也被晋升问题弄得心神不宁。他的家信充斥着对那些出于专业才干之外的原因获得晋升者的抨击，以及对他自己和他钦佩的那些

---

① Oliver Wendell Holmes, "Memorial Day" (1884), *The Collected Works of Justice Holmes*, vol. 3, 465.

② Fox, *Regimental Losses in the American Civil War*, 164.

③ Oliver Wendell Holmes to his parents, December 12, 1862, *Touched with Fire*, 74.

④ Henry Livermore Abbott to Josiah Abbott, November 7, 1861, *Fallen Leaves*, 74.

同侪在未来会被如何认可的臆想。他很快想到自己团里的其他人恐怕会怨声载道，尤其是那些遭截肢的人，比如废奴主义者约翰·帕特南，他把这些人叫做“瘸子”①。他不时痛斥上级是刽子手、糊涂虫，尽管他以堪称模范的方式执行了他们的命令。弗雷德里克斯堡之后，他在给姐姐的信中写道：“我绝对相信……下令我们过河的人在上帝面前犯有谋杀罪。”②他迷恋自我牺牲，对自己冒着生命危险为之奋战的事业越是没有敬意，就越是表现得英勇。

回到波士顿，霍姆斯博士仍然是共和党信念能说会道的支持者。弗雷德里克斯堡之役结束一个星期后，他收到儿子寄来的一封怒气冲冲的信；在写给前线的回信中，他似乎沉迷于某种纸上谈兵。温德尔告诉父亲，弗雷德里克斯堡相当于“一次荒谬尝试中的惨无人道的大屠杀”。明显是为了回应父亲写到的什么内容，他接着写道：

> 我相信，我从未（像你似乎在暗示的那样）对我关于我们的事业是否正当的信念表露出任何动摇。但我没有看到任何进展——我不觉得您二位[他是指霍姆斯博士的朋友，历史学家约翰·洛斯罗普·莫特利]有谁认识到了南方的团结或决心。我想您觉得充满希望是因为您被蒙在鼓里（抱歉）。但如果我们代表的文明就像奴隶制一样，本性就是要扩散、侵略，如果文明和进步是为什么他们要长期征服的原因中更好的一面；如果这些都是真的，那我们或许可以肯定，并在其适当的范围——和平——而不是在战争中，占据更好的机会。战争是奴隶制的兄弟——是兄弟，同时也是奴隶制的双亲、骨肉和维持者。③

---

① Henry Livermore Abbott to Caroline Livermore Abbott, May 17, 1863, *Fallen Leaves*, 182.

② Henry Livermore Abbott to Caroline Livermore Abbott, December 21, 1862, *Fallen Leaves*, 155.

③ Oliver Wendell Holmes to Oliver Wendell Holmes, Sr., December 20, 1862, Touched with Fire, 79 - 80.

这不是政治评判，而是道德评判。有些人（像是霍姆斯博士和约翰·莫特利）相信，杀死那些拒绝被自己的文明同化的人是正当的；这也是在谴责抱持这种文明概念的人。霍姆斯说，文明当然侵略成性，但当文明为了将自己对文明有礼的观念强加于人而拿起武器，那就失去了道德优势。有组织的暴力从根本上讲只不过是另一种形式的压迫。战争的初衷是废除奴隶制，却暴露出自己就是奴隶制的孪生兄弟——"同时也是双亲、骨肉和维持者"。

弗雷德里克斯堡之后，仍然深受痢疾之苦的霍姆斯病休去了费城，跟哈洛韦尔兄弟待在一起。（他的父母从波士顿南下看望他，在火车上碰到了爱默生。爱默生跟女儿报告说："我在波士顿的车厢里见到了霍姆斯博士和夫人，跟他们一直坐到斯普林菲尔德……[他]滔滔不绝讲了六十多里地。"[①]）1863 年 1 月，温德尔回到前线。这个月底，州长安德鲁宣布成立马萨诸塞州五十四团，这个黑人志愿兵团将由罗伯特·古尔德·肖上校指挥。彭罗斯·哈洛韦尔（这时正千方百计想要离开二十团）被任命为中校。2 月 7 日，他邀请霍姆斯申请少校职位，霍姆斯回绝了。他回绝的理由没人知道，因为他写给哈洛韦尔的回信已经不见了。不过哈洛韦尔兄弟明显认为，霍姆斯仍然全副身心都在废奴主义上面，无暇加入黑人团。（彭罗斯的另一个哥哥爱德华拿到了这个少校职位，大家都叫他内德。彭罗斯后来调到马萨诸塞州第二个黑人团五十五团，并成为上校[②]。）

霍姆斯博士这边还在挥舞着共和党的大棒。1863 年春天，本杰明·巴特勒将军在波士顿的一场晚宴上获得了荣誉。身为新奥尔良军事首

---

① Ralph Waldo Emerson to Edith Emerson, January 8, 1863, The Letters of Ralph Waldo Emerson, ed. Ralph L. Rusk and Eleanor M. Tilton (New York: Columbia University Press, 1939 – 95), vol. 5, 305.

② 参见 Norwood Penrose Hallowell to Oliver Wendell Holmes, February 7, 1863, Oliver Wendell Holmes Papers; and Howe, Justice Oliver Wendell Holmes: The Shaping Years, 157 – 8。

长，巴特勒的鼎鼎大名源于他对南方深恶痛绝，很多北方人（比如亚当斯一家）都视他为耻辱和政治累赘。但霍姆斯博士朗诵了一首他专门为这个场合写的赞美诗，其中两句巴特勒一辈子都记得：

> 尽管蝰蛇会痛得打滚，割草机还是要割草；
>
> 铜头蛇在长镰刀的刃上，紧紧缠绕。①

3月，身在弗吉尼亚的温德尔用和解的心情向父亲写道："前面有封信我都在大放厥词，现在就让过去的都过去了吧——如果您愿意的话。"不过他仍然对自己兵团的职业水准感到骄傲。他深为自豪地引用了一位高级军官的评价，说二十团"打起仗来绝无诗情画意"——也就是说，他们没有把战争这档子事儿浪漫化。温德尔接着向父亲解释道："在《圣经》和《荷马史诗》之外再推荐一些理论读物也很不错——时间最好花在规则之类的事情上。"②

两个月后的1863年5月，霍姆斯在第二次弗雷德里克斯堡之役中脚上中弹，就在联邦士兵重新夺回这座城市之后。他又一次回到波士顿，这回在家待了九个月。霍姆斯博士写信给莫特利说："我嫉妒我们家的白人奥赛罗，年轻的苔丝狄蒙娜们围着他坐了半圈，听他一遍遍讲不知道讲了多少遍的故事。"③（"白人奥赛罗"似乎是霍姆斯博士用来说废奴主义者的。）

但就算在波士顿，也有大量事情提醒温德尔·霍姆斯战争的存在。

---

① Benjamin F. Butler, *Autobiography and Personal Reminiscences of Major-General Benjamin F. Butler: Butler's Book* (Boston: Thayer, 1892), 566.

② Oliver Wendell Holmes to Oliver Wendell Holmes, Sr., March 29, 1863, *Touched with Fire*, 86, 90 - 1.

③ Oliver Wendell Holmes, Sr., to John Lothrop Motley, November 29, 1863, *The Correspondence of John Lothrop Motley*, ed. George William Curtis (New York: Harper, 1889), vol. 2, 44.

葛底斯堡之役于7月1日爆发，二十团有四十四人在行动中捐躯，其中一位是亨利·罗普斯。亨利的哥哥约翰·罗普斯是个律师，战后不久就跟他的好友约翰·齐普曼·格雷一起创建了波士顿律所"罗普斯和格雷"，他俩也都是霍姆斯的好朋友。约翰·罗普斯患有脊柱侧弯，没有资格在二十团服役，但正因为如此，他成了二十团最忠实的追随者之一。为了对他弟弟为之奋斗的事业做点贡献，他成了二十团的史官。亨利·罗普斯是无意中被联邦的子弹打死的。7月7日，约翰写信给霍姆斯：

> 亲爱的霍姆斯：
>
> 尸首今天上午送到了。我沉痛地看到，尸首处于不忍直视的状态。灵柩不适合打开。透过玻璃面板能看到裸露的胸膛，上面在心脏的位置有一个可怕的伤口，他肯定是因为这个伤口就当场死亡了。我觉得我能分辨出嵌入胸膛的一块弹片。这景象令人悲伤、震惊。脸上只有下巴还能看见，周围包着一条手绢。
>
> 如果你想看看可怜的亨利的遗体，你可以上午10点来圣保罗教堂后面的殡仪馆，刘易斯·琼斯家。

同时他也请霍姆斯来当扶灵人①。

十一天后的7月18日晚上，马萨诸塞州五十四团在南卡罗来纳州查尔斯顿的瓦格纳堡发起了名垂青史的强攻。在进攻中，肖心脏中弹身亡，后来他的尸体被敌军扔进了一条水沟。内德·哈洛韦尔也在进攻时严重负伤。他回到费城休养，8月时给霍姆斯写了封信，信中说："对我们来说7月是多么糟糕的月份啊！——我是说我和你。我感觉从我离开波士顿到现在至少老了一岁。你看到约翰·罗普斯了吗？他一定都被打成筛子

① John Codman Ropes to Oliver Wendell Holmes, July 7, 1863, Oliver Wendell Holmes Papers.

了吧。他和亨利彼此深深爱戴，不是像同胞，而是像好朋友一样。"哈洛韦尔就在发起进攻之前还跟肖握过手，最后一次看见他时他正要跳进敌堡前面的水沟里。"但在那之后就太黑了，我谁都认不出来。我估计我的朋友们觉得我受伤太重了，因此一开始害怕告诉我全部真相，只是说他负伤了，被俘了。在他们告诉我真相的时候，我确实大吃一惊。"①

瓦格纳堡的失利耗尽了五十四团的军官队伍。8 月 12 日，哈洛韦尔再次写信给霍姆斯，请他推荐一些也许愿意从军的年轻波士顿人。他没有重提请霍姆斯前来，但暗示也足够明显了。亨利·阿博特听说霍姆斯可能离开二十团，就写了好几封信请他不要离开。他跟霍姆斯提到去年他们一起回前线的那段旅程，在 9 月的一封信中他这样写道："毕竟回想起来，那是一次极其愉快的旅行，从那时起我就感觉有一种兄弟般的情谊。不过这样说是不是有点自作多情……"②最终霍姆斯决定留在二十团，阿博特得到消息后松了一口气。他跟霍姆斯写道："我没有时间告诉你听到你决定留在老母亲身边时我有多兴高采烈。我相信，你所做的不只会令你和我们都感到满意，也是完全正确、恰当的，你也不至于荒唐到要去大黑鬼的神龛前浪费自己。"③

这种情形下，霍姆斯直到 1864 年 1 月才归队，而且随后很快就调离二十团，去了第六军当参谋。这次调动让他远离前线，但绝不是就此远离了危险。实际上，霍姆斯兵役生涯的最后几个月，才是最可怕的。

---

① Norwood Penrose Hallowell to Oliver Wendell Holmes, August 4, 1863, Oliver Wendell Holmes Papers.

② Henry Livermore Abbott to Oliver Wendell Holmes, September 5, 1863, *Fallen Leaves*, 211.

③ Henry Livermore Abbott to Oliver Wendell Holmes, October 18, 1863, *Abbott Brothers — Civil War letters*, Houghton Library, Harvard University, MS Am 800.26（阿博特已出版书信集的编辑删去了此处最后一句，未加省略号）。

第三章　莽原之役及后话

1

南北战争用的是现代武器，但战术是前现代的。步兵近距离冲锋还是火枪时代发展起来的进攻战术，却用来跟装备了步枪的守军作战——火枪的有效射程大概只有七十来米，步枪则致命得多，射程达三百六十米[①]。正是这种不匹配造成了战争中某些血流成河的惨烈景象。在葛底斯堡之役的皮克特冲锋中，一万四千名邦联军士兵排成宽达一千六百米的散兵线穿过联邦军队火力下的开阔地带，只有一半人得以生还，而这次冲锋的失败打乱了李将军后方的阵脚。不过这一战术同样也造成了很多不那么惨烈的杀戮，而北方最终能够取胜的原因之一，就是在格兰特这名指挥官身上发掘了大无畏，敢将一波又一波军队投向金城汤池的邦联军据点。北方军队的规模更大，但南方多数时候都在防守，而大部分战役都是易守难攻。

因而南北战争对每一名参战士兵来说都异常危险。但是霍姆斯的频频涉险仍然是个例外，因为他的兵团参与了好几场最血腥的战斗。1864年1月霍姆斯归队时会被调到参谋部的原因是，他的兵团剩下的士兵不够全兵团军官来调配的。到霍姆斯退役时，马萨诸塞州二十团减员的总数——战死、负伤、病死、被俘——比刚开始组建兵团时的人数还要多。

马萨诸塞州志愿兵二十团的亨利·阿博特(哈佛法学院图书馆艺术与视觉材料特藏部提供)。

联邦军队有将近两千个兵团，只有四个团在战争中的死亡人数高出了这一数字[②]。

因此，早在 1864 年春夏格兰特将军开始向里士满进军并付出惨痛代价之前，霍姆斯就已经在经历一场可怕的战争了。他精疲力竭，但还没有准备好退出。这年 4 月，他在《北美评论》上读到一篇查尔斯·艾略特·诺顿写的关于十字军东征的文章。查尔斯·诺顿的父亲安德鲁斯·诺顿是哈佛教授，以神体一位论教皇的名头广为人知，也曾是爱默生在神学上的死敌。查尔斯·诺顿比霍姆斯年长十四岁，后来也成了艺术史领域的哈佛知名教授，不过当时是新闻记者。（这年秋天，他跟詹姆斯·拉塞尔·洛厄尔一起成了《北美评论》的共同编辑。）

诺顿是反奴隶制的忠实代言人——战争期间他担任过新英格兰忠诚出版协会的编辑，协会成立的初衷就是要跟阿博特一家那样的铜头蛇唱反调——但他并不相信种族平等，社会观点也极为保守。他参战的原因是斯巴达式的：他认为年轻人中的精英阶层因为过于富足而变得胆怯懦弱，而战争是让他们坚韧强大起来的良机[③]。联邦军队在马纳萨斯惨败而归的两个月后，他在《大西洋月刊》上发表了一篇文章，题为《失败的好处》。在文中他解释道，北方人就是太热爱生命了："我们曾以为，爱惜生命比挥霍生命更加勇敢。"全力以赴的战争可以解决这个问题。他认为："对 7 月 21 日的失利，如果能从中攫出我们之所以如此软弱的秘密，我们也完全可以觉得感激和高兴……但如果没有，就让我们做好准备迎接下

---

① James M. McPherson, *Battle Cry of Freedom: The Civil War Era* (New York: Oxford University Press, 1988), 472 - 7.

② William F. Fox, *Regimental Losses in the American Civil War, 1861 - 1865* (Albany: Albany Publishing, 1889), 3.

③ George M. Fredrickson, *The Inner Civil War: Northern Intellectuals and the Crisis of the Union* (New York: Harper & Row, 1965), 69 - 70, 80; and James Turner, *The Liberal Education of Charles Eliot Norton* (Baltimore: Johns Hopkins University Press, 1999), 180 - 1.

一次和再下一次的失败，直到灵魂得到锤打，力量得到磨炼，以取得我们应该取得的胜利。”[①]1861年10月2日，他在给朋友的信中写道：“祈祷我们已经遭受了足够的磨难，好让我们的国家比一直以来更卓越、更值得尊敬。”[②]李斯堡之役就发生在三个星期之后，而这只是即将遭受的磨难的初体验。

这种崇高的满足感实际上是从他人正在遭受的痛苦中获得的，霍姆斯发现他父亲也有这种满足感，十分让人恼火。但是他坐下来给诺顿写了一封信，称赞他这篇关于十字军东征的文章：

> 现在我们需要骑士精神的所有范例，来帮助我们在19世纪的基督教十字军中将我们反叛的热望和矢志不渝结合起来。如果不能相信这场战争就是这样的圣战，是为了整个文明世界的未来而战，那么想要手一直握紧剑柄确实会很难。一个人如果是在抽象信念的驱策下不情不愿地效力，而不是在什么激情澎湃中随波逐流，就一定会感觉到他的热情被这样的故事重新点燃……我听说，兵团在补充兵员，我可能很快就会被召回二十团当一名中校，开始新的任期[他获得了晋升，但没有接受]。因此我有两个原因庆幸读到那些“在不幸的那一天奔赴战场”的人的死讯。不——现在离开圣地还为时尚早。[③]

在霍姆斯于前线写的信中，这是唯一幸存下来表达了强烈的政治信念的一封，很可能是因为后来霍姆斯没法拿到这封信以便销毁。信中的文字

① Charles Eliot Norton, "The Advantages of Defeat", *Atlantic Monthly*, 8 (1861): 363, 365.

② Charles Eliot Norton to Aubrey de Vere, October 2, 1861, Charles Eliot Norton Papers, Houghton Library, Harvard University, bMS Am 1088. 2, Box 3.

③ Oliver Wendell Holmes to Charles Eliot Norton, April 17, 1864, Charles Eliot Norton Papers (3532).

也许经过了仔细斟酌，好跟收信人的成见相契合；但写下这些文字的思想是霍姆斯自己的，内容也表达了对反奴隶制事业一以贯之的责任感。

这封信的基调跟一年半以前霍姆斯在弗雷德里克斯堡之役前写给妹妹的信大不相同。这种差别反映了军队情绪的变化，也反映了写信人心情的变化。葛底斯堡之役后，北方军队中废奴主义者的态度变得越来越强硬——部分是出于对 1863 年夏天纽约征兵的种族主义暴动的反弹，部分是回应马萨诸塞州五十四团的黑人士兵在瓦格纳堡之役中展现出的英勇无畏，还有一部分是因为战争本身的命运大逆转。说来也怪，对很多北方人来说，南北战争在最后一两年跟刚开始相比，变得更像是道义上的圣战了，霍姆斯的信中也反映了这一点。但霍姆斯同样保留了对军人职业精神的狂热崇拜——看到这些态度在他脑海中并肩而立也很重要。写信给诺顿差不多同时，他也自豪地向爱默生报告："波托马克军团正在养成专业的感觉，他们没有恐慌，也没有兴奋，更多的是自力更生。"①

一个月后的 5 月 3 日夜里，霍姆斯从北弗吉尼亚给父母写信。他说，在参加战役的同时，他把日记寄回家了（这就是后来被毁掉的日记）。他补充道："这只是一句告别的话，带着对所有家人的爱意——我想我们得打一两天的仗。"②他们上了战场。这就是莽原之役，并由此开启了长达四十天的会战。

2

格兰特将军在多年以后写道："比 5 月 5 日和 6 日发生的战斗更加令

① Oliver Wendell Holmes to Ralph Waldo Emerson, February [?] 1864, *The Journals and Miscellaneous Notebooks of Ralph Waldo Emerson*, ed. William H. Gilman et al. (Cambridge, Mass.: Harvard University Press, 1960–82), vol. 15, 200.

② Oliver Wendell Holmes to his parents, May 3, 1864, *Touched with Fire: Civil War Letters and Diary of Oliver Wendell Holmes, Jr., 1861–1864*, ed. Mark DeWolfe Howe (Cambridge, Mass.: Harvard University Press, 1947), 102–3.

人绝望的，在这片大陆上还没有人见证过。”[1]李将军决定在北弗吉尼亚迎击波托马克军团，就在他们通过拉皮丹河以南一个脏乱不堪、枝蔓丛生的地区时攻击他们，这个地方就叫莽原。邦联军队尽管人数几乎只有波托马克军团的一半，却有以逸待劳的优势：他们非常了解这里的复杂地形，敌军则知之甚少；这也给他们提供了充分的掩护。霍姆斯被分派到霍雷肖·赖特将军麾下。5日破晓后不久，赖特的司令部遭到炮击。霍姆斯在日记中写道："一颗[炮弹]落在院子里，我们很多人坐在马背上，被震落马下——接下来的几分钟，接连不断有人血肉横飞、身首异处；一个团在列队向右翼行进时，被一颗炮弹或实心弹击中了队伍，很多参谋人员身上都沾上了脑浆。”[2]

第二天5月6日，阿博特中弹。霍姆斯写信告诉父母："阿博特受伤严重，不知道是在哪儿。”[3]阿博特当时接到命令，率领马萨诸塞州二十团的残存力量，阻击邦联军队对一个被削弱的联邦据点的威胁。他告诉战友们卧倒在地，开始交火。为了指挥自己这边的火力，阿博特一直站着，直到被子弹击倒阵亡。尽管他支持铜头蛇的观点，似乎并不对此讳莫如深，还是博得了军中最英勇的军官之一的美名。米德将军曾打算提拔他。他死后，他那个旅的指挥官写道："他的品德如此特别，他的价值对军中所有军官乃至总指挥来说人所共知，因此我不必尝试准确再现他的一切。失去他，我的旅就失去了最好的战士。”[4]

对霍姆斯来说，阿博特的意义当然要大得多。在队伍中被普遍认为是最杰出士兵的阿博特，总是特别指出他是值得尊敬的战友；这是他自尊

---

① Ulysses S. Grant, Personal Memoirs of U. S. Grant (1885 - 86), Memoirs and Selected Letters (New York: Library of America, 1990), 534.

② Holmes, *Touched with Fire*, 104 - 5.

③ Oliver Wendell Holmes to his parents, May 6, 1864, *Touched with Fire*, 105.

④ George A. Bruce, *The Twentieth Regiment of Massachusetts Volunteer Infantry, 1861 - 1865* (Boston: Houghton Mifflin, 1906), 353 - 4, 357.

自重的来源，他也为此心存感激。不过阿博特也给霍姆斯留下了深刻印象，有可能是因为他的谈话，但肯定有榜样的原因。阿博特有一种信念，相信品格的高贵在于努力工作不问结果，而他的死仿佛为这种信念封上了印签。在他莽原家信中的那一句话之后，霍姆斯再也没有在任何保存下来的战时通信或日记中提到过阿博特。但战争结束后，阿博特的死成了他思想的试金石。

格兰特将军的部队最终成功进军，汇集到钱斯勒斯维尔以南的史波特斯凡尼亚郡府。5 月 11 日，霍姆斯在给母亲的信中写道："想想吧——今天是我们进入战斗的第七天，当然也不是任何时候都在打仗，但我猜平均每天至少有三千人的减员——"[①]在下雨。次日凌晨 4 点 30 分，战斗打响了。中午时分，霍姆斯带着公文急件被派往"汉考克[将军]总部前面树林中的地点"，那里正在进行的战斗异常激烈，但他找不到他要找的军官，只好回来了。这天夜里 2 点他入睡时，交火的声音还没有停息[②]。

第二天，霍姆斯得知"树林中的地点"就是战争中最惨烈的战斗场景所在，也就是所谓的"史波特斯凡尼亚血腥角"。沿着邦联军壕沟上的矮防护墙有一块很小的地方，在倾盆大雨中两军杀红了眼，白刀子进红刀子出地近身肉搏了整整十八个小时。他们用刺刀刺穿了原木，跳上矮墙朝下面麇集的士兵开火，直到自己也被击倒[③]。有棵直径近半米的树完全被子弹打断[④]。霍姆斯在日记中写道："在'角'上，两条小路之间大概四米见方的一块地方，彭罗斯上校告诉肯特，他数到有一百五十具尸体——"第二天早上霍姆斯自己骑马去了那里。不是每个人都已经断了

① Oliver Wendell Holmes to Amelia Lee Jackson Holmes, May 11, 1864, *Touched with Fire*, 114.

② Holmes, *Touched with Fire*, 116.

③ McPherson, *Battle Cry of Freedom*, 730.

④ McPherson, *Battle Cry of Freedom*, 730; and Grant, Personal Memoirs, *Memoirs and Selected Letters*, 554.

气。“昨天提到的树林的那个角落里，交战双方的死者在壕沟里堆了有五六层——常常有伤者还在下面扭动，上面盖着死尸——树木在枪林弹雨之中裂成了碎片。”①

战争会带来神经上的生化反应。对那些战斗在血腥角的人而言，那一天世界一定已缩减为一个只剩下你死我活的地方，除此之外的任何行为都不在考虑范围内。在李斯堡之役中霍姆斯对自己的伤情曾写下：“有一会儿我想着我就要死了，这个念头看起来也是世界上最自然的事情。”但在史波特斯凡尼亚，他置身事外。他并不了解那种狂热，只看到了恐怖。

到16日这天，他受够了。他在家书中写道：“在收到这封信之前，你们应该已经知道刽子手干的好事有多吓人了——将近两周的这段时间我经历了战争能带来的所有疲倦和恐怖……团里几乎每一位军官——我认识的或是关心的，不是战死就是负伤了——我已下定决心，尽可能留在参谋部直到会战结束。如果到时候我还活着，我就退伍——有时候我感觉到，我已经不再相信这是我的责任了。”随后（像他在战时书信中经常做的那样）他为自己的严肃道了歉。“战场上的职责和思想有这样一种特性，使你无法同时也将家园、父母以及类似想法作为现实以它们本来的样子放在心上——你确实几乎记不起它们的存在……你们的来信仍然是我唯一的乐趣，你们也知道，我爱你们。”②

这样坦陈自己精疲力竭让霍姆斯博士感到焦虑，他肯定给儿子回了一封信，尽是爱国者的谴责。5月30日，霍姆斯冷冷地回信道：

> 回想起你们21日和22日的来信，后一封来自爸爸；很愚蠢——我希望您在回信之前能费神读一下我的信——我确信我没能正确表达

① Holmes, *Touched with Fire*, 116－17.

② Oliver Wendell Holmes to his parents, May 16, 1864, *Touched with Fire*, 121－3.

这个想法，即我打算在会战结束之前就退伍——我一定得说，我不喜欢这样的误会，对我作为士兵的荣誉感来说是极大伤害，我相信现在没必要这样……最近的经历让我相信，就算我能经受团队职责（对身心）的磨损（对身心两方面来说，这种磨损都比我被征来应遭受的压力更大）——就算我很满意，我并没有真的看见谁有除此之外的索求……我不再是同一个人（可能思想跟以前不再一样），当然也不再像以前一样能屈能伸，在以前那样的情形下我也不会再承认相同的主张。[①]

接着他告诉父母他最近的一次历险：在带着公文急件的时候，他被一队邦联士兵伏击。他们近距离向他开火，他靠着自己的坐骑“科曼奇风”才得以脱身。在信封背面他写了两句话，祈求他们“多写点儿信，越多越好”，以及“仍然是杀戮——杀戮——永远都是”[②]。四天后的冷港之役中，格兰特将军的部队一个早上就伤亡了七千人。

6 月 7 日，战斗暂时告一段落，霍姆斯的情绪也变得好些了，但他关于退伍的想法没有改变。他写信给自己的母亲（跟父亲相比，母亲从一开始就坚定不移地反对奴隶制，因此关于他的职责问题，她的意见对于儿子更显重要）：

刚参战的时候我还是个孩子，现在我已经成人了。在过去的六个月[也就是从他养好脚伤回到部队算起]我已经得出结论，我的责任变了——

只要我知道这是责无旁贷，我可以做令人不快的事情，或是足够冷静地面对千难万险——但是起疑会令我泄气，任何神经质的人都会如此——而现在我真的认为，战斗的责任在我身上已经消失

① Oliver Wendell Holmes to his parents, May 30, 1864, *Touched with Fire*, 135.

② Holmes, *Touched with Fire*, 137 n. 4.

了——消失了，因为我曾历尽艰辛，我的身心饱受磨难，这为我赢得了拒绝威利·埃弗里特[霍姆斯的同班同学，战争期间在英国念书]替我做决定的权利：他想为我决定，我怎样才能为我自己，为这个国家，以及如果您愿意，为上帝，尽善尽美地履行责任。

结尾时他写道："我希望这能得到您的认可——您对是非总是那么笃定。"①

月底格兰特将军开始围攻彼得斯堡。四十天内，他的军队损失了六万人。身在波士顿的霍姆斯博士还在提供免费的军事建议，不过到现在他的儿子已经习以为常了。6月24日，他给父母回了一封短信："别管在家里还是在信里，父亲最好别跟我讲您的意见。过去这几天真是太糟糕了……我跟您讲，自从会战打响，很多人都已经因为身心受到的巨大压力抓狂了——我想军队可能感觉要好一点，但是假装是麦克莱伦一手造成了这场会战是没有用的。"②数周后他写信给母亲，说自己终于获准退伍了。如果他被再征入伍，可能就会被分派为步兵上尉，又要去冲锋陷阵。他写道："如果必须再次服役，我会试着从总统那里搞一张委任状，但是我可不想费神去想要找总统这回事。您觉得我要是带上黑小伙儿一起，我能给他也谋个职位吗？"③

3

霍姆斯抵达波士顿是在1864年7月19日，从他接受委任算起，差一

---

① Oliver Wendell Holmes to Amelia Lee Jackson Holmes, June 7, 1864, *Touched with Fire*, 142－3.

② Oliver Wendell Holmes to his parents, June 24, 1864, *Touched with Fire*, 149－50.

③ Oliver Wendell Holmes to Amelia Lee Jackson Holmes, July 8, 1864, *Touched with Fire*, 152.

点点就满三年了。回来后没过几周,他就去了康科德,拜访爱默生。很明显(按照他多年以后的说法)他是想看看,自己是否应当试着过爱默生那样的职业生涯,成为哲学作家。他的结论是不应该这样,于是这年秋天去哈佛法学院念书了[①]。但他并没有放弃搞哲学的念头,只是不想以爱默生和他父亲践行过的方式——通过综合和反省——去搞哲学。他觉得用研究和分析能做得更好。

霍姆斯博士是个根深蒂固的杂家。他是医学教授,又能吟诗作赋,还能就政治长篇大论,而且他认为自己兼收并蓄的做法标志着知识的优越。他曾在1832年这样写道:"人们都应当如此心无旁骛地投身到有自己特殊需求的领域中,在我看来这很奇怪,非常奇怪。就好像他们认为,一个人的思想要想专注,首先就必须变得极为狭隘才行……[但是]一个人的知识如果将这个人限制在一件事物上,这种知识和自由学者的知识相比,就跟棱镜产生的红光或紫光与混合的阳光之间的关系是一样的。"[②]就连对自己职业的态度,他都有几分不专业:他晕血[③]。病人觉得他的轻率无礼很让人恼火("小至头痛脑热,一律欢迎惠顾"是人们最爱提到的双关语[④]),因而他的医师生涯十分短暂。无论如何,他对一些现代医学的主张存疑,并认为"很大一部分疾病都可自愈,任何特殊药物都是多余"[⑤]。

这样没个正行的态度让霍姆斯博士的样样精通显得有些轻浮;但那个时代对样样精通可是极为看重的。爱默生自己的方法(正如年轻的温

---

① Francis Biddle, *Mr. Justice Holmes* (New York: Scribner, 1942), 35–6.

② Oliver Wendell Holmes, "The Autocrat of the Breakfast Table, Bo. II", *New England Magazine*, 2 (1832): 134.

③ Edward Waldo Emerson, *The Early Years of the Saturday Club: 1855–1870* (Boston: Houghton Mifflin, 1918), 145.

④ M. A. DeWolfe Howe, *Holmes of the Breakfast-Table* (London: Oxford University Press, 1939), 53.

⑤ Oliver Wendell Holmes, "Some of My Early Teachers" (1882), *Medical Essays, 1842–1882, The Works of Oliver Wendell Holmes* (Boston: Houghton Mifflin, 1892), vol. 9, 434.

德尔·霍姆斯在本科时的文章《论书籍》中满怀仰慕指出的那样)是浏览来自所有文化、所有类型的文学和哲学著作,留心查考有哪些思想和表达可以为我所用。这就是他对研究的概念,其背后是这样的信念:按部就班的学习会扼杀心灵,真正的洞察力会从个人灵魂中自发产生。在他那篇广为传颂的文章《自立》中有一段是这样写的:"要相信你自己的思想,相信对你来说如果有什么东西在你内心是真的,那就对全人类都是真的——这就是真实。"①

对从战场上归来的温德尔·霍姆斯来说,样样精通跟郑重其事算是死对头。战争让他认识到专长的价值:理解战斗机制的士兵,就比主要因为对事业的热情而投身战争的士兵战斗得更好——更有效,也更勇猛。在写信给查尔斯·诺顿比较南北战争和十字军东征时,霍姆斯还在试图用自己对事业的热诚来鼓舞自己。但三个月后他现身莽原之役时,这种热诚对他来说好像就只是一个冲动的人用来毁掉自己的东西罢了。

霍姆斯拒绝战前波士顿知识分子的生活方式,这反映了代际变迁。对很多经历了战争的人而言,职业水准和专业技能很有吸引力;这些东西意味着客观,对制度作为事业的高效组织者的尊重,以及现代的、科学的态度——处在其对立面的则是个人主义、人道主义和道德主义,这些观念在战前主导了北方知识分子的生活②。但对霍姆斯来说,向职业精神的转变不是那么简单。他和他那一代人一样信仰科学,也一样不愿扰乱现状。他经历过一次因长期作战带来的精神紊乱,再也不想重复这样的经历。但他从未放弃希望,(按他自己有点儿浮夸的说法)希望自己能一窥无限。他让自己的思想变得狭窄,是为了更好地拓宽。

1876年,霍姆斯进入哈佛法学院十二年后,写了一封信给古稀之年

① Ralph Waldo Emerson, "Self-Reliance" (1841), *Essays and Lectures* (New York: Library of America, 1983), 259.

② Fredrickson, *The Inner Civil War*, 175-6.

的爱默生，解释说寄给他的是他刚发表的一篇法律评论，题为《现代法律中的原始观念》，是他最早的法律评论之一。这时霍姆斯正在当律师，不过他把所有的空闲时间都献给了法学理论研究。在给爱默生的信中，他写道：

> 如果细节的衣装没有变成拦路虎，那我希望您不会对这些思想毫无兴趣。对我来说好像就是，在经过一段艰难的甚至还有点儿痛苦的实习期后，我终于了解到，如果上下求索得足够遥远，法律也会开启一条面向哲学的道路，就跟面向别的事情一样。我希望在离开人世之前，能够证明这一点。请接受这篇以上述信念写下的零章碎简，也是向您略表感激与尊敬之情，因为正是您在我心中第一次打开了哲学的大门。①

霍姆斯想告诉他这一代人的思想是，公正无私的调查是解决世界级难题的最好方法。他实际上变成了秉承专业主义的爱默生——或是他自己有时候说的"职业主义"。他跟外交官刘易斯·爱因斯坦书信往还频繁，其中一封信里他这样写道："如果一个人能尽可能地做好自己的工作，实际上他就也做到了无私利人，而且……他自己是什么感觉，并没有那么重要。"②这个中心思想他反复阐释过很多遍。1886 年，他在哈佛大学就"法律这门职业"发表演讲时称："一个人可以在法律中过得很好，就跟很多别的职业一样。"（这年他是马萨诸塞州最高法院的法官，直到 1902 年才离任。）"如果这个宇宙是一个宇宙，如果到目前为止，在想象中你总是

① Oliver Wendell Holmes to Ralph Waldo Emerson, April 16, 1876, *Ralph Waldo Emerson Papers*, Houghton Library, Harvard University, bMS Am 1280 (1535).

② Oliver Wendell Holmes to Lewis Einstein, July 17, 1909, *The Holmes-Einstein Letters: The Correspondence of Mr. Justice Holmes and Lewis Einstein, 1903 - 1935*, ed. James Bishop Peabody (New York: St. Martin's, 1964), 48.

可以合乎情理地从宇宙的一部分移动到另一部分，那么事实究竟如何就没有那么重要，因为每项事实都可经由空中的路径抵达另一事实。”①霍姆斯这是在呼应《美国学者》。爱默生写道：“没有琐屑无聊，也没有大伤脑筋；有的只是一种规划，将最高的山峰和最深的谷底联为一体，并赋予勃勃生机。”②

但霍姆斯并未止步于此，他接着创造了他自己的知识英雄主义形象：

> 一个人只有学会用一颗自己从未见过的星星来指引自己的航向，才算是赢得了在智慧上雄心勃勃的资格——好比用寻龙尺去寻找也许永远也无法触及的泉眼。这样子说，我是想指出究竟是什么能让你的研究矢志不渝。我怀着坚定信念的全部悲伤对你说，要让思想变得伟大，你必须是个英雄，是个理想主义者。只有当你独自奋战的时候——当你感觉到在你周围是空无一人的黑色海湾，比环绕着快被淹死的人的海湾还要与世隔绝，而在希望中，在绝望中，你曾毫不动摇地相信自己的理想——只有这样，你才能臻于圆满。思想者知道，在其死后上百年，自己早已被人遗忘，但从未听说过他的人会以他的思想为准绳来行动；也只有这样，你才能感受到这种思想者的隐秘的、孤绝的喜悦——这种因姗姗来迟的力量而产生的隐约的狂喜。这个世界能知道这种力量不是因为没有额外的虚饰，而是因为对他预见未来的远见而言，这种力量远比指挥千军万马的力量还要真实。③

---

① Oliver Wendell Holmes, “The Profession of the Law” (1886), *Collected Works of Justice Holmes: Complete Public Writings and Selected Judicial Opinions of Oliver Wendell Holmes*, ed. Sheldon M. Novick (Chicago: University of Chicago Press, 1995 -), vol. 3, 472.

② Ralph Waldo Emerson, “The American Scholar” (1837), *Essays and Lectures*, 69.

③ Holmes, “The Profession of the Law,” *The Collected Works of Justice Holmes*, vol. 3, 472 - 3.

拿战争来比喻是有意为之，因为这一整段都是以霍姆斯早在二十多年前就曾用过的语言为基础的。1864年秋天，他在《波士顿晚报》匿名发表了一首纪念亨利·阿博特的十四行诗：

> 他毫不犹豫，义无反顾
> 驶进黑暗，驶进未知的海域；
> 他消失在无星的夜晚，而我们
> 只能看见他黯淡闪烁的光辉。
> 你看见了光，但我们的天空看起来是黑的，
> 神秘莫测的法度太难读懂，
> 然而，高贵的心哪，我们很快就会全心跟随
> 被沿着你的道路熊熊燃烧的伟业照亮。①

人类献身于自己肩头的大任，并用丰功伟绩在莽原中留下足迹。莽原本身，无迹可寻。

4

霍姆斯从战场上回来的那一刻，似乎就将自己的经历迅速封冻了起来，其意义也同时封存，后来再也没有修正过。他余下的人生都在讲述自己负伤的故事，动情回忆以前的战友，还在自己的文章中、演讲中频频间接提及战斗经历。但是，尽管他几乎什么想得到的书都读，关于内战历史的书他却没法读下去。他很少提到自己参加战斗的原因这个话题，也很少表达关于内战后果的政治见解。可以说，战争在他生命中烧出了一个

① Oliver Wendell Holmes, "H. L. A.: Twentieth Massachusetts Volunteers" (1864), *The Collected Works of Justice Holmes*, vol. 1, 172.

大窟窿。为了这个大窟窿他付出了很高的代价，对重新思考其重要意义他也毫无兴致。七十年间他怀念着这一切，敝帚自珍的程度与珍视自己从尼科迪默斯之家随身带回来的那张小纸条别无二致。

霍姆斯从战争中带回来的教训可以一言以蔽之：确信带来暴力。这个看法的应用可以很简单，也可以很难。简单的是用在空想家、教条主义者和横行霸道的人身上——这些人觉得自己是对的，因此有正当权利将自己的理念强加在那些刚好并不认同他们的特殊理想、教条或势力范围的人身上。如果关于正确性的信念足够坚定有力，那么抵制迟早都会遭遇暴力。在生活的每个领域都有这样的人，觉得这个世界没有他们会更美好也是很自然的。

但霍姆斯的感觉并非完全如此。对那些自认为代表了更高权力的人，他确实极为憎恶。晚年他在写给好友哈罗德·拉斯基的信中说道："我憎恶那些知道自己知道的人。"①而且他对事业有出自本能的怀疑。他认为事业就是企图迫使一群人遵从其他群体对善的想法，如果其他群体确信自己知道什么最好，他看不出这种企图比其他群体有更大的权力。他对拉斯基写道："某种专制统治正在寻求改变的低谷。我不愿对我的近邻颐指气使，要求他们去想一些跟自己所做的不一样的事情——就算我往往会觉得，他们所想的多多少少是在自取灭亡。"②

他在批评改革主义心态时用的标准样例就是废奴主义者。1929 年，他在给另一位老朋友英国法学家弗雷德里克·波洛克的信中写道："废奴主义者有句老话，说要是有人没有按他们（废奴主义者）知道的正确方式行事，那就要么是无赖，要么是傻子。加尔文教徒就是这么看天主教徒的，天主教徒也是这么看加尔文教徒的。今天的禁酒主义者对自己的信

---

① Oliver Wendell Holmes to Harold J. Laski, October 24, 1930, *Holmes-Laski Letters: The Correspondence of Mr. Justice Holmes and Harold J. Laski, 1916 – 1935*, ed. Mark DeWolfe Howe (Cambridge, Mass.: Harvard University Press, 1953), 2: 1291.

② Oliver Wendell Holmes to Harold J. Laski, May 12, 1927, *Holmes-Laski Letters*, 2: 942.

念更加坚决，因此我毫不怀疑，他们也是这么看待自己的对手的。如果你知道自己知道，迫害就会来得很容易。但我们中间有些人，也并不知道我们什么都知道。”①霍姆斯承认，在波士顿他认识的废奴主义者中间，战前就已经有人是怀疑论者了（他想到的是自己的母亲，可能还有爱默生），而他自己的怀疑态度，就有部分是从他们身上学的②。但在他的思考中废奴主义者扮演的是因确信带来优越感的角色，这种优越感让人们（通常不只是那些确信的人）互相杀戮。

不过霍姆斯并不认为，没有这样的人世界会更好，因为他觉得人人都这样——在他关于确信和暴力的信念中，这是最难的一部分。要谴责别人无理无据的确信很容易；我们总是相信，那些我们不敢苟同的人，哪怕稍微有点自我怀疑，都能有所进步。在状态很好的时候我们甚至还会提醒自己，对我们自己的确信也要存疑。不过到最后，我们能确信的也不多了。有些信念我们只能觉得是合理的——比如说，相信奴隶制是错误的。当情势对于这些信念变得很糟糕时，我们会做好准备对情势迎头痛击。

霍姆斯承认，他也能够拿起武器为他认为正确的事情而战。当那一天到来时，没有什么能让他不去诉诸武力，就算最后知道他只是在为个人偏好而战也无济于事。他对拉斯基写道：“你尊重人的权利，而我不；除非是那种特定群体会为之而战的权利——这种权利从宗教信仰到一杯啤酒的价钱，无所不有。我也会为某些事情而战斗——但我不想说这些事情理应是什么，我只想说，这些事情是我喜欢的那个世界——或者说我应该喜欢的那个世界的一部分。”③

---

① Oliver Wendell Holmes to Frederick Pollock, August 30, 1929, *Holmes-Pollock Letters: The Correspondence of Mr. Justice Holmes and Sir Frederick Pollock, 1874 - 1932*, ed. Mark DeWolfe Howe (Cambridge, Mass.: Harvard University Press, 1941), vol. 2, 252 - 3.

② Oliver Wendell Holmes to Morris Cohen, February 5, 1919, "The Holmes-Cohen Correspondence", ed. Felix Cohen, *Journal of the History of Ideas*, 9 (1948): 14 - 15.

③ Oliver Wendell Holmes to Harold J. Laski, June 1, 1927, *Holmes-Laski Letters*, 2: 948.

霍姆斯曾在 1918 年写道："人们在很大程度上都相信自己想要的东西。"这时他已在美国最高法院任职十六年[①]。但他并不认为，更高权威的缺席会让谈论信仰的好坏、真假乃至对错都变得毫无意义。他只是觉得，对和错是随着环境而改变的，而我们的生活只不过恰好植根于这样的环境罢了。既然我们无法改变环境(除非是在一些无足轻重的地方)，因此在谈论对错时不在心里加引号也说得过去。从人类事务的长远视角来看，习俗和习惯因时而异，但从短期视角来说往往势同必需。霍姆斯告诉刘易斯·爱因斯坦："人和别的生物一样，会完全按照身处的环境来塑造自己，以至于一旦定型之后，如果你想改变其形态，也就会改变他的生活。所有这一切都完全正确，也让我们有了完全正当的理由去做忍不住要做的事情，试着让这个世界变成我们觉得应该会喜欢的样子；但这并不是为我们要谈论的绝对真理打包票。"[②]霍姆斯多次说到，真理只不过是人们无法怀疑的事情的代名词。他对一位朋友埃利斯·格林就是这样解释的："我所说的真理完全是指我不得不经由的路径。"[③]

上述争议将分化为两个方向，而要理解霍姆斯作为大法官的成就，需要同时牢记两个方向的轨迹。假设人们护卫自己的习惯是正当的，显然是严重偏向现状。自然也会有人想要改变现状，但在霍姆斯看来，这样的人只不过是在试图将总体社会负担的一部分从一群人肩上转移给另一群人。"公平"和"正义"是撑起某些斗争的口号，跟永恒的原则没什么关系，而改革则是零和游戏。但如果我们把霍姆斯的理论整个儿翻个底朝天，其应用也会颠来倒去。那些支持现状的人，对公平和正义原则的需索并

---

① Oliver Wendell Holmes, "Natural Law" (1918), *The Collected Works of Justice Holmes*, vol. 3, 446.

② Oliver Wendell Holmes to Lewis Einstein, November 9, 1913, *Holmes-Einstein Letters*, 82; Oliver Wendell Holmes to Harold J. Laski, April 13, 1929, *Holmes-Laski Letters*, 2: 1146.

③ Oliver Wendell Holmes to Alice Stopford Green, October 1, 1901, *Oliver Wendell Holmes Papers*.

不比他们的敌人来得多。如果敌人能赢得足够多的支持，关于正确的假定就会往他们那一边偏斜。1850 年时的废奴主义者在多数北方人看来还是危险的颠覆者，然而不到十五年，他们又变成了爱国者。没有哪一种方式是生活必须遵从的。

对于生活理应遵从什么方式有着针锋相对的观念，能避免这些观念间的摩擦不至于过热导致暴力的，是民主。霍姆斯战后生活的七十年间，美国的主要矛盾是资本与劳工之间的斗争。他赖以成名的几乎每一条司法意见都涉及劳资斗争，而他最关心的几乎总是允许所有当事人以民主的方式去尝试让自身利益占据制高点。关于 1872 年英国工人罢工的法律后果他写了一篇评论，是他最早的法律评论文章之一。在文中他论证道，生活上的斗争已经因为“同情、谨慎，以及所有的社会和道德品质”而缓和：

> 但最终一个人理所当然还是会以自己的利益为偏好，而非他人的。这一点在立法中也和在其他任何形式的全体行为中一样真实。在现代的进步中我们能预计的只能是，立法应该便捷、迅速（但又不是太迅速）地按照群体中实际上的最高权力的意愿调整自身，有教养的人的同情心蔓延开来，应当能将少数群体的牺牲降低到最小限度。①

在他出版于 1881 年的最重要的法学著作《普通法》中，霍姆斯重复了同样的原则。他在书中写道：“在我看来一清二楚，无论是王公贵族还是升斗小民，终极手段都是武力。而且在所有私人关系的最底层，就算出于同情或所有的社会情绪而无论有多么缓和，这种终极手段都是无可厚非

① Oliver Wendell Holmes, “The Gas-Stokers' Strike” (1873), *The Collected Works of Justice Holmes*, vol. 1, 325.

的先已后人。”[1](霍姆斯后来考虑修订《普通法》,准备将这句略显极端而且还有点尼采式的“所有私人关系”改为“所有单纯的社会关系”[2],不过这个修订版并未问世。)

从霍姆斯对涉及经济问题的案件的见解中,很容易看到他关心的是允许民主以自己的方式起作用,没有法庭的横加限制。这样的案件包括马萨诸塞州法院的联邦诉佩里案(Commonwealth v. Perry ,1891)和美国最高法院的洛克纳诉纽约州(Lochner v. New York,1905)案,这些案件中他都站在大部分同僚的对立面,支持立法机构对企业主与员工之间的合约关系加以规范的权利。但这种关切在他对民事自由权案件的意见中也是一种底色,例如艾布拉姆斯诉合众国案(Abrams v. United States,1919)、吉特洛诉纽约州案(Gitlow v. New York, 1925)以及合众国诉施维默案(United States v. Schwimmer,1929)。这些案件表面上关涉第一修正案的争议[3],但背后的真正原因是经济,因为每一起案件中的被告都是某种意义上的社会主义者。

霍姆斯认为社会主义是一种“教条主义”。他相信,站在劳工立场上的大部分举措都将徒劳无功,(他私下解释道)因为“群众现在基本上到处

---

① Oliver Wendell Holmes, The Common Law(1881), *The Collected Works of Justice Holmes*, vol. 3, 137.

② *The Collected Works of Justice Holmes*, vol. 3, 154 n. 5.

③ 美国宪法的第一修正案是为保护信仰自由和言论自由而设立的,禁止国会立法干涉宗教、言论、集会、新闻等自由。上述联邦诉佩里案中,马萨诸塞州于 1891 年立法规定雇主不得因产品质量缺陷克扣雇员工资,佩里作为业主克扣了纺织工人工资被判违法,佩里则辩称该法条违宪。在洛克纳诉纽约州案中,纽约州立法禁止面包房老板让雇工每天工作十小时以上,企业主洛克纳触犯法条被课以罚金于是上诉,认为纽约州干涉了企业主与雇员之间自由订立契约的权利。艾布拉姆斯诉合众国案详见本书第十五章。在吉特洛诉纽约州案中,美国社会主义党成员吉特洛发文抨击纽约州政府贪污腐败,被州政府以叛乱罪起诉。在合众国诉施维默案中,生于匈牙利的和平主义者施维默在申请入籍美国时拒绝宣誓“亲自拿起武器”保卫美国,被判不得入籍。前两个案件都属于劳资矛盾,后三个案件则都涉及言论自由和社会主义。——译者

都是"[①]。他在自己的司法见解中也保护过一些思想的表达,并因此受到颂扬,但他认为这些思想很愚蠢、很幼稚。他私底下是完全同情资本家这一方的,不但认为他们是道德高尚的社会财富的发动机,还对他们的精力和愿力有着学生气的尊重。他告诉爱因斯坦:"如果他们能弄个案子把洛克菲勒送进监狱,我也会在其中尽我的本分。但要是他们让我来评判,我会给他立一座青铜像。"[②]霍姆斯成为美国最高法院大法官之后,第一次提出重大异议是在 1904 年的北方证券公司诉合众国案[③](Northern Securities Co. v. United States)中,面对《反托拉斯法》为摩根财团和詹姆斯·希尔辩护。霍姆斯的意见令《反托拉斯法》的执行人西奥多·罗斯福总统大光其火,而两年前正是罗斯福总统将他送上了大法官的宝座。

霍姆斯对民事自由权意见的关键也是他所有判例的关键:他只从总体社会力量的角度考虑,并不关心个体。个体在占优势的政治或经济倾向中成为牺牲品,只要这些倾向已在适当实施的法律中实例化,那么这种景象都会给他带来某种冰冷的满足感。这种满足感给他的印象可以类比为士兵在战场上的胜利捐躯,合理性也是基于同样的理由——为了整个团体能够前进,就无法避免有人掉队,被扔在路边。他喜欢用"所有社会都是一将功成万骨枯"[④]来刺激自己的友人。因此,他基本上并不相信个人作用的概念。在他看来,像是摩根、洛克菲勒这样的成功人士,相对其

---

① Oliver Wendell Holmes to Lewis Einstein, October 28, 1912, *Holmes-Einstein Letters*, 74; and Oliver Wendell Holmes to Harold J. Laski, May 24, 1919, *Holmes-Laski Letters*, 1: 207.

② Oliver Wendell Holmes to Lewis Einstein, October 28, 1912, *Holmes-Einstein Letters*, 74.

③ 1901 年,美国西北铁路网两大巨头詹姆斯·希尔和哈里曼(E. H. Harriman)之间的恶性竞购引发证券市场动荡,摩根财团为避免两败俱伤,提出组建北方证券公司整合两大巨头,形成超级托拉斯。罗斯福总统以 1890 年的《反托拉斯法》为依据,于 1902 年令司法部调查、控告北方证券公司。1904 年,美国最高法院判美国政府以 5∶4 胜诉,北方证券公司解散。其中霍姆斯投的是反对票。——译者

④ Oliver Wendell Holmes to Frederick Pollock, February 1, 1920, *Holmes-Pollock Letters*, vol. 2, 36; Oliver Wendell Holmes to Harold J. Laski, December 9, 1921, *Holmes-Laski Letters*, 1: 385.

他人而言不过是更好地抓住了社会机遇。每个人都是在自己所处的浪头上迎接机遇，有的人知道怎么冲浪，有的人则溺水身亡。

换句话说，霍姆斯为民事自由权辩护，并不是因为这样的权利生而为人就理当享有——他对这个观念的蔑视显而易见。他可以为社会主义者及和平主义者表达自身意见的权利辩护，因为这些意见代表着法律认可的社会权益；同时他也会对像是南方黑人实际上遭受的歧视迫害这一类事情表现出漠不关心[①]。最令他名声扫地的意见是他在1927年的巴克诉贝尔案[②]（Buck v. Bell）中给出的。他投票支持弗吉尼亚州的一项法律，允许对精神障碍患者强制绝育。他的话让人想起南北战争："我们不止一次看到，公众福利也许会要求最优秀的公民献出生命。如果公众福利不能也要求已经令美国消耗大量精力的人做出这样少之又少的牺牲，那实在是奇哉怪也。"[③]他不喜欢自以为是的人，但也毫不同情弱者。实际上，他倒转了自己青年时代的优先级：现在他将宪法当成自己的信条，抛弃了《独立宣言》。

当霍姆斯以经济改革和言论自由一以贯之的司法保护者的面目出现时，他也成了进步人士和公民自由论者——诸如路易斯·布兰代斯、勒尼德·汉德、沃尔特·李普曼，还有赫伯特·克罗利——的英雄。霍姆斯和这些人的政治见解并不一样，但他认为作为大法官并不是非得有政治见解才行，他也没有做什么来阻止他们仰慕自己。作为这些人的阿博特，这也符合他的大公无私的概念——对那些他往往英勇而孤独地用尽

---

① 参见霍姆斯在 Giles v. Harris, 189 U.S. 475 (1903); Bailey v. Alabama, 219 U.S. 219 (1911); and United States v. Reynolds, 235 U.S. 133 (1914)等案中的意见。

② 弗吉尼亚州医生贝尔意欲对精神障碍女患者巴克强制绝育，患者监护人提出上诉。最高法院于1927年作出判决，认为为了保护国家和人民的健康，为智力受损者强制绝育并不违反宪法第十四条修正案。这一判决结果拥护消极优生学，至今仍未被推翻。霍姆斯在由其主笔的判决书中写道："与其等着这些人犯罪之后再来判刑，或是让他们因为无能而饿死，不如防止那些生性明显低劣的人生育后代，这样对社会或全世界来讲都是一件好事。"——译者

③ Buck v. Bell, 274 U.S. 200, 207 (1927).

全力去捍卫的观点，私底下他会谴责为愚蠢至极。他对自己的表兄约翰·莫尔斯解释道："让那些我认为已经坏到极点的法律能持续符合宪法，给我带来了极大的乐趣。因为如此一来，我帮助标记出了我会禁止的事情与宪法允许的事情之间有何区别。"[①]霍姆斯捍卫劳工权益不是因为他希望看到这些权益占上风，而是因为他相信，任何社会权益都应该有自己的机会。他相信尝试，也知道可能的选择是什么。

5

有一次，霍姆斯向刘易斯·爱因斯坦评论道，战争让他意识到波士顿只是美国的一座城市[②]。他不是为波士顿而战，而是为美国而战，他的经验告诉他，美国和波士顿不是一回事。波士顿不像他父亲热衷于宣称的那样，是一切事物的标准。（霍姆斯博士曾向朋友莫特利夸耀道："我们都将我们头脑中的波士顿公园当成是空间的单位，将国会大厦看成是建筑的标准，并以爱德华·埃弗里特为准绳来衡量别人，就好像拿着一根米尺一样。"[③]）老波士顿人的观点，只要确实是波士顿式的观点，就是坐井观天，有失偏颇。这种认识令人如释重负，但也带来疏远。在霍姆斯成熟的思想中，这种认识启发了他，让他试着超越自己时代和地域的偏见。另一方面，这也令他习惯于超脱时间和地域，变得无拘无束。

内战对美国文化的影响之一，是以国家情感代替了地域情感，霍姆斯的自我意识从坐井观天到放眼世界的转变，只是这个大发展中的小片段。

---

① Oliver Wendell Holmes to John T. Morse, November 28, 1926, *Oliver Wendell Holmes Papers*.

② Lewis Einstein, *Introduction to Holmes-Einstein Letters*, xix.

③ Oliver Wendell Holmes, Sr., to John Lothrop Motley, February 16, 1861, John T. Morse, Jr., *Life and Letters of Oliver Wendell Holmes* (Boston, Houghton Mifflin, 1896), vol. 2, 157.

但这种转变给他带来了一种超然，有时甚至相当于无视，无视那些对我们其他人来说往往足够重要，但也是局部的、具体的、特殊的事情。霍姆斯将自己连根拔起的需求是那么强烈，让他几乎对土壤本身也产生了厌恶。在大法官的工作中，他以揭露那些假扮成永恒真理的偏见为乐。在私人生活中，他的交游越来越广，但总是避免跟人过从甚密。他没有子嗣。他向勒尼德·汉德吐露："我才不想把别的什么人带到这么一个世界上来。"①

超然、专注，对他人的思想不屑一顾，这些都让晚年的霍姆斯看起来是个冷冰冰的人物。而且毫无疑问，他对自己能从庸常的情感中抽身颇有点洋洋自得。他有意让自己与青年时代的故步自封划清界限，在很多方面也确实做到了。1928 年，他在帕灵顿关于文学和知识的历史著作《美国思想史》中读到了帕灵顿对他父亲的评价。帕灵顿写道："他常常就是个票友，生活对他太友好了，他才不会自找麻烦去当行家里手。"②霍姆斯的反应很温和。他告诉拉斯基："他这么评价我父亲，我并不觉得意外。尽管父亲在晚年生活中不像他写产褥热论文时那么专注，但他仍然具备深刻的洞察力——时不时地会在他身上闪现；我相信这是真的，帕灵顿却没注意到，我也不觉得意外。"霍姆斯还补充道，超验主义者相信每一个人的灵魂都价值无限，帕灵顿竟然表示赞同，"这让我寒毛直竖"。③

战前霍姆斯还是个年轻人，可以认为这个世界比他想象的还要顽固；现在霍姆斯相信，再也不能这么想了。但他并没有忘记，在战前身为一个年轻人是什么感觉。在一场纪念阿博特向弗雷德里克斯堡进军的演讲

① Mark DeWolfe Howe, *Justice Oliver Wendell Holmes: The Proving Years, 1870 - 1882* (Cambridge, Mass.: Harvard University Press, 1963), 8.

② Vernon Louis Parrington, *Main Currents in American Thought: An Interpretation of American Literature from the Beginnings to 1920* (New York: Harcourt, Brace, 1927 - 30), vol. 2, 459.

③ Oliver Wendell Holmes to Harold J. Laski, June 28, 1928, *Holmes-Laski Letters*, 2: 1069 - 70.

中，霍姆斯说道："我们三生有幸，青年时代的我们，心中点燃了熊熊烈火"[①]——这句话既让反奴隶制事业得到升华，也将这一事业归入了一去不回的旧时光。1914年彭罗斯·哈洛韦尔去世时，霍姆斯告诉爱因斯坦，尽管他们选择了不同的道路，但哈洛韦尔是"我最老的老朋友……我没法肯定，但也是我所知道的最伟大的灵魂……他给我的青年时代带来了第一次成年人的悸动"。[②] 他对爱默生的热情也从未褪色。归根结底，霍姆斯作为知识分子的卓然独立的态度本质上是爱默生式的。1930年，年近九十的霍姆斯在给波洛克的信中写道："在我年轻的生命里燃烧着的，像是能永远照亮我的火炬只有一个，那就是爱默生。"[③]

1932年，霍姆斯已经从最高法院退休，也即将走到生命的终点。他尝试向费利克斯·法兰克福特的妻子玛丽昂·法兰克福特大声朗诵一首关于内战的他十分喜欢的诗，但尚未卒章就泣不成声[④]。眼泪不是为战争而流，而是为战争所摧毁的一切。霍姆斯成长于一个文化高度发达、高度同质化的世界，在这个世界中从很多方面来看他都是完满的产物：生活有理想，术业有专攻，社会有认同。随后在弗雷德里克斯堡和安提塔姆，他眼睁睁地看着这个世界失血而死，学识和才华毫无用武之地，未能阻挡这场战争爆发。从战场上归来时，波士顿变了，美国人的生活变了。霍姆斯也变了，但他从未忘记自己失去了什么。爱因斯坦说："他跟我说过，内战以后这个世界哪儿哪儿都看着不对劲。"[⑤]

---

① Oliver Wendell Holmes, "Memorial Day" (1884), *The Collected Works of Justice Holmes*, vol. 3, 467.

② Oliver Wendell Holmes to Lewis Einstein, April 7, 1914, *Holmes-Einstein Letters*, 90.

③ Oliver Wendell Holmes to Frederick Pollock, May 20, 1930, *Holmes-Pollock Letters*, vol. 2, 264.

④ *Holmes and Frankfurter: Their Correspondence, 1912 – 1934*, ed. Robert M. Mennel and Christine L. Compston (Hanover: University Press of New England, 1996), xxix.

⑤ Einstein, *Introduction to Holmes-Einstein Letters*, xvi.

第二部

威廉·詹姆斯自画像,作于 1866 年左右,时为哈佛医学院学生(詹姆斯家庭文件,哈佛大学霍顿图书馆,经霍顿图书馆及贝·詹姆斯授权使用)。

第四章　有两种思想的人

1

威廉·詹姆斯没有在内战中上阵杀敌。萨姆特堡陷落时他十九岁，他的教育生涯尽管一直以来都是断断续续的，这时也陷入了僵局。没有太多东西阻碍他登记入伍。但他总是避之唯恐不及。

这也不是说，他跟热火朝天的反奴隶制运动是隔绝的。他家跟爱默生家过从甚密，他的两个弟弟，加思·威尔金森（人称维尔基）和罗伯逊（人称鲍勃）都在富兰克林·桑伯恩开在康科德的一所学校就读，而在约翰·布朗的哈珀斯费里历险中，桑伯恩是废奴主义的资助者——所谓的秘密六人组——之一（布朗被捕后，桑伯恩曾短暂逃往加拿大，令同为秘密六人组成员的托马斯·希金森大感厌恶）。约翰·布朗有两个女儿也在这所学校上学。维尔基和鲍勃都登记入伍了（鲍勃还谎报了年龄），最终在黑人兵团服役，即马萨诸塞州第五十四团和五十五团。维尔基是五十四团罗伯特·古尔德·肖的副官，在猛攻瓦格纳堡时严重负伤。他被送回纽波特家里，詹姆斯一家就住在这里。威廉是个很有天分的艺术家，给在家养伤的弟弟画了一幅素描。这是威廉·詹姆斯跟战场最贴近的一次。

人们习惯上认为，威廉和他另一个弟弟亨利是因为他们的父亲老亨利·詹姆斯的阻挠才没去参军。老亨利虽然乐意将自己前景一般的儿子送去参战，却急于保护他在威廉身上的投资；威廉作为长子，在詹姆斯家的五个孩子中，很明显是天分最高的。威廉和老亨利之间的关系很复杂，毫无疑问，父亲更愿意看到自己的长子远离危险。不过，威廉似乎也没有多想逃出这片天地。萨姆特堡陷落后不久的 1861 年 4 月 22 日，他加入纽波特炮兵连当了九十天的志愿者，但对那些还没下定决心投身战争的北方人来说这是标准反应，也不会带来真正的军事义务。这年秋天，詹姆斯去了哈佛大学的劳伦斯理学院就读，一直到内战结束都没有离开学校。

但他对自己未能亲身体验定义了他这一代人的经验一直很在意，有那么几次他提到这种心情，并将未能参军归因于自己的优柔寡断，而非父亲的束手束脚。很多年以后他都还记得，1863 年春天，新成立的五十四团行军穿过波士顿，他站在人群中看见，肖的中尉及未来的妹夫查尔斯·拉塞尔·洛厄尔，跟他未婚妻骑着马："我回头一看，看到他们的脸和身影在夜空中显现。他们看起来那么年轻，那么胜券在握，而我，被我自己是否应该履行职责去参军这样的问题深深折磨，退缩了——他们没有看到我——没有认出我来。我永远也不会忘记他们留给我的印象。"①

这个对比极为鲜明。查尔斯·洛厄尔，人称"多情剑客"，是战争年代波士顿最魅力四射的人物之一；他的妻子约瑟芬·肖因果敢而闻名，在她哥哥的五十四团开赴前线之时，他们的婚姻体现了婆罗明主义与废奴主义最浪漫的融合。查尔斯唯一的兄弟詹姆斯·杰克逊·洛厄尔，在一年

① William James to Carlotta Lowell, 1905, Ferris Greenslet, *The Lowells and Their Seven Worlds* (Boston: Houghton Mifflin, 1946), 289. Caroline Tappan to Henry Lee Higginson, May 7, 1863, in *Bliss Perry*, *Life and Letters of Henry Lee Higginson* (Boston: Houghton Mifflin, 1921), 192：特威迪夫人[原文如此]刚刚来过，她说威廉·詹姆斯看到了黑人兵团阅兵——就是罗伯特·肖那个兵团——他们这群人非常优秀，看起来比他见过的任何白人兵团都要优秀。查尔斯·洛厄尔和约瑟芬·肖坐在他们高大的战马上，看着就像国王和王后一样，他都不敢上前跟他们讲话。查尔斯看起来高兴极了，他也确实应该高兴，因为约瑟芬是个多好的姑娘呀，那么真实，那么富有个性。

前的格伦代尔战役中，几乎就是在温德尔·霍姆斯眼前负了致命伤，被邦联军俘虏后去世了。查尔斯自己则在1864年的雪松溪之役中成仁。查尔斯·洛厄尔的公众形象，跟威廉·詹姆斯的私人形象刚好截然相反。查尔斯英勇果敢，十分擅长与人交往；威廉·詹姆斯则很脆弱，对社交缺乏自信，也从来都没办法下定决心。

战争爆发两年后，詹姆斯仍然在为是否参军而发愁，这就他做决断的能力而言实在是司空见惯。很多传记作者都将威廉的优柔寡断归罪到老亨利头上，说他自相矛盾。老亨利对任何人来说都是足以让人晕头转向的楷模，但他的长子威廉对做出决定深恶痛绝，却完全是威廉自己的问题。他大半生的心血都在捍卫自己同时拥有的两种世界观——现代科学和宗教信仰——多数人都会认为两者互斥，但他最终发明了一种实用主义哲学，并相信这种哲学能帮助人们在哲学选项之间做出恰当选择。詹姆斯相信，甘冒风险的决断——甚至在所有迹象都显现之前就全押在一个选择上——是人性最大的污点。他认为宇宙会对这样的人让步。但他也同样认为，确定性是原则上的死亡，他讨厌排除任何事情。

他对生活中这个问题的解决方法是，培养一种高度自觉的冲动。他会决绝地做出行动，然后又同样决绝地改变念头。他花了十五年去尝试选定一门职业，从科学换成绘画，又换成科学，又换成绘画，然后是化学、解剖学、自然史，最后是医学。医学是他唯一完成了的学业：1869年，他从哈佛大学拿到了医学博士学位，但余生从未行医，也没有当过医学教师。1872年，他开始在哈佛教生理学，但专业也在变来变去，先是转向实验心理学，随后是哲学（尽管那时候这些领域之间的界限不像今天这么分明）。1903年他开始了尝试决定是否退休的历程。在他1905年秋天的日记里可以读到：10月26日，“辞职！”；10月28日，“辞职！！！”；11月4日，“辞职？”；11月7日，“辞职！”；11月8日，“不要辞职”；11月9日，“辞职!”;11 月 16 日,“不要辞职!”;11 月 23 日,“辞职”;12 月 7 日,“不要辞职”;12 月 9 日,“明年还在这儿教书”。[1] 1907 年,他退休了。

他花了两年时间跟自己要娶的女人谈恋爱,这就是艾丽斯·豪·吉本斯(她倒是一心想要嫁给他)——他们的罗曼史始于 1876 年,而且从一开始就假定两人会谈婚论嫁;但他只是在某个范围内我行我素,直到再次回到起点,总是在兜圈子。在这个圈子之中还嵌套了很多更小的圈子。有一次,是他们开始恋爱一年之后,出现了艾丽斯会离开他自己去英国的可能。一个星期一的晚上,詹姆斯写信支持这个计划:“你一定得去英格兰。为了应对各种各样可能发生的事,我们必须避免在我们之间产生什么特殊的关系。”到了星期二早上,他又发了一封信:“我发现,我跟你说你一定得去英格兰,真是又迂腐又愚蠢……我是个傻瓜,不配跟你提建议。”六天后,他提了些建议:“所有这些想法,在过去二十四小时让我一直在想,如果让你放弃去英格兰的计划,对你来说到底是不是件好事。”[2]她没去英格兰;但稍微晚些时候她倒确实去了加拿大。这样好像也有用。1878 年,他们终于步入了婚姻的殿堂。

他们生了六个孩子。威廉给最小的儿子起名叫弗朗西斯;到孩子似乎不喜欢这个名字的时候,他开始管这个孩子叫约翰;到孩子七岁的时候,他正式将名字改成了亚历山大。如果家里人惹恼了他——这是常有的事;他们有个孩子后来描述道,威廉和艾丽斯两人的狮吼功可谓势均力敌——他有时候就会一个人跑出去,去他位于新罕布什尔州的乡间别墅。他一到那里,就会开始给家里写情书。只要他在欧洲(家里有新生儿的时候他就会出城,这已经成了他的习惯),他就会宣称自己对欧洲的生活深

---

① Ralph Barton Perry, *The Thought and Character of William James* (Boston: Little, Brown, 1935), vol. 1, 441.

② William James to Alice Howe Gibbens, April 23, April 24, and April 30, 1877, *The Correspondence of William James*, ed. Ignas K. Skrupskelis and Elizabeth M. Berkeley (Charlottesville: University Press of Virginia, 1992 -), vol. 4, 558, 559, 560.

恶痛绝，更喜欢美国的一切。一旦回到美国，他就会开始抱怨美国，渴望着去欧洲。他的妹妹爱丽丝晚年住在伦敦，有一次威廉飞去伦敦探望风烛残年的妹妹，之后她写道："他就像一滴水银，你是没法在脑子里搞清楚他究竟是怎么回事的。"①

然而人人都敬慕他。有那么一些人，对他的情感摇摆不定，其中一位叫做乔治·桑塔亚纳，是他的学生，也是后来在哈佛大学哲学系的同僚。桑塔亚纳典型的尖刻评价，正好说明了在别人眼里他具有超凡个人魅力的原因："他是如此浑然天成，自然而然，以至于没有人知道他的天性究竟是怎样的，也没有人知道接下来该期待什么；因此在最不自然的社会中，这个人被迫以传统的方式行事，跟人交谈。"②对此他自己的解释是，他相信（有一回他就是这样告诉伯纳德·贝伦森的）："性情每一次喷薄而出时，都应当继之以恰如其分的行动。"③而他又是个性情中人。他有时候会跟别人争执不下，但在他看来，这丝毫没有降低他对任何人的敬重。

另一种说法是，詹姆斯将自己的弱点转化成了力量。这给他带来了巨大的失落感：几乎整个1860年代，他都在试着应付这一切。在这过程中，他倒确实在某种意义上为内战做了贡献——或者不如说是为更大的争端做了贡献，而内战只是其中一部分。这争端关乎美国种族关系的未来，而詹姆斯的角色的特别之处，就是他的贡献是在错误的那一方。不过，这倒是跟他早年常有的杂乱无章相契合。

---

① Alice James, Diary, November 18, 1889, *The Diary of Alice James*, ed. Leon Edel (London: Rupert Hart-Davis, 1965), 57.

② George Santayana, Persons and Places: Fragments of Autobiography (1944), *The Works of George Santayana*, ed. William G. Holzberger and Herman J. Saatkamp, Jr. (Cambridge, Mass.: MIT Press, 1986 -), vol. 1, 402.

③ Bernard Berenson, *Sunset and Twilight: From the Diaries of 1947 - 1958*, ed. Nicky Mariano (London: Hamish Hamilton, 1964), 67.

2

詹姆斯家并不是婆罗明，甚至都算不上新英格兰人。他们祖上两边都是爱尔兰移民，尽管现在詹姆斯家看起来和爱默生家或是霍姆斯家一样像美国人，但对爱默生家和霍姆斯家这样的人来说，他们似乎仍然是格格不入的爱尔兰人。有一回为了跟他的英格兰朋友弗雷德里克·波洛克解释怎样理解亨利或威廉·詹姆斯，霍姆斯说道："你得记住他们有爱尔兰血统。"①爱默生的儿子爱德华对这个家庭则有如下回忆："他们的演讲非常成熟，非常生动，也激情四射，他们血统中盖尔人（爱尔兰人）的元素尽显无遗。"②詹姆斯家在社交上很成功，但他们也知道，自己是外人——即便用迷人的时髦话来说算是新贵；这种感觉尽管隐约但也没法去除。大多数时候，他们也喜欢这样，这给他们带来了优势。

詹姆斯家在美国的始祖名叫威廉，是后来这位哲学家的祖父。他是个爱尔兰新教教徒，1789 年十八岁的时候来的美国，住在奥尔巴尼。他没有任何物质优势或社会优势可以凭借，一开始的职业是在纺织品行业当小职员——最后他还是发了一笔财，其中大部分是因为他参与了伊利运河的建设。1832 年他去世时，据说是纽约州第二富有的人，仅次于约翰·雅各布·阿斯特。他的财富包括锡拉丘兹村大部，购于 1824 年。

威廉·詹姆斯有三任妻子（其中两位死于分娩）和十一个孩子（两个死于襁褓之中）。他的第三任妻子名叫凯瑟琳·巴伯·詹姆斯，也有爱尔兰血统；他们第二个活下来的孩子叫亨利，是个不肖子孙。一开始他就反

① Oliver Wendell Holmes to Frederick Pollock, April 25, 1920, *Holmes-Pollock Letters: The Correspondence of Mr. Justice Holmes and Sir Frederick Pollock, 1874 – 1932*, ed. Mark DeWolfe Howe (Cambridge, Mass.: Harvard University Press, 1941), vol. 2, 41.

② Edward Waldo Emerson, *The Early Years of the Saturday Club: 1855 – 1870* (Boston: Houghton Mifflin, 1918), 328.

老亨利·詹姆斯及其子亨利，纽约市，1854年。次年，全家人为寻找完美的教育，开始了跨越大西洋的远征（来自马修·布雷迪所摄银版照片，詹姆斯家庭文件，哈佛大学霍顿图书馆，经霍顿图书馆及贝·詹姆斯授权使用）。

对自己父亲的加尔文主义——他小时候有个习惯,上学时会在路上一家鞋匠那里逗留一会儿,来一小口杜松子酒;年轻的时候,他在他父亲名下积欠了一大堆衣服和雪茄的账单,后来还从大学退了学——但到最后,他变成了第二次大觉醒的典型产物。

亨利一生中最重要的事件(除开他十三岁那年因为在事故中烧伤而截去大半条右腿)是被剥夺继承权。威廉·詹姆斯家的小羊羔没有哪只是纯白的,但在这群羊当中,逃学的亨利是最黑的。结果在加尔文教派的父亲那充满惩罚意味的遗嘱中,他成了被惩罚得最厉害的继承人。威廉·詹姆斯死于 1832 年,留下的地产估价在 120 万到 300 万美元之间(取决于由谁来估算)。遗嘱将资产的最终分配延迟了二十年,而且规定对任何被遗嘱执行人评判为过着"极度放荡、游手好闲或恬不知耻的生活"[①]的继承人,不得遗赠。亨利一开始的份额是一年 1 250 美元,比他随便哪个兄弟姐妹都要少得多。于是他干了美国人都会干的事情:起诉,而且是两回——第一次联合了其他失望透顶的亲戚,第二次就他自己——最后到 1836 年,该遗嘱在法律上被视为无效。威廉被宣布去世时没有留下遗嘱,而亨利根据《血统法案》完整得到了遗产中他那一份。这让他能在生活上逍遥如意,也让他的孩子们有机会享受非同寻常的教育。

尽管威廉的遗嘱实际上已被废除,但毕竟遗嘱中的精神还是胜利了。在法庭上争来争去的那些年,亨利也在纽约上州游荡,酗酒、赌博,五毒俱全。到可能是他住在布法罗的某个时候,他洗心革面,重新做人了[②]。因此,到遗嘱终于被抛开、金钱滚滚而来时,亨利已经能将这些钱派上大用场,而不只是挥霍。如果这些钱是 1832 年到他口袋里,詹姆斯家族的故事很可能就会完全不同。需要的是四年,而不是二十年;但威廉剥夺儿子

① Alfred Habegger, *The Father: A Life of Henry James, Sr.* (New York: Farrar, Straus and Giroux, 1994), 107.

② Habegger, *The Father*, 114 - 19.

的继承权，直到确定他不会浪费遗产时才遗赠的计划，到底还是达到了预期的结果。

“这个世界上没有哪个国家，基督教信仰对国民灵魂的影响要比在美国的更大。”[①]亚历西斯·德·托克维尔写道。这句评价自从成为对那些宁愿看到世俗道德在美国公众生活中盛行的人的指责，就经常被一再提起。在美国价值的形成过程中，信仰的作用会被不信教的人低估，这倒是真的。但在托克维尔于1831年至1832年访问美国时，美国的宗教热情正处于非比寻常的地位。即使托克维尔没有进行那些令人啧啧称奇的快速研究，他也几乎不会错过。

第二次大觉醒发端于世纪之交的新英格兰，随着向西不断蔓延，也衍生出很多教派。从1776年到1845年，美国人均传教士的数量增加了两倍[②]。18世纪，圣公会一个微不足道的分支教派循道公会，逐渐成长为全国最大的教派；摩门教、基督会、普救派、复临派、神体一位论派，还有众多浸礼会教派、美国非裔教派，等等——跟超验主义以及大量基于宗教的人道主义运动，包括废奴主义一起——都在同一个时期出现了，这是个宗教狂热的年代。

整体上看，这也是一场群众运动，其要旨则为民粹主义。跟新教复兴主义一样，这场运动倾向于尖锐地反对教权，因此也在传统的基督教神话中混杂了大量流行的迷信和民间疗愈偏方[③]。一方面来看，第二次大觉醒从1800年持续到内战前夕，正如托克维尔所阐释，算是欧洲基督教的

---

① Alexis de Tocqueville, *Democracy in America* (1835), trans. Henry Reeve, ed. Phillips Bradley (New York: Knopf, 1945), vol. 1, 303.

② Nathan O. Hatch, *The Democratization of American Christianity* (New Haven: Yale University Press, 1989), 3-4.

③ Jon Butler, *Awash in a Sea of Faith: Christianizing the American People* (Cambridge, Mass.: Harvard University Press, 1990), 225-56; Sydney E. Ahlstrom, *A Religious History of the American People* (New Haven: Yale University Press, 1972), 472-90; and Hatch, *The Democratization of American Christianity*, 49-66.

民主化，是与美国新教精神冲动的大众文化的巨大融合，脱去了大部分传统的等级制度和形式。但从另一方面来看，这也是在科学取代神学成为美国知识分子生活的主导话题之前，超自然主义的最后一次狂欢。

对身处1830年代想要被福音派的闪电击中的放浪形骸的年轻人来说，纽约州西部是个好地方。复兴主义的精神于1820年代就已经来到这片土地，持续了很长时间，产生了大量各式各样的教派浪潮，因此开始有人管这里叫"烧过头的地方"，有时候也有人叫"极富感染力的地方"。没有人清楚亨利·詹姆斯洗心革面（似乎是因为戒酒运动的什么组织而发生的）之后面对的是什么教义和派别。但他从这段经历中带走了两样东西：对宗教冲动的迷恋和对宗教组织的深恶痛绝。他是个正统的叛教者：他发现每一种自己尝试过的有组织的信仰都有待改进，而最终成了主要是自己发明的一种宗教的皈依者。

1835年，亨利回到奥尔巴尼时，被允准加入长老会教会。这年秋天，亨利去了普林斯顿神学院就读，这是一个因循守旧的加尔文教派组织。但1837年前往英国旅行时（正好在他继承到的钱滚滚而来的时候），物理学家迈克尔·法拉第向他介绍了桑德曼教派。这个教派以18世纪苏格兰人罗伯特·桑德曼命名，桑德曼总体上反对新教教派，尤其是长老会，理由是他们认定灵魂的救赎依赖于工作而不是信仰，败坏了基督教教义。桑德曼对新教的疗法也会被詹姆斯取为己用：更多的新教教义。桑德曼宣称，仔细阅读《新约》，不需要有神职人员介入，是敬奉上帝唯一需要采取的形式。

1838年亨利回到美国后，自费出版了桑德曼的主要著作《关于塞伦和阿斯巴西奥的书信集》（初版于1757年），自己还写了篇攻击长老会神职人员的序言。这实际上让他跟普林斯顿一刀两断。第二年他又去了英国，这回似乎跟一群苏格兰浸礼会教友扯上了关系。1839年，他在纽约市定居下来，加入了运河街上的一家教会，在城市指南中这家教会被列为

"原始基督教"[1]。他也开始追求后来的妻子玛丽·沃尔什(也是成功的爱尔兰移民的后人),方法是在她家起居室地板上踱来踱去时,就她应放弃当地长老会教派的会员资格滔滔不绝,理由是真正的信仰不需要什么组织从中斡旋。

詹姆斯最终皈依了斯威登堡学派,那是在他于1844年经历了一次精神崩溃之后,当时他跟自己新组建的家庭住在伦敦郊外(威廉生于1842年,亨利生于1843年)。晚餐后独自安坐时,他产生了一种直觉:"在房间里有什么该死的影像蹲在那里,我看不见,但从他那臭烘烘的特性散发出的影响是致命的。"[2](据他后来反映)这个幽灵完全摧毁了他的沉着冷静。几星期后,在他前往疗养的一个温泉疗养院,他碰见一位奇切斯特夫人。夫人告诉他,他经历的正是斯威登堡称之为"坏空"的情形。于是詹姆斯接受了斯威登堡,此后终身都与他的思想深深共鸣。但他作为斯威登堡信徒的生涯,大部分都是在抨击斯威登堡追随者的官方教会新耶路撒冷教会,指责他们(这一点上他倒是一以贯之的)背离了大师的教诲,将教派机构化了。詹姆斯有一篇写于1854年的文章,对斯威登堡追随者建立的机构鸣鼓而攻之,文章标题总结了他对所有机构的看法:《基督教教会不是教会精神》。在斯威登堡的著作中,詹姆斯看到了他在所有影响过他的宗教教义中看到的东西:一道避开形式的禁制令。

会被这样的经验吸引的人,也会天然地受到爱默生的吸引。他们的会面是在1842年的纽约市,爱默生正在那里巡回演讲,本该前去拜访詹姆斯家,祝福摇篮中的新生儿威廉——爱默生的心头肉、他的儿子沃尔多就在几个月前死于猩红热,在这种背景下,即便有这样特别的预兆,他的到访仍然是个传奇。爱默生只要身在纽约,似乎就会特意住到詹姆斯家;

---

① R. W. B. Lewis, *The Jameses: A Family Narrative* (New York: Farrar, Straus and Giroux, 1991), 39-40; and Habegger, The Father, 157-71.

② Henry James, *Society the Redeemed Form of Man, and the Earnest of God's Omnipotence in Human Nature* (Boston: Houghton, Osgood, 1879), 44-5.

小说家亨利·詹姆斯回忆道，他小时候家里就有一间屋子，叫“爱默生先生的房间”[①]。

爱默生和老亨利·詹姆斯之间的关系，在爱默生这边的特点是他一贯的君子之交淡如水，在詹姆斯这边的特点则是他一贯的热切与冲动。詹姆斯一开始就有些看法，认为超验主义者有一哲学“系统”，而爱默生对这个问题含混不清的态度让他很恼火，有一次他这么叫爱默生：“你这个没法捉摸的人！”[②]但他开始认识到从他们最早的通信来看显而易见的一件事，那就是他对爱默生的吸引力，从根本上讲跟哲学完全没有关系。多年以后，詹姆斯这样写到爱默生：“在我们刚开始亲密接触的时候，我一直在动脑筋，想要弄明白他为什么会有那么大的吸引力；但我完全没办法揣度这魔法究竟是什么，更不用说这非常个人化，要更多地归因于他自己本来就有的或是源自天性的东西，而不在他的志向当中或源于文化。我经常发现自己其实在想：这个人要是个女人，我肯定会爱上他。”[③]

爱默生喜欢詹姆斯，也一直对他很体贴。他介绍詹姆斯去巡回演讲，还将他介绍到超验主义者的圈子里，在那里人们大部分时候都认为他是在屈尊俯就。诗人埃勒里·钱宁曾这么描述他：“一个红光满面的小胖子，斯威登堡的业余爱好者，长得像个掮客，但是有帕斯卡的头脑和心灵。”[④]钱宁的朋友亨利·梭罗通过爱默生认识了詹姆斯，被他的真诚和慷慨深深打动，但对詹姆斯的观点感到不耐烦。梭罗抱怨道：

他用形而上学的外衣讲述了类似博爱的信条，但从实践的意义

① Henry James, *Notes of a Son and Brother* (New York: Scribner, 1914), 205.

② Henry James, Sr., to Ralph Waldo Emerson, October 3, 1843, *William James Papers*, Houghton Library, Harvard University, bMS Am 1092.9 (4099).

③ Henry James, Sr., “Emerson A” (1872), *William James Papers* (4587).

④ Ellery Channing to Henry David Thoreau, March 5, 1845, *The Correspondence of Henry David Thoreau*, ed. Walter Harding and Carl Bode (New York: New York University Press, 1958), 161.

上来讲非常粗略。他指责社会犯下的所有罪行，又赞扬那些承认罪行的罪犯。但是我觉得，他从自己脑子里提出的所有救世良方——像他这么热诚，他没有多说——会让我们留在原地。当然原因在于，他提出的让罪犯皈依不是通过在感恩节送一顿火鸡大餐，而是通过对每一个人都有真正的同情。①

梭罗认识一些罪犯，也十分肯定同情不会成功。布朗森·奥尔科特的神学标准比几乎所有人都要高出很多，詹姆斯对他来说毫无用处。他曾当面称詹姆斯为"残次品"②。这个比喻本意是精神上的，但对于装了一条木腿的人，这样说还是太尖刻了。

3

老亨利·詹姆斯是个多产的作家——尽管通常都得自己倒贴钱出书——也有空在某些报纸上写写文章，时不时捞点"捐助"作为回报。他为人热情，喜欢交际，也是跨大西洋的知识分子生活的积极参与者，还喜欢混搭起来(可能这就是关于他爱尔兰血统的评价想要着重强调之处)。他给予的几乎就是他从布朗森·奥尔科特之类的人那里得到的。他经常突然改换门庭，但跟自己的长子不同，他从来没有因为犹疑而停滞不前。他曾说："怀疑状态……我还从来没有经历过。"③

在那个时候，詹姆斯是个怪异的宗教思想家——内战前那几十年，这片大陆上满是怪异的宗教运动。他所属的生活方式，以及关于生活的思

① Henry David Thoreau to H. G. O. Blake, January 1, 1859, *The Correspondence of Henry David Thoreau*, 537.

② Mrs. James T. Fields, Diary, July 28, 1864, Mark A. DeWolfe Howe, *Memories of a Hostess: A Chronicle of Eminent Friendships* (Boston: Atlantic Monthly Press, 1922), 76.

③ James, *Notes of a Son and Brother*, 235.

考方式，基本上因为战争和现代科学而过时了；这也让他对战后、对后达尔文时代的美国思想家（比如他的儿子威廉）的影响这个问题变得有点儿困难。通常传记都会假定连续性，但社会史让人想到断裂。

1882 年，在伦敦工作的威廉给他在剑桥生命垂危的父亲写道："我的整个知识分子生活都来源于您。"①这份大致的人情债记录，他后来重复过很多次。然而具体的人情债记录很难找到，因为他们的观点在细节上并没有那么针锋相对，大相径庭。它们来自不同的发散性的系统。老亨利的著作《斯威登堡的秘密》（威廉·迪安·豪厄尔斯对这本书的反应很著名："他守住了那个秘密。"②）于 1869 年出版后不久，威廉写信给自己的弟弟亨利说："我还在慢慢读他的别的书，我多读一点之后会再给你写信。不用多说，很多以前我因为怀疑有错而觉得无法理解的地方——现在绝对相信是完全错了……他对其他人的思考方式一无所知，他对他们的困难漠然忽视，对于写作这类主题的作家来说，太惊人了。"③

老亨利·詹姆斯是个柏拉图主义者。他（跟斯威登堡一样）相信有两个领域，一个可见一个不可见；而不可见的那一个，他命名为"神圣之爱"的领域，才是真实的。从这个前提出发，随之而来的是通常的结论：人类现在与真实和现实相隔离；人类的宿命就是达成上帝所要求的圆满；哲学家在这里是为了帮助其他人了解，这种圆满究竟是什么。詹姆斯的这些独特概念部分源自阅读斯威登堡的著作，部分源自 19 世纪人们常拿来跟斯威登堡相比的一位作家，法国社会主义者夏尔·傅立叶。在《物质与阴

---

① William James to Henry James, Sr., December 14, 1882, *The Correspondence of William James*, vol. 5, 327.

② Charles Eliot Norton to Eliot Norton, June 11, 1907, *The Letters of Charles Eliot Norton*, ed. Sara Norton and M. A. DeWolfe Howe (Boston: Houghton Mifflin, 1913), vol. 2, 379（"我正跟他聊詹姆斯博士的新作[即《实用主义》]，我说，这本书很精彩，但有点儿不清不楚。豪厄尔斯先生答道：'就像他父亲，写了《斯威登堡的秘密》，可是自己又守住了那个秘密。'"）。

③ William James to Henry James, October 2, 1869, *The Correspondence of William James*, vol. 1, 102.

影》(1863 年)中,詹姆斯对此有如许表达:“人类在地球上的命运,……在于实现完美社会,在于人与人之间的友情或兄弟情谊。”[①]

要达到这种救赎状态,主要障碍在于相信独立的自我(斯威登堡称之为“自我统一体”)。詹姆斯认为,这种信念是“所有那些令人类感到痛苦的邪恶的重大根源”[②]。对自我的信念很恶劣,因为会让一些人自觉高人一等。它的基础是自爱,或自我中心主义,詹姆斯不断向公众、向他的朋友和家人劝诫的一种罪恶(他对极为任性的外甥女玛丽·坦普尔自以为是地大谈特谈顺从的重要性,让她深感厌烦)。詹姆斯因此也宣称道德毫无用处,而认为人们要对自己行为的善恶负起责任的有害信念,就跟道德观念密切相关。相信道德的人,也会认为他们能通过自己的努力,让自己比其他人更有价值。但这是在敬奉自我的假神。詹姆斯坚持认为,“所有有意为之的美德都似是而非”[③],真正的善只能来自上帝。因此,正如詹姆斯的儿子亨利多年以后所述,詹姆斯家的孩子“曾有过聆听道德规范的乐趣,或者说道德说教,正如其更加令人反感的措辞,使性格和行为的兴趣陷入混乱”[④]。

这样一种世界观,应用起来并不是不证自明的。在他职业生涯的开端詹姆斯觉得,他的观点要求他拥护自由恋爱。他在傅立叶主义者的杂志《预告者》中写道:“如果社会允许其国民自由追随神圣的灵感,任由他的激情把他带到随便什么地方,我们就永远也不会听说像是淫乱、通奸这样的事情,永远不会想到只不过是激情的自然终结。任何情况下天然的

① Henry James, *Substance and Shadow: Or, Morality and Religion in Their Relation to Life: An Essay upon the Physics of Creation* (Boston: Ticknor and Fields, 1863), 6.

② Henry James, *Society the Redeemed Form of Man*, 47.

③ Henry James, "Property as a Symbol", *Lectures and Miscellanies* (New York: Redfield, 1852), 76.

④ Henry James, *A Small Boy and Others* (New York: Scribner, 1913), 216.

欲望都会绝对屈从于个人情感，因此也总是会被提升为天使般的圣洁。”[①]他相信：“总有一天，性关系会在任何情况下都由当事人的私人意愿加以控制。到那时，公众情绪或法律，……将宣布所有男人、所有女人都可以完全自由地追随他们各人的爱情天性，让这些爱情准许的每一次结合都正正当当。”[②]

但是几年后，他发现自己被马克斯·埃奇沃思·拉扎勒斯在《爱情与婚姻》（1852年）中作为支持淫乱的证据引为盟友。他大发雷霆，开始收回先前的观点。他在霍勒斯·格里利的《纽约论坛报》上对拉扎勒斯的书做了一番评论，这一次他解释说，正是因为对男性性冲动的压制，才让婚姻成为神圣的殿堂。尽管已婚妇女总是会使“那些未被占用的女人抱有的希望”破灭（他说得很老到），但男人有责任克服自己这种性冲动的挫败感，在妻室“低垂的眼帘”中认识到自己的神性[③]。

这似乎更符合詹姆斯对两性之间差异的一般看法，也就是女人“天生就不如男人。女人在情欲上不如男人，在智力上不如男人，在体力上也不如男人”；十分确切地说，女人是她丈夫的“充满耐性、永无怨言的苦工，他的役畜，他任劳任怨的牛，他没精打采的驴，他的厨子，他的裁缝，专属于他的能让人开心的护士，以及他孩子的无眠无休的看护”。但詹姆斯也认为，正是这种低人一等让女人能够吸引男人，因此，任何“女人身上的智力或情感的重大发展，都肯定会损害”男性的注意力。“有哪个男人会按丹尼尔·韦伯斯特的模式去迷上一个女人呢？”[④]也因此，他反对让女人接

---

① Y. S. [Henry James, Sr.], "Postscript to Y. S.'s Reply to A. E. F.", *Harbinger*, 8 (December 30, 1848): 68.

② Y. S. [Henry James, Sr.], "Remarks", *Harbinger*, 8 (December 2, 1848): 37.

③ H[enry] J[ames], "Marriage Question," *New York Tribune*, September 18, 1852, p. 6. Habegger, *The Father*, 277 - 98, 329 - 42.

④ Henry James, "Woman and the 'Woman's Movement' ", Putnam's Monthly, 1 (1853): 285; "Marriage Question," 6; "Woman and the 'Woman's Movement' ", 287.

受正式教育。在他最小的孩子也是唯一的女儿爱丽丝身上，这种观念造成了灾难性的后果。

在詹姆斯的思想中，对手足之情的理想化显然也跟他相信黑人天生就低人一等并不冲突。他认为黑人是“智力最低下的人，满脑子只想着肉欲的人”[①]。甚至就算到了 1863 年，他还是拒绝加入废奴主义者阵营，理由是“废奴主义者是作为一种组织机构来攻击奴隶制，而不是作为道德原则……总体而言这个组织的实际工作，从道德观点来看，我怀疑并非对奴隶有利；从最近的进展来看，似乎只有奴隶主被辱没了”[②]。当维尔基从瓦格纳堡负伤回来在家养伤时，老亨利问他，黑人士兵有没有在战争中动摇；即使维尔基一再坚持说他们并没有，他还是满腹狐疑[③]。

詹姆斯的普救主义是强制性的。他对宗派主义的斥责是那么激烈（他曾经说：“分裂主义或宗派主义的实质，就跟地狱没什么区别。”[④]），以至于有时候他主张的基督教大联合都与不容异己没什么两样了。他看不起犹太人，因为他们相信自己是上天选中的民族，也因为他们将道德律令奉为神明——他在自己的一本书中描写道：“仍然披着人类的外衣，但说得最好听也就几乎一钱不值。”[⑤]他认为天主教是一种迷信，而天主教会“只是民族生活之上的疥疮”[⑥]。他将真正的灵性等同于新教教义，并认为新教基本上算是宗教的民主化运动。同样，他也认为民主就是新教教义的政治等价物。他在一次演讲中解释道：“民主在政治生活中作为旧形式的解体或解散，并不是多么新鲜的形式；民主只是将政府分解交到人民

① James，“Property as a Symbol”，*Lectures and Miscellanies*，69.

② James，*Substance and Shadow*，536.

③ Habegger，*The Father*，442-3.

④ Henry James，*The Secret of Swedenborg: Being an Elucidation of His Doctrine of the Divine Natural Humanity*（Boston：Fields，Osgood，1869），210.

⑤ James，*Society the Redeemed Form of Man*，84.

⑥ Henry James，*The Church of Christ Not an Ecclesiasticism: Letter to a Sectarian*（New York：Redfield，1854），65.

手中，拆毁原来存在的东西，并重新承认其本来的根源；但绝不是要在这个位置上取代别的什么东西。”①

在詹姆斯看来，新教和民主这两种力量，是斯威登堡千年王国的发动机，在这片乐土上人与人之间的所有区别都会被抹去。这是个普世的希望，但也是美国的希望。詹姆斯告诫道：“合众国的所有教堂都必须与所有欠缺政治这部分的组织断绝关系……就像我们的政治这方面让我们成为地球上所有在物质上受压迫者的避难所一样，我们的基督教教会在这方面也必须让我们成为所有在精神上受压迫者的避难所。”②在他最后的著作中，他用一句格言总结了自己的哲学：“今天我们真正的神的荣耀在驿站马车[用今天的话来讲，就是公共汽车]上。”③

老亨利思想的重要基础——一元论的信念，相信看不见的世界永不改变的现实；对世俗道德的差别漠不关心；反对个人主义——与他长子的思想完全是水火不容。这些思想从属于封闭的、预先决定的宇宙——“模块宇宙”——的概念，威廉·詹姆斯所打造的实用主义就是专门为了颠覆这种概念的。威廉憎恶毫无差别地同一化的想法；就连期待人人都以同样的方式轮替这样的事实，他都不喜欢。他认为宇宙应该重新命名为“多重宇宙”，而他对个体能动作用的力量如此深信不疑，就连他哲学上的盟友查尔斯·皮尔士和约翰·杜威都对此颇有微词。

但威廉和他父亲一样，也算是个超级新教徒。他自己那部表面上宣扬基督教大联合的著作《宗教经验种种》(1902 年)，收集了世界各地的通灵故事，在论及天主教圣徒的传说时，用了一种目空一切的语调。更引人注目的是，詹姆斯经常将实用主义哲学与新教改革相提并论。这种哲学大体上可以算是他创造出来的。他将实用主义当作哲学上的论据，抛弃

① Henry James, “Democracy and Its Issues”, *Lectures and Miscellanies*, 4.

② James, *The Church of Christ Not an Ecclesiasticism*, 67.

③ James, *Society the Redeemed Form of Man*, 90 - 1.

过时的陈词滥调，抵制以前用到的权威。詹姆斯将实用主义学说的原始构想归功于皮尔士，他以同样的方式想到了实用主义，而这个宗教类比在杜威那里也有回响。实用主义也属于美国文化中主张政教分离的冲动的一部分——这种冲动从爱默生的著作中汲取力量，他抨击宗教机构，抨击从众；也从内战之后进化论的支配地位中汲取力量，正是进化论让人们注意到所有社会形式都是有可能的。但是在这个世纪，美国新教分裂为多个宗教和准宗教派别——可以说是新教的新教徒化——也是实用主义得以出现的更大更早期的背景的一部分。在这种背景下，老亨利·詹姆斯的著作确实占有一席之地。

4

当然，斯威登堡是个神秘主义者。他作为宗教思想家的职业生涯始于在一家小酒馆中经历的幻觉，紧随其后的是与上帝的直接交流；他也坚持认为，他所有关于天国的知识，都是从天使和别的幽灵那里得到的。他说："我喜欢完美的神灵感应。"[①]不过在成为神学家之前，斯威登堡在18世纪的瑞典已经是成就非常高的科学家——他是矿业工程专家——他打算在自己的神学著作中提出一种宇宙的统一场论，在这个体系中宗教和现代科学思想是一致和谐的。1840年代当他的著作在美国风行起来时，特别吸引了理性的和科学的头脑。斯威登堡学派是自由派的宗教。

爱默生带着兴趣，一开始甚至是带着热情去读斯威登堡，但最终他抱怨说，斯威登堡把宇宙变成了"巨大的水晶……宇宙在他的诗中，遭受着

① Ahlstrom, *A Religious History of the American People*, 484.

磁性的安眠，也只反映磁化者的意志”①。磁性的景象暗指梅斯梅尔疗法，即催眠术，这样说也很贴切；因为奥地利医生弗朗茨·梅斯梅尔自己就是斯威登堡的信徒，而当对催眠术、超能力治疗以及相关精神现象的兴趣在 19 世纪的美国渐成燎原之势时，这种兴趣也在斯威登堡学派中找到了天然的神学依附。一开始斯威登堡的新耶路撒冷教会禁止催眠术，但很快发现催眠术是让人皈依的绝佳来源，因此在 1847 年，美国最著名的斯威登堡信徒，纽约大学“超自然疗法”教授乔治·布什出版了一部著作，宣扬这种联合：《梅斯梅尔与斯威登堡》。斯威登堡曾描述过的那个未得一见的精神世界，其存在似乎由催眠术提供了科学的证明②。

因此，1848 年有两个来自纽约上州“烧过火的地方”③的姑娘，人称“狐狸”(Fox)姐妹，宣称自己能通灵，一下子就火了起来；通灵术不再只是一种时尚，甚至成了大西洋两岸的宗教运动；这时斯威登堡的牧师是最早与之沆瀣一气的人(最早支持和推动狐狸姐妹的是纽约州罗切斯特的贵格会教徒艾萨克·波斯特)。布法罗大学的一组医学教授最后得出结论，据说出自神灵的神秘敲击声实际上是姐妹俩偷偷地把膝盖和脚趾关节弄得噼啪作响。但真相来得太晚了，因为毕竟，就像相信通灵术的人说的，就算敲击声是假的，姐妹俩无论如何还是“知道”受众请她们向神灵请示的问题该怎么回答④。通灵术不胫而走，而玛格丽特·福克斯一直到

① Ralph Waldo Emerson, “Swedenborg; Or, The Mystic” (1850), *Essays and Lectures* (New York: Library of America, 1983), 682.

② Whitney R. Cross, *The Burned-over District: The Social and Intellectual History of Enthusiastic Religion in Western New York, 1800 - 1850* (Ithaca, N. Y.: Cornell University Press, 1950), 341 - 5; and Ahlstrom, *A Religious History of the American People*, 486 - 8.

③ “烧过火的地方”(Burned-over District)是指 19 世纪早期纽约中部和西部的部分地区，第二次大觉醒中的宗教复兴和新宗教运动就发生在这些地方。当时这些地方在精神上极度狂热，就好像整个地区都着火了一样。——译者

④ Frank Podmore, *Modern Spiritualism: A History and a Criticism* (New York: Scribner, 1902), vol. 1, 189 - 91.

1893 年去世都还小有名气。她为无数有样学样的人铺平了道路，也为超自然现象、宗教信仰和科学的混为一谈做好了准备①。

威廉·詹姆斯在晚年与这种混为一谈也大有关系。他对表明存在超感官领域的精神状态大感兴趣。作为心理学家，他在自己的工作中经常运用催眠术；只要能搞到手的药物，他几乎都拿来做过实验；在罹患失眠症时，他将自己交给了一位“心灵疗愈”治疗师，帮他在他睡着时“理清”他的思想；当马萨诸塞州健康委员会提出一项法案，规定无执照行医非法时，他公开为心灵疗愈从业者、磁疗医师、基督教科学家和整骨医生等人辩护。他与英国和美国的超能力研究协会也关涉颇深。即便在生命的最后十年，当他深受心脏病折磨，也自知时日无多的时候，他还花了大量的时间和精力，为宇宙有精神层面这一他所秉持的本能信念追寻科学上的验证。

他自己的假设是，这个层面由一种超个人的意识组成，这种意识与个体的思想有潜意识的联系。作为超自然现象的研究人员，他在生命将尽时写道：

> 根据我的经验……一个断然的结论凭空出现，就是这样，我们和我们的生活就像大海中的岛屿……这是个宇宙意识的连续体，紧挨着这个连续体我们的个体建起了附带的围栏；我们有些灵魂也纵身跃进了这个连续体，就像进入我们起源的大海或水库。我们的“正常”意识被限制了，只能去适应我们外部的地球环境；但围栏在有些地方很薄弱，影响就从另一边断断续续地渗漏进来，显露出若非如此

① Henri F. Ellenberger, *The Discovery of the Unconscious: The History and Evolution of Dynamic Psychiatry* (New York: Basic Books, 1970), 83 - 5; Cross, *The Burned-over District*, 345 - 8; Ahlstrom, *A Religious History of the American People*, 488 - 90; and Podmore, *Modern Spiritualism*, vol. 1, 179 - 201.

便无法证实的共同联系。[1]

他觉得，有超能力的人和会读心术的人，可能就是在他们精神的围栏上有薄弱之处的人，是能够穿透边界的人；那些边界通常会将一个人的心灵与其他人隔绝开，也会将所有的个体心灵与这个泛心灵论的王国隔绝开。詹姆斯认为，如果能够证明这样一个王国确实存在，就能成为传统宗教教义不朽的证据。他从来没有遇到他在找的证据，但也从来没有证明自己的假设是错的。他还是一如既往地悬而未决。

威廉感觉到，他的职业兴趣向通灵术的转变，形成了向他父亲思想的回归，而这种转变在他即将写完自己的第一部书《心理学原理》(出版于1890年)时愈演愈烈。至于说死后的生命，1891年他给自己住在伦敦因为乳腺癌而将不久于人世的妹妹爱丽丝写道：

> 这里面所谓的科学比以往我们曾被告知的都要多。这些顾忌，这些分裂的自我，所有这些逐渐真相大白的关于我们组织的新的事实，这些自我浑浑噩噩中的膨胀，正带着我转向光明，转向所有被鄙视的通灵术的和不科学的想法。今天父亲会发现，我变得更乐于接受，乐于倾听。[2]

实际上，威廉可能会引起一场辩论。因为老亨利·詹姆斯并不是那种对通灵术有热情的斯威登堡信徒。当狐狸姐妹的消息传到他那里时，他提醒自己的读者离远一点。并不是因为神灵不是真的；神灵当然是真

---

① William James, "The Confidences of a 'Psychical Researcher'" (1909), Essays in Psychical Research, *The Works of William James*, ed. Frederick H. Burkhardt (Cambridge, Mass.: Harvard University Press, 1975–88), 374.

② William James to Alice James, July 6, 1891, *The Correspondence of William James*, vol. 7, 177–8.

的。只不过是因为，这些流言蜚语只会带来麻烦。詹姆斯解释道："她们首先会借着谈论我们爱过的那些来抓住我们的注意力，然后逐渐勾起我们苦行者般的雄心，我们经神灵加持后的雄心；最后，她们牢牢地控制了我们，谁知道她们会把我们拖向什么自甘污秽、自甘堕落的深渊呢?"①他对这种现象的认识其实比他那位心理学家的儿子更接近弗洛伊德对潜意识的想法，以及精神分析的前提——也就是灵媒运动中治疗的潮流最终指向的地方之一。

老亨利·詹姆斯到底属于另一个时代。威廉在父亲于 1882 年去世后给自己的妻子写道："跟现在那些比比皆是的冷漠、乏味、锋芒毕露的人不一样，他浑身都散发着原始人类天然的气息；超出他所能构想的朦朦胧胧的事情，在他体内运行……我们必须确保，父亲的遗稿跟他所有著作的选集，要留给这个世界。我不禁想到，他的文集很快就会举世瞩目，而不是像现在只有他的名字为人所知。"②两年后，威廉出版了这个选集，名为《已故亨利·詹姆斯的文学遗产》。1887 年，他写信给弟弟亨利，告诉他过去六个月，这部文集一共卖出了一套③。

5

老亨利对教育的态度源于他对宗教的态度：所有制度化的典型都是可疑的。他解决这个麻烦的办法是让自己的孩子进进出出不同的学校，在每个学校待的时间都很短，这样就没有哪个学校能持续伤害他们。1855 年这家人离开纽约市的时候，威廉十三岁，同亨利已经一起进过不

---

① Henry James, "'Spiritual Rappings'", *Lectures and Miscellanies*, 417.

② William James to Alice Howe Gibbens James, December 20, 1882, *The Correspondence of William James*, vol. 5, 342.

③ William James to Henry James, September 1, 1887, *The Correspondence of William James*, vol. 2, 68.

下十所不同的学校了①。

事实证明,这在他们的经历中算是一段非比寻常的稳定期。1855 年夏天,亨利带着家人来到日内瓦,威廉和维尔基进了附近一所学校就读(小亨利患上了疟疾,病情很重,没法上学)。到了 10 月,亨利得出结论,瑞士的学校被高估了。于是詹姆斯家搬到了伦敦,剩下的冬天都在那里度过。1856 年 6 月,全家人离开伦敦去了巴黎,威廉、亨利和维尔基被派给了一位家庭教师。这一年他们在这个城市换过三次住处,到 1857 年夏天,他们搬到了滨海布洛涅。最大的那些孩子在这里开始上帝国学院,威廉也在这里受到鼓励,追随自己对科学的兴趣。这年秋天全家人又搬回了巴黎,威廉则到一家科学研究所就读。12 月,他们回到布洛涅。在这学年结束时威廉告诉父亲,他真正的兴趣是绘画,于是 1858 年夏天,在欧洲度过三年之后,全家人越过大西洋搬回纽波特,让威廉可以师从画家威廉·莫里斯·亨特学习绘画。

这还只是开幕式。这年秋天,老亨利对美国学校的教育越来越不满。全家人又回到日内瓦,威廉在这里成了日内瓦学院的学生(亨利被送到理工专科学校,原因难以猜测)。1860 年 7 月,这家子大半搬去了德国波恩(鲍勃留在瑞士的学校里),打算在德国度过一年,好让孩子们学学德语(但老亨利不会说德语)。这个计划很快就搁浅了;9 月,詹姆斯一家回到了纽波特,威廉再次拾起了画笔。亨利也经常泡在画室,维尔基和鲍勃则被送到了富兰克林·桑伯恩开的康科德寄宿学校。

1861 年秋天,威廉终于放下艺术转向科学,并进了哈佛大学劳伦斯理学院学化学(1862 年,亨利也到剑桥跟威廉在一块儿了,出于又一次莫名其妙的错误判断,他进的是哈佛法学院,坚持了一年)。1864 年,詹姆斯举家从纽波特搬到波士顿,再搬到剑桥,好跟威廉住在一起。他们这家

---

① Lewis, *The Jameses*, 72.

人后来一直住在那里，直到1882年亨利和玛丽夫妇去世。

在国家之间这样"跳房子"给孩子们带来的影响因人而异。对此最不在意的人似乎是亨利，他为父亲感到极为难堪，因此有意在自传中省去了一次布洛涅和一次纽波特的经历，但他在印象中渴望填满自己的热情，不如说是受到了这种经历的鼓励，而不是抑制。维尔基和鲍勃就不一样了，他俩跟在两位兄长身后亦步亦趋，于是似乎开始确信自己的智力低人一等。他们在战争中遭受的磨难只能让他们与家里其他人越来越远，至少鲍勃，后来再也没能找到自己人生的焦点。爱丽丝也曾经想过："如果我受过一点点教育，我是会比现在更笨还是更聪明？"[①]但她的情况是个特例，因为考虑到老亨利的世界观，如果詹姆斯一家从来没有离开过纽约，她的教育只会完全被忽略。

对威廉来说，虽然他是这些孩子中唯一喜欢所有类似于真正的学校教育的人，而且全家人搬来搬去基本上都是为了他好，但是他对这整个教育方式都非常讨厌。关于自己的教育他经常说他"从来没上过学"[②]，有一次他还抱怨道，他曾听过的第一个心理学讲座，就是他在哈佛大学作为心理学教授做的第一次讲座。他的另一个主要领域是哲学，但在这个领域他也没有受过教育。他常常觉得自己在跟那些真正受过逻辑训练的人（比如皮尔士，或者他的同事兼好友乔赛亚·罗伊斯，后者也是他在哈佛哲学系时哲学上的对手）辩论时处于下风。从教职上退下来之后，他还向亨利抱怨："作为'教授'我经常会觉得自己是个冒牌货，因为教授的主要职责就是当一个博大精深的两脚书柜。"[③]

但缺乏系统教育也给威廉带来了一个明显的优势，让他能够不受普

---

① Alice James, Diary, December 12, 1889, *The Diary of Alice James*, 66.

② *The Letters of William James*, ed. Henry James (Boston Atlantic Monthly Press, 1920), vol. 1, 20.

③ William James to Henry James, May 4, 1907, *The Correspondence of William James*, vol. 3, 339.

遍认可的学校观念的抑制,自己动脑筋解决问题。他关于实用主义的写作风格和作品含义都以开放为特征,在他的部分追随者看来,这种开放正是来自他杂乱无章的学校教育。例如他后来的崇拜者约翰·杜威就认为,这些事情有“紧密联系”[1]。他不是任何特定学校或学术传统的产物,甚至算不上任何特定的学术性学科的从业者;认识到这一点就能理解,这意味着无论他做什么,詹姆斯都可以确实感觉到,他只对自己的信念负责,无需考虑其他人。这不只是给他的坚定信念注入了热情,而且——更有意义的是——只要他发现这些信念开始像成见一样影响他,这种认识也能让他更容易忽视这些信念。至少,这有助于他按自己的性情倾向行事:总在改主意。

甚至在 1861 年詹姆斯来到哈佛大学,在科学事业上安定下来之后,他也没有专注于任何特定的科学门类。他不愿意在学术上宣誓效忠,也部分促成了他报名参加一次远征。而远征队的领导人,就是查尔斯·达尔文的诸多敌人中最为著名的一位。

① John Dewey, "William James as Empiricist" (1942), *The Later Works, 1925 - 1953*, ed. Jo Ann Boydston (Carbondale: Southern Illinois University Press, 1981 - 90), vol. 15, 9.

第五章　阿加西

1

劳伦斯理学院就是为路易·阿加西而创立的。1807 年阿加西生于瑞士，很早就在欧洲有了很高的成就。大器早成部分要归功于杰出的能力和精力，部分要归功于一种天赋，总能讨那些能推动自己职业生涯的人喜欢。二十五岁时，他成了欧洲科学界最杰出的两位大佬的门生：法国古生物学家乔治·居维叶和普鲁士博物学家亚历山大·冯·洪堡。1832 年，居维叶在交给阿加西一批价值连城的鱼化石收藏品之后不久还额外帮了他一个忙，就是自己驾鹤归西了——当然这个忙肯定是无意的。阿加西也很快通过自己的研究和作品，继居维叶之后成为这个领域的最高权威。尽管如此，他早年最伟大的成名作却是在自然科学的另一个领域：冰河时代的发现者之一。

但到了 1845 年，阿加西却有点儿捉襟见肘。他卷入了一宗科学出版业务，一直在亏钱。他的妻子不满于他的财务状况、他的合伙人以及他对工作的痴迷，离开了他。阿加西向洪堡求助，于是洪堡从普鲁士国王那里要来了一笔经费，让他去研究北美自然史。为了增加这笔收入，也为了将自己介绍给美国受众，阿加西在另一位朋友英国地质学家查尔斯·莱尔的帮助下，搞到了一份在波士顿做一系列公开讲座的差事。这就是洛厄

路易·阿加西,在美国声名显赫之时(哈佛医学图书馆 Francis A. Countway 医学图书馆授权使用)。

尔讲座，其赞助人约翰·洛厄尔是纺织品制造商，也是哈佛大学法人（实际上就是受托人委员会）的成员。1846 年 10 月阿加西到了波士顿，并在这年冬天做了讲座。讲座主题是“动物王国中的造物规划”，反响超出了所有人的预期，就连阿加西这种从来不会低估自己能力的人也没有想到。来了五千人，阿加西不得不每次讲座都讲上两遍，才能容纳这么多听众[①]。

阿加西的动物学知识——尤其是他关于无脊椎动物的知识——相当惊人，而且他有一项本领，能将这些知识表达得令外行听起来既清晰易懂，又在智慧上扣人心弦。很多人发现阿加西本人也很扣人心弦。他高大英俊，自信满满；他的眼睛是黑色的，头发很长，说话是法国口音。他的英语并不精通但是很萌：在讲座中他要是被写不对的英文单词难住，就会一边在自己的记忆里搜寻正确的词（原文为法语），一边在黑板上画一只软体动物或别的生物。听众们似乎都觉得这简直太迷人了。他风度翩翩，也很快就能跟人交上朋友。在一个知识圈子、金融圈子和社会圈子都在很大程度上重叠的城市里，他拥有学术发展所需的理想气质。

哈佛大学早在 1845 年就开始设想要建立一个科学学院，那还是阿加西到波士顿的前一年，但并没有筹集到任何资金。当知道阿加西在用完普鲁士国王的经费后仍可能有意留在美国之后，约翰·洛厄尔和哈佛大学校长爱德华·埃弗里特（之前还是马萨诸塞州州长）说服了作坊镇工业家阿博特·劳伦斯捐款 5 万美元筹建这个学院，并保证有一笔工资预留给专门为阿加西新设立的学术职位。1847 年夏天他们发出了这份邀约，阿加西在秋天接受了，并于 1848 年春天开始了作为哈佛大学教授的职业生涯。1848 年欧洲自由主义革命的失败导致了瑞士学院关闭，阿加西此前曾在这里执教；也导致了欧洲一部分科学人才外流到美国，实际上给阿加西成为侨民的决定封了印盖了章。

---

① Edward Lurie, *Louis Agassiz: A Life in Science* (Chicago: University of Chicago Press, 1960), 122 - 7.

1848年阿加西已分居的第一任妻子在德国死于结核病。1850年，他又跟伊丽莎白·卡伯特·卡里喜结连理。就打入波士顿的社会圈子来说，这桩婚姻让他功德圆满，大功告成。伊丽莎白·卡里的父亲是位很有钱的律师，跟洛厄尔纺织工业有关联；查尔斯·萨姆纳还追求过她。她姐姐嫁给了后来的哈佛大学校长科尼利厄斯·费尔顿，伊丽莎白本人也是位教育先驱：婚后不久，她在家里为妇女开办了一所学校，用来给她丈夫的研究筹集经费；后来她成了拉德克利夫学院[①]的首任校长。阿加西的第一次婚姻给他留下了三个孩子，他们全都搬到了美国，婚配的也都是波士顿的名门望族——肖家、希金森家和拉塞尔家。波士顿有个星期六俱乐部——搞文学晚宴和座谈的社交圈子，参加的人有爱默生、霍桑、朗费罗、惠蒂尔、洛厄尔、萨姆纳和霍姆斯，也都是在他们声望如日中天的时候；阿加西则是这个俱乐部的创始成员之一——大家通常都称之为“阿加西俱乐部”；阿加西在内战之前的波士顿有多么挥斥方遒，由此可见一斑。

阿博特·劳伦斯原本打算承担一个应用科学学院的费用：他希望自己的作坊能有更好的工程师。但发现阿加西也入吾彀中后，计划就变了。他建起了劳伦斯理学院，作为训练研究人员的研究机构。当时几乎所有的美国科学家都是在欧洲接受专业教育（例如霍姆斯博士，就在巴黎花了两年时间在病理学家查尔斯·路易门下学徒，之后才回到哈佛大学拿到医学博士学位），阿加西则代表了现代科学教育向美国的引进。他在哈佛大学任职，标志着美国科学专业化的开端[②]。

专业化意味着学科自治。一个研究领域（或任何工作行当）只有当其从业者就其工作内容而言只对同业者负有责任，而无需对领域之外的人

① 1879年创立的女子文理学院，实际即为哈佛大学的女子学院（当时男女不可同校）。1977年，拉德克利夫学院与哈佛大学签署正式合并协议，1999年全面整合到哈佛大学，现为拉德克利夫高等研究院，是哈佛大学唯一的高等研究院。——译者

② Robert V. Bruce, *The Launching of Modern American Science*, *1846 - 1876* (New York: Knopf, 1987), 7 - 74; and Dirk J. Struik, *Yankee Science in the Making*, rev. ed. (New York: Collier, 1962), 433 - 4.

负责时，才算是专门职业。在美国大学中阻碍了科学教育的情形之一，是神学在课程中占主导地位，迫使所有领域的学者都要让自己的工作与基督教正统观念一致(严格来讲，美国在内战之前并没有研究生院)。神学在学术上就是王炸。阿加西坚持科学探究应独立于宗教信仰——同样也要独立于政治和经济观点。他并不去教堂，但他是个有话直说的自然神论者，对于像哈佛这样的神体一位论机构而言，这就足以证明他的宗教信仰。学校允许阿加西将科学研究世俗化，但也不能完全与教会脱节。

阿加西宣扬的方法是严格的归纳法。他说："物理事实就和道德原则一样神圣。"[1]阿加西对学生的要求不是从《圣经》中的教义或别的什么抽象概念出发推导出自然规律，而是要先观察，随后再做出归纳。至于说观察，阿加西的意思是亲自动手去接触。他在美国最早的一个讲座是关于蚱蜢的，那是 1847 年，听众是一群马萨诸塞州的学校老师。阿加西给每一位听众都发了一只活蹦乱跳的蚱蜢。要是有人在讲座中弄掉了手中的蚱蜢，阿加西会停下来，直到那只昆虫被再次捉拿归案才接着讲下去[2]。1847 年的那些老师觉得这种教学方法怪里怪气的，但到 1873 年阿加西去世时，这件事已经成了传奇。很多以前的学生后来都会回忆道，阿加西如何从交给他们一条死鱼或是别的什么物种开始教学，并要求他们就此上交一篇完整的准确的描述之后才允许他们继续。要达到阿加西的标准有时得花好几个星期，那时候留在学生手里的鱼都严重腐烂了[3]。

---

① Louis Agassiz, "Evolution and Permanence of Type", *Atlantic Monthly*, 33 (1874): 95.

② Lane Cooper, *Louis Agassiz as a Teacher: Illustrative Extracts on His Method of Instruction*, rev. ed. (Ithaca, N. Y.: Comstock, 1945), 82.

③ William James, "Louis Agassiz" (1896), *Essays, Comments, and Reviews*, *The Works of William James*, ed. Frederick H. Burkhardt (Cambridge, Mass.: Harvard University Press, 1975 - 88), 49; Nathaniel Southgate Shaler, *The Autobiography of Nathaniel Southgate Shaler, with a Supplementary Memoir by His Wife* (Boston: Houghton Mifflin, 1909), 98 - 9; Edward Waldo Emerson, *The Early Years of the Saturday Club: 1855 - 1870* (Boston: Houghton Mifflin, 1918), 34; and Cooper, *Louis Agassiz as a Teacher*, 26 - 7, 32 - 3, 55 - 61. Ezra Pound, *ABC of Reading* (New Haven: Yale University Press, 1934), 3 - 4.

阿加西也坚持比较法。他教导说,科学家的工作不只是列举事实,而是要通过找出事实之间的关联,让事实变得有意义。他也热心于收藏。除开将哈佛的科学课程现代化,他对哈佛的另一重大贡献就是创建了比较动物学博物馆,并于1860年开张。这是个人筹措经费的奇迹:阿加西去跟马萨诸塞州议会谈,他们本来没有任何特定理由要给哈佛大学钱,但在跟阿加西谈过之后,议会为这个博物馆拨了10万美元,令所有人都大跌眼镜。这个博物馆后来自然就叫做"阿加西博物馆"①。

阿加西支持的治学方法可以看成是现代科学实践的精髓。科学家的工作是专注于真实事物,而不是先入为主的关于事物的抽象概念;这一观念让人认识到,这个世界是在按自己的条件运行。科学家并不是在推测看不见的或无法验证的代理,只是在收集可靠的数据,由此产生可检验的假说。对某项结果的个人偏好不允许凌驾于感官证据之上。

那什么是感官证据呢?没有概念,我们就无从了解证据;没有偏好,就没有人会费心积累证据。阿加西有概念也有偏好。他的概念和偏好完全说不上现代,而他身上最有趣的地方,回想起来就在于他运用先进科学实践得出保守结论的方式。尽管阿加西坚持科学与政治井水不犯河水,他却给那个时代的政治家提供了科学的武器,甚至很久以后的政治家都还仰其遗"泽"。他的职业生涯的教训就是,既然我们所作的任何事情都是出于某种兴趣,那我们最好清楚我们的兴趣究竟是什么。这个教训在威廉·詹姆斯那里没有落空。

2

1861年4月,邦联军队向萨姆特堡开火的消息传到剑桥没多久,劳

① Samuel Eliot Morison, *Three Centuries of Harvard*, *1636 – 1936* (Cambridge, Mass.: Harvard University Press, 1936), 297; Emerson, *The Early Years of the Saturday Club*, 35; Struik, *Yankee Science in the Making*, 359; and Bruce, *The Launching of Modern American Science*, 233.

伦斯理学院的一名学生——纳撒尼尔·沙勒，后来成了哈佛著名的地质学家——在神学街碰见了阿加西。阿加西正在哭泣。沙勒问他为什么哭，阿加西回答说："他们会让这个国家都变成墨西哥人的。"[①]这个评论十分隐晦，但精辟地总结了阿加西关于自然世界的理论。要理解这个理论是什么，以及这个理论与内战为之奋战的问题有何关联，就得再看一看阿加西在美国的职业生涯的故事。

在他于 1846 年 10 月抵达波士顿和当年冬天做洛厄尔讲座之间的那几个月，阿加西快速周游了美国东北部，为的是把自己介绍给美国科学界的权威人士。最后他的大部分时间都在费城度过，经常跟一个名叫塞缪尔·乔治·莫顿的人在一起。莫顿是当时美国最著名的人类学家。他有两个医学学位，一个来自宾夕法尼亚大学，另一个则来自爱丁堡大学。他的名气来自分析刘易斯和克拉克远征队带回来的化石。不过他最感兴趣的是人类的颅骨，大概从 1830 年左右开始收集。莫顿身体不大好，从来没有亲身参与过实地考察；但他让人们知道自己很乐意收集颅骨，于是全世界到处都有人寄给他颅骨。阿加西前来拜访时，他收藏的颅骨已经有六百多件了，人称"美国髑髅地"。

莫顿出版过两部关于颅骨的重要著作。《美洲人的颅骨》出版于 1839 年，研究对象是美洲原住民的颅骨；《古埃及人的颅骨》出版于五年后，分析了从古埃及墓葬中发掘的颅骨。莫顿的研究方法跟阿加西很像，是经验和比较：他测量了颅骨的内腔容量，然后按人种对结果进行了比较。他的结论整合在整个收藏品的分类目录中，出版于 1849 年，此后也多次重印。莫顿将人种（根据莫顿的定义）按照脑容量排序，体积从大到小依次为：白人（高加索人）、蒙古人（黄种人）、马来人、美洲原住民、黑人。将这五个类别继续细分可以得到，条顿人（日耳曼人）——包括德国人、英国人和英裔美国人——在所有群体中脑容量最大，而美国出生的黑

---

① Shaler, *The Autobiography of Nathaniel Southgate Shaler*, 170.

人、科伊科伊人和澳大利亚原住民的脑容量最小。莫顿将这些测量与他从人类学著作和游记中搜集到的对不同人种属性的推断关联起来，例如对白人的记载“以其获得最高的智力天赋的能力而著称”，美洲人（也就是美洲原住民）“不喜欢耕种，获取知识很慢；焦躁不安，睚眦必报，好战，完全没有海上冒险精神”，埃塞俄比亚人（黑人）“快乐，善变通，懒懒散散；组成这个种族的诸多民族在智力方面呈现出一种独特的多样性，其中最极端的就是人类中的最低等级”①。

莫顿的数据完全靠不住。因为他只有颅骨，以及颅骨捐赠者随颅骨发来的随便什么信息，他完全没办法核查种族归属的可靠程度。计算中他也没有将性别和整个体型的因素考虑在内——有时候他根本就没有这类信息。而且他凭直觉进行调整，以处理样本中的偏差。比如说，有些白人颅骨来自（你也许能猜到）因谋杀罪被绞死的人；莫顿辩称白人脑容量的平均值因此必须上调，因为他假设杀人犯的脑容量比遵纪守法的人要小。在计算白人的平均值时他去掉了印度人的颅骨，因为印度人的数值拉低了整个平均值。但他在计算美洲原住民的平均值时，保留的秘鲁人颅骨高得不成比例，尽管秘鲁人的平均值在这个分类中是最低的②。他还犯了一些基本的统计学错误③。但他的研究还是出版了，超大开本，有

① Samuel George Morton, *Crania Americana*; *or*, *A Comparative View of the Skulls of Various Aboriginal Nations of North and South America* (Philadelphia: J. Dobson, 1839), 5 - 7.

② Morton, *Crania Americana*, 261; and J. Aitken Meigs, *Catalogue of Human Crania in the Collection of the Academy of Natural Sciences of Philadelphia* (Philadelphia: Lippincott, 1857), 4 (the third edition of Morton's 1849 catalogue).

③ Stephen Jay Gould, "Morton's Ranking of Races by Cranial Capacity", *Science*, 200 (1978): 503 - 9; and, generally, William Stanton, *The Leopard's Spots: Scientific Attitudes toward Race in America*, *1815 - 1859* (Chicago: University of Chicago Press, 1960), 24 - 44; Thomas F. Gossett, *Race: The History of an Idea in America* (Dallas: Southern Methodist University Press, 1963), 54 - 83; John S. Haller, Jr., *Outcasts from Evolution: Scientific Attitudes of Racial Inferiority*, *1859 - 1900* (Urbana: University of Illinois Press, 1971); George M. Fredrickson, *The Black Image in the White Mind: The Debate on Afro-American Character and Destiny*, *1817 - 1914* (New York: Harper & Row, 1971), 71 - 96; and Stephen Jay Gould, *The Mismeasure of Man* (New York: Norton, 1981), 30 - 72.

设计精美的整版插图和图表，广为流传。他的结论也被美国和欧洲的科学家引为权威。

阿加西发现莫顿特别友善，他们成了好朋友。他也发现莫顿的研究十分迷人。对阿加西来说，人类学是个崭新的领域；他本来的专业领域不过是鱼。他还在瑞士时做出的关于人类种族的暂时的评论，强调了物种之间的统一[①]。但莫顿改变了他。阿加西的追随者兼传记作者朱勒斯·马尔库在多年后写道："在乔治·居维叶之后，莫顿是唯一能对阿加西的思想和科学观点有所影响的动物学家……最终他发现了一位正合其意的博物学家，毫无保留。"[②]阿加西变成了人类起源多元论者。

在达尔文之前的年代，西方有两种关于人种差异的理论最为显著，但无论哪一种都不认为人人平等[③]。相信人类全都来自共同祖先的人（这种思想叫做人类起源一元论）将种族不平等归因于不同的退化率。一元论者认为，整个物种从被创造出来到现在已经衰落了，但有些群体，（通常是）因为气候影响，会比别的群体衰落得更快。但多元论者不这么看，他们相信不同的种族是分别创造出来的，也从一开始就被赋予了不同的特性和天资。

多元论者拒绝接受退化理论的理由是，考古学证据表明，种族类型并没有随时间发生变化。他们常用的证据是雕像、绘画和在古埃及墓葬中发现的遗骨。这也是莫顿出版其关于人类颅骨的第二部著作《古埃及人的颅骨》的原因：他想证明，从这些墓葬中发现的撒哈拉以南非洲的黑人

---

① Louis Agassiz, "Notice sur la géographie des animaux", *Revue Suisse* (April 1845): "L'homme, malgré la diversité de ses races, constitue une seule et même espèce sur toute la surface du globe", Jules Marcou, *Life, Letters, and Works of Louis Agassiz* (New York: Macmillan, 1896), vol. 1, 293.

② Marcou, *Life, Letters, and Works of Louis Agassiz*, vol. 2, 29.

③ Richard H. Popkin, "The Philosophical Bases of Modern Racism", in Craig Walton and John P. Anton, eds., *Philosophy and the Civilizing Arts* (Athens: Ohio University Press, 1974), 126 - 65.

(莫顿将埃及人归到白人一类)的脑容量相对于白人的颅骨来说，在三千年前也是一样的小。莫顿认为，古埃及艺术中将黑人描述为仆从，表明次要的种族特征同样没有改变(在古埃及，撒哈拉以南非洲的黑人是在战争中被俘后被迫为奴的，因此在埃及艺术中被这样描画不足为奇。多元论者并没有考虑这一点。有位多元论者阐述道："据说只要黑人是跟别的种族在一起，就总是会成为奴隶。这倒是真的；但为什么黑人会成为奴隶呢?"①)。

到头来，好像在一元论和多元论之间也不存在多少选择，两种观点都认定存在根深蒂固的人种差异，也都强调等级差别。但多元论更加激进，因为它不但支持黑人和白人以不同的速度进化(或退化)的观点，还认为黑人和白人本来就属于完全不同的物种。路易·阿加西受塞缪尔·莫顿影响后，改投了持这种观点的门庭。

阿加西受到的影响深入骨髓。1846 年 12 月他给母亲写了一封长信，讲述自己的美国之旅。拜访莫顿是最精彩的部分，他告诉母亲："单单是这份藏品，这趟美国之旅就值了。"也是在费城，他平生第一次接触到真实的黑人。他说：

> 我住的旅馆里所有仆人都是黑人。我几乎不敢告诉您我感受到的痛苦印象，他们在我心里激起的感情，与我们关于人类友爱的想法，还有我们物种的独特起源，是那么格格不入。但首当其冲的真相是，尽管我在看到这个退化的、堕落的种族时尽力想感到怜悯，尽管在我想着他们也是真实的人时，他们的命运让我充满了同情；可我还是不能忍住那种感觉，感觉到他们跟我们有不一样的血。看到他们乌黑的面孔，肥厚的嘴唇，扭曲的牙齿，乱草一样的头发，弯曲的膝

① James Hunt, "On the Negro's Place in Nature", *Memoirs Read before the Anthropological Society of London*, 1 (1865): 27 n. 14.

盖，拉长的手，又长又弯的指甲，最后还有他们沥青一样的手掌，我没法让我的眼睛从他们脸上移开，好告诉他们离我远点。当他们用那么难看的手伸向我的盘子来给我上菜时，我多希望我能够离开，自己去吃片面包就好了，而不是在这样的服侍下吃晚饭。在某些国家，白人将自己的存在与黑人的存在那么紧密地捆绑在一起，那得多痛苦啊！上帝保佑我们不要有这种接触！

阿加西只不过在美国待了两个月，他对黑人的观察也仅限于北方一家旅馆的服务人员。对大部分人来说，觉得自己以前从来没有接触过的一种人是令人不快的异族，肯定几乎是出于本能。关于阿加西的反应，有趣的是他马上就意识到这种反应中的政治意味。废奴主义者（或他所谓的"慈善家"）和奴隶制的捍卫者全都错了：

那些想要让他们成为自己群体里的公民的慈善家老是忘了，根据他们的政治权利，他们没法向他们提供非洲的阳光，好让他们完完全全地发展，也没法给他们家里的热炕头，因为如果他们要求他们，他们会拒绝接受他们的女儿，他们中间也没有人会梦想着娶一个女黑人。奴隶制的捍卫者则忘记了，身为黑人，这些人享有的权利不比我们少，他们可以享受他们的自由，除了财产问题他们也不会有其他问题，这个问题是受到法律保护的遗产，让这个问题消失的办法就是让他们毁灭。①

这个月的晚些时候阿加西做了第一次洛厄尔讲座。他在讲座中宣称，尽管黑人和白人属于同一个物种，他们的起源却不一样。这也是他平

① Louis Agassiz to Rose Agassiz, December 2, 1846, *Louis Agassiz Papers*, Houghton Library, Harvard University bMS Am 1419 (66).

生第一次发表这样的观点。十个月后他去了南卡罗来纳州，在查尔斯顿文学俱乐部的一次集会上重复了这一演讲。出席集会的都是当地的科学家和神学家，渴望听到的就是阿加西的这个观点。在听众的追问下，阿加西这一次阐述道，黑人从生理学和解剖学来看都是不同的物种①。他的很多听众都感到大快人心，情况也及时传到了费城的莫顿那里。阿加西成了查尔斯顿的常客。

莫顿的那些颅骨给人留下了深刻印象，但莫顿关于种族的想法也吸引着阿加西，因为这些想法与他自己关于自然史的理论完全一致。阿加西不只是相信，所有物种都是分开创造出来的——当然，这只是进化论出现之前的正统观点。他同样相信，所有的生命形式创造出来时的数量，跟现在栖居在这个星球上的数量是一样的，也都在同样的地理位置。创世以来，并没有发生任何变化。他说："时间不会改变井然有序的生物。"②

但化石记录该怎么解释？那些灭绝的物种和当代物种的祖先的证据又怎么解释？在这里，冰河时代的发现被证明大有用处。阿加西不只是认为上帝创造了现在这个世界，还认为上帝以前创造过很多次世界（阿加西的导师居维叶也是这么想的）。之前的每一次创世都继之以一场大灾难，比如冰河时代，扫除了一切；而每场大灾难也都有一次新的创世紧随其后，给这个星球带来更优秀的物种。好在这个过程的终点已经到了。阿加西在自己的毕生心血之作《美利坚合众国自然史论文集》（1857—1862）中写道："我相信可以用解剖学证据来证明，当前活着的生物中人类不但是最后的最高级的，也是一个系列的最后一环；按造物规划在这一环之后不可能还有重大进步，而整个动物王国就是按照这个规划来打

① Edward Lurie, "Louis Agassiz and the Races of Man", *Isis*, 45 (1954): 235.
② Louis Agassiz, "The Diversity of Origin of the Human Races", *Christian Examiner*, 49 (1850): 116.

造的。”①

因此，像莫顿这样的理论——根据这样的理论，不同种族都起源于现在发现他们的地方（或者说现代欧洲人第一次发现他们的地方）——就比最初有一对夫妇的后代随着时间繁衍、迁徙、突变的理论更对阿加西的胃口。阿加西并不认为植物或动物在时间长河里有过繁衍、迁徙和突变，要是必须给人类一个例外，那可就太尴尬了。但吸引他转向多元论的还有另一个原因：这个理论是唯心主义，而不是唯物主义。这个理论让我们从自然界观察到的差别变成了智力而非偶然的产物。

一元论相信所有人类都有共同的起源，这几乎算不上是纯粹的唯物主义。毕竟，《圣经》就是一元论的文本：将所有人类都追溯到最初的一对夫妇。但一元论将随后产生的人种差别归因于物质原因，像是气候对肤色、智力的影响（热带气候被认为是最有害的；温带地区比如北欧，则最有益健康）。在多元论看来，所有的差别都要归结到一个有想法的造物主的意图，人种不同是因为造出来就不一样。不同的人种不只是形成了一个等级体系，他们形成的是一个清晰易懂的等级体系。他们就是造物规划的实例。

阿加西遇见莫顿的时候，已经在忙着对这个他从动物王国中发现的造物规划作出自己的诠释。这个规划也成了他第一次洛厄尔讲座的主题，并取得了巨大的成功。阿加西认为，不同物种可以按照复杂程度排序，而这样排序的证据可以从胚胎的发育中找到。他相信，在发育最早期，胚胎与最低级有机体的成年版本相似；随着不断发育，胚胎经历了不同阶段，每一阶段都与越来越高等的有机体的成年版本相似，直到胚胎达到自己的等级。有机体在生命形式的等级体系中级别越“高”，其胚胎发

① Louis Agassiz, *Contributions to the Natural History of the United States of America* (Boston: Little, Brown, 1857 - 62), vol. 1, 25.

育会经历的阶段就越多。阿加西在1848年—1849年冬天做了第二系列的洛厄尔讲座，他在讲座中阐释：

> 幼鸟有一个时期有鱼的特征构造，不只是形式，而是有构造，甚至还有鳍。对于幼年哺乳动物，同样也可以这么说。幼兔的构造也有一个时期是这样的……幼兔像极了鱼的这个时期，甚至还有鳃，生活在装满水的囊里，就像鱼一样呼吸。所以这种相似性要多完全就有多完全，尽管这些结构类型一个个长得越来越复杂。比如这些幼年哺乳动物，就将这些低级类型的组织抛在身后，一路升级到复杂结构，层级越来越高，臻于极致时甚至会有人类的特征。[①]

总之，胚胎发育的各阶段可以看成是“自然的等级体系，凭借这个体系我们可以测量、估计属于这个谱系的任何动物所在的位置……在造物主的行动中，我们看到了他的智慧”。而化石记录，之前所有那些造物的遗迹，显示的动物类型的演变也是一样的。因此，“无论从什么角度来看我们都认为，我们发现的动物王国（在胚胎学上或地理学上）的自然序列都是彼此一致的”。[②]

这就是重演理论，有时候也叫生物发生律：个体发生学（生物个体的发展过程）重演了种系发生学（整个群体的进化历史）。用宇宙论的术语来说：宇宙成为现在这个样子的过程，在个体生命史中复现了。这个理论不是阿加西发明的，而是他上学的时候学到的，那还是在1820年代的慕尼黑。那时他有位老师叫洛伦兹·奥肯，是个按宇宙法则思考问题的胚胎学家，根据重演论的原则发明了一个分类系统；还有个老师叫弗里德

---

① Louis Agassiz, *Twelve Lectures on Comparative Embryology* (New York: Dewitt and Davenport, 1849), 96-7, 11.

② Agassiz, *Twelve Lectures on Comparative Embryology*, 11, 26.

里希·谢林，是个哲学家，他教导说，所有的变化，无论是自然的还是历史的，都可以理解为观念的展现[①]。但阿加西给这个理论带来了科学基础，补充了他的德国老师在很大程度上都较为匮乏的东西：经验数据。离开慕尼黑之后，阿加西去了巴黎，跟居维叶一起埋头研究鱼化石。正是从居维叶那里，阿加西了解了物证的重要性。因此，通过颅骨尺寸发现神圣意图的人，跟他正好意气相投。

阿加西从莫顿的排序中得到的是黑人代表着人类最低阶段的想法，而白人在胎儿发育过程中重演了这个阶段。1847 年，阿加西在查尔斯顿对他的听众说道："黑人的大脑，就跟白人肚子里七个月大的婴儿不完美的大脑一样大。"[②]重要的是得认识到这个陈述有多深刻。阿加西并不是说黑人的大脑是以这种方式演化的，而是说黑人的大脑是以这种方式被创造出来的。种族是不会改变的（"时间不会改变井然有序的生物"）：它们就是阿加西所谓的"重大概念的鲜活表达"[③]。什么都不会改变种族之间的关系，它们都是某种想法的一部分。

1850 年，阿加西回到查尔斯顿，出席美国科学促进会的一次会议。他在会上发表的一篇论文中解释道，尽管从道义上讲，所有人类都能同样享受与造物主的特殊关系，"但从动物学的角度来看，人类有几个种族评分很高，与众不同……这些种族并非起源于共同的中心，更不是来自同一对夫妇"。[④] 阿加西的评论受到了前面那位也在会上发表了文章的人的欢迎，这个人就是约西亚·诺特，他的文章是《就种族统一问题在其生育中对犹太人身体历史的调查》。

---

① Lurie, Louis Agassiz, 27 – 8, 50 – 2; and Stephen Jay Gould, *Ontogeny and Phylogeny* (Cambridge, Mass.: Harvard University Press, 1977), 33 – 68.

② George R. Gliddon to Samuel George Morton, January 9, 1848, *Samuel Morton Papers*, Historical Society of Pennsylvania; Stanton, *The Leopard's Spots*, 100.

③ Agassiz, *Contributions to the Natural History of the United States*, vol. 1, 177.

④ Lurie, *Louis Agassiz*, 260.

诺特是名内科医生，来自康涅狄格州的一个家庭，在亚拉巴马州的莫比尔执业，而且是南方最有名的人类起源多元论者。他的多元论起因于渴望阻止杂交繁殖，他相信杂交繁殖会导致人类灭绝，因为（他觉得）杂种——父母来自不同物种的子嗣——要么自身不育，要么会产生不育的后代。诺特声称不喜欢奴隶制，但他并没说过自己喜欢黑人（对于白人和黑人之外任何形式的种族混合，他都不甚关心）；他也宣称除了奴隶制，他看不出还有别的什么办法能阻止优生学灾难。关于这个问题诺特最早的文章中数据极其匮乏：他严重依赖自己作为医生的经验之谈和司空见惯的偏见。例如1843年，他就在《美国医学科学杂志》上写道：

> 首先看看白人女性白里透红的肌肤，丝绸般顺滑的头发，女神一样精雕细琢的形体——再看看黑人少妇，乌黑发臭的皮肤，乱糟糟的头发，以及那些动物特征——接下来再比较一下她们的智力和道德水平，以及她们整个的解剖学结构，再来说她们的差别是不是没有天鹅和家鹅之间，马和驴之间，或是苹果树和梨树之间那么大。[①]

莫顿的文章给了诺特实证经验的弹药。1844年，诺特出版了《关于白人和黑人种族自然史的两次讲座》（他管这两次讲座叫做"黑鬼学"讲座），还发起了一项意在维护种族纯洁的运动，因为他相信，就算是在南方，种族纯洁也已受到那些基督教精神中感情用事的一元论的威胁。诺特认为，自己的工作从根本上讲是反对宗教的科学圣战，能欢迎像阿加西这么有名望的科学家加入这一事业，他觉得十分高兴。他听过阿加西在

---

① J. C. Nott："The Mulatto a Hybrid — probable extermination of the two races if the White and Black are allowed to intermarry", *American Journal of the Medical Sciences*, n. s. 11 (1843)：253.

查尔斯顿发表的文章后给莫顿写到:“有了阿加西参战,胜利是我们的了。”[①]

诺特这时候已经有了一名战友乔治·格利登。格利登是个英国人,阴差阳错担任过美国驻开罗副领事,在这个职位上也曾负责给塞缪尔·莫顿提供颅骨,莫顿的埃及样品大部分都是这么来的,《古埃及人的颅骨》就题献给了格利登。1837年格利登来到美国,在全国巡回做关于埃及学的演讲,包括1843年的一系列洛厄尔讲座。莫顿有心脏病,让他没法离开费城做长途旅行,1851年也因为心脏病去世了。在他死后,诺特和格利登开始了一个计划,准备让莫顿的研究成为种族学权威之作的基础。在他们的努力下,多元论成了美国广为人知的人类学学派。

他们向阿加西大献殷勤。在1850年访问查尔斯顿期间,阿加西被带去参观了一些当地的种植园。他当面观察了一些奴隶,并宣称自己发现,“就算他们想要骗他”,他也能根据这些奴隶的身体特征分辨出他们都属于非洲的什么部落。他做出结论:“这些种族肯定是从他们所在的地方发源的……人类一定是以民族为单位发源的,就好像蜜蜂都是一群一群发源的一样。”[②]1853年阿加西去了诺特的主场莫比尔做系列讲座,诺特和格利登都去听了。有一天阿加西告诉他们,他的下一场讲座是“给你们讲”的。这次讲座中他宣称:“我们在种族中看到一种渐变,跟动物中的渐变是平行的,一直到人类……较下等的种族在连续的渐变中,跟更高级的人类产生了关联。气候影响怎么会产生这样的后果呢?所有的物理原因哪里能结合起来呢?那样会让偶然产生合乎逻辑的结果;简言之,就是荒谬。”[③]

---

① Josiah Nott to Samuel George Morton, May 26, 1850, *Morton Papers*; Lurie, “Louis Agassiz and the Races of Man”, 237.

② Agassiz, “The Diversity of Origin of the Human Races”, 125, 128.

③ J. C. Nott and George R. Gliddon, *Indigenous Races of the Earth*; *or*, *New Chapters of Ethnological Inquiry*(Philadelphia: Lippincott, 1857), 639.

一年后，诺特和格利登出版了《人类的类型》，这是以莫顿的研究为基础的两部巨著中的第一本。这本书最重要的主题就是宣扬白人至高无上：黑人的奴隶身份和美洲原住民的灭绝被解释为经由科学证实的人类史的自然结果①。阿加西寄了一篇文章给诺特和格利登，他们大张旗鼓地将这篇文章登在这本书的卷首。阿加西解释道，生命形式的多样性"是由造物主的意志决定的现实，其地理分布是总体规划的一部分，这一规划将所有井然有序的生物整合为一个伟大的有机概念：由此可以得出我们所谓的人类种族，一直到专门化的各个民族，都是人类类型的不同原始形式"②。上帝是在希腊造的希腊人。这是对多元论学说的最后雕琢。

《人类的类型》成了畅销书，在科学家和医生中广泛传播——霍姆斯博士就买了一本；从 1854 年到 1871 年，这本书一共再版了九次。有些北方人认为这部书是在科学外衣下为奴隶制做出的政治辩护，而阿加西参与其中说好听点就是过于天真。阿加西不为所动。他对一位北方的科学家回应道："我并不后悔投稿。诺特此人甚合我意，对他的个人品质我致以最崇高的敬意……我知道他是个真理在握、信念坚定的人。格利登就要粗疏一些……但我更愿意跟像他这样的人打交道……而不是那些……对证据视而不见的人。"③

诺特与格利登于 1857 年出版第二部著作《地球上的原住民种族》时，阿加西又写了一些评论，拓展了他早先关于民族分别创造的理论。诺特和格利登为了得到他的认同也炮制了一份图表，操刀者是格利登，题为《猴子的地理分布及其与一些低等人类的地理分布的关系》。图表显示，

① J. C. Nott and George R. Gliddon, *Types of Mankind; or, Ethnological Researches* (Philadelphia: Lippincott, Grambo, 1854), xxxii - xxxiii, 79.

② Louis Agassiz, "Sketch of the Natural Provinces of the Animal World and Their Relation to the Different Types of Man", in Nott and Gliddon, *Types of Mankind*, lxxvi.

③ Louis Agassiz to James Dwight Dana, July 18, 1856, Lurie, "Louis Agassiz and the Races of Man", 239 n. 60. *Manuscript Collection*, Rare Book Room, Yale University.

“最高等的猴子类型刚好就是在我们遇到一些最低等的人类类型的地方发现的”。格利登指出:“欧洲什么猴子都没有。”[1]阿加西深表同意。

3

多元论在为奴隶制辩护时明显大有用处,但在南方仍然是很有争议的学说,因为它与《圣经·创世记》中的记载相冲突。就连乔治·菲茨休这样的支持奴隶制的辩论家,也会对“黑人其实是动物,也可以像对待动物一样对待他们”的含义感到不安。但随着政治情绪升温,多元论被用来支持奴隶制并没有违反《独立宣言》精神的观点,理由是托马斯·杰斐逊的用词“所有人”从科学上讲并不包括黑人。“废除奴隶制的谬见是以一个错误为基础的,他们将人这个字眼按照通常意义使用,而不是将其限制在最早的特殊含义上。”路易斯安那州的内科医生塞缪尔·卡特赖特在南方重要期刊《德堡评论》上写道。卡特赖特通过将多元论与基督教教义相容,让美国人类学学派的工作普及开来。他解释说,《圣经》描述了两种造物,一种是黑的(跟动物一起),一种是白的(亚当和夏娃)。希伯来语中诱惑夏娃的那条蛇叫 Nachash,意思是“黑的或要变成黑的”:卡特赖特因此揭示出,《圣经》中的蛇就是“黑人园丁”[2]。

阿加西争论道,《圣经》对除了白人之外的任何种族的起源问题都未置一词:“关于现在从世界上那些地方发现的居民的起源,我们并没有相关的描述;那些地方在古时候都还没有人知道。”不过他也坚持说自己的观点并非意在为奴隶制辩护。他是个科学家,不是政治家也不是牧师,他不得不拿证据说话,无论证据会导向什么结论。与此同时,他也相信:“如

---

① Nott and Gliddon, *Indigenous Races of the Earth*, 650.

② Samuel A. Cartwright, “Unity of the Human Races Disproved by the Hebrew Bible”, *De Bow's Review*, 29 (1860): 131, 130.

果在与有色人种交流时,我们能完全意识到我们和他们之间存在的真正差别,并由这种意识引导我们去促进那种特别标记在他们身上的脾性,而不是以平等的条件对待他们,那么,关于他们的人类事务将会以审慎得多的方式进行。"在他看来,奴隶制违反了造物主眼中每一个人都应该享有的道义上的地位,因此是太出格了。多元论的政治意义,并不是白人有权压迫其他种族的成员,而是这些种族从来都不是预期要相互影响的,完全不是。《1850 年妥协案》发布后没几个月,他发表了一篇文章,文中写道:"就我们而言,我们一直都认为,试着将 19 世纪白人文明的特性强加在全世界所有民族之上,是最不明智的行动。"①

当然在美国,文明的交互很久以前就有了。黑人被强行安置在上帝本来只打算让白人居住的地方(而且显然还有美洲原住民。美洲原住民生活在温带,对多元论者和一元论者来说都同样尴尬:在多元论这一面,如果上帝在北美洲创造了这些人,那么来自欧洲的白人让他们背井离乡就完全没有道理;而在一元论这一面,如果气候是人种演化的因素,那么据称存在于白人和美洲原住民之间的脑容量差异就无从解释了)。阿加西将美国的种族混乱看成是严重的警报——早在他刚来美国的头几个月写给母亲的信中,就已经清晰可见了。他真的强烈反对奴隶制——他毕竟是瑞士的共和派——但他几乎同样害怕种族之间的社会平等。

1863 年,也就是《解放黑人奴隶宣言》生效的那一年,林肯委派塞缪尔·格里德利·豪领导美国自由民调查委员会,制定对大量已获自由的黑人的处理政策。豪写信向阿加西问计,以他作为科学家的观点来看:"由不到两百万的黑人以及略多于两百万的黑白混血所代表的非洲种族……在这个国家是会成为持续存在的种族,还是会被数量达两千四百

---

① Agassiz, "The Diversity of Origin of the Human Races", 111, 144 – 5.

万的白人种族所吸收、稀释,并最终抹去?"[①]

阿加西被充分调动起来,在不到一周的时间里就这个问题给豪写了四封回信。事实证明,他十分赞同约西亚·诺特的优生学观点。他认为种族杂交会成为生物学上的大灾难,因为杂种是有缺陷的,或者不能生育(顺便提及,这并不是塞缪尔·莫顿的看法。假定杂种不能生育是一元论最主要的论据——毕竟,不同种族显然有杂交——莫顿更宁愿承认这一点,认为很多动物物种也成功杂交了。他觉得不同种族只是彼此间感到了天然的性憎恶[②])。因此,不惜任何代价都一定要避免的政策,就是种族混合的政策。

阿加西告诉豪,白人和黑人之间的性交,在道德上和生物学上都等同于乱伦。政府应该

> 尽一切可能阻碍种族之间的杂交以及混血儿的增长。这是不道德的,而且会破坏社会平等,因为它产生了不自然的关系,将同一群体中成员之间的差异在错误的方向上放大了……不过我相信,明智的社会经济体会根据其天然的性情和能力来促进所有纯种种族的进步……我也相信,应该不遗余力地去检查对我们更好的天性来说什么令人憎恶,以及什么与更高等的文明及更纯粹的道德的进步不一致。

不过豪也说过,美国的黑白混血儿实际上超过了黑人的数量,这个统计数字并不完全符合种族杂交不但本能地令人反感,而且会导致灭绝的

---

① Samuel Gridley Howe to Louis Agassiz, August 3, 1863, autograph copy, *Agassiz Papers* (415).

② Samuel George Morton, "Hybridity in Animals, Considered in Reference to the Question of the Unity of the Human Species", *American Journal of Science and Art*, 2nd series 3 (1847): 39-50, 203-11.

观念。阿加西认识到其中的反常之处，也准备好了论据来论述。他解释说，那些黑白混血只是奴隶社会在异常条件下的产物罢了。

一当性欲在南方的年轻人身上觉醒，他们会发现很容易就能满足自己，因为家里的有色用人就是现成的……家里的女黑人从与年轻主人的关系中积累有利条件，在巨大刺激的压力下的第一次满足，让他更好的天性在这个方面变得迟钝，也会让他逐渐开始寻求更多"火辣的性伴侣"，我听到那些放荡的年轻人就是这样称呼丰满的女黑人的。此外，不难从生理学上理解，为什么黑白混血以他们特别的体质会有特别的肉体上的吸引力，尽管这种性交对有品味的道德情感来说本应是令人憎恶的。同样，无论这番解释有什么价值，……这都只是肉体关系，也只是在生命最低级的条件下发生。①

这番论证也许不够科学。第二天阿加西新写了一封信，尝试另一种思路。他说："暂时笼统地考虑一下，这件事情在未来的岁月里对共和制度的前景以及我们文明的前景造成的差异；如果没有来自同源民族的阳刚之气，美国从此以后就会居住着混合民族的娘娘腔的后裔，半是印第安人，半是黑人，白人的血脉零星点缀。无论种族混合会以什么比例发生，我都对后果感到不寒而栗。"他提醒豪思考一下拉丁美洲的种族状况。他问道："你能设计出一个方案，将墨西哥的西班牙人从退化中拯救出来吗？所以要警惕任何可能把我们自己的种族带到他们那种境地的政策。"这就是在战争爆发时他通过眼泪向纳撒尼尔·沙勒表达过的那种担忧："他们会让这个国家都变成墨西哥人的。""他们"就是废奴主义者。

阿加西认为，避免种族通婚大灾难的唯一途径是（鉴于大规模出口人

① Louis Agassiz to Samuel Gridley Howe, August 9, 1863, autograph copy, *Agassiz Papers* (150).

口并不可行)拒绝承认美国黑人在社会上的平等地位。他建议道:

> 我们应当小心对待如何给予黑人权利,因为他们可能会让白人的进步受到威胁……我相信社会平等在任何时候都是不现实的。这种不可能是天生的,正是来自黑人种族自身的特性……他们只要生活在与白人地位平等的社会中,跟白人生活在同样的社区里,就一定会成为社会失序的因素。①

豪的回信显得有点儿被阿加西信中的语气吓到了。他解释说,他支持政治平等,但并不是说他会接受种族混合;感到阿加西之前不这么想,他觉得有点儿伤心。他不大愿意承认黑人比白人低级,但他完全同意阿加西关于黑白混血的观点,并向他保证绝对不会推荐任何"与自然本能以及文雅的品味不协调"的政策。他断言:"黑白混血主义,就是杂交主义……不仅反常,而且有害。"那些支持种族混合的人"忘了我们可能没有做错,最终可能会有正确结果;他们也忘了无论怎么扩散稀释,已经存在的无法被消灭。一瓶墨水在湖里扩散了还是在湖里,湖水也不再那么纯净"。②

豪是内科医生、慈善家和废奴主义者。他曾在温德尔·菲利普斯的保镖团中效力,也曾是约翰·布朗的秘密六人组成员。他的妻子是《共和国战歌》的作者。然而他还是接受了以科学面目出现的种族神话,这些神话帮助维持了一百年的种族隔离。

---

① Louis Agassiz to Samuel Gridley Howe, August 1o, 1863, autograph copy, *Agassiz Papers* (152).

② Samuel Gridley Howe to Louis Agassiz, August 18, 1863, *Agassiz Papers* (416).

第六章　巴　西

1

威廉·詹姆斯第一次见到路易·阿加西是在 1861 年 9 月,即内战爆发五个月后。詹姆斯那时十九岁,刚刚来到哈佛大学进入劳伦斯理学院。这年秋天,阿加西正在波士顿做另一系列的洛厄尔讲座,这次的主题是“自然历史研究法”,詹姆斯也去听了。他向自己身在纽波特的家人汇报:“他显然深受听众喜爱,感觉那么自在。但他也是一位令人钦佩的、认真的演讲人,像白昼一样清晰,他的口音也令人着迷。在他门下受业我会很享受的。”①

他也确实在其门下享受了一段时间。在劳伦斯理学院詹姆斯先是在查尔斯·威廉·艾略特门下学习,这位老师后来成了哈佛校长,也是美国高等教育史上最杰出的人物。但当时他只是位化学家,并没有特别优秀。詹姆斯对化学的热情有限,也很讨厌做实验(虽然后来他建立了美国第一个实验心理学实验室,但他对实验的憎恶终其一生都没有改变)。在劳伦斯理学院的第二年,他转向自然历史,在阿加西和生物学家杰弗里斯·怀曼门下学习。1864 年(按照他频繁改变职业轨迹的模式),他从理学院退学,进入了医学院,但对动物学和解剖学仍保持着浓厚兴趣。1865 年,阿加西开始为巴西之行招募志愿者时,詹姆斯报名了。

亚历山德里娜头像，1865 年。木刻版画，来自威廉·詹姆斯应路易·阿加西要求在巴西特菲所绘肖像（摘自路易·阿加西及伊丽莎白·阿加西，《巴西之旅》）。

远征巴西是典型的阿加西行动[2]。这次行动发端于他在1864年至1865年冬天做的一系列关于冰川的公开讲座。在阿加西看来,上帝每次创世前都会先将已有的生命形式扫除干净,好为新的创世做准备,而冰川当然就是上帝用来大扫除的技术手段之一。然而,如果冰河时代只局限于北半球,这个理论就站不住脚,因此冰川必须是全球性事件。上帝理应每次都白手起家。因此阿加西在最后一次讲座时评论道,应当去巴西探索一番,找找南半球冰川活动的证据。富商纳撒尼尔·塞耶是比较动物学博物馆("阿加西博物馆")董事会的财务主管,也去听了这次讲座,并中了阿加西的圈套。他提出为阿加西承担为期一年的远征费用,四名带薪助手,一些学生(其中一位后来发现就是他自己的儿子斯蒂芬)。英国巴林兄弟银行在美国的代理商塞缪尔·沃德安排了太平洋邮轮公司用一艘新船"科罗拉多"将他们免费运送到里约热内卢,因为他代理着这家公司的经济利益(沃德的儿子汤姆也注册成了一名学生助理;塞缪尔·沃德为詹姆斯家族打理银行事务,汤姆也是威廉·詹姆斯的好朋友)。

阿加西也争取到了美国政府的服务。政府对于抵制邦联对巴西的影响很有兴趣(但到远征队抵达巴西的时候,这一考虑已经变得无关紧要了),也很想在亚马孙地区开展贸易(远征队回国后大约一年,贸易确实开放了,阿加西光明正大地以功臣自居)。美国政府通知官员们向远征队提供任何需要的援助,并委托阿加西向巴西皇帝转达了不少消息。巴西皇帝佩德罗二世在远征队抵达里约后几天内,也是在远征队领队的数次亲自拜访之后,兴高采烈地拜倒在阿加西的魅力之下。事实证明佩

---

① William James to his family, September 16, 1861, *The Correspondence of William James*, ed. Ignas K. Skrupskelis and Elizabeth M. Berkeley (Charlottesville: University Press of Virginia, 1992-), vol. 4, 43.

② Edward Lurie, *Louis Agassiz: A Life in Science* (Chicago: University of Chicago Press, 1960), 344 - 50, and Christoph Irmscher, *The Poetics of Natural History: From John Bartram to William James* (New Brunswick: Rutgers University Press, 1999), 236 - 81. 本书关于远征巴西的内容写于 Irmscher 做出精彩评述之前。

德罗二世业余时间对自然历史极为热衷，他免费安排了远征队的食住行，提供政府轮船用于河道探险，从军队里指派了一名少校陪伴远征队伍，还承担了收集特定稀有鱼类标本的工作，最后这一项是阿加西的个人要求。

阿加西的习惯是来者不拒，把一切慷慨解囊都当成理所当然接受下来，这让慷慨变得很容易。詹姆斯在科罗拉多号上写给母亲的一封信中说道："向阿加西主动提供服务，真是要多荒唐有多荒唐，就好像一个南卡罗来纳人当舍曼将军的士兵在他家停留时邀请他们享用茶点一样[①]。"船上有位要去加利福尼亚的乘客名叫弗雷德里克·比林斯，他主动提出要借一些书给阿加西，詹姆斯刚好目睹了这一场景。詹姆斯写道："阿加西说：'先生，只要我想要，就可以随时去您的特等客舱拿走这些书吗？'比林斯展开双臂，真诚地回答：'先生，我什么都是您的！'阿加西对此完全没有承受不起的感觉，对这样愚不可及的慷慨晃起手指，意在训诫：'先生，当心我把你的皮扒下来！'这话真是让这个人一览无余。"[②]

队伍的官方名称是塞耶远征队，从 1865 年 4 月到 1866 年 8 月，一共持续了十六个月（不过威廉和他朋友汤姆·沃德 1 月份就提前回家了）。他们绘制了科学插图，拍了照片，还收集了八万多种标本，用船运回剑桥[③]。但很多人后来都觉得，当中有什么事情有点儿人为捏造。这次远征要得到什么早就预先设计好了，是一个带着任务的任务。阿加西打算收集证据，证明查尔斯·达尔文的理论是错的；他事先就知道自己要找什么，也确实找到了。

---

① 威廉·特库姆塞·舍曼将军为北方联邦军队著名将领，有"魔鬼将军"的绰号，而南卡罗来纳为南方邦联省份。——译者

② William James to Mary James, March 31, 1865, *The Correspondence of William James*, vol. 4, 99.

③ Lurie, *Louis Agassiz*, 345 – 6.

2

《物种起源》出版于1859年11月24日。“进化”(evolution)这个词并没有在书中出现。1859年的时候,很多科学家都是进化论者——也就是说,他们相信物种并不是一次性创造出来就一成不变的,而是会随着时间变化。法国博物学家让-巴蒂斯特·拉马克早在1809年就在《动物哲学》一书中提出了渐进适应的理论,英国哲学家赫伯特·斯宾塞则在1855年出版的《心理学原理》中阐述了心理和行为的进化理论。达尔文的著作起到了决定性作用,令知识分子的观点更加向进化论倾斜;但就算在1859年之后,19世纪的进化论者(无论他们是否自认为进化论者)更多的还是支持拉马克和斯宾塞,而很少支持达尔文。《物种起源》的目的不是介绍进化的概念,而是驳斥超自然智慧的概念——认为宇宙是某种思想的结晶。

物种进化的信条与神创的信条水火不容,跟智慧设计论也互相看不顺眼。渐进适应可能只是上帝选择用于实现其目标的机制。《物种起源》的激进之处不在于进化论,而是其中的唯物主义。达尔文想要建立的理论就连他最忠实的追随者都不愿意承认,即物种——包括人类自身——都是由完全自然、产生偶然的盲目过程创造并据此演化的。要达到这一点,他必须做的不只是提出一组新的科学证据,而是相当于发展出一种新的思考方式①。

① Ernst Mayr, “Typological versus Population Thinking” (1959), *Evolution and the Diversity of Life: Selected Essays* (Cambridge, Mass.: Harvard University Press, 1976), 26–9; Michael T. Ghiselin, *The Triumph of the Darwinian Method* (1969; new ed., Chicago: University of Chicago Press, 1984); Robert J. Richards, *Darwin and the Emergence of Evolutionary Theories of Mind and Behavior* (Chicago: University of Chicago Press, 1987); Ernst Mayr, *One Long Argument: Charles Darwin and the Genesis of Modern Evolutionary Thought* (Cambridge, Mass.: Harvard University Press, 1991); Jonathan Weiner, *The Beak of the Finch: A Story of Evolution in Real Time* (New York: Knopf, 1994); and Edward S. Reed, *From Soul to Mind: The Emergence of Psychology from Erasmus Darwin to William James* (New Haven: Yale University Press, 1997), esp. 168–83.

这个世界充满了独一无二的事物，然而为了面对这个世界，我们必须进行归纳。我们的归纳应该以什么为依据呢？一个似乎显而易见的答案是，我们应该根据事物的共同特征来归纳。没有哪两匹马是完全一样的，也没有哪两首诗完全相同。但我们称之为马的所有事物，或是我们称之为诗的所有事物，都有一些共同属性。如果我们以这些共同属性为基础进行归纳，我们就有了一种以马或诗“行事”的方式——比如说将一匹马和一匹斑马区分开，或是评判某首诗的优劣。这些共同属性可以是可见的特点，也可以是隐形特征；无论如何，我们通过保留所有马或所有诗中都能找到的属性，并忽略让一匹马或一首诗跟其他马或诗不一样的属性，创造了“马”或“诗”的概念，或者说“马匹”或“诗体”的概念。为了构建一般类型，我们消除了不同个体之间的变异，或者说将这些变异归为一类。

达尔文作为生物学家的基本见解是，在有性繁殖的生物种群中，变异比相似重要得多。他将自己和阿尔弗雷德·拉塞尔·华莱士一起发现的演化发展机制命名为“自然选择”，是指跟其他个体特征相比，更有利于成功繁殖的个体特征会被“选择”，并一代代遗传下去的过程。达尔文感到遗憾的是，“选择”这个词让人想到有某种意图：自然选择其实是盲目的，因为生物体为了生存必须适应的环境绝对不会重样。在干旱期很难找到种子，喙恰好又长又尖的燕雀就更擅长觅食，因此会比喙宽大有力的燕雀更适合生存，这些燕雀的后代活下来的更多，也会繁殖出更多后代。雨量丰沛的时期，种子很大，外壳也很坚硬，宽喙燕雀就会有适应性优势。“燕雀科”是可变的，并非恒定不变。

达尔文认为，变异并非因为生物体的需要才出现（实际上拉马克正是秉持这种观点）。他认为，变异是偶然发生的，而变异的机会决定了生物体的适应性效用。在任何季节都会有跟其他燕雀相比喙刚好长一点、窄一点的燕雀出生，就好像同一对父母生下的孩子也不会全都长得一样高。在某些环境条件下，更窄的喙可能有正面或负面的生存价值，但在别的条件下——例如种子很多而燕雀很少的时候——这个特征可能不会带来差别。因此，有利特征的"选择"既不是设计好的，也不代表先进。并没有神圣的或别的什么智慧，事先决定了个体变异的相对价值，也不存在要朝着这个方向做出适应性变化的"燕雀"的理想类型，或是"燕雀科"的本质。

自然选择是一条定律，能解释自然界为什么会发生变化——达尔文和华莱士都分别读过托马斯·马尔萨斯的《人口学原理》(1798 年)，并随即认识到，如果生物体有性繁殖产生的全部后代都适应得同样好，种群的生物体数量就会很快超过能维持这一种群的可利用资源。既然种群某些成员必须死亡，那些因稍有不同而具备适应性优势的个体就更可能生存下来。进化只是物质竞争偶然的副产品，并非其目标。生物体并非因为必须进化才互相竞争，而是因为必须互相竞争才进化。自然选择同样解释了自然界中的变化是怎样发生的——通过适应得稍微好一点点带来的相对成功的繁殖。但自然选择并不会规定这些变化应该是什么。这是一个无心插柳的过程。

因此，将个体差异视为与一般类型的不必要偏离，这种思路并不适合面对自然世界。一般类型是固定的，确定的，也是一成不变的；达尔文描述的世界则充斥着偶然、变化和差异——一般类型被设计为不考虑任何属性。在强调个体生物的特殊性时，达尔文并没有断定物种不存在。他的结论只是说，物种看起来只是概念，在对相互作用的个体种群命名时有临时的作用。他写道："为了论述方便，我主观上给一类非常相似的个体加上了物种这个术语；而把变种这个术语用于那些容易变化而差异又不显著的类型。其实，物种和变种并没有根本的区别。同样，也是为了方便，变种这个术语是用来与个体差异形成对比的。"①差异被一路贯彻

① Charles Darwin, On the Origin of Species (1859), *The Works of Charles Darwin*, ed. Paul H. Barrett and R. B. Freeman (Cambridge, England: Cambridge University Press, 1988 -), vol. 15, 39.

到底。

一旦我们的注意力重新定位于个体，就需要另一种方式进行归纳。我们不再对个体是否符合理想类型感兴趣；我们现在感兴趣的是，个体与其他能与之相互作用的个体之间的关系。要将相互作用的个体归纳为群体，我们就得抛弃类型、本质等语言，这样的语言是规定性的(告诉我们所有的燕雀都应该是什么样子)，而采用统计、概率的语言，这样的语言是预言性的(告诉我们在特定条件下，燕雀通常可能如何行事)。关系将比类别更加重要；可变的功效，将比提前设定的目标更加重要；过渡将比分界更重要；顺序将比等级结构更重要。

不过，关系和概率的思路仍然只是如何进行归纳的另一种方式，并不比类型和规定性的思路就少了一些抽象。你能看到的关系不会比你能看到的本质更多。实际上，一直到进入20世纪很久以后，才有人真正记录到自然选择在起作用的实例。达尔文从家犬和鸽子育种上收集证据，证明变异可以遗传，这是个绝佳的睿智选择。自然选择只是一种假说。而且，由于达尔文并不了解遗传学，他甚至无法解释特性是如何一代代往下传的。他只能宣称，他想到的关于生物体的思考方式，比以前所有的科学家都能更好解释我们知道的和我们看到的。

因此，《物种起源》不只是对路易·阿加西的自然历史观点在几乎所有方面都提出了挑战，也代表了一种完全不同的科学思考方法[①]。在达尔文的著作出现之前很久，阿加西就已经在反对进化论(或他所谓的变化论)了。他的导师乔治·居维叶与拉马克在巴黎的法国国家自然历史博物馆共事，对拉马克的适应理论大加挞伐，还带着同行相轻的特别鄙视。1846年阿加西做的首场洛厄尔讲座《动物王国的造物规划》，就明确回应了英国记者罗伯特·钱伯斯于1844年匿名出版的《造物的自然历史遗

① Ernst Mayr, "Agassiz, Darwin, and Evolution" (1959), *Evolution and the Diversity of Life*, 251-76.

迹》,该书据称能提供科学证据证明“高级”物种是“低级”物种的后裔。

达尔文在1838年读过马尔萨斯的著作后就“发现”了自然选择定律。到了1844年,他已经确信物种是可变的(他告诉自己的朋友约瑟夫·胡克:“就好像承认自己杀了人。”[①])。他有二十年之久迟迟没有正式发表自己的思想,部分是因为钱伯斯的著作被大加批判——即便二十年之后,他也只是被华莱士独立发现了同样理论的消息推动,才不得不发表自己的见解。不过他一直跟全欧洲和美国的科学家通信,所有人都知道他在做什么。

达尔文在美国的通信者之一是植物学家阿萨·格雷,他对阿加西很了解:他在阿加西第一次美国之旅的时候就在普林斯顿见过面,还跟阿加西一起去了费城,阿加西就是在那里遇到了塞缪尔·莫顿,收获颇丰。劳伦斯理学院开始筹办时,格雷加入了教职员队伍,成了阿加西的同事。格雷不赞成阿加西与诺特和格利登结交,部分是出于政治原因,但也因为格雷有宗教信仰,他相信人类起源多元论——认为各个种族是分别创造出来的——与基督教教义相矛盾。他也不相信阿加西的科学风格中他认为是炫耀元素的内容。1858年,他给达尔文的朋友胡克写道,阿加西“自己有一种以经验为依据的感觉,他总是向着大众写作和演讲——喜欢向不称职的仲裁机构诉说自己”[②]。即将降临在《物种起源》头上的风暴,已经在北大西洋的地平线上隐约可见,山雨欲来。

达尔文为自己的自然选择理论找到的最佳证据是物种的地理分布(这也是华莱士举出的主要证据,他曾研究过马来群岛上蝴蝶的分布)。达尔文认为,物种分布与共同祖先的理论是一致的——这种理论认为,同

① Charles Darwin to Joseph Dalton Hooker, January 11, 1844, *The Correspondence of Charles Darwin*, ed. Frederick H. Burkhardt and Sydney Smith (Cambridge, England: Cambridge University Press, 1985–), vol. 3, 2.

② Asa Gray to Joseph Dalton Hooker, July 13, 1858, A. Hunter Dupree, *Asa Gray, 1810–1888* (Cambridge, Mass.: Harvard University Press, 1959), 229.

一物种的成员无论是在哪里发现的，都是同一对祖先的后裔。1855 年，达尔文写信给格雷询问北美的植物分布信息，格雷回以一篇题为《美国北部植物区系统计》的文章，后来在 1856 年到 1857 年分三部分发表。格雷主张，东亚和北美的植物物种分布统计分析表明，很多物种都是从单一起源迁移而来的（原因包括气候变化以及大陆之间关系的变化）。例如，北美物种的标本也可以在尼泊尔找到。他提出，两种理论中只有一种可以解释这样的现象：理论之一假定有共同起源，并在寻找迁移的原因；另一理论假定每种生物都发源于其现在所在的地方。但格雷也说，第二种理论只是一种信仰：这种理论"让物种不再以自然界的客观事实为基础，而且似乎就连限制的理由都成了个人意见"。[①] 也就是说，这种理论允许博物学家断言，尼泊尔的物种尽管跟北美的看起来相似，却必定是不同的物种。

这对阿加西来说是直接打脸。1858 年到 1859 年，格雷发表了更多支持自己植物分布理论的发现，也显示了同一物种的标本在日本和北美东部都可以找到；1859 年冬天，他和阿加西在波士顿的美国艺术与科学院就其发现进行了一场辩论。格雷是学术专家，阿加西则是惯常引人瞩目的名流。但是格雷轻而易举地赢得了辩论，就像一年以后，在《物种起源》出版后他也同样轻易地赢得了与阿加西的第二场辩论。

原因在于格雷了解阿加西不了解的东西，也就是科学辩论的新规则。格雷在他们第一次交锋时论辩道，阿加西理论的问题是，"不能对物种目前在全球的分布给出科学解释"[②]。对一个自认为是现代科学化身的人来说，这个评价把脸都丢尽了。但阿加西没有回应，原因是他无法解释物种是怎样到它们现在被发现的地方栖居的，他只能一再重复自己的主张，

---

① Asa Gray, "Statistics of the Flora of the Northern United States", *American Journal of Science and Arts*, 2nd series 23 (1857): 389.

② Meeting of January 11, 1859, *Proceedings of the American Academy of Arts and Sciences*, 4 (1857–60): 132.

即既然它们是在这里被发现的，那么必定是上帝把它们放在这儿的。他对格雷的反驳是："现在这些动物物种，在地球上创造出来时的数量比例就跟现在我们发现的比例一样，创造它们的地方也大致就是现在它们占据的地方。"[①]这可算不上是论证。

当然格雷并没有真正见过物种迁移，就像阿加西也没见过上帝创造物种一样。他只有数据。但将数据拿来统计分析之后，他可以证明植物物种的地理分布所遵循的规律，与冰川活动和地壳运动的证据是一致的。格雷是用关系和概率来思考，而阿加西仍在用类型和概念来思考。他无法看出来偶然怎么可能造就秩序，他也无法想象，秩序不是思想的产物。当阿加西终于写到达尔文的理论时，他称之为"科学错误，事实就不真实，方法也不科学，其倾向更是恶意满满"[②]。这可不是强词夺理，或者说不仅仅是强词夺理：阿加西根本就不能承认达尔文的思想也是科学。

在 19 世纪的剑桥，完全有可能同时相信达尔文和上帝。比方说，格雷就认为阿加西的有神论和达尔文的自然主义能以某种方式综合起来，甚至(有点儿古怪地)宣称达尔文的著作中暗示了一种自然的有神论观点。格雷认为，有机生命按照达尔文所说的方式，通过对变异进行自然选择来进化；但没有理由说上帝不能提供变异[③]。跟很多 19 世纪的科学家一样(包括达尔文在英国的支持者托马斯·赫胥黎)，格雷是用现象学的方法来解读达尔文的：他将自然选择看成是对现象的解释，而不是对最终原因的说明。在格雷看来，科学只牵涉我们亲身经历的事物；至于那些终极问题，就像上帝是否存在，生命是否有目的，等等，只会被科学留在

① Meeting of February 22, 1859, *Proceedings of the American Academy of Arts and Sciences*, 4 (1857-60): 179.

② Louis Agassiz, "Prof. Agassiz on the Origin of Species", *American Journal of Science and Arts*, 2nd series 30 (1860): 154.

③ Asa Gray, "The Origin of Species by Means of Natural Selection" (1860) and "Natural Selection Not Inconsistent with Natural Theology" (1860) *Darwiniana: Essays and Reviews Pertaining to Darwinism* (New York: D. Appleton, 1876), 9-61, 87-177.

原地。格雷宣布，自然选择理论一点儿都没有弄乱他自己的“宇宙中有秩序的坚定信念；这种秩序以思想为前提；设计论也要以意志为前提；思想或意志，是个人的”①。但达尔文并不相信他把终极问题留在了原地，后来他又写了《动物和植物在家养下的变异》(1868 年)，用来证明格雷为什么错了：因为在生物进化的过程中，没有任何现象能用设计论来解释。

但是，阿加西没有给自己留出任何让步的余地。他无法将现象和超验区分开：他的整个系统都与自己的信念紧密联系。他的信念就是，自然界所有可以观察到的秩序都是超自然意图的初步证据。他坚持认为，物种是“以个体生命形式体现的思想的种类”，而自然历史最终就是“宇宙创造者的思想分析，就像动物王国和蔬菜王国清楚显示的那样”②。1860 年之后，这种毫不退让的态度让他在剑桥再也没有科学上的盟友了。他退而求其次，开始依赖像弗朗西斯·鲍恩这样的人的支持。鲍恩是哈佛大学的哲学系教授，曾发起运动反对爱默生，年轻的温德尔·霍姆斯则在他的课堂上频频捣乱。他的赞助人约翰·洛厄尔还在波士顿的期刊《基督教甄别者》上(匿名)评论了《物种起源》。对于达尔文，洛厄尔写道：“我们希望能得到原谅，如果说我们认为他的情况真的纯属好奇心理。”③洛厄尔是个商人。(达尔文看到评论后写道：“很明显，他不是博物学家。”④)

事情这样急转直下相当令人震惊。阿加西不习惯在专业边缘的生活，经验也变得十分迷惘，以至于 1864 年他在从纽黑文出发的一趟火车

---

① Gray, "The Origin of Species by Means of Natural Selection," 58.

② Louis Agassiz, *Contributions to the Natural History of the United States of America* (Boston: Little, Brown, 1857-62), vol. 3, 88; vol. 1, 135.

③ [John Amory Lowell], "Darwin's Origin of Species," *Christian Examiner*, 68 (1860): 458.

④ Charles Darwin to Charles Lyell, June 14, 1860, *The Correspondence of Charles Darwin*, vol. 8, 253.

上跟格雷争吵时，说他“不是个正人君子”。格雷从那以后就再也不跟他说话了。剑桥流传的说法是，阿加西提出要跟格雷决斗[①]。到1865年冬天，他提到去巴西寻找冰川活动的可能性时，阿加西的朋友们都清楚，对他来讲离开城市一段时间可能确实是个好主意。

1865年3月29日，科罗拉多号载着塞耶远征队，从纽约港起航了。伊丽莎白·卡里·阿加西也是队伍中的一员，在远征队中担任官方日志记录员。4月2日，星期天，在南行的汽船上，乘客们注意到西边地平线上有一炷青烟。那就是里士满。格兰特将军正要进入匹兹堡，邦联军则将他们的首都付之一炬。这是南北战争的最后一役。

3

刚开始的时候威廉·詹姆斯对阿加西的兴趣，比对冰川活动或自然历史的其他任何方面都要大得多。他也非常清楚这次远征的范围，是其更大野心中的一次装腔作势。科罗拉多号的乘客中有一位宾夕法尼亚州新教圣公会的主教，名叫阿朗佐·波特，带着他的新婚妻子弗朗西斯去加利福尼亚州。他已经六十五岁了，弗朗西斯是他的第三任妻子。波特与詹姆斯一家颇有渊源。早在1829年，那时候还在游手好闲的老亨利从奥尔巴尼的学校辍学跑到波士顿，就在波特家住了一阵子。亨利被当时的波特夫人萨拉深深吸引——他当时这样描述她：“夏娃在堕落之前或许就是这个样子。”[②]他觉得，像她这样光彩动人的女子却不得不下嫁到平头百姓家，实在是让人丢脸。（萨拉·波特的娘家姓诺特，她父亲是约西亚·诺特的堂兄）主教的战绩显然很有意思。

---

① Dupree, *Asa Gray*, 323.

② Henry James, Sr., to Isaac W. Jackson, January 13, 1830, *William James Papers*, Houghton Library, Harvard University, bMS Am 1092.9 (4153).

1850 年代阿加西对人类起源多元论的认可让教会的人感到很恼火，但他在反对达尔文的斗争中的领导地位又让这些人回到了他的阵营。尽管波特是个公开反对奴隶制的人物——他有个儿子就是联邦军队里的将军——他还是很快就跟阿加西打得火热。在南行的旅途中，主教每周都会布道，而阿加西每天都会向船上的人，包括船长和船员开讲座。他在讲座中反复宣讲自己的智设论及胚胎重演论，还扩展到自己前往巴西的原因。他说："经常有人问我，这次远征南美的主要目标是什么？……那种我无法抗拒的信念，就是这片大陆上动物的组合，那些动物种群那么典型，彼此有那么多不同，会让我找到办法，证明变化论完全没有事实依据。"①

主教很支持阿加西。詹姆斯告诉父母：

> 就我所见，他和教授为那句谚语"子为我豪，我为子豪"提供了最好的例证，尽管我觉得，主教挺有钱，阿加西会被置于有点儿受他恩惠的境地，除非明天他们能和解。主教告诉我，他……读过《物质与阴影》（老亨利的作品），尽管不同意其中的信条，但赞赏书中显示出的能力和优美的风格。上周日他专门为我们这些外人叫做"博学者"的人布道了一次，告诉我们必须试着对我们伟大领队的真理像孩子一样虔诚。我们必须放弃我们喜爱的变化论、自然生成论，等等，在自然界中去寻找上帝安排了什么，而不是试着在自然界中去应用我们靠想象发明出来的什么系统（参见阿加西的多处文字）。我们的老教授已经哭成了狗，泪飞顿作倾盆雨。②

---

① Louis Agassiz and Elizabeth Agassiz, *A Journey in Brazil* (Boston: Ticknor and Fields, 1868), 33.

② William James to his parents, April 21, 1865, *The Correspondence of William James*, vol. 4, 101.

此情此景，真有点儿像《哈克贝里·费恩历险记》中的公爵和老国王[①]。

但詹姆斯很钦佩阿加西的思想和意志的力量——他自己的意志力那么靠不住，而阿加西是那么坚定专注——在巴西，他大部分时间都在尝试区分他老师性格中的实至名归和徒有其表。这个任务可不简单。5月，威廉从里约给弟弟亨利写道："教授是个非常有趣的人，尽管我还不是很了解他。他的虚名几乎和他实在的价值一样大；似乎是一种无意识的孩子气，你无法谴责，就好像对多数人的孩子气一样。他希望自己无所不知。但他的个人魅力非常引人注目。"他还补了一句："在他的十一个助手里面，有三个完全是白痴。"他的意思是有三个人对自然历史一无所知，其中一个就是他自己。

一周后，他对阿加西的看法变了。这回他告诉亨利："由于对阿加西了解得越来越多，我想跟他在一起好从他身上多学点东西的热望，已经减弱了很多。他无疑是个有超凡心智能力的人，但这样一个政治家，那么钻营，对别人又那么偏执，别人对他也只好不那么敬重了。天可怜见，这些话可一句都不要在外面讲。"[②]

但阿加西没有成功结交那些恰好漂到他轨道上的人，也就没能实现他在世界上的地位。他必定也感觉到，对于像詹姆斯这样的年轻人，不吝鼓励可能是错误的方法。所以有一天早上当詹姆斯提出一种关于某些自然现象的新颖理论时，阿加西的回应是说他"完全没念过书"[③]。这句话

---

① 马克·吐温的《哈克贝里·费恩历险记》中，哈克为逃脱酒鬼父亲的魔掌而出逃，并遇到为避免被卖到下游而出逃的黑奴吉姆。两人沿密西西比河逃难，救下了被人追赶的两个骗子。两人自称公爵和本应即位的法国王储，强迫哈克为他们服务，还卖掉了吉姆。此处意指主教和阿加西两人都是道貌岸然的骗子。——译者

② William James to Henry James, May 3 – 10, 1865, *The Correspondence of William James*, vol. 1, 6 – 7, 8.

③ William James to Mary James, August 23, 1865, *The Correspondence of William James*, vol. 4, 111. William James, "Louis Agassiz" (1896), Essays, Comments, and Reviews, *The Works of William James*, ed. Frederick H. Burkhardt (Cambridge, Mass.: Harvard University Press, 1975 – 88), 50. ("有一回我听到他跟一个学生说：'布兰克同学，你完全没念过书啊！' 这个学生刚跟他提了一些理论上的一般性问题，颇有闪光点。")

刺到了痛处——詹姆斯有充分理由对自己的教育缺乏自信——他也尊重阿加西的这些话。9月,感激的情绪又回来了。威廉对父亲写道:

> 听阿加西讲话我收获颇丰。不是光听他说的就有这么多收获,因为还从来没有人这样鬼话连篇;而是因为学到了像他那样可以大派用场的感情用事的方式。没有人在归纳中看到的能比他自己的细节知识延展的还要远。由于一直有特别事实的重大背景,您对于阿加西的思想活动有多沉重和坚实的感觉,比对于我认识的其他所有人的感觉都更强烈。他个人处事也极为老练,我在他跟我的所有谈话中都能看到,他对我无拘无束……浮皮潦草的思考方式也乐在其中。我说过很多对他不好的话,如果让不认识的人听到,可能会产生我很不喜欢他的印象。完全不应该是这种情形,所以我希望您一句也不要再重复了。现在我跟他更亲密了,跟他说话也更加放得开,我很高兴能和他在一起。我一开始只看到他的瑕疵,但现在他伟大的品性让这些瑕疵都无关紧要了。我确信他能给我带来好处。①

詹姆斯在巴西的主要任务,除了不需要动脑筋地为数千种标本做箱子好运回剑桥的比较动物学博物馆外,就是和巴西向导及几个同事一起沿着选定的亚马孙河支流上行,收集鱼类标本。不知道关于这项活动的意图他有没有多想:是为了通过同时从河流上游和下游收集标本,来帮助阿加西证实鱼没有迁徙,因此上帝必定是在我们发现物种的地方创造这些物种的。詹姆斯的数据将成为阿加西对达尔文和格雷的回应。阿加西也在热心收集胚胎,好支持自己的重演论——特别是鳄鱼蛋。他觉得,关于鳄鱼胚胎发育的研究,将让所有爬行动物都自然有个分类。

---

① William James to Henry James, Sr., September 12 - 17, 1865, *The Correspondence of William James*, vol. 4, 122.

当然他也在寻找冰川作用的证据。当远征队第一次出行攀爬里约郊外的一座山时，阿加西认定他们走的这条骡道下面的土地，是“一座漂移的山，有大量漂砾岩”。他写信给哈佛的同事，也是他的好朋友本杰明·皮尔士：“这是我一生中最快乐的一天。”因为漂砾岩表明有某种冰川活动。阿加西对皮尔士承认，他并没有真的看到冰川活动的痕迹，比如冰川可能会留下的划痕和犁沟。但这只不过说明他即将发现“一种新的、目前为止我们的地质理论还没有讨论过的地质作用”——也就是上帝制造灾难的另一种方法。詹姆斯也在这支队伍中，他只注意到这些“漂砾漂移”让他们的骑乘极不舒服①。

不过阿加西的工作中还有一项，他在船上的讲座中似乎并未提及，詹姆斯显然也是偶然得知的。远征队里有一位助手是摄影师，名叫沃尔特·哈尼威尔，詹姆斯跟他处得挺好。11月，哈尼威尔和阿加西在马瑙斯建了个摄影棚，他们探索上亚马孙地区的行动基地也在那里。有一天詹姆斯路过摄影棚，他在日记里写道：

> 一双黑手的哈尼威尔小心翼翼地准我入内。进去的时候我发现教授正在劝诱三个女孩[原文为葡萄牙语]。他说这三个女孩是纯种印第安人，但我觉得，后来也证实了，她们有白人血统。她们穿着白色的平纹细布袍子，戴着珠宝，头发上还插着花，散发着迷人的莎草香。她们显然都很优雅，一点儿都不邋遢。她们同意给我们最大限度的自由，其中两位没怎么费工夫，就被劝导着脱光了衣服，摆好裸体的姿势。我们在那儿的时候，塔瓦雷斯·巴斯托斯爵士[间或陪同探险队的巴西官员]进来了，他嘲弄地问道，我是不是为国家民委

① Louis Agassiz to Benjamin Peirce, May 27, 1865, Agassiz and Agassiz, *A Journey in Brazil*, 86, 89; William James to Henry James, July 15, 1865, *The Correspondence of William James*, vol. 1, 10.

工作。[①]

场面有点尴尬，因为阿加西有性欲旺盛的名声。他在星期六俱乐部的伙伴詹姆斯·拉塞尔·洛厄尔有一次这么评价他："他身上的动物性活力在男人当中很少见——真正的男人，无论这个词是什么含义。"[②]到波士顿几年后，阿加西卷入了一桩丑闻，涉及他跟一个名叫简的女仆的关系：有目击者宣称曾发现阿加西和简在一个房间里，阿加西的裤子前面乱糟糟的；简解释说她正在缝扣子上去。（有位心怀怨愤的同事投诉阿加西，其中就包括了这项指控；波士顿政要组成的一个小组——包括约翰·洛厄尔在内，他已经在阿加西身上投了不少钱——认真调查了这些指控，并最终驳回[③]。）

很明显詹姆斯对他一头闯进去的此情此景没有留下科学严谨的印象，但无论她们在为什么样的兴趣服务（毕竟阿加西夫人也在远征队中），照片总还是有科学依据的。阿加西是想用照片完成莫顿用颅骨做过的事业：他试图记录种族类型的等级体系，以及混合种族人群的衰退。这确实是人类学的实地考察——尽管巴斯托斯先生讽刺意味的评论让人想到，这是远征任务的一部分，只是阿加西尚未跟皇帝明说。

没明说的理由也挺充分，因为在1865年的巴西，种族问题极富争议。当时巴西是西方世界唯一仍然正式容许奴隶制的独立国家。（西班牙仍允许奴隶制在其加勒比殖民地存在；美国当然已经于1863年发布了《解放黑人奴隶宣言》，并于1865年正式批准了第十三条修正案，宣布奴隶制非法。）佩德罗二世政府已经于1850年禁止了奴隶贸易，但截至当时已经

---

① Notebook Z, [p. 8], William James Papers (4498).

② Jules Marcou, *Life, Letters, and Works of Louis Agassiz* (New York: Macmillan, 1896), vol. 2, 132.

③ Lurie, *Louis Agassiz*, 158 - 9.

有三百万非洲人从安哥拉和刚果进入巴西。来自国际上的压力，尤其是来自英国的压力，要求巴西废除奴隶制；但巴西也正在所谓的三国（巴西、阿根廷、乌拉圭）同盟战争中与巴拉圭开战，政府不愿面对废除奴隶制可能带来的内乱。巴西以农业立国，有以种族、宗教和出生国家为基础的复杂的等级制度。然而巴西政治家也考虑过解放奴隶，只是深陷于细节。巴斯托斯实际上是奴隶贸易的历史学家和统计学家——这也是为什么他对阿加西的摄影工作有特殊兴趣。

奴隶贸易被取缔后，也有人试图向巴西进口中国劳工但遭到反对，理由是中国血统会败坏巴西的种族。（后来是来自亚速尔群岛的葡萄牙人成了替代，给人印象很深。）在一个混血比纯种白人和纯种黑人还要多的国家，对种族污染的恐惧显得别具一格。根据第一次全国人口普查，1872年巴西居民不到一千万；其中归为白人的不到三百八十万，黑人约两百万，剩余人口——略低于四百二十万，即全国人口的 42%——是梅索蒂斯混血儿（白人和印第安人混血）或黑白混血儿。实际上，梅索蒂斯混血儿是社会上人口最多的等级，数量超过奴隶主（葡萄牙血统）和奴隶（非洲血统），有决定种族混合特性的趋势[①]。他们的数量和社会地位没有表明"杂种"的生育率会下降——但这正是阿加西要找的论据。他想加强美国人类学学派中的人类起源多元论，他现在是这个领域的领袖人物；他也想以更多的科学证据支持他曾提给塞缪尔·格里德利·豪的反对种族混合的方案。

巴西展现的人类多样性迷住了阿加西夫妇。伊丽莎白·阿加西在日志里写道："可能这世界上再没有哪个地方，对人类之间类型混合的研究

---

① José Honório Rodrigues, *Brazil and Africa*, trans. Richard A. Mazzara and Sam Hileman (Berkeley and Los Angeles: University of California Press, 1965), 52–73, 86, 158–60; and Lilia Moritz Schwarcz, *The Spectacle of the Races: Scientists, Institutions, and the Race Question in Brazil, 1870–1930*, trans. Leland Guyer (New York: Hill and Wang, 1999), 6–11.

能像亚马孙地区这么彻底。在这里，白人与美洲印第安人的混血、黑人与印第安人的混血、白人与黑人的混血、白人与巴西原住民的混血、黑人以及白人混在一起，乱成乍看起来难分难解的一团。”[①]也许种族混合看起来难分难解是因为确实难分难解；但阿加西夫妇习惯于寻找类型，也确实找到了类型。4月23日，远征队抵达几天后，伊丽莎白参加了一个节日活动，看黑人跳舞。她写道：“看着他们半裸的身躯，蠢笨的面孔，问题出现了；当我们接触到这些种族时，这个问题就会不断浮现：‘要是有了自由这么伟大的礼物，他们会拿来做什么呢？’唯一能纠正半信半疑的就是考虑白人能跟他们和睦相处：无论人们会怎么看待黑人奴隶制的影响，对奴隶主的恶毒影响都是确凿无疑的。”[②]毫无疑问，这是波士顿式的种族观——对其他人的种族歧视深恶痛绝。

伊丽莎白·阿加西的日志充满了她对种族特征的观察，包括巴西白人的特征，她和她丈夫都认为经历了三重退化——其南欧和天主教的起源是一重，与印第安人相亲相爱是一重，他们在奴隶制经济中的角色又是一重。7月30日，当远征队乘船前往亚马孙河口的帕拉时，詹姆斯、哈尼威尔和阿加西夫妇，在月光下的甲板上与一位巴西参议员锡宁布先生进行了一次长谈，谈到在巴西解放黑奴的后果。伊丽莎白·阿加西记录道：“对自由黑人什么限制都没有，他们有资格担任公职，所有专门职业都向他们敞开大门，没有基于肤色的偏见，使人们能对他们发展的本领和才能形成一些看法。锡宁布先生告诉我们，这里的结果完全对他们有利；他说自由黑人智力上比较起来也很优秀……但是要跟我们自己的国家进行一番比较的话，必须记住在这里跟他们接触的是一个跟盎格鲁-撒克逊人（英国人）比起来没那么有活力、没那么强大的种族。”[③]她指的是葡萄

① Agassiz and Agassiz, *A Journey in Brazil*, 296.
② Agassiz and Agassiz, *A Journey in Brazil*, 49.
③ Agassiz and Agassiz, *A Journey in Brazil*, 128 – 9.

牙人。

9月，远征队临时驻扎在特菲时，伊丽莎白·阿加西有了一个年轻女仆，名叫亚历山德里娜，是个黑人与印第安人的混血儿。伊丽莎白写道："她答应得非常好，似乎有印第安人的智慧，又比黑人更顺从。"[①]阿加西夫妇被亚历山德里娜的外貌吸引，于是叫詹姆斯——毕竟他学过一段时间画画——把她画下来。伊丽莎白写道：

> 昨天她忸怩作态拒绝了半天，最后还是答应了。阿加西先生希望这幅肖像特别突出她奇特的头发。她的头发尽管失去了黑人的紧致皱褶，又有印第安人头发的长度和质地，但仍然保留了一种粗硬的弹性，因此一旦梳开，就会在头上往各个方向立起来，像是通了电一样。在我们见过的黑人与印第安人混血的例子中，黑人特征似乎一开始让步了，就好像黑人更为轻率的性情跟印第安人持久的坚毅相比一样，在他们的身体上，也在他们的精神特征上体现出来[②]。

他们在头发中找到了等级体系。

詹姆斯在家信中对伊丽莎白·阿加西不吝赞美之词，尽管在日记里他称她为"极为优秀，令人着迷的女子，她会用那么不自然、那么浪漫的眼光看着一切，就好像她不是行走在坚实的大地上"[③]。詹姆斯在巴西遇到的尽是异国情调，于是倾向于强调在惊鸿一瞥中看到的平凡。就好像他在日记里写的一次去上游的探险：

> 日出前后，我们碰到一条很大的独木舟上来靠近岸边，船上全是

① Agassiz and Agassiz, *A Journey in Brazil*, 224.
② Agassiz and Agassiz, *A Journey in Brazil*, 246.
③ Notebook Z, [p. 7], *William James Papers*.

印第安妇女，一共有七个人。女头领是个小老太太，坐在船舱门口抽着烟斗。我们看到她就跟她打了个招呼，一起停了下来。尽管她们说葡萄牙语，我没法搞清楚她们的男人究竟是都去（跟巴拉圭）打仗了，还是因为害怕被送上战场就全都躲起来了。有这种习惯和目标的人群怎么会关心战争，希望参军入伍？和往常一样，我对我朋友[他船上的印第安人]和这位老妇人之间温文尔雅、彬彬有礼的交谈惊叹不已。这些人那么优雅，那么养尊处优，究竟是种族还是环境造就了他们？欧洲绅士也不会比他们更有礼貌，而这些人只不过是农民。①

"是种族还是环境？"这是用关系来思考的开始。

詹姆斯对整个探险活动的感觉，照例也有好多次180度大转弯。他容易晕船，觉得这次航行既不舒服又枯燥乏味。（在科罗拉多号上他写信给父母："我们看到一些飞鱼跳出来，但是飞鱼还没有家里的癞蛤蟆好玩儿……海洋湿得要命，很让人讨厌，这就是我的结论。"②）然而一到里约，他就在热带风光中陶醉了，家信里充满了热情。一个月之后，风光和气候又一成不变得让人无法忍受，他对整个事情都感到后悔。他在里约给父亲写道："我的到来是个错误。"③一旦队伍离开里约，他又再次着了魔。8月，他从欣古河上某地对母亲写道："现在，探险的真正乐趣开始了。享受着这美好森林里的芬芳，我发现不可能让我从这里离开。"④

然而到最后，詹姆斯发现这趟远征连带他自己的表现在内，都让人打

① Notebook Z, [pp. 12-13], *William James Papers*.

② William James to his parents, April 21, 1865, *The Correspondence of William James*, vol. 4, 101.

③ William James to Henry James, Sr., June 3-7, 1865, *The Correspondence of William James*, vol. 4, 106.

④ William James to Mary James, August 23-27, 1865, *The Correspondence of William James*, vol. 4, 110-11.

不起精神。他(很快认识到自己)不是个全心全意的收集者,甚至连称职都算不上;他也恨死了蚊子。但最主要的还是他厌倦了。他对单调重复的工作、无精打采的环境都产生了强烈的厌恶。12月,在他决定返回剑桥之后,他告诉母亲:

> 这件事就要结束了,我全身心都感到高兴——并不是说我对哪个部分都没能充分享受,或不觉得这是我生命中最精彩的片段之一;但就算是盛宴也要适可而止;我彻头彻尾地讨厌收集,而经过这段简单生活之后,我也渴望回到书本、回到学习,等等……人群像在家里一样四处聚集,因为思考跟自己的外界环境没有任何关联的事情而精疲力竭,带着极度亢奋研究自己,为宗教、哲学、爱和病痛等癫狂,呼吸着永远燥热、激动的空气,将夜晚变成白昼:这些想法看起来难以置信也不可想象……更加引人注目的,似乎是由这一切带来的极为多样的特征——这里的一切都太单调了,在生活中,在自然中,你被轻轻晃动着进入了某种安眠。①

他显然错过了他曾希望找到的什么东西——出发远征中的危险比被蚊子咬有意思多了,冒险或许会为他带来坚韧和勇敢的品质。事实上,巴西似乎就是他的南北战争。他在信中不止一次将阿加西比作舍曼将军,还把自己比作参战的两位弟弟。他在南下的路上告诉父母:"我从前的生活中,没有哪一刻的与世隔绝比现在更接近鲍勃和维尔基的,因此我也比以往任何时候都更同情他们。请把这封信转给他们,这也是写给他们的。"②他甚至也算是负伤了。远征队刚抵达不久,他就因为天花倒下了,

① William James to Mary James, December 9, 1865, *The Correspondence of William James*, vol. 4, 131 - 2.

② William James to his parents, April 21 - 23, 1865, *The Correspondence of William James*, vol. 4, 103.

也可能是假性天花，结果在一个卫生所待了两个半星期。这场大病最后没在他脸上留疤，但是他的眼睛毁了。旅途中他不少时候都得戴着墨镜，余生也受着慢性眼病的折磨。

詹姆斯动身的时候就好像要上前线一样，但他没有为英雄主义找到机会，或者说没能为英雄主义创造机会。八个月后，他似乎确定战争确实回到剑桥了，就好像他最后一封家信里表露的——"人群像在家里一样……精疲力竭……呼吸着永远燥热、激动的空气"。他不可能知道，对战士来说战争基本上也很无聊。

1866 年 8 月，阿加西几乎刚回美国就去了华盛顿，在美国科学院做了一系列题为《热带地区冰川遗迹》的讲座。在讲座结尾，他评价道："所以，达尔文理论到此结束。"[①]他印了一本题为《亚马孙地质学》的小册子，很久以前帮阿加西争取到洛厄尔讲座机会的英国地质学家查尔斯·莱尔，还给达尔文寄了一份。达尔文答复道："读到这个小册子我很高兴，虽说主要是出于好奇心。你觉得阿加西是个冰川控，我非常理解。"[②]

不过莱尔自己还没有完全转向达尔文主义。阿加西不知变通，也拒绝承认别人的研究成果（自然选择学说的共同发现者阿尔弗雷德·华莱士也去过巴西，但没在那里发现冰川活动的迹象），几乎所有科学上的听众都离他而去。他的回应是将妻子的日志加上他自己的诸多注解，在 1868 年 1 月出了一本书，名叫《巴西之旅》。阿加西将与达尔文主义的孤军奋战转到了不那么有挑战性的领域。《巴西之旅》是加上了科学评论的

---

① Charles Darwin to Charles Lyell, September 8, 1866, *More Letters of Charles Darwin: A Record of His Work in a Series of Hitherto Unpublished Letters*, ed. Francis Darwin and A. C. Seward (New York: D. Appleton, 1903), vol. 2, 160：我刚收到阿萨·格雷写来的一封信，有下面的段落，所以根据这些内容，我就是阿加西那些荒谬观点的主要原因——"阿加西回来了（我还没见到他），马上就去了美国国家科学院，这个地方我反正是敬而远之的；然后我听说，他向他们证明整个美洲大陆在冰川时期曾覆盖在完整的冰层之下，最后大手一挥评论作结：'所以，达尔文理论到此结束。'"

② Charles Darwin to Charles Lyell, *More Letters of Charles Darwin*, vol. 2, 159.

旅行见闻，目的是覆盖科学家的思考，或成为科学家思考的基础。阿加西夫妇将这本书作为圣诞礼物送给波士顿的朋友们，有些人有点儿迷惑该如何回应。乔治·蒂克纳的妻子安娜写道："请告诉阿加西先生，就我的感觉来说没有哪个词科学含量太高，虽说我当然是读不懂的。这本书多漂亮啊，印得又美观又清楚。"①

安娜·蒂克纳是个聪明人。很可能关于这本书，有些东西她宁愿没那么快读懂。当然，阿加西渴望展现的是，他在巴西既没有发现有任何东西能支持达尔文的理论，也没发现有任何东西跟自己的理论相悖。但他也同样（甚至更强烈地）希望自己的读者能对种族混合的危险留下深刻印象。巴西就是一记警钟。在给妻子日志所附的那些冗长脚注中，有一则他这样写道：

> 谁要是对种族混合的罪恶有所怀疑，或是从错误的博爱观念出发倾向于打破他们之间所有的隔阂，那就来巴西看看。而今黑人新的社会地位在我们的政治家那里是极其重要的问题，我们应该能从这样一个国家的经验中受益：这里尽管存在奴隶制，那些自由自在的黑人能享受到的自由却比在美国还要多得多。我们要吸取双重教训：教育的所有有利之处都向黑人开放，文化给予那些懂得如何利用的人的所有成功机会也都让黑人能拥有；但也要尊重自然法则，让我们与黑人的所有交涉都尽可能地保留他们的民族特色和我们的完好无缺。②

在摄影的辅助下，他的民族学观察证实了人类起源多元论的观点：

---

① Anna Eliot Ticknor to Elizabeth Agassiz, January 3, 1868, *Louis Agassiz Papers*, Houghton Library, Harvard University, bMS Am 1419 (636).

② Agassiz and Agassiz, *A Journey in Brazil*, 293n.

我很满意，除非能证明印第安人、黑人和白人种族之间的差异并不稳定而且倏忽即逝，那么为各种各样的人类种族都确定一个共同的起源非但与事实不符，也与要在人类种族和动物物种之间从系统角度做出区分的科学原则不符……杂交品种相互间不间断接触的自然结果是这样一类人，其纯种类型完全退化了，原始种族的所有优良品质，无论是肉体的还是精神的，也都同样如此，产生的杂交种群就跟杂交狗一样令人厌恶。他们倒也适合跟杂交狗结伴，而在杂交狗中间，不可能找出哪条身上还有大自然的智慧、高贵或爱心这些纯种狗身上才有的特质，正是这些特质让纯种狗成为文明人最爱的伴侣。[①]

在书后他加了一节题为《不同人类种族特征的持久性》的附录，其中总结了他和哈尼威尔工作的结论。这是对莫顿《美洲人的颅骨》中种族类型学的仿效："印第安女性因其男子气概的身材而引人注目，同时黑人男性也因其女性特征不遑多让"；黑白混血儿的"特征是英俊，皮肤光洁，容易轻信，懒懒散散"；"梅索蒂斯混血儿……苍白，女人气，虚弱，懒惰，还非常顽固"；等等[②]。从1868年到1875年，《巴西之旅》重印了九次。

4

亨利·亚当斯在其自传《亨利·亚当斯的教育》中关于亨利·亚当斯这样写道："他是为了好玩才认同达尔文理论。"他的意思是，作为年轻人，他认为自然选择理论未经证实，也很可能无法证实，但他还是接受这个理论。关于达尔文理论被接受，有两件事情最令人惊讶，其一是人们（即便

① Agassiz and Agassiz, *A Journey in Brazil*, 297－9.

② Agassiz and Agassiz, *A Journey in Brazil*, 530, 532.

其支持者)认为该理论在多大程度上是高度猜测性的,其二是该理论被青年知识分子吸收的速度。亚当斯解释道:"人们没法停下来,像追兔子一样去追逐疑点。你没有时间粉饰法则的表面,就算法则已经破败不堪,腐烂透顶。对于那些出生于1867年至1900年之间的这一代年轻人来说,法则就应该是进化。"①达尔文主义所进入的文化布局已经统一战线,以便接纳这个新理论。在其正确性普遍确立之前,其适用性就已经得到了广泛认可。

威廉·詹姆斯和亚当斯是同龄人,也是亚当斯的好朋友,也同样很快回应了达尔文的思想。他发表的头两篇文章写于1865年出发去巴西之前,是对托马斯·赫胥黎和阿尔弗雷德·华莱士著作的评论,主要是支持态度。詹姆斯显然早就是进化论者了。在对华莱士的评论中他写道:"在达尔文的起源法则中,最令读者吃惊的是这个定律怎么发现得这么晚。"②亚当斯在人生中同一节点对自己的描述则是:"他在那封信之前就已经是达尔文主义者了。"③

但詹姆斯在与达尔文的关系上与亚当斯有所不同,也跟他那一代人中的绝大部分不尽一致。詹姆斯作为心理学家,后来又作为哲学家,他的看法属于《物种起源》所激发的传统;但他拒绝像亚当斯那样承认进化论是"法则",他也将大半生精力都投入到声讨赫胥黎和赫伯特·斯宾塞之流解读达尔文著作的方式中。终其一生,詹姆斯对达尔文的态度都与他对弗洛伊德的态度是一样的:他喜欢他们的思想,但讨厌看到这些思想被视为绝对真理。他认同达尔文的理论,但不是达尔文主义者。这让他比大部分19世纪的进化论者都更接近真实的达尔文。

---

① Henry Adams, *The Education of Henry Adams* (1907), Novels, Mont Saint Michel, *The Education* (New York: Library of America, 1983), 932.

② William James, "Review of The Origin of Human Races, by Alfred R. Wallace" (1865), *Essays, Comments, and Reviews*, 208.

③ Adams, *The Education of Henry Adams*, 925.

在詹姆斯看来,《物种起源》大获成功带来了两个不正确的经验。其一是一个结论,即认为科学是适当独立于我们(或我们社会)的兴趣和偏好的活动。达尔文的著作当然令忠实信徒恼羞成怒;为其辩护的方式之一是,解释说科学家只能坚守事实。但对詹姆斯来说,反达尔文的科学家像是阿加西之所以会被误解,原因不是他们从先入为主的理论出发忽略了事实,而是恰恰相反——因为他们收集事实的时候,没有一个有效的假说来指导他们。审视阿加西的作品时,我们觉得看到的是科学和信念之间的混淆。但我们真正看到的是两者背道而驰。这就是阿萨·格雷说阿加西对自己观察到的现象没有科学解释时的意思,因为阿加西只是把自己的观察放在一边,而将自己的理论放在另一边。他的科学没有理论化,他的理论也并不科学。他的思想是栖居于数据高山上的大厦,达尔文的思想则是催生数据的手法。达尔文理论开启了进行探究的可能性,阿加西则关上了可能性的大门。

1868 年詹姆斯在德国,但他在这里度过的一年时间最终证明还没有他在巴西的那八个月令人鼓舞。他想尝试学习生理学,但是背痛加上精神低落让他只好去波希米亚的一处温泉疗养院,他在那儿的大部分时间都在阅读歌德。但达尔文的新书《动物和植物在家养下的变异》在这年冬天出版时,詹姆斯为此写了两篇评论,一篇给《北美评论》(其编辑查尔斯·艾略特·诺顿是他弟弟亨利的好朋友),另一篇则给了《大西洋月刊》(其助理编辑威廉·迪安·豪厄尔斯也是他弟弟亨利的好朋友)。詹姆斯写道,达尔文的著作引入的困难几乎和解决的一样多,“唯一的‘法则’,作者放在一起的大量事实在这个法则下可以归为一类,似乎就是变动不居的‘法则’——遗传变动不居,传播变动不居,一个个在哪里都变动不居。在混乱中寻找定律似乎也太自作主张了”。

但詹姆斯觉得,正因如此这些工作才有了深远意义。提出例外和古怪之处,以及能预测(实际上就是能断定)这些例外和古怪之处的理论,本来就是经验的本性，这比强行铲平这些理论要有用多了。詹姆斯指出："带有[达尔文的]名字的一般理论(毕竟这只是描述性的或历史学的假设，并非生理学的假设)的幸运之处是，找到的特征越多，对其可能性的支持就越大[因为特征就是偶然变异的证据]。这个理论的敌人是那些只对严格建立这些描述性法则感兴趣的人……因此，假说的伟大价值在于让博物学家开始工作，并让他们更加注重事实和关系。"①詹姆斯想到的敌人之一当然是阿加西。他在写评论时也在给亨利的信中写道："达尔文的思想我想得越多，就越发显得重若千钧——虽说我当然是人微言轻——我仍然相信，阿加西这个老流氓无论是智慧上还是道德上连给他擦鞋都不配，屈从于这种感觉也让我感到些微喜悦。"②

詹姆斯觉得人们从《物种起源》得到的另一个错误经验，实际上是第一个错误的反面：人们相信进化论科学可以为基准水平奠定基础——自然选择可以看成是价值权威的某种"底线"。这就是"适者生存"的信条，这个概念不是随着达尔文出现的，而是早在《物种起源》问世的七年前就已经由赫伯特·斯宾塞提出了③。这个信条将进化的逻辑变成人类价值的逻辑：它告诉人们，我们应该追求与被认为是"能适应"的生存特征相一致的政策和荣誉行为，还证明了某些胁迫是"自然的"、正当的。在一个刚刚经历了内战的社会中，达尔文理论在这种解读下的吸引力一目了然——正如亚当斯以其不无讥诮的方式所承认。内战那几年亚当斯在伦敦给他父亲查尔斯·弗朗西斯·亚当斯当秘书，他父亲是林肯派往圣詹姆士宫(英国宫廷)的外交官。他在《亨利·亚当斯的教育》中写道，进化

① William James, "Two Reviews of The Variation of Animals and Plants under Domestication, by Charles Darwin" (1868), *Essays, Comments, and Reviews*, 234 - 5.

② William James to Henry James, March 9, 1868, *The Correspondence of William James*, vol. 1, 39.

③ [Herbert Spencer], "A Theory of Population, Deduced from the General Law of Animal Fertility", *Westminster and Foreign Quarterly Review*, 57 (1852): 457 - 501.

论对“刚刚帮助糟蹋了五十亿乃至上百亿美元以及差不多上百万条性命来强制那些反对的人一致统一”的年轻人来说堪称完美[①]。战争只是生存斗争的一部分，是物种得以进步的方法。

詹姆斯相信，科学研究和其他任何形式的研究一样，是一种会受到我们的品位、价值观和希望所启发和渗透的活动。但在他看来，这并没有为其结论赋予任何特殊权威。恰恰相反：我们有义务将这些结论视为临时的、局部的，因为我们也是出于临时的、局部的原因才着手寻找这些结论。能成功解释为什么燕雀在不同情况下喙的大小不同的理论，对我们并没有进一步的必要要求——说不定有一天我们对燕雀喙能做出更好的解释。错误并不在于赋予了科学不配得到的权威，而在于将一种信念变成了超越其他可选信念的王牌，排除了考虑问题的其他方式的可能性。考虑问题的方式总会有很多种，詹姆斯所谓的“多元性”(他将这个词引入了英语哲学)就是这个意思。

情况发生变化时，王牌也往往会变化。即便詹姆斯作为博物学家的职业生涯十分短暂，他也有机会看到科学权威有多容易受到影响。阿加西和诺特认为种族必须隔离，因为科学已经认定不同种族是分别创造的不同物种，他们坚持这样的看法达二十年之久。但到了1866年，在达尔文说服了大部分秉持共同起源理论的科学家之后，诺特出版了一部《黑人种族：民族学及历史》。在书中他冷若冰霜地承认，达尔文也许完全正确，但是既然自然选择需要数百万年才能让人种分化，那么实际结果还是一样的：白人优越，黑人低级。[②] 两年后，阿加西同样泰然自若地在《巴西之旅》中抛弃了人类多元起源理论，他曾以此为基础形成他对种族政策的观点——但并没有把这些观点也一同抛弃。现在他解释道：“对我的目标

---

① Adams, *The Education of Henry Adams*, 926.

② Josiah C. Nott, *The Negro Race: Its Ethnology and History* (Mobile, 1866); Nott, "Climates of the South in Their Relation to White Labor", *De Bow's Review*, 34 (1866): 166–73, and "The Problem of the Black Races," *De Bow's Review*, 34 (1866): 266–83.

来说，到底是有三种、四种、五种还是二十种人类种族，他们到底是不是各自独立起源，这些都无关紧要。他们因恒定、永久的特征而有所不同，这一事实本身就足以证明有必要将人类种族与动物物种作个比较。"[①]塞缪尔·莫顿的行动比他俩还早。阿加西以前的导师亚历山大·冯·洪堡在其主要著作《宇宙》(1849)中攻击了莫顿的人类多元起源学说，并坚持人类物种的统一。莫顿不为所动，他回应道："黑人、萨摩耶人或印第安人精神上的低下究竟是天生的还是后天获得的，不会带来什么差别。因为，就算他们曾有过与白人一样的智力，他们也已经失去了；如果他们从未拥有，那他们也没什么损失。"[②]墓葬中的证据已经足够多了。

詹姆斯对科学的这种运用和滥用很警觉。1868年，差不多跟他评论《动物和植物在家养下的变异》同时，他还评论了阿尔芒·德·卡特勒法热关于法国人类学状况的一篇报告。卡特勒法热(或是像詹姆斯在写给亨利的一封家信里所称的"4法热"[③])是法国杰出的人类起源一元论者。詹姆斯在评论中指出，人类学成了大众广泛关注的主题，但是

> 这种广泛关注大部分并非仅仅源于科学。支持和反对正统理论的狂热，对我们物种统一起源("人类起源一元论")或多样起源("人类起源多元论")这个问题的风行，总是会形成一个绝非无关紧要的因素，而我们在美国都相当了解，最不平静的公众集会常常诉诸"科学"，来作为支持我们应该用来对待和我们一起生活的低等种族的方

① Agassiz and Agassiz, *A Journey in Brazil*, 296.

② Josiah C. Nott and George R. Gliddon, *Types of Mankind: or, Ethnological Researches* (Philadelphia: Lippincott, Grambo, 1854), li-lii.

③ William James to Henry James, [January 1868], *The Correspondence of William James*, vol. 1, 29.

式的证据。①

这段话表明了两点：詹姆斯对种族等级观念觉得心安理得（"和我们一起生活的低等种族"），以及他很怀疑科学与人们对这个问题的看法有多大关联。

如果我们想找出科学的和宗教的信仰在奴隶制政治中的作用，我们会发现没有什么规律。多元论者会认为自然选择理论支持奴隶制，但很多认同自然选择理论的南方人是一元论者。有的美国人感到被他们的基督教信仰所驱使而要求废除奴隶制，但也有的因为感到同样的驱策而愿意为捍卫奴隶制而死。有像温德尔·霍姆斯这样的反对奴隶制的无神论者，也有像约西亚·诺特这样的为奴隶制辩护的无神论者。塞缪尔·莫顿是费城的贵格会教徒，彭罗斯·哈洛韦尔也是。西奥多·帕克相信黑皮肤的人低人一等，温德尔·菲利普斯则相信人人生而平等，然而两人都冒着生命危险要让奴隶获得自由。佛蒙特州新教圣公会主教与宾夕法尼亚州新教圣公会主教（阿朗佐·波特，阿加西在船上的密友）就《圣经》是否赞同奴隶制的问题吵得不可开交（波特持反对意见）②。科学的和宗教的信仰对人们来说很重要，但这些信仰（通常）既不是基本前提，能事先支持某个结论而反对其他；也不是事后追溯的合理解释，用不带个人色彩的权威语言来掩盖个人偏好。这些信仰只是做决定的工具，是人们在需要做决定的时候，试图拼在一起的诸多碎片之一，其他的碎片还包括道德教条、个人利益以及具体信息，等等。

詹姆斯认为，自然选择理论应该和别的思想一样被视为假说，在某些

① William James, "Review of Rapport sur le progrès del'anthropologie en France, by Armand de Quatrefages" (1868), *Essays, Comments, and Reviews*, 217.

② John Henry Hopkins, A Scriptural, Ecclesiastical, and Historical View of Slavery, from the Days of the Patriarch Abraham, to the Nineteenth Century, Addressed to the Right Rev. Alonzo Potter, D. D. (New York: W. I. Pooley, 1864).

情况下适用，别的情况下就没那么适用，也不应成为价值评判的基准。毕竟，自然选择只是偶然过程。喙对环境更加适应的燕雀并不比别的燕雀更聪明或更高贵，只是运气够好罢了。有助于生物生存下来的特征也许从别的角度来看都只有害处，在一个季节生存下来也可能意味着下一个季节就会灭绝。对詹姆斯来说，《物种起源》的真正教训——他以这个教训为基础，写下了他的主要著作《心理学原理》(1890)——是，自然选择在人类中产生了有能力做出与“适者生存”不一致的选择的生物。宇宙中有大智慧，那就是我们。在演化的道路上，我们从某处开始有了思想，这是撞了大运。思想让我们从生物学的牢笼中脱身。

因此，詹姆斯对内战的理解不同于亚当斯，可以说还有另外一层。如果仅仅将这场战争看成是两个群体基本的生存斗争，那就没有什么值得赞扬或贬损——就好像生存下来的燕雀不必因喙的形状受到称赞一样。但如果将战争视为很多个体行为的总和，那么战争里面就尽是道德意味了；因为人类出于智识而非本能做的任何事情，以及可以有不同选择时他们选择的任何行为方式，都是道德行为。

1863 年夏天维尔基·詹姆斯在马萨诸塞州第五十四团强攻瓦格纳堡的失败战役中严重受伤，人们把他从南卡罗来纳州运回纽波特的詹姆斯家中时，一路上他都昏迷不醒，过了一年半他才康复。随后他重新加入了自己的兵团，一直服役到战争结束。1866 年，他和弟弟鲍勃在佛罗里达州开了个农场，雇了些自由黑人来做工，但本地白人的种族主义以及棉花价格下跌让他们的事业惨淡收场。鲍勃很早就退出了，维尔基坚持了六年，足以看到他曾为之奋战的解放事业，给南方黑人带来的只是一种新的苦难。

最后他搬去了威斯康星州的密尔沃基，在铁路上找了份工作。但肾脏问题、心脏病、风湿病和战争中受伤挥之不去的影响严重损坏了他的身体，让他没法工作。1882 年，老亨利·詹姆斯去世了，留下的遗嘱(以一种古怪的方式回归到五十年前他父亲的作为)将维尔基排除在外,理由是维尔基在佛罗里达的冒险事业已经花光了他那份遗产。他也同样减少了鲍勃的遗产。维尔基称之为“对他仅有的两个敢于为保卫家庭而参战的孩子的致命一击”①。一年后,维尔基死于肾病,年仅三十八岁。在詹姆斯家的孩子中,他曾被认为是最亲热人、最合群的一个。

1897年,马萨诸塞州在波士顿公园树了一块纪念碑,由奥古斯塔斯·圣-高登斯设计,用来纪念曾领导第五十四团并战死在瓦格纳堡的罗伯特·古尔德·肖,威廉·詹姆斯受邀在揭幕时致辞。这是他所有演讲中最精彩的一次。肖刚参战时还是纽约州第七兵团的二等兵,随后被任命为马萨诸塞州第二兵团军官,之后又于1863年冬天成为第五十四团即所谓的黑人兵团的上校。詹姆斯演讲时,兵团的所有退伍老兵都来了。詹姆斯告诉他们,肖作为英勇的战士受到表彰,但他之所以值得纪念并不是因为这个。战斗的本能已经通过自然选择深植于我们身上,几乎不需要纪念碑或演讲来加强。詹姆斯说:“从一次次大屠杀中成功幸存下来的人,我们现在这些种族都出自他们的玄牝之门……好斗是最不需要通过反思来加强的德行。”

詹姆斯解释说,让肖值得赞赏的,不是战斗前驱的“普遍盲从之勇”,

> 而是当他放弃在光荣的第二兵团鼓舞人心的任命,转而领导你们前途未卜的黑人第五十四团时,表现出的更加孤绝的勇气。这种孤绝的勇气(和平时代我们称之为公民之勇)是民族纪念碑最应该纪念的那种勇毅,因为“适者生存”的法则未曾将这种勇毅像临阵之勇一样埋藏在我们人类的血肉里;这也是我们这五百个能并肩一起接

① Garth Wilkinson James to Robertson James, December 26, 1882, Jane Maher, *Biography of Broken Fortunes: Wilkie and Bob, Brothers of William, Henry, and Alice James* (Hamden, Conn.: Archon Books, 1986), 150.

受排炮洗礼的人中，或许没有谁被发现会拿自己整个人生命运来冒险，忍住不被诱惑捧上天的勇气。

詹姆斯说，伟大的国家不是靠战争来保全的，而是“靠质朴的行为，靠有理有据地说、写、投票，靠迅速打击腐败，靠党派间的友好，靠人们对真正的英雄一见便知，并更希望他们成为领袖，而不是狂热的盲目支持者或胸无点墨的江湖骗子”[①]。这才是纪念碑应当表彰的。

肖是战争英雄。他在邦联军阵地的城墙上被击中心脏，和联邦军队每一个烈士死得一样光荣。圣-高登斯的纪念碑是波士顿对他们认为的最优秀人物的最恰当的贡献。在聆听詹姆斯演讲的所有人心中，肖是教养的典范，是英雄婆罗明的典型。詹姆斯将肖的勇气称为孤绝，说他的行为质朴，在这种情形下其实有点儿任性。但威廉·詹姆斯不是婆罗明，他想到的也不是罗伯特·肖。他想到的是维尔基。

① William James, “Robert Gould Shaw” (1897), *Essays in Religion and Morality*, *The Works of William James*, 72 - 3.

第三部

路易·阿加西与本杰明·皮尔士。皮尔士在说明哈佛大学在地球上的位置(马萨诸塞州历史协会授权使用)。

第七章　皮尔士一家

1

1861年秋天，威廉·詹姆斯进入劳伦斯理学院之后不久就给家人写信道："皮尔士教授有个儿子，我觉得是个很'聪明'的家伙，很有性格，不过也相当独立和暴力。"[①]这个人就是查尔斯·桑德斯·皮尔士。皮尔士在理学院的专业是化学，这也是詹姆斯第一年的专业，不过皮尔士的年级比詹姆斯高。跟詹姆斯不一样，皮尔士是大学毕业生，还是科学、数学和哲学的全能天才，也不惮于向初学者展现自己的博学或蔑视。詹姆斯的性格是，如果他发现谁挺有意思的，那这人身上小小的傲慢并不会令他反感，而查尔斯·皮尔士马上就吸引了他。他开始在课堂笔记上记下查尔斯那些他觉得带挑衅性质的意见，比如："他做了个测试，他将自由解释为父亲对孩子的权威，并测试大家如何正确地写下这种自由。那时候还没人知道——压根儿就没人知道父子关系也许是什么样子。"[②]

詹姆斯对父子间关系的形而上学感兴趣有自己的原因，皮尔士也是。他父亲本杰明·皮尔士是哈佛最举足轻重的人物之一，也就是詹姆斯信中的"皮尔士教授"。而且跟詹姆斯不同（就此而言也可以说跟温德尔·霍姆斯不同），查尔斯从来都不打算对自己父亲的观点敬而远之。他在父亲的支持下开启了自己的职业生涯，终其一生都认为自己的工作只是父亲所作所为的放大和延续。这实际上意味着调整达尔文之前的科学观念，使之适应达尔文之后的思想——也就是说，调整以坚信宇宙中存在确定性为基础的观点，使之适应以假设宇宙中不存在确定性为基础的观点。这个任务不可能完成；而皮尔士在职业上的困难部分源于乖张的脾性，因此他永远无法克服；这也加剧了他在哲学上的困难，尽管他以自己的天赋去面对。但他的道路虽然未能走向成功，还是留下了很多出色的洞见。他的失败十分奇特，也令人惊叹。

2

按照霍姆斯博士的定义，皮尔士家族算不上是婆罗明——他们家不是书香门第——不过他们从 17 世纪初就在马萨诸塞了(皮尔士这个姓是英国来的，最早的写法是 Pers)，而且从 1826 年就开始跟哈佛有了关联。这一年本杰明·皮尔士的父亲(也叫本杰明)退出了在塞勒姆的家族航运事业(反正是要破产了)，搬到剑桥，成了哈佛大学的图书管理员。1829 年小本杰明从哈佛毕业，班上还有霍姆斯博士、本杰明·罗宾斯·柯蒂斯、威廉·亨利·钱宁和超验主义者詹姆斯·弗里曼·克拉克。他开始在北安普敦的圆山中学教书，这所实验中学是由历史学家乔治·班克罗夫特以德国高级中学为模板建起来的。但 1831 年他回到哈佛教书，1833 年又被任命为数学和自然哲学教授，这年他才二十四岁。1842 年，他成

---

① William James to his family, September 16, 1861, *The Correspondence of William James*, ed. Ignas K. Skrupskelis and Elizabeth M. Berkeley (Charlottesville: University Press of Virginia, 1992-), vol. 4, 43.

② William James, Notebook V (1862), *William James Papers*, Houghton Library, Harvard University, bMS Am 1092. 9 (4496).

为第一位珀金斯天文学与数学教授①,并在这个教职上一直教到1880年去世。这时他已成为任职最久的哈佛教员,只有一位比他还久。(纪录保持者恰好跟他名字相近,是约翰·皮尔士牧师,就是曾说爱默生的《美国学者》"语无伦次、不知所云"的那位。)

皮尔士可能是美国产生的第一位世界级——从国际公认的意义上讲——的数学家。他逐渐形成的风格有点儿像个巫师。头发是铁灰色的,会留得很长,到晚年还要外加一把大胡子。他的晦涩也是出了名的。在哈佛有这么个说法:除非皮尔士教授为你阐释一番,否则你永远不可能意识到自己要理解一个科学问题时究竟有多无能。就连他最忠实的学生也承认,他的吸引力很大程度上就来自晦涩难懂。"很少有人说的那么少,言下之意却那么多;或是沟通起来几乎无可捉摸、无法理解却能给人那么多激励。"富兰克林·桑伯恩回忆起皮尔士的课有如许评价,维尔基和鲍勃·詹姆斯兄弟俩后来就在这位废奴主义者在康科德办的学校就读。而关于皮尔士教授的教育,几乎所有回忆都是同样的印象②。皮尔士很享受这种名声,甚至会最大限度地利用这种名声,因为他是个根深蒂固的知识分子精英,信奉纯粹的精英领导,丝毫不讲民主。有一次他在给高级班上课时据说曾问道:"能听懂我说的吗?"没有人。他说:"我不觉得意外,我知道只有三个人能听懂。"③

---

① 珀金斯天文学与数学教授职位创建于1842年,是根据慈善家小詹姆斯·珀金斯(James Perkins, Jr.)的遗嘱,在他和夫人均去世后以两万美元创办,现已改名为珀金斯应用数学教授职位,属于哈佛工程与应用科学学院。传承至今近两百年,只有十人获此职位。——译者

② Edward Waldo Emerson, *The Early Years of the Saturday Club: 1855 - 1870* (Boston: Houghton Mifflin, 1918), 97. Edward Everett Hale, "My College Days," *Atlantic Monthly*, 71 (1893): 355 - 63; Sven R. Peterson, "Benjamin Peirce: Mathematician and Philosopher," *Journal of the History of Ideas*, 16 (1955): 93 - 4; and V. F. Lenzen, *Benjamin Peirce and the U. S. Coast Survey* (San Francisco: San Francisco Press, 1968), 43 - 4.

③ Emerson, *The Early Years of the Saturday Club*, 97 - 8.

皮尔士认为，数学是最高级的科学，但只有少数人才能理解这种科学。在哈佛绝大部分课程都还是必修课的年代，这种观点让他热情倡导选修课系统。1838 年担任数学系主任时，他说服哈佛大学对大一以上的学生去掉数学必修的要求，结果就是接下来的一年，一个五十五人的二年级班只有八名学生选了数学课。皮尔士保证会改善这一结果，经年累月之后也确实成功了。在 1851 年的班上，只有两个学生选了高等数学，后来还都放弃了。对此有人抱怨不已，监管人委员会也做了调查，结论是："珀金斯数学与天文学教授正在为一名天才儿童和一名杰出毕业班的学生而在他的知识宝库里深挖。"数学的必修要求恢复了[①]。

但皮尔士还是有自己的追随者。在他的职业生涯中，他教过三任哈佛校长：托马斯·希尔（1862—1869），查尔斯·威廉·艾略特（1869—1909）和阿博特·劳伦斯·洛厄尔（1909—1933）。最后这位校长还写过一篇关于四元数（爱尔兰数学家威廉·罗恩·汉密尔顿发明的一种抽象数字）的论文，并认为皮尔士是"我亲密接触过的最强大的智者，也是……我见过的最有启发性的老师"[②]。洛厄尔的前任哈佛校长查尔斯·艾略特就没这么热情洋溢了。他曾在上课时问皮尔士所讲授的东西有没有什么不是纯理论的。艾略特后来回忆道："皮尔士教授面色凝重地看着我，缓缓说道：'艾略特，你的问题是你心里边儿疑神疑鬼，首鼠两端。你得小心这种倾向，要不然你的事业可就危险了。'这番评论让我眼前一亮，因为我还从来没有想过自己心里边儿的转变。这个分析是对的。"[③]这也预示了即将到来的摩擦。

① Florian Cajori, *The Teaching and History of Mathematics in the United States* (Washington, D.C.: Government Printing Office, 1890), 136 - 42; and Robert V. Bruce, *The Launching of Modern American Science, 1846 - 1876* (New York: Knopf, 1987), 40 - 1.

② A. Lawrence Lowell, "Reminiscences," *American Mathematical Monthly*, 32 (1925): 4.

③ Charles William Eliot, "Reminiscences of Peirce," *American Mathematical Monthly*, 32 (1925): 2.

皮尔士将这种优越氛围也带到了公共领域。1860 年代有几年，在托马斯·希尔任校长期间，他在哈佛为高年级学生和本地居民做公开讲座。有一次讲座后，有位妇人被问到她从讲座中得到了什么。她答道："他说的那些我也懂不了太多，但实在是很精彩。整个讲座我现在还记得的只有——'将思想倾斜 45°角，周期性就会变成非周期性，理想也会变成现实'。"①有一次皮尔士代表哈佛参加镇上的会议，会上要讨论大学的一些政策。有个镇上的人在回应皮尔士说的什么事情时，称他为"印度回来的大富翁"。会后有人问皮尔士为什么没有回应。他说，他没觉得这是侮辱："我坐在那儿看着大家用看大富翁的眼神仰望着我，可享受了，我对那个家伙可一句反对的话都说不出来。"②简言之，他给自己分派的角色是多愁善感的平等主义者的敌人。

出版于 1870 年的《线性结合代数》是皮尔士自认为最重要的作品，在这部作品的开头他这样写道："数学是做出必要结论的科学，可以从一个定律演绎出所有结果，并将这些结果发展为适合与观测相比较的形式，从而对于从赞同拟提议的定律或拟提议定律的应用形式的观测出发做出的论断，数学可以衡量其强度。"③他的意思是，知识在于我们基于事实经验做出的归纳。我们观测太空中不同天体的轨道，然后我们会去猜，万有引力定律可以解释这一切。但在我们能系统阐述万有引力定律之前，我们对行星运动已经构想了不同的假说，现在则认为这些假说是弄错了。在皮尔士看来，问题不在于没有哪个单一的定律就能决定太空中天体之间的引力，而在于观测并不完美。我们会出差错；就算不出差错，我们也没法观测所有情形。我们必须以我们能观测到的有限数量的情形为基础来

① Eliot, "Reminiscences of Peirce", 3.

② Simon Newcomb, *The Reminiscences of an Astronomer* (Boston: Houghton Mifflin, 1903), 78.

③ Benjamin Peirce, *Linear Associative Algebra* (1870), ed. C. S. Peirce (New York: Van Nostrand, 1882), 1.

形成假说。然后我们推断(也就是演绎),作为该假说的逻辑结论,有更多的相同情形存在:对于万有引力的例子,我们假设从对太空中某些天体的观测出发得出的假说将适用于太空中的所有天体,而无论我们有没有对其他天体进行观测。如果我们发现这个假设错了,如果我们找到了假说不成立的情形,那就需要修正这个假说。皮尔士断言,数学就是能让假说得到最精确阐述的语言,其逻辑结论能得到最严格的演绎,假说的局限也就最终确定了。数学告诉我们,基于我们已知的事情,我们有权推断未知的事情。如果观测一直跟我们的假说相一致,我们就有了一条定律,现在也可以当它是关于这个世界的一则事实。在生命接近终点时,皮尔士这样总结了上述观点:

> 观测带来事实。归纳从事实上升到定律。演绎应用的是纯粹数学逻辑,将这个过程反了过来,从定律下降到事实。观测事实依赖于人类感官的不确定和不精确,对定律最早的归纳是对真实的粗略近似。定律摆脱了观测的缺陷,并通过几何学家的推测转化为精确的形式。但这时定律已不再是纯粹的归纳,而是理想化的假说。演绎是由此通过严谨的三段论得出的,作为结果的事实并没有以自然界的真实事件为即时参照,而是由符合逻辑的演变得出的。如果计算的结果不仅在质量上而且在数量上都与观测相符,那么定律就会作为现实被接受,并回到归纳的范畴。①

皮尔士自称唯心主义者,他的意思是,他相信宇宙是可知的,因为我们的心灵生来就是要了解宇宙的。他阐述道:“在物质的所有表现形式中,有一种形式与人类思想相对应,因此人类心灵就其思想的范围而言跟

---

① Benjamin Peirce, *Ideality in the Physical Sciences* (Boston: Little, Brown, 1881), 163 - 4.

它所思考的物质宇宙一样宽阔。两者完美契合。”[①]思想和物质遵循相同的定律，因为两者在造物主的思想中有共同起源。这就是为什么数学推理的真实性（皮尔士就经常这样提醒自己的学生）就是上帝的真实性。他重复了伽利略的一则比喻：“宇宙是一部书，写给人来读。宇宙的规划对所有允许自己承认逻辑归纳的思想来说都是显而易见的。”[②]当然，也有的思想不愿承认，或不能承认逻辑归纳。这样的思想就会犯错。但我们的思想理论上有能力进行逻辑推理，因此理论上也有能力了解事物本性的真实性。因此，皮尔士相信——这也是他的宇宙观的显著特征——数学不仅是科学思想的语言，而且是所有思想的语言。正如他在《线性结合代数》中所述，数学“属于所有研究，无论是精神的还是物质的”。[③]

持这一类观点的人可能会发现路易·阿加西是个和蔼可亲的同事，皮尔士也确实如此。他帮助游说创建了劳伦斯理学院，让阿加西得以于1848年加入哈佛，而皮尔士自己也成了理学院的教员。尽管他们时不时会吵上一架——两个人都挺轴的——但两人在职业上成了一生的盟友。他们也是好朋友。路易跟伊丽莎白·卡里结婚后，夫妇俩搬到了昆西街，街对面就是皮尔士家。皮尔士和阿加西一样，也是星期六俱乐部的十一位创始成员之一。尽管他们的专业领域不同，但他们觉得他们在科学上都能互相理解。有一次，皮尔士在美国科学院面前以这样的评论（并非反常）结束演讲：“科学院只有一个人能理解我的工作，这个人现在在南美。”[④]当然，这是在塞耶远征队远行的时候。而阿加西在这次远征中关于冰川活动在南半球有了第一桩“发现”时，也写信通知了皮尔士。

皮尔士和阿加西的共同点可不只是宇宙观。他们还都是机构创建

---

① Peirce, *Linear Associative Algebra*, 2.

② Peirce, *Ideality in the Physical Sciences*, 54, 56.

③ Peirce, *Linear Associative Algebra*, 1.

④ R. C. Archibald, “Biographical Sketch,” *American Mathematical Monthly*, 32 (1925): 11 n. 1.

人。在阿加西来哈佛之前，皮尔士就已经帮助剑桥建设了一座新的天文台；1849 年，国会设立了一个部门，用来发布航海年历，（这样如果美国卷入战争，美国海员就不必依赖外国的年历了，）皮尔士被任命为天文学顾问。（年历的主管是美国海军的查尔斯·亨利·戴维斯，跟皮尔士是连襟，也有栋房子在昆西街。）

皮尔士也是本杰明·富兰克林的曾孙亚历山大·达拉斯·贝奇职业生涯很早的支持者。贝奇自身在科学上的天分有限，但政治天赋很高。1843 年，在皮尔士的成功鼓动下，贝奇被任命为美国海岸调查局的负责人，这是财政部的下属机构。调查局（现在叫做海岸与大地测量局）是美国最早的政府科学机构，于托马斯·杰斐逊任总统时成立，到 1843 年，该局已经有很好的资金来源。十年间，贝奇成功令拨款增加了几乎四倍，主要是通过将局里的活动跟国家领土扩张绑在一起。他让皮尔士担任自己的首席天文学顾问，并于 1852 年让他负责确定经度。

1840 年代末，贝奇、皮尔士、戴维斯、阿加西以及几位朋友占据了能在很大程度上控制美国科学界机构形态的位置。他们是个小圈子，也很小心地保持着这种形式。起初他们自称佛罗伦萨学院（是为了纪念一家贝奇喜欢的牡蛎酒吧），但后来被人们称作“叫花子”，也就是“乞丐”，因为他们能成功地向政府要到科学经费，并直接用于他们喜欢的工作。1848 年，他们接管了美国地质学家与博物学家协会，对会员严挑细选，并将其改名为美国科学促进会，接下来十年都在这个组织中居于主导地位。皮尔士两次被选为协会主席，分别是 1853 年和 1854 年。尽管他们做了这些改革，叫花子们还是觉得协会太民主了。他们以法国科学院为蓝本，构想出一个国家科学组织——纯粹精英主义的实体，会员名额有限，其声明具有无可辩驳的权威——1863 年，他们成功说服战时国会，建立了国家科学院，充当联邦政府的官方科学咨询机构，贝奇成了第一任院长。因此到查尔斯·皮尔士的职业生涯启幕时，他已经通过父亲与美国科学界最有权势的人物都有了关联。

3

本杰明·皮尔士家有五个孩子,查尔斯是老二。他妈妈叫萨拉·亨特·米尔斯,是美国参议员伊莱贾·亨特·米尔斯的女儿,这位参议员于1827年离开参议院后,席位被丹尼尔·韦伯斯特继承。查尔斯生于1839年,名字是跟着一位远亲——他曾祖母的妹夫——起的,这位远亲家境很殷实,后来还给哈佛留了一笔钱建了桑德斯剧院。查尔斯在本杰明称之为"应变量小树丛"(这个名号涉及微积分;而本杰明给自己的外号是"应变之人",这个词也有"公务员"的意思)的一栋房子里长大,韦伯斯特、朗费罗、查尔斯·艾略特·诺顿、霍姆斯博士以及劳伦斯理学院大部分教员都经常造访。

本杰明·皮尔士并不是一个多么风趣的人,但他喜欢某种并不轻松的诙谐;他热爱孩子,而他的兴趣实际上十分广泛。他相信感性教育。他有四个儿子一个女儿,教他们诗歌、音乐和美食,并组织诗歌朗诵会和家庭戏剧表演。本杰明对自己的每个孩子都宠爱有加,但他知道查尔斯是个神童,在他的训练上特别下了好多功夫。查尔斯还是个小孩子的时候,他们就一起讨论复杂的数学问题,有时候还会玩双明手(桥牌的一种玩法,其中有两手牌是明牌)直到深夜,而目的不过是为了保持注意力。十一岁的时候,查尔斯写了一部化学史,十二岁的时候他就有了自己的实验室,十三岁时通过读哥哥的课本自学了形式逻辑。他玩国际象棋,还自己发明出纸牌绝技。据说他能同时用两只手写字——右手写问题,左手写解答。因此他一进哈佛,就彻底厌倦了哈佛的教学水平,成了最不守纪律的刺儿头。据说他曾在大庭广众之下酩酊大醉[①],到1859年毕业时,在九

① 马萨诸塞州法律禁止在公众场合饮酒(指定场所如酒吧、部分餐馆除外);而按照美国联邦法律,未满二十一周岁饮酒也是违法行为。查尔斯二十岁从哈佛毕业,就读期间显然未到法定允许喝酒的年龄。——译者

十人的班上他排第七十九名[①]。

查尔斯遭受着面部神经痛的折磨，这是一种慢性而剧烈的神经系统疾病，得靠鸦片(当时是常见的处方止痛药)来缓解，他也显然因此上了瘾。后来的生活中他也依赖于乙醚、吗啡和可卡因[②]。他还是个孜孜不倦的采花大盗，似乎引诱过一个名叫卡丽·巴杰的波士顿女孩，是个船厂老板的女儿，跟他签了秘密婚约。一朝得手，他就结束了这段关系，姑娘则指责他还对她最好的朋友施以同样的骗局[③]。他的神经痛和用于缓解的药物让他脾气暴躁，有暴力倾向。晚年他整了一本私人的同学录，其中写有班上同学的简略特点。在他自己的名字下面，他写的是："1 自负 2 势利 3 粗鲁 4 鲁莽 5 懒散 6 暴脾气。"[④]多数人都认为，这是一幅精准的自画像。

但这份自述还漏了一条，就是皮尔士也是一个能对自己做出如许评价的人。他的本性原本更好；但就算才二十岁他也已经知道，他的性格是自己的敌人，他的整个成年生活就是自我放纵和自责的不断循环。在晚年的一次自责中他写道："[我父亲]为了教我集中注意力花了很大力气；然而说到道德上的自我控制，他很不幸地以为我会继承他的高尚品质，实际情况却与此相去甚远。很多年里我都是个过于情绪化的人，无从知道如何才能获得自制力，苦不堪言。"[⑤]

在"应变量小树丛"唯一不受欢迎的波士顿知识分子群体是废奴主义

① Charles S. Peirce, "Studies in Meaning" (1909), MS 619, *Charles S. Peirce Papers*, Houghton Library, Harvard University; Helen Peirce Ellis, draft of newspaper article (1914), MS 1644, *Charles S. Peirce Papers*; P[aul] W[eiss], "Charles Sanders Peirce," *Dictionary of American Biography* (New York: Scribner, 1928 - 60), vol. 7, 402; and Joseph Brent, *Charles Sanders Peirce: A Life* (Bloomington: Indiana University Press, 1993), 53 - 4.

② Brent, *Charles Sanders Peirce*, 40.

③ Kenneth Laine Ketner, *His Glassy Essence: An Autobiography of Charles Sanders Peirce* (Nashville: Vanderbilt University Press, 1998), 213 - 22.

④ Charles S. Peirce, "The Class of 1859 of Harvard," MS 1635, Charles S. Peirce Papers.

⑤ Peirce, "Studies in Meaning," *Charles S. Peirce Papers*.

者。本杰明·皮尔士在南方也有很多好朋友——内战前他就经常与杰斐逊·戴维斯鸿雁传书——而且他也相信,奴隶制完全正当。这是他宇宙观的必然结果。他在写给南方的两位朋友,约翰·勒孔特和约瑟芬·勒孔特夫妇的信中说道:

> 非洲人种还没有显露出在数学科学上取得任何进步的能力。因此,如果我们坚持物质宇宙中上帝的知识是所有人的责任,而这样的知识只能通过数学来获取,如此一来,这个种族的任何人都应被强制成为数学科学的学生——那我们只会徒劳无功。我们可能也会想洗掉他们的肤色,就等于是我们想试着阻止上帝造物的秩序。

要求黑人讲文明,"就等于让老师在幼儿园讲牛顿力学原理"[①]。他反对人人都有选举权,还认为废奴主义是走向极端的逻辑后果:会让人们无法各安其分[②]。

本杰明·皮尔士不是统一主义者;在他自己看来,他是个分裂主义者。波士顿和剑桥的反奴隶制政治变得越激进,他就越觉得孤立无援。他在表达时会字斟句酌,但不会隐藏自己的观点。1858 年,他对勒孔特夫妇写道:

> 如果南北分裂了,请记住我是站在梅森-狄克逊线[③]的另一边

---

① Benjamin Peirce to Josephine Le Conte, January 21, 1860, *Le Conte Family Papers*, Banc MSs C-B 1014, Box 1, 1852 - 58, *Manuscripts Collection*, Bancroft Library, University of California at Berkeley.

② Benjamin Peirce, "The National Importance of Social Science in the United States," *Journal of Social Science*, 12 (December 1880), xii - xxi.

③ 梅森-狄克逊线(Mason - Dixon line)为美国宾夕法尼亚州与马里兰州之间的分界线,于 1763 年至 1767 年由查尔斯·梅森(Charles Mason)和杰里迈亚·狄克逊(Jeremiah Dixon)共同勘测后确定,美国内战期间成为自由州(北)与蓄奴州(南)的界线。——译者

的。我属于共和国的另一端。我需要友好的环境来温暖我冰冷的内心。把我放在你们心上吧，我真正的南方朋友。现在我不变的宣言是，我见过奴隶制，也相信奴隶制。你也许会觉得有些人的目光移开了——但我相信，我的正心诚意至少能赢得大量的倾听。[①]

托马斯·温特沃思·希金森曾经是皮尔士在哈佛的一门高等数学课上的学生。1854年，当他正因为尝试营救逃奴安东尼·伯恩斯而被起诉时，在街上碰见了从前的老师。希金森回忆道："[我]告诉他，我要是坐牢了，我应该就有时间读拉普拉斯的《天体力学》了[这是一部皮尔士帮助翻译的19世纪关于天文学的经典著作]。教授答道：'要是那样的话，我倒真希望你能坐牢。'"[②]

查尔斯对奴隶制和战争的看法，一辈子都和他父亲一致。他喜欢用三段论

所有人都有平等的政治权利；
黑人也是人；
∴ 黑人与白人有同等的政治权利

以此来说明传统的逻辑形式并不可靠[③]。他很鄙视查尔斯·萨姆纳——他后来称其为"我见过的最荒唐自负的人"[④]。他也很担心被征召入伍，

① Benjamin Peirce to John and Josephine Le Conte, March 3, 1858, *Le Conte Family Papers*, Box 1, 1859－75.

② Thomas Wentworth Higginson, "How I Was Educated," *Forum*, 1 (1866): 176.

③ Charles S. Peirce, "The Logic of Science; Or, Induction and Hypothesis" (1866), *Writings of Charles S. Peirce: A Chronological Edition*, *Peirce Edition Project* (Bloomington: Indiana University Press, 1982－), vol. 1, 444.

④ Charles S. Peirce to Victoria Welby, March 14, 1909, *Charles S. Peirce's Letters to Lady Welby*, ed. Irwin C. Lieb (New Haven: Whitlock, 1953), 37.

在写给贝奇的一封信中，他说："我会觉得我已经完了，被白白浪费了。"[1] 1859 年从哈佛毕业后，父亲让他去海岸调查局远征队当助手——一次是去缅因州，由贝奇领导；另一次是去密西西比州和路易斯安那州。1860 年春天回来后，他请阿加西当私教学了六个月的自然分类，之后进了劳伦斯理学院。1861 年 7 月，战争爆发三个月之后，他成了海岸调查局的助理计算员（搞数学运算的工作），他了解到，这份工作能让他不用入伍。他在调查局供职了三十年。

战争开始后，本杰明·皮尔士抛开了自己那些分裂主义的言论，像阿加西一样成为联邦的忠诚拥护者。他给北方最著名的战争慈善机构卫生委员会捐钱，贝奇是这家机构的副主席；他女儿也记得有一天加入他和阿加西的座谈，讨论前线传来的坏消息，热泪在他们脸上滚滚而下[2]。不过，皮尔士一家还是没有人去当志愿者或参军。查尔斯有个表弟查利·米尔斯就在联邦军队中服役，1865 年在弗吉尼亚州的哈彻溪战役中阵亡，这是南北战争的最后几场战役之一。

1862 年，查尔斯·皮尔士娶了哈丽雅特·梅卢西娜·费伊，小名叫齐娜（Zina，有时候他会管她叫零，Zero）。她是本杰明·皮尔士在哈佛的同班同学的女儿，也是佛蒙特州新教圣公会主教约翰·亨利·霍普金斯的外孙女，就是曾与阿朗佐·波特就《圣经》是否赞同奴隶制的问题吵得不可开交的那位（霍普金斯主教持肯定意见）。齐娜很虔诚：二十三岁时的一次宗教经历让她确信，圣灵代表着宇宙中的女性原则。婚礼前，查尔斯受洗成为圣公会教徒（皮尔士一家是神体一位论者），此后一生都严格遵守教规。齐娜·皮尔士也是位女权主义者——婚后没几年，她在剑桥建立了家政合作协会，旨在缓解已婚妇女的家务劳作，要求丈夫为妻子的

---

① Charles S. Peirce to Alexander Dallas Bache, August 11, 1862, National Archives, Washington, D.C., Coast and Geodetic Survey, Civil Assistants.

② Emerson, *The Early Years of the Saturday Club*, 104, 102.

家务劳动和其他工作付酬。她还致力于保护本土文化，憎恶爱尔兰裔美国人，旗帜鲜明地反对移民。简言之，在一个普遍谦和稳重的社会中，她是个有点儿引人注目的角色。威廉·詹姆斯的妹妹爱丽丝有一次拜访过她之后跟他汇报道："皮夫人很和善，她看起来聪明得很，精力充沛；要是她能克制住自己别仰起脑袋像草原上的野马一样怒视着别人就好了。"①因此，在他家人看来齐娜是能起到缓解作用的影响力，这是查尔斯·皮尔士有多引人注目的标尺。本杰明写信给达拉斯·贝奇说："齐娜更容易让人接受，因为是她引导着皮尔士的心灵进入了认真思考的状态。"②

1864年，贝奇中了一次风，让他元气大伤，到1867年就去世了。打一开始就因为"叫化"与其敌人之间的科学内讧而不得不折中的美国科学院，这下一片混乱。但海岸调查局正在繁荣发展。南方坚持要将新获得的领土与奴隶制扩张挂钩，实际上在几十年里都限制了国家的扩张。而今国家终于可以放手扩张领土了，海岸调查局也因支持国家扩张的政治议题而成了科学权威。1867年2月26日，本杰明·皮尔士接替贝奇，成为海岸调查局的负责人，一直干到1874年。这七年是查尔斯父子关系最紧密的七年，从多方面来看也是查尔斯一生中职业成就最连贯的七年。父亲的声望给他带来了声望；同时也让他免受坏脾气和鲁莽后果的影响。

上阵父子兵。本杰明接过海岸调查局负责人职位后没几个月，就卷入了一桩19世纪最著名的审判之一，成为专家证人，这就是罗宾逊诉曼德尔案（Robinson v. Mandell），一般称为豪兰遗嘱案。他为这项任务聘请了查尔斯，两人一起作证。他们的心血没能影响审判结果，但却让他俩声名大振，也是他们科学信念的极好展现。

---

① Alice James to William James, August 6, 1867, The Correspondence of William James, vol. 4, 191.

② Benjamin Peirce to Alexander Dallas Bache, March 13, 1862, 引自 Brent, Charles Sanders Peirce, 62。

4

豪兰遗嘱案是有关捕鲸业所创造的一笔财富如何分配的诉讼案。尽管统一主义者担惊受怕，但内战并没有毁掉新英格兰地区的纺织业。但是——似乎没有人想到——内战毁掉了捕鲸业。战前捕鲸业是美国最挣钱的朝阳产业之一，从 1815 年到 1859 年，该产业的总产值增加了 1 000%。但收获鲸油跟收割棉花一点儿都不一样，前者有极高风险，船员会暴动，轮船也可能倾覆。从 1820 年到内战开始，单从一个港口新贝德福德出发的捕鲸船，就有八十八位船长在海上罹难。其中有三人被太平洋岛民杀死，还有十人葬身鲸腹（有位船长名叫约翰·费希尔，在 1856 年最后一次被人看到是抱着一条飞驰的鲸鱼，就像《白鲸记》里的亚哈船长一样）。但成功出海得到的收益极为丰厚，就算到 1840 年代这个行业已经饱和，还是能给投资者带来接近 15%的年度回报①。

美国捕鲸人有半数都将新贝德福德列为驻扎港。他们出海要靠当地公司承保，这些公司叫做“经纪”，会筹措出航所需资金，并将三分之一利润揣入腰包。有两个特点令这些新贝德福德捕鲸公司的负责人与众不同：他们基本上都是贵格会教徒，也都倾向于近亲结婚。贵格会教义带来节俭，近亲结婚则带来积累；结果就是到 1850 年代，新贝德福德成了马萨诸塞州人均财富最高的地方，也是美国最富有的地方之一。而新贝德福德最有钱的经纪就是小艾萨克·豪兰的公司。

跟很多成功的经纪人一样，小艾萨克·豪兰（体重不到四十五公斤，但值得在历史上大书特书）控制着大量进项。他承保了捕鲸业务；他是新

---

① Lance E. Davis, Robert E. Gallman, and Karin Gleiter, *In Pursuit of Leviathan: Technology, Institutions, Productivity, and Profits in American Whaling, 1816 - 1906* (Chicago: University of Chicago Press, 1997), 38, 416 - 17, 444.

贝德福德商业银行的创始人和董事之一,在另一家与该银行有关的保险公司也居于同样地位;他有一家零售店;他还往外借钱。豪兰自己开经纪公司是在 1817 年,两年后他加入了两名合伙人:他的女婿,名叫吉迪恩·豪兰,从这个名字可以看出捕鲸业巨贾之间近亲通婚的程度,以及托马斯·曼德尔,是位本地商人。1833 年,又有一位合伙人爱德华·莫特·罗宾逊加入公司,是来自罗得岛的贵格会教徒,进入这门生意的方式很符合习惯:他娶了艾萨克·豪兰的外孙女,也就是吉迪恩·豪兰的女儿阿比。吉迪恩·豪兰还有一个女儿,名叫西尔维娅·安。她最后当然也成了公司合伙人。1835 年,爱德华和阿比生了个女儿,取名叫赫蒂。

1834 年小艾萨克·豪兰去世了。他的女婿吉迪恩·豪兰去世于 1847 年,吉迪恩的女儿阿比则去世于 1860 年。1861 年,阿比的鳏夫爱德华·罗宾逊退出了捕鲸业务,搬到纽约,在那里加入了商业航运事业。一年后,剩下的两名合伙人,托马斯·曼德尔和西尔维娅·安·豪兰也关闭了业务。四十五年间,小艾萨克·豪兰的这家公司资助了一百七十一次捕鲸活动,比新贝德福德其他任何公司在整个 19 世纪资助的都要多①。

不知道他们是够聪明还是够幸运,反正豪兰公司的合伙人正好在最合适的时机退出了捕鲸业。1860 年到 1865 年,这个行业的收入下降了 50%,部分是因为邦联军队以北方的捕鲸船为军事目标——他们在战争期间捕获或击沉了四十六艘捕鲸船,大部分都是在太平洋——部分则因为联邦政府从捕鲸公司购买了四十艘船,沉在查尔斯顿和萨凡纳港外,想

① Davis, Gallman, and Gleiter, In Pursuit of Leviathan, 405 – 6, 418 – 19, 422; "The Howland Will Case," *American Law Review*, 4 (1870): 625 – 7; George F. Tucker, "New Bedford," *New England Magazine*, 21 (1896): 100 – 101; and William E. Emery, *The Howland Heirs: Being the Story of a Family and a Fortune and the Inheritance of a Trust Established for Mrs. Hetty H. R. Green* (New Bedford: E. Anthony, 1919), 46 – 57.

以此封锁港口，但并不成功。这八十六艘船的损失占美国所有船只的三分之一。但捕鲸业消亡的主要原因并不是这些，而是战争带来的需求促进了鲸油和鲸脑油的主要商业竞争对手——煤油和汽油——的发展。当生产这些变得比鲸油更便宜，投资者发现可以把钱投入捕鲸业之外的其他业务——比如说铁路。1865 年后，捕鲸业只是因为对鲸须有持续增长的需求才苟延残喘，这种原料可用于制造紧身胸衣。（想到水手在如此高危的行业中冒着生命危险捕杀鲸鱼，只是为了让美国有价格合理的紧身胸衣供应，真是有些辛酸。1904 年，物美价廉的钢圈被发明出来，鲸须市场崩溃了，美国的捕鲸业也就此消失[①]。）

爱德华·罗宾逊于 1865 年 6 月 14 日在纽约去世，留下一笔价值接近 600 万美元的遗产。不到三周后，西尔维娅·安·豪兰也在新贝德福德去世了，享年五十九岁。她的遗产价值 2 145 029 美元，据说在她去世时，她是新贝德福德最有钱的人。她终身未婚，患有脊椎疾病，要在城里出行时只能坐轿子。她一去世，整个豪兰家族的财富就都留给了法律上唯一的继承人：她的姨侄女（爱德华·罗宾逊的女儿）赫蒂·罗宾逊。

赫蒂·罗宾逊这一年三十岁。她是个健美的女子，但事实证明她一辈子就只有这么一个吸引人的特质。根据她父亲的遗嘱，她直接收到 91 万美元的财产，以及剩下 500 万美元的几乎全部收益。西尔维娅·安·豪兰的遗嘱写于 1863 年，要求将她大约一半的遗产以遗赠的形式分发给不同的个人和组织，剩下的 1 132 929 美元则交给托管机构，其收益在赫

① Davis, Gallman, and Gleiter, *In Pursuit of Leviathan*, 41, 362 - 3; Walter S. Tower, *A History of theAmerican Whale Fishery* (Philadelphia: Publications of the University of Pennsylvania, 1907), 67, 76 - 9; and Margaret S. Creighton, *Rites and Passages: The Experience of American Whaling*, *1830 - 1870* (Cambridge, England: Cambridge University Press, 1995), 37 - 9.

蒂生前都归她所有,赫蒂死后则分发给西尔维娅·安的祖父吉迪恩·豪兰[①]的直系后裔。遗嘱指定豪兰公司前合伙人托马斯·曼德尔为执行人。

这样一来,赫蒂·罗宾逊直接拥有将近 100 万美元的财产,再加上有生之年都能享有的来自约 600 万美元的收益。但她还是觉得很不舒服。1865 年 12 月 2 日,她起诉了。她向联邦法院(她这时候是纽约居民)提出证明,反对姨妈遗产的执行人和受托人,宣称根据更早的一份遗嘱,整个遗产减去 10 万美元未指明遗赠的,其余都应该直接归她所有。赫蒂拿出了这份更早的遗嘱,由西尔维娅和三位见证人签订于 1862 年 1 月 11 日;她还拿出了另外一页的两份副本,仅有西尔维娅·安·豪兰的签名,废除了"所有此前或此后由我设立的遗嘱"。这张附页声称:"这份遗嘱交由姨侄女,用以表明如有绝对必要,可用于对证我死后发现的另一遗嘱。"在审理期间,这张纸被叫做"第二页"[②]。

赫蒂·罗宾逊郑重声明,是她在姨妈要求下制定了连同"第二页"在内的 1862 年遗嘱,之后留下了遗嘱和签过字的"第二页"给姨妈,自己带着签过字的副本回了纽约。她和姨妈对三名遗嘱见证人隐瞒了"第二页",她解释说是为了保密,因为这份遗嘱是一份"共同遗嘱"的一半。赫蒂告诉法庭,西尔维娅·安·豪兰和妹夫爱德华·罗宾逊早已疏远,因此想确保豪兰家族的财富一分钱都不会到他手上。于是她要求赫蒂答应立

---

① 西尔维娅·安·豪兰的父亲与祖父同名,均为吉迪恩·豪兰。老吉迪恩·豪兰生于 1734 年,卒于 1823 年(见本章结尾),是达特茅斯人;其子即西尔维娅·安的父亲,因从事捕鲸业,一般称为小吉迪恩·豪兰船长,1770 年生于达特茅斯,1847 年卒于新贝德福德。老吉迪恩·豪兰有十三个孩子,因此本章结尾时在赫蒂死后出来瓜分西尔维娅遗产的直系后裔非常多。——译者

② Thomas Dawes Eliot, Hetty H. Robinson, in equity, vs. Thomas Mandell et al., U. S. District Court, Massachusetts District: Arguments, in 3 Parts, reported by J. M. W. Yerrinton (Boston: Alfred Mudge, 1867), part one, 73; "The Howland Will Case", 630 - 1.

下遗嘱，将赫蒂的父亲排除在她可能继承到的所有遗产之外；作为交换，她同意留下自己所有的财产，除了其中 10 万美元作为“给我朋友和亲戚的礼物”之外，全部归赫蒂所有，不带任何附加条件。姨侄俩商定，双方都不得未知会对方就更改自己的遗嘱（这是记在“第二页”上的一条协议）；赫蒂·罗宾逊宣称，由于她并不知道姨妈后来在 1863 年签下的这份遗嘱——经认证的遗嘱——这份遗嘱必然无效。因此，赫蒂要求法庭将姨妈的全部遗产都判给她。她说，自己会处理用于遗赠的 10 万美元，她知道姨妈考虑的受益人是谁①。

这个案子提出了一些法律问题（例如，法庭应该承认“共同遗嘱”吗？），但审理变成了针对单一证据的旷日持久、耗资巨万的较量，因为辩方声称西尔维娅·安·豪兰在 1862 年遗嘱“第二页”上的签名系伪造。大批法律专家和专门人才被召集起来解决这个问题。遗产方的律师包括了前国会议员和马萨诸塞州最高法院的退休法官；赫蒂·罗宾逊这边的律师则有本杰明·罗宾斯·柯蒂斯，在德雷德·斯科特案判决下达后，他就辞职离开了美国最高法院。本案法官是约翰·亨利·克利福德，以前是马萨诸塞州州长②。证词不公开地在衡平法院③专家面前做出；花了一年多时间，才完成了提交给美国巡回上诉法院的一千页证据。

证据中有三个签名：其一见于 1862 年遗嘱，曾由三位见证人见证，

① “The Howland Will Case”, 629 – 30; and Eliot, *Hetty H. Robinson vs. Thomas Mandell*, part one, 1 – 3.

② Eliot, *Hetty H. Robinson vs. Thomas Mandell*, part one, 3, 5; “The Howland Will Case”, 626 – 30; Emery, *The Howland Heirs*, 60 – 7; Boyden Sparkes and Samuel Taylor Moore, *Hetty Green: A Woman Who Loved Money* (Garden City, N. Y.: Doubleday, Doran, 1930), 35, 100, 102 – 3.

③ 衡平法在英美法系中与普通法相对。普通法强调先例，属于判例法，相当保守和复杂。为纠正其弊病，英国于 14 世纪左右发展出衡平法，以“正义、良心和公正”为基本原则，更加灵活和注重实际，成为普通法的有益补充，也称“良心法院”。到后来，衡平法主要关注普通法不够适用的财产纠纷领域，并逐渐融合到普通法体系中。19 世纪末，英国将普通法院与衡平法院合并，19 世纪末到 20 世纪，美国各州也纷纷废除了衡平法院。——译者

双方也都承认这个签名是真的；另外两个则见于两份“第二页”，辩方指控为伪造。这两个签名看起来十分相像，也跟遗嘱上的签名相似得很。甚至两个签名出现在页面上的位置都与被见证过的签名一样——与页边的距离完全相同。是赫蒂背着姨妈起草了“第二页”，然后描下了姨妈的签名吗？

为解决这个问题，一分钱都没少花（毕竟这个案子涉及的金额也够大）。三个签名都被拍照放大，还拍摄了其他人的签名并引入证据以资比较。化学家被请来分析墨水，雕工则被请来评估笔迹。也从波士顿和纽约请了一些银行家和经纪人，以他们对签名见多识广的经验为基础作证。商业院校的校长们也给出了自己的意见。毕竟在那个年代，书写仍然是一项专门技能，有的人还以写字为生。

赫蒂·罗宾逊的律师提请了一名制图员、两名雕工、一位书法老师、法国商业海事学院院长、美国海岸调查局电版和摄影部门负责人，以及其他很多声称自己在签名和复制方面堪称专家的证人。所有人都郑重其事地宣布，根据他们的可靠意见，“第二页”上的签名确实是由西尔维娅·安·豪兰写下的，没有任何证据能证明该签名系伪造。

赫蒂这边的律师甚至还提交了另一位更引人注目的证人，就是前总统的孙子约翰·昆西·亚当斯。亚当斯从他祖父的文件中找到了一百一十张退回的支票，交给一位经验丰富的雕工克罗斯曼，从中找出了十二个看起来几乎完全一样的签名。这十二个签名被拍照、放大，并用不透明的纸和（透明的）油纸打印出来，这样就能叠放在一起展示其中的相似之处。提交这份证据是想证明，有的人确实会以机械般的精确度复写自己的签名。

豪兰遗产的律师则对这种证据嗤之以鼻。他们指出，约翰·昆西·亚当斯实际上以笔迹一致而著称；这个证据就是要求法院作出结论，因为一个时不时能精确复制自己签名的传奇人物，就认为西尔维娅·安·豪兰这种明显因为体弱多病而一辈子除了自己的签名外别的什么都没写过的人也能写得这么好。他们问道："在赛马身上不大可能发生的事情，在役马身上难道不是极不可能发生？"[①]但赫蒂的律师又给出了萨福克国家银行总裁塞缪尔·斯维特的签名，克罗斯曼比较了他在六十四张支票上的签名，找到了十七个"覆盖"的情形。这些签名也被拍照、放大，作为证据提交。同样的手段也用在了西部铁路前财务主管、马萨诸塞州最高法院书记员、马萨诸塞州州长前书记员以及波士顿精神病院负责人的签名上，全都显示出惊人的一致性[②]。

赫蒂·罗宾逊的明星专家证人是路易·阿加西和老奥利弗·温德尔·霍姆斯，他们作为熟练使用显微镜的人被介绍给法庭。霍姆斯作证说，经过在显微镜下仔细检验有问题的签名后，没有发现任何迹象表明不同文件上用了不同墨水，或"第二页"上的签名是描的。(刚从巴西回来的)阿加西更是口若悬河，他带给律师们一场关于墨水与纸张纤维之间如何相互作用的专题演讲，所有人都听得津津有味。但他得到的结论跟他哈佛同事的结论一样：经过在复合显微镜下的仔细检查，未发现纸张纤维有铅笔中的石墨(要描签名的话多半要用铅笔)，墨水的分布也未显示出签名时手部有异常动作。他的结论是，没有理由相信"第二页"上的签名系伪造。

遗产律师驳斥了阿加西和霍姆斯的证词，认为这些只是学术上的炫技。他们确实显微镜用得非常多，但从来没用于分析签名。他们控诉道："把这么个仪器架到签名上，显微镜技术员的工作也就到头了；而今谁有权对手写图片发表意见？全体人类都能看见要看到的东西。"[③]但是最后遗产律师这边也举出了自己的一连串专家证人，包括艾伯特·桑兹·索

① Eliot, *Hetty H. Robinson vs. Thomas Mandell*, part two, 118.
② "The Howland Will Case", 650.
③ Eliot, *Hetty H. Robinson vs. Thomas Mandell*, part two, 175.

思沃思(美国顶尖的摄影师,也曾教过书法),纽约大都会银行行长,韦伯斯特国家银行行长,美国银行纽约票据公司总经理,波士顿商业学院院长(他曾在两百多个案子中就书写作证),萨福克国家银行薪酬主管助理,新贝德福德市财务主管,马萨诸塞州的州检验员,以及(这实在是个了不起的成就)布鲁克林的约瑟夫·佩因(曾刻写《解放黑人奴隶宣言》)。但是要跟霍姆斯和阿加西的证词旗鼓相当,辩方就得有自己的科学巨人,于是他们选了同样来自哈佛的本杰明·皮尔士。他跟查尔斯一同上阵,父子俩于 1867 年 6 月 5 日和 6 日出庭。

首先宣誓作证的是查尔斯。他陈述道,父亲给了他四十四个西尔维娅·安·豪兰的签名样本(不包括有争议的那两个),并确定了三十个不同“位置”供他比较。这些“位置”就是签名中字母笔画需要笔往下划拉的地方(相当于一竖):比如说,每个字母 S 都有这样两处,字母 y 中也有两处,字母 l 中则有一处,等等。这四十四个签名被放大,打印在油纸上,查尔斯的任务是将每个签名都与另外四十三个叠加,每次看一对,并数出这些竖重合的次数(重合是指在两个用于比较的签名中,两竖从字母上的同一个地方起笔)。本杰明认定,有争议签名(“第二页”上的签名)中的竖画与真迹(遗嘱本身上的签名)中的竖画在三十个位置上处处重合。他想确认的是,有争议签名是独立于遗嘱本身的签名而被写出来的可能性有多大——也就是偶然发生的重合达到这种程度的可能性。

有两个签名有些瑕疵,因此查尔斯最终比较的是四十二个签名,这就需要做 861 次比较。但因为每一对签名都需要分别比较三十个不同位置,所以他需要列出的一共是 25 830 次比较的结果(19 世纪做这类工作的人被叫做“计算员”是有原因的)。查尔斯找到了 5 325 例重合——在 25 830 次比较中有 5 325 例,一则签名中的竖画跟另一签名中同一字母的同一竖画起笔位置一模一样。也就是说,西尔维娅·安·豪兰签名的竖画位置,每五次就会有一次重合。用术语来讲就是,西尔维娅·安·豪兰的竖画位置的重合概率为 1/5(当然,皮尔士父子假定每一笔竖画都是独立事件——也就是说,两个签名中第一笔竖画重合与否并不影响第二处是否重合的概率,以此类推)。查尔斯打电报告诉了父亲这一信息,皮尔士那时候正在华盛顿的海岸调查局①。

本杰明·皮尔士现在得到了两则信息:签名总比较次数(861)和竖画重合的概率(1/5)。他假设重合是偶然发生的,并计算了比较签名时 30 处竖画只有 1 处重合、2 处重合等情况应该分别会有多少次,一直算到 30 处全部重合应该有多少次的情况。他计算的结果如下表所示:

竖画重合数量(共 30 处)	预期重合情况的数量(共 861 次)
3	68
4	114
5	148
6	154
7	132
8	95
9	58
10	31
11	14
12	6

预期重合的地方少于 3 处和大于 12 处的数量合计为 41 次。

回到剑桥,查尔斯也在做同样的表格,但他是通过真正去数有一笔竖画重合、两笔竖画重合、三笔竖画重合等情况的数量。他的结果如下:

① Deposition of Charles Saunders Peirce, Supreme Court of the United States, No. 389, Edward H. Green and Hetty H., His Wife, Appellants, vs. Thomas Mandell et al.: Appeal from the Circuit Court of the United States for the District of Massachusetts, December 17, 1868, 761 - 5.

竖画重合数量(共 30 处)	真正重合情况的数量(共 861 次)
3	97
4	131
5	147
6	143
7	99
8	88
9	55
10	34
11	17
12	15

真实重合少于 3 处和多于 12 处的情况合计为 35 次(查尔斯数到 2 处重合的有 15 次,多于 12 处的有 20 次)。也就是说,由对真实重合情况计数产生的查尔斯的结果,与本杰明用数学计算产生的预期结果极为接近。

本杰明·皮尔士是在儿子上庭作证的第二天去作证的,有人问他从这些结果能得出什么结论。他的答案令人印象深刻。他说,西尔维娅·安·豪兰能写出两个签名三十笔竖画全部重合的概率,是 $1/5^{30}$,"或者说得更精确一点,是…… 26.66 万亿亿次里面有一次,也就是 1/2 666 000 000 000 000 000 000。"他告诉法庭,这样的数字

> 超越了人类经验。这么大的不可能实际上就等于不会发生。可能性的阴影像这样稍纵即逝的情况,不会在真实生活中出现。这比法律关心的最小的事情都还要小得多。
>
> 因此,在此情况下表现出的巧合,不能认为会在签名的正常过程中发生。我深知在此作证责任重大,因此我郑重宣布,此处出现的巧合必定是出于签名者本来的意图……如果将这种巧合归因于有意为

之以外的任何原因，都会令人深感憎恶。①

他补充道，他甚至都懒得去考虑任意两个签名跟页边的距离也完全一致的可能性有多大的因素，而遗产案关系到的三个签名都是这种情况。如果也考虑在内，他估计会将仅仅是完全重合的可能性再降低到原有的1/10，甚至很可能是1/100。

赫蒂·罗宾逊的律师认为整个证明只不过是数学巫术，这年秋天证词在巡回上诉法院提交时，他们在口头辩论中也一逞口舌之快，对本杰明·皮尔士的自负大加嘲讽。赫蒂的首席律师悉尼·巴特利特对法官说道："打着学术幌子做出的最令人啧啧称奇的证据，读起来很有趣，也许法官大人会觉得有趣，但对我来说，展现这样的证据，就是展现只有承认其假设才能表达出来的科学的热忱和广博。如果接受这样的假设，那就没有什么读起来更赏心悦目的了；但这是有学识的人能做出的最没有根据的无稽之谈。"②

许多并非诉讼当事人的人也有类似的反应。他们觉得，皮尔士父子的证词有点儿像神乎其技的桌游把戏——父亲在华盛顿以惊人的精确度，预测了儿子在剑桥把比较结果清点一番才得出的数字。皮尔士得出的令人叹为观止的极小数字 $1/5^{30}$，代表着争议签名偶然相似的可能性，简直是语不惊人死不休。某件人类有可能做到的事情从统计学来看却是天方夜谭，人们并不喜欢这样的想法；要是有人说你的行为从统计学来看正常不过，你会感到恼羞成怒，上面的情况正是后者的反例。就好像有什么事情越界了，好像西尔维娅·安·豪兰不知怎么的被剥夺了自由意志。皮尔士父子在法庭上作证后几个星期，《国家》上刊登的一封读者来信就

① Deposition of Benjamin Peirce, Supreme Court of the United States, Edward H. Green vs. Thomas Mandell, 768.

② Eliot, *Hetty H. Robinson vs. Thomas Mandell*, part one, 120.

抱怨道："每次要让一个签名尽可能跟别的签名越像越好，都是人的意图在起作用。意志和愿望的因素让基于这些原则的判断不再可靠。数字可能被滥用，让几乎所有事情都得到证明。要不是皮尔士教授身居高位，人们可能也就只会想着他的证据不过是特别抗辩罢了。他作证的语调傲慢而肯定，就好像是他在审判法官们一样。"①

但本杰明·皮尔士当然不会相信"意志和愿望的因素"会使数学论证不再适用，而他在豪兰遗产案中处理签名所遵循的过程也正是三年后他在《线性结合代数》中所阐述的。他从一个想法入手：西尔维娅·安·豪兰的不同签名的随机重合中隐藏着某种统计规律，这个想法可以通过用父子俩设计的方法将签名两两比较来验证。基于观察的验证得出了一个假设：西尔维娅·安·豪兰的签名中竖画重合的概率是 1/5。皮尔士的下一步是推断这个假设的逻辑结论，也就是在签名的 861 次比较中，有多少处重合的次数会以某种特殊方式分布。随后，他将他通过计算得到的结果(如果 1/5 是重合偶然发生的概率，那么分布应该是什么形式)跟他儿子实际观察得到的结果(根据手中的样例得到的实际分布)做了比较，结果一致就证明了这个假设。

如果查尔斯已经确定重合的概率是 1/5，为什么父子俩还需要计算重合次数如何分布？这是因为如果实际分布与预期分布明显不同，那就是要么重合不是随机发生，要么这四十二个签名的样本不是随机样本。通过确证实际分布与预期分布相符，皮尔士父子证明了 1/5 确实是重合偶然出现的概率。最后一步就只是将这个因子按指数增加，用所有三十个位置都能一致重合的总数来表示——每一对竖画有 1/5 的机会重合——这样就能得出争议签名中 30 处都能偶然重合的概率的数字表达。或者换个说法，就是用数字表示出西尔维娅·安·豪兰预计多久才能无

① V. X.，"Mathematics in Court"，*Nation*，5 (September 19，1867)：238.

心插柳却精确复制了自己的签名：每 2 666 000 000 000 000 000 000 次尝试中只有一次能成功。

5

但最终所有关于签名的耗资巨万的证据都变得无关紧要了。1868 年巡回上诉法院在下达的判决中认为，赫蒂・罗宾逊在审讯期间为自己所做的证词违反了一项联邦法规，该法规禁止遗嘱诉讼当事人作证，除非是由另一方要求，或被法庭命令作证。因为赫蒂是支持她和姨妈有共同遗嘱的唯一证人，“本庭认为协议未经证实”。[①] 遗产方赢了。豪兰遗嘱案最终由技术细节决定。

原告已经悄然远走。1867 年案子还在进行中时，赫蒂・罗宾逊嫁给了佛蒙特州富商爱德华・格林。有争议的签名有可能被证明是伪造的，也就是说她有被指控为违法欺诈的危险。看到这片阴霾的前景之后，她走为上计搬到了伦敦。夫妇俩在那里生活了八年，并且有了两个孩子。格林夫妇回美国之后搬到了纽约，来自新贝德福德捕鲸业的钱投进了华尔街。赫蒂・格林成了放贷的，其成就举世瞩目——最后是人人顶礼膜拜的人物。人们也想象得到，事实证明她是个冷酷无情的女商人，其吝啬程度也不相上下。人们称她为华尔街女巫，到 1916 年以八十二岁高龄去世时，她的财产据估计在 1 亿美元到 2 亿美元之间。《纽约时报》在讣告中，称她为全美国最有钱的女人。

当然，赫蒂・格林的遗产并非全归她自己处置：她在 1860 年代继承的遗产，绝大部分只能享受生前收益。当然这也是她在诉讼案中想极力摆脱的情形。去世后，她的财产中源自西尔维娅・安・豪兰遗产的那部

---

① Robinson v. Mandell et al., Circuit Court for the District of Massachusetts, 20 Fed. Cas. 1027, 1033 (1868).

分，根据遗嘱中的条款，要归还给吉迪恩·豪兰（去世于1823年）的直系后裔，结果出现了很多人都声称自己有份。赫蒂·格林挣到的巨款，以贵格会教徒的风格留给了家人，最后到了她女儿手里，而这个女儿1951年去世了，没有子嗣。她捐赠了1亿美元。豪兰家族捕鲸业的财富直到1952年才终于尘埃落定[①]。

因此皮尔士父子的证词在法律上没有起作用。但证词仍然如此富有争议的原因是，这是基于几十年前才刚刚进入科学思维领域的数学“法律”（法则）作出的，1868年很多人都还觉得这样的结论很令人痛苦甚至是震惊。这就是误差法则——19世纪意义最深远的发明之一，也是查尔斯·皮尔士的思想核心。

① Emery, *The Howland Heirs*, 358–68.

第八章　误差法则

1

误差法则源于两个密切相关的思想体系，这两个思想体系都起源于17世纪：概率论，是寻求理解像掷骰子这种随机事件的理论；以及统计学，是寻求测量大规模波动现象的理论，比如出生率和预期寿命。1800年左右，这两大思想体系在天文学领域交汇了[①]。

如果一个天文学家团队想要将恒星位置制成图表，团队成员各自也对这颗恒星做了一系列独立的观测，得到的结果几乎总是会各种各样。如果是一名天文学家对同一恒星做多次观测，也会出现这样的结果。事实上，我们反复精确测量任意对象时，一般都会在结果中看到差异。在天文学的例子中，差异可能有多种原因：大气条件的变化，温湿度对观测设备的影响，不同观测者的视力水平有所不同，或完全就是出于人类的笨手笨脚。但这些原因很大程度上都无法测量（要不然我们也能纠正这些差异了）。那么，如果我们不知道差异是由什么因素导致的，又怎么才能知道什么结果可用，什么结果是错误的呢？

解决这个问题需要借鉴概率论——具体而言，是借鉴了由数学家亚伯拉罕·棣莫弗发表于1738年的一个公式。棣莫弗是从法国移民到英国的胡格诺派教徒，1738年在《随机理论》的第二版中提出了这

查尔斯·桑德斯·皮尔士,于1859年。当年他从哈佛大学毕业,在九十人的班级中排七十九名(得克萨斯理工大学实用主义研究所塔特尔藏品,哈佛大学哲学系授权使用)。

个公式[②]。如果掷两个骰子,你会得到36种可能组合之一(1和1,1和2,1和3,等等,一直到6和6)。这36种组合可以产生11个可能的和数(2到12)。最可能出现的和数是7,因为7可以由6种不同组合产生(1和6,2和5,3和4,4和3,5和2,6和1)。36种组合中,只有5种能产生数字8或6,有4种能产生数字9或5,以此可以一直类推到产生2和12的情形。如果你掷了很多次骰子,并把结果制成图表,将和数(2到12)放在横轴上,每个和数出现的次数放在纵轴上,最终会得到一些点,连起来就成了一条钟形曲线。曲线的最高点将对应横轴上的7(投掷的次数大概有1/6会产生和数为7的组合),而且在7的两侧,曲线会对称地向下倾斜,一头一直倾斜到2,另一头到12。

天文学中误差法则的基础是,人们发现对恒星的多次观测往往也会符合钟形曲线——就跟对固定对象的任意一组测量一样。我们可以把测量过程类比为照着箭靶射箭。有的箭会射在靶心上方,有些会偏左或偏右,还有些会射到下方。但如果你射的箭足够多,而且每一次都瞄准了靶心,那么偏差就会像掷骰子一样自动水落石出:很多箭都会射中非常靠近靶心的位置,有些会明显偏离靶心但好歹还在靶上,少数会完全射不到

---

① Stephen M. Stigler, *The History of Statistics: The Measurement of Uncertainty before 1900* (Cambridge, Mass.: Harvard University Press, 1986), 158;以下亦可作为一般性参考:Gerd Gigerenzer, Zeno Swijtink, Theodore Porter, Lorraine Daston, John Beatty, and Lorenz Krüger, *The Empire of Chance: How Probability Changed Science and Everyday Life* (Cambridge, England: Cambridge University Press, 1989); Ian Hacking, *The Emergence of Probability: A Philosophical Study of Early Ideas about Probability, Induction and Statistical Inference* (Cambridge, England: Cambridge University Press, 1975), and *The Taming of Chance* (Cambridge, England: Cambridge University Press, 1990); Theodore M. Porter, *The Rise of Statistical Thinking, 1820–1900* (Princeton: Princeton University Press, 1986); and M. Norton Wise, ed., *The Values of Precision* (Princeton: Princeton University Press, 1995).

② 棣莫弗的《随机理论》(*The Doctrine of Chances; or, A Method of Calculating the Probability of Events in Play*)的第一版问世于1718年。他的钟形曲线理论的准确名称是二项式分布的正态近似,首次以拉丁文论文的形式发表于1733年。参见Stigler, *The History of Statistics*, 71。

靶上。天文学观测也是这样：尽管结果中的差异是随机产生的(既然没有任何错误是有意为之)，这些结果还是会差不多围绕着一个平均值对称分布，而这个平均值就可以当成是恒星最可能的位置。原因在于，如果没有单一隐藏变量，也没有会导致差异的未知因素，那么测量结果会偏大的可能性跟偏小的可能性就是一样的。

在射箭的例子中，就算没有哪支箭射中了靶心，我们也知道靶心在哪儿。那么在恒星的例子中，我们是如何确定哪里正好是我们在找的观测目标的中心位置的呢？这个问题的解决方案叫做“最小二乘法”：最可能的位置就是所有误差的平方和最小的位置，这里的误差是指所有观测位置与最可能位置相比偏离了多少。这个位置可能不会对应任何实际观测到的位置，就好像未必会有哪支箭真的射中靶心一样。靶心是通过错过靶心的那些试射的分布“暗示”出来的，而恒星的位置是由互不相同的观测值的算术平均暗示出来的。用最小二乘法来找一系列数字或方程式的平均值，跟寻找物体重心的方法是一样的。

当被观测物体固定时，比如恒星，确定平均值就只是个相对简单的算术问题了。如果被观测物体在移动，比如彗星，计算起来就要复杂得多，因为每次确定彗星轨道都需要对彗星在不同时间进行三次(或以上)观测，并由此得出彗星在空间中运动的路径曲线的表达式。用最小二乘法求出这些表达式的平均值涉及的计算问题，是 1795 年左右由德国数学家卡尔·弗里德里希·高斯算出来的，他也是最早使用最小二乘法的人；最早发表这一方法的人是法国数学家阿德里安-马里·勒让德，于 1805 年；而最终贡献最大的人是法国科学家皮埃尔-西蒙·拉普拉斯①。

拉普拉斯这个人很擅长自我定位。他的职业生涯——始于 1773 年，

① Charles Coulston Gillispie, *Pierre-Simon Laplace, 1749 - 1827: A Life in Exact Science* (Princeton: Princeton University Press, 1997), 13 - 28, 216 - 42; Porter, *The Rise of Statistical Thinking*, 93 - 109; and Stigler, *The History of Statistics*, 143 - 58.

即他当选法国皇家科学院院士的那一年;终于 1827 年,也就是他去世的那一年——逼得他不得不相继臣服于国王、革命政府、共和政府、独裁政权、皇帝和又一个国王。他在路易十八(就是最后那个国王)面前游刃有余,因而还得了个侯爵。但他也是个很强大的科学家,就误差法则而言,他的成就值得特别关注。

实际上拉普拉斯不但学问做得好,书也写得好。他主要的科学著作有两部,一部是五卷本的天文学著作《天体力学》(1798—1825),另一部是关于概率论的数学研究《概率分析理论》(1812)。这两部著作他也推出了通俗版本,即《宇宙体系论》(1796)和《概率哲学论》(1814)。这让专业人士和非专业人士都能接触到他的思想,也带来了极大的影响。

拉普拉斯的天文学著作完全是以牛顿的力学原理为基础对太阳系的机械解读,他所创造的术语"天体力学"也由此而来。(据说拿破仑曾问拉普拉斯,为何"上帝"一词没有在他书中出现。拉普拉斯回答:"陛下,我不需要那个假设。"①)拉普拉斯的天文学著作的普及版《宇宙体系论》因为引入了后来被称为星云假说的理论而名噪一时。该理论认为,太阳系是由围绕着太阳的大气(星云)通过逐渐冷却的冷凝过程形成的(伊曼努尔·康德早前也曾提出过类似的想法,但显然拉普拉斯并未与闻)。拉普拉斯觉得这个理论只是推测性的,他绝不是想借此说明,太阳系是在进化意义上"发展"。正好相反,他在试着解释,为什么已经形成的太阳系能保持稳定的形式;他甚至还间接提及阿加西的老师乔治·居维叶的著作,他坚持物种恒久不变②。但在拉普拉斯去世之后,进化论者捡起了他的星云假说——特别是赫伯特·斯宾塞——作为地质学和生物学的发展理论在天文学上的推论。

---

① John Theodore Merz, *A History of European Thought in the Nineteenth Century* (Edinburgh and London: William Blackwood, 1904 - 12), vol. 1, 125.

② Gillispie, *Pierre-Simon Laplace*, 172 - 5.

拉普拉斯的概率论著作产生的影响跟他自己设想的极为接近。这部著作影响深远有两个原因。首先，拉普拉斯明确了统计计算的盖然性。如果我们想确定彗星轨道或人群的死亡率，我们就是在试图精确测定一个无法精确的现象。对同一彗星的观测会有所差别；每年的死亡人数也会波动。我们如何才能绝对肯定地知道，哪次观测或哪个数字才是对的？拉普拉斯的看法是，我们永远也无法绝对肯定；我们知道的只是或大或小的概率。我们在用最小二乘法时曾经问过自己的问题实际上就是，我们对彗星轨道能做出的最好猜测有多大概率是对的。概率论——也就是棣莫弗所谓的"随机理论"——证明了就好像我们掷骰子的次数越多，得到7这个和数在总投掷次数中所占的比例就会越来越接近一比六，因此我们观测的次数越多，观测平均值出错的机会就越来越小。当出错的机会变得无穷小时，就算不是完全肯定，我们也能得出相当肯定的结论。这就是皮尔士父子对西尔维娅·安·豪兰的签名进行的操作。他们问的是这样一个问题：如果认定遗嘱上的签名是描摹的，那么我们有多大可能是搞错了？他们的结论是，在他们看来，机会是 1/2 666 000 000 000 000 000 000。并非绝对肯定，但大多数人会确信无疑。

根据拉普拉斯的定义，统计学的特征在于并不忽视误差，而是量化误差。对钟形曲线的情形——或者叫正态分布——对平均值的偏离就和平均值本身一样可以预测（这也是为什么本杰明·皮尔士能预测，签名中重合的竖画多于或少于六画会有多少次）。某种意义上，正确答案就是错误的函数。统计学和概率论将精确度的概念从单一绝对值的概念中剥离出来，从而让科学家所能达到的精确程度远比他们所能想象的更高。统计学容纳从而克服了不确定性。19 世纪初，英国皇家天文学家内维尔·马斯基林因为一位助手的观测结果总是跟他自己的观测结果不同就开除了这位助手。到 1820 年代，天文学家已经发明了"个人公式"的概念，用来测度个体观测者无论出于什么特别原因，其观测值会偏离平均值的倾向。

马斯基林所要做的就是用这位助手的"个人公式"来评估其结果,这样就能得到可用的估值。误差法则量化了主观性[①]。

拉普拉斯觉得没有任何理由将概率论局限在彗星和掷骰子上面,这也是他的著作有深远影响的另一个原因。误差法则(他证明,误差法则的曲线不一定总是对称的)表明,所有变化现象都有可以确定的变化范围。这个范围有个中心,代表着最可能的状态,还有个外围界限,代表着仍有可能但可能性很小的极端状态;可以测出界限之间的变动如何分布,也能给出偏离平均值的任意特定状态的可能性(这种测量叫做"可能误差"。分布明显会有不同:神箭手射出的箭跟生手射出的箭,聚在箭靶上的方式肯定会不一样,因此可能误差的程度也会不同)。在《概率哲学论》中,拉普拉斯进一步展示,概率可用于评估法律证词是否可靠,判决是否公平,还可以用于确定死亡率和结婚率,预测出生人口的性别比例,计算保险和年金的保险费。

一言以蔽之,拉普拉斯将概率论的应用从物理学扩展到了人,保证了那些似乎是随机的、不可预测的事件实际上会遵循隐藏规律——比如他最知名的例子是,每年会归总到巴黎邮政办公室的无法投递的信件数量。男婚女嫁和信件搞错地址,明显都会有主观的、无法重现的原因,但统计学揭示了结婚的总数或每年无法投递的信件的数目,似乎必然在一个平均值附近。拉普拉斯认为,这个平均值的一致性,表明自然法则在起作用。他写道:

所有事件,即便是那些因其微不足道而似乎不会遵循自然界的

① Merz, *A History of European Thought in the Nineteenth Century*, vol. 1, 325 n. 1; and Zeno G. Swijtink, "The Objectification of Observation: Measurement and Statistical Methods in the Nineteenth Century," in *The Probabilistic Revolution*, ed. Lorenz Krüger, Lorraine J. Daston, and Michael Heidelberger (Cambridge, Mass.: MIT Press, 1987), vol. 1, 261–85.

伟大法则的事件,都会像太阳的运行一样必然遵循自然法则。我们对这些事件与整个宇宙系统之间的联系一无所知,因此我们认为这些事件要么取决于什么最终原因,要么取决于偶然性,只看这些事件是否以明显有序的规律重复发生。但这些想象出来的最终原因,已经随着我们认知范围的逐渐扩大而消退,并将在合理的哲学面前彻底消失。在这种哲学看来,这些原因除了显露出我们对真正的原因一无所知,别无他物。①

他指出了从天体力学走向社会力学的路径。

2

本杰明·皮尔士是拉普拉斯的信徒。学童时代皮尔士在塞勒姆的老师纳撒尼尔·鲍迪奇是拉普拉斯著作《天体力学》标准英文版的译者,皮尔士在哈佛大学就读时还帮助校对过该书校样(托马斯·希金森因触犯《逃亡奴隶法》而可能入狱时,皮尔士希望他能有时间读一读的就是这本书)。皮尔士认为,星云假说是"曾提到哲学层面讨论的物理宇宙最宏大的概念"②。而实际上,他的声望有很大一部分就来自他作为天文学家的成就。

他分析了土星环(19世纪天文学上很受关注的问题),并认为土星环必须是流动的(这个结论最终被证明是错的③)。由于宣称发现海王星

① Pierre-Simon Laplace, *Théorie analytique des probabilités*, 3rd ed. (1820), *Oeuvres compleétes de Laplace*(Paris: Gauthier-Villars, 1878-1912), vol. 7, vi(该文最早作为《概率分析理论》的序言发表)。

② Benjamin Peirce, *Ideality in the Physical Sciences*(Boston: Little, Brown, 1881), 52.

③ V. F. Lenzen, *Benjamin Peirce and the U. S.* Coast Survey (San Francisco: San Francisco Press, 1968), 7.

(1846)是个“皆大欢喜的偶然”,他还闹了个不大不小的笑话。人们从天王星的细微变动出发推断出海王星的作用从而定位出这颗行星,也就是说,既然有什么东西在影响天王星的轨道,使之偏离正常的椭圆,那么在太阳系的某个地方就必定有第八颗行星在施加引力作用。皮尔士辩称,声称最早发现海王星的天文学家,奥本·勒维耶和约翰·格弗里恩·伽勒所采用的计算是错的:海王星的真实轨道从地球上看只不过刚好跟他们算错了的轨道在 1846 年重合,根据皮尔士的说法,这样的巧合每六百五十年才会发生一次。英国数学家约翰·柯西·亚当斯与天文学家约翰·赫歇尔合作也在同一时间发现了海王星,到底谁才是最早的发现者,也争得不亦乐乎。伦敦的皇家天文学会要求皮尔士不要发表他那篇宣称发现海王星只是出于偶然的文章,理由是文章结论未必正确。据说皮尔士的回应是:“但是我的计算会出错的可能性更小啊。”他还是发表了那篇文章(后来证明是他弄错了)。①

皮尔士对最小二乘法也有贡献。我们总会遇到如何处理那些远远偏离平均值的观测值(叫做“异常值”)的问题。明显是观测者在什么地方出了大错——比如说,转写数字的时候把数位写反了——但误差法则的基本前提是,永远不要抛开任何错误。天文学家应该如何区分不准确和十足的错误呢?实际的解决方案是运用常识。像高斯这样的数学家就会觉得,你就是知道有些结果离题万里,把这些结果从你的计算中去掉也并不需要更多的理由。但对皮尔士来说这样不够科学,1852 年他发表了一篇文章,题为《令人怀疑的观察值不予采用的标准》。他解释说,他的目的是

① Florian Cajori, *The Teaching and History of Mathematics in the United States* (Washington, D.C.: Government Printing Office, 1890), 145; Edward Waldo Emerson, *The Early Years of the Saturday Club: 1855–1870* (Boston: Houghton Mifflin, 1918), 100; Lenzen, *Benjamin Peirce and the U. S. Coast Survey*, 8–25; "Benjamin Peirce," *Proceedings of the American Academy of Arts and Sciences*, 16 (1880–81), 446–7; and Peirce, *Ideality in the Physical Sciences*, 172–4.

"提出不予采用某些观察值的严格规则，这种规则理应合情合理地来自概率演算的基本原则"。（根据记载，他提出的规则是："如果保留某观测值的误差系统的概率，小于不予采用该观测值时误差系统的概率乘以做出这么多异常观测的概率，那么该观测值不应采用。"[①]）人们称之为"皮尔士标准"，在美国被广泛采用，但欧洲从未接受（这个标准最后也被证明是错的[②]）。

进行测量就是皮尔士父子作为科学家要干的活儿。本杰明在作为天文学家的工作中，以及在贝奇让他在海岸调查局负责测定经度之后作为地理学家的工作中，都经常运用最小二乘法。查尔斯不只是将这种方法用于他在海岸调查局参与的多次远征，还就误差问题发表了多篇理论文章。他成了19世纪最杰出的计量学家（计量学就是关于测量的学问）。他用摆锤测量万有引力（用来确定大地水准面——也就是将海平面扩展到整个地球得到的形状——的方法）获得圆满成功，这让他在欧洲声名鹊起，他还以光的波长为基础建立了米的通用标准。因此对皮尔士父子来说，在豪兰遗产案中构建误差曲线来评估签名的有效性是再自然不过的事情。他们训练有素的领域的整个历史都在告诉他们，这样的事情受法则制约。

然而，使得误差法则对19世纪的思想来说如此重要的，不只是它在自然研究中的应用。认识到就连"误差"，就连使得现象似乎从正常"法则"偏离的无法预知的偶然波动，都要受到统计学规律的制约，光是这种认识就让科学家激动不已。但吸引了公众注意力，有时甚至是令公众感到震惊的，是将误差法则应用于研究人类——拉普拉斯在关于无法投递的信件和结婚率的讨论中就曾给出线索。人们在豪兰遗产案中感到被皮

① Benjamin Peirce, "Criterion for the Rejection of Doubtful Observations", *Astronomical Journal*, 2 (1852): 161.

② Gigerenzer et al., *The Empire of Chance*, 83; and Lenzen, *Benjamin Peirce and the U. S. Coast Survey*, 6.

尔士父子的证词冒犯，是因为他们堂而皇之地将签名这样的人类活动降级为一组数字。因为在1860年代，这样的降级有特殊的哲学意味，会被理解为指向决定论。

3

有一个人紧紧抓住了拉普拉斯在讨论中给出的线索，利用得也很充分，这个人就是阿道夫·凯特勒[①]。凯特勒是比利时一位雄心勃勃的数学家——他还写诗，写文学评论，也写过歌剧剧本——才刚刚二十出头的时候，他就帮助游说比利时政府建设了一座天文台，随后政府给了他一笔资金去巴黎进修天文学。1823年，他来到巴黎。他是否曾跟当时已七十四岁高龄的拉普拉斯本人学习尚不清楚，但很清楚他迷上了概率论，尤其是将误差法则的思想用于社会数据。巴黎理应是个让人坠入爱河的地方，阿道夫·凯特勒在这里爱上了一条曲线。

凯特勒在巴黎确实学了天文学，但他也师从法国杰出的统计学家约瑟夫·傅立叶学习了统计学和概率论。他回到比利时之后(随即被任命为皇家天文学家)就开始收集人口统计数据和气象数据并加以统计分析。统计学家从17世纪开始就在做这样的事情了。“统计学(statistic)”这个词，在词源上与“国家(state)”有关：统计学家有时候会被叫做“计划经济学者”，在引入德语词汇statistik之前，他们的工作在英语中叫做“政治演算”。统计学家就是监控国家状态的人——人口、死亡率、婚姻、疾病、犯

---

① C. C. Gillispie, “Intellectual Factors in the Background of Analysis by Probabilities”, in *Scientific Change: Historical Studies in the Intellectual, Social, and Technical Conditions for Scientific Discovery and Technical Invention, from Antiquity to the Present*, ed. A. C. Crombie (New York: Basic Books, 1963), 431 - 53; Hacking, *The Taming of Chance*, 105 - 24; Porter, *The Rise of Statistical Thinking*, 41 - 55, 100 - 9; and Stigler, *The History of Statistics*, 161 - 220.

罪、气候，等等。但凯特勒对自己的统计数据玩了些新花样：他用误差法则分析了这些数据。1835 年，他出版了两卷本著作《人及其官能发展》，发布了他的部分结论，一时洛阳纸贵。

凯特勒在开头这样写道："人类的生老病死都是由我们从未研究过的法则而定的。"①他还列了一张表，其中有 1826 年到 1831 年法国每年上报的凶杀案数量，这个数字相对稳定。可能这不算是完全出乎意料的发现。但凯特勒的表格同样显示，每年的枪杀案所占的比例同样相对稳定，而每年用刀、剑、杖、石头、切和刺的工具造成的凶杀，以及踢死、揍死、勒死、淹死和烧死的比例也都一样稳定。他的结论是，尽管我们可能不知道谁会用哪种方式杀死谁，但我们确实知道，法国每年会发生一定数量的某类凶杀案的概率非常高。这个数字就是年度总数的平均值。凯特勒利用了天文学家的误差曲线，并据此认为这个平均值代表了（比如说）法国枪杀案的"真正"发生率。某年的总数或高或低，实际上就是"误差"，其可能范围是可以预测的。凯特勒在另一处写道，有"某种形式的法国全国的绞刑架预算，其规律毫无疑问要比法国的财政预算更可靠"②。按工具分类的凶杀案表格是数据首次石破天惊的批量展示，凯特勒证明了所有这些数据遵循某些规律，同时也证明了存在某些社会法则，就跟万有引力一样有决定性作用。他把自己发明的这门学问叫做"社会物理学"。

凯特勒大张旗鼓地将其结论推而广之，他在《人及其官能发展》中做出的断言有两则引起了特别关注。第一则是，由于（他自认为已经证明）有某种"法则"控制着社会中的犯罪总量，因此犯罪的道德责任一定在于社会而非犯罪的个人。用他夸大其词的话来讲就是："是社会预备了犯

① A. Quetelet, Sur l'homme et le développement de ses facultés, ou Essai de physique sociale (Paris: Bachelier, 1835), vol. 1, 1.

② Ian Hacking, "Nineteenth-Century Cracks in the Concept of Determinism", *Journal of the History of Ideas*, 44 (1983): 469.

罪……罪犯只是执行犯罪的工具。”[①]杀人犯——就和结婚的人、自杀的人一样——只是在完成社会条件预先设置的指标。在不同时期凶杀案或婚姻的发生率或许会有升有降,但凯特勒认为,这些微小变动可以类比为行星轨道的扰动从而得到解释。凶杀案发生率的变化并不意味着给定年份的凶杀案数量有偶然因素,而是意味着有未查明的短暂原因在让曲线变形。长期来看,行星会遵循其正常轨道,社会上也会发生正常数量的凶杀案。当然,这个结论是决定论的。

凯特勒从研究中得出的另一则很有影响的推论是"中人"的概念。中人(严格来讲应该说是"平均"人)是统计意义上的虚构人物,但在19世纪的思想中成了最重要的角色之一。凯特勒对这个概念的解释是:"中人所在的国家,重力的中心在行星中。"中人设定了标准,可以测量特定社会对此标准的偏离。而且这个标准绝不是道德中立的标准。可以说这个标准代表了社会要瞄准的靶心。凯特勒在《人及其官能发展》中解释道:"对给定时期来说,集合了中人所有特性的个体,代表的将是所有宏伟的、美丽的和优秀的事物。"[②]中人的吸引力在于它代表了从一个国家真实的社会数据中衍生出来的基准,衍生方式不是哲学的或神学的,而是科学的。跟所有早期的统计学家一样,凯特勒相信不同的国家类型各有千秋:毕竟统计学家要研究的就是特定国家的独特性。法国中人和比利时中人就是不同的实体。

凯特勒最著名的研究案例实际上是关于苏格兰中人的。出版《人及其官能发展》后没几年,他在《爱丁堡医学外科杂志》的一期过刊上看到一份名单,列出了大约5 738名苏格兰士兵的身高和胸围测量值(大概这些

---

① Quetelet, Sur l'homme, vol. 2, 324: "[C]'est la société qui prépare le crime et ... le coupable n'est que l'instrument qui l'exécute."

② Quetelet, Sur l'homme, vol. 2, 251, 276. 在英译本中,"l'homme moyen"译为"the average man"(*A Treatise on Man and the Development of His Faculties*, trans. R. Knox [Edinburgh: Chambers, 1842], 96)。

数据原本是为了预订制服而收集的)。凯特勒分析了胸围数据,发现极限值是 33 英寸(3 名士兵)和 48 英寸(1 名士兵),中心则是 39 英寸(1 073 人)和 40 英寸(1 079 人)(奇怪的是他并没有关注身高,而身高理应与胸围尺寸有些关系)。随后他计算了从一个装有等量黑球和白球的瓮中抽取 999 个球的可能结果,每次抽取 1 个,每次取完也都把球补回瓮里。这个过程等价于抛硬币。凯特勒证明,从这个过程得到的钟形曲线(差不多)跟苏格兰人胸围测量值生成的曲线吻合。他的结论是,苏格兰男性胸围分布符合误差法则[①]。

这是概念上的巨大飞跃。凯特勒实际上是声称,通过测量 5 738 名苏格兰人的胸围得到的分布,与将一个苏格兰人的胸围测量 5 738 次得到的分布是类似的——毕竟误差法则发明出来就是为了归纳后面这个过程。使凯特勒迈出这一步的,是他的中人概念的天文学基础。他认为,苏格兰的社会条件产生有特定胸围尺寸(他的数据的平均值是 39.83 英寸)的人,这种方式就和行星与太阳的平均距离决定其轨道的方式一样。外界原因——可能是不寻常的饮食可能会产生胸围大一些或小一些的苏格兰人,但这只不过是“扰动”罢了。只要苏格兰的社会条件保持相对稳定,男性胸围尺寸的基准就会一直是 39.83 英寸。凯特勒在发表于 1844 年的一篇文章中公布了自己的发现,后来又于 1846 年出版了一部广受欢迎的著作《概率论——致萨克森-科堡-哥达公爵》。

凯特勒是社会学家,不是生理学家——他以社会而不是生物学为参考来解释事物——因此他对人的分类跟塞缪尔·莫顿那样的科学家所做的分类有所不同。发现不同国家的中人也不一样,表明不同的社会条件会对人类发展起到不同的作用。人的类型并不是刚好安排成那样就一劳永逸的(在莫顿和阿加西看来就是如此);如果改变社会条件,人的类型也

---

① Hacking, *The Taming of Chance*, 109 - 14; and Stigler, *The History of Statistics*, 203 - 14. 凯特勒的数据中有些错误,比如实际上有 5 732 名士兵。

会跟着改变。凯特勒的理论粗看起来跟达尔文的理论更为接近，并不需要假设有上帝。

实际上，凯特勒在种族类型问题上也运用了最小二乘法。（他似乎到哪儿都在用最小二乘法，他发现的"法则"之一是，从最后一次霜冻以来日平均温度的平方和达到 4 264[℃]^{2}时，比利时的丁香花就会开花①。）1846年，有十二位来自北美的印第安人来到布鲁塞尔，凯特勒测量了他们；1854 年，他也测量了一些黑人。他认为，总体来看印第安人比大部分比利时人身体更好，但普遍而言，统计分析表明不同种族之间没有显著的体格差异。他得出的结论是："人类的主要特征似乎基本上是一样的。"②他认为自己的结论支持物种统一的信念。

凯特勒是个强迫症患者，从科学的观点来看还可以说是个怪人，但他也是统计学方法杰出的推动者。在他的帮助下，全欧洲都建起了统计学组织，还有很多科学家答应仿效用来产生"中人"的方法：有一位科学家分析了从一座火车站采集的尿样，欧洲很多国家的人都会在这个火车站来来往往，而他只是为了确定"欧洲人的平均尿液"③。德国科学家往往怀疑凯特勒的结论：有人指出《人及其官能发展》中宣称的"法则"仅仅以为期六年的数据为基础（类似地，关于种族体格的结论也只是从很小的样本量得出的），而且很多社会现象实际上都展现了很大范围的变化④。法国人倒是很善于接受，毕竟凯特勒是从法国学到的这些方法，也有很多法

---

① Hacking, *The Taming of Chance*, 62.

② M. A. Quetelet, "Sur les proportions de la race noire," *Bulletin de l'académie royale des sciences*, des lettres, et des beaux-arts de belgique, 31, part 1 (1854): 100: "Les grandes linéaments de l'espèce humaine paraissent à peu près les mêmes pour les différents pays, et pour les différents races." Quetelet, "Sur les indiens O-Jib-Be-Wa's et les proportions de leur corps," *Bulletin de l'académie royale des sciences*, des lettres, et des beaux-arts de belgique, 15, part 1 (1846): 70 – 6.

③ Gigerenzer et al., *The Empire of Chance*, 129.

④ Gigerenzer et al., *The Empire of Chance*, 49 – 53; Hacking, "Nineteenth-Century Cracks in the Concept of Determinism," 473; and Merz, *A History of European Thought*, vol. 1, 587n.

国科学家已经采用了统计方法。老奥利弗·温德尔·霍姆斯曾在其门下学医的查尔斯·路易从事医学研究，就是医学统计的早期践行者，而霍姆斯关于产褥热的著名论文实质上就是统计学的：那篇文章的结论是，疾病是由产科医生携带的病菌传播的，结论的基础则是数据表明，有些医生有很多病人都死于产褥热，而有些医生则一个这样的病人都没有。

英国人尤其对凯特勒的成就趋之若鹜。《人及其官能发展》于 1835 年面世时，英国《雅典娜神庙》杂志刊发了分为三部分的评论，并在总结中宣称："我们认为这部著作的面世开创了文明史上的新时代。"[①]1849 年《概率论》译介到英国，天文学家约翰·赫歇尔撰写了评论，对误差法则在社会现象中的应用赞誉有加，称其为重大的科学进步。不过凯特勒在英国最狂热的信徒要数亨利·托马斯·巴克尔。巴克尔于 1857 年出版了《英国文明史》第一卷，时年三十六岁。他将这部著作呈现为新生事物：完全从统计学视角出发写成的历史——对巴克尔来说，意味着从没有任何余地的决定论视角出发。他告诉读者，自由意志这个概念并不科学。

> 在对人类本性的研究中，统计学取得的成就比其他所有学科加在一起还要多。……人的行为在其祖先引导下，实际上从来没有前后不一致，但无论这些行为看起来多么反复无常，都只是构成普遍秩序的巨大架构的一部分，而我们当前拥有的全部知识都几乎无法看清这个架构的轮廓……这个伟大的事实就是历史的关键和基础。[②]

① Review of On Man, and the Development of His Faculties, Athenaeum, no. 409 (August 29, 1835): 661.

② Henry Thomas Buckle, *History of Civilization in England*, vol. 1 (London: John W. Parker, 1857), 31, 30(语句顺序有改动)。

这显然是在附和拉普拉斯的《概率哲学论》，但巴克尔在他的书中并没有提到拉普拉斯，他提到的是凯特勒——凯特勒是他引用的第一位权威——巴克尔借用了凯特勒的特别观点，即应该对恶行负责的是社会，不是个人。巴克尔坚称："这个推论基于广泛而明显的全世界都能理解的证据，因此不会被任何假说推翻，连质疑都不可能。哲学家和神学家到现在都一直在用这些假说研究过去的事件，也一直困惑不已。"①这里他指的是自由意志假说。

巴克尔认为人类的行为由四个条件决定（因此人类历史也同样如此）：气候、食物、土壤以及他所谓的"自然的一般方面"②。就像拉普拉斯的无法投递的信件，或凯特勒的苏格兰人胸围，巴克尔也有自己的特别样例，涉及结婚率和玉米价格。巴克尔声称，这两件事有"固定而明确的关系"。而固定关系可以用统计学来证明，因此顺理成章的结论是："[婚姻]并非跟个人情感有任何关联，而是只由普罗大众的平均收入所决定；因此像这么深广的社会和宗教习俗，在食品价格和工资水平面前不只是被左右，而是完全被控制。"③

巴克尔的《英国文明史》从另一个角度来看实际上也是用统计学写成的。这部作品公然宣扬民粹主义。该书第一卷（按计划还要写很多卷）是对欧洲其他国家的调查，主要目的是与英国进行不公正的比较。换句话说，巴克尔公正无私的立场并不妨碍他提出令英国读者心花怒放的沙文主义结论（例如，法国人"是令人敬佩的民族……[但是]从历史来看这个问题，毫无疑问，我们在发展自己的文明时几乎没有得到他们的帮助，而他们的文明却要在很大程度上仰仗我们"④）。

不过他的重点是欧洲文明与非欧洲文明相比的优越性。在他四个万

---

① Buckle, *History of Civilization in England*, 27.
② Buckle, *History of Civilization in England*, 36.
③ Buckle, *History of Civilization in England*, 29 – 30.
④ Buckle, *History of Civilization in England*, 216.

能的原因中，第四个原因——“自然的一般方面”的影响会带来这个结论。在那些自然条件十分美好也十分强大的国家，比如印度，理性的能力并不发达；而在那些自然条件没那么了不起也能轻易被克服的国家，比如（他提出的）希腊，理性就能蓬勃发展。因此，“只有在欧洲，人们才算真正成功地驯服了自然的能量，令自然在人类意愿面前俯首称臣，在正常的发展过程中对自然弃之不顾，迫使自然为人类的幸福服务，并帮助促进人类生命的一般目的”。① 理性的胜利是由气候造成的。

用决定论的观点描述对理性的赞颂，巴克尔应该会觉得并无矛盾——如果行为完全由环境条件决定，理性还有什么价值呢？——这也表明了他的思想的说服力。但就连那些认为他的文章言过其实的人，也认为巴克尔确实写了一部重要的著作。法律与政治作家菲茨詹姆斯·斯蒂芬在《爱丁堡评论》上写道：“这是当代最杰出的哲学著作之一，尽管从实践的角度来看我们必须称之为显失公平、鱼龙混杂且自相矛盾。”②全欧洲争相传阅《英国文明史》，无论是写小说的还是研究物理的；还有数百人做出回应。1857 年到 1861 年，该书第一卷在英国重印了数次，还被翻译成法语，截至 1871 年甚至出现了四个德语版，还有好几个俄文版。达尔文读过这本书（但印象不深），阿尔弗雷德·拉塞尔·华莱士也读过这本书（而且印象深刻）。陀思妥耶夫斯基读了两遍，还在《地下室手记》中提到一句巴克尔。1861 年第二卷面世，巴克尔也在这一年去世了，时年四十岁（死因是斑疹伤寒。巴克尔当时旅行到大马士革，有当地医生愿意提供治疗。他拒绝了这位医生，因为他是法国人）。巴克尔的宏伟蓝图完全没有希望完工；但是他促成大家为自由意志是否存在的问题唇枪舌剑，

① Buckle, *History of Civilization in England*, 140.

② [James Fitzjames Stephen], "Buckle's History of Civilization in England", *Edinburgh Review*, 107 (1858): 471.

接下来十几年，北大西洋的有识之士都因为这个问题争论不休[①]。

对于那些相信理解什么事物就意味着该事物可以测量的人来说——19 世纪的大部分科学家确实相信这一点——统计学的吸引力显而易见。统计学使得对现象的观测——不只是轨道啊分子啊这些，也包括了风险、基因、自杀、鼻子大小等几乎万事万物——可以用数学语言表述出来。这是给宇宙编目的一种方式，也能用来创建模型，控制宇宙。表面随机的现象之下暗藏着秩序，正是这种理念让统计学有了广泛的吸引力。个体——分子或人类——的行为或许无法预测，但统计学却似乎表明，总体上分子或人类的行为遵循稳定的法则。达尔文的自然选择理论能被快速接受的原因之一，就是这个理论似乎是另一个偶然之中蕴含秩序的例子，拉普拉斯和凯特勒也都各自以相当不同的方式阐释过这一现象。

因此，人们自然而然就会得出这样的结论：世界必定以事物自我调控的方式来创建，这个结论也被用来加持个人主义和自由放任的政治信条，为其赋予宇宙学封印。事实上，19 世纪支持统计学的人几乎全都是放任自流的自由主义者[②]。赫歇尔对凯特勒《概率论》的评论在结尾时抨击了政府对社会和经济事务的干预；亚当·斯密的《国富论》，巴克尔称之为“很可能是迄今人类最重要的著作”，并宣称其研究的全部要旨在于“文明的大敌，就是保护主义；我说的保护主义是这样一种观念：若非由政治和宗教来监管和保护生活事务的几乎所有转折，社会便不能繁荣发

---

① Hacking, “Nineteenth-Century Cracks in the Concept of Determinism”, 471 - 5, and *The Taming of Chance*, 125 - 32; and Silvan S. Schweber, “Demons, Angels, and Probability: Some Aspects of British Science in the Nineteenth Century,” in *Physics as Natural Philosophy*, ed. Abner Shimony and Herman Feshbach (Cambridge, Mass.: MIT Press, 1982), 341 - 63.

② Schweber, “Demons, Angels, and Probability”, 346 - 8; and Theodore M. Porter, “A Statistical Survey of Gases: Maxwell's Social Physics,” *Historical Studies in the Physical Sciences*, 12 (1981): 82 - 3.

展”[1](他阐释道,法国人和德国人未能领会这一真理,正是英国文明得以优胜的原因)。赫伯特·斯宾塞于1851年出版了题为《社会统计学》的著作,就是为自由放任主义做哲学辩护。

达尔文主义似乎也在为政治上的自由放任鼓与呼。赫胥黎认为,自然选择学说带来的结论之一,就是白人并不需要奴隶制来维持他们对于黑人的优越性:自然界就会确保这一点。他宣称,这是废奴主义最好的论据。他在1865年写道:“文明等级的最高地位肯定不是我们那些肤色黝黑的表亲够得到的,尽管他们也绝对不是必须被限制在文明的最低等级中。但无论社会的万有引力定律会将黑人带到什么样的稳定平衡位置,对这个结果的全部责任今后都将存在于自然和他们之间。白人也许能撇清关系,他们的良知也永远不会受到指责。”[2]这是为奴隶制废除之后的时期准备的神学观念。

简言之,就像马修·阿诺德这样的人所抱怨的那样,统计学似乎表明,市场并不欢迎混乱无秩序。市场的运作方式就和自然界一样:放任自流,就能期待产生长远来看的最佳产出。每个人都去追求自身利益,有助于提升总体效率。当然,就像所有对自然法则的索求都是为了给人类的安排找到理由,“发现”自然法则也不过反映了这些安排是合理的。19世纪的自由主义者相信市场像自然界一样运行,是因为他们已经认定自然界像市场一样运行。

4

查尔斯·皮尔士是经济个人主义的死敌,也是决定论的死敌。他不

---

① Buckle, *History of Civilization in England*, 194, 1.

② Thomas H. Huxley, “Emancipation — Black and White” (1865), *Science and Education: Essays* (New York: D. Appleton, 1895), 67.

相信统计规律证据许可个人的自我利益,也不相信宇宙是一部机器。他认为生命无处不在,而生命也意味着自动自发。他相信宇宙充满了不确定性;尽管和父亲一样,他也相信宇宙是有意义的,终其一生都致力于构想一种宇宙观,用来证明不确定性和可理解性如何和谐并存。他从未抛弃父亲的信念,即这个世界的构建就是要被人的心灵感知——用本杰明·皮尔士的话说就是,“两者完美契合”①。但他所研究的科学概念的基础,是一种完全不同的宇宙概念。

本杰明·皮尔士和查尔斯·皮尔士这两代人之间科学上的区别,就是两个小妖精的区别。第一个小妖精于1812年在拉普拉斯的《概率分析理论》中公开亮相。拉普拉斯写道:

> 我们必须……将宇宙现在的状态想成是先前状态的后果,也是随后状态的原因。某种智能在某给定瞬间知道作用于自然界的所有作用力,以及组成宇宙的所有成分各自的情形;此外,如果这个智能足够大,能对这些数据都加以分析;如果它能将宇宙中大至天体、小至原子的所有运动都囊括在同样的公式中——那么对这个智能来说,就没有什么是不确定的,过去和未来一样,都会在它眼前显现。②

这就是拉普拉斯妖。其立足点是将物质都当成台球,相信任何事件,包括人类活动在内,都是一系列先行事件的单一且不可避免的后果,偶然性在其中不起任何作用。这个小妖精是所谓“必然性学说”——也就是决定论哲学——的具象体现,拉普拉斯的文字也仿效者众。

---

① Benjamin Peirce, *Linear Associative Algebra* (1870), ed. C. S. Peirce (New York: Van Nostrand, 1882), 2.

② Laplace, *Théorie analytique des probabilités*, vi-vii. 早在拉普拉斯1795年的讲座中就已经出现了拉普拉斯妖的身影。Hacking, *The Taming of Chance*, 11.

> 一粒微尘被突然的一阵风刮走，从一个地方飘到另一个地方，一直被不断转换的阵阵微风紧紧裹挟，在描述出它在空中的漩涡和湍流中比目光还要轻快的扭曲、旋转之后，比理性所能追踪和解释的还要错综复杂，其轨迹特别而繁复，然而又和行星一样驯服；有一个比人类更高的理性，分析也比人类所能做到的更加敏锐，能够计算并预测这粒微尘在数年迷宫般的巡游后会飘过的空间位置，就跟现在他能说出月亮的位置，或是哈雷彗星在经过七十六年形单影只又命途多舛的旅行后通过近日点的时间一样精确。①

时间是 1842 年，作者是约瑟夫·洛弗林，哈佛理学院教授，这段话来自洛弗林和本杰明·皮尔士共同编辑的一本期刊《剑桥杂志》。19 世纪有很多科学家都沉迷于拉普拉斯妖，这是完美认知的希望——只要科学家能侧身分子之间，了解脑波奥秘。

拉普拉斯引入这个小妖精，是为了解释概率论的目标：概率论的目标就是要弥补人类的不足。我们为了妖的全知全能而努力，但“始终遥不可及”②。我们的问题不是事件的发生只是有可能预测，而是（就妖所知）完全可以预测。概率——误差法则——这个工具可以量化我们的无知。概率并非指涉事件本身，而是指涉我们理解事件的确定程度。洛弗林对拉普拉斯的解读是：“偶然性的学说变成了确定性，并影响了人类用来计算未来事件的零零散散、水平欠佳的方式。”③事件本身并不是偶然性的。

第二个小妖精对此持有异议。这个小妖精的公开亮相是 1871 年，在一本名叫《热学》的著作中，作者是苏格兰物理学家詹姆斯·克拉克·麦

① [Joseph] Lovering, "On the Application of Mathematical Analysis to Researches in the Physical Sciences", *Cambridge Miscellany of Mathematics, Physics, and Astronomy*, 1 (1842): 79.

② Laplace, *Théorie analytique des probabilités*, vii.

③ Lovering, "On the Application of Mathematical Analysis", 122.

克斯韦。麦克斯韦兴味盎然地读过赫歇尔对凯特勒的评论以及巴克尔的《英国文明史》,1859 年他对误差法则的运用,算得上是 19 世纪科学界最精彩的运用之一。密闭容器内的温度由其中分子的运动速度决定——分子运动越快,相互碰撞就越频繁,温度也越高。但这个速度是个平均值,因为个别分子都在以不同的速度运动。但是我们不可能测量每个分子的运动速度,那怎样才能表现这些分子的行为呢?麦克斯韦的说法是:"根据'最小二乘法',速度在粒子间的分布跟误差在观测者之间的分布遵循同样的法则。"[①]他的证明(以及德国物理学家鲁道夫·克劳修斯、奥地利物理学家路德维希·玻尔兹曼的工作)对气体的动力学理论有重要贡献,对统计力学的建立也居功甚伟。

在《热学》中,麦克斯韦请读者们想象,在这样一个密室中"有个官能超级敏锐的生灵,能追踪运动中的所有分子"——一个全知全能的生灵,换句话说就跟拉普拉斯妖如出一辙。他接着说道:

> 现在我们假设这个密室被一块带个小孔的隔板一分为二,记为 A 和 B。这个生灵可以看到个别分子,它在这个孔上面开开关关,只允许运动更快的分子从 A 进到 B,也只允许运动更慢的分子从 B 进到 A。如此一来,它就能不费吹灰之力令 B 升温同时令 A 降温,这与热力学第二定律相悖。[②]

① James Clerk Maxwell, "Illustrations of the Dynamical Theory of Gases" (1860), *The Scientific Papers of James Clerk Maxwell*, ed. W. D. Niven (Cambridge, England: Cambridge University Press, 1890), vol. 1, 377. 该论文曾于 1859 年 9 月 21 日在英国科学协会的会议上宣读,并发表于 1860 年 1 月和 7 月的《哲学杂志》。

② James Clerk Maxwell, *Theory of Heat* (London: Longmans, 1871), 308 - 9. 麦克斯韦首次提到这个小妖精是在 1867 年 12 月 11 日写给彼得·格斯里·泰特的一封信中。*Maxwell on Heat and Statistical Mechanics*: On "Avoiding All Personal Enquiries" of Molecules, ed. Elizabeth Garber, Stephen G. Brush, and C. W. F. Everitt (Bethlehem, Pa.: Lehigh University Press, 1995), 177 - 8。

热力学第二定律是关于能量耗散的定律，于1852年由英国物理学家威廉·汤姆森颇为引人注目地提出，用于解释既然能量无法无中生有地创造出来，那么为何宇宙最终会达到一个熵最大的状态并归于热寂（“熵”这个词是克劳修斯发明的，用来描述同一过程）。汤姆森宣称：“在未来有限时间内，地球必定会变得不再适合人类栖居。”①很多人认为，热力学第二定律是对人类历史意义的某种终极评判。亨利·亚当斯对第二定律极为痴迷。

麦克斯韦妖就是为了驳倒必然性学说的第二定律版本而构想出来的。对他的假设，显而易见的反驳意见是，这个小妖精在开关隔板上的孔时会消耗能量（更不用说选出合适的分子了）；但重点并不在这里。麦克斯韦想要说明的是，热力学第二定律只是盖然性的。如果某容器内的分子全都以不同的速度运动，我们只能说容器内大部分时间都会保持均匀的温度。总是会有无限小的偶然机会，使得分子自发排序，其中速度较快的分子会全都出现在容器一侧，使得这部分升温，从而自发创造了能量。麦克斯韦在致友人的一封信中写道，这个假设的寓意是“热力学第二定律的真实程度，就跟你把一杯水倒进海里，然后宣布无法再把同一杯水从海里舀出来一样真实。”②物理定律并非绝对精确。

不难看出，这里可以跟达尔文的自然选择理论做个类比③。大部分燕雀的喙部尺寸生来就会处于正常的尺寸分布范围之内——在钟形曲线的顶部附近——但每过一阵总会有个把燕雀的喙特别长（或特别宽、特别短），如果环境（像麦克斯韦妖那样）“选择”了这些特征，使之成为生存所

① William Thomson, Baron Kelvin, “On a Universal Tendency in Nature to the Dissipation of Mechanical Energy”, *Mathematical and Physical Papers* (Cambridge, England: Cambridge University Press, 1882 - 1911), vol. 1, 514.

② James Clerk Maxwell to John William Strutt, December 6, 1870, in *Maxwell on Heat and Statistical Mechanics*, 205.

③ Silvan S. Schweber, “The Origin of the OriginRevisited”, *Journal of the History of Biology*, 10 (1977): 229 - 311, and “Demons, Angels, and Probability,” 319 - 63.

必需，那么进化就发生了。对所有的目的和意图来说，哪只鸟会走运纯属偶然、"自发"，就像从一副洗过的牌中抽出你想要的那一张来一样。达尔文不是统计学家；他在数学上的天分其实很有限。（有一回他对美国的一位崇拜者坦白道："非理性的角度也会对我的思想产生相应影响。"[①]）大自然以麦克斯韦气体妖的高度自觉的创造性方式做出"选择"的概念，也许可以算是对因偶然变化而产生的自然选择理论的不乏希望的解释。但1904年约翰·西奥多·梅尔茨在其巨著《十九世纪欧洲思想史》中将19世纪称为"统计学的世纪"[②]时，这个理论在很多方面都称得上是19世纪最深奥又最具代表性的理论。

对很多拉普拉斯的信徒来说，达尔文的学说令人义愤填膺。在拉普拉斯式的世界观看来，随机现象只是表象；但在达尔文式的世界观当中，随机现象更接近自然界的真相——从某些方面来讲，随机就是自然界的真相。曾帮助将凯特勒介绍给英国读者的赫歇尔于1850年写道，如果欧洲所有的文献都灰飞烟灭，只剩下拉普拉斯的《宇宙体系论》和《概率哲学论》，那么"这两部作品就足以向后人展示出那个能产生如此伟大的智慧成就的时代是什么印象，比古代遗留给我们的所有纪念碑都更能说明问题"[③]。但是到1859年《物种起源》问世时，他嘲笑达尔文的理论是"乱七八糟法则"[④]。某种意义上也确实如此。

如果这个世界上的事情全都乱七八糟，那我们说我们"知道"这个世界上的什么事情的时候意味着什么？实际上查尔斯·皮尔士的著述——

① Charles Darwin to Chauncey Wright, April 6, 1872, in *James Bradley Thayer*, *Letters of Chauncey Wright*, *with Some Account of His Life* (Cambridge, Mass.: privately printed by John Wilson, 1878), 236.

② Merz, *A History of European Thought*, vol. 2, 567.

③ [John Herschel], "Quetelet on Probabilities", *Edinburgh Review*, 92 (1850): 11.

④ Charles Darwin to Charles Lyell, December 10, 1859, *The Correspondence of Charles Darwin*, ed. Frederick H. Burkhardt and Sydney Smith (Cambridge, England: Cambridge University Press, 1985 -), vol. 7, 423. ("我辗转听说，赫歇尔说我的书'是乱七八糟的法则'"。)

关于逻辑学、符号学、数学、天文学、计量学、物理学、心理学还有哲学的大量作品，其中大部分都要么未出版要么未完成——都在致力于这个问题。他的答案有好几部分，而将这些答案融为一体——以一种跟他自己的信念（相信人格神存在）相一致的形式——成了他一生的重担。但他的答案有一部分是，在一个所有事件都不确定，感知也不够可靠的宇宙中，“知道”不能算是个体思想对现实的“映照”。每一个人的思想所反映的现实都不一样——就算是同一个人的思想，在不同时间的反映也会不同——而无论是哪种情形，现实都不会静候太久，让你能精确映照出来。因此皮尔士的结论是，知识必须是社会性的。这是他对美国思想最重要的贡献，而当他在晚年回忆他是如何构想出这个结论的时候，恰如其分地将其描述为集体智慧的结晶。这就是 1872 年他跟威廉·詹姆斯、小奥利弗·温德尔·霍姆斯以及另外几位在剑桥成立的坐而论道的团体，形而上学俱乐部。

第九章　形而上学俱乐部

1

“那是70年代的头两年，我们这群在老剑桥的年轻人开始管自己叫‘形而上学俱乐部’，这里面半是讽刺，半是玩世不恭——因为那时候不可知论正甚嚣尘上，对任何形而上学都嗤之以鼻——我们有时候在我的书房聚会，有时候在威廉·詹姆斯那里。”1907年，查尔斯·皮尔士在一篇从未公开发表的手稿中这样写道。据他回忆，俱乐部的其他成员还有小奥利弗·温德尔·霍姆斯、尼古拉斯·圣约翰·格林（“一位手段高明、学识渊博的律师”）、约瑟夫·班斯·沃纳（也是位律师）、约翰·菲斯克、弗朗西斯·埃林伍德·阿博特和昌西·赖特[①]。

除了皮尔士，这些人里谁都没有在信件、日记、发表或未发表的文稿中，或是别的任何地方——提到过这个形而上学俱乐部。皮尔士的这份回忆也是三十五年之后写的，他记忆中的参与者也几乎肯定有误。但确实有这么个群体，詹姆斯和霍姆斯都在其列，成立于1872年1月。亨利·詹姆斯在这个月写给好友伊丽莎白·布特的信中就作了如下汇报：“我哥哥刚刚在剑桥帮人组建了一个形而上学俱乐部（成员有昌西·赖特、查尔斯·皮尔士等人），你说不定也会被列为荣誉会员。”[②]（这是詹姆斯式的揶揄，伊丽莎白·布特完全算不上哲学家。）两个星期过后，亨利

昌西・赖特,剑桥的苏格拉底,于1870年前后(昌西・赖特文件[B W933],经美国哲学协会授权使用)。

把这个消息也告诉了此时正住在德国的查尔斯·艾略特·诺顿:“温德尔·霍姆斯就要在这儿就法学高谈阔论了。他,我哥哥,还有好些睿智的年轻人聚在一起,成立了一个形而上学俱乐部,在这些问题上吵得不可开交。”也许是为了让诺顿满意(诺顿和威廉彼此有点儿不对付),也许是为了自我安慰,他在后面又补了一句:“单单是知道这事就已经让人头大了。”③

皮尔士和詹姆斯的友谊当然可以追溯到他们在劳伦斯学院共度的时光。刚开始,詹姆斯为了跟上皮尔士的想法可吃了不少劲儿。1866 年,他在给妹妹爱丽丝的一封信里写道:“你头一个问题是‘我去哪儿了’,我去听查尔斯·桑德斯·皮尔士的[洛厄尔]讲座了。这场讲座我一个字都没听懂,但总体上还是很享受的,足足听了一个小时。”④三年过去,詹姆斯并没有进一步开悟。他对医学院同学亨利·鲍迪奇写道:“我刚刚被查尔斯·皮尔士扫地出门。我在跟他讨论我刚读到的几篇他在圣路易斯《思辨哲学杂志》上发表的文章,这些文章非常大胆,但又隐而不显、难以理解,我也没法说他高门大嗓的阐释对我的理解有极大帮助,但无论如何,我对这些文章很感兴趣。”⑤

最终,他还是找到了办法。1875 年,他弟弟亨利在巴黎碰到了皮尔士,俩人还时不时一起吃吃晚饭。他对弟弟写道:

---

① Charles Sanders Peirce, “Pragmatism” (1907), MS 318, *Charles S. Peirce Papers*, Houghton Library, Harvard University; reprinted in part in *Collected Papers of Charles Sanders Peirce*, ed. Charles Hartshorne, Paul Weiss, and Arthur Burks (Cambridge, Mass.: Harvard University Press, 1931 – 66), vol. 5, sec. 12.

② Henry James to Elizabeth Boott, January 24, 1872, *Letters*, ed. Leon Edel (Cambridge, Mass.: Harvard University Press, 1974 – 84), vol. 1, 269.

③ Henry James to Charles Eliot Norton, February 4, 1872, *Letters*, vol. 1, 273.

④ William James to Alice James, November 14, 1866, *The Correspondence of William James*, ed. Ignas K. Skrupskelis and Elizabeth M. Berkeley (Charlottesville: University Press of Virginia, 1992 –), vol. 4, 144.

⑤ William James to Henry Pickering Bowditch, January 24, 1869, *The Correspondence of William James*, vol. 4, 361.

> 对待他的办法是按照传说中“披荆斩棘”的诀窍行事：牢牢抓住，针锋相对，逼到死角，拼命取笑，他会比谁都高兴；但要是被他婆婆妈妈的说教所慑服，被他自相矛盾、含混不清的陈述所震慑，可以说从黎明到黄昏就期盼着这些，那你就会像我这么多年以来一样，在他面前一点儿也无法觉得轻松自如。直到我改变路线，对他多多少少不正经起来才好些。我得承认，尽管他挺古怪，我还是非常喜欢他，因为他是个天才，而天才总是能博得人们的同情。[①]

威廉终其一生都在奉行这个策略。他对待皮尔士的方式正如爱默生对待其他人的著作：实际上是为了见解和刺激才去蜻蜓点水一番，也并不试图完全理解。再者，皮尔士涉及数学和哲学的大量著作，都超过了詹姆斯的理解力。这样的君子之交让皮尔士很是恼火，他完全无法理解詹姆斯谈论他人思想的这种习惯，但这种习惯在詹姆斯身上恰如其分。

1861 年 9 月威廉·詹姆斯到剑桥之前，温德尔·霍姆斯就已经奔赴沙场了。但霍姆斯在李斯堡之役中负伤，很快就回来养伤了，1862 年秋天也有几个月在波士顿，养他在安提塔姆之役中负的伤。这时候他跟詹姆斯颇有些共同好友——尤其是约翰·罗普斯，他弟弟亨利在霍姆斯那一团，在葛底斯堡之役中捐躯了——我们也几乎可以肯定他们碰过头，因为霍姆斯这年 12 月返回前线后在一封家书中写道：“今天下午我也给詹姆斯写了封信（可能不会寄出）。”[②]他们的父亲也过从甚密。1863 年，老亨利被选为星期六俱乐部会员，在那里霍姆斯博士成了他最忠实的陪伴。

战后，威廉和温德尔成了要好的朋友。从巴西回来后，威廉对汤姆·

---

① William James to Henry James, December 12, 1875, *The Correspondence of William James*, vol. 1, 246.

② Oliver Wendell Holmes to Amelia Lee Jackson Holmes, December 12, 1866, *Touched with Fire: Civil War Letters and Diary of Oliver Wendell Holmes, Jr., 1861 - 1864*, ed. Mark DeWolfe Howe (Cambridge, Mass.: Harvard University Press, 1946), 75.

沃德写道："在这里我唯一全身心关注的家伙就是霍姆斯，总体来说这是个一等一的人物，也因为磨难而得到了锤炼。也许他有点儿过于理智了，但他看问题那么轻松、那么清楚，谈起话来也那么令人钦佩，跟他在一起真是一种享受。"[1]在詹姆斯 1867 年前往德国之前，他跟霍姆斯每周六晚上 8 点半都会聚在一起，谈论哲学。

霍姆斯对任何话题都能信手拈来，也因此而著称——这是他从父亲那里继承到的天赋；詹姆斯在他身上发现了皮尔士所没有的清晰透彻和风趣。他也发现霍姆斯对交际驾轻就熟，很可能对此还有点儿妒忌。霍姆斯是战争英雄，是专业人士，是对自己吸引女性的能力充满自信的男人。除了读书，霍姆斯唯一的喜好就是打情骂俏了，还不是逢场作戏，而是非常认真。詹姆斯并不是制造浪漫的行家里手，还有个很不走运的习惯，就是他看中的总是别的男人所相中的对象。他爱慕克洛弗·胡珀（亨利曾说她是"女中伏尔泰"[2]），但结果她嫁给了亨利·亚当斯。他对克洛弗的姐姐埃伦也充满了爱慕之情，但她嫁给了伊弗雷姆·格尼，一位哈佛的历史学家，后来还担任过哈佛学院的第一任本科生院院长。他甚至还迷恋过霍姆斯长年的女友范尼·鲍迪奇·迪克斯维尔（本杰明·皮尔士以前的数学老师纳撒尼尔·鲍迪奇的外孙女），弄得自己身心俱疲。1866 年春天，威廉对维尔基写道："最近我结识了剑桥迪克斯维尔家的大女儿，宛若天成。温德尔·霍姆斯那个流氓把她雪藏在剑桥整整八年，但我希望现在我也能亲聆玉音，亲睹芳容。如果说有人算得上是天仙，那就是她了。"[3]

詹姆斯希望自己现在起能亲聆玉音，是因为 1866 年霍姆斯刚好要去

① William James to Thomas Wren Ward, March 27, 1866, *The Correspondence of William James*, vol. 4, 137 – 8.

② Henry James to Grace Norton, September 20, 1880, *Letters*, vol. 2, 307.

③ William James to Garth Wilkinson James, March 21, 1866, The Correspondence of William James, vol. 4, 135.

欧洲度过夏天。大门也许是敞开了，但詹姆斯却不得其人。并不是因为缺乏尝试。霍姆斯的妈妈不得不专门为此提醒儿子，不过在字里行间可以感觉到，她并不觉得威廉·詹姆斯会对霍姆斯家未来的幸福构成多大的威胁。她对（正在英国大肆调情的）温德尔写道，范尼·迪克斯维尔正"静悄悄地生活在剑桥，除了时不时会有威廉·詹姆斯登门造访：从早上9点开始的任何时候他都可能会出现在她那里——我跟她说，你们这你来我去眉目传情进行得怎么样了——她说，他就是特别想了解自己的朋友"。[①] 詹姆斯的造访持续了好些年。1872年，她跟霍姆斯结婚了。也是在这一年，霍姆斯、詹姆斯和皮尔士，还有一些朋友一起成立了他们的俱乐部。

2

这个群体的中心人物既不是詹姆斯或霍姆斯，也不是皮尔士，而是昌西·赖特。这个人几乎就是以聊天为生的。赖特是个计算员，来自北安普敦，他们家从17世纪开始就住在那里了。来到剑桥后，赖特在哈佛学院成了本杰明·皮尔士的学生。1852年毕业后，他去了《美国星历与航海年历》工作，这是联邦政府资助的出版物，皮尔士是年历的天文学顾问，皮尔士的连襟查尔斯·戴维斯则是年历主管。赖特的工作是制作星历——将太阳、月亮、行星和主要给定恒星在未来的位置绘制成表格，用于航海。这是份全职工作，但他把全年的工作量压缩到了三个月，部分是靠发明新的计算方法（他是个数学天才），部分是靠几乎连轴转地工作（辅以不断输入尼古丁）。剩下的九个月他都在找人聊天。

还在哈佛的时候赖特就养成了一个习惯。他会出现在朋友的房间

① Amelia Lee Jackson Holmes to Oliver Wendell Holmes, July 3, 1866, *Oliver Wendell Holmes Papers*, Harvard Law School Library.

里，安安静静地坐在那儿，有时候一坐就是好几个小时，什么事儿也不干，就等着有人来问点啥；然后他就会打开话匣子，而且一旦打开，就很难再让他停下来。有一段时间他几乎天天往查尔斯·艾略特·诺顿家里跑，成了常客。诺顿曾这样说道："他说话的时间可比普通人能说的时间要长得多。"①赖特身形高大，沉着冷静，从懒散的角度看也很温和、淡定，也是个平易近人的谦谦君子。他十分擅长吸收别人的思想。人们看到他总是这样子读书的：扫一眼目录，随意翻阅一两页正文，很少有人见到他对哪本书读得更多，但他总好像对哲学、数学和科学领域的最新著作了如指掌。什么事情他都能说得头头是道。他曾给一位年轻女子写过一封信，洋洋千言，就为了解释太妃糖被拉扯时为什么会变白。

赖特没有结婚。1861年之后他寄宿在玛丽·沃克家，她是从北卡罗来纳州逃过来的奴隶，战争期间赖特曾帮忙找到她的孩子并带到北方。他公开发表的作品几乎全都是给《国家》和《北美评论》撰写的书评——干巴巴的全是干货，他的朋友们都觉得这些文字不能表现他的思想于万一。但他在文学或科学上也没什么抱负，在本地当一个苏格拉底就已经很满意了。他患有抑郁症，还嗜酒如命。似乎他受到的热情款待部分是因为他能说会道的天赋（他还发明了纸牌绝技，制造了精巧的力学玩具，还能玩杂耍），部分是因为大家都很关心他的福祉。他是那种闲不住的闲人。

赖特以苏格拉底为榜样，但跟苏格拉底不一样，他有自己的信条。他是个实证主义者，在跟所有人的对谈中他都在处处回护实证主义的观点。19世纪的实证主义运动主要跟一些法国思想家有关——圣西门、奥古斯特·孔德、夏尔·傅立叶、约瑟夫·普鲁东——但赖特对法国人嗤之以鼻，因为他认为法国文化盲目迷信思想，而实证主义在他看来是典型的盎

① Charles Eliot Norton to James Bradley Thayer, in *Thayer*, *Letters of Chauncey Wright*, *with Some Account of His Life* (Cambridge, Mass.: privately printed by John Wilson, 1878), 90.

格鲁-撒克逊哲学。他的楷模是英国人：弗朗西斯·培根和约翰·斯图尔特·穆勒。

赖特所理解的实证主义，本质上是事实与价值的绝对区分。事实属于科学的领域，而价值属于形而上学的领域（他说到"形而上学"这个词的时候，总是有点儿不以为然）。赖特认为，形而上学的推测——关于生命的起源、终结和意义的想法——对人类来说自然而然。他并没有不假思索就对这些思想横加指责。他只不过觉得，这些思想决不能与科学混淆，因为科学教给我们的是现象世界——我们看得见、摸得着的这个世界——全然以变动不居为特征，而我们关于现象世界的知识，也完全以不确定性为特征。

他最喜欢拿天气来举例子。人们都相信驱动天气的完全是物理原因，但没有人能确切地预测天气。他最早有一篇文章叫做《风与天气》，发表于1858年，在这篇文章中他坚持认为："跟行星的细微扰动不同，天气对平均值的偏离最肆无忌惮，并因其最不合常理、最变幻莫测而令人难以捉摸。"①关于天气我们接受了这样的说法——天气现象完全是循理而行，相当普遍，但是其复杂性大大超过了我们的理解能力；但我们仍随随便便就敢断言人类的不幸和未来社会发展的原因，尽管这些事情的决定性因素恐怕比天气还复杂了不知道多少倍。如果说这种矛盾激发了昌西·赖特也许有点儿过分——他可不是个爱激动的人——但这种矛盾吸引了他的注意，他一生中的大量时间都致力于纠正这个问题。

赖特认为，并不是所有事件都不是完全由物理原因决定的。只不过关于这些物理原因的精确认识，以及这些原因是如何起作用的，目前的科学水平还无力企及——而且要考虑到就连最简单的事件（例如抛硬币），其结果都关系到众多因素，每种因素又都有自己的发生概率，因此很可能

① [Chauncey Wright], "The Winds and the Weather", *Atlantic Monthly*, 1 (1858): 273.

相关知识也无从得知。因此他认为,像巴克尔这样的历史学家的"科学"主张,只能沦为迷信。对历史的统计解释与其声称要取代的用天意来解释并没有什么不同。有个巴克尔的美国追随者写了本书,他在给这本书的书评中写道:"关注点几乎是一样的,无论教训是跟神圣天意有关,还是跟不可预知也无法抗拒的命运的力量有关。"①

关于天气的变幻莫测,赖特有一套理论。他认为,这就是有机变化发生的原因。他说,植物和较低等的动物本身并没有自我发展的能力,因此需要外部作用力的刺激,而这种刺激有破坏性作用。他认为,天气的变化无常,或许就能起到这种作用。

> 生命会经历磨难,成长的变化也会受到这些显而易见的磨难的影响。新的方向每前进一步,也就意味着旧的生长模式要倒退一步。垂老的树叶和树枝必须掉落,树木必须经历霜冻或干旱,种子必须枯萎、腐烂,树叶的行动必须每晚翻转,藤蔓和树枝必须在风中摇动,这样新的生命形式的能量和原料才可能源头活水,应有尽有。

甚至也有可能,我们在植物和别的简单生命中观察到的需归因于天气的变化,同样也能解释多年以前所有生命形式的演化。这是因为

> 生命形式分门别类地呈现在博物学家面前,并不是尽管不完整但还算有规律地发展出来的结构,而是残存、破损的碎片形式。我们也许会认为……组成这些零碎系统的生命形式,是在强烈的风暴中、在受到控制的混乱中,结合了最强大、最多样的有机生命形式想要充分发展就必须具备的所有外部条件创造出来的;随着风暴减弱为更

① [Chauncey Wright], "John W. Draper's Thoughts on the Future Civil Policy of America", *North American Review*, 101 (1865): 597.

加简单但没那么友好的多样性——减弱为日晒雨淋——整个门纲目科属种的体系也都随之崩塌了，不再是可能生命形式的等级结构。天气，从高高在上一落千丈，不再有能力发展，更不能创造新的生命形式，仅能维持那些留待照料的。①

这种说法跟达尔文的十分接近，因此当一年后《物种起源》面世时，赖特欣喜若狂的反应也就不足为奇了。人们看到他从头到尾而且还不止一遍地通读了这本书，没有几本书能有这待遇。达尔文成了他的偶像。《物种起源》出现时赖特还在阿加西家的女子学校授课，于是目睹了阿加西对这本书的反应。到年底他辞职了，之后对阿加西一直抱有异常强烈的反感情绪。赖特对一位朋友写道，阿加西的"创造论"只是"用伪装成知识和敬畏的词句掩盖了无知。在没有必要的情况下承认奇迹，似乎只是新教改革中幸存下来的超常工作之一"。② 1866年，赖特去听了阿加西关于巴西之旅大发现的讲座之后就对诺顿抱怨道，阿加西只是"翻来覆去地讲……他在所有科学集会上都会说的那番话，反正我是回回听见；而且他讲得唾沫横飞，就好像这个世界还没听腻一样……这是公开演讲积习难改的例子——曾经出现在他脑中的一个出色的想法，从那时候起就一直是启发他灵感的鲜活奇迹"。③

赖特并不认为自己是进化论者。在他看来，某种意义上这个术语标志着这个世界在变得"越来越好"的信念。他只认可自然选择学说，认为这种理论跟他把生命视为天气的看法完美契合。在写给查尔斯·诺顿的妹妹格蕾丝的一封信中，他解释道："耶稣对法利赛人尼哥底母的教诲中

① Wright, "The Winds and the Weather", 278 – 9.

② Chauncey Wright to Susan Lesley, February 12, 1860, *Letters of Chauncey Wright*, 43.

③ Chauncey Wright to Charles Eliot Norton, August 10, 1866, *Charles Eliot Norton Papers*, Houghton Library, Harvard University, bMS Am 1088 (8280).（昌西·赖特的信中删掉了阿加西的名字。）

就有自然选择学说的原理。”[①]这个典故现在可能有点儿太晦涩了。耶稣跟尼哥底母谈话是在《约翰福音》中，赖特提到的耶稣的话是这样的：“风随着意思吹，你听见风的响声，却不晓得从哪里来，往哪里去。凡从圣灵生的，也是如此。”一言以蔽之，赖特是 19 世纪真正像达尔文那样思考问题的达尔文派，是不会将进化中的变化跟进步联系起来的进化论者；这样的人屈指可数。1847 年，达尔文在他手中那本《造物的自然历史遗迹》的空白处潦草写道：“绝对不要把这个字眼用得太高了，也不要太低。”[②]事实证明，即使对达尔文本人来说，也几乎不可能毫厘不爽地遵从上述建议。但要是说真有人领会到其中精髓的话，那就非昌西·赖特莫属了。

赖特非常讨厌进化论者赫伯特·斯宾塞，在他看来，斯宾塞的著作明目张胆地违背了科学与形而上学应该分得清清楚楚的原则。他宣称：“斯宾塞先生不是实证主义者。”[③]斯宾塞的错误在于，将科学概念当做自然现实，然而科学概念本应只是追本溯源的工具而已。例如，自然选择学说假设自然现象的序列中存在连续性（进化不是突飞猛进式的）。但“连续性”只是我们附在大量经验观测上的一种表达方式而已，并不是自然界真的就有这种性质。斯宾塞没能理解这一点，因此他将宇宙现实归因于概念性的推断——只是文字。“进化”这个词在他手里，跟“创造”这个词在阿加西手里是一样的：他竖起了一尊圣像。

赖特说：“在斯宾塞先生的哲学中，整个宇宙都有明白易懂的秩序，有始有终的关系——发展。”[④]但宇宙只是天气。

---

① Chauncey Wright to Grace Norton, June 6, 1871, *Letters of Chauncey Wright*, 226.

② *Charles Darwin's Marginalia*, ed. Mario A. di Gregorio (New York: Garland, 1990–), vol. 1, 164.

③ [Chauncey Wright], "The Philosophy of Herbert Spencer", *North American Review*, 100 (1865): 436.

④ [Chauncey Wright], "Spencer's Biology," *Nation*, 2 (1866): 725.

头脑中产生的一切都只是一种产物，是某些过程的结果。万事万物都会变化，概莫能外。世界会形成，也会消散。有机生命的族类会像组成这个族类的个体成员一样，成长，然后消失。除了一切都会变化这条不变的铁律之外，再也没有任何事物会表现出原始的、不变的本质的一丝痕迹。这些变化在时间中没有起点也没有终点，在空间中也没有任何界限。物理研究结论中那些截然相反的迹象，都可以轻而易举地追溯到我们目前对所有变化规律的认知中的缺陷，以及在关于宇宙的问题中大胆臆测的倾向；即便在科学领域，这样的臆测也风行一时。[①]

在给朋友的一封信中，他这样写道："宇宙中任何地方都没有显现出真正的命运或必要性——只有现象表现出的规律。"[②]

赖特尤其反对斯宾塞采用拉普拉斯的星云假说，在赖特看来，这就是进化论被玩坏了的典型例子：这一假说描述了从低级到高级、从混沌到系统化的发展。赖特认为，太阳系有可能是从太阳星云演变而来，但如果真是这样，有什么能阻止这个系统又演变回一团气体呢？他提出："太阳系形成的过程并不像古人所推想的那样很典型，而是跟地球表面展现出的那些明显的偶然现象和定律的糜烂混合一样。"而且所有的自然运动最终都会产生反动——太阳终究会驱散云雨——因此没有理由认为，现在的太阳系就是一切事物的最终状态。实际上，从我们在大自然中观察到的一切都可以判断，有充分理由假定太阳系总有一天会转而朝着更加混沌（或更加同质）的方向发展，而不是继续向着更加有序（或更加异质）的方向演变。为了解释为什么这个过程真有可能出现，赖特祭出了他的标

① Wright, "The Philosophy of Herbert Spencer", 454 - 5.

② Chauncey Wright to Francis Ellingwood Abbot, August 13, 1867, Letters of Chauncey Wright, 111.

志性用语：

> 在星际空间中，我们或许可以称其为宇宙天气，对此我们还所知甚少。对于普通的宇宙效应，对热量和引力截然相反的表现，宇宙中巨大的分散与集中的原理，眼下我们只能做出一些模糊的臆测；但是，这两种原则是世界体系的形成和毁坏中，浩大的"反者道之动"的动因，总是在永无止境的循环中，在无穷无尽的时间中起作用，对我们来说，似乎是目前为止我们对这一问题能形成的最合理的推测。[①]

对赖特的朋友们来说，"宇宙天气"这个词，总括了他的思想。

既然赖特认为形而上学的臆测站不住脚，那为什么他又提出人们应该面对道德和宗教问题呢？对公共事务，他满足于标准的实用功利原则——能为最多数人谋得最大量福祉的就是好的——但在私人事务方面，他的无差别原则就得到了体现。在给他的朋友哲学家弗朗西斯·埃林伍德·阿博特的一封信中，他写道："对我们完全一无所知的任何事情，我们既不应确认也不应否认。"[②]不过，尽管对于神灵是否存在的问题他自称中立，（他告诉阿博特："无神论的推测跟有神论一样毫无根据，实际上也只会因为不良动机而产生。"[③]）却反对有组织的宗教，因为他认为这是利用对字眼的盲目崇拜来实施压迫。他对诺顿写道，"宗教"和"虔诚"，是"很好的字眼，但正是借着这样的名义，最柔和的暴政形式之一得以凌

① [Chauncey Wright], "A Physical Theory of the Universe", *North American Review*, 99 (1864): 8 - 9, 10.

② Chauncey Wright to Francis Ellingwood Abbot, August 13, 1867, *Letters of Chauncey Wright*, 109.

③ Chauncey Wright to Francis Ellingwood Abbot, October 28, 1867, *Letters of Chauncey Wright*, 133.

驾于思想自由之上”。[1] 赖特相信，在现代世界中，科学概念最终会被正确理解为追本溯源的工具，而不是结果。他告诉诺顿(当时诺顿正在意大利旅行，这桩危机四伏的休闲活动令赖特不得不多次提醒他注意意大利害人不浅的迷信史)：“‘固定的想法’曾经一统天下，如今却屈从于重要目标或人物的手段。对这样的想法仍然有需求，但只是出于纪律需要，不是被当做主人来崇拜。”[2]

赖特认为，宗教信仰无可置喙。如果信仰能满足情感需求，那就没什么好说的，除了任何人都无权将自己的信仰强加于人。道德就是另一回事了。宗教是私人的、无条件的，但道德是社会的，是约定俗成的。道德不需要哲学基础，也可以强加于人，因为道德代表的是特定社会已经找到理由要强制推行的准则。然而哲学家还在不断设计抽象的道德体系。在赖特看来，既然所有这些体系都只是推测，只是把形而上学的字眼奉为圭臬，那我们如何才能证明我们的道德选择是正当的呢?

赖特认为这完全不成问题。在写给阿博特的一封信中，他阐明了自己的看法。他解释道：“我一直认为，道德和宗教真正的重要地位可以在常识的‘低级’基础上——人们通常都能各自理解并相信道德和宗教的哲学理论——得以维持。”哲学家喜欢从他们对手的理论中推断出耸人听闻的实际后果；但在日常生活中，人们的哲学信念与他们实际的行为方式并无太大关系。

> 人们对影响自身福祉的事情会做出的结论，比他们能合理证明的要好得多——他们本能地受到敬畏的引导，被笃定地导向已知最

① Chauncey Wright to Charles Eliot Norton, August 18, 1867, *Letters of Chauncey Wright*, 118.

② Chauncey Wright to Charles Eliot Norton, March 21, 1870, *Letters of Chauncey Wright*, 170.

可靠的权威，这样一来理论就变得微不足道了……因此在我看来，将人类任何真正的忧虑押在这种那种哲学理论的真实性上面，就是以最高级别的傲慢和荒谬，如同来自对某个令人困惑的哲学问题的回避——理所当然地认为，在理论上很成问题的事情在实际中非常重要；理所当然地认为，比如说，我们的职责会有所不同，或根据未来生活中我们的信念是基础稳固还是摇摇欲坠，我们的职责会或多或少地绑缚在我们身上。①

1867年赖特写下了这段文字，两年前，他有个兄弟死于在冷港之役中受的伤。如果说战争带来了什么教训，那就是信仰是有代价的；从这个意义上说，赖特的整个立场就是否定。能将常识与哲学区分开，或是将实践与理论区分开，或是将我们所谓的事实与价值观区分开的清晰界限究竟在哪里？信念在实践中的影响，也许对个别案例来说是不可能预测的（这同样也是战争带来的教训），但正如研究天气的人都应该知道的那样，难以预料并不意味着就无关紧要。赖特的实证主义可以简化为一条格言："对无法肯定的事情，我们什么也不能确认。"

赖特在写给阿博特的信中也许要说的是，人们最好依赖他们同情的本能和常识，而不要试图听命于一个抽象系统。但这样听起来会有点儿像从第一原则出发构建道德规范，而赖特早就认为这会徒劳无功，因而排除了这种做法。他凭借了不起的科学权威，把自己逼进了道德的死胡同。哲学和科学的确定性未能成功阻止——某些情况下甚至是煽动了——为期四年的互相毁灭；对于战后的一些青年知识分子来说，赖特的思想代表了对这种确定性的成熟的指摘。在他们看来，他们面临的挑战是设计一种行事理论，在充满不确定性的宇宙中，在赖特描述过的那种宇宙中，也

① Chauncey Wright to Francis Ellingwood Abbot, July 9, 1867, *Letters of Chauncey Wright*, 100, 101 - 2.

能有意义。但对赖特自己来说,无法想象会有这样的理论。他的虚无主义相当彻底。

3

在发表于《大西洋月刊》之前,赖特曾对一小群男性朋友朗读过他的《风与天气》。这群人自称"七贤(Septem)",1856 年开始就聚在一起,七位成员中有两位是赖特在北安普敦的老朋友,也是他在哈佛的同学——詹姆斯·布莱德利·塞耶,后来成了哈佛法学院教授;以及伊弗雷姆·格尼,那位后来成了哈佛本科生院院长的历史学家——还有波士顿一位名叫乔治·沙特克的律师。他们通常在赖特的房间里聚会,谈论的话题也并非纯然只是哲学。塞耶是他们中的书记员,有一次聚会后没几分钟他记录道,他只记得有人提出动议,要把这个团体的名称改成"威士忌潘趣酒俱乐部"。

1859 年,沙特克和塞耶先后有了家室,这个团体也就解散了。1863 年,赖特感到抑郁,开始酗酒。他的脚也不知怎么给弄伤了,伤好得很慢:他越是狂饮,脚就越是好不了。格尼和查尔斯·艾略特·诺顿以陪他聊天为己任,试图让他重新振作起来;诺顿也开始频繁向他为《北美评论》约稿,他从 1864 年起就接任了这份杂志的编辑。1865 年,格尼终于让"七贤"重现光芒(有几个新成员),赖特的学派回来了。

建立学派的冲动植根在赖特的本性中。他的学派就是家庭的替代品。有时候他的学派真的就是别人的家庭,比如诺顿家的情形就是这样。有时候他的学派是以辅导课的面目出现的,比如跟哲学家弗朗西斯·阿博特的情形,赖特给他写过多封长信,耐心纠正他哲学上的错误。(阿博特住在新罕布什尔州,在那里担任神体一位论教派的牧师。但后来他被自己的教众赶走了,因为他宣扬耶稣的权威并不比他自己理性的权威更高；即使对神体一位论者来说，这种信条也太不超自然了。）还有的时候他的学派是个真正的俱乐部，通常由未婚的年轻人组成。

1868年格尼跟埃伦·胡珀结了婚，诺顿一家搬去国外住了四年，赖特又一次精神崩溃，又开始酗酒。这一次持续了将近两年，也使他不得不放弃了年历的工作。这一次，又是他的朋友们苦口婆心帮他走出来，并成立了新的俱乐部。俱乐部完全由他自己和两个追随者组成，即年轻的哈佛教授埃尔德里奇·卡特勒，以及查尔斯·索尔特；后者以前也是一位神体一位论教派的牧师，因为对神学有疑问而辞职不干，转而学习法律。（这个俱乐部十分短命：卡特勒和索尔特都在1870年意外身故。）赖特从来都没有从第二次崩溃中完全恢复，但好歹重新上路了。

赖特召集的私人哲学团体能让他从孤独中解脱出来，没有这些集会的话，他似乎注定只能忍受孤独。只有从这个意义上来说，他召集团体的习惯算是独特的。因为在现代大学出现之前的美国，私人的哲学和文学社团是人们完成智力活动的场所之一。有些团体比别的团体更强调社交属性。星期六俱乐部是个晚餐俱乐部：在一家餐馆集会，其成员似乎不用特别准备正式演讲。但在现代学术意义上的学科还不存在的世界中，这个俱乐部显然扮演了知识交流媒介的角色。星期六俱乐部就是爱默生、霍桑跟阿加西、本杰明·皮尔士高谈阔论的地方。

1868年，一个青年版的星期六俱乐部——名字就叫做“俱乐部”——在波士顿成立了。这个俱乐部会在每个月的第二个周二共进晚餐，成员包括律师温德尔·霍姆斯、约翰·罗普斯、约翰·格雷、穆尔菲尔德·斯托里和阿瑟·塞奇威克；文学爱好者威廉·迪安·豪厄尔斯、托马斯·萨金特·佩里和亨利·詹姆斯；斯宾塞学派自由职业哲学家约翰·菲斯克；银行家兼音乐学家亨利·李·希金森；历史学家亨利·亚当斯；以及职业挑战家威廉·詹姆斯。跟老年版一样，青年版俱乐部偏向社交，但交谈的内容是知识性的。希金森后来回忆道：“听到威廉·詹姆斯和温德尔·霍姆斯……拌嘴，或至少因为什么思想或表达而脸红脖子粗，总是有意思得很。”[①]因此，皮尔士记忆中的形而上学俱乐部，只是剑桥知识分子聚会的众多场所之一，其成员早就在别的集会中彼此熟识了，而且他们全都认识昌西・赖特。

霍姆斯可能并未经常参加形而上学俱乐部的讨论。1872 年的霍姆斯诸事缠身。他在波士顿实习（一开始在一家律所，该律所的合伙人包括赖特的老“七贤”中的詹姆斯・塞耶和乔治・沙特克；但后来霍姆斯离开了这家律所，去了他弟弟内德[②]那里跟他一块儿实习。）；在哈佛讲课；空闲时间还花在他第一部重要的法律著作上，即编辑肯特的《美国法释义》新版，这是一部标准的法律参考书。霍姆斯对这项任务极为投入。他总是把手稿装在绿色袋子里随身携带。这个袋子每天晚上都放在他卧室门外，在家里做消防演习的时候，他每次都要首先确保这个袋子已被转移。去詹姆斯家吃晚饭时，他就连去洗手的时候都要带着这个袋子，弄得大家忍俊不禁。这年 6 月，霍姆斯被指派为《美国法律评论》杂志的唯一编辑，这份杂志由他的朋友约翰・罗普斯和约翰・格雷共同创办于 1866 年。（自 1870 年起他就是这份杂志的共同编辑，当时还有一位编辑是阿瑟・塞奇威克，马萨诸塞州二十团的老战友，也是法学院同学。）也是在这个月，他跟范尼・迪克斯维尔结婚了，新婚妻子却很快患上了风湿热，这种疾病非常危险。她病倒了好几个月，到 10 月份，她都还是没法下楼（霍姆斯夫妇跟温德尔的父母住在一起）。

霍姆斯从来都不会上赶着承认别人对他的观点有何影响，但也从未羞于承认赖特对他影响颇深。他对赖特的实证主义颇为认同：跟他自己

---

① Bliss Perry, *Life and Letters of Henry Lee Higginson* (Boston: Houghton Mifflin, 1920), 402.

② 温德尔・霍姆斯兄妹三人，有一个弟弟名叫爱德华・杰克逊・霍姆斯，生于 1846 年，1867 年自哈佛学院毕业，也是律师，但于 1884 年就英年早逝。内德是爱德华的爱称。——译者

的醒悟完美契合。价值观只是个附带现象——在所有关于原则和理想的讨论之下，人们所做的跟阿米巴原虫所做的没什么两样，只不过更花哨罢了——这样的想法很让他满意。因此他也同意赖特认为哲学和逻辑跟人们做出的实际选择关系不大的观点。他当然认为这在法律中是成立的。1870 年在他第一篇法律评论文章的开头，他写道："普通法的长处在于，先裁定案例，之后才决定原则。"[①]两年后，形而上学俱乐部出现了。作为法学哲学家，他职业生涯的大半时间都在解释，为什么法官在推理之前就下结论这一事实，并不意味着法律决策是武断的。

霍姆斯后来不再支持朋友威廉·詹姆斯的观点，他认为他的观点给人太大期望，也太以人类为中心。他对皮尔士始终没有多大兴趣，在他看来，皮尔士的天资被"高估"[②]了。但他一直对赖特尊崇有加，他喜欢称自己的哲学为"可以一搏的功利主义(bettabilitarianism)"，多年以后他还声称，是赖特启发了自己的哲学。1929 年，年已八旬的霍姆斯对弗雷德里克·波洛克写道："昌西·赖特，一位几乎已被遗忘的真正有价值的哲学家，在我年轻的时候教会我，关于宇宙我不能说有什么是必要的，我们并不知道有没有什么是必要的。因此我将自己描述为可以一搏的功利主义派。我相信，我们可以指望宇宙在跟我们的契约中的行为。我敢说我们会知道这究竟是什么。这给自由意志留下了漏洞——在超自然的意义上——新的作用力原子的诞生，尽管我对这个一点儿都不相信。"[③]

---

① Oliver Wendell Holmes, "Codes, and the Arrangement of the Law" (1870), *The Collected Works of Justice Holmes: Complete Public Writings and Selected Judicial Opinions of Oliver Wendell Holmes*, ed. Sheldon M. Novick (Chicago: University of Chicago Press, 1995 -), vol. 1, 212.

② Oliver Wendell Holmes to Harold J. Laski, November 29, 1923, *Holmes-Laski Letters: The Correspondence of Mr. Justice Holmes and Harold J. Laski, 1916 - 1935*, ed. Mark DeWolfe Howe (Cambridge, Mass.: Harvard University Press, 1953), 1: 565.

③ Oliver Wendell Holmes to Frederick Pollock, August 30, 1929, *Holmes-Pollock Letters: The Correspondence of Mr. Justice Holmes and Sir Frederick Pollock, 1874 - 1932*, ed. Mark DeWolfe Howe (Cambridge, Mass.: Harvard University Press, 1941), vol. 2, 252.

尽管霍姆斯并不喜欢，威廉·詹姆斯也同样是个自成一派的“可以一搏的功利主义派”。但他坚信自由意志——说到底，如果我们不能自由选择赌注，那放手一搏还有什么意义呢？他很讨厌赖特将世界归结为纯粹现象的做法——在他看来，赖特把宇宙变成了“无宙(Nulliverse)”①——而且他也认为，赖特坚持要在事实与价值之间划出的界限是无中生有。詹姆斯觉得，赖特决定将科学和形而上学分开，本身就是个形而上学的选择——赖特拒绝谈论价值，正是赖特自身价值观的体现。赖特之所以是个实证主义者，是因为实证主义适合他的性格：他对待这个世界的态度是道德中立——在詹姆斯看来，这就是为什么所有信念不管怎么说都是或不是“科学的”原因。

早在1872年之前很久，赖特就是詹姆斯家在剑桥的常客。无论如何，威廉·詹姆斯并不需要就信念的本质得出他自己的结论。通过在他自己——他通常最喜欢的人类对象——身上做实验，他已经达到了这个目标。1860年代末那几年他住在德国的时候，在巴克尔著作的激发下，他不由自主地陷入了对自由意志和决定论墙头草一样的狂热当中。跟往常一样，他认为这两方面都有可取之处。1869年回到剑桥后不久，他就给汤姆·沃德写信道：“我沉浸在一种经验主义哲学中——我觉得我们从头到尾都属于自然，我们完全受环境影响，若非作为物理定律的结果，我们的意志不会有丝毫波动，尽管我们跟理性也十分融洽。……并不是说我们都是自然的但有几处是理性的，而是说我们整个都是自然的，也整个都是理性的。”②

1869年6月，从哈佛拿到医学博士学位后，詹姆斯病倒了。他逐渐

① William James, “Against Nihilism” (1873 – 75), *Manuscript Essays and Notes*, *The Works of William James*, ed. Frederick H. Burkhardt (Cambridge, Mass.: Harvard University Press, 1975 – 88), 150.

② William James to Thomas Wren Ward, March 1869, *The Correspondence of William James*, vol. 4, 370 – 1.

陷入深深的抑郁，背痛、眼疾还有好多别的病痛也令他雪上加霜。1869年至1870年的冬天，他的日记里满是痛苦和自我厌弃的记录。春天他读到了法国哲学家查理·勒努维耶三卷本著作《一般性批评随笔》出版于1859年的第二卷，醍醐灌顶。

勒努维耶是个法国清教徒，家里人都对自由主义政治很热衷。但1848年第二帝国崛起之后，他就退出了政治生活，投身于为自由做哲学辩护。勒努维耶的论点是，"必然性学说"前后矛盾，因为如果所有的信念都是被决定的，我们就无法知道相信所有信念都是被决定的这样一个信念是否正确，也无从解释为什么有的人相信决定论，而有的人不信。勒努维耶认为，唯一不会自相矛盾的立场是，相信我们可以想信什么就信什么，因此也就可以相信自由意志。即便如此，我们也无法绝对肯定这种信念的真实性，也无法绝对肯定别的任何事情。他在随笔集第二卷中写道："确定性不是绝对的，也不能是绝对的，而是……人类的环境和行为。……应该说不存在确定性，只有认为自己很确定的人。"[1]

这实际上就是没有虚无主义的赖特，对詹姆斯来说也非常有吸引力。在1870年4月30日的日记中，他写道：

> 我觉得昨天对我这辈子都很关键。我读完了勒努维耶随笔集第二卷的第一部分，看不出来有任何理由，他对自由意志的定义——在可以有其他想法的时候，坚持去想因为我就是这么选择的——非得是对一种假象的定义。无论如何，现在我会假设——一直到明年——这都不是假象。我出于自由意志的第一个动作就应当是相信自由意志——到目前为止，当我想采取自主行动的时候，比如敢于贸然行事，不对外部世界考虑良久再决定一切行止，这种时候自杀似乎

① Charles Renouvier, *Essais de critique générale: deuxième essai: l'homme* (Paris: La-drange, 1859), 390.

是我敢于投入的最男子气概的事情；现在我会和我的意志更进一步，不仅根据意志采取行动，而且还相信意志；相信我作为个体的真实性，相信我的创造力。①

尽管其中的坚定听起来悍勇无匹，詹姆斯还是没能摆脱消沉的情绪。他似乎因为心理压力造成的紊乱而成了废人——尤其是没法再用眼睛读写——这种状态又持续了十八个月，余生中他也一直受到抑郁症、眼疾和失眠的长期折磨。亨利提到的1872年1月成立形而上学俱乐部，是在写下关于勒努维耶的日记一年半以后，威廉又一次在朋友圈子里活跃起来的最早迹象之一②。

詹姆斯还是相信勒努维耶治好了自己，也向他表达了感谢。1872年秋天，他给勒努维耶写信道："我当然不能失去这个机会，告诉您当我读到您的随笔集时，在我心中激荡的钦佩和感激之情。多亏了您，我对自由才第一次有了可以理解的、合理的概念……可以说通过这种哲学，我开始经历道德生命的重生；我跟您保证，先生，这可不是个小事儿。"③勒努维耶教给了詹姆斯两件事：首先，哲学不是通往确定性的路径，而只是应对问题的方法；其次，使信念成真的，不是逻辑，而是结果。对詹姆斯来说，这意味着在宇宙结构的演变中，人类是活跃的动因——人类有一张选票：每当我们选择一种信念并采取行动，我们就改变了世界的样子。

1875年，詹姆斯发表了一篇书评，对象是《看不见的宇宙》。该书作

① William James, Diary, April 30, 1870, *William James Papers*, Houghton Library, Harvard University, bMS Am 1092.9 (4550).

② "William James and the Case of the Epileptic Patient," *New York Review of Books*, 45 (December 17, 1998), 81 - 93; James William Anderson, " 'The Worst Kind of Melancholy': William James in 1869," *Harvard Library Bulletin*, 30 (1982): 369 - 86; and Howard M. Feinstein, *Becoming William James* (Ithaca, N. Y.: Cornell University Press, 1984), esp. 298 - 315.

③ William James to Charles Renouvier, November 2, 1872, *The Correspondence of William James*, vol. 4, 430.

者是两位苏格兰物理学家，彼得·格斯里·泰特(詹姆斯·克拉克·麦克斯韦的密友)，以及鲍尔弗·斯图尔特。该书声称要驳斥威廉·汤姆森对热力学第二定律的解读——认为宇宙命中注定，要因热量丧失殆尽而死寂的结论。泰特和斯图尔特指出，耗散在物质世界中的能量没有损失，而是被“看不见的”世界吸收了，19 世纪的科学家管这个世界叫“以太”——在人们的想象中，物质的基本单位——分子就在这种看不见的媒介中流转。泰特和斯图尔特认为，当物质世界耗尽之后，这个“看不见的”宇宙会留下来，充满了灵魂。跟克劳修斯和汤姆森的理论不一样的是，宇宙的熵保持不变。这是天堂的热力学证据。詹姆斯认为，这个理论异想天开，也很可能无法证明，但是——这也是他的主要观点——并不能因此说它不合理。他写道：“[这种论点]于有的人会产生实际差别(无论是在行为动机上还是在精神平和上)，对任何这样的人来说，都有责任实现这一目标。如果‘科学’顾虑让他裹足不前，无法实现，就证明他的思维能力已经被科学追求弄得病入膏肓，寸步难行了。”①

赖特把这篇文章理解为人身攻击，而且一反常态，极为生气。他称这篇评论“乳臭未干”，詹姆斯的行为(实际上)是恋母情结。他对格蕾丝·诺顿写道：“一个人保持稚气未脱的状态，在哲学方面比任何别的方面都要长久。[詹姆斯]对我据理力争的有些观点有反抗情绪……已经有一段时间了；在这个问题上，他自己也已经写了很多文章和笔记；而且一心一意要在公开发表的文章中表达他的敌意，可真是利令智昏。”②他匆匆赶往詹姆斯家，逮到“詹姆斯博士”(这是他对威廉的嘲弄之词，当时威廉在哈佛当导师)刚好回来，于是对詹姆斯的“信念的责任”学说发表了一通批评。两天后，赖特为着另一桩事情又回到昆西街。他迫使詹姆斯承认，他

① William James, “The Unseen Universe, by Peter Guthrie Tait and Balfour Stewart” (1875), *Essays, Comments, and Reviews, The Works of William James*, 293 - 4.

② Chauncey Wright to Grace Norton, July 18, 1875, Ralph Barton Perry, *The Thought and Character of William James* (Boston: Little, Brown, 1935), vol. 1, 530.

在文章中对"'科学'顾虑"大加挞伐时，脑子里想的就是赖特；还让他收回了"责任"这个词。但他没能成功消除詹姆斯的想法。后来詹姆斯将"信念的责任"改称为"主观方法"，再后来又改称为"相信的意愿"，到这个说法也饱受批评的时候，他又改为"相信的权利"。最后他选定的名字是"实用主义"。

查尔斯·皮尔士是在1857年另一个私下的学术性聚会上见到赖特的，那时候皮尔士十八岁，赖特二十七岁。这个聚会叫做莎士比亚俱乐部，主持人是查尔斯·拉塞尔·洛厄尔（那位南北战争英雄的父亲）的夫人。他俩很快就聚在一块儿，几乎每天碰头，好辩论哲学问题。皮尔士后来回忆道："在形而上学俱乐部开始之前，我们肯定针锋相对地辩论了得有小一千次，通常都是关于斯图尔特·穆勒的哲学的争吵，当然总是相当心平气和。"①

皮尔士和赖特都很喜欢数学和天文学，也都喜欢辩论，此外也还有很多共同点。比如他们都发明过牌技，还彼此交换；当然还有，赖特在查尔斯的父亲手下工作。皮尔士父子在豪兰遗产案中的证词在《国家》杂志上遭到抨击，赖特也写了文章来护卫。（至少为他们的数学做了辩护。他替本杰明·皮尔士解释道："即便他显得有些自大，也可能是因为他想在自己的陈述中郑重其事地弥补上所欠缺的令人信服的清晰。他将确定性归因于过程而非计算数据，是有点儿太过分了。"②这篇文章署的是化名。）跟詹姆斯不一样——跟剑桥的大部分人都不一样——赖特在数学和逻辑方面能跟上皮尔士的速度，皮尔士认为他算得上是脑力教练，是哲学训练专家。他后来写道，赖特是"我们的拳击大师，我们——尤其是我——经

① Charles S. Peirce, "Essays Toward the Interpretation of Our Thoughts" (1909), MS 620, *Charles S. Peirce Papers*.

② [Chauncey Wright], "Mathematics in Court," *Nation*, 5 (September 19, 1867): 238.

常都被他揍得鼻青脸肿”。[1]

他们的交锋涉及宇宙的本质。（在19世纪中叶的剑桥，人们似乎总是不惮于揣测宇宙。）赖特是拉普拉斯派，尽管不像拉普拉斯那么傲慢自大。他认为事情不是偶然发生的，只是因果关系通常都太复杂，我们的思想无法掌握。宇宙的未来走向，就跟天气的未来走向一样，很大程度上无法探明。他说到“不确定性”这个词的时候，意思是我们的不确定性——就好像拉普拉斯用“可能性”这个词的时候，他指的也不是事情本身，而是我们对事情的认识不够完全。

皮尔士则是麦克斯韦派。他认为物理定律并非绝对精确，他作为科学家的经历似乎也证实了这一点。科学定律有赖于这样的假设：相似的原因总是会导致相似的结果，但就好像麦克斯韦自己有一次说到的，这个假设是一个“形而上学的信条。……像我们这样的世界中，跟先例相同的事情绝对不会完全一致，哪件事都不会发生第二次。在这样的世界中，这种信条就派不上什么用场”。[2] 对现象无论怎么测量，所有努力都一再精确地展现出，事物永远不会停止变化。事物总是很容易就会（按照皮尔士后来的说法）从其定律所规定的路径上“突然转向”[3]，在皮尔士看来，这就打开了纯属偶然的可能性的大门。

皮尔士认为，达尔文对有机体的做法正是麦克斯韦对气体的做法：他“提出将统计方法应用到生物学中”[4]。1859年晚些时候《物种起源》出

---

① Peirce, “Pragmatism”, *Charles S. Peirce Papers*; reprinted in part in *Collected Papers of Charles Sanders Peirce*, vol. 5, sec. 12.

② James Clerk Maxwell, “Does the progress of Physical Science tend to give any advantage to the opinion of Necessity (or Determinism) over that of the Contingency of Events and the Freedom of the Will?” (1873), in Lewis Campbell and William Garnett, *The Life of James Clerk Maxwell*, rev. ed. (London: Macmillan, 1884), 363–4.

③ Charles S. Peirce, “The Architecture of Theories”, *Monist*, 1 (1891): 165.

④ Charles S. Peirce, “The Fixation of Belief” (1877), *Writings of Charles S. Peirce: A Chronological Edition*, Peirce Edition Project (Bloomington: Indiana University Press, 1982–), vol. 3, 244.

版时，皮尔士正在路易斯安那州的荒漠中为海岸调查局工作，但他跟赖特书信往还，讨论过这本书。这年夏天他回到剑桥时，发现赖特皈依了达尔文主义。他告诉赖特，如果通过偶然变异进行自然选择的理论是正确的，宇宙中的自动自发就会比赖特的机械观所允许的更多。根据皮尔士的说法，这个意见“令他印象颇深，困惑不已”。[①]

如果科学定律并非绝对精确，那就必须用一种新的方式去理解科学术语。像是“因”与“果”、“确定”与“偶然”、乃至“硬”和“软”这样的词，就不能理解为名称固定且毫不相关的实体或属性，而是必须理解为一条可能性曲线上的命名点，更像是猜测或预言，而不是结论，否则科学家就有将其概念具体化的风险——将不变的本质归因于不断变化的现象。皮尔士是最早认识到这个问题的所有后果的科学家，他深思熟虑之后得出的哲学——他的符号理论，以及他对所谓“关系逻辑”的详尽阐述——就专注于这个问题。问题可以归结为：在这个事物总是很容易就会“突然转向”的世界中，称某个陈述为“真”究竟是什么意思？对这个问题该如何回答，皮尔士从形而上学俱乐部的另一位成员那里得到了灵感，这就是尼古拉斯·圣约翰·格林。

格林跟赖特在北安普敦就是老相识了，还跟赖特一起备考哈佛，关系一直很亲密。他出身于一个政治家庭，父亲是詹姆斯·格林牧师，当过四任剑桥市长；母亲是新罕布什尔州国会议员的女儿。格林自己是个律师，内战前在本杰明·巴特勒——就是那位臭名昭著的联邦将军，后来还当了马萨诸塞州州长——的律所当一名初级合伙人，战争期间也在巴特勒手下当差，之后则成了哈佛的法学教授。格林经常给《美国法律评论》写稿，当时的编辑温德尔·霍姆斯也是他朋友，和查尔斯·皮尔士都对他的

① Charles Sanders Peirce, *Pragmatism as a Principle and Method of Right Thinking: The 1903 Harvard Lectures on Pragmatism*, ed. Patricia Ann Turrisi (Albany: State University of New York Press, 1997), 164; reprinted in part in *Collected Papers of Charles Sanders Peirce*, vol. 5, sec. 64.

文章推崇备至。他最喜欢写的话题是法律形式主义——相信法律概念所指的一定是不可改变的、明确限定的事情。他对法律形式主义的批评正如同赖特对斯宾塞的进化论哲学的批评：他认为，形式主义把仅仅是分析工具的东西当成了他们称之为真正实体的东西。

比如说，法官和律师会用到"因果链"这样的词，这是藏在"近因"（刚好在某事件之前的原因，因此，如果该事件构成犯罪或个人失误，近因就是法律责任所在）和"远因"（因果链上要追溯很远的原因，因此通常可以免除法律责任）之间的法律差别背后的概念。但格林指出，"因果链"只是个比喻说法。现实生活中，任何事件都有各种各样相互依存的原因。"近因"只是人们挑选出来的先行事件，以便满足他们手头的案例中随便什么刚好撞上的利害关系。同样，将原因标记为"远因"，只是宣称决定不让该原因承担责任的一种方式。除去主观因素，某原因跟别的随便什么原因相比，既不会更"近"，也不会更"远"。格林写道：

> 我们看待结果有多少种不同方式，就能为这个结果找到……多少种不同原因。真正的、完整的原因并不是这些各自独立的原因单拎出来看的任何一个，而是所有原因的总和。不存在按照对结果的临近程度排序，并以明确链接组成的因果链。这些原因反而是自身和结果都相互交织在一起，就像渔网的网眼相互交织一样。对渔网中的每一个网眼来说，与之毗邻的任何网眼都必须存在，因此周围每一个环境因素的出现（就其自身而言我们或许会称之为原因），对结果的产生都是必要的。……在某类[法律]行为中会看成是近因的同一组因与果，即便周遭环境没有变化，在别的行为中也有可能会被视为远因。近和远这对术语，根据考察主题的不同，其含义会被压缩或放大。[①]

① Nicholas St. John Green, "Proximate and Remote Cause" (1870), *Essays and Notes on the Law of Tort and Crime* (Menasha, Wis. George Banta, 1933), 13, 15.

这完全符合皮尔士对自然界中因果关系的理解，皮尔士也发现这种分析方法引人入胜。有一次在回忆起形而上学俱乐部时，他赞扬了格林"非同凡响的力量，能剥开又臭又长的惯用语的裹脚布，找出暖人心脾的真相"。①

在批评"近因"绝不仅仅意味着"在这一事实情形下我们选择将法律责任归于此处"这一概念时，格林并没有说这个术语毫无真实价值。他只是想说明，这个术语的真实价值取决于在分析手头案例中的事实时的有用程度，正如达尔文曾指出，"物种"这个词并不是指自然界中明确存在的什么，而是将生物体归并在一起的有效方法。法律案例跟自然现象一样，可以分门别类(玩忽职守案、违约案、诽谤案，等等)，但只是大略相似，因为没有哪两个案例会完全一样，就好像两颗星星、两只青蛙或是两个气体盒子也都不完全相同。事物之间，独一无二之处胜过相似之处。因此，不宜将法律术语理解为对单一、离散实体的命名，而应理解为一组限制，在这组限制之内各个案例可以合情合理地计为(比如说)"玩忽职守"、"诽谤"或是"近因"。这些限制并非独立于我们的利益而存在，但这也并不意味着它们不真实。在这些限制之内，通常理解的法律责任的落脚之处有多真实，这些限制就有多真实。

在格林看来，所有信念都带有这种目的性——知识不是世界的消极镜像，而是让世界变成我们想要的样子的积极手段——这也是他在形而上学俱乐部的集会中坚持的观点。皮尔士解释道："贝恩把信念定义为'人们准备据以采取行动之物'，格林经常都在强调采用这一定义的重要性。"②他说的是苏格兰人亚历山大·贝恩，他是约翰·斯图尔特·穆勒的密友，还在英国创立了新的心理学——生理心理学。他的《情绪与意志》出版于1859年，在这个世纪剩下的几十年里一直是标准的心理学教

① Peirce, "Pragmatism", *Charles S. Peirce Papers*.

② Peirce, "Pragmatism", *Charles S. Peirce Papers*.

科书。在这部著作中，贝恩提出了这样一个信念的定义。但是(并不像皮尔士所说的那样)格林很可能并不是从原作中读到的，而是从一本他和他朋友霍姆斯都非常了解的著作中，詹姆斯·菲茨詹姆斯·斯蒂芬的《英国刑法总览》，出版于1863年(霍姆斯1866年在欧洲见过斯蒂芬，从欧洲回来之后就马上读了这本书)。

斯蒂芬写道：

> 行动的热望和行动成功的热望是人性中的终极真相。但我们被设定为所有行动都涉及信念，这个世界也被安排为所有行动都涉及信念，而所有成功的行动都涉及真正的信念。因此，信仰的终极理由是，没有信念，我们就无法行事。相信真实信念的理由则是，如果没有真实的信念，我们就无法成功。因此，从错误的信念中区分出来的真正信念，以及并非事情为真的赤裸裸的事实，这些所带来的有利因素就是相信真实的理由。……如果生命中的所有事务，无论是道德的还是知识教育的，既能由相信二乘二等于四的人来进行，也能由相信二乘二等于六的人来进行，那就没有理由相信这件事情而不相信那一件。因此，信念并非只是心灵在对外在事实的沉思中被动得到的印象，而是涉及主观努力的积极习惯。①

"一个人真正相信的，就是他会准备好采取行动，并甘冒很大风险的。"这就是皮尔士所描述的格林对上述理论的演绎。皮尔士感到震惊，他说，他"努力……将这真实与别的他为自己制造出来的真实编织在一起，好形成一以贯之的认知信条"。② 结果就是皮尔士在形而上学俱乐部最后一次

① James Fitzjames Stephen, *A General View of the Criminal Law in England* (London: Macmillan, 1863), 242.

② Charles S. Peirce, "Pragmatism Made Easy" (n. d.), MS 325, *Charles S. Peirce Papers*.

聚会上朗读的一篇文章。

形而上学俱乐部在临近1872年夏天的时候开始分崩离析。4月，本杰明·皮尔士任命查尔斯为助理，主管海岸调查局在华盛顿的办公室，从这时候起查尔斯大量时间都得待在华盛顿了。6月霍姆斯结婚了，7月起赖特去了欧洲四个月。（他觉得欧洲之行被高估了。亨利·詹姆斯在家书中汇报道："昌西·赖特在巴黎似乎就跟在剑桥没什么两样——宁静的紫红色[紫红面庞]。……我经常看到他踮着脚尖在大街上散步，他在老家的主街上也经常这样。"[①]他"仿佛无所事事，看上去就像在吸收柏油路面上的知识"。[②]）赖特10月份回了美国，刚在纽约登岸，就陷入了严重的抑郁。

12月，查尔斯·皮尔士作为助理开始在海岸调查局负责重力实验（这属于该局确定地球形状的项目），他和妻子也很快搬去了华盛顿。按现有资料来看，俱乐部的最后一次聚会就是为了送别他们才举行的。11月24日，威廉对亨利写道：

> 温德尔这周前一阵子是在这儿度过的。他越来越专注于他的法律。他的思想就像坚硬的弹簧，若非强力不能移动分毫，一旦松开又会马上恢复原位。他成家之后做事情就少些了，也觉得这样更好。他妻子在好转，他现在好像也在为她感到高兴。查尔斯·皮尔士夫妇冬天又要去华盛顿了，而且说不准就不回来了。他说他在那里会受到赏识，但在这儿大家只不过容忍他而已，因此要是不去就太傻了。他那本讨论逻辑的书，前几天给我们读了一章引论，让我们大为

① Henry James to William James, September 22, 1872, *The Correspondence of William James*, vol. 1, 169.

② Henry James to his parents, September 29, 1872, *Letters*, vol. 1, 303.

叹服。[①]

没法确定皮尔士究竟读的是什么内容。从春季开始他就在忙一本讲逻辑的书(写这样一本书是他毕生的抱负,然而并未实现),但留下来的手稿支离破碎。可能他为了形而上学俱乐部,从这些残章断简中把他的文章拼凑了出来。不过,他的论点不难重建。皮尔士第一次提出,要给格林关于信念的理论取个名字:他称之为“实用主义”。这个词是从康德的《纯粹理性批判》中借用的,皮尔士年轻的时候仔细研读过这部著作。康德写道:

> 一旦把一种目的置于前面,那么,达到该目的的条件就也假设为必然的了。……医生对一个处于危险中的病人必须有所作为,但他并不了解病情。他观察现象,并且由于他并不知道更进一步的东西而判断这是肺结核。他的信念甚至在他自己的判断中也仅仅是偶然的,另一个医生可能会更好地作出判断。我把诸如此类偶然的、但却为现实地运用手段于某些行动奠定基础的信念称为实用的信念。
>
> 对于某人所断言的东西,看其是纯然的臆信,或至少是否是主观的确信,通常的试金石是打赌。……因此,实用的信念仅仅具有一种根据在赌博中出现的利益之差异可大可小的程度。[②]

康德认为“实用的信念”是多种信念之一;皮尔士则认为这是唯一的信念。在一个永远都不会精确地重复自身的世界中,所有的信念都是在

---

① William James to Henry James, November 24, 1872, *Correspondence of William James*, vol. 1, 177.

② Immanuel Kant, *Kritik der reinen Vernunft* (Riga: Johann Friedrich Hartnoch, 1781), 823 - 5. (*Immanuel Kant's Critique of Pure Reason*, trans. Norman Kemp Smith [London: Macmillan, 1956], 647 - 8.)

打赌。说到底，我们的信念和概念只不过是关于事物在大多数时候会如何表现的猜测而已。六年后皮尔士写了一系列文章，据他所说都以他在形而上学俱乐部的那篇文章为基础；在这些文章中，他表示："考虑了那些可能具有实际意义的影响，我们构想出我们的概念要有的对象。这样一来，我们对这些影响的概念就成了我们对这个对象的全部概念。"①

到这里，皮尔士还只是为赖特、格林、霍姆斯和詹姆斯（就此而言也还包括詹姆斯·斯蒂芬和亚历山大·贝恩）都有的一种思想造了一个哲学术语——实用主义。然而这种思想所隐含的信条，却是皮尔士准备驳斥的。这就是唯名论——这种思想认为，既然概念是对那些单独看来都是个别的、不可复制的事物的概括，那么就不涉及任何现实。唯名论的信条是，现实只是一个接一个独一无二的事物，关于这些事物的普遍真理只是语言习惯，只是名称。皮尔士回避了这个结论。他所相信的，是他父亲曾教给他的、让他相信的：这个世界创造出来就是要让人的心灵去了解——用本杰明·皮尔士的话说，"两者完美契合"。我们用概括来思考；这就是推论——普遍真相来自对特殊事物的观察。因此，宇宙中必定存在跟我们的概括相对应的东西。

皮尔士指出，唯名论者的错误在于，将信念定义为个人的信念。个人的信念当然会有缺陷，没有哪个人能准确、客观地了解现实。但很多个体思想总和起来的信念就是另一回事了；皮尔士在此还援引了天文学家的误差定律。在他论逻辑那本书的一篇手稿中，他写道："没有哪两个观测者能做出同样的观测，我昨天做的观测也会跟我今天做的有所不同。不同天文台在同一时间做出的观测也会不一样，无论这些天文台的位置有多近。每个人的感官就是他自己的天文台。"但是，正如恒星独立于一个个天文学家的观测而存在，"现实也是独立于个体思想的偶然因素而存在

① Charles S. Peirce, "How to Make Our Ideas Clear" (1878), *Writings of Charles S. Peirce*, vol. 3, 266.

的”。重复进行的观测不可避免地都会汇集到真实的恒星这一对象。因此,所有科学研究的目的就是,推动我们对这个世界的集体认识,使之越来越接近彼此一致的意见,因此也越来越接近现实本身所代表的极限。

理论上,比如说要完全确定一颗恒星的位置,需要无数次观测。但皮尔士没有匆忙得出结论。他写道:“几代人的个人偏见或其他特性或许会让在这个问题上的一致意见无限期推迟。但科学研究的最终结果只能是注定的,任何人的意愿或限制都无法改变。因此,必须认为现实与我们看成是终极真实的意见相一致。”[1]在最后,他这样说道:“注定最终会被所有搞研究的人都一致认可的意见,就是我们所谓的真相;而这种意见所代表的对象,就是现实。”[2]

在皮尔士看来,除了关于知识的理论,还有很多事情同样岌岌可危。他认为,唯名论是为自私自利摇旗呐喊的哲学。这不只是因为唯名论不承认知识的社会属性,而是因为唯名论只认可个别独立的现实,因此完全否定了社会。1871 年,皮尔士在发表于《北美评论》的一篇文章中写道:

> 除了作为个体,智人属是否还存在任何意义这个问题,就等于除了个人的喜怒哀乐、个人的抱负、个人的生活之外,是否还有任何尊严、价值和重要性存在的问题。人类是否真的有什么共通之处,团体本身也能因这样的共通之处而被视为一种目的……这个问题对所有公共机构来说都是最基本、最实际的问题,而在我们用来产生影响的力量中,就有这些机构的章法。[3]

这是皮尔士所有思想最底层的坚定信念:知识不能依赖于个人的推

① Charles S. Peirce, “Of Reality” (1872), *Writings of Charles S. Peirce*, vol. 3, 55 - 9.
② Peirce, “How to Make Our Ideas Clear,” *Writings of Charles S. Peirce*, vol. 3, 273.
③ Charles S. Peirce, “Fraser's The Works of George Berkeley” (1871), *Writings of Charles S. Peirce*, vol. 2, 487.

论。在由形而上学俱乐部的那篇文章生发出的系列文章中，皮尔士写道，这是因为个体会死亡："一个人终其一生能得出的可能推论的数量是有限的，因此无法绝对确定，平均结果会跟概率完全一致。"推理"势必要求我们的兴趣不应受到限制。兴趣不能停留在我们自己的命运上，而必须包括整个团体。……那些不愿牺牲自己的灵魂来拯救整个世界的人，在我看来，他们的所有推理结果总体而言都不会符合逻辑。逻辑植根于社会原则"。①

4

最终，形而上学俱乐部因为哈佛大学的改革而解体了。1869 年，查尔斯·威廉·艾略特被任命为哈佛校长。艾略特的学术领域是化学，还在劳伦斯理学院当过老师。不过他在化学领域的造诣并不算高，1863 年他没能获选化学系的一个新职位，就离开了哈佛。这个职位是拉姆福德教授职位，当时授予了沃尔科特·吉布斯(他倒是颇有建树)。哈佛招艾略特回来当校长时，他正在麻省理工学院任教，这所新近在波士顿成立的学校意在为科学专业培养学生。从对他的任命可以看出，哈佛认识到美国的高等教育正在发生转变——科学而非神学，是未来的教育核心——哈佛有声望日下的危险。哈佛选择艾略特，是因为想要改革。艾略特没有让哈佛失望，他成了美国高等教育史上最伟大的专业化改革者。

1861 年威廉·詹姆斯进入劳伦斯理学院时曾在艾略特门下受业。在艾略特的记忆中，詹姆斯是个"很有意思的学生，很讨人喜欢，不过……并没有全身心投入到化学学习中"②。(詹姆斯分到的任务似乎是研究某

① Charles S. Peirce, "The Doctrine of Chances" (1878), *Writings of Charles S. Peirce*, vol. 3, 282, 284.

② Charles William Eliot, memorandum, in *The Letters of William James*, ed. Henry James (Boston: Atlantic Monthly Press, 1920), vol. 1, 31 - 2.

品牌的发酵粉对肾脏的影响——换句话说就是自我尿液分析。过了三个星期,他请求艾略特把这项实验分配给别人。自此,他一辈子都对实验室工作深恶痛绝。)詹姆斯很快换了专业,但艾略特对他的才智印象深刻,于是从1872年开始排除万难连哄带劝地让他来哈佛教书。到1874年,在数次尝试失败之后,他终于成功了。

在他当校长的头一年,艾略特为毕业生和本地居民开设了一系列讲座课程。温德尔·霍姆斯主讲其中一门,昌西·赖特也受邀开讲另一门。赖特的主题是"贝恩著作中的心理学原理阐释",结果彻底失败了。听众从未超过十二人,事实也证明他在讲课方面真是毫无天分。约瑟夫·沃纳不无痛苦地回忆道:"他讲课的方式单调乏味,也不强调重点,让人一点儿都提不起兴趣。我清楚地记得我眼前的画面是,他脸上什么表情都没有,眼睛光盯着自个儿下边的桌子所以好像闭着一样,身体几乎一动不动,语调也很平淡,一点儿变化也没有。"①

赖特的朋友们挺执着,1874年至1875年这一学年,他还是得到了一门数学物理课程。这门课同样失败了,1875年6月,艾略特写信告诉他,这门课以后不会再开了。他解释道:"很遗憾,我发现只有一个学生选了物理1。选修课少于四人就不能开设,尽管很不情愿,我还是只能通知您,这门选修课因此不能再继续了。"②9月12日,赖特的房东大娘发现他跌倒在桌子上:头天晚上他中了风。这天他又第二次中风,后来再也没有醒过来。圣约翰·格林和小亨利·詹姆斯在他病榻旁陪了他最后一程,威廉则不在城里。老亨利给他写信道:"他小酌怡情了好几天,不过都不到大醉伤身的地步。几天前他还在这里给你读他那篇文章的证据,就是上周发在《国家》上的讲达尔文主义的那篇。他在我这儿坐了两个多小

① Joseph Bangs Warner, memorandum, in *Letters of Chauncey Wright*, 213 - 4.

② Charles William Eliot to Chauncey Wright, July 6, 1875, B W933, *Chauncey Wright Papers*, American Philosophical Society Library, Philadelphia.

时,我们聊得非常开心……他走的时候我还跟家里人说,赖特正处于他最灿烂的时候。"[①]赖特终年四十五岁。

1873年,格林从哈佛法学院辞职了。艾略特于1870年任命格林大学时代的老室友克里斯托弗·哥伦布·兰德尔(当时在纽约当检察官,籍籍无名)为法学院院长,从此法律形式主义就在课程中占据了统治地位,格林对此深恶痛绝。他去了波士顿大学法学院当代理院长,工资更低。1876年9月8日,差不多刚好是他的老朋友去世一年后,他服用了过量的鸦片酊,享年四十六岁。他已经病了有一阵子了,有迹象表明,他也曾酗酒[②]。

本杰明·皮尔士也没去讨好艾略特。在推荐吉布斯担任化学系拉姆福德教授职位的人中,有皮尔士一个,但他和阿加西也一起抵制过艾略特为理学院所做的改革计划。(不过艾略特还是实施了这些计划。作为管理者,他最重要的天赋就是对树大根深的利益集团也一视同仁。)化学是查尔斯·皮尔士在劳伦斯理学院时的专业,但跟他共事的是乔赛亚·库克,不是艾略特,而艾略特跟库克因为在宗教信仰方面吵得不可开交,早就闹翻了(库克支持自然神学)。查尔斯通过他父亲拿到了一个职位,给哈佛学院天文台台长约瑟夫·温洛克当助手。但艾略特觉得查尔斯的行为举止很让人反感——他的野心太明显了——温洛克于1875年去世后,他拒绝考虑查尔斯接任其职位。艾略特当校长是查尔斯离开哈佛去华盛顿的海岸调查局的主要原因:本杰明再也不能在剑桥当他儿子的提携者和保护伞了。查尔斯的哥哥詹姆斯·米尔斯·皮尔士是个数学教授,也在艾略特手下当了研究生院院长,但从来都没法给查尔斯弄到一个哈佛的职位。艾略特把他挡在校园之外。差不多二十五年后,詹姆斯安排查尔斯来剑桥谈谈实用主义,都只能在私家住宅里进行。

---

① Henry James, Sr., to William James, September 12, 1875, *The Correspondence of William James*, vol. 4, 519.

② 参见尼古拉斯·圣约翰·格林文件,Harvard University Archives, HUG 300。

第四部

丹尼尔·韦伯斯特，于 1819 年。韦伯斯特在美国最高法院就达特茅斯学院案辩护后，该学院受托人委托吉尔伯特·斯图尔特所作肖像画（新罕布什尔州汉诺威达特茅斯学院胡德艺术馆授权使用）。

第十章　伯灵顿

1

1859 年 1 月 18 日，佛蒙特州伯灵顿镇，有个名叫约翰·杜威的小男孩掉进了一桶滚水中。父母给他烫伤的地方涂了油，还用棉絮把他包了起来，但是祸不单行，棉絮着火了。第二天，这个孩子死了，才两岁半。这个故事让人伤心欲绝也心有余悸，不过这对父母找到了宽慰自己的办法。差不多刚好在这个日子过去九个月之后，1859 年 10 月 20 日，他们迎来了一个新生儿，名字跟他早夭的哥哥一模一样。

这位约翰·杜威活了九十三岁，成了那个时代最为著名的公共知识分子。他出版的著作涵盖了心理学、伦理学、教育学、逻辑学、宗教、政治、哲学和艺术等在内的诸多领域，还为学术期刊和评论期刊撰稿，在几乎任何类型的听众面前他都做过讲演。他帮助创立了很多著名的政治和教育组织，有些组织他还是领导人：美国公民自由邦联、全国有色人种协进会、工业民主邦联、纽约教师邦联、美国大学教授协会、新社会研究学院，等等。亨利·斯蒂尔·康马杰于 1950 年这样写道："如果说在杜威发话之前，整整有一代人都没搞清任何大问题，可能很难说得上是在夸大其词。"① 这时候的杜威九十一岁高龄，但依然十分活跃。杜威未曾置喙的公共问题也屈指可数。

杜威的名字跟这些组织关系密切，很自然就会让人认为他是美国自由主义者的代表人物。广义上讲，自由主义代表着等级体系复制品（诸如政治、社会、文化乃至观念）的对立面——杜威大概可以算是美国有史以来最自由主义的思想家。他遇到过的几乎所有的区分，在他看来都生来不公平因此想要捣毁。但在其他几乎所有方面，将杜威认定为自由主义者却只会带来误导。19世纪的自由主义意味着支持自由市场；20世纪的自由主义则意味着保证个人自由。这些都不是杜威所信奉的——至少就这些概念通常所表达的含义而言。美国人一般都把自由理解为自己当家做主，独立于他人意志的状态；这种想法恰好反映了个人与所属群体之间的区分，但杜威认为这种区分大谬不然。

刚开始，杜威反对在个人和社会之间、独立自主与等级体系之间做出严格区分的原因是哲学上的。但在他作为思想家成熟起来的同时，也恰好是美国的社会生活和经济生活倒向现代组织形式之时，而这种组织形式的特征反映了规模的影响：不带感情色彩的权威、官僚程序、大众市场。在新的制度中，个人主义的老皇历顽固不化，成了混乱、破坏和冲突的起因，有些还带来了暴力。杜威作为公共知识分子的成功归功于他的敏锐和迅疾：他敏锐地发现自己的哲学信念或许跟这些新环境大有关系，于是迅速脱去这些信念的形而上学外壳，试图让哲学（如他自己满心希望的）成为“处理人类问题……的一种方法”②。

杜威比绝大部分美国的自由主义者都更激进，因为他认为团结高于独立。尽管他绝对算不上社会主义者，他的政治观点却甚至比新政福利自由主义都更加接近社会主义。在总统候选人中，他三次都把票投给了

---

① Henry Steele Commager, *The American Mind: An Interpretation of American Thought and Character Since the 1880s* (New Haven: Yale University Press, 1950), 100.

② John Dewey, "The Need for a Recovery of Philosophy" (1917), *The Middle Works, 1899–1924*, ed. Jo Ann Boydston (Carbondale: Southern Illinois University Press, 1976–83), vol. 10, 46.

诺曼·托马斯而不是富兰克林·罗斯福。但是杜威同样也比很多美国自由主义者都更保守,因为他拒绝将现代社会和经济组织的固化视为必要的恶,或视为生活的替代方式,人们会对放弃这种方式感到遗憾。他相信人们会在他们发现自我的世界中得到满足——用他的话说就是"自我实现"。这意味着(哲学由此粉墨登场)以一种新的方式来理解世界,以及世界与自身的关联。杜威重新考虑了自由与服从之间的关系。跟这个时代其他所有的重要思想家都不一样,他在现代性中如鱼得水。

杜威算得上世界上最温文尔雅的人,不过他的一生从来都是义无反顾。对自己知道的事情他只取其所需,剩下的则弃如敝屣。怀旧在他的脾性里没有一席之地。他父亲阿奇博尔德·杜威是个挺风趣的人,开了家小商店,在店里转悠的时候还会随口吟诵弥尔顿的诗句;不过他对儿子们的最大期望,是能成为机修工。他母亲卢奇娜对新教虔敬得很,经常要求孩子们也发誓要虔诚。(她经常问孩子们:"你与耶稣同在吗?"①)杜威似乎没跟父母吵过嘴,不过他还是很高兴能离开伯灵顿。很多年以后他还经常跟一起在哥伦比亚大学任教的同事说,他搞不明白他们为什么要去佛蒙特州弄个避暑山庄。他告诉他们:"那个地方我逃都来不及呢。"②

逃出那个地方的方法是通过本地的大学,而伯灵顿的大学就是佛蒙特大学。1879 年杜威毕业时,班上有十八个同学;其中一个是他的哥哥戴维斯,还有一个是在他家长大的表亲。毕业后杜威去了宾夕法尼亚州一个叫南油城的地方教高中,不过没多久又回到伯灵顿,私下里跟着以前的一位教授学习哲学。因此到 1882 年进入约翰·霍普金斯大学研究生院的时候,他已经作为某一类哲学家受过训练了。作为佛蒙特州的最后一位超验主义者,他一头闯进了这个世界。

---

① Sidney Hook, *Pragmatism and the Tragic Sense of Life* (New York: Basic Books, 1974), 102.

② Corliss Lamont, ed., *Dialogue on John Dewey*(New York: Horizon Press, 1959), 89.

2

佛蒙特州第一位超验主义者是詹姆斯·马什。1794 年马什生于佛蒙特州的哈特佛德，后来在达特茅斯学院就读。他入学的这个时候后来成了学院历史上最著名的一段时期，而对马什来说，这段时间也有决定性的意义。

达特茅斯学院是由康涅狄格州一位名叫埃利埃泽·惠洛克的教士创建的。早先他曾在英国从以达特茅斯伯爵为首的一个团体中募集了资金，给美国的原住民建了一所慈善学校。1769 年，新罕布什尔州皇家殖民地[①]给了惠洛克一块地，让他在康涅狄格河上游的汉诺威建一所学校。殖民地政府颁给学院一份合并特许状，规定两所学校合并而成的学院由董事会进行管理。该董事会由十二位受托人组成，有权撤换校长。而惠洛克就是学院的第一任校长，有权指定自己的继任者。这份特许状与惠洛克跟他的英国资助人达成的协议相冲突，因为建立新的受托人董事会，就剥夺了资助人控制教育政策的权利，给美国原住民开的学校因此也跟学院分开了。这在惠洛克的行事风格中，算是典型作风。跟哈佛和普林斯顿（当时还是新泽西学院）一样，达特茅斯主要成了英裔美国人的精修学校。

1779 年，埃利埃泽·惠洛克去世了。根据特许状规定的特权，他指定自己的儿子约翰继任校长。约翰·惠洛克这时二十五岁，父亲去世前一直在大陆军中服役，担任上校。在他看来，达特茅斯学院差不多算是惠洛克家族的私产，他也是以这种姿态来经营学院的。他是个独断专行的

① 英国移民在北美建立的殖民地最初多为公司特许或英王特许领主独占的性质，总督多为公司委派或领主指派，个别总督为民选。到 18 世纪初，大部分都已变为皇家殖民地性质，总督由英王委任。——译者

人。詹姆斯·马什在这里念书的时候，约翰·惠洛克卷入了与受托人董事会之间旷日持久的全面争斗。

这中间的钩心斗角其实非常学术化——也就是，问题无数，彼此盘根错节，纠缠不清，但是又都只是鸡毛蒜皮。主角们为诸如达特茅斯的学生去乡村教堂参加礼拜时该坐在第几排长椅上这样的问题吵得不可开交。1815年，惠洛克发现自己实际上遭到了受托人的全面阻击，于是请求新罕布什尔州议会介入调查。受托人的回应则是将惠洛克扫地出门。于是惠洛克炮制了一本小册子并到处散发，对受托人一通谩骂，这件事成了整个新英格兰地区平头百姓们热议的话题。

事情的关键之处是惠洛克向州议会申诉的时机。19世纪初，新罕布什尔州的政治舞台上只能看到联邦党人和民主共和党人[1]大打出手。联邦党是国父们的政党，但到（联邦党人所反对的）1812年战争结束时，这个政治派别已经日薄西山。他们的主要成员有富商巨贾、大地主和宗教保守派。民主共和党是杰弗逊的政党，相信良知自由和基层民主，对高额商业利益充满敌意。

新英格兰曾经是联邦党人统治权的最后堡垒，但在1816年，民主共和党重新夺回了新罕布什尔州政府的控制权。新官上任的州长名叫威廉·普卢默，初入政坛时还是个联邦党人，现在却成了民主共和党人，而且带着新皈依者的激情。在州议会上发表就职演说时他就宣布，打算介入达特茅斯的积怨，让那些受托人懂点规矩。杰弗逊本人对他的就职演说赞不绝口，说这场演说“充满了合理的原则，是真正的共和派”，并公开

① 民主共和党（Democratic-Republican Party）是美国建国早期的一个政党，由托马斯·杰斐逊和詹姆斯·麦迪逊在1790年代创建。民主共和党的对立政党是联邦党。与联邦党相比，民主共和党更强调各州的权力，并且重视自耕农的权益，反对君主主义，主要支持地区是西部和南部。1825年，美国民主共和党发生内讧，其中一派由当时的总统约翰·昆西·亚当斯和当时的国务卿亨利·克莱领导，自称国家共和党；另一派由安德鲁·杰克逊领导，于1828年创建了现在的民主党。国家共和党人后多转投辉格党，再后来又与另外一些政治力量于1854年共同创立了现在的共和党。——译者

赞同普卢默的决定。他对普卢默写道:"为全体国民所用而建立起来的机构,不能被染指,也不能变更,即便为了让这些机构达成为全体国民所用的目的也不行;这种思想的根源是权利,我们无缘无故地假设那些在公众的信任下受雇管理这些机构的人所拥有的权利。这种规定说不定会对防止滥用君权大有裨益,但最荒唐的是被拿来对付全体国民本身。"杰弗逊认为,原始特许状中的条款万世不易的想法,就等于"土地属于死者,不属于生者"的观念①。

普卢默几乎一点儿都没耽误,立马让新罕布什尔州议会改写学院特许状。受托人被替换了(通过将董事会扩大为二十一席,然后将那些老受托人用投票投出去),学校更名为达特茅斯大学,完全的宗教自由也得到批准。惠洛克被重新任命为校长,代表公众利益的监督人委员会也成立了。一句话,普卢默让州政府接管了学校。

惠洛克跟普卢默的结盟完全是机会主义。惠洛克自己是联邦党人,也是个正统的加尔文主义者;曾经让他生不如死举步维艰的受托人名叫纳撒尼尔·奈尔斯,恰恰是个著名的民主共和党人。汉诺威的麻烦主要是自私的结果。但是普卢默横插一脚,改变了争论的条件,也让达特茅斯变成了意识形态冲突的战场。新的受托人董事会解雇了全体教员(只有五个人),把他们从学校的楼里请了出去。于是被解雇的教授们将自己安置在城里的民房中,在旧受托人董事会的领导下重建了自己的学院。大部分学生都追随他们而去。

这样一来,1817 年的汉诺威就有了两个达特茅斯:一个是达特茅斯大学,在杰弗逊派领导人运营下的公立机构;另一个是私立的达特茅斯学院,运营者鄙视民主共和党人,认为他们不过是激进的民主主义者,并自视为真正的宗教信仰和私人财产的捍卫者。1817 年,学院董事会起诉了

① Thomas Jefferson to William Plumer, July 21, 1816, 引自 William Plumer, Jr., *Life of William Plumer*(Boston: Phillips, Sampson, 1856), 440 - 1。

学院的前财务主管威廉·伍德沃德(他已经叛逃到达特茅斯大学),想要恢复原始特许状及其他共同所有权。由此产生了达特茅斯学院受托人诉伍德沃德案——达特茅斯学院案。

这个案件一开始在新罕布什尔州高级法院辩论,该院的三位法官全都是普卢默任命的。学院受托人辩称,原始的合并特许状相当于一份达特茅斯与州政府之间的契约;议会单方面改写这份契约,违反了美国宪法中的契约条款——该条款规定,任何州都不得通过会"损害契约义务"的法律[①]。为了应对这个论点,新罕布什尔州法院在私人组织和公共组织之间做了区分。法庭表示,如果组织是为了让个人受益而成立的,那就是私人的,契约条款可以保护这样的组织不受政府干预;但如果组织是为了让公众受益而成立的,那么该组织根据事实本身就是公共的,因此就要受到公众制约。法庭认为,资金从哪里来无关紧要:州政府可以成立私人组织,私人的钱也可以资助公共组织。问题只在于是谁受益。

根据这一定义,法庭做出结论,达特茅斯学院明显属于公共组织。法庭指出:

> 学院是为了在野蛮人中间"传播对伟大救世主的认识",为了向新罕布什尔州提供"最好的教育方式"而成立的。如果有什么事情是公众应该关注的,这么伟大的目标肯定要算其中一件。……那些受托人,他们对在印第安人中传播基督文明,对提供最好的教育方式的兴趣,并不比我们社群中别的什么人更大。在这一机构的资产中,也没有他们的任何个人利益。……如果该机构的所有资产都被摧毁,受损的只有公众,对他们来说不会有任何个人损失。……达特茅斯学院的受托人职位实际上跟州长职位一样,或者说跟本庭法官的职

① United States Constitution, Article I, section 10 (1).

位一样，属于公众信托。[1]

如果新罕布什尔人民想要通过他们选出来的代表干预学院管理事务，那合同条款可不会拦在他们的路上。法庭坚持认为："这些受托人只是公仆，对于只跟主人有关的事务，仆人可不能违抗主人的意愿。"[2]这是民主共和党式的论证，承诺对私人组织免于受到民主意愿影响的豁免权做出限制。

学院上诉到了美国最高法院，在高院代表学院的是学院最杰出的校友丹尼尔·韦伯斯特，达特茅斯学院1801届毕业生。韦伯斯特拥护国家，也支持工业发展，在三十多年后的"3月7日演讲"中，他秉持的仍然是这样的观点，实际上是为了商业利益而维护联邦的论据之一。1813年到1817年，他作为联邦党人以及新英格兰航运公司的保护人，在国会担任代表新罕布什尔州的议员。韦伯斯特在最高法院抗辩道，新罕布什尔州法官将达特茅斯指定为公共组织，这是极端错误的。他解释道，达特茅斯是"一个接受施舍的组织，是私人的慈善事业，最初成立这个组织并为之捐资的是个人，组织所得到的章程也是出于这个人的要求，为了更好地管理他的施舍"。[3] 惠洛克当初寻求合并的全部原因，只不过是不想让他筹到的钱用于他无意为之的用途。韦伯斯特说，私人慈善跟私营业务比起来，私人属性并不会少了半分。他问道："曾有谁指定一个司法机关来管理自己的慈善事业吗？"[4]

韦伯斯特的结案陈词成了一段传奇。但当时没有人对他所说的做过记录，因此没法知道他具体说了哪些话。据说在口头抗辩的结尾，他对法

---

① *The Trustees of Dartmouth College v. William H. Woodward*, 1 N.H. 111, 118 - 19 (1817).

② *Dartmouth College v. Woodward*, 1 N.H. 121.

③ *The Trustees of Dartmouth College v. Woodward*, 17 U.S. 518, 562 (1819).

④ *Dartmouth College v. Woodward*, 17 U.S. 574.

庭说道："这是个……小学校，但还是有这么多人热爱它。"接着，他以雄浑的嗓音描述了自己对达特茅斯的赤子之心，最后以尤利乌斯·恺撒遇刺的典故作结。据说听众席上有人（实际上稀稀落落的，大部分都是等着自己的案子上庭的其他律师）大为动容。首席大法官约翰·马歇尔热泪盈眶[①]。

韦伯斯特极尽夸张的表演也许有些多余。对马歇尔来说，联邦主义几乎算是他的信仰，他憎恶杰弗逊，也憎恶所有杰弗逊一派的事物；在弗莱彻诉佩克案（1810）和新泽西州诉威尔逊案（1812）中，他已经两次发表意见，裁定契约条款也涵盖了州政府作为契约一方的情形。他很容易就让自己在同僚中成了多数派，也不费吹灰之力就发现新罕布什尔州议会的行为"与美国宪法相冲突"[②]。大法官约瑟夫·斯托里在他的协同意见书中旗帜鲜明地批驳了新罕布什尔法院给"公众"和"私人"下的定义。斯托里坚持认为："只有那些由政府为了公众目标而成立的组织才算是公众组织，全部利益当然也只属于政府。因此，如果是由私人创立的组织，尽管特许状由政府制定，也无论该组织的用途在其投入的领域能有多包罗万象，都仍然是私有组织，……在某种意义上，也许可以说组织有公共用途，但组织还是私有的；实际上就好像授予每个人的投票权一样属于私有。"[③]1819年下达的法庭意见书实际上将学院控制权还给了原来的受托人董事会，按原来的特许状进行管理。达特茅斯大学被取缔了。这个案子让韦伯斯特一鸣惊人。受托人付给他1 000美元的酬劳，还请来吉尔伯特·斯图尔特给他画了幅肖像。

达特茅斯学院案成了学术自由历史上的里程碑，因为这个案子使得

① Albert J. Beveridge, *The Life of John Marshall* (Boston: Houghton Mifflin, 1916–19), vol. 4, 220–81; Maurice G. Baxter, *Daniel Webster and the Supreme* Court (Amherst: University of Massachusetts Press, 1966), 65–109.

② *Dartmouth College v. Woodward*, 17 U. S. 654.

③ *Dartmouth College v. Woodward*, 17 U. S. 668–9.

私立教育机构免受政府干预。但马歇尔故意将他的论证大而化之，让他的意见成为任何与公众有业务往来的组织的挡箭牌，可以宣称自己受契约条款保护，政府不能指手画脚。那些想让这样的组织臣服于某种程度的公众责任感的人，都必须从达特茅斯学院案的裁决中划出例外。正如韦伯斯特和马歇尔所愿，这一决定扩大了私有财产在公众利益所提要求面前的特权，在19世纪的美国也有助于解开资本主义企业身上的束缚。

3

詹姆斯·马什是达特茅斯学院的死忠粉。他的叔父查尔斯是佛蒙特州的著名律师，也是将惠洛克扫地出门的受托人的领导者之一。詹姆斯是流亡学院的学生，1817年从学院毕业。他和同学们认为新罕布什尔州议会的行径就等于暴民专政；他们也都认为达特茅斯大学就是激进分子、自然神论者和异教徒的堡垒；他们相信，暴行的根源在于约翰·洛克哲学的遗毒①。

在马什那个年代，洛克的名字代表着两种理论。其一基于这样的信念：心灵是一张白纸，任由经验书写。按照这个观点，我们没有任何天生的想法，也没有任何随着心灵自动自发而来的精神内容。我们的全部思想都来自我们自身之外的世界，我们必须凭借什么媒介才能触及这个世界，只能通过图形和印象这样的意识才能经历。这就是经验主义。与洛克有关的第二种理论则是基于这样的信念：社会是由独立自主的个人组

① Marjorie H. Nicolson, "James Marsh and the Vermont Transcendentalists", *Philosophical Review*, 34 (1925): 28 – 50; Lewis Feuer, "James Marsh and the Conservative Transcendentalist Philosophy: A Political Interpretation," *New England Quarterly*, 31 (1958): 3 – 31; and John J. Duffy, *Introduction to Coleridge's American Disciples: The Selected Correspondence of James Marsh*, ed. Duffy (Amherst: University of Massachusetts Press, 1973), 1 – 34.

成的，他们为了保护自己的自然权利而建立了政府，这其中就包括反抗暴政的权利。这是自由派的个人主义，也是《独立宣言》的哲学基石；这份宣言，自然是由杰弗逊起草的。在洛克式的思想中，人类实际上就是承载权利的无名小卒。

跟牛顿的物理学类似，洛克的哲学也是原子论的：将一切事物都当成是独立实体的联结。在洛克的知识理论中，精神内容是由关系链条连接起来的离散的感官数据的总和；在洛克的政治理论中，社会群体是独立自主的个体由自愿的、可以撤销的契约纽带连接起来的总和。在这些理论中，整体不会大于部分。仍然跟牛顿的物理学类似，洛克的经验主义也将一切都解释为因果关系。除了可能存在的创世之神，也就是给宇宙时钟上发条的那位大神之外，这种哲学似乎没有给（我们无法通过感官去感知的）超自然和奇迹（也就是无缘无故的起因）留下容身之处。

詹姆斯·马什对原子论的思想深恶痛绝，有两方面原因。其一是政治方面。他拒绝接受社会是由已经完全实现的个人联合而成的想法。相反，他相信自我只能在群体中实现，也只能通过群体来实现；因此他也认为，洛克的政治理论在"个人"和"国家"之间做出的明确区分站不住脚。让个人成为个人的，让他们能作为个体自我实现的，是他们在群体中的角色。在群体之外，他们什么都不是。

马什的另一个反对意见来自宗教。马什是福音派基督徒，还在达特茅斯上学时，在汉诺威的一次宗教复兴中他开始奉耶稣为自己的救世主。他拒绝接受经验主义似乎要强迫哲学和信仰分道扬镳的主张。在19世纪，通过宣称信仰问题本质上无法证明，来让现代科学和哲学与基督教信仰相安无事，是十分常见的做法。争论的焦点是，即便宗教信仰的真实性无法根据经验（也就是通过科学观测）确立，也无法理性地（通过哲学辩论）证明，也并不能得出信仰站不住脚的结论。这只不过意味着科学和哲学只跟我们看得见摸得着的世界有关，也就是只跟现象世界有关；关于精神世界，科学和哲学最好还是不赞一词。马什拒绝附人骥尾，找到一种与福音派基督教完全一致的哲学成了他短暂一生的追求。

在塞缪尔·泰勒·柯勒律治的著作中，他找到了（或者说他以为自己找到了）。当马什开始接受柯勒律治时，他在美国人心目中是个杰出的诗人，然而对德国形而上学的品味很是糟糕。人们并不觉得他算得上是思想家。但在1829年，马什出版了柯勒律治的《有助沉思》，还撰写了长篇引言，宣称柯勒律治已经证明，基督教与哲学确实一致——用马什的话来说，"远离非理性的基督教信仰，是人类理性的最佳范本"。[①] 马什提出，坚持要有两种信仰体系完全说不通——一个是针对自然世界的哲学体系，一个是针对精神世界的神学体系。他坚持认为："作为理性的存在，我们无法既出于理性的原因相信一个说法，同时又因为神启的权威而拒绝同一个说法。我们无法在哲学中相信一个说法，同时又在神学中拒绝同一个说法。"[②]我们需要一个单一的体系，柯勒律治就创造了这样一个体系。他将宗教狂热从迷信的泥潭中拯救出来，为相信耶稣基督的超自然力量带来了合理的缘由。

柯勒律治能做到这一点，是因为他用了一种诀窍：向内自省，而非向外探求。向外在的现象世界探求，就像经验主义者做的那样，我们无法找到信仰的正当理由，因为信仰并不能通过感官证据得到证明；所有感官证据告诉我们的，正如洛克的后继者大卫·休谟似乎想证明的，是宇宙只是一个现象紧接着另一个现象。信仰是根据自省来证明自己的——我们通过向内省察我们自己的思想，并沉思我们存在的法则，这样就有了自省的证据。因为我们确实有天生的想法，就是那些因为我们生而为人于是自动就有的精神内容；在这些想法中，我们发现了一致与和谐，而我们通过

① James Marsh, "Preliminary Essay", in S[amuel] T[aylor] *Coleridge*, *Aids to Reflection*, *in the Formation of a Manly Character*, *on the Several Grounds of Prudence*, *Morality*, *and Religion* (Burlington, Vt.: Chauncey Goodrich, 1829), xiv.

② Marsh, "Preliminary Essay", in *Coleridge*, *Aids to Reflection*, xviii.

感官去认识的堕落世界中并没有这样的一致与和谐——这样我们就发现了信仰的理性基础。

柏拉图区分了两个世界：一个是变幻莫测的表象世界，可以由感官去理解；一个是理想形式的永恒世界，可以由理智去理解。柯勒律治的思想就是柏拉图这种区分的回响。柯勒律治读过柏拉图，也读过17世纪英国那些新柏拉图主义作家的作品，读得兴高采烈（马什也同样如此）；不过他也还有别的出处。这就是伊曼努尔·康德的哲学，在他（有几分错误）的理解中，康德在“知性”和“理性”之间做出了区分，将前者定义为感知经验细节的心理能力，后者定义为感知一般概念的心理能力。柯勒律治和马什说基督教“理性”的时候，他们的意思是：基督教的教义与存在的普遍规律是一致的，因为这些都是通过理性思考就能够感知的。正如马什所说：“尽管我们或许会相信‘超出全部知性’的东西[也就是我们无法通过感官去感知的东西：奇迹]，我们也不会去相信荒唐的，或是与理性相悖的东西。”①

柯勒律治是通过康德对后来的德国哲学家的影响，尤其是弗里德里希·谢林，来了解康德的。谢林在柏林大学教过路易·阿加西《自然哲学》，柯勒律治也经常大段大段在自己的著作中照抄他的文章，都不带加引号的。正是从谢林那里，柯勒律治找到了自己的思想的关键概念，这就是部分和整体、物质和精神、心灵和自然的有机统一，归根到底不可分割。这种超验主义和形而上学的同一性——说它超验是因为比构成它的各部分加起来要“大”，说它形而上学是因为“超越”了我们用感官能够感知的世界——就是“理性”要感知的。柯勒律治在一段马什着重强调的文字中写道：“基督教不是理论，也不是臆测，而是生活。不是哲学生活，而是鲜活的生命过程。”②这是浪漫主义反应的本质，是在欧洲文化启蒙运动之

① Marsh, “Preliminary Essay”, in *Coleridge*, *Aids to Reflection*, xv.

② Marsh, “Preliminary Essay”, in *Coleridge*, *Aids to Reflection*, xxiv.

后放弃机械论的重大举措。在威廉·布莱克的诗中有这样的句子：

> 德谟克利特的原子，
> 牛顿的光粒子，
> 都是红海岸上的沙粒；
> 在那里，以色列人的帐篷如斯闪亮。[①]

在《有助沉思》引言的最后几页，马什提出了他的论点。如今正是洛克的经验主义以及由此生发的哲学传统在美国的神学和哲学界盛行不衰，但这是“有害的、危险的倾向”[②]。这是令人目盲耳聋口爽的哲学，这样的哲学让人类变成野兽，让人类只能是外部刺激的应激物，只能被物质玩弄。这种哲学让我们内部的一切事项都由外在世界决定，拒绝承认人类作用的可能性，因此也就让道德失去了立足之地。

马什出版的柯勒律治著作是美国超验主义的原始文本之一。在出版的那一年，爱默生拜读了这部著作，并写信给自己的姑妈，说自己因为柯勒律治而燃起了新的热情（尽管他颇花了一点时间才觉得自己弄明白了柯勒律治在说什么），这股热情一路引导他走向康德、费希特和谢林，以及另一个将德国哲学引介到英语世界中的重要人物托马斯·卡莱尔。在弗雷德里克·亨利·赫奇于1833年写给马什版《有助沉思》的评论中，“超验哲学”这个词第一次以爱默生和他的朋友们所理解的面目出现：以赫奇所谓的“自由直觉”[③]为优先，并在此基础上发展出来的哲学。后来成为超验主义者俱乐部的第一次集会，是1836年在波士顿牧师乔治·里普

① William Blake, “Mock on, Mock on, Voltaire, Rousseau”, *Complete Writings of William Blake*, *new ed.*, ed. Geoffrey Keynes (London: Oxford University Press, 1966), 418.

② Marsh, “Preliminary Essay”, in *Coleridge*, *Aids to Reflection*, xviii.

③ [Frederick Henry Hedge], “Coleridge's Literary Character”, *Christian Examiner and General Review*, 14 (1833): 118, 119.

利家里举行的，参加集会的是一群青年教士，（用赫奇的话说）他们对“从洛克那时候起，令人目盲耳聋口爽的哲学就盛行不衰”[①]感到不满，也因为读到马什版的柯勒律治而受到启发。爱默生和他的朋友们一直在想方设法摆脱神体一位论和经验主义，而马什给他们带来了替代品。在马什的帮助下，浪漫主义运动来到了美国。

马什写下长篇引言的时候三十五岁，已经在佛蒙特大学当了三年校长，也已经开始按照柯勒律治的原则改革这所学校。这就意味着整合课程，使（按照大学公布的理论说法）“本机构所教授的全部内容，都成为一门包罗万象的课程，个体目标可能会要求学习该课程的某些部分，学到任意数量或任意程度均可”。[②] 马什建立了选修课制度（为美国首例），接收非全日制学生，允许学生按照掌握课程资料所需的时间尽量提前或延后毕业，不鼓励正式考试，并在高年级加入哲学课程，用来让学生认识所有知识都会归于一统。二十五年后，有位教员总结道，这一计划寻求：

> 使不同院系各式各样的学习具有一致性，因此其不同部分多少会表现出统一。不是聚合，也不是并列，更不会仅仅是逻辑安排，而是自然发展、生长的统一。也因此，以正确方式追求、学习的过程，对学生的思想来说，会是一个不断成长、放大的过程。[③]

这是教育领域的有机论。

这一计划也取得了巨大成功。马什前来就任时，这所大学正处于水

---

① Frederick Henry Hedge, James Elliot Cabot, *A Memoir of Ralph Waldo Emerson* (Boston: Houghton Mifflin, 1888), 1: 244.

② G. W. Benedict, *An Exposition of the System of Instruction and Discipline Pursued in the University of Vermont*, 2nd ed. (Burlington, Vt.: Chauncey Goodrich, 1831), 16.

③ John Wheeler, *A Historical Discourse by Rev. John Wheeler, D. D.*, *Delivered on the Occasion of the Semi-Centennial Anniversary of the University of Vermont* (Burlington, Vt.: Free Press, 1854), 38.

深火热之中；到他 1833 年从校长一职卸任转而坐上哲学教席时，佛蒙特大学成了新英格兰地区高等教育领域最受人尊崇的学校之一。马什也有意确保了交接班有序进行。当他回到教学岗位之后，接任他校长职位的是一位达特茅斯学院的老朋友约翰·惠勒；1842 年，马什死于结核病之后，另一位达特茅斯朋友约瑟夫·托里接过了他的哲学教席，而这位托里后来也成了佛蒙特大学校长。这些人都和马什一样出身于达特茅斯学院，跟马什有着同样的哲学观点和教育理念。他们前仆后继，确保了佛蒙特大学的学生在四十多年里都能受到所谓“伯灵顿哲学”的培养。

伯灵顿哲学就是超验主义，但不是爱默生式的超验主义。马什说到“直觉”时，他的意思并不是“感觉”，甚至可以说几乎刚好与“感觉”相反：他说的是严格内省，缜密分析。他之所以对柯勒律治感兴趣，完全是因为他相信柯勒律治（在康德的帮助下）创建了一个完整的、合乎逻辑的体系。至于说爱默生，马什认为（他也没理解错）他把直觉的概念当成了完全放弃系统性思考的借口。1837 年至 1838 年的冬天，爱默生在波士顿共济会教堂发表了一系列以“人类文化”为主题的演说。当这些演说的内容传到伯灵顿的马什那里时，他表示作呕。他对理查德·亨利·达纳写道：“这……只不过是伊壁鸠鲁的无神论穿上了令人眼花缭乱的衣服，都几乎没有什么像样的伪装，但可能也会有不少人上当。”[①]数年后他还向另一位笔友抱怨：“波士顿的超验主义，整个来讲倒不如说实在是肤浅得很。……他们自称没有统一的体系，但似乎人人都在说此时此刻的灵感，以为全都来自所有人的心灵，然而十有八九不过是从自己肚子里来的。”[②]这不过是令人目盲耳聋口爽的哲学又来了一遍，而这回连哲学都不见了。

佛蒙特的超验主义正如其达特茅斯学院危机的渊源，以及其偶像柯

① James Marsh to Richard Henry Dana, March 8, 1838, *Coleridge's American Disciples*, 218.
② James Marsh to Henry J. Raymond, March 21, 1841, *Coleridge's American Disciples*, 256.

勒律治的著作，从根本上讲是保守的。这是为了保存那些机构，而不是（像康科德的超验主义者那样）要忽略、揭穿或改造它们。其社群主义是基督教圣餐的社群主义，而不是乌托邦农场的社群主义。马什去佛蒙特大学之前曾在弗吉尼亚州一所大学任教，他也讨厌奴隶制；但是他认为，改革的正确方法蕴藏在南方白人心中。继他之后成为校长的约翰·惠勒反对内战：他相信奴隶制可能要变得仁慈一些，但并不认为需要废除奴隶制。那些坚持加尔文主义教条的人也持有这样的观点：相信人类的道德堕落永远无法从这个世界上根除；波士顿的超验主义者则对此深恶痛绝。

4

佛蒙特超验主义者的政治观点并不能算是大多数佛蒙特人的政治观点。在美国，佛蒙特可能是废奴最为坚决的州。1777 年，该州就已将蓄奴列为非法，开各殖民地之先河。而在南北战争期间，有 37 000 名佛蒙特人慷慨从军，其中差不多 34 000 人都是志愿兵。战争期间，佛蒙特州捐躯赴国难的人，比北方别的州都要多①。

1861 年夏天林肯第一次征召志愿兵入伍时，阿奇博尔德·杜威已将近知天命之年，但他还是卖掉了自己的小商店，入伍到佛蒙特州第一骑兵团当了个军需官。1862 年他离开该团，之后又重新入伍，并被提升为上尉。佛蒙特州第一骑兵团参加了七十五场战役，一直战斗到南北战争结束之时，最早的兵员中死难者超过三分之一。当李将军宣布投降时，这个骑兵团正在阿波马托克斯县法院之役中执行波托马克军团历史上最后一

① G. G. Benedict, *Vermont in the Civil War: A History of the Part Taken by the Vermont Soldiers and Sailors in the War for the Union*, *1861 – 5* (Burlington, Vt.: Free Press, 1886 – 88), vol. 1, 1 – 2.

次骑兵冲锋的命令[①]。整个战争中阿奇博尔德·杜威都在部队里。1864年约翰五岁时,卢奇娜·杜威把家里房子卖了,搬到弗吉尼亚州跟丈夫住到一起。一家人直到1867年才又搬回伯灵顿。

约翰·杜威在一个十分有社会责任感氛围的家庭中长大。阿奇博尔德一辈子都是个共和党死硬派。在1876年的总统竞选中,有一阵似乎民主党候选人塞缪尔·蒂尔登已经打败共和党候选人拉瑟福德·海斯赢得了总统职位,约翰·杜威把消息告诉了父亲。阿奇博尔德·杜威答道:"那我们这场仗可就白打了。"[②](后来宣布海斯在美国选举人团中以一票的微弱优势胜出。1868年到1892年间共有四位联邦将军当选美国总统,他是第三位。)卢奇娜·杜威是传统的公理会信徒,也相信原罪,不过在社会活动方面也很活跃。她在本地一家名叫"亚当斯教会之家"的慈善机构工作,她锐意改革、关心穷人利益的名声在伯灵顿家喻户晓。

卢奇娜·杜威最要好的朋友是萨拉·佩因·托里,她的父亲就是继马什之后先是当了哲学教授后来又当上佛蒙特大学校长的约瑟夫·托里。萨拉·托里的丈夫是约瑟夫·托里的侄子(换句话说,也就是她自己的堂弟)亨利·奥古斯塔斯·皮尔逊·托里。亨利·托里出生于马萨诸塞州,但很小的时候就搬去伯灵顿由自己的伯父抚养长大(在伯父家里他大概有大量机会来赢得未来妻子的芳心)。1858年他从佛蒙特大学毕业,1867年约瑟夫·托里去世之后,他接过了伯父的哲学教席。他从来没有特别受过哲学教育——当任命下达时,他正在佛蒙特州别的地方当牧师——因此当哲学教授的头三年,他都在刻苦学习康德的德语著作,好让自己赶上伯灵顿哲学的步伐。从学术上来说,亨利·托里是詹姆斯·马什的嫡系。他用自己伯父编写的一卷《詹姆斯·马什牧师遗稿》当教

---

① Benedict, *Vermont in the Civil War*, vol. 2, 685, 692 - 4.

② Lewis Feuer, "H. A. P. Torrey and John Dewey: Teacher and Pupil", *American Quarterly*, 10 (1958): 52.

材，约翰·杜威就是他的门生。

杜威是个极为腼腆也极为自谦的年轻人。他十分讨厌母亲咄咄逼人的宗教热情，但抵抗这种热情似乎十分艰难，可能是因为他不喜欢争论，也可能是因为不值当的想法与他自己无能为力的感觉交相辉映。作为学生他有那么一点儿桀骜不驯，但他把书本当成是社会压力的避难所。他在哲学上的雄心壮志被激发起来是在生物学课堂上。他分到了一本托马斯·赫胥黎的生理学教材，从中发现赫胥黎将人体描述为相互依存、相互关联的有机体，这幅生命图景令人心潮澎湃。多年以后杜威写道，这本书提供了"任何领域的素材都应当遵循的一种类型或观点模型。至少在潜意识中，我被引导着开始盼望一个世界、一种生命，在从对赫胥黎所探讨内容的研究衍生出来的图景中，人类有机体拥有与我所盼望的世界和生命同样的特性"。①

这就是詹姆斯·马什构建知识的方式，也就是整个混合、关联起来；因此当杜威成为亨利·托里的弟子时，他已经准备好接受伯灵顿哲学了。托里的课人称"曼斯菲尔德课程"，因为教室就对着佛蒙特州的最高峰曼斯菲尔德。课程始于将曼斯菲尔德峰考虑为物理事实，接下来则讨论作为心理概念的曼斯菲尔德峰——也就是说，先是由知性认识到的山峰，随后是由理性认识到的山峰。杜威在课堂上读到了马什版的《有助沉思》，热情接受了哲学与宗教信仰的结合。在他身上，这种结合达到了预期的效果，使得对基督的虔敬与现代思想——比如说达尔文生物学——看起来水乳交融。多年以后他说，马什的版本是"我的第一本《圣经》"②。

---

① John Dewey, "From Absolutism to Experimentalism" (1930), *The Later Works, 1925–1953*, ed. Jo Ann Boydston (Carbondale: Southern Illinois University Press, 1981–90), vol. 5, 147–8. Jane M. Dewey, ed., "Biography of John Dewey," in *The Philosophy of John Dewey*, ed. Paul Arthur Schilpp and Lewis Edwin Hahn, 3rd ed. (La Salle, Ill.: Open Court, 1989), 10.

② Lamont, ed., *Dialogue on John Dewey*, 15.

在马什那个年代，他的康德主义算得上是离经叛道；但到了 1870 年代末，也就是杜威在伯灵顿求学之时，康德主义的锋芒早已消逝。亨利·托里极为虔诚。他对社交事务，或是他的书斋和教会之外的其他任何事务都没有什么兴趣。在杜威的记忆中，他是个伟大的思想家，但也很羞怯。当杜威结束在宾夕法尼亚为期两年的教书育人工作回到伯灵顿时，他找到托里，继续做他的及门弟子。托里教杜威怎么读德语，他们还会在树林里一起散步，讨论康德。在这样的环境中杜威发现老师没那么拘谨了，但也只是好那么一点点而已。他后来的印象是，觉得他被教条束缚了手脚。杜威记得有一次散步时托里对他说："毫无疑问，泛神论是理性看来最令人满意的形而上学的形式，但这与宗教信仰背道而驰。"[①]这一评论非常清楚地表明，伯灵顿的油箱已经空了。毕竟马什发展出自己的哲学，是为了证明没有哪种值得坚守的信念，会在哲学上令人满意，却在宗教信仰上不可接受。托里承认自己无法让他认为合乎逻辑的事情和他认为正统的事情协调一致，就等于承认康德和柯勒律治并没有愈合马什声称他们愈合了的裂缝。

但托里似乎已经让杜威对他的哲学能力充满了信心。在他们一起切磋的岁月里，杜威写了两篇短文——《唯物主义的形而上学假设》和《斯宾诺莎的泛神论》，都是在为伯灵顿理论辩护——并投给了《思辨哲学杂志》（十三年前，年轻的查尔斯·皮尔士发表在这本杂志上的关于认知的文章让威廉·詹姆斯既神魂颠倒又大惑不解）。两篇文章都被接受了。到了 1882 年，杜威前去申请巴尔的摩约翰·霍普金斯大学的研究生院。托里给他写了两次推荐信，第一次是为了入学，第二次是一年后，为了一个研究员职位。两封推荐信都大力肯定了杜威的能力，并保证杜威"天生的拘

① Dewey, "From Absolutism to Experimentalism," 148.

谨……在更亲密的朋友中间会大为减少”[1]。佛蒙特大学校长马修·巴克姆也写了封信,说杜威“一直很靠谱、很友善”,但他补充道,也相当寡言少语。巴克姆甚至怀疑,杜威有没有“作为教师理应具备的教条主义程度”。[2]

杜威被霍普金斯大学接收入学,但申请第一年的研究员职位却被拒绝了。他又写了一封信给大学校长想要一笔奖学金,但也遭到拒绝。他找一位亲戚借了500块钱,义无反顾地离家远行:这表明,他已经没有耐心继续在佛蒙特待下去了。

---

① H. A. P. Torrey to Daniel Coit Gilman, April 5, 1883, *Daniel Coit Gilman Papers*, Ms. 1, Milton S. Eisenhower Library, Johns Hopkins University.

② Matthew H. Buckham to Daniel Coit Gilman, April 3, 1883, *Gilman Papers*.

第十一章　巴尔的摩

1

1882年的约翰·霍普金斯大学还没有真正设立哲学系，但并不是因为缺乏资源。尽管这所大学才刚刚创立六年，但捐资甚众，开局就十分令人瞩目。这所大学是用一笔700万美元遗赠中的一半创建的，这是当时美国最大的一笔私人遗赠，主要以巴尔的摩与俄亥俄铁路公司股票的形式，由巴尔的摩的一位金融家遗留下来。（700万美元的另一半用来建了一家医院。可资比较的是，截至南北战争时期对教育机构的最大一笔私人捐赠是阿博特·劳伦斯的5万美元，捐给哈佛帮助筹建能让阿加西留下来的理学院。）尽管约翰·霍普金斯对于他打算以自己名字创立的大学要有怎样的特性没留下什么特别说明，但他的遗产受托人决定建立一所主要致力于学术研究和博士教育的学校。霍普金斯也提供本科教学，但主要宗旨还是想成为高等教育中心，这在美国还是头一家。

受托人选中监督大学建设工作的人是丹尼尔·柯伊特·吉尔曼，是由查尔斯·威廉·艾略特推荐的。这两个人的职业生涯异曲同工。吉尔曼之前在耶鲁，1850年代去了欧洲，在圣彼得堡美国公使馆当参赞。在此期间，他考查了学校制度，还在柏林大学学习了一年（专业是地理）。1856年，他回到耶鲁，帮助耶鲁建起了自己的理学院谢菲尔德学院。艾

朱丽叶·皮尔士，1883 年，是年与查尔斯·皮尔士结婚（得克萨斯理工大学实用主义研究所塔特尔藏品，哈佛大学哲学系授权使用）。

略特与此类似，曾在哈佛致力于提高劳伦斯理学院的水准。吉尔曼被召往巴尔的摩时正在加利福尼亚大学当校长，时年四十三岁。

整个19世纪，到德国求学的美国人有九千多人。跟其中很多人一样，吉尔曼对德国的大学印象深刻——尤其是对美国来的人而言，有两个特征极为显著。其一是运行良好的学术自由原则（至少在多数美国人入学就读的哥廷根和柏林这两所学校是这样的）；其二是皓首穷经的科学研究，"纯学术"——就知识本身而言的思想。在德国，学术自由和"纯学术"有着特殊意涵：两者都与民族主义的精神息息相关，也跟个人精神发展的概念，也就是"自我成长"脱不开干系。尽管大部分美国人都将德国大学视为可资采用的机构模式，他们还是倾向于将其简化为一项：科学[①]。

在哈佛，艾略特通过在本科生中实行选修课制度，以"自由"的名义（这个名义他经常援引）将课程现代化了（到1900年，他几乎取消了哈佛的所有毕业要求，带来的无心插柳的结果就是超过半数的学生到毕业时都只修了四年的入门课程）。他还让专业学院都以本科学位为录取的先决条件，借此对专业学院进行了现代化改造，包括医学院、法学院和理学院。（在艾略特当校长的第一年，也就是1869年至1870年间，哈佛法学院的半数学生，以及哈佛医学院近四分之三的学生都没有学士学位——这就是为什么从来没有读过一天本科的亨利·詹姆斯能于1862年入学哈佛法学院就读。他的哥哥威廉在拿到医学博士之前也没有别的学位，虽说他也曾在劳伦斯理学院有过一段优哉游哉的时光。）

但艾略特这个人有点儿过于急功近利，仅仅追求知识本身的价值并不能令他满足。在他看来，研究就应当产生实际利益——他曾经在一个

① Richard Hofstadter and Walter P. Metzger, *The Development of Academic Freedom in the United States* (New York: Columbia University Press, 1955), 367 - 407; Hugh Hawkins, *Pioneer: A History of the Johns Hopkins University, 1874 - 1889* (Ithaca, N. Y.: Cornell University Press, 1960); and Laurence R. Veysey, *The Emergence of the American University* (Chicago: University of Chicago Press, 1965), 121 - 79.

语文学家协会中发表讲话，要求他们对工业文明作出贡献——另外，虽然他为本科毕业生设立了某种形式的成人教育规划（昌西·赖特就在这个计划中执教），对于建立真正的研究生院却行动迟缓[①]。慢吞吞的哈佛给了吉尔曼可乘之机。

吉尔曼开始大肆招兵买马，大有让霍普金斯一举囊括全世界最顶尖学者之势，而对于打劫曾举荐他获得这份职位的人所在的学校，他也鲜有愧意。他试过招揽本杰明·皮尔士，也试过招揽拉姆福德化学教授沃尔科特·吉布斯（当初他接受这个职位可小心了，艾略特从来没有原谅他夺去了自己梦寐以求的职位），然而这些努力都失败了。不过吉尔曼在别的方面取得了成功，学校开张四年后的 1880 年，约翰·霍普金斯已经有了一百多名研究生（哈佛这时候才四十一人），其教员发表的研究论文与过去二十年美国其他所有大学教员发表过的论文总数相当。到杜威毕业的 1884 年，霍普金斯有五十三名教授，几乎全都在德国留过学，其中十三人有博士学位，而美国直到 1861 年才开始颁发博士学位。霍普金斯成了巴尔的摩的哥廷根。

但吉尔曼却很难找到一位哲学家[②]。困难有两个。其一是与 19 世

---

① Henry James, *Charles W. Eliot, President of Harvard University, 1869 - 1909*, 2 vols. (Boston: Houghton Mifflin, 1930); Samuel Eliot Morison, *Three Centuries of Harvard, 1636 - 1936* (Cambridge, Mass.: Harvard University Press, 1936), 323 - 438; Veysey, *The Emergence of the American University*, 57 - 120; Hugh Hawkins, *Between Harvard and America: The Educational Leadership of Charles W. Eliot* (New York: Oxford University Press, 1971); and Burton J. Bledstein, *The Culture of Professionalism: The Middle Class and the Development of Higher Education in America* (New York: Norton, 1976), 129 - 202, 248 - 331.

② Max H. Fisch [and Jackson I. Cope], "Peirce at the Johns Hopkins University," in *Fisch, Peirce, Semeiotic, and Pragmatism: Essays*, ed. Kenneth Laine Ketner and Christian J. W. Kloesel (Bloomington: Indiana University Press, 1986), 38 - 45; Julie A. Reuben, *The Making of the Modern University: Intellectual Transformation and the Marginalization of Morality* (Chicago: University of Chicago Press, 1996), 88 - 95; and Jon H. Roberts and James Turner, *The Sacred and the Secular University* (Princeton: Princeton University Press, 2000), 43 - 71.

纪晚期人们对“科学”一词的内涵的理解有关的公共关系问题。很多美国人去德国上大学是为了在实验室里干活，而他们回到美国时带回来的关于科学的概念属于经验主义和实证主义——也就是说，反对需要援引不可观测的实体的解释。“纯科学”意味着不感情用事，努力将对现象的解释简化为因果关系的物理定律，将知识的范围限定为可测量的事物。这同样意味着不需要假设有上帝存在——不只是在恒星、岩石、鸟兽草木中，自从有了达尔文，就连人类本身的存在都不需要假设有上帝了。将这种精神与多数美国人所理解的道德原则协调起来，使之源自神启并且有赖于人类拥有的自由意志的能力，是一项非常棘手的任务。

几乎就在这所新学校于 1876 年 9 月开张的那天，吉尔曼就深刻领会到这项任务究竟有多棘手。开学演讲是托马斯·赫胥黎带来的，他不只是除了达尔文本人之外全世界与达尔文主义关系最为密切的人，也刚好是创造了“不可知论者”一词的人。他出席典礼是个信号。新闻媒体注意到，典礼上没有任何形式的祈祷、祝福或关涉宗教信仰的地方，这同样是个信号。吉尔曼本人是个教徒，发现自己要面对霍普金斯不敬神的公众印象。在这所致力于实证主义科学议题的大学中，他需要表现出对基督教价值观的忠诚。

这跟詹姆斯·马什在五十年前所要面对的完全是同一个问题：使理性与信仰协调一致。吉尔曼可以要点手腕来解决这个问题，但也仅此而已。在任何学术研究领域内他都可以让科学家和神学家在各自的地盘上独立自主，依靠君子之风让大家相安无事，但有一个领域他绝难做到，这就是哲学。在研究机构中聘用一位敌视科学的哲学家只会事与愿违；但要是这个人跟神启针锋相对，那也等于自寻死路。马什的梦想也成了吉尔曼的梦想：找到一个研究主题是科学和宗教世界观的综合体、能将物理学与神学协调起来的人。当然对吉尔曼来说这个问题更加艰难，因为跟马什不同，他真的相信物理学。

这个问题也因为哲学领域自身存在的一个问题而更加让人大伤脑筋[①]。在马什的年代，讨论"人类心灵的法则"就是谈论哲学。这也是为什么马什和柯勒律治能"驳斥"洛克和休谟关于心灵如何作用的完全出于臆测的论述，并代之以他们自己同样完全出于臆测的另一番论述。这些作家笔下的究竟是属于"哲学"还是"心理学"，对他们来说没有任何意义。心理学只不过是哲学家谈到心灵的时候说的那些东西而已，是同一个领域的不同部分，都从属于"精神科学"。

到了吉尔曼的时代，这个领域一分为二。1867 年威廉·詹姆斯前往德国，是为了研究当时最热门的科学领域：生理心理学，有时候也叫精神物理学。生理心理学建立在心灵（意识）和大脑（身体器官）的区分之上，其前提是所有的心理活动都与大脑过程密切相关，任何意识都有物理基础。因此，"精神科学"变成了实验科学，不再是内自省；变成了在实验室中观测神经系统的反应，而不是在藏书楼中冥思苦想理性的普遍规律。

在生理心理学最强硬的版本中，感情和思想实际上都被看成是大脑的分泌物，是纯粹有机变化的副产品。物质（即身体）沿着物理定律铺好的轨道运行，心灵则如影随形。赫胥黎汽笛的比喻一时风行。他在 1874 年写道：

> 野兽的意识似乎与它们身体的机制有关，只是身体机制起作用的副产品，也对身体机制的作用完全没有任何修正能力，就好像汽笛

① John Theodore Merz, *A History of European Thought in the Nineteenth Century* (Edinburgh and London: William Blackwood, 1904 - 12), vol. 2, 465 - 547; Robert M. Young, (Oxford: Clarendon Press, 1970); John M. O'Donnell, *The Origins of Behaviorism: American Psychology, 1870 - 1920* (New York: New York University Press, 1985); Kurt Danziger, *Constructing the Subject: Historical Origins of Psychological Research* (Cambridge, England: Cambridge University Press, 1990), 1 - 48; Roger Smith, *The Norton History of the Human Sciences* (New York: Norton, 1997), 492 - 529; and Edward S. Reed, *From Soul to Mind: The Emergence of Psychology from Erasmus Darwin to William James* (New Haven: Yale University Press, 1997).

只是伴随火车发动机运转而来，不会对机器产生任何影响。……适用于野兽的论证也同样适用于人类。……我们的全部意识状态也跟它们的一样，是大脑内容物的分子变化导致的即时结果。……没有证据能够证明，有任何意识状态是有机体运动发生变化的原因。……我们是有意识的自动机器人。①

赫胥黎并不认为这就让哲学没有了立足之地。他只不过觉得，关于心灵，哲学家无论说过什么都算不上是科学。哲学是"形而上学"，是研究没有空间维度也没有时间维度的事物的学问，因此也无法测度。这也就是他所说的"不可知论"的意思：任何无法测量的事物都必须保持未知、不可知。赫胥黎反对精神过程导致身体变化的假说——也就是说，认为心灵是发动机，而身体是汽笛——因为无法用科学方法来检验。

生理心理学为心理研究带来了实验基础——使认识论成为实验科学——由此产生的新领域叫做新心理学。其结果就是，我们现在所谓的心理学将自己建设成了现代意义上的学科——也就是说，成了一个有专门研究对象的领域——远远早于我们现在所谓的哲学②。如果心灵可以从科学角度去研究，而不能用科学去研究的就不能称之为知识，那么哲学的研究对象究竟是什么？人们对可靠的数据资料有根深蒂固的偏好，因此如果心理学想宣称自己才是真正的精神科学，就会大有优势。哲学要么重新定义自身，要么就得冒着风险走向神学。因此吉尔曼想为自己的新学校聘用一位哲学教授时，他搜寻的这个领域前途未卜。在一场可能谁也无法冲过终点的赛马中，他没办法知道该在哪一匹身上下注。

吉尔曼妄图窃为己有的哈佛教授中，有一位是威廉·詹姆斯。这个

① T[homas] H. Huxley, "On the Hypothesis that Animals Are Automata, and Its History," *Fortnightly Review*, n. s. 16 (1874): 575, 577.

② Reed, *From Soul to Mind*, 185 - 7.

挖墙脚的过程很符合詹姆斯的一贯风格：从1875年到1881年，詹姆斯就到底要不要接受霍普金斯的邀约，改了四回主意。那段时间詹姆斯术业有专攻的领域是生理学。1875年，他在哈佛开创了美国第一个心理学实验室（建在比较动物学博物馆中路易·阿加西曾用作私人办公室的地方）；1878年，他跟出版商亨利·霍尔特签了份合同，要写一本教材，他提出的书名是《作为自然科学的心理学》①——这个叫法是从当时德国实验心理学界的领军人物威廉·冯特那里借用的。因此，霍普金斯作为一个保证不会受到有关思想的陈旧思考方式束缚的地方，对詹姆斯有着天然的吸引力。1879年，他在给吉尔曼的信中写道："在很多方面，我都更认同您的大学，而不是我现在这所。"

但1878年詹姆斯也成家了，这件事让他妹妹爱丽丝陷入了永久性的身心失调状态，他的父母也年老体衰。詹姆斯向吉尔曼解释道，家庭责任让他只能留在剑桥（尽管两年之后，同样的责任感并没有阻挡他再次写信给吉尔曼，声称自己可以接受霍普金斯的职位），同时他对哲学系也有建言。他告诉吉尔曼：

> 如果你想任命的第一位教授得搞过独创性研究，那我真不知道该推荐谁。如果你只是想找个搞哲学的学者，找个能引领学生穿过这门学科历史的专家，那我猜莫里斯会是完美人选。……在心理学界，我所知道的仅有的适当人选是皮尔士和霍尔。皮尔士的缺点你是知道的。霍尔尽管很有创意也很能干，但也许缺乏实践和组织能力，而约翰·霍普金斯大学当下迫切需要教授有这样的能力。②

---

① William James to Henry Holt, November 22, 1878, *The Correspondence of William James*, ed. Ignas K. Skrupskelis and Elizabeth M. Berkeley (Charlottesville: University Press of Virginia, 1992-), vol. 5, 24.

② William James to Daniel Coit Gilman, January 18, 1879, *The Correspondence of William James*, vol. 5, 35-6.

这可算不上史上最热情洋溢的推荐信，不过吉尔曼照单全收，把三个人全都招了进来。然而他还是留了一手，所有的任命都只不过是兼职讲师而已。在做出永久性安排之前，他想看看哪匹马跑得最棒。

2

约翰·杜威于1882年秋天前往霍普金斯就学时，吉尔曼试图劝他转学理科，这可以表明吉尔曼对哲学的学术未来充满疑虑。但杜威还是更愿师从一位哲学家。他可以在詹姆斯的信中提到的三位学者中做出选择：乔治·西尔维斯特·莫里斯和格兰维尔·斯坦利·霍尔，两人按学期轮换教学；以及查尔斯·皮尔士，他上全年的课程但只是兼职，另外还得兼顾海岸调查局的工作。杜威选了莫里斯。对于佛蒙特超验主义者来说，这一举动顺理成章。

伯灵顿哲学最有意思的地方在于它成功存活了多长时间。这是因为，整个体系都是以显而易见的误解为基础的。与柯勒律治、马什以及马什在佛蒙特大学的后继者的全部教导截然相反，康德从未声称我们可以通过审视我们自身的思想，或任何其他方式来证明宗教真理。康德认同经验主义对我们可以通过感官感知的事物和因为超感官而不可能感知的事物(比如上帝)做出的区分。他的理想不是驳斥经验主义，实际上他希望，能创立与牛顿式科学协调一致的哲学。他只是想解释人类为什么确实"知道"他们无法通过感官来理解的某些事物，从而超越经验主义。

其中之一——对牛顿式科学来说不可或缺的一个概念——是因果关系。因果关系看不见摸不着，我们能看到的只是一个现象接着一个现象发生。大卫·休谟的著名论断就是，相信因果关系只是一种思维习惯，这种习惯来自不断看到事件X后面紧接着事件Y的重复经验。休谟认为，这一经验并不能让我们有理由相信，X"导致了"Y，甚至都没有理由相信下次我们观察到X时就一定会紧接着看到Y发生。从经验角度来讲，相信因果关系是一种迷信。时间和空间同样也不能解释为通过感官得到的印象。视网膜图像是二维的，我们看着这个二维图像的时候，是怎么“知道”物理世界还有第三个维度的呢？然而我们不只是相信空间、时间和因果关系是真实的，我们也无法不相信这些。知道这些，是我们认识这个我们经验的世界中其他所有事情的先决条件。知识不但放之四海皆准，而且离了它就寸步难行。如果知识并非通过感官而获得，那又是从哪里来的呢？

康德试图回答的问题实际上就是：这个世界为什么如此和谐？我们的感官并没有把世界理解为统一的整体。感官所感觉到的，是互不相关的现象排成无休无止的队列，独一无二的事件接二连三地出现。但只要稍微有一点点经验，谁都会理所当然地认为，这个世界在空间上、时间上和因果关系上都是井然有序的——一个和谐的世界。这不可能只是秩序在随机波动上的主观投射，因为所有人都是以大致相同的方式（也就是依据因果、时间和空间）对经验加以排序的，他们也从未遇到过不符合这一顺序的可感知现象。如果有非因非果或不受时间影响的实体，我们也无法用自己的感官去感知它。

康德的结论是，心灵不可能完全是一张白纸，而是必须附加有某种“分类”，比如因果关系，从而能为我们将经验组织起来。而外部世界的原始现象自身必须只在符合这种组织方式的时候才是可知的。也就是说，心灵的分类体系并非强加于现象；现象就是由这一分类体系组成的。只有在这种分类背景下能够体验到的才是可知的；因此，无所不在的、永恒的或是没有前因后果的任何事物——神祇、自由意志、不朽——都不可知。对于人们为什么会相信这些超感官的实体，康德有自己的理论，但他并不认为心灵有能力“知道”这些。可感知的事物与精神上的事物之间的鸿沟，马什声称已经弥合，但并不是由康德来弥合的。

马什之所以会犯这样的错误，是因为柯勒律治是通过康德的两位信徒的著作来理解康德的，这就是费希特和谢林，而他俩对超越经验主义的热望还要彻底得多。马什当年卸任佛蒙特大学校长一职，是为了将全副身心都用于创建全部知识的系统性理论；但他起了个头之后就发现，柯勒律治误导了他，要完成他设想的这项任务，光以康德的哲学为基础还远远不够。马什在完成自己的体系之前就去世了，但在去世之前，他已经从康德转向了黑格尔[①]。

黑格尔当然有全部知识的系统性理论。他完成了费希特和谢林开始的对康德的修正，最终对"世界为什么如此和谐?"这个问题构造出了一个有史以来最宏伟的答案。他能有此成就，不是由于他拒绝了康德的理论，而是因为(他相信)自己"完成"了康德的理论[②]。尽管我们认定这个世界是统一的，我们却并不能自己掌握这种统一性。我们的精神受到时间和空间的限制——我们只能察觉此时此刻出现在我们面前的事物——我们的认知因此也是局部的、相互关联的。但是，尽管人类的精神无法一下子就知道所有事实，必定有某些精神能够做到——因为正如康德所证明的，事物并不是生来就那么和谐，需要有精神来让事物的存在易于理解。这样的精神——能够完整体察这个世界的精神——必定不能被时间、空间和因果关系束缚。对这种莫可名状的实体，黑格尔起的名字是"绝对"。从绝对精神的角度来看，康德哲学视为独立的、对立的实体，比如"心灵"和"现象"，被揭示为只不过是一个有机整体的两个方面，是理解不可分割的统一性的局部方式。

黑格尔认为，绝对不只是会在自然中得到展现(谢林也如此认为，并

---

① John J. Duffy, *Introduction to Coleridge's American Disciples: The Selected Correspondence of James Marsh*, ed. Duffy (Amherst: University of Massachusetts Press, 1973), 25-6.

② Georg Wilhelm Friedrich Hegel to Friedrich Schelling, April 16, 1795:"从康德的哲学体系及其高度完成性出发，我期待德国会出现剧变。"(*Hegel: The Letters*, trans. Clark Butler and Christiane Seiler [Bloomington: Indiana University Press, 1984], 35.)

这样教导自己的学生，比如路易·阿加西)，也会在历史中得到展现。在绝对精神中，现实是一种观念，而历史就是这种观念在意识中逐渐起作用。(很容易看到，这里与阿加西的理念有相似之处：胚胎发育过程概括了造物主的永恒“思想”。)观念始终存在，但只能在人类的集体意识中，也只能通过时间具体体现出来——就像(黑格尔说的)“这样一个圆圈，预悬它的终点为目的并以它的终点为起点，而且只当它实现并达到它的终点它才是现实的”。对于“这个世界自在而存在着的东西”[①]的真正知识，黑格尔称之为“科学”(Wissenschaft)；获得这种知识所需的教育，就是德国人所谓的成长(Bildung)。因此在德国人看来，科学教育不在于数据积累，甚至也不在于个人启蒙，而关乎于共同成长，其终极就是精神上的完整性。

杜威在霍普金斯选择追随的乔治·莫里斯，就是黑格尔的信徒。跟杜威一样，莫里斯也是佛蒙特人，他父亲也是废奴主义者。1840 年他出生于诺维奇，是在达特茅斯上的学。内战期间他在佛蒙特州第十六团服役(担任邮政局长助理)，退役后就读于纽约联合神学院，在那里误入歧途读了大卫·休谟的著作，结果遭遇了一场严重的信仰危机。1866 年莫里斯去了柏林，在那里度过了两年有些低落的生活(跟威廉·詹姆斯在同一个城市同样忧郁的暂居生活在时间上部分重合)，师从弗里德里希·阿道夫·特兰德伦堡，这位哲学家是黑格尔的死对头。莫里斯回到美国时，他的未婚妻拒绝见他，因为“他变得那么博学多才，在宗教观念上也有了太多改变，因此她很怕他”。[②]

同样的疑虑——他的宗教信仰摇摇欲坠——也让莫里斯没办法找到

① G. W. F. Hegel, *Phänomenologie des Geistes*, *Gesammelte Werke*, (Hamburg: Felix Meiner Verlag, 1968-), vol. 9, 18, 33. *The Phenomenology of Mind*, trans. J. M. Baillie, 2nd ed. (London: Macmillan, 1931), 81, 86.

② R. M. Wenley, *The Life and Work of George Sylvester Morris: A Chapter in the History of American Thought in the Nineteenth Century* (New York: Macmillan, 1917), 118. 这段话是在引号中，但出处并不清楚，有可能是莫里斯给姐姐的信中的一段话。

一份哲学教职。后来他去了一个纽约银行家杰西·赛利格曼家里给他的孩子做家教,直到1870年才在密歇根大学找到一个现代语言文学教授的职位。1877年他开始在霍普金斯兼职教学,但同时也保留了密歇根大学的教授职位。与此同时,他的哲学观念也已经与经验主义渐行渐远。1880年,他开始阅读英国黑格尔主义者托马斯·希尔·格林的著作,到杜威出现在霍普金斯的时候,莫里斯已经变成了彻头彻尾的黑格尔主义者。

马什如果活得够久,他运用黑格尔的方式一定会跟莫里斯的方式一模一样:调和理性与信仰。这是因为,黑格尔在哲学上得出的绝对的属性,与基督教带来神启的上帝的属性完全一致(这并非巧合)。莫里斯觉得,像赫胥黎这样的人宣称科学思想和宗教信仰道分殊途,也分属不同的领域,这种看法是错误的。莫里斯认为:"宗教,作为绝对的前提条件和所需知识,和哲学,作为绝对的纯粹、无偏见的求索和论证,前者就好像后者的土壤一样。……'人类理性'并没有因基督的观念而被证明有误,反而是因基督的观念而得到加强、阐明、证实,不,是得到完成。"①这几乎完全就是半个多世纪前马什在介绍柯勒律治时所主张的"基督教信仰是人类理性的最佳范本"的翻版。莫里斯对教育的整体构想也与马什遥相呼应。莫里斯坚持认为,任何学科,"除非有适当的整体知识相伴随,否则"都不应从事。"这门学科必须是正确构想出来,是整体知识的有机的、鲜活的一部分。"②

莫里斯是个一丝不苟的人。杜威后来这么说他:"他朴素的外表、挺

① George Sylvester Morris, *Philosophy and Christianity: Syllabus of a Course of Eight Lectures* (New York: Robert Carter, 1883), 19, 273.
② George Sylvester Morris, "The University and Philosophy," *Johns Hopkins University Circulars*, 2 (1883): 54.

直的身躯，仿佛只是为了体现思想而存在。"[①]很可能也正是因此，他的未婚妻才对跟这么个一心一意的无神论者度过一生感到惊恐万状。但他也并不像亨利·托里那样的人，生活得像个修道士一般。他的黑格尔主义让他的基督教成了一种对约定的信仰——因为在黑格尔那里，绝对不是在思想中得到体现，而是在历史中展开。马什教导说："基督教的胜利不是通过尝试撤离这个世界而赢得的，而是靠战胜这个世界；——靠留在这个世界上，并征服这个世界。人类的'普遍自我'不是个抽象概念，而是跟所有真正的普遍性一样，是在特定情境和机会中，也通过这样的特定情境和机会实现自身的这么一种能力。在普遍自我中，可以置入个性。"[②]自我实现是个社会过程。

莫里斯和杜威两人很快情投意合，惺惺相惜。莫里斯十分讨厌英国的经验主义——他似乎很是怪罪休谟毁了自己的生活——这与杜威早在佛蒙特时就已浸润其中的哲学成见颇有共鸣。莫里斯认为，英国人关于心灵的哲学框架，带着化为齑粉的感觉主义，表现出"病入膏肓的所有特征"[③]。他还常常在他的课堂上讲，约翰·斯图尔特·穆勒最不幸的就是生在最主要的功利主义者詹姆斯·穆勒家里，而不是生在约翰·戈特利布·费希特家里。但杜威同样是个一丝不苟的人。他对哲学的兴趣并不在于将其当成训练头脑的一种形式，而是当成生活指引，而黑格尔恰好就是他在寻找的指引。与托里简化版的康德主义相比，黑格尔的哲学对赫胥黎的"身体是一个整体的有机体"的说法做出了更切近的直接结论。多年以后杜威回忆道，黑格尔的哲学回应了：

① John Dewey to R. M. Wenley, December 1915, Wenley, *The Life and Work of George Sylvester Morris*, 313.
② Morris, *Philosophy and Christianity*, 250.
③ Morris, *Philosophy and Christianity*, 285.

统一的要求，这种要求无疑是强烈的感情热望，而且也是只有理智化了的主题才能满足的饥渴。……我认为，作为新英格兰文化遗产的结果在我身上产生的分隔、分散的感觉，那种分隔就好像是将自己从世界中孤立出来，将灵魂与身体隔绝开，将上帝与自然隔绝开一样；这种感觉，带来的压迫令人痛苦。——或者更应该说，是内心的撕裂。……黑格尔结合了主体与客体，物质与精神，以及神性与人性，这些结合……并不仅仅是脑海中的规划，而是成为一种解脱，令人如释重负。黑格尔对人类文化、习俗和艺术的处理，涉及要推翻同样的亘古不变的分割之墙，对我来说有着特别的吸引力。①

在霍普金斯的两年里，杜威上过莫里斯开设的每一门研究生课程。其中有五门分别讲的是希腊哲学中的"知识科学"、斯宾诺莎、英国哲学、德国哲学("还特别提及从康德到黑格尔的转变"②)以及黑格尔的历史哲学。到第一学期末，杜威已经成了莫里斯的得意门生。在向吉尔曼汇报自己的课堂情况时，莫里斯特别提到了杜威；("杜威先生在关于恩培多克勒的论文中，体现出新颖独特的尝试，想要在被认为出自这位哲学家的零章断简中找出理由，证明他那句格言'有共性的东西才能相互认识'是对的。"③)后来莫里斯回到密歇根大学不在霍普金斯的那几个学期写给吉尔曼的信中，都还问到杜威。第一学年结束的时候，杜威拿到了自己的研究职位。到第四学期时，他已经在给霍普金斯的本科生上课了。

① John Dewey, "From Absolutism to Experimentalism" (1930), *The Later Works, 1925 - 1953*, ed. Jo Ann Boydston (Carbondale: Southern Illinois University Press, 1981 - 90), vol. 5, 153.

② George Sylvester Morris, memorandum to Daniel Coit Gilman, 1884, *Daniel Coit Gilman Papers*, Ms. 1, Milton S. Eisenhower Library, Johns Hopkins University.

③ George Sylvester Morris, "Memorandum respecting the work of the Philosophical Seminary, September - December, 1882," March 12, 1883, *Gilman Papers*.

3

跟莫里斯一起在霍普金斯按学期轮流授课的人，曾经以莫里斯为职业上的楷模，他就是格兰维尔·斯坦利·霍尔。霍尔也出身于废奴主义者家庭。他来自阿什菲尔德，在马萨诸塞州西部（不在佛蒙特州，但相去不到三十公里）。他父亲给他争取到了兵役豁免，因此他得以到威廉姆斯学院上学，1867 年毕业后又去了纽约联合神学院，在那里碰到了从德国回来的莫里斯，对莫里斯极为钦佩，于是下定决心也要当哲学家。霍尔追随莫里斯的足迹到了如影随形的地步：1869 年他去了柏林大学，在特兰德伦堡门下学习，之后回到美国，没法找到教授哲学的活计，于是继莫里斯之后成为赛利格曼府上的西宾，最后于 1872 年去了中西部一所学校当修辞学和英语文学教授——不过他的大学是俄亥俄州的安提阿学院，不是密歇根。

霍尔热爱德国，部分原因是他在那里遇到的自由可不全是学术上的。他结识了一些德国女孩，多年以后当自述风流不会招致任何麻烦时他回忆道：

> 这些女孩子中有两个，先后跟她们在一起之后，我才第一次认识到爱情究竟是什么意思，又能带来什么。……我意识到自己是个男人，是就这个字眼最普通的意义上来说的男人。……这些伴侣不只是方便了我说德语，远为重要的是，她们唤醒了我到那时候为止一直不寻常地蛰伏和压抑着的能力，因此让生命显得更加丰富，也更加充满意义。①

---

① G. Stanley Hall, *Life and Confessions of a Psychologist* (New York: D. Appleton, 1923), 221 - 2.

尽管特兰德伦堡或许施加过什么可相抗衡的影响，霍尔也还是转而接受了黑格尔。在他最早的作品中，就有为《思辨哲学杂志》翻译的德国黑格尔主义者的文章。但霍尔也对学术风向极为关注：他不是那种认为只能专注于自己的学术志趣和职业前景的人。在安提阿学院期间，他对黑格尔感到深恶痛绝，在读到威廉·冯特的《生理心理学原理》之后，他决定改弦更张，去做新心理学家。于是 1876 年他去了剑桥，找到当时全国唯一算得上是专业生理学家的人，成了他的学生，这个人就是威廉·詹姆斯。

后来霍尔这样谈到詹姆斯："他的个性给我的印象非常深刻，也非常让我着迷。他比我要年长几岁，看着他，就好像我以前看着乔治·莫里斯一样。"[①]实际上詹姆斯只比霍尔大两岁。1876 年，他还跟自己的双亲住在一起。后来当霍尔不再需要詹姆斯的赞助支持后，他们之间的竞争关系就逐渐明朗起来。不过在 1870 年代，霍尔和詹姆斯迅速打得火热，部分原因是他们俩都明白（詹姆斯比霍尔还稍微早一点）德国实验心理学的真正目标并不是将精神现象简化为物理定律，而是想解决传统的哲学问题——并通过实验方法，证实传统的哲学结论。

例如，冯特从 1860 年代开始就在研究天文学中的"个人公式"——个体观测者在确定恒星位置时的观测差异。在分析这些差异时，他发现浮现出来的一个因素是，天文学家是先观察恒星，然后才去看能指出恒星位置的仪器，还是先看仪器，再去观察恒星。这告诉冯特，大脑一次只能处理一件事——也就是说意识是单一的；大脑也并非只是白纸一张，只能被动接受刺激。大脑"里边儿"有什么东西，有某种注意力，能选择大脑的关注对象。大脑做出选择。这不就是康德以来的德国哲学家所坚持的吗？现在，这种注意力（康德称之为"统觉"），可以用试验方法进行分析和测量：这种研究也是门科学。新心理学诞生了。

---

① Hall, *Life and Confessions of a Psychologist*, 218－19.

在他的两卷本著作《生理心理学原理》——出版于1873年至1874年的教科书，也是这本书激发了霍尔从俄亥俄出走——中，冯特感到有必要用五页纸的篇幅来总结自己的实证主义，而像赫胥黎这样的英国哲学家则会称之为纯粹形而上学。他写道：

> 人类意识成了自然进程中决定性的转折点，从这一点开始，世界变得自觉了。我们的意识在其内在存在中，只包含世界的无限小的一点。我们不能认定我们之外的世界没有这样的内在存在。但如果我们要想象一下这个内在存在是什么样子，除了我们自己的自我认知和我们对人类的整体理解之外，我们不可能想出别的样子来。……也就是说作为浑然一体的复合体，明确表达为不同级别的独立单元，每个单元都按照其内在目标发展变化。因此，心理体验只与一元论世界观相容，这种世界观承认个体价值，但并不会将个人价值消解为只有在超自然奇迹的帮助下才能变得很复杂的单一体的无数表现形式。心灵不是简单的实体，而是多种元素的有序单元，莱布尼茨则称之为世界的镜子。[①]

正如心灵将神经系统的印象合为一体，世界的"内在存在"也将现象统一起来。这段文字充满了康德和黑格尔的思想。

1878年，霍尔发表了一篇题为《空间的肌肉知觉》（也就是康德式的"分类"生理学解释）的文章，并得到了哈佛哲学系有史以来授予的第一个博士学位。这也是美国授予的第一个心理学博士学位。接着他又马上去了德国（这趟旅程是用他老东家杰西·赛利格曼的一份礼物来支付的），

① Wilhelm Wundt, Grundzüge der physiologischen Psychologie (Leipzig, 1873 - 74), vol. 2, 862 - 3；参见 R. W. Rieber, ed., Wilhelm Wundt and the Making of a Scientific Psychology (New York: Plenum, 1980), 176 - 7。

进行学术周游。他结识了德国在这一领域几乎所有的著名人物,去听了他们的课或是一起共事,这些人包括:精神物理学的奠基人古斯塔夫·费希纳;物理学家、生理学家赫尔曼·冯·亥姆霍兹;神经学家伯伊斯-雷蒙;心血管方面的先驱卡尔·路德维希;在莱比锡还有威廉·冯特本人,他刚刚创建了自己的实验心理学研究所,这是欧洲第一所心理学实验室。霍尔在路德维希的实验室干活儿,也去参加冯特的讲座,是冯特的第一个美国学生。詹姆斯虽然也在德国生活过将近两年,这些人却一个都没见过;他几乎所有的时间都在特普利兹的温泉疗养院度过,在那儿读歌德的书,努力战胜自己的背痛和精神抑郁。霍尔回到剑桥时,已经是美国最有资格的心理学家。

霍尔想着展示新心理学的实际应用也许会让这门学问对墨守成规的人来说显得没那么吓人,于是(在查尔斯·艾略特安排下)在波士顿做了关于教育的一系列讲座。这些讲座借鉴了一位名叫弗朗西斯·帕克的人的著作,他是马萨诸塞州昆西镇多所学校的主管人,也是名为"昆西体系"的教育学理论的创立者,名声在外。帕克在联邦军队中当过上校(此后也一直保留着这一头衔);战后他在欧洲待了几年,带着一套源于康德和费希特关于心智成长思想的教育哲学回到美国,这种哲学也强调知识获取中经验的重要性。霍尔用精炼的语言概括了这一理论的源起:"学生理应——实际上也自然而然就会——重现民族发展的过程,而教育只是令这一过程加速、缩短。"[1]来听讲座的基本上都是老师,讲座也大获成功。然而霍尔还是找不到工作。他开始考虑去医学院。

从 1875 年开始霍尔就不请自来,用自荐信对吉尔曼狂轰滥炸,那时候他还是安提阿学院壮志未酬的哲学家,霍普金斯大学甚至都还没开张;现在他又老调重弹。詹姆斯提醒过他吉尔曼很优柔寡断(这一性格特点

---

① G. Stanley Hall, "The Moral and Religious Training of Children," Princeton Review, n. s. 9 (1882): 32.

詹姆斯倒应该是驾轻就熟),但霍尔花了点时间才弄清楚关键诀窍在哪儿。一开始他把自己包装成勤奋的科学家。1879年,他对吉尔曼写道:“过去三年我的工作全都是生理学领域的,每天都要做实验,后来又跟冯特和亥姆霍兹合作——因此我的工作完全跟詹姆斯在一条线上”[①](他当然知道吉尔曼曾用尽浑身解数诱使詹姆斯前去巴尔的摩)。但到底他还是搞明白了,这不是吉尔曼想听的话,于是1880年他又写了封信,解释道:

> 我已经从各方面都尽可能远离了唯物主义。我对神经系统的生理学研究最近给我带来了思想和物质关系的问题,我只能说,我最隐秘的个人感觉,就像德国大部分研究人员(我曾有幸可以与他们极为亲密)的个人感觉一样,就是唯物主义只是由于缺乏教育。
>
> 至于说我的宗教情感,我是个神学毕业生,并非对我听到的一切都会信以为真,有定期去教堂的习惯;我相信,我名义上确实还算是教会一分子。我认为,如果一个人对宗教没有真诚的敬意,或这敬意没有越来越强烈,那么这样的人恐怕不会随便就能对哲学有浓厚的兴趣。[②]

同时他还准备了更多的推荐信,有(再次)来自詹姆斯的,来自查尔斯·艾略特·诺顿的(他跟霍尔是在阿什菲尔德认识的,他俩夏天都在那里度假),甚至还有路德维希和冯特的。最后吉尔曼终于首肯,1883年春天,霍尔到霍普金斯开了他的第一门研究生课程。这是门心理学高级课程,学生得做实验,推荐教材则是冯特的《生理心理学原理》,以及康德著作的英译本。杜威上了这门课。第二年,杜威跟着霍尔又上了两门课,其

① Granville Stanley Hall to Daniel Coit Gilman, June 22, 1879, *Gilman Papers*.
② Granville Stanley Hall to Daniel Coit Gilman, January 5, 1880, *Gilman Papers*.

一是生理心理学，另一门则是心理学与伦理学理论。霍尔这时候的轨迹跟他以前的偶像乔治·莫里斯已经不一样了，但对杜威来说，他们的方法似乎并没有矛盾。毕竟，杜威对哲学的兴趣是从一部生理学教材开始的。新心理学代表了超越赫胥黎的鸿沟理论的可能，承诺描绘出物理学与形而上学的融合。在1884年，也就是杜威拿到学位的那一年，他已经能为这种新心理学辩护了：

> 随着它深入自己发现的人类的本性，作为它自己的基石，它生命的血液，在向上帝延伸而去的祭坛台阶上，各个民族的所有斗争的永恒基础——奉献、牺牲、信仰和理想主义——的本能倾向，它使心理学第一次有可能对人类的宗教本性和经验有充分了解。……在其调查研究中我们会发现，没有不以信仰为基础的理性，也没有以不合理的起源和方向为基础的信仰。①

伯灵顿学派还是活下来了。

4

1882年至1883年是杜威在霍普金斯的第一年，这年查尔斯·皮尔士开了一门为期一年的逻辑学课程。课程大纲起头就是皮尔士以他1872年形而上学俱乐部的文章为基础写就的两篇文章《锚定信仰》和《如何让我们的想法更清晰》，后面的单元还包括概率论、最小二乘法、归纳推理、气体分子的动力学理论，以及基于概率的推理对哲学的影响，等等。杜威没上这门课。皮尔士在开宗明义的第一课时介绍说，本课程"完全不

① John Dewey, "The New Psychology" (1884), *The Early Works, 1882 - 1898*, ed. Jo Ann Boydston (Carbondale: Southern Illinois University Press, 1967 - 72), vol. 1, 60.

需要任何数学方面的天赋”[①]，但杜威感觉到在皮尔士的概念里面，就连平均水准的数学能力他也并不具备。直到在霍普金斯的第三个学期，他才去上皮尔士的课。不过他还是经常见得到皮尔士。

早在1875年皮尔士就已经被推荐给吉尔曼。最早是皮尔士的父亲，他建议委派查尔斯去教物理；后来是詹姆斯，他告诉吉尔曼“我觉得如果说近些年在剑桥还没有这样的学人有他那样的综合能力及独创性，恐怕算不上是过誉之词；只除了在已故的昌西·赖特身上你还能期待看到这些[赖特两个月之前去世了]。而且实际上，皮尔士还总是比赖特技高一筹”[②]。（两年后皮尔士写信给吉尔曼推荐詹姆斯，称他为这个国度唯一有资格教授新心理学的人，还了这个人情。）

在四年后写给吉尔曼的信中，詹姆斯就没有那么热情洋溢了。（“皮尔士的缺点你是知道的……”）可能有部分原因是皮尔士那时候自己也已经给吉尔曼写过好些颇为自负的信件，（在有一封信里他解释道：“我相信我的逻辑体系……必须成立，否则整个物理科学的精神都必须改头换面。我拿我自己的能力跟其他那些人的做过比较，我知道我的能力是什么。”[③]）不过也还有个人问题掺杂其中。

齐娜·费伊·皮尔士是个女权主义者，也是个信教的人，她认为通奸者应当处以终身监禁乃至死刑。这种观点可不会对她跟查尔斯·皮尔士的婚姻美满有什么助益。1875年，在为海岸调查局去欧洲出差的中途，齐娜扔下自己的丈夫回了美国。查尔斯一个人留在巴黎，精神严重崩溃。后来他和齐娜短暂重聚并和解，但在1876年回到美国之后，查尔斯搬去

---

① Charles S. Peirce, “Introductory Lecture on the Study of Logic” (1882), *Writings of Charles S. Peirce: A Chronological Edition*, *Peirce Edition Project* (Bloomington: Indiana University Press, 1982 –), vol. 5, 381.

② William James to Daniel Coit Gilman, November 25, 1875, *The Correspondence of William James*, vol. 4, 525.

③ Charles S. Peirce to Daniel Coit Gilman, January 13, 1878, *Gilman Papers*.

了纽约，齐娜则留在剑桥，他们再也没能破镜重圆。

齐娜当初离开皮尔士，可能只是因为她终于明白，她嫁的这个男人就是个蓝颜祸水，说不定哪天就会大难临头。在欧洲出差时，皮尔士大肆挥霍调查局先行支付给他的款项，把账目弄得一团糟，还把一些昂贵的科学仪器弄坏了。他手忙脚乱地给首都写了好多信要求追加拨款，但却没有哪一封劳烦记得给调查局一个他的地址，因此也没法收到他急需的钱用来付账单。在这一塌糊涂之中，他还雇了个身价不菲的法国侍酒师，为他介绍法国梅多克出产的葡萄酒，这切切实实是皮尔士的风格。

但在去欧洲之前，齐娜就已经对丈夫的移情别恋颇有怨言——不只是跟她父母诉苦，对皮尔士也抱怨过，也很容易就能想象出（由于她仍然对皮尔士的健康和财务状况十分关切）是因为他在巴黎的某种桃色历险，才让他们的婚姻破裂。无论如何，娘家人因为齐娜的苦水而大为光火；皮尔士曾与艾略特就天文台长一职人选的问题大动干戈，这已经让他在哈佛颇不招人待见，而他风流成性的故事传开之后，更使他成了剑桥的过街老鼠。

在 1878 年皮尔士写给吉尔曼的一封信中，两人因有人出轨而不合的情节就已现出端倪。这封信讨论的是霍普金斯有没有可能给皮尔士一份教职。皮尔士解释道，潜在的障碍之一，是他不想放弃自己在调查局的工作。

> 另一个障碍是一件非常痛苦的私人事务，让人难以启齿，我只想说得越少越好。我已经好些年都跟自己的妻子意见不合，很长时间没跟她住在一起了，这一年多甚至见都没见过一面。这方面那方面的原因，我希望永远都不要有人知道。不过总归可以确定，我们肯定不会复合了。如果您打算认真考虑邀请我去巴尔的摩，这个情况您自然也需要掂量掂量。①

① Charles S. Peirce to Daniel Coit Gilman, January 13, 1878, *Gilman Papers*.

考虑到皮尔士的公共关系问题，吉尔曼肯定不会把这个情况当成好消息，不过皮尔士的坦诚肯定也给他留下了深刻印象。因为十八个月后，他给了皮尔士一个职位。他感到惋惜。

1879年秋天皮尔士到霍普金斯之后，最早着手的事情之一就是也创立了一个形而上学俱乐部。俱乐部向所有院系的教员和研究生开放，每个月聚会一次讨论大家带来的文章，通常都是俱乐部成员所写。皮尔士是俱乐部首任主席，尽管后来莫里斯和霍尔也先后出任了这一职务，但皮尔士只要在巴尔的摩，通常还是会去参加聚会。（有一次聚会是专门给莫里斯发表演讲的，讲的是老亨利·詹姆斯的生平和著作。这次聚会举办于1883年1月，也就是老亨利去世之后不到一个月的时候。皮尔士是老亨利生前的密友——他跟詹姆斯都对斯威登堡情有独钟，也对老亨利的《物质与阴影》钦佩有加，他参加了这次聚会并做了评论，但评论内容未见记录。）

杜威来到霍普金斯之后，就成了俱乐部的活跃成员。（纪念老亨利·詹姆斯的那次聚会他也在场，并在会上介绍了自己的一篇文章，是关于托马斯·希尔·格林的。）在一次由莫里斯主持的聚会上，杜威听到皮尔士朗读了一篇叫做《设计与偶然》的文章，并参与了随后的讨论。这篇文章是皮尔士后来的宇宙论的雏形，在寥寥数页中可能就概括了杜威没去上的那门为期一年的课程的实质内容。皮尔士的主题是自然法则——牛顿式的物理学家相信这些法则能解释物质的行为，生理心理学家也相信同样的法则能用来解读心智的行为。文章开头，他提了一个很简单的问题：万事万物都能得到解释的原则有解释吗？他还给了另一种提法：因果律（也就是万事万物都能得到解释的原则的另一种表述）有原因吗？

尽管对自己的文笔嗤之以鼻，在自己的非专业领域皮尔士还是笔耕不辍。他的弱点（除了总是虎头蛇尾有始无终之外）在他如此专注于逻辑和清晰思考技巧的人身上可有点儿出人意料：分不清主次。所有的相关想法在他看来都同样重要，悉心创作时，他心无旁骛，很少会去瞥一眼他不打算去走一走的路径(柯勒律治也有这样的习惯，皮尔士跟他在不少方面都有相似之处)。他的大量未竟稿都能因此得到解释：几乎每次他新写一篇稿子(一写就是好多篇)，迟早都会发现自己绕进了始料未及的弯路，找不到清楚明了的路径返回本题。他的草稿往往从同一个地方起笔，最后在每次都截然不同的死胡同里告终。所有无关宏旨的小问题他都想抓住，这种冲动经常令他歧路亡羊，永远也说不到重点。他可不擅长把什么看得次要。

但在皮尔士关于这个世界的认识中，这也是非常重要的一部分：所有的道路最终确实都会融合。在他完成了的文章中(《设计与偶然》不在其列，在他生前也从未发表)有一个轮廓(如果还说不上是条理)，一大堆想法，而不是一连串论证。皮尔士凭借自己丰富的专业知识构建了一个体系。他也许是19世纪晚期北大西洋文化最雄心勃勃的体系构建者(很可能也是最不得志的)，这种文化对构建体系极为重视。

因此，总结皮尔士这篇形而上学俱乐部的《设计与偶然》，与阐释这篇文章并不完全是一回事。论证始于詹姆斯·克拉克·麦克斯韦曾通过他想象中的那个小妖精提出的论点：科学定律只是对于大部分情况下会发生什么的预判。皮尔士说，就连“几何公理都只是经验法则，没有任何理由能让我们相信它是那么精确、那么完美”。① 认定某项定律绝对正确，只是出于务实的决定：有时候我们会觉得质疑这么一条定律只会带来困惑，但有时候也会觉得为了试验新的假设，质疑是有必要的。在皮尔士的实用主义观点中(这种观点当然源自赖特)，科学定律实际上只是追本溯源的道路。它能帮助我们查明事物——比如像万有引力定律，就帮助我

① Charles S. Peirce, “Design and Chance” (1884), *Writings of Charles S. Peirce*, vol. 4, 544 - 5.

们发现了海王星——而皮尔士作为科学哲学家提出的第一条规则，就是追本溯源的道路永远不应当被阻隔，即使是过去对我们来说很有用的假说也不可以成为拦路虎。

麦克斯韦的观点是，定律从根本上讲并不确定，因为总是会有一定的概率，到下回事情就会以某种不大可能（尽管不是完全不可能）的方式发生——所有速度更快的分子可能会聚集到容器的一侧。皮尔士的观点则是，事情像这样发生的概率会改变宇宙的状态。他用经典的概率论做出了解释：在一场公平的掷骰子游戏中，一个玩家是赢是输从长期来看总会平衡；但如果有个骰子做了手脚，使得在赢了一次之后，下一次掷输的机会比掷赢的机会高无限小的一点点，那么长期来看这位玩家还是会一败涂地。在看似稳定的、可预测的系统中，失之毫厘也会谬以千里。皮尔士陈述道，在自然界中，这样的微小变化每时每刻都在发生。这些变化的出现通常只是概率问题——“概率是唯一必须的作用，整个过程都有赖于此”。而根据概率理论，“一切都有可能发生，有一定概率在这时候或另一个时候发生。概率有时会导致所有状态都发生变化”。[1] 皮尔士认为，就连可怕的热力学第二定律——关于能量耗散的定律——也会因此而扭转。

皮尔士也承认，这种论点是达尔文式的。他说：“我的观点只是达尔文主义被分析、推广并用于本体论范畴。”[2]他的意思是，既然自然会因为概率差异而演化，那么自然法则必定也会因概率差异而演化。适合生存的变体能够繁殖，不适合的就会被淘汰出局。长远来看，物理过程的结果如果略微偏离基准，就能形成新的物理定律。定律有适应性。

从实用的角度来说，变化就是习惯成自然。变化形成了行为习

① Peirce, “Design and Chance,” 548, 549.

② Peirce, “Design and Chance,” 552.

惯——如果这些变化没有对行为产生影响，那么就没有进化意义。如果你是一只燕雀，那么喙的大小就是大喙对你的意义，正如（用《如何让我们的想法更清晰》中的例子来说）“困难程度”就是所有难关的意义的总和。皮尔士在《设计与偶然》中提出，自然定律也是习惯成自然。对他来说，这不是什么新思想。威廉·詹姆斯写过一则轶事，讲的是原来在剑桥的形而上学俱乐部的一次聚会，会上大家都在耐心等待皮尔士前来宣讲一篇说好的论文。

> 他们集合。皮尔士没来。他们等啊等。最后来了一辆两匹马拉的车，皮尔士从车上下来，穿着个黑斗篷。他走进来，开始读他的文章。讲的什么呢？他讲的是……不同时刻总是会接二连三地出现，这样的习惯是如何形成的。①

听起来像个笑话，但这则趣闻很可能是真的。皮尔士的文章一定是从星云假说中推断出来的。星云假说认为，宇宙是从一种相对均质的状态演化到相对异质的状态，均质状态中实际上不存在任何顺序，就连时间顺序都没有，而异质状态中除了别的，时间也成了线性的。时间是怎么以这种方式脱颖而出变成线性的呢？就是通过养成良好习惯。在《设计与偶然》中，皮尔士有如下陈述：

> 有坏习惯的系统或混合物很快就会毁灭，没有习惯的也会蹈其覆辙；只有那些有良好习惯的，才容易生存下来。
>
> 为什么……天体倾向于互相吸引？因为长远来看，互相排斥的

① Max H. Fisch, “Was There a Metaphysical Club in Cambridge?”, in *Studies in the Philosophy of Charles Sanders Peirce*, *Second Series*, ed. Edward C. Moore and Richard S. Robin (Amherst: University of Massachusetts Press, 1964), 11. 这些话被认为是狄金森·米勒说的。

天体，或彼此没有吸引力的天体，都会被甩出空间范围，只留下相互吸引的天体。[1]

也就是说，如果你是个天体，那么万有引力就是一个值得拥有的良好习惯，就好像如果你是长颈鹿的前身，那么长长的脖子就是值得拥有的好品质，会保证你留在系统里。当万有引力变成所有天体的习惯时，我们就可以讨论"万有引力定律"了，就好像当所有幸存的长颈鹿都有长长的脖子时，我们就可以讨论长颈鹿这个物种，以及（很可能）当所有的时刻都有接二连三出现的习惯时，我们就能谈论过去、现在和未来了。但万有引力定律并非先于宇宙的形成而存在，就好像长颈鹿这个概念并不会先于长颈鹿的出现而存在一样。在宇宙演变为现在这个状态的同时，定律也演变成它自己现在的状态。万有引力是被选中的概率差异。没有万有引力这个习惯的物体，活不到现在。

到此为止，皮尔士都是在拾人牙慧，跟着别人写过的想法在走。自然受制于不断的"类型变化"的思路（除了达尔文之外）是由英国逻辑学家约翰·维恩在一本名叫《概率逻辑》的书中提出的，皮尔士早在 1866 年就评论过这部著作，声称"任何有思想的人都应该读读这本书"[2]。维恩是在抨击运用统计学来定义民族类型的人——尤其是阿道夫·凯特勒。维恩认为，自然界没有固定的类型（更不用说固定的民族类型了），因为生物一直在演化。认为从假想的掷骰子游戏和射箭练习中得出的法则能适用于生物，这种看法荒谬至极："就好像箭靶上我们瞄着的那个靶心，不是固定的，而是在我们不断射向它的同时，慢慢改变其位置；几乎可以肯定是在

① Peirce, "Design and Chance," 553.

② Charles S. Peirce, "Venn's Logic of Chance" (1867), *Writings of Charles S. Peirce*, vol. 2, 98.

某个范围内的暂时改变，但在相当大范围内的永久改变也并非不可能。”①

自然法则本身也在演化的观点出自一本很著名的书，就是法国哲学家埃米尔·布特鲁的《自然法则的偶然性》，出版于1874年——该书是在为自由意志辩护，本着查理·勒努维耶的精神写成，这种来自法国的精神也曾激发威廉·詹姆斯的灵感。布特鲁写道：“科学定律就是河床，事实洪流从上面滚滚而过。洪流会循河床而下，同时也塑造着河床。……科学定律并非先于事物，而是从事物中产生，如果事物本身发生变化，科学定律也会变化。”他说，生物遵循可预测路径的倾向，尽管“从外表看起来就好像是不可或缺的定律一样”②，也仍然只是习惯。没有变化，万事万物就是死水一潭。

但仍然没有哪段论证回答了皮尔士一开始提出的问题，也就是因果律是否有原因的问题。说因果律也在“演化”可算不上答案，因为这么说用到了另一个法则——因概率差异而演化的法则——来解释，又给我们留下了一个问题：关于演化的定律会演化吗？对最根本原因的追寻似乎把我们卷入了永无止境的倒退中。达尔文和麦克斯韦关于概率的构想也帮不了我们，因为这个构想只是表达了因果关系的统计概念——结果沿着概率曲线分布，在这条曲线上，极值也有可能取得。达尔文并不认为自发变异是由于没有起因，而只是由于无法预知，他也很乐意对此存而不论。《物种起源》对起源问题实际上未置一词。

但起源问题正是皮尔士的兴趣所在。他的结论是，宇宙中必定有什么他所谓的“绝对偶然”。“因果律有原因吗”这个问题的答案是“没有”，而皮尔士的结论是另一种回答方式。因果关系并不是作为别的什么法

---

① John Venn, *The Logic of Chance: An Essay on the Foundations and Province of the Theory of Probability, with Especial Reference to Its Application to Moral and Social Science* (London: Macmillan, 1866), 37, 48.

② Émile Boutroux, *De la contingence des lois de la nature*, 2nd ed. (Paris: Ancienne Librairie German Baillière, 1895), 39, 167.

则起作用的结果而出现的，而是纯粹在偶然之中，凭空出现。在数年后一篇题为《猜谜》的文章中，皮尔士更加清楚地阐明了这个观点——这是他最雄心勃勃的猜测之一，但也既没完成又没发表。在文章结尾，他写道：

> 于是我们被带到这里，对法则的遵从只存在于有限的事件范围内，甚至对于纯粹的自动自发或是没有法则的起源混合而成的要素，或至少必须假设为混合而成的那些要素来说，都并非处处与法则完美契合。此外，我们也需要解释为什么与法则相符。然而普遍法则无法用任何特殊法则来解释，因此我们必须说明法则如何由纯粹的偶然性、不规则性和不确定性发展而来。……据此，世界上共有三种积极的要素，其一为偶然性，其二为法则，其三则是养成习惯。
>
> 这就是我们对斯芬克斯之谜的猜测。[①]

皮尔士相信绝对偶然是存在的，这似乎是在支持自由和原创，反对统计学和系统，但皮尔士并不这么认为。在他的理论中，偶然会改变系统，但并不会使系统性有任何下降。恰恰相反。他在《设计与偶然》一文中写道："偶然性是不确定的，是自由的，只不过是自由在严格的法则限制下的表现。"[②]跟勒努维耶和布特鲁都不一样，皮尔士并不认为自己是在对自由和信仰自由意志的正当性提出科学证明。他认为自己找到了后康德时代体系构建者的圣杯。他认为自己找到了无因之因。

---

① Charles S. Peirce, "A Guess at the Riddle" (1887 – 88), *The Essential Peirce: Selected Philosophical Writings*, ed. Nathan Houser, Christian Kloesel, and the Peirce Edition Project (Bloomington: Indiana University Press, 1992 – 98), vol. 1, 276 (《查尔斯·皮尔士作品》中的手稿比上面的还要长得多，见 *Writings of Charles Peirce*, vol. 6, 166 – 210)。

② Peirce, "Design and Chance," 552.

5

1884年1月17日,皮尔士在霍普金斯的形而上学俱乐部宣读了那篇《设计与偶然》。九天后,他被炒了鱿鱼。齐娜的问题到底还是在巴尔的摩现形了。

皮尔士并非没有察觉因为他和第一任妻子分居而产生的那些传言,但他也没有真的被这些传言吓倒。分居后没多久,他就勾搭上了一个自称朱丽叶·安妮特·弗鲁瓦西·普塔莱的女人。在皮尔士后来的描述中,他们是1876年在纽约第五大道的布雷武特酒店的一场舞会上认识的,这是个高端酒店,因而皮尔士去城里的时候很喜欢待在那里。也很可能从那时候起,他俩就已经勾搭上了。朱丽叶的身世一直是个谜,她和皮尔士终其一生都对此讳莫如深(无论如何,他们的努力似乎也一直很成功)。她显然是个法国人——尽管在她故事的另一个版本中,她是哈布斯堡王朝的公主——普塔莱应该是她先夫的姓氏,尽管很可能在她认识皮尔士时她还只有十来岁(皮尔士时年三十七岁)。无论如何,她像个孩子,身体瘦弱,有点儿像个演员,占有欲很强。查尔斯的家人觉得她是个"狐狸精"。①

皮尔士很可能对朱丽叶有过家暴——他有时候很暴力——但也对她忠心耿耿。在他们相识之后,她就开始陪查尔斯一起出海岸调查局的差。不在巴尔的摩的时候,他们显然觉得没必要为他们之间的关系保密。1883年4月26日,也就是查尔斯终于和齐娜离婚之后刚两天,他俩就结婚了。这年秋天学校再次开学时,他们在巴尔的摩营建了自己的房子。也就是这个时候,传言纷至沓来。继本杰明·皮尔士之后成为海岸调查

① Herbert Henry Davis Peirce to Helen Huntington Peirce Ellis, April 23, 1914, L 680, *Charles S. Peirce Papers*, Houghton Library, Harvard University.

局主管的人中有一位叫做朱利叶斯·希尔加德，他告诉霍普金斯一位名叫西蒙·纽科姆的天文学教授说，查尔斯跟朱丽叶在为海岸调查局出差时就住在一起了。有一天纽科姆在火车上碰见一位霍普金斯的受托人，跟他复述了这个故事（以他令人难忘的维多利亚式的简略）——皮尔士夫妇的婚事“并未改变当事人之间的关系”。[①] 吉尔曼最担心的事情即将成为现实。

吉尔曼迅速行动以控制损失。一当确认了纽科姆的报告，他就发动学校受托人的执行委员会通过了一项决议，在学年结束时终止哲学系所有的兼职职位，表面上的原因是资金匮乏。之后没多久莫里斯和霍尔就复职了。皮尔士听到风声，于是从冬天到春天都在给吉尔曼和受托人写越来越狂乱的、怨愤的信，试图找出被解雇的原因，但他并未找到。

自从来到霍普金斯，皮尔士的行为就有些反复无常，可能是因为他开始依赖可卡因来减缓神经痛，保持精力充沛。第一年的中间有差不多两个月，他都待在纽约没去上课，给吉尔曼写信说自己这儿疼那儿也疼作为借口。1881 年，他突然之间从霍普金斯辞职，宣称自己决意终身放弃哲学，并提出把自己的私人藏书卖给大学。明显他只是在试图向吉尔曼施压，好给他个终身职位。但吉尔曼只是给他涨了薪水，他也撤回了自己的辞职申请。但他的藏书已经由霍普金斯图书馆买下，尽管皮尔士马上开始努力要回这些藏书——或至少给他借阅上的特权——都没有成功。在他离开霍普金斯多年以后，他都一直还在努力要回自己的书：他没钱把书都买回来，而霍普金斯也不想放弃这批皮藏。皮尔士还跟霍普金斯另一位数学教授詹姆斯·约瑟夫·西尔维斯特有一场旷日持久的争论，争的是有项代数理论到底该归功于谁。1884 年冬天皮尔士的精神状态，可以通过他知道自己被开之后一个月，巴尔的摩本地报纸上的一则新闻窥

---

① Simon Newcomb to Mary Hassler Newcomb, December 30, 1883，引自 Nathan Houser, "Introduction," *Writings of Charles S. Peirce*, vol. 4, lxv。

见一斑：

> 玛格丽特·希尔，一位老妇人，被指控用砖头袭击其雇主，即住在卡尔弗特街的皮尔士博士（原文如此）。其律师哈里斯·奇尔顿强烈辩称，存在对老妇人有利的疑点。
>
> 达菲法官——我仅出于上述疑点做出判决。我猜这位妇人确实用砖头攻击了这位男士，但我姑且信她一回。无罪。[①]

皮尔士显然是个很难伺候的主。吉尔曼无疑很高兴摆脱了他。

皮尔士可没有心平气和地一走了之。到1884年秋天，他都还在不断写信，强烈指责受托人，中伤吉尔曼，尽管那时候他早就不再是学校职员了——但他也别无选择。他再也没得到过任何学术职位。几年后有一次，吉尔曼前去拜访两位霍普金斯校友，一得知皮尔士也在那里就马上离开了：他对两位主人说，他"跟道德如此败坏之人不共戴天"。[②]

1884年4月，在开除皮尔士三个月之后，吉尔曼终于决定聘用一位兼职讲师为全职。斯坦利·霍尔被聘为心理学和教育学教授。莫里斯自觉受到冷落（他一直受到冷落：他温文尔雅的风格吉尔曼也不感兴趣），于是回到密歇根大学，也带走了杜威。杜威成了密歇根大学哲学系的一名教员，莫里斯于1889年突然去世之后，他接过了莫里斯系主任的职位。

在学术上荒废了十五年之后，霍尔终于春风得意，于是他买了栋大房

① 附在查尔斯·皮尔士写给丹尼尔·吉尔曼的一封信中，February 21, 1884, *Gilman Papers*。

② Edwin Bidwell Wilson to Paul Weiss, November 22, 1946, Joseph Brent, *Charles Sanders Peirce: A Life* (Bloomington: Indiana University Press, 1993), 164.

子，开始盛装参加田猎[①]。他也当上了形而上学俱乐部的主席，宣称自己有个全新计划；不到三个月，俱乐部就关门了。1884 年秋天，他在就任心理学终身教授的就职演讲中说道：

> 我相信，新心理学是基督教的根本，也是基督教的中心。……《圣经》正在慢慢重新显露其真容：人类在心理学上的伟大教科书——把人，人的身体、心志、意愿，在所有与自然和社会的更宏大的关系中，都当成一个整体——以前都没有得到正确认识，是因为它太神圣了。我们在此能做些有助于这种发展的事情，是我最强烈的愿望和信念。[②]

接下来的这个冬天，在庆祝大学与巴尔的摩的关系的一次演讲中，丹尼尔·吉尔曼引用了这些话来证明，哲学与宗教确实志同道合。吉尔曼说道："因为我相信，一个真理绝不会与另一个真理相矛盾，所以我也相信，《新约》的道德规范既会被人类的宗教奉为圭臬，也会被人类的科学所接受。对科学来说，这是律令；对宗教来说，就是福音书。"[③]赫胥黎的鸿沟在霍普金斯愈合了。

不过霍普金斯还是没有找到自己的哲学教授，而霍尔也一直处心积虑，确保吉尔曼招不到人。1885 年，吉尔曼再次考虑聘用莫里斯，给他一

---

① Dorothy Ross, *G. Stanley Hall: The Psychologist as Prophet* (Chicago: University of Chicago Press, 1972), 136.（此处译文中"田猎"一词原文为 Riding to hounds，是 17 世纪晚期兴起于英国的一种打猎活动，原为控制狐狸数量使之不伤家禽而产生。到 19 世纪初，该活动已发展为上流社会的一种体育运动，兼具社交仪式的功能，主要形式是在每年 11 月至次年 4 月间，骑马随猎狗猎狐，在英国和美国都风行一时。此处写买房、田猎，是指霍尔步入了上流社会。——译者）

② G. Stanley Hall, "The New Psychology", *Andover Review*, 3 (1885): 247 - 8.

③ Daniel C. Gilman, "The Benefits Which Society Derives from Universities," *Johns Hopkins University Circulars*, 4 (1885): 49.

个伦理学的教授职位。霍尔写信给吉尔曼，表达了自己对莫里斯学识的钦佩之情，但又补充道："我还是真诚地希望，会有比这么清晰公正的视角更好一点的，我也相当确信有这样的选择。"[①]莫里斯未能受邀。之后到了 1888 年，霍普金斯大学还是没有哲学教授，霍尔却离开了，留下吉尔曼一筹莫展。他辞职是为了去在马萨诸塞州伍斯特镇新成立的克拉克大学当校长。直到 1910 年阿瑟・奥肯・洛夫乔伊加盟，约翰・霍普金斯才终于有了一位全职的哲学教授。

① Granville Stanley Hall to Daniel Coit Gilman, August 28, 1885, *Gilman Papers*.

第十二章　芝加哥

1

1894年，时年三十五岁的约翰·杜威成了芝加哥大学哲学系系主任。无论怎么看，他都算不上是第一人选。芝加哥大学是在参议员斯蒂芬·道格拉斯支持下于1857年成立的，但在1886年抵押贷款被取消赎回权后，不得不关门大吉。一个名为浸礼会教育协会的团体决定重振这所大学，于是说服约翰·戴维森·洛克菲勒来当主赞助人。尽管洛克菲勒本人一天大学都没上过，但他是个虔诚的浸礼会教友[①]。

被选为新大学首任校长的是威廉·雷尼·哈珀，是一位来自俄亥俄州的天才，十九岁就凭借一篇比较拉丁语、希腊语、梵语和哥特语中介词用法的论文，在耶鲁大学拿到了语文学博士学位。哈珀是浸礼会教友（也必须是：浸礼会教育协会明确规定，校长及三分之二的受托人都必须是浸礼会教友），但他是个自由派，决心让芝加哥大学成为一所人皆仰之的大学，在他看来，要伟大到这个程度就意味着必须无门无派。在学识方面的事务上，哈珀的做派则是独断专行。芝加哥大学在很多方面迅速成长起来，能够吸引到万众瞩目的学者，启动创新项目，其主赞助人也一直在不遗余力地输送大量资金（到1937年洛克菲勒去世时，已经捐出超过8 000万美元）同时绝不插手学校政策，让这所学校成了“哈珀的集市”。

简·亚当斯，赫尔馆创始人，1896 年于芝加哥(斯沃斯莫尔学院和平运动藏品，简·亚当斯系列)。

1889年,哈珀开始为学校物色教员。跟十五年前的吉尔曼一样,他也去挖别的学校的墙角(要不还能怎么办)。事有凑巧,他挖得最狠的墙角,就是斯坦利·霍尔的。克拉克大学的创办人乔纳斯·克拉克,是靠给加利福尼亚淘金者兜售东西发的家,但他并不像洛克菲勒那样对自己出资的学校不加干涉。霍尔出任首任校长不久,他就开始减少对这所学校的资金支持了。经济压力之下,霍尔没能像教员们希望的那样坦诚相待,到1892年春天,教授们开始沸反盈天。哈珀也就是在这个时候开始大显身手的。到这个学年结束的时候,克拉克大学三分之二的教员和七成学生都走了,当中有一半直接去了芝加哥大学,包括五名生物学教授。这年秋天新学校开张时,一百二十名教员中有十五位是从克拉克逃出生天的。

但是哈珀还在寻找一位明星来领导他的哲学系。威廉·詹姆斯(1892年还是心理学教授)推荐了查尔斯·皮尔士,但这份推荐被一位哈佛哲学系教员乔治·赫伯特·帕尔默扼杀了。他告诉哈珀:"詹姆斯会推荐皮尔士给你,我很吃惊。……我从很多地方都听说他这个人性格分裂、道德沦丧,我不得不建议你在聘用他之前仔细调查一下。我敢肯定,正是这样的猜疑才让他没能在这里得到任用,我也认为是同样的原因导致他被约翰·霍普金斯扫地出门。"②哈珀听到这些就够了。他试图把帕尔默本人招至麾下但失败了,不过他还是成功说服了帕尔默的妻子爱丽丝(时任韦尔斯利女子学院院长)前来担任芝加哥大学女子学院院长。招募哲学家雅各布·古尔德·舒尔曼和伊莉莎·本杰明·安德鲁斯的尝试也终告失败,前面那位拒绝哈珀是因为要去康奈尔大学当校长,后面这位则是想留在布朗大学当校长。哈珀从詹姆斯·塔夫茨那儿听说了杜威,他也

① Laurence R. Veysey, *The Emergence of the American University* (Chicago: University of Chicago Press, 1965), 367-80; and Richard J. Storr, *Harper's University: The Beginnings* (Chicago: University of Chicago Press, 1966).

② George Herbert Palmer to William Rainey Harper, June 4, 1892, *William Rainey Harper Papers*, Special Collections, University of Chicago.

是芝加哥大学的教员，曾在耶鲁跟哈珀一起学习希伯来语，后来又在密歇根大学哲学系杜威手下做过讲师。关于杜威，塔夫茨对哈珀写道："这位老兄为人单纯、谦逊，毫不做作，也从不自视甚高，结交了很多朋友，但从未树敌。他这个人很虔诚。"[①]于是哈珀发出邀约，请杜威来当系主任。

关于杜威毫不做作的说法，跟此前此后许多对他的评价遥相呼应，因此很容易忽略一个显而易见的事实，就是人们总是会试图对一个对他们来说相当神秘的特质做出解释。人们说杜威很单纯的时候，并不是指他很天真。他们说的是心如止水，镇定沉着——这一特质并没有完全转化成个人魅力（杜威出现在课堂上时可从来不会让人来电），但也给了他一种不寻常的威严。对于像斯坦利·霍尔或乔治·帕尔默这样的老人——他们的威严较为平淡无奇——来说，杜威的举止只不过是无伤大雅，淡而无味。帕尔默私下里观察到："从他的外表，几乎看不出他是个重要人物。"[②]但年轻人的印象截然不同。他在密歇根大学的一名学生就这样写道："杜威老师很年轻，个子挺高，又黑又瘦，头发又黑又长，目光温柔、深邃，看上去像是虚无主义者和诗人合体。我估计他有三十五岁，但看起来要年轻得多。我看着他，满是敬畏之情。"[③]另一位密歇根大学的学生，后来成为社会学家的查尔斯·库利则回忆道，他"留下了长久的记忆，但不是因为他的授课，而更多是因为他的个人魅力……他的独特个性深受推崇。我们相信他的哲学思想中有某种极为独特的、重要的东西，但并不能明确究竟是什么"。[④]

---

① James H. Tufts to William Rainey Harper, December 1893, *William Rainey Harper Papers*.

② George Herbert Palmer to James B. Angell, May 22, 1895, typescript, *Joseph Ratner/John Dewey Papers*, Special Collections, Morris Library, Southern Illinois University.

③ Henry Northrup Castle to Samuel Northrup and Mary Ann Tenney Castle, June 10, 1893, *Henry Northrup Castle Letters* (London: privately printed, 1902), 729.

④ Charles Horton Cooley, *Sociological Theory and Social Research* (New York: Henry Holt, 1930), 6.

到 1894 年，杜威开始觉得安娜堡有点儿与世隔绝了。他在密歇根大学的大部分工作，都是沿着他在霍普金斯受到的训练所指明的方向进行的——努力使新心理学、进化论、黑格尔主义和基督教精神融为一体。但他也在那里结了婚，妻子是自己的一名学生，名叫爱丽丝·奇普曼，对社会改革有浓厚兴趣。他自己也开始参与公共事务，比如在一个大学委员会中负责评估公立高中的标准。在讨价还价把工资提到 5 000 美元之后（杜威夫妇有三个孩子），杜威接受了芝加哥大学的工作。

不过第一年哈珀只付得起 4 000 美元，于是杜威与学校达成协议，他可以于 1894 年 7 月 1 日开始工作，教完整个秋季学期，接下来的春季学期则休假。他打算和家人去欧洲度过这个假期。1894 年 5 月，他把爱丽丝和两个大点的孩子，弗雷德里克和伊芙琳，先送去了欧洲。他把最小的孩子留在身边，是个名叫莫里斯的小男孩，以杜威的导师命名。1894 年 7 月 1 日，杜威把小莫里斯留给了岳父母，他们住在离安娜堡不远的芬顿，自己则搭火车前往芝加哥。他遭遇了美国社会史上的关键时刻，普尔曼大罢工正如火如荼。

2

乔治·普尔曼是位工程师实业家。芝加哥还在襁褓中时，他就在密歇根湖畔缓缓下陷的淤泥中建起了大型城市建筑，也因此声名鹊起。他花了九年时间设计出著名的卧铺车厢，1865 年，当运送林肯总统灵柩的专列从芝加哥前往林肯故乡斯普林菲尔德时，他设法将名为“先驱号”的原型车厢挂在了专列上，因此暴得大名，大获成功（先驱号究竟有没有挂载在专列上其实并没有人知道；但就算没有，也不妨碍普尔曼大做文章，大肆宣扬[①]）。1867 年，他创立了普尔曼豪华车辆公司，步入铁路车辆制

① David Ray Papke, *The Pullman Case: The Clash of Labor and Capital in Industrial America* (Lawrence: University Press of Kansas, 1999), 5.

造行业[1]。

普尔曼卧铺车厢是一种豪华车厢，造价 2 万美元，是标准卧铺车厢的四倍。这种车厢能挣钱的原因是，普尔曼并不把自己的卧铺车卖给铁路公司，而是出租：他提供工作人员，包括一名列车员，一名服务生；他负责保养车厢内部（铁路公司必须同意清洗车厢外部）；每卖一张票，他都要从中抽取 50 美分。在那些想要舒舒服服、风风光光出趟门，也付得起价钱的人中间，这种卧铺车厢很有市场。全国的铁路公司都签了合同，将这种车厢连在客运列车上，普尔曼也发了财。普尔曼豪华车辆公司也制造并租赁餐车，制造并销售客运列车、货车、冷藏车和有轨电车。但这种卧铺车厢是专卖产品。从运营的第一年开始，公司就给股东每年分红 8%。芝加哥普尔曼股票因为靠得住而名声在外。

普尔曼的第一家工厂在纽约州的帕尔迈拉，但他希望在芝加哥附近能有个厂子，因为他住在芝加哥，而且这里已经成为铁路枢纽：有二十四家铁路公司把芝加哥设为终点站。于是 1880 年他在芝加哥城以南约二十公里处买下一大块空地，建了一个车辆厂。与此相应，他也从无到有建起了一个完整的城镇：伊利诺伊州普尔曼镇。普尔曼镇是个模范城市，在美国这样的城市还是第一座（普尔曼的灵感显然来自克虏伯家族在普鲁士的钢铁厂附近的模范城市[2]）。这个市镇有一千四百套房子，八千人

---

① Ray Ginger, *Altgeld's America: The Lincoln Ideal Versus Changing Realities* (New York: Funk & Wagnalls, 1958), 143 – 93; Stanley Buder, *Pullman: An Experiment in Industrial Order and Community Planning, 1880 – 1930* (New York: Oxford University Press, 1967); Papke, *The Pullman Case*; and Victoria Brown, "Advocate for Democracy: Jane Addams and the Pullman Strike," Melvyn Dubofsky, "The Federal Judiciary, Free Labor, and Equal Rights," and David Montgomery, "Epilogue: The Pullman Boycott and the Making of Modern America," in Richard Schneirov, Shelton Stromquist, and Nick Salvatore, eds., *The Pullman Strike and the Crisis of the 1890s: Essays on Labor and Politics* (Urbana: University of Illinois Press, 1999), 130 – 58, 159 – 78, 233 – 49.

② W. T. Stead, *Chicago To-Day: The Labour War in America* (London: Review of Reviews, 1894), 116.

口,全都是普尔曼公司的员工及家属。镇上还有个室内购物商场,所有的店铺都在商场里面;一座有五个房间的图书馆,五千卷藏书全部出于普尔曼的捐赠;一所带操场的学校,在1880年实属罕见;一座公园,带一眼湖水;一座剧院,可容千人;外加酒店、银行和教堂。街道都是铺过的,房子也都带草坪,公司负责修剪。

普尔曼的想法是给员工提供一个有益于德行的环境。这儿禁止卖酒(除了酒店酒吧,但酒吧卖得特别贵,一般人喝不起),也禁止卖淫。开设成人教育课程;有体育俱乐部;一个八十人的军乐队夏天的时候会每周过来办免费音乐会。孩子们都接种了天花疫苗,从学前班到初中毕业,上学也都是免费的。只有适合阖家观影的剧目才会在剧院上演。

但普尔曼也希望自己的小镇能带来利润。普尔曼镇上的一切,就连银行在内都归普尔曼公司所有,从公寓到教堂的所有设施,都预期要产生6%的成本回报率。(这一要求使得教堂过于昂贵,结果没有哪个教派租得起;图书馆也不得不每年收取会员费,然而并没有几个会员。)跟芝加哥同等水平的生活空间相比,普尔曼镇上的租金明显要高一大截,尽管大家也都承认,这里的便利设施出类拔萃。例如垃圾和污水会定期处理,在芝加哥的工人区,这可不是标配(污水会抽到镇子外面公司的一家农场,并得到合理利用)。不允许拥有房产,同时租约规定,任何租户都可能被驱逐,最多提前十天通知。房租也一直从住户的工资账户中自动扣除,直到1891年被伊利诺伊州法院判为非法。普尔曼在他的卧铺车厢里雇有"观察员",在镇上他也如法炮制,雇有信息员——负责报告年久失修之处。抱怨公司的居民有被驱逐的风险。到1893年,小镇人口达到一万两千六百人。72%都是移民。

1893年6月27日,纽约股市崩盘,引发了大萧条。南北战争之后的美国经济是由铁路扩张来驱动的[①]。北方战时国会曾通过一项土地出让

① Harold U. Faulkner, *The Decline of Laissez Faire*, *1897 - 1917* (New York: Rhinehart, 1951), 191 - 8; and Samuel P. Hays, *The Response to Industrialism*, *1885 - 1914* (Chicago: University of Chicago Press, 1957), 9 - 18.

计划，为那些愿意修建新铁路的公司提供了六十四亿公顷的土地。这项计划只是国会的国有化议题中的一小部分，以期在铁路公司帮助下建立国家经济体系。铁路建设也吸引了欧洲资本，刺激了钢铁产业发展壮大，同时也像磁石一样吸引了寻找工作机会的移民。土地出让计划的目标之一是促进完成横贯大陆的铁路建设（这个目标在 1869 年完成），而通过让商品和原材料能够快速从大陆一头运到另一头，铁路也打下了大众市场经济的基础。

共和党的商业哲学是自由放任，与此相应，铁路工业的发展也堪称野蛮生长。战后涌现的体系以私有制（修建铁路、购买车辆所需要的资本太大，州政府不可能筹得到）和短距离运营为特征——一直到 1880 年代中期，铁路系统在各地的轨距还常常有所不同，逼得无论是人是货在长途旅行时都不得不频繁换车。系统还有一个特点是大量冗余。比如通往芝加哥有二十四条各自独立的铁路线，倒是保证了有足够运力，但对价格竞争来说也是致命的。经济增长时，铁路系统也会繁荣，因为要靠铁路运输货物——但一旦经济停滞，车辆就会闲置，工人也就无所事事。铁轨和车辆的制造一停下，钢铁产业（有半数以上的产量都用于铁路建设和维护）随即急转直下。弱小的公司以及给这些公司放款的银行就得倒闭，资本也将外逃。由于铁路经济是全国性经济，这些影响都会迅速蔓延。镀金时代的商业周期大概十年一轮回：1893 年之前，1884 年和 1873 年也都有过大萧条。

1893 年大萧条中芝加哥的经历又有所不同。恐慌爆发于哥伦布世界博览会期间，这是在芝加哥举办的世界盛典，用来纪念哥伦布发现美洲四百（零一）周年。这场博览会也是 19 世纪最宏大、最能吸引游客的盛事：从 1893 年 5 月到 10 月 30 日，两千七百万人——几乎等于全美人口总数的一半——前往芝加哥，参观了博览会。摩肩接踵的人群令本地经济繁盛一时。但博览会也雇用了大量工人，很多专门为这份工作搬到了芝加哥，博览会结束后，这些人一下子都失业了。他们也无处可去，芝加哥成了一个失业大军横行的城市。（还遭遇了一场天花，而且在博览会结束前两天，市长被暗杀了。）

因此，类似普尔曼公司这样的企业，都面临产品需求急剧下降（到1893年夏末，已有七十四家铁路公司破产）和劳动力过剩的局面。于是普尔曼采取了他认为是经过深思熟虑的做法：12月他平均裁减了25%的工资，并解雇了伊利诺伊州普尔曼镇商店中五分之一的雇员。但是他可没降房租。1892年和1893年，城镇带来的利润已经降到了4%以下；普尔曼预期的是6%，他也不明白工资（由市场条件决定）和房租（由市镇居民可自由加入的租约决定）到底有什么关系。居民们可不这样看这个问题，1894年春天，普尔曼的这个模范城市郁郁寡欢。

就连有些共和党人都觉得普尔曼有点儿刻板。俄亥俄州大亨马克·汉纳，后来曾鼎力帮助共和党总统威廉·麦金利上位，据说他曾这么说到普尔曼："不肯跟自己员工妥协的人是个实打实的笨蛋。"[①]但一边是庞大的劳动力群体，另一边是神经紧绷的投资人群体，满足哪一边更有意义？普尔曼公司的股东并没有因为车辆业务衰退而遭受损失：1893年，公司支付了7 223 719美元的薪水和2 520 000美元的分红；1894年，则有4 471 701美元用来支付工人工资，2 880 000美元用来分红，并且还剩下2 320 000美元的未分配盈余[②]。因此5月11日这天，普尔曼公司九成员工都没来上班。公司解雇了其余的人，关闭了工厂。

普尔曼公司以前也发生过工人停工的事情。让1894年的状况有所不同的是，出现了一个新的劳工组织——美国铁路工会（ARU），由尤金·维克托·德布斯一手创立。德布斯的父母是阿尔萨斯移民，1851年定居

① Almont Lindsey, *The Pullman Strike: The Story of a Unique Experiment and of a Great Labor Upheaval* (Chicago: University of Chicago Press, 1942), 318－9.

② Ginger, *Altgeld's America*, 150.

在印第安纳州的特雷霍特，他们的孩子是在欧洲浪漫主义文学的熏陶下长大的。德布斯的名字是跟着欧仁·苏和维克多·雨果来的，他俩都是法国作家，也都是社会改革者。他最喜欢的书是《悲惨世界》，最崇拜的人是约翰·布朗。他十六岁就开始在铁路上干活儿了，一开始是司炉工，也很快就在机车司炉工兄弟会里活跃起来。

兄弟会是个行会，也就是说只代表司炉工这一行的利益。在某种意义上，对司炉工来说是好事的，对道岔工、制动手、列车长、修理工、报务员以及工程师未必也是好事——所有这些人也都有他们自己的兄弟会，机车司炉工兄弟会可能不只在资方面前势单力薄，在铁路工人的其他工会面前也是如此。所有铁路工人也都常常会在另一个群体面前感到孤立无援，这就是农民群体，后者希望运输费用降下来，但又期待食品价格能保持高位。企业家很擅长在不同的工人群体之间挑拨离间，这也是 19 世纪的劳工在政治上如此不堪一击的原因之一。由塞缪尔·冈珀斯于 1886 年创立的美国劳工联合会，只不过是个行会的联合会而已。德布斯的美国铁路工会则有所不同，是一个产业工会。工会代表所有在铁路上工作的人的利益，包括没有技术的工人——那些说不上自己有行业的人，因此并未被美国劳工联合会囊括在内。如果铁路工会号召罢工，能让整个铁路系统歇菜。

铁路工会成立于 1893 年 6 月。不到一年，工会就在詹姆斯·希尔的北方大铁路公司发起了罢工，并在十八天内强迫达成仲裁，工人们大获全胜，几乎所有要求都得到了满足。这是美国历史上铁路大公司破天荒第一次成功罢工。到 1894 年 6 月，也就是成立一周年时，工会已经有了十五万成员。普尔曼工厂的工人也可以加入工会，因为公司在工厂与芝加哥城区之间运营着一条短程路线，这当然也算铁路。6 月，普尔曼公司的工人前往铁路工会，请求抵制所有挂载了普尔曼卧铺车厢的铁路公司。

德布斯并没有激动。他似乎预感到，这次的风险比北方大铁路那次罢工要高得多。但对公司管理层提出的多项请求都被断然拒绝了。(普尔曼在制定了绝不允许讨价还价的工资和租赁政策后,自己就预先采取措施,离开了芝加哥。罢工期间他大部分时候都在新泽西海岸的度假屋里待着,两耳不闻窗外事。)6 月 26 日,铁路工会命令所有道岔工,不得将普尔曼卧铺车厢挂载到火车上。如果道岔工因此而受罚或被解雇,该铁路线上的铁路工会所有成员都会罢工。这样的通体合作行动,那些兄弟会绝难做到。

德布斯的预感是对的。这回铁路公司已经做好了为难他的准备。在芝加哥设有终点站的二十四家铁路公司也成立了自己的组织——铁路总经理协会——就等着这样的事儿发生。他们宣布,所有与普尔曼公司有合同的线路,除非挂载了普尔曼卧铺车厢,否则都不得运行。6 月 29 日,二十条铁路线停止运行,铁路工会十二万五千人停工,芝加哥以西的整个芝加哥铁路运输系统基本上完全停摆。

因此 7 月 1 日约翰·杜威要去芝加哥还是有点麻烦的。最后他终于在密歇根中央铁路的线路上弄到了一张票,该公司用的卧铺车厢来自普尔曼公司的竞争对手瓦格纳公司。旅途中,他跟罢工的组织者之一简单聊了几句,让他大开眼界。他写信给爱丽丝道:

> 我只跟他聊了十到十五分钟的样子,但聊完后,我觉得我已经好多年都没这么激动过了。我觉得我最好把教书的工作辞了去追随他的步伐,直到我真正进入生活。他的坦诚和真挚近乎极端,眼下的风起云涌又是如此壮观,在对他的钦佩中你会忘了所有的对错。仅仅从审美的角度看,像这次罢工展现出来的这么宏伟壮丽、波澜壮阔的场景,这么多人因为共同的目标而走到一起来,我想这个世界上还没发生过几次。……政府明显想横插一脚,这些人也几乎肯定会受到打击——但这件事很伟大,也是更伟大的开端。

听其他乘客聊天也让他乐不可支。

> 有两三位衣冠楚楚的家伙滔滔不绝地谈论着工党正在实行的暴行和暴政。其中一位非常苦恼,因为他们现今“丧失了公众的全部同情”——因为他没法回家吃晚饭。德布斯……理应处以叛国罪;另一位则热情高涨,称德布斯是位“天主教教士”。当我在晨报上发现这位仁兄就是美国爱国协会(一个反天主教的组织)的演讲人时,一切都得到了解释。①

杜威对政府的看法是对的。次日,即7月2日,美国司法部长理查德·奥尔尼拿到了一项法院命令,禁止德布斯和铁路工会的其他领导人采取包括演讲在内的任何意在鼓动抵制运动的举动。德布斯对这道禁令置若罔闻。于是奥尔尼前去劝说总统格罗弗·克利夫兰(民主党人,1892年在工人支持下当选)动用军队,好保护全国的贸易及邮件运送。邮政车辆当然没有任何理由要挂载卧铺车厢,铁路工会也早已指示其成员,不得进行任何有可能干扰邮递的行动。但官方对邮政的担心只是拖联邦政府下水的借口。7月4日早上,住在芝加哥城区旅馆的德布斯向窗外看去,看到联邦士兵在湖边驻扎。谢里登堡(芝加哥所属地区)全部所辖部队都已经动员起来。为了平息这场罢工,共投入了两千名士兵及五千名联邦警察。

这天下午杜威在阿道弗斯·巴特利特府上做客。巴特利特是芝加哥的杰出公民,靠批发五金生意起家(他的第二任妻子阿比是密歇根大学校

---

① John Dewey to Alice Chipman Dewey, July 2, 1894, John Dewey Papers, Special Collections, Morris Library, Southern Illinois University. 南伊利诺伊大学卡本代尔分校杜威研究中心编纂有杜威书信集电子版:The Correspondence of John Dewey, Volume 1: 1871 - 1918, ed. Larry A. Hickman,来自弗吉尼亚州夏洛蒂镇 InteLex 公司的 CD-ROM。

友，所以杜威才收到邀请）。府上还有一位客人叫做约翰·巴罗斯，是芝加哥长老会第一教堂的牧师，也是芝加哥大学的宗教讲师。次日杜威向爱丽丝报告道：

关于罢工的话题，看到牧师比商人还要激动万分，真是有意思。巴特利特出于业务上的原因，自然希望看到罢工被镇压。巴罗斯则用良好秩序、维护法律、给予教训和悲天悯人的重重光环来装饰镇压之举。……我觉得，知识分子很可能会比资本家还要坏。冯·霍尔斯特[芝加哥大学历史系主任]谈到"共和国在历史上的危机；德布斯暴政比沙俄暴政还要可怕"云云，所有这些言论巴罗斯都在油腔滑调地借用，生怕罢工在有些人吃到枪子儿得到教训之前就停息了——对基督教福音派牧师来说这再正常不过。我们这所大学显然在"工党"这里名声臭得很。①

7月6日德布斯提出，可以取消抵制行动，只要允许所有人都回到工作岗位。但铁路公司现在占了上风，拒绝了他。对峙演变成暴力冲突。罢工者和围观者共有十二人死亡，铁路公司数十万美元财产化为乌有。7月10日，德布斯和铁路工会其他工作人员被控阴谋破坏邮政，阻挠国内贸易。德布斯被捕了。他交了保释金，但结局显然已呼之欲出。在14日给爱丽丝的信中，杜威写道：

你大概也会从新闻上看到，罢工失败了，"工党"相当低落。但如果我是先知，我会说罢工其实是胜利了。这场罢工给人留下了深刻印象，尽管"上流社会"有过很多如何如何暴力的闲谈（尤其是在我看

① John Dewey to Alice Chipman Dewey and children, July 4-5, 1894, *John Dewey Papers*.

> 来)，工会还是已经展现出，如果组织、团结起来，他们能造成怎样的声势。这种成就不只是会让他们清醒，也给了公众一个无法很快忘却的教训。我觉得，那几千辆被付之一炬的货运列车只是相当低廉的代价——这是吸引注意力的必要刺激，想让这个社会好好反省一下的话，也许很容易就要付出更大的代价。

他补充说，他也在试着更深入地了解哈珀和大学里的那些新同事。这个地方似乎相当保守，也很注重身份地位。他说："我最主要的印象就是，我是个十足的无政府主义者。"①

7月17日，德布斯再次被捕，理由是他违反了7月2日的禁令。这回他拒绝保释：他知道斗争已经失败，也已经做好准备，要像约翰·布朗那样英勇就义。第二天，抵制运动终止了。那些铁路兄弟会之前就拒绝加入，美国劳工联合会也是如此。普尔曼公司一开始参与罢工的一千名工人一贫如洗，回到公司上工的所有工人都被迫签字画押，保证永远不再加入工会。

在整个抵制运动中，媒体都将德布斯渲染为独裁者。在德布斯被收监的那一周，《哈珀斯周刊》以"镇压叛乱"和"独裁"之类的标题刊登了一些反对德布斯的文章。杜威读到这些文章时，觉得恶心至极。他对爱丽丝写道：

> 我都不知道以前有没有读过像这么令人无望、灰心丧气的东西。唯一令人叹为观止的就是，这些"高等阶级"——这些天杀的——有这样的观点，就是认为没有更彻底的社会主义者了。……上流社会的代表刊物——这些天杀的——会采取《哈珀斯周刊》和其他所有期

① John Dewey to Alice Chipman Dewey and children, July 14, 1894, *John Dewey Papers*.

刊都有的这种态度，认为德布斯就是个疯子，或者他的所作所为都是为了显示自己罪不容赦，有能力控制罪恶滔天的“低等阶级”——那，这也表明了上流社会都是些什么人。我也担心芝加哥大学是个资本主义机构——就是说也属于高等阶级。①

三天后，杜威又觉得更有希望了一点。他说：

德布斯那一拨人仍然声称道路严重受损，但目前对外界来说，罢工和抵制行动本身，作为罢工或是什么来说，已经彻底失败了。逮捕德布斯绝对是件好事；法院必须面对这个问题，要么说罢工和抵制行动以能发布命令的领导人为前提，因此释放德布斯；要么仅仅因为发动罢工就一直关着他，要他承担罪责（阴谋破坏邮政和商业贸易，等等）。……在我看来，随便怎么决定，都是“工党”的胜利。……这样一个决定带来的冲击力，不会比这件事本身更有效，奴隶制也不可能走得这么远。②

最终，针对铁路工会阴谋论的案子败诉了（为铁路工会的人辩护的是克拉伦斯·达罗），但德布斯和其他人还是因蔑视法庭、违反 7 月 2 日禁令而被关押。德布斯的律师向美国最高法院申请人身保护令，结果被驳回。德布斯到伊利诺伊州伍德斯托克麦克亨利县监狱服刑六个月。当地有些农民放话说，要闯进监狱，私刑处死他③。1895 年 11 月，德布斯刑满释放之后试图复兴铁路工会，但谁也不想再跟工会有任何瓜葛。1897 年 1 月 1 日，他宣称自己成了社会主义者。

① John Dewey to Alice Chipman Dewey and children, July 20, 1894, *John Dewey Papers*.
② John Dewey to Alice Chipman Dewey and children, July 23, 1894, *John Dewey Papers*.
③ Ray Ginger, *The Bending Cross: A Biography of Eugene Victor Debs* (New Brunswick: Rutgers University Press, 1949), 168.

3

杜威对普尔曼大罢工的看法一以贯之：他认为无论结果如何，这都是（如他在给爱丽丝的信中所说）“让这个社会好好反省一下”的办法。这个社会有太多需要好好反省一下的事情了。大罢工表明，在虔诚的基督教、自由放任的经济体、自然法则教条、科学决定论和甚嚣尘上的达尔文主义（战后数十年，很多人对社会和经济生活的态度都有达尔文主义的特点）累加起来的混合体中，有着多么错综复杂的矛盾和不合时宜。

普尔曼大罢工之所以如此引人瞩目，并不是因为暴力。两年前发生在宾夕法尼亚州安德鲁·卡内基钢铁厂的霍姆斯特大罢工，镇压过程至少跟普尔曼大罢工同样残暴。普尔曼大罢工是因其规模而成为国家警报的。我们认为罢工是两个团体之间的冲突，即企业和工人。但在 1894 年很多人认为这场大罢工是两个人之间的冲突，即乔治·普尔曼和尤金·德布斯。让人震惊的地方在于，两个人之间的争端能让半个国家都陷入瘫痪。这也是为什么德布斯会被讽称为独裁者。对 19 世纪的人来说，这场抵制运动似乎只是其个人意志的延伸。实际上，德布斯曾反对发起抵制运动，也一直在努力用谈判来解决问题，并曾努力阻止暴力和蓄意破坏行为，这些行为几乎可以肯定是铁路工会成员搞的鬼（尽管也有密探在兴风作浪）[①]。但创立铁路工会，就是养了一头老虎。他可以坐在老虎的背上，却不能完全控制它。普尔曼似乎同样也被自己的固执所引发的巨大动荡吓得目瞪口呆。

因此，普尔曼大罢工揭示出来的问题之一，是古典经济学理论的原

① Susan E. Hirsch, “The Search for Unity among Railroad Workers: The Pullman Strike in Perspective,” in Schneirov, Stromquist, and Salvatore, eds., *The Pullman Strike and the Crisis of the 1890s*, 50.

则——即自由放任的原则——在多大程度上建立在个人主义心理学的基础上。从古典经济学的观点来看，普尔曼镇是乔治·普尔曼的私人财产，因此只要说城镇的营利能力最大化能让他得到最大的满足，他也有权按自己高兴随意处置。这也是韦伯斯特在赢得达特茅斯学院一案时采用过的论点：达特茅斯是埃利埃泽·惠洛克的私人慈善事业，根据章程，他有权按照自己认为合适的方式去管理。斯托里法官的声明（私人组织享有与私人同样的权利）是法律上的直接推论。

古典经济学理论也以同样的眼光看待普尔曼公司的工人。工人是其自身劳力的唯一所有人，他可以自由地将劳力出卖给普尔曼，或者出卖给另一个愿意给更多酬劳的雇主，再或者按兵不动，因为期待看到劳动力价格上涨（或是因为他认为休闲比挣工资更有价值）。这里的假设同样是，他的"财产"回报如果能最大化，他得到的快乐也会最多。普尔曼和工人一样，他们的经济行为都可以理解为受这种"享乐主义小九九"的支配。但是，有一件事普尔曼和工人都无权去做，就是合谋阻止其他人追求他们自己的经济利益。这样的阴谋可以用"共谋"这个贬义词来表示。

因此，对德布斯阴谋阻挠国内贸易的起诉是以 1890 年《谢尔曼反托拉斯法》的名义提出的，该法案最早是为了限制企业共谋的反竞争行为，目标企业则是标准石油托拉斯，由后来成为芝加哥大学最主要赞助人的约翰·洛克菲勒于 1881 年成立。巡回法庭法官威廉·霍华德·塔夫脱在判处一位铁路工会工作人员因帮助在辛辛那提组织抵制运动而入狱时宣布美国铁路工会为非法组织，因为尽管普尔曼自己的雇员有权罢工，但与普尔曼没有"天然关联"（塔夫脱语）的工人卷入其中，却构成了限制贸易的共谋。他写道："美国铁路工会的巨大阴谋超乎想象。如果共谋的目标是让国家陷入困顿，那肯定是不合法的。"[①]这也是为什么那些铁路兄

① Thomas v. Cincinnati, New Orleans, and Texas Pacific Railway Company, *62 Federal Reporter 803*, 820 - 1 (1894).

弟会是以行业为基础组织起来的：所有司炉工都被认定与影响司炉工利益的事态发展有"天然关联"。如果这些发展并未影响比如说工程师的利益，那么工程师就只能袖手旁观。这也是为什么《哈珀斯周刊》在其中一篇反对罢工的社论中用了"垄断"一词，但所指并不是普尔曼公司，而是铁路工会。

当然，协调业界对罢工做出反应的铁路总经理协会也是共谋，而且这个团体在抵制运动造成的损害中，也起到了推波助澜的作用①。联邦政府的干预很明显是代表铁路公司利益的，但同样明显的是，如果没有政府干预，敌对双方在都想压倒对方的角力中，真的会让这个国家（或是这个国家的一部分）陷入困顿。普尔曼事件的方方面面关涉太大，不可能听任他们试探他们的身份地位在公开市场上的经济价值。

那么从法律上讲，在他们的争端中，国家的利益是什么？七十八年前，普卢默州长也是出于同样的利益考虑干预了达特茅斯学院一案：公共福利。克利夫兰据说曾这样表态："如果需要动用美国的全部陆军和海军才能在芝加哥投递一张明信片，那就动用好了。"②最高法院也对此表示支持，在驳回德布斯的人身保护令时表示："国家的全部力量，都可以用来确保在任何一片国土上，任何国家权力都能完整、自由地施展，确保宪法赋予的任何权利，都在其照管之下安全无虞。政府强有力的军队可以用来扫除阻挠国内贸易自由和邮件运送的任何障碍。"③这些语句针对的是组织起来的劳工，但对那些大型企业来说，意思再明白不过了。

人们自然而然地就会认为，在普尔曼大罢工中表现出来的反对劳工的情绪，背后的信仰体系是社会达尔文主义——杜威也曾观察到，这种观

① Nick Salvatore, *Eugene V. Debs: Citizen and Socialist* (Urbana: University of Illinois Press, 1982), 130 - 1.

② Allan Nevins, *Grover Cleveland: A Study in Courage* (New York: Dodd, Mead, 1932), 628.

③ In re Debs, 158 U.S. 564, 582 (1895).

念在知识分子阶层中也普遍存在。社会达尔文主义是进化论(物竞天择)和统计学思路(竞争的结果总是适者生存,适合与否由自然法则决定)的推论。对现有的财富和权力的等级制度,这是相当直白的辩护,这种哲学显然也与古典经济学完全相容。社会达尔文主义对改革的态度,可以用一篇文章的标题来总结:《让这个世界地覆天翻的荒谬努力》。文章是美国最杰出的社会达尔文主义理论家威廉·格雷厄姆·萨姆纳写的,发表于普尔曼大罢工爆发前两个月。但社会达尔文主义与公众对大罢工的反应很可能没什么关联,而且不管怎么说,到 1894 年时,这种思潮早就大势已去。

就比如普尔曼本人,虽说在很多方面都可以说是镀金时代财大气粗的典型代表,却显然并不信奉社会达尔文主义。他的模范城市以改革主义者的思想为基础,认为性格是良好的住房条件、定期垃圾清理等的作用,而非由基因决定,在租金方面他顽固不化的态度也几乎可以肯定跟道德价值(以及自尊心)关系甚大,而不只是因为经济理论。在普尔曼这一代企业家当中,可以看成是社会达尔文主义的,通常只是新教对工作伦理价值的信奉,再加上洛克式的对私有财产神圣不可侵犯的信仰。这跟进化没有任何关系①。

虽说萨姆纳是耶鲁大学的教授,美国的社会科学实际上却是在反对萨姆纳及其哲学导师赫伯特·斯宾塞所持有的自由放任观点的过程中成长起来的学科。说到底,下面两种假设究竟哪种为某个研究领域提供了更有前景的基础呢?其一,社会按照基本定律发展,其效率无法通过公共政策提升;其二,社会是多元有机体,其进步可以由科学知识加以引导。知识分子出现是因为对专门知识的需求。专门知识要求在任何情况下都

① Robert C. Bannister, *Social Darwinism: Science and Myth in Anglo-American Social Thought* (Philadelphia: Temple University Press, 1979), and T. J. Jackson Lears, *No Place of Grace: Antimodernism and the Transformation of American Culture, 1880 - 1920* (Chicago: University of Chicago Press, 1981), 19 - 26.

不断重复:“让市场做决定”(或者就像萨姆纳喜欢挂在嘴边的“要么自食其力,要么坐以待毙”①)并不好。

杜威所在的学术界让他能经常接触到与自由放任的个人主义相对立的思想,有些甚至比伯灵顿哲学或是乔治·莫里斯的基督教黑格尔主义还要激进得多。1884 年他还在霍普金斯当学生的时候,听过萨姆纳最强有力的反对者莱斯特·沃德在形而上学俱乐部读过的一篇名为《作为社会因素的思想》的文章。沃德是个实干派,作为古生物学家在政府供职。此前一年,他出版了美国第一部社会学教材《社会动力学》,强调了智力对人类进步的影响,在讲演中,他也重复了自己的论点。他在俱乐部说道:“自由放任的原则是清静无为者的教义,是不会产生任何结果的科学信条,将一切都交到大自然手中,无异于投降。适者生存只不过就是强者生存,……也可以叫做消灭弱者。如果自然界的进步要通过消灭弱者才能得到,那么人类的进步则是要通过保护弱者才能达成。”②

同一年,霍普金斯的一位助理教授理查德·埃利在大学期刊《历史和政治科学研究》上发表了一篇被广为传阅的鞭挞古典经济学的文章:《政治经济学的前世今生》。之后没多久,《哈珀杂志》委派给埃利一项任务,要他去采访普尔曼镇并撰写一篇报道。这篇文章于 1885 年冬季刊出(那时埃利新婚不久,而杂志社反正要出钱,于是他干脆去了普尔曼镇度蜜月,好节省开支)。埃利很快认识到,这个城镇代表着自由放任原则已被弃如敝屣。他写道:“无拘无束的社会力量自由发挥,就能让万事万物都

---

① William Lyon Phelps, “When Yale Was Given to Sumnerology,” *Literary Digest International Book Review*, 3 (1925): 661; Richard Hofstadter, *Social Darwinism in American Thought*, rev. ed. (Boston: Beacon Press, 1955), 54.(此处“要么自食其力,要么坐以待毙”原文为“Root, hog, or die”,是起于 19 世纪早期的一句习语,源于早期美洲殖民者的一种生产实践:将猪放养到树林里任其自行觅食、自生自灭,从而降低养殖成本。这句习语用来表达自力更生的生活态度,常见于俚语歌词中。——译者)

② Lester F. Ward, “Mind as a Social Factor” (1884), *Glimpses of the Cosmos* (New York: Putnam, 1913-18), vol. 3, 366, 371.

处于完美、自然的秩序之中的美好梦想，已经不复存在。人们开始普遍相信，神圣秩序从未想过，社会和经济世界要自求多福。"不过他也发现，几乎不可能让普尔曼镇居民对他知无不言：他们怀疑他是个"探子"。于是他把妻子靴子上的扣子扯下来，拿到不同的鞋匠那里去修补，他的理论是，"没有人会避免和来办这么无关紧要的差使的人随便聊会儿天"。他总结道，尽管普尔曼镇的建筑和公共卫生非常出色，"普尔曼的思想却并不是美国式的。……这是宅心仁厚、大发慈悲的封建主义"[①]。（这年秋天，埃利创立了美国经济协会。其目标，据他私下所说，是"与萨姆纳之流的影响作斗争"[②]。）

在密歇根大学，放任自流的自由主义也是众矢之的。在那里杜威最喜欢的同事之一是经济学家亨利·卡特·亚当斯，他认为，当公共福利受到影响时，私有财产应当接受国家监管。1886 年，他也因为表态支持一次铁路大罢工，失去了在康奈尔大学的职位。杜威在密歇根大学最好的朋友是乔治·赫伯特·米德，他后来也带他一起去了芝加哥大学。米德以前是威廉·詹姆斯的学生，也是社会心理学的创立者之一。该学科的基本思想是，自我取决于一个人与他人之间的关系。还有查尔斯·库利，是杜威的学生，还没有完全理解杜威说的是什么就觉得杜威很鼓舞人心。1892 年，库利开始在密歇根大学教社会学（他的博士学位是经济学），并发展出一套理论，其基础概念与米德的理念极为相似，就是"镜中自我"——人是通过社会这面镜子的反映才感知到自己作为个体的。

杜威还在密歇根大学时，曾致力于一种摒弃了洛克式假设的民主理论。1888 年发表于《密歇根大学哲学学报》的《民主的伦理》一文，是他最杰出的作品之一。（晚年杜威有意采取了一种朴实无华的写作风格，因为

---

① Richard T. Ely, "Pullman: A Social Study", *Harper's New Monthly Magazine*, 70 (1884 - 85): 452, 464, 465.

② Richard T. Ely to E. R. A. Seligman, June 9, 1885, *E. R. A. Seligman Papers*, Rare Book and Manuscript Library, Columbia University.

他相信读者应该是被思想的说服力所打动，而不在于文章的表达是否得体。他极为成功地摆脱了对词句的雕琢。)《民主的伦理》是对英国法律史学家亨利·梅因提出的一种名为大众政府的民主观点的回应。梅因是“少数服从多数”原则的敌人——他认为，大众的偏见是进步的绊脚石——对于最高法院在达特茅斯学院一案中的意见，他特别赞赏，称之为“美国众多伟大的铁路公司声誉的基础，……确保了经济力量可以充分发挥作用，正是这种力量让北美大陆的土地得到了耕种；这是美国的个人主义对抗没有耐心的民主和社会主义幻想的堡垒”。①

杜威认为，梅因将多数人的决定看成是那么多独立的、自私的偏好的总和，就犯了经验主义者认定我们可见的比不可见的更真实的错误——个体是存在的，但“大众意愿”则是子虚乌有。杜威觉得，这实际上是开倒车。他写道：“社会的统一性和结构性特征是客观事实，非社会的个人是一种抽象概念，想象一下把一个人身上所有的人类特征都剥除掉之后这个人会是什么样子，就能得到这个形象了。社会作为真实的整体，是正常的结构，但大众作为孤立个体的集合，就是子虚乌有了。”②民主可不只是其组成原子的总和，因为原子并非独立于自己所在的分子。原子总是会作为更大整体的一部分起作用。参与改变了一切。

尽管杜威的第一印象并非如此，但实际上杜威来到芝加哥大学时，这里也正在成为继自由放任原则而起的各种思想的中心。哈珀创建了全国第一个社会学系，系主任阿尔比恩·斯莫尔从霍普金斯毕业，是莱斯特·沃德的追随者。(他曾声称：“跟美国曾出现过的其他任何著作比起来，我更希望自己写过《社会动力学》这本书。”③)斯莫尔并非激进的改革派(就

① Henry Sumner Maine, *Popular Government: Four Essays* (London: John Murray, 1885), 248.

② John Dewey, "The Ethics of Democracy" (1888), *The Early Works, 1882–1898*, ed. Jo Ann Boydston (Carbondale: Southern Illinois University Press, 1967–72), vol. 1, 232.

③ Albion Small, "Lester Frank Ward," *American Journal of Sociology*, 19 (1913–14): 77.

此而言，沃德也不是），不过他相信，社会学应当是一门需要亲身参与实践的学科。1896年，他和乔治·赫伯特·米德，以及另一位芝加哥大学的社会学家、基督教改革者查尔斯·亨德森一起创办了《美国社会学杂志》，在最早的某一期上他写道："从芝加哥城组成的广阔的社会学实验室中，我学到的印象最为深刻的一课就是，最好的老师不是臆测，而是行动。"①

芝加哥也有真正敢于打破传统的人。托斯丹·凡勃伦也曾在霍普金斯研究生院就读，还是跟杜威同一年入的学；他选修了皮尔士开设的为期一年的逻辑学课程，杜威则觉得这门课太吓人了。但凡勃伦没有申请到研究员职位，于是不得不退学了。1891年，他又去了康奈尔大学的研究生院，一年后以教师身份来到了芝加哥。1899年，他出版了《有闲阶级论》，揭露了古典经济学假设中的谬误，行文过于尖刻，以至于有的读者当成了讽刺作品。在该书中，凡勃伦阐述了自己对财产的看法：财产起源于盗窃，据为己有的数量也超过了实际需要，这跟生存没有任何关系，倒是跟身份地位有着千丝万缕的联系。

凡勃伦对"享乐主义小九九"的看法是，它建立在"对人性的错误认识"上，把人描述为受外部力量左右的"渴求幸福的均质小水滴"②。跟社会达尔文主义在学术上的大部分敌人一样，凡勃伦并不反对达尔文主义；他只不过觉得，斯宾塞和他在美国的追随者用古典经济学理论的眼光来阅读达尔文，没有抓住要害。凡勃伦认为，真正的进化论经济学，所要求的人类形象不能只是对刺激做出被动反应，也得是目标的践行者。但并不是所有的目标都能用利润和损益这套语言来表示。在《有闲阶级论》中，他阐述道："个人有意识的生活的实质，是由思维习惯的有机复合体构

---

① Albion Small, "Scholarship and Social Agitation", *American Journal of Sociology*, 1 (1895 - 96): 581 - 2.

② Thorstein Veblen, "Why Is Economics Not an Evolutionary Science?", *Quarterly Journal of Economics*, 12 (1898): 389.

成的。在这复合体中，经济利益并非一枝独秀。”①

总之，杜威来到芝加哥时，自由放任思想的对立面已经在学术界广泛树立，尽管在政治方面和制度方面这种思想仍在兴风作浪（这也是杜威刚到大学的头几周试图加以衡量的）。对资本主义的批评令哈珀如坐针毡——这也自然，因为他的饭碗就靠一位实际上是美国资本家成功象征的人物慷慨解囊。但他也梦想着创建一所伟大的学校，因此无法不把在各自领域独领风骚的教员奉为上宾。1890年代的教授会因为自己的政治观点受到行政方面的压力，有的人因此被开除，就连芝加哥大学都未能例外。（凡勃伦的问题有所不同：他的风流韵事让查尔斯·皮尔士都相形见绌。他喜欢把同事的妻子搞上床，据说这些良家妇女全都觉得他不可抗拒。）但1900年之前因自己的政治观点惹了一身麻烦的人，后来很多都成了专业领域中的明星。

但杜威读到的对普尔曼大罢工最鞭辟入里的阐述，却并非来自学术型社会科学家，而是来自实践派。

4

简·亚当斯是一位社会学家，她和朋友埃伦·盖茨·斯塔尔在芝加哥共同创立的社区中心赫尔馆是一所社会学实验室。但无论是她还是这个地方，都并非一开始就是这样②。

---

① Thorstein Veblen, *The Theory of the Leisure Class: An Economic Study in the Evolution of Institutions* (New York: Macmillan, 1899), 116.

② John C. Farrell, *Beloved Lady: A History of Jane Addams' Ideas on Reform and Peace* (Baltimore: Johns Hopkins University Press, 1967); Allen F. Davis, *Spearheads for Reform: The Social Settlements and the Progressive Movement, 1890 - 1914* (New York: Oxford University Press, 1967), and *American Heroine: The Life and Legend of Jane Addams* (New York: Oxford University Press, 1973); and Gioia Diliberto, *A Useful Woman: The Early Life of Jane Addams* (New York: Scribner, 1999).

1860 年亚当斯出生于伊利诺伊州小镇锡达维尔。她父亲约翰是个成功的商人，也是林肯的朋友。他参与创立了民主党，内战期间帮助组建并装备了一个团，后来这个团自然就被叫做“亚当斯卫队”。他还在伊利诺伊州参议院工作了十六年，在那里，他的正直无人不知：他不但从未收受贿赂，也从不向他人行贿，并因此而名声在外。简·亚当斯患有脊柱结核，因此弓背斜肩，两足内八。人们总是把她当小孩子一样宠着，作为女孩子的她为此意志消沉。但她继承了父亲的优良品质：刚正不阿、有礼有节（在大学里她要求朋友们都叫她亚当斯小姐，让大家有点儿着恼）、雄心勃勃。她魅力非凡，尤其是对女性而言。人们把她看成是圣女。某种意义上，这是 19 世纪人们解读某个人身上威严、正直光环的一种方式，而这个人恰好是个女人。她确实有这种光环。

亚当斯和斯塔尔从上大学的时候起就是好朋友，这是伊利诺伊州一所专为女子开办的学校，叫罗克福德女校（亚当斯本来想去史密斯学院念书，但她父亲觉得太远了）。1888 年去英国旅游时，她们参观了一个叫做汤恩比馆的地方，并因此生发出创建赫尔馆的想法。汤恩比馆创建于 1884 年，是最早的睦邻之家——也就是坐落在城市贫民区的建筑，大学生（“睦邻者”）在此居住，并致力于社会改革。汤恩比馆有自己的理念。其创始人和管理者是位神职人员，名叫塞缪尔·巴尼特，曾在伦敦贫民区白教堂教区圣祖德教堂任牧师。他的理念融合了基督教的撒玛利亚主义和维多利亚时代工业主义批评家，例如阿诺德、卡莱尔和拉斯金等人的社会信条。这种理念在实践方面有两种含义。其一源自基督教，也是汤恩比馆最有益的地方，就是与穷人亲如兄弟有助于提升灵魂。因为这是精神上的好处，所以也被认为是对睦邻者的好处。其二源自社会批评，即认为社会改革的关键元素是文学和艺术教育——伦敦的工人阶级在文化上的匮乏至少和他们物质上的贫困同等重要。

斯塔尔十分虔诚，亚当斯则是美国最超脱的超验主义者之一。（据说在布朗森·奥尔科特到访罗克福德女校时，亚当斯曾争取过为奥尔科特擦去鞋上污泥的特权①。奥尔科特是个会认为做饭的时候用火很邪恶的人。）因此，斯塔尔和亚当斯接受起汤恩比馆的哲学来毫无困难。她们回到美国不久就筹集了资金开始建设赫尔馆，部分资金还是由芝加哥的牧师捐助的。1889年，赫尔馆在美国一个最糟糕的城区开张了。这是芝加哥第十九区霍尔斯特德街的一个街区，这里的工商行名录中，收录了九所教堂，两百五十家酒馆②。除了一小部分是非裔美国人，这个社区绝大部分居民都是移民。（实际上，1889年的芝加哥，有60%的居民都是在国外出生的。）后来亚当斯、斯塔尔和她们的同事做过统计，在赫尔馆附近统计到十八个不同的民族群体③。

赫尔馆并不是20世纪意义上的福利机构。这里确实有救济金，用来帮助那些失业的或是面对其他经济困难的人，而那些"睦邻者"，当然也会为住在附近的人提供很多帮助。但在最宽泛的意义上，赫尔馆主要是一所教育机构。馆里会组织上课，举办讲座和体育活动，提供饮食指导，还为男孩、女孩、男性和女性分别都设有俱乐部。馆里有幼儿园、操场、育儿室和日托中心，有剧团、合唱团、莎士比亚俱乐部和柏拉图俱乐部。房间布置得很漂亮，还有很多名画的复制品装点空间。该馆主旨是为人们提供一个逃离贫贱生活状态的空间，也弥补城市在公共服务方面的不足，帮助他们生活。此外也向他们灌输美国的公民意识和文化准则，而他们自身特殊的民族遗产也会得到承认和尊重（最后这部分对亚当斯来说并非总是那么简单。比如说，她就很难习惯在待客的时候可以进酒）。

刚开始，亚当斯和斯塔尔实际上都是根据汤恩比馆的章法行事的。一份女性刊物在赫尔馆开张前几个月刊登了一篇题为《芝加哥的汤恩比

① Diliberto, *A Useful Woman*, 72.

② Ginger, *Altgeld's America*, 126–7.

③ Residents of Hull-House, *Hull-House Maps and Papers: A Presentation of Nationalities and Wages in a Congested District of Chicago* (New York: Thomas Y. Crowell, 1895), 17.

馆》的文章,将赫尔馆公之于众。文中说道:

> 其主要目标之一是使之成为……其他青年女子的静养之地。她们需要休息,需要变化,或是渴望从社会的过度需索中全身而退有个避难处。她们也相信,向生活的另一面,向另一半人群的贫穷和奋斗匆匆一瞥,会让更多人大发善心,大表同情,不再有多少时间和倾向来内省,来野心勃勃,又或是或真或假地哀怜自己的多愁多病身。[1]

社会工作听起来好像很疗愈,某种意义上也确实如此。这也是对中上层女性被迫死气沉沉的反应,是女权主义的一种体现。赫尔馆一开始的活动也是受到拉斯金的文化提升理论的启发。最早的活动有一件是为本地的意大利移民举办的,就是一连好多个晚上聚在一起读乔治·艾略特的《仇与情》,一起看佛罗伦萨的照片[2]。

调子很快就变了。原因之一是1891年,弗洛伦丝·凯利来了。比起亚当斯和斯塔尔,凯利要世故得多。她从康奈尔大学毕业,又去了苏黎世大学上学,翻译了弗里德里希·恩格斯的《1844年英国工人阶级状况》一书,结了婚接着又分居了(婚后的名字是维什涅夫斯基),还出版了一本关于童工的小册子。跟斯塔尔不同,凯利是无神论者;跟斯塔尔和亚当斯都不同,凯利是社会主义者。她来这里不是为了精神上的回报。在她的帮助下,赫尔馆变成了改革团体的中心。例如她深入调查了芝加哥的血汗工厂,影响很大,于是进步派的州长约翰·彼得·奥尔特盖尔德任命她为伊利诺伊州的首席工厂督察。凯利也让赫尔馆变成了社会学研究的中心。她是《赫尔馆地图及文件》背后的推动力量之一,该书明显受到恩格

---

① Leila G. Bedell, "A Chicago Toynbee Hall", *Woman's Journal*, 20 (1889): 162.

② Jane Addams, *Twenty Years at Hull-House*, with Autobiographical Notes (New York: Macmillan, 1910), 101.

斯关于曼彻斯特的著作的启发，是关于赫尔馆周边地区的研究，出版于1895年，也是关于美国工人阶级城市居住区最早的深入调查之一。（雅各布·里斯轰动一时的著作《另一半人的生活》讲述了纽约贫民窟里的生活状况，出版于1890年。）

赫尔馆的教育计划也在继续进行，包括一些特邀嘉宾带来的讲座，其中就有约翰·杜威。1892年1月，杜威还在密歇根大学任教时，就在赫尔馆以《心理学与历史》为题做过讲座。回到安娜堡之后，杜威在写给亚当斯的信中说道：

> 在逗留期间我获益良多，无以言表。你让我有机会了解那里的状况，我也感激不尽。……我在那里的每一天都让我越来越坚信，你的路子是对的。我相信，二十五年之内，现今在各式各样的教堂之类的机构中作茧自缚的那些力量，会通过你打开的这些通道喷涌而出。[①]

这段地久天长的君子之交由此开始。

赫尔馆并不是美国第一家睦邻组织。有个叫斯坦顿·科伊特的人曾在汤恩比馆住过两个月，1886年，他在纽约下东区也开设了一家睦邻组织。但赫尔馆很快成了最著名的。到普尔曼大罢工发生时，这里已经成了欧洲名人的必经之地，亚当斯也成了这所城市的杰出公民。她加入了一个名叫"芝加哥公民邦联"的组织，五金行业的龙头老大阿道弗斯·巴特利特也是，大罢工期间杜威就曾到他府上做客。罢工刚开始时，她就以组织成员的身份前往普尔曼公司，提出组建一个中立的委员会来调查工人的不满。亚当斯认识乔治·普尔曼，曾和普尔曼的女儿弗洛伦丝在波

① John Dewey to Jane Addams, January 27, 1892, *Jane Addams Papers*, Rockford College Archives, Howard Colman Library, Rockford College.

士顿家访护士协会的董事会共事，普尔曼本人也对赫尔馆有所贡献。(想想他在租金上毫不妥协，却愿意捐一些救济金，挺奇怪的。)但她却被告知，普尔曼公司的事情跟她无关。

正如人们预期，赫尔馆的态度大体上是支持抵制运动的。7月5日，也就是出动军队的第二天，杜威在从巴特利特府上回家时顺便拜访了赫尔馆。他对爱丽丝写道："你大概会想，氛围会有些不同。"亚当斯不在，但"全国各地的人都扔掉了自己的饭碗，好让成百上千英里开外自己的伙计们能得到他们的权利，这样的大气磅礴让斯塔尔小姐热血沸腾——从这个角度想问题的人，我还只见过她这么一个"。[①] 弗洛伦丝·凯利为工会积极奔走。在7月10日的起诉之后，她帮助募集了德布斯的保释金，事后有一次德布斯出去喝得烂醉如泥，她也帮他在媒体面前大力遮掩[②](德布斯没什么酒量，一般喝到第二杯就倒了，但他还经常喝得酩酊大醉：泡酒吧[而且一泡好多家]似乎就是他跟群众们联络感情的方式)。

亚当斯则采取了另一条路线。她强烈反对抵制运动。杜威顺路拜访赫尔馆时亚当斯不在，是因为她去探望自己的姐姐玛丽·林去了。姐姐在威斯康星州基诺沙因癌症住院，生命垂危。简可以乘坐私人火车前往基诺沙，但玛丽的丈夫约翰，还有他们的四个孩子却有点麻烦。约翰·林最终签了一份声明，如果火车在路上遭袭，铁路公司可以免除责任。他们一家人坐在车厢地板上，一路担惊受怕，生怕石头飞进车厢。他们到了基诺沙，但还是太晚了。亚当斯总是坚称姐姐在临终前原谅了罢工者[③]，但这番经历似乎还是让她对工业斗争的破坏性影响有了不良印象。

就是在理论上她也对抵制运动持反对意见。弗洛伦丝·凯利是亚当斯放弃汤恩比理论的原因之一，但另一方面也跟她自己在霍尔斯特德街

---

① John Dewey to Alice Chipman Dewey and children, July 4－5, 1894, *John Dewey Papers*.

② Davis, *American Heroine*, 113.

③ Addams, *Twenty Years at Hull-House*, 216－17.

上的邻居有关。她发现,她想要帮助的这些人,对于自己的生活怎样才能提升,比她和她那些同事有更好的想法。她开始认为,任何以自上而下的假设为前提的慈善方式或改革方法——比如说,认为改革者的品位和价值观要比被改造者的高级,或者更简单的例子,认为慈善是单向的授受行为,富人给予,穷人索取——都是无效的,从根本上就错了。她断定,睦邻运动要想成功,就得纠正在阿诺德、卡莱尔和拉斯金的社会批评中一以贯之的反民主的敌意。(亨利·梅因的政治著作中有类似的敌意,杜威也在着手纠正。)她开始全身心投入到消除令人反感的群体和阶级鸿沟中。任何会让鸿沟加深的事情——比如大罢工就在此列——她都反对;任何能促进合作的想法——比如仲裁——她都鼓励支持。

在《赫尔馆地图及文件》中,亚当斯写道:"我们必须学着信任我们的民主,尽管它就像巨人一般,而它粗野的力量和未经检验的应用看起来似乎咄咄逼人。"[①]她的民主参与的思想也是普遍的。数年后她这样写道:"我们已经学会说,在善能被随便一个人或一个阶级紧握在手中之前,我们必须将善扩展到整个社会。但我们还没学会补上一句:除非所有人、所有阶级都对善有所贡献,我们甚至都无法确定,这善是否值得拥有。"[②]当亚当斯对自己的工作性质有了这种认识的时候,她就不再是个但行好事的人了,甚至也不再是改革者,而成了社会科学家。她成了自己这个专业领域的社会学家:第一位做社会工作的社会学家。

1894年秋天,普尔曼抵制运动失败几个月之后,芝加哥大学开始着手建立自己的睦邻之家。(哈珀曾企图接管赫尔馆,但被亚当斯拒绝了。)大学睦邻之家的建设工作由爱丽丝·帕尔默领衔,她丈夫是哈佛的哲学家,拒绝了芝加哥大学的哲学系主任一职,所以才轮到杜威。杜威参加了

---

① Jane Addams, "The Settlement as a Factor in the Labor Movement", in *Hull-House Maps and Papers*, 198.

② Jane Addams, *Democracy and Social Ethics* (New York: Macmillan, 1913), 219 - 20.

一些筹备会议，其中一次是在10月份，亚当斯也受邀发言。杜威向妻子汇报了亚当斯的言论。他说，亚当斯在会上讲到："并没有什么特别目标，因为[睦邻之家]只是一种生活方式——因此和生活本身有着同样的目标。……亚当斯小姐希望[大学的]睦邻之家不要从……想要行善的角度起步。慈善被认为是施以援手，而不是解释说明。"[①]爱丽丝·帕尔默显然没有领会其中的含义。她弄了个捐款箱，提出大家要以慈善的自我牺牲精神为本，提议学生每人捐2美元，教职工每人捐5美元。亚当斯感到无比恶心。她告诉杜威，说她觉得帕尔默"后患无穷"。杜威说，"恐怕真是这样"。[②]

但第二天，亚当斯和杜威就意见不合，相持不下。这是关于争论的争论。亚当斯说，她认为从来都没必要对抗。她告诉杜威，对抗从来都不是因为真实、客观的差异，"而是因为混合了自己的个人反应——格外强调自己提出的真理，在做一件别人不想做的事情时自己得到的愉悦，或是必须展现自身个性的那种感觉"。她说，如果基督把沾满铜臭的人赶出教堂，那基督自己也跟那沾满铜臭的人一样坏。内战也表明了对抗毫无意义："我们用战争让奴隶获得自由，现在还得再一个一个地来解放他们一遍，我们付出了战争的代价，还要考虑南方人承担的额外苦难。"

杜威很困惑。他问亚当斯，某些力量之间是否也不存在对抗——比如资本与劳工，再比如教会与民主——这些问题确实需要认真考虑。亚当斯回答说从来没有："力量之间的对抗一直都不是真的，只不过是个人态度和反应的投射罢了。对抗并不能增进相互理解，反倒是延迟、扭曲了双方的用意。"杜威向爱丽丝承认，这是"我见过的对智慧和道德信念最壮观的呈现。她改变了我的内在，但也许并不真实。……当你想到亚当斯小姐并没有把这些当成哲学，而是全身心地信奉着——伟大的上帝"。

---

① John Dewey to Alice Chipman Dewey, October 9, 1894, *John Dewey Papers*.

② John Dewey to Alice Chipman Dewey, October 10, 1894, *John Dewey Papers*.

到早上他的想法又变了。他觉得亚当斯是对的。他对爱丽丝写道："我能看到，最后我对[他写下了"黑格尔的"，但又划掉了]辩证法的解读一直是错的——统一是对立面的调和，而并非对立是成长中的统一，并因此将身体上的紧张转化为道德上的事情。"也就是说他看到，这个世界对我们的行动和渴望的抵制，跟真正的利益冲突并不是一回事。他的结论是："我道出了其中的真相，但我根本不知道——现在这一切看起来多么自然，多么普通，但从来没有什么像这样深深地吸引着我。"

> 我不知道我是否曾经告诉过你，斯塔尔小姐对她们一开始所经历的那些的评论——起哄的，往窗户里扔石头的，还有别的各种突发事件。亚当斯小姐又是如何说，她不会叫警察，而是会把整个事情都放过去。有一回大街上有个黑人径直往她脸上吐唾沫，而她只是随手擦去，根本没有注意到，就接着说了下去。①

这种静如止水的程度，就连杜威也肃然起敬。第二天他给亚当斯也写了封信。他在信中写道："我希望能收回那天晚上说过的话。不只是说真正的对抗不好，就连假设有或者说可能有对抗都是不对的。……在我开始就社会心理学发表言论之前我就发现了这一点，我很欣慰。"后面他又补充道："这样子的突然转变可以说让人疑窦丛生，但这还只是个开始。"②

亚当斯和杜威之间的小争论听起来很抽象，但潜台词十分具体：他们争论的是对普尔曼事件该如何回应才算恰当。因为在同一时候，亚当斯既在向杜威解释自己关于对抗的观点，也在向帕尔默和学校的其他要员阐述她关于慈善的看法，同时还在构思对大罢工的个人意见。就在这

---

① John Dewey to Alice Chipman Dewey, October 10 - 11, 1894, *John Dewey Papers*.

② John Dewey to Jane Addams, October 12, 1894, *Jane Addams Papers*, Swarthmore College Peace Collection, Swarthmore College.

个月，她在芝加哥妇女俱乐部的演讲，对此作了陈述。她把这件事叫做“现代李尔王”。她的意见是，普尔曼与其工人之间的冲突，可以类比为莎士比亚剧作中李尔王和他女儿蔻蒂莉亚之间的冲突：一套陈旧的、以个人主义和家长制为基础的价值观，突然碰到了一套新的、以相互依存和自主决定为基础的价值观。也就是说，她比杜威更清楚地看到，普尔曼事件——她称之为“工业悲剧”——代表着文化体系中的断层。

文化体系中的断层并不是悲剧，就连革命也算不上悲剧。亚当斯认为，让普尔曼大罢工变成悲剧的，是冲突双方都认为他们的利益天生就是对立的——一方获利就意味着另一方必须有损失。但（正如她试图向杜威所解释的）对立只不过是一种误解，是朝着共同结果发展时的紧张态势。蔻蒂莉亚到底还是深爱着自己的父亲。李尔王并没有跟她对立，只是误会她罢了。普尔曼也是这么回事。亚当斯说道：“当这个国家的内陆在冲突中受尽折磨，而他单凭一己之力就可以化干戈为玉帛；但他却只是在海边踱步，让自己置身李尔王的悲剧之外。他也失去了深情演绎的能力，他需要一个征兆。”值得保全的利益只能是共同利益。“深情演绎”是我们达成理解的方式。

普尔曼曾希望自己能当伟人、做善事，但他并不明白当伟人的意义，也不懂做善事的方法。亚当斯说：“好人、强人很容易认为，他们可以在良心的指引下，通过追逐自己的理想而成功，让这些理想与他们同伴的意愿毫不相干。”[①]她是在回应理查德·埃利在十年前访问普尔曼镇之后提出的观点——“丧失权威，以及对人民不信任，是很多改革体系及意在行善的慈善项目的致命弱点。”[②]亚当斯说，真正的伟大在于认同尽可能宽泛的利益：“谁在自己身上集中了最多的美国经验，公众就会把谁称为美国最伟大的人。”她说的是林肯，她父亲心目中的英雄。

① Jane Addams, “A Modern Lear” (1894), *Survey*, 29 (1912): 135, 134, 137.

② Ely, “Pullman: A Social Study,” 465.

亚当斯告诉妇女俱乐部，工人同样需要理解，他们的利益与企业主的利益是一样的，否则他们就可能会令他们希望克服的分歧再次出现。（她说："在读李尔王的悲剧时，蔻蒂莉亚逃不过我们的谴责。"）因为"劳苦大众的新需求，有钱人的新的责任感，事实上是同一个来源。这实际上就是同样的'社会愧疚'，而且，尽管其表现形式千差万别，最后还是会殊途同归，汇聚到同一个运动中"。[①] 正确的结果通常都是民主达到的结果，要不然的话我们也没法知道这结果是否正确。"好人、强人很容易认为，他们可以通过追逐自己的理想而成功"：亚当斯可能想的是爱丽丝·帕尔默。她也肯定想到了她自己。亚当斯理解普尔曼，因为她也曾经像他那样。

亚当斯把《现代李尔王》发给了《论坛》（以揭发丑闻著称的刊物）、《北美评论》和《大西洋月刊》。三家都拒绝了这篇稿子，认为这是对乔治·普尔曼的人身攻击。（直到1912年，《现代李尔王》才得以发表。）亚当斯也给杜威看了这篇文章，杜威则称其为"我读过的最伟大的文章之一"[②]。三年后，1897年10月19日，乔治·普尔曼死于心脏病。他的财产估值为800万美元。他给自己的两个儿子只留下了一个月3 000美元的费用，因为他觉得这两个浪荡子配不上这笔遗产。但他留了125万美元给他的模范城市，用于一所建给当地居民的技校。普尔曼葬在一块特殊的墓地里，是他自己设计的：深三米，上面全浇上混凝土。他怕工人们会来鞭尸。他到底还是李尔王。

普尔曼去世刚好一年之后，伊利诺伊州最高法院判令普尔曼豪华车辆公司与模范城市相剥离。法院的说法是，在公司章程中没有任何地方提到这么一座城镇。法官评述道，公司城镇与好的公众政策相违背。这

---

① Jane Addams, "A Modern Lear", 136 - 7.

② John Dewey to Jane Addams, January 19, 1896, *Jane Addams Papers*, Swarthmore College Peace Collection.

时的普尔曼公司由罗伯特·托德·林肯运营，他是个律师，罢工期间跟普尔曼走得很近，还是美国总统的儿子。

5

杜威的工作让他闻名于世，就连在哲学家圈子之外也大名鼎鼎，而他的这些成就都是在芝加哥做出来的。这就是他在学校教育方面的成就。杜威的成就帮助改变了孩童受教育的方式，也让他成了伟大的教育家。但杜威并不是以改革者的身份涉足这个领域的，甚至他都不认为自己是教育家。

杜威曾经说，他对教育产生兴趣，“主要是因为孩子们”。[①] 他说的是自己的孩子，他很密切地关注着自己孩子的成长，尤其是在莫里斯身上，还有极为详尽的记录。莫里斯·杜威是个与众不同的小男孩。他们家离开密歇根时，他才二十个月大。但他在语言上非常早熟，而且他在跟周遭世界打交道时的那种平静非同寻常，一直令杜威惊讶万分。1894 年夏天，杜威离开密歇根去芝加哥，要将莫里斯留给外祖父母一段时间。动身前几周，他在写给家里其他人的信中说道：“莫里斯是那么善良，那么甜蜜，那么驯顺，仿佛在他身上不可能有精神意志的力量一般，但他也从没显得缺乏精神和力量。几乎无法相信，会有像他这样的善良与理智的结合体。”[②]两个月之后他又写道：“就他对这个世界的态度来说，他是我见过的最完美的艺术品。”[③]这年 8 月，莫里斯回到父亲身边，杜威则研究起

① Katherine Camp Mayhew and Anna Camp Edwards, *The Dewey School: The Laboratory School of the University of Chicago, 1896 - 1903* (New York: D. Appleton-Century, 1936), 446.(“有一次有人问杜威，他是怎么开始对教育哲学感兴趣的，杜威先生回答道：‘主要是因为孩子们。’”)

② John Dewey to Alice Chipman Dewey, May 24, 1894, *John Dewey Papers*.

③ John Dewey to Alice Chipman Dewey, July 9, 1894, *John Dewey Papers*.

约翰·杜威，1902年于芝加哥大学，时任哲学系系主任、教育学院院长、实验学校（江湖人称“杜威学校”）校长（伊娃·沃森·舒策摄，约翰·杜威照片系列[N3-1104]，南伊利诺伊大学卡本代尔分校，莫里斯图书馆特藏）。

儿子的成长过程，定期给爱丽丝和其他孩子写信汇报各种小趣事。10月他写道："我希望自己永远也不会忘记从莫里斯这里学到的东西，……他是社会智慧的结晶。"①

秋季学期结束时，杜威带着莫里斯去了欧洲，全家人在巴黎团聚了。当他们一家人在德国旅行时，可能是在弗赖堡，莫里斯染上了白喉。1895年3月12日，莫里斯在米兰去世了，还不到两岁半。很多年以后杜威的女儿简写道，"我们的父母从来没有从这个晴天霹雳中完全恢复。"②（莫里斯去世一年多的时候，杜威夫妇又生了个儿子，取名叫戈登。这也是个天赋异禀的孩子，但也在全家人去欧洲旅行时不幸夭折，才刚刚八岁。简·亚当斯在赫尔馆为他举行了追思会。简·杜威——她的名字就是跟着简·亚当斯起的——说，她妈妈从来没有从这第二次失去中恢复过来。）杜威不擅长自省（至少纸面上如此），很难知道莫里斯的死对他来说意味着什么。但通过阅读他在1895年3月之后所写的书信，可以感觉到有一颗星熄灭了。

杜威对教育感兴趣，莫里斯是原因之一，芝加哥是另一个原因。杜威对这所大学爱恨交织，但他热爱这所城市。抵达芝加哥不到两周，他就对爱丽丝写道："在芝加哥这个地方，你随时随地都能感觉到混乱所带来的无限机遇。这里完全没有任何标准。"③六周后，他更充分地阐述了自己的印象：

> 你能想到的每一件事都在诱惑你；这个城市似乎到处都是问题，大张双臂呼吁着有什么人来解决它们——要不就把这些问题全都倒到湖里去。跟乡村生活比起来，我都不知道事情可以这么显眼、这么

---

① John Dewey to Alice Chipman Dewey, October 16, 1894, *John Dewey Papers*.

② Jane Dewey, ed., "Biography of John Dewey", in *The Philosophy of John Dewey*, ed. Paul Arthur Schilpp and Lewis Edwin Hahn, 3rd ed. (La Salle, Ill.: Open Court, 1989), 24.

③ John Dewey to Alice Chipman Dewey, July 12, 1894, *John Dewey Papers*.

> 不带感情，就那么紧紧地黏在你身上，而不是让你有机会好好思考一番。……在这里你真的没法摆脱会有某种“办法”的感觉，就好像如果你掌握了这种办法，事情就会大大加强；毕竟这是那么松散地连在一起的数量上的混乱——可不是安娜堡的花坛。就想想整个地狱都散架了，那就不再是地狱，而是创造新事物的原料。①

这跟阿尔比恩·斯莫尔将城市看成是实验室的想法如出一辙。19 世纪末的芝加哥，在社会科学思想家看来，似乎已经成为社会生活的鲜活图景，一本活生生的教科书。马克斯·韦伯 1904 年行经这里时，就将这所城市比作一个扒了皮的人，能看到肠子在怎么工作。

第三个因素是定期参加赫尔馆的活动。1894 年 11 月，杜威有了自己的想象。在给爱丽丝的信中，他（用比以往激动得多的语言）写下了他关于学校教育的全部想法。他写道：

> 我觉得我有可能变成一个教育领域的怪人。有时候我在想我要放弃教哲学——不再直接教，而是通过教育学来教。如果你能想到每年在芝加哥的学校里，实际上有成千上万的年轻人，就算不说是积极主动的而是消极被动地被毁掉，那也足够让你像救世军一样走上街头，蹲在街角号啕大哭。在我脑子里一直有个学校的样子在日渐丰满，在这个学校中，一些实实在在的建设性活动会成为整个教育的中心和源泉，由此开始，教育工作总是会朝着两个方向展开——其一是建设性企业的社会担当，其二是与自然的接触，可以为教育提供原材料。理论上讲我会看到，建设模范房屋时所涉及的木工等工作，一方面应该是社会训练的中心，另一方面也应该是科学训练的中心，而

① John Dewey to Alice Chipman Dewey and children, August 25 – 26, 1894, *John Dewey Papers*.

这些训练全都蕴含在得之于手而应于心的积极、具体的身体习惯之中。……这所学校是社会生活的一种形式，很抽象，但也在控制之中——是直接实验，如果哲学也算是一门实验科学的话，建设一座学校就是这门科学的起点——如果我们自己的孩子就连最糟糕的学校都没得上，这样子空谈一下理论倒也无伤大雅；但在很大程度上，这已经让我行动起来了——而且有像是莫里斯这样的完全正常的智力为伴，乐何如之。[1]

一年多以后的1896年1月，杜威开办了芝加哥大学的附属小学。学校有十六个孩子，全都在十二岁以下，有两位老师。小学在芝加哥引起了轰动。这年秋天学校在一个新场地重新开张，有了三位老师，三十二名学生。到1902年，学校已有一百四十名学生，二十三位教师，还有十名研究生当助教。这所学校成了轰动世界的创举，人们称之为杜威学校。

学校最后定下来的正式名称是实验学校。这个名字实际上来自监督指导学校工作的埃拉·弗拉格·扬（她后来还成了芝加哥学校系统的主管），但也准确反映了杜威的目标。杜威学校是个哲学实验室，正如赫尔馆是个社会学实验室一样。杜威后来陈述道，这个地方“不是仅仅在头脑中、纸面上，而是在具体实践中，实现了知识统一的理论”。[2]

莫里斯·杜威、简·亚当斯和芝加哥城，对杜威产生了一系列独特的影响。不过从专业的角度来讲，转而从事教育完全是自然而然的职业发展方向。一贯精明的斯坦利·霍尔早在1880年代初就已经认识到，对一门学科来说，教育的理论和实践是寻求合理性时的恰当应用，就像新心理

---

① John Dewey to Alice Chipman Dewey and children, November 1, 1894, *John Dewey Papers*.

② John Dewey, “The Theory of the Chicago Experiment” (1936), *The Later Works, 1925–1953*, ed. Jo Ann Boydston (Carbondale: Southern Illinois University Press, 1981–90), vol. 11, 204.

学那样。霍尔自己研究的主要是教育学和发展心理学。他认同生物重演的理论——这种理论当然来自德国——并在哈佛讲座中首次提出：儿童的智力发展过程会重现物种的智力发展过程。霍尔称之为“普遍心理定律”。威廉·詹姆斯于1890年出版了《心理学原理》，两年后又做了一系列关于教育的讲座。讲座内容出版于1899年，题为《跟教师讲讲心理学》，也成了詹姆斯最受欢迎的著作。世纪之交在教育研究领域最杰出的两位美国学者，即哥伦比亚大学的詹姆斯·麦基恩·卡特尔，以及他的学生，师范学院的爱德华·桑代克，都是实验心理学家出身。卡特尔是在莱比锡的冯特那里读的博士，桑代克在转学去哥伦比亚之前，已经在哈佛跟着詹姆斯开始了学位论文的相关研究。(是关于鸡的学习曲线。阿加西博物馆拒绝给桑代克的鸡提供空间，于是詹姆斯让这些鸡在自己的地下室安身。)作为学术派心理学家，杜威以正统方式发挥自己的专长。

1896年美国基础教育状况也是街头巷尾热议的话题，一个哲学家参与其中并不是多么古怪的事。美国联邦教育局局长名叫威廉·托里·哈里斯，他恰好也是美国杰出的黑格尔主义者，《思辨哲学杂志》的创始人、编辑，杜威最早的文章就都是在这本杂志上发的。1892年到1893年，纽约一位名叫约瑟夫·麦耶·赖斯的儿科医生写了一系列关于美国学校的调查文章，连续发表在《论坛》上(三年后有三本杂志拒绝发表《现代李尔王》，《论坛》就是其中之一)，在全国范围引起了关注。在周游美国、考察美国学校之前，赖斯曾花了两年时间，在德国的耶拿大学和莱比锡大学学习教育学。死记硬背的学习方法在美国基础教育中大行其道，这样的方法中可谈不上有什么心理成熟度；毫不奇怪，他对此大感震惊。(也还有很多别的事情让他很震惊，包括很多学区中的政治腐败。)

赖斯觉得有那么几所学校也许还能称赞几句，其中之一就在芝加哥附近。这就是库克县师范学校，位于恩格尔伍德，校长是弗朗西斯·帕克上校，霍尔曾在哈佛讲座中说到他在昆西的学校所做的工作。帕克也是在德国学的教育学，他的“昆西体系”以动手实操而著称：比如用操作（像是积木之类）来教算术，用田野中的远足来教地理。在库克县师范学校，帕克以自己的体系为基础弄了个教师培训项目，而杜威在芝加哥大学的第一个学期，就在那里开设了一门关于心理学的大学扩展课程。他的所见所闻令他印象深刻——1894 年 11 月他写给妻子宣布自己有了灵感的那封信，实际上就是他有一次讲课刚刚回来时写的。

不过杜威并不认为自己的学校是教师培训机构，也不认为这是心理学实验室，而是把这里当成哲学实验室。杜威没有进行课程实验，也没有收集心智发展的数据。他在试验一种理论。这种理论，按他的说法，是“知识的统一”。

“知识的统一”这个表述，与詹姆斯·马什和乔治·莫里斯的思想一脉相承，而激发了他们的教育哲学的整体论热忱——任何主题都应当作为更大整体的某一方面来教授的观点——当然也已被杜威继承下来。但在马什和莫里斯那里，这个观念只是赫胥黎意义上的形而上学，认为终极整体是一种超感官的实体——神圣意志，或是绝对，并以这种信念为基础。这个观念也与德国的成长理念如出一辙，教育被视为向领悟精神合一的方向发展时的成长过程。他们的这部分遗产，现在的杜威并不认同。

尽管说“知识的统一”，杜威并不认为所有知识都是一个整体。他的意思是，知识与行动是一体的，不可分割。杜威学校的教育以这样一种理念为基础：知识是行动的副产品，人们在这世上行事，行动的结果是学到一些东西，如果学到的东西被认为有用，就会被代入下一个行动中。在传统教育方法中，被认为值得学习的东西是作为脱离现实的信息由老师传授给学生的，知识跟行动是剥离开的，但知识脱离行动也就失去了自身的意义，从而成为一种错误的抽象。除开让人心生厌倦，还有一个后果就是加强了知和行之间的恶性区别——杜威认为这种区别不但在哲学上是错误的，对社会也是有害的。

因此，实验学校的学生会参与到工坊式的项目中，学习是通过模仿集体活动的方式来完成的，因为杜威认为集体活动就是真实生活中学习的方式。项目在当下进行，而且应该与孩子们的天性保持一致，（杜威在一封策划信中声称："我认为……孩子兴趣的发展会与课题的真实科学发展保持密切同步。"[①]）因此学到的东西正好就会是有用的。相关性已经植根体系之中。

比如，杜威钟爱的课程之一是烹饪（跟包括木工和缝纫在内的学校所有课程一样，烹饪也是男女生都可以上的）。孩子们每周自己做一次午饭并安排就餐。哲学上的合理依据非常明显：准备一餐饭（相比背诵九九乘法表而言）是目标导向的活动，是社交活动，也是能跟学校之外的生活联系到一起的活动。不仅如此，杜威还将跟做饭有关的实际事务融入进来：算术（称重、测量烹饪材料，用的是孩子们自制的仪器），化学和物理（观察燃烧的过程），生物（饮食和消化），地理（探索动植物的自然环境），等等。烹饪成了学校里教的大部分科学知识的基础。事实证明，做饭的课程潜力巨大，因此成了为期三年的连续课程，所有六岁到八岁的孩子都要上一遍——有两位老师证实，"无论是学生还是老师，都不觉得这门课单调乏味"。[②] 正如烹饪建立起与居家生活的紧密联系一样，其他活动也建立起与工业和企业的紧密联系。比如说，有很多工作都跟铁器有关。孩子们建起了自己的小小冶炼厂。

对这个理论来说至关重要的教学挑战是，让化学与做饭不可分割，让学习与行动不可分割。1899 年，杜威写下一本关于这所学校的书《学校与社会》，这是他最为畅销的作品，至今仍在行销。他在书中写道："教学工作的'社会'方面关注人们的活动和相互依赖，'科学'方面则关注物理

---

① John Dewey to Clara I. Mitchell, November 29, 1895, *John Dewey Papers*.

② Mayhew and Edwards, *The Dewey School*, 297.

事实和作用力。这两方面之间绝对没有任何分隔。”[1]亚当斯告诉爱丽丝·帕尔默说，睦邻之家“只是一种生活方式——因此和生活本身有着同样的目标”时，也包含了这样一层意思。杜威所谓的“知识的统一”有着同样的含义。

但“统一”还有另一层隐含意义：这也是功能主义的战斗檄文。19世纪关于实验心理学的大部分工作，都是以两个从未踏进过实验室半步的人——洛克和康德——的理论为基础的。康德的思想比洛克的更宏大一些，但他并不觉得自己是要取代洛克的理论，而只是纠正一些不足。因此，像是冯特这样的康德主义者就会认为，任何心理状态，无论有多复杂，都可以分解为简单的小块小块的感觉数据，将这些感觉数据用不同心理过程的作用——感知、注意、认识、辨别、比较、联想，等等——联合起来，就成了心理状态。冯特认为，生理心理学的目标，就是研究这些过程；而对他来说，研究什么对象就意味着要测量什么对象(对19世纪几乎每一位科学家来说也同样如此)。人们去莱比锡冯特的实验室工作时，做的就是这些事情。

究竟怎么测量“注意力”呢？答案是：给注意力计时。将一个物体放在屏幕前，并要求被试者看到有光出现时按动按键，然后记录从出现光到按动按键之间的时间。测量的这个东西，术语叫做“反射弧”——感官刺激(光)、想法(光就是按动按键的信号)以及运动反应(按下按键)的序列。跟19世纪很多别的心理学家一样，冯特认为反射弧——感觉、想法、行动——是所有心理活动的基本结构。无论如何，这完全是牛顿式的直来直去的因果模型——把头脑想象成台球桌的这样一幅场景。

当然，在测量从刺激到做出反应的总时间时，测量的不只是一次注意

① John Dewey, The School and Society (1899), *The Middle Works, 1899 - 1924*, ed. Jo Ann Boydston (Carbondale: Southern Illinois University Press, 1976 - 83), vol. 1, 98.

力的行为。总时间同样包括，比如说从大脑发出按动按键的命令通过神经传递到手上所需要的时间。那么，从闪光到按动按键之间，哪部分时间是专门被注意力（冯特更喜欢用康德的“统觉”一词）占据的呢——也就是，哪部分时间是用来接收刺激并将其识别为按动按键的信号的呢？

1888 年，冯特实验室一位名叫路德维希·朗格的心理学家解决了这个问题。朗格要求一半被试者将注意力集中于看光，另一半集中于按动按键。他发现，那些专注于手上要做什么的人，比那些专注于看到什么的人，反应要快十分之一秒。他的结论是，多出来的这十分之一秒，就是从视野中的所有对象里选出闪光信号，并解读为按动按键的信号所需要的时间——也就是注意力所需要的时间。（这个实验实际上是新心理学起源时有项研究的翻版，即冯特发现的天文观测者是先看恒星还是先看仪器之间的差别。）朗格的发现被视为重大科学进步，这表明实验心理学充满了魅力。早年古斯塔夫·费希纳发现感觉的强度（比如对明亮或重量的感觉强度）随着刺激强度以对数增加，他认为这个原理的重要性堪与万有引力相提并论。而朗格的发现所引起的轰动，也几乎达到了费希纳当初的水平。测量反应时间成了学术界人人趋之若骛的活动。

有一个人对所有这些都不以为然，这就是威廉·詹姆斯。尽管他曾希望自己能师从冯特，但到他开始撰写《心理学原理》时，他已经完全不再认同莱比锡方法——其诋毁者称之为“黄铜乐器心理学”。他认为冯特是“没有天赋的拿破仑”[①]，也认为研究反应时间几乎毫无意义。在《心理学原理》中，他冷冰冰地指出：“这种工作特别需要耐心，也需要脑子非常清

① William James to Carl Stumpf, February 6, 1887, *The Correspondence of William James*, ed. Ignas K. Skrupskelis and Elizabeth M. Berkeley (Charlottesville: University Press of Virginia, 1992-), vol. 6, 202.

楚，他们也确实都有这样的条件。”[①]（当然，耐心和脑子清楚也说不上是詹姆斯最值得注意的优点。）詹姆斯对费希纳伟大发现的评价更加直言不讳，他在《心理学原理》中写道：“以笔者浅见，严格意义上的心理学成果并不存在。”[②]

在朗格的研究中最让詹姆斯大动肝火的，是为了得到显示出有十分之一秒差别的一致结果，被试者被要求多次重复实验。正如人们所料，刚开始的反应时间非常不一致。有的人很快就能上手，有的人却不得不一遍一遍重复这个顺序，好让他们的反应时间降下来。詹姆斯的看法是，经过大量实验之后，朗格所测量的不再是注意力，因为整个过程已经变成了肌肉反射：看到光，按按键。詹姆斯认为，真正算是注意力行为的，是被试者第一次辨识出光信号并按下按键的过程，而不是习惯成自然之后。这才是他们真正需要集中注意力的时候。第一反应千差万别，因为个体千差万别。不可能有放之四海而皆准的“注意力定律”。

朗格的方法得到了美国最杰出的冯特主义者爱德华·蒂奇纳的支持。蒂奇纳是英国人，他的关于反应时间的学位论文就是在莱比锡写的。1892 年，他成了康奈尔大学的心理学教授。蒂奇纳认为，消除个体差异是所有科学研究显而易见的出发点。如果你想看到心灵的基本元素，看到头脑的基本结构，你就会想绕过偶然因素，好得出常量。因为提出这一观点，蒂奇纳与普林斯顿大学的心理学家詹姆斯·马克·鲍德温起了争执。鲍德温声称他得到的反应时间与莱比锡的结果相左，并自称为功能主义者。按照鲍德温的说法，功能主义者关心的是人们做了什么，而不是他们行事时脑子里在发生什么。冯特和蒂奇纳相信可以将行为分解为多

① William James, *The Principles of Psychology* (1890), *The Works of William James*, ed. Frederick H. Burkhardt (Cambridge, Mass.: Harvard University Press, 1975 - 88), 1: 103.

② James, *The Principles of Psychology*, 1: 504.

个各不相同的基本过程，但鲍德温觉得无法做到。行为是整个生物体和整体环境之间关系的反映(桑代克很快就会根据对鸡的研究提出相同看法)。

蒂奇纳和鲍德温之间的论战日渐激烈——问题似乎微不足道，但他们所争论的，在某种意义上说，是他们这个学科的未来。1895 年，詹姆斯·罗兰·安杰尔着手调停。詹姆斯·罗兰·安杰尔的父亲是詹姆斯·伯里尔·安杰尔，在杜威小时候他曾担任佛蒙特大学校长，而杜威在密歇根大学教书时，他又是密歇根大学的校长。詹姆斯·罗兰是密歇根大学的本科生，1891 年临近毕业时，在杜威的课上读到了《心理学原理》，大受启发。在杜威的建议下，他去了哈佛，在詹姆斯手下做事，并开始觉得詹姆斯是"我精神上的父亲"。[①] 在哈佛期间，安杰尔觉得自己需要一个德国的博士学位(尽管他父亲向他指出，"没出过国也能功成名就，杜威就是明证"[②])。不过当他到了莱比锡，却发现冯特的班上没有位置了。他转而去了柏林，但又在拿到学位之前，于 1893 年接受了明尼苏达大学的一个职位。1894 年，杜威把他带到了芝加哥大学。(多年以后，安杰尔成了耶鲁大学校长。博士学位阙如并未成为他成功的绊脚石。)

跟芝加哥大学一位名叫艾迪生·穆尔的同僚一起，安杰尔也搞了一版朗格的实验。结果既部分证实了莱比锡结论，也部分确认了普林斯顿结果：个体时间因技巧、经验不同而变化多端，但经过充分练习后，一般来说，专注于身体反应而不是感受刺激，确实会得到更快的时间。他们给杜威和乔治·赫伯特·米德看了他们的结果，经过研讨(他们当然全都非常熟悉詹姆斯对朗格最初实验的批评)，安杰尔和穆尔做出了解释。

按他们的说法，显而易见的是，无论是专注于自身反应还是专注于感

① James Rowland Angell to William James, January 13, 1893, *James Family Papers*, Houghton Library, Harvard University, bMS Am 1092 (16).

② James Burrill Angell to James Rowland Angell, March 10, 1892, *James Rowland Angell Personal Papers*, *Manuscripts and Archives*, Yale University.

受刺激，被试者的专注程度都是一样的。究竟什么才是“注意力”呢？就是我们的所作所为并非出于习惯，或已经不再是习惯了的时候。比如说，我们不会去注意自己走路的方式，除非碰到什么障碍，使正常的、不自觉的走路方式成为问题。安杰尔和穆尔认为，注意力只是“调停习惯和新环境之间紧张态势的过程”，因此只要“这种紧张极为强烈，比如习惯最无法应付的情况下”，注意力就会起作用。[1] 对实验中的大部分被试者来说，辨认出刺激比产生身体反应更容易成为习惯，这才是注意力放在自己手上的人更容易得到更快时间的真正原因：他们把注意力放在了最需要的地方。注意力是功能上的。这不是能从外部测量的什么过程，而是属于整个行为的“内部”。完整的行为也并非由离散的多个单元组成，行为本身就是一个单元。

有了安杰尔和穆尔的结论，杜威开始撰写《心理学中的反射弧概念》，这篇文章很简短，也十分有技术含量，发表于1896年，此后再未重印。这也是他思想的关键所在。这个说法可能已经过时但仍不失准确：杜威解构了反射弧。在反射弧的台球模型中，感官刺激（杜威用了标准教材中的例子，一个孩子看到了蜡烛的火焰）触发一个念头（比如“这盏灯说不定很好玩”），念头又引发身体反应（伸手去够火焰）。接下来又有另一个感觉（烧灼），又一个念头（“离开这盏灯！”），又一个反应（把手拿开，伴以痛苦症状）。但这种解释犯了经验主义者的错误：假定部分先于整体，但实际上是整体让部分成其为部分。杜威说，反射弧理论“尽管没有看到所谈到的弧实际上是一个回路、一个不断重构的过程，但仍然打破了连续性，只留给我们一系列抽搐，每次抽搐的源头都要在经验本身的过程之外才找得到”。[2]

---

① James Rowland Angell and Addison W. Moore, “Reaction-Time: A Study in Attention and Habit”, *Psychological Review*, 3 (1896): 254.

② John Dewey, “The Reflex Arc Concept in Psychology”, *The Early Works*, vol. 5, 99.

也就是说，反射弧其实只是事后诸葛亮的解释，却非要假扮成描述。杜威抱怨道："一组只有在过程完整时才能成立的考虑因素，被解读到适应了这个完整结果的过程中。描绘结果的事件陈述被视为导致这一结果的事件的真正描述。"[①]分析起来，反应实际上先于刺激——也就是说，我们将所见所闻标记为"刺激"，是因为我们早已经将行为的另一部分，即伸手去够，标记为"反应"。杜威语不惊人死不休地说："所见起源于烧灼。"[②]因为行为有内在的目标。孩子并不是先看到才去触摸，就像行为是分离的一样；而是"看到是为了触摸"。因此，描述行为的正确方式，并不是描述为一连串互相关联的台球，或是描述成反射弧，而是描述为有机回路。行为只能是不可分割的。

杜威这篇文章的语言是世俗的，也是达尔文式的：这篇文章将心理状态融入到生物体在适应环境时统一的生物活动中。他抨击科学家将研究术语看成是真实事物的倾向，而这种抨击就源自詹姆斯在《心理学原理》中有一段所说的"心理学家的错误"[③]。（杜威在写给詹姆斯的第一封大表崇拜的信中提到这段话时说道："我得说，我认为单单是发现和表达这种表述本身，就能让这本书成为'划时代的巨著'。"[④]）詹姆斯的这段话又是来自于查尔斯·皮尔士、昌西·赖特和圣约翰·格林。但杜威的完整行为先于其任何部分的思想，并不能在詹姆斯或皮尔士那里找到，就连鲍德温或其他功能主义者身上也不见分毫。这种思想的来源极为不同，回应的是黑格尔对观念在历史中展现的描述——"这样一个圆圈，预悬它的终点为目的并以它的终点为起点，而且只当它实现了并达到了它的终点它才是现实的"。唯一缺少的只是绝对。"有机回路"就是生物化的黑

① Dewey, "The Reflex Arc Concept", 105 - 6.

② Dewey, "The Reflex Arc Concept", 98.

③ James, *The Principles of Psychology*, 1: 195 - 6.

④ John Dewey to William James, May 6, 1891, *The Correspondence of William James*, vol. 7, 160.

格尔。

实际上，杜威在写下《心理学中的反射弧概念》一文之前，甚至在他知道安杰尔和穆尔的实验结果之前，就已经用过有机回路的比喻，这个比喻在他关于学校的著作中随处可见。1895 年，他就曾对自己未来的一名教师解释道："任何材料中都有回路，开始和结束是不可分割的活动。"①知识不是经验的结果，正如反应并非刺激的结果一样；知识就是经验本身，是经验的表现形式之一。杜威在 1902 年阐述道："进入孩子当前经验的事实和真相，包含在各个研究主题中，是同一个现实最初的也是最终的阶段。将其中一个与另一个对立，……就是将同一个过程的运动趋势和结果彼此对立；是坚持认为孩子的天性和命运在彼此交战。"②

《心理学中的反射弧概念》一文是杜威独特的智慧方法的本质体现。在解决每一个问题时他都在遵循这个策略：用人们通常思考这个问题的方式，揭露出隐含的等级结构。我们觉得反应是随着刺激而来的；杜威则教导我们，只是因为已经有了反应，才会有刺激。我们认为先有个人然后才有社会；杜威则教导我们，如果没有社会，那也就没有个人这回事。我们认为"知"是为了"行"；杜威则说，因为要"行"所以才会有"知"。

杜威并不是要颠倒他在分析中指出的那些术语的优先级，他总想避免的正是厚此薄彼。在谴责（他确实是在谴责）将思抬高到行之上的行为以及其中所反映的等级偏见时（凡勃伦会说，哲学思考是一种炫耀性消费，因为这表明我们不用双手劳动也能过得下去），杜威并不是想反过来将行抬升到高于思的地位。他只是在提出当亚当斯对他说对抗并不真实时亚当斯想向他阐释的想法。他想证明，"行"和"思"，就像"刺激"和"反应"一样，只不过是生物体与其世界之间在调整适应的过程中，当出现紧张局面时我们所做的实用性区分而已。在他后来的职业生涯中，杜威还

① John Dewey to Clara I. Mitchell, November 29, 1895, *John Dewey Papers*.
② John Dewey, The Child and the Curriculum (1902), *Middle Works*, vol. 2, 278.

会以同样的方式批判心灵与现实之间、手段与目的之间、自然与文化之间的区别。正如亨利·斯蒂尔·康马杰所言，对杜威那静如止水有时甚至是无色无臭的细说公认观点的方式，整整一代人（至少也是这代人中的一部分）似乎都觉得无法抗拒，不可或缺。杜威觉得，细说观点只不过是他的本职工作，是哲学家帮助人们适应自身所处环境的方式。要是有人称赞他是教育家，他会说："哪里哪里，我只是个哲学家呀。我只是在努力思考，我所做的也仅此而已。"①

6

尽管洛克菲勒非常好心，对芝加哥大学的政策事务一向不闻不问，但对预算监督可从来没松懈过。不过哈珀这个人，天性豪爽又铺张，因此很难将赤字控制在主要赞助人所能接受的范围内。于是他很希望实验学校能靠学费和赞助自己养活自己，虽说杜威的意见是，这所学校应该和大学随便哪个实验室一样得到资助。无论如何，哈珀坚持要审核学校的预算。因此杜威很大一部分精力都不得不用来向相关部门证明学校的开支很合理，而这对增加学校收入并没有明显助益，也没能增加同事情谊。

1901年，通过一次典型的并购，哈珀宣布帕克上校的小学和教师培训机构并入芝加哥大学。帕克在教育界算是偶像级人物，他的到来也给大学带来了一位赞助人，就是麦考密克收割机产业的安尼塔·麦考密克·布莱恩，给他的学校捐过上百万美元。一山不容二虎，帕克和杜威怎么协调旗鼓相当的管理和财政位置，是个很微妙的问题；但在帕克于1902年意外身故之后，这个问题也就消失了。

然而他的学校已经并入了这所大学，哈珀也迫切希望能讨安尼塔·

① Corliss Lamont, ed., *Dialogue on John Dewey*(New York: Horizon Press, 1959), 126.

布莱恩欢心，好让他继续支持学校。在杜威建议下，哈珀决定将帕克的小学和杜威的实验学校合并，由杜威来主管这所学校，而芝加哥大学所有教育方面的项目也都由杜威来管，包括教育学院、教育学系、高中和技校。杜威之前就已经让自己的妻子出任了实验学校校长，现在也让她继续担任新合并学校的校长。

爱丽丝·杜威似乎并不怎么具备人事方面的才能。她一下子有了凌驾在新学校所有教师之上的权威(其中很多人都对帕克忠心耿耿)，尽管有丈夫在背后撑腰，也还是让人忧心忡忡。这种忧虑传染给了哈珀，安尼塔·布莱恩也卷了进来。哈珀跟布莱恩和受托人保证，爱丽丝·杜威当一年校长之后就会下台，但并没有知会杜威和他妻子，铸下大错。一年后爱丽丝被告知人们希望她辞职，结果杜威夫妇马上一起辞职了，爱丽丝不再担任小学校长，杜威也不再出任教育学院院长了。1904 年 4 月 11 日，也就是五天后，约翰·杜威又辞去了哲学系主任、教授职务，实际上等于终止了自己和大学的关系。他们有四个孩子，但并没有别的收入来源。

哈珀这才意识到要失去自己的明星，疯了一样拼命想把倒出去的水再收回盆里。他问计于米德和安杰尔，他们促请他赶紧去道歉讲和；他也问了阿尔比恩·斯莫尔的意见，但斯莫尔对杜威夫妇就没那么赞同。4 月 18 日，哈珀给杜威夫妇修书一封提出会谈，辩解说肯定是有什么误会。但在六天之前，杜威就已经写信给哥伦比亚大学的麦基恩·卡特尔，告诉他“我终于迈出了这一步，尽管这一步在我心中已经想了两三年——我从芝加哥大学辞职了。……我没有什么打算，只能依靠我的朋友们，由你们来告诉我在我的能力范围之内，我还能做点什么”。① 卡特尔读明白了其中的暗示，也一刻都没有耽误。哥伦比亚大学校长尼古拉斯·默里·巴特勒以前是哲学系教授，也在后来成为师范学院的机构当过院长。4 月

① John Dewey to James McKeen Cattell, April 12, 1904, *James McKeen Cattell Papers*, Manuscript Division, Library of Congress.

23 日，他邀请杜威来哲学系任教，还给他在师范学院开了门课，好增加他的收入。杜威答应了，任命于 1904 年 5 月 2 日公布。

其间哈珀设法和杜威夫妇面谈过几次，但只是让罅隙越来越深。杜威给哈珀的最后一封信写于 5 月 10 日。他说他想要澄清一下，跟哈珀的说法相反，解雇爱丽丝・杜威绝对不是他离开芝加哥大学的原因。他解释道："你想利用杜威太太身为校长这一事实来羞辱我，妨碍我作为教育学院院长的工作，只不过是多年历史中的小小插曲而已。"[1]就算杜威对离开芝加哥感到后悔，他也似乎并没有表露半分。1936 年，实验学校两位以前的老师写了部校史，杜威密切监督了撰写过程，哈珀的名字没有在书中出现。杜威转身投靠了卡特尔和桑代克，投靠了师范学院和纽约城，并在纽约城度过了生命中剩下的四十八年，最后的住所在第五大道。他再也没接受过任何大学的管理职位，也从未回头。

---

① John Dewey to William Rainey Harper, May 10, 1904, *President's Papers*, Department of Special Collections, University of Chicago Library.

第五部

1890 年代的威廉·詹姆斯,其时正从心理学转向哲学(蒙哥马利·西尔斯夫人摄,詹姆斯家庭文件,哈佛大学霍顿图书馆,经霍顿图书馆及贝·詹姆斯授权使用)。

第十三章　实用主义

1

奥利弗·温德尔·霍姆斯和威廉·詹姆斯之间的友谊，在1870年代开始渐行渐远，这也是短命的形而上学俱乐部宣告解散之后不久的事。渐渐疏远的部分原因是，青年人之间的惺惺相惜，因为另一种有所不同的情不自禁的出现，自然而然地淡化了。1872年，霍姆斯跟范尼·迪克斯维尔结为连理；1878年，詹姆斯也跟艾丽斯·吉本斯步入了婚姻殿堂。但某种意义上，这也是两位友人各自做出的同一决定的结果，即看似激动人心的意见分歧，同样也是深刻的个性差异，足以带来矛盾。在詹姆斯和昌西·赖特的争论中——也就是关于我们的心愿和热望是否能影响到宇宙事务的争论中——霍姆斯旗帜鲜明地站在赖特一边。他开始觉得詹姆斯的心肠软得不可救药，而詹姆斯反过来也开始认为霍姆斯头脑太冷静，令人生厌。1876年，威廉对自己的弟弟亨利写道："我跟霍姆斯一家在马特波伊西特度过了非常愉快的三天(霍姆斯家在秃鹰湾的马特波伊西特镇买了个农场，用于避暑)。我感到自己深深爱上了她；他极尽夸张地举了米什莱的'人与大地的联姻'(原文为法语)的例子。……他就像威力惊人的排炮，就像设计好的机器，要在生活中挖掘出能让自己受益的深槽。"[①] 詹姆斯和霍姆斯毕生都保持着热诚相待的关系。无论谁只要有作品出版，都会送一本给对方；而另一个人也总是会报以钦敬之情。但他们觉得他们并不在同一个频道上。

威廉·詹姆斯可不是唯一一个觉得温德尔·霍姆斯自我中心又野心勃勃的人。跟他父亲一样（但是跟詹姆斯不一样），霍姆斯在社交上是个行家，还有意培养自己这方面的能力；但私下里，他对那些他认为多愁善感或是道貌岸然的人不屑一顾——在他看来很多人都可以算进去。毫无疑问，他也非常有雄心壮志。他相信"四十五十而无闻焉，斯亦不足畏也已"：一个人要是到了四十岁都还没有什么大成就，那这个人也就没什么价值了。在他自己身上，他决心要与这个期限放手一搏。他成功了。他的成就是《普通法》。

《普通法》起源于1880年的一系列洛厄尔讲座。那时候霍姆斯仍然是个律师，在阿博特·劳伦斯·洛厄尔的推荐下成了洛厄尔讲座的演讲人。这位推荐人以前是本杰明·皮尔士的得意门生，这时是哈佛法学院学生，后来则成了哈佛校长。霍姆斯这个人非常自律（这个特点不只是威廉，就连詹姆斯全家都觉得又奇怪又好笑），花了几乎一年的时间来准备这些讲座。讲座共十二场，他演讲时不带笔记，每一场大厅里都人满为患。讲座充满了法律上厚古薄今思想的学究式细节和技术分析，提出了关于法律原则如何演变的讨论，十分复杂，还带些偏见。但从根本上讲，这些讲座都是在试图解释霍姆斯在他1870年发表的最早的法律评论文章中的意见："普通法的长处在于，先裁定案例，之后才决定原则。"[2]然而这句话也留给我们一个问题：如果案例不由原则裁定，又由什么来裁定

① William James to Henry James, July 5, 1876, *The Correspondence of William James*, ed. Ignas Skrupskelis and Elizabeth M. Berkeley (Charlottesville: University Press of Virginia, 1992–), vol. 1, 269.

② Oliver Wendell Holmes, "Codes, and the Arrangement of the Law" (1870), *The Collected Works of Justice Holmes: Complete Public Writings and Selected Judicial Opinions of Oliver Wendell Holmes*, ed. Sheldon M. Novick (Chicago: University of Chicago Press, 1995–), vol. 1, 212.

呢？霍姆斯的答案构成了他后来所有法学理论的基础。

2

法学理论，就跟文学批评理论或历史学方法论一样，通常是按照该主题所必需的元素来分类的。有的法学理论强调司法意见在逻辑上的一致性，就叫做形式主义；有的强调司法意见的社会影响，就叫做功利主义；还有的理论将司法意见视为所在社会环境的反映，就叫做历史主义。所有这些理论都有一个问题，就是将法律的某一面单拎出来，当成是法律的本质。霍姆斯作为哲学家的天才之处就在于发现，没有哪一个单面是法律的本质。

入禀法院的每个案例都有独一无二的实际情况，也都会马上卷入东拉西扯的迫切之事形成的某种漩涡中。在这个特定案例中，迫切需要找到公正的结果。过去有些可资对比的案例，我们也迫切需要找到跟那些案例相一致的结果。还有很多相似的案例，迫切需要找到能推而广之且对整个社会最有好处的结果——能发出最有用的行为信息的结果。同样，尽管大家没有明明白白地承认，也还是需要确保结果跟法官自己的政治观点最为吻合；需要用这个案例来稍微改变一下法律原则，好让原则跟社会标准和状况的改变更为契合；需要惩恶扬善，将代价重新分配，从承担不起代价的人群（比如事故受害者）身上转嫁到能承担的人群（比如厂家和保险公司）身上。

在这整个无法预测的天气模式——在手头的特定案例出现之前，所有这一切都已经处于运动之中——之上，盘旋着最迫切的迫切需求。这样的需求只有一件，就是不能让人觉得是由某件不那么迫切的迫切之事公然无视了其他迫切之事之后裁决的案例。如果一个结果看起来只是凭直觉做出，但又的确与法律先例相矛盾，那就必须避免；如果一个结果与先例完全符合，但表面看来并不公正，那也同样必须规避。法庭不希望看起来是在为鲁莽行为（比如在太靠近人口密集区的地方运营铁路）开脱罪责，但同样也并不希望给社会想要鼓励的行动（比如修建铁路）树立过高的责任门槛。法庭希望法律的运行方向在政治上是可取的，但并不希望被认为是在曲解过时的法律原则，以便强行得出政治正确的结果。

这个系统还需要最后一番解释。尽管这些迫切需求全都针锋相对，但在每一种需求之内，都有一个同样的问题，就是在这一特别论述中，确定什么是相关的，什么是不相关的。这一连串问题始于：在该案例中，法律相关的"事实"究竟是什么；接下来还要遍历如下问题：怎样才算类似案例，什么才算是可普遍应用的法律原则，什么才算对社会有益，等等；最后一个问题则是：什么才算是"公正结果"。霍姆斯认为，这些领域并没有任何固定不变的区分，他相信答案最终总是可以归结为度的问题。但他的思考比这还要深远：他认为，就算想选择某个迫切需求而不及其余，我们还是会发现任何特定案例的后果仍有可能含混不清。原则是可以操纵的。多年以后霍姆斯到了最高法院，就经常在会议上邀请法官同僚随便说一个他们喜欢的法律原则，并用这一原则左右逢源地裁定手头的案子。"成本-收益分析"跟"权利话语"一样，都可以任人打扮。没有骨头的牛，谁都能解。

但牛肯定还是有骨头的。因为总是会裁定案例、发回判决、写下意见，而对那些裁定案例、发回判决和写下解读意见的人来说，这个过程看起来可不是武断、主观的。就算对公平、政策、先例等各式各样的论述只是被操纵而不是得到应用，那也是用来证明一个已经完成的结果符合某种标准。当霍姆斯说，普通法的法官先裁定案例，之后才去找个貌似合理的说法来解释何以至此，言外之意并不是说，结果是随机选择的，而是说结果受到了什么东西的影响，但并不是事后才援引出来，用于支持裁定的正式的合理法律依据。在《普通法》第一场讲座的第四句话中，霍姆斯宣布了这个“东西”是什么，语惊四座：“法律的生命在于经验，而不是逻辑。”①

当时很多人都认为，这句话是在向哈佛法学院院长克里斯托弗·哥伦布·兰德尔叫板。查尔斯·威廉·艾略特在清理哈佛的专业学院期间任命了兰德尔，兰德尔则在法律教育中引入了案例教学法。在这种教学法中，学生阅读上诉法院的裁决，并试图从中总结出法律原则；这种教学法假设法律是逻辑上相互关联的多种原则组成的结构，法官则将这些相关原则应用于手头的特定案例，以得出正确结果。兰德尔认为，这种方法是将法律当科学看待，但他的科学观念明显属于达尔文之前的时代。他认为，在千变万化的真实法律意见背后有一种理想秩序，就好像阿加西曾教导的，在千变万化的真实生物体背后有一种理想秩序一样。

但实际上，霍姆斯曾在自己的法律评论文章中对兰德尔的案例记录赞赏有加，他在哈佛授课时，也曾运用过案例教学法。因为法律中显然有形式主义的成分。法官高度重视原则的一致性；至少这也是对背道而驰的最佳防范措施。霍姆斯同时也认为，法律容易受到功利主义分析的影响，因为法律也是社会政策的工具；道德分析影响起法律来也轻而易举，因为法律会记录在社会看来应当惩罚的行为；同样还有历史主义分析，因为法律有历史根源，又随着社会状况的变化而演变。“法律的生命在于经验，而不是逻辑”，并不是说法律毫无逻辑可言，而只是说逻辑并不对法律的生命负责。这一复合体中的活跃成分，也就是让牛有了骨头的成分，就是所谓的“经验”。这个词可以带来很多联想，但霍姆斯说的是这个词的特定含义。他指的是，在人类有机体与周遭环境相互作用的过程中所产生的一切：信仰、情感、习俗、价值观、政策、偏见——他称之为“当时感到

① Oliver Wendell Holmes, The Common Law (1881), *The Collected Works of Justice Holmes*, vol. 3, 115.

必需的东西”。[1] 另一个名称则是“文化”。

理解霍姆斯的“经验”的概念，是理解他的法律观点中几乎所有与众不同之处的关键。有三个特征尤其重要。首先，在霍姆斯看来，经验不能简化为命题，尽管人类花了大量时间来简化。1899 年，霍姆斯对一位笔友写道：“生命的全部乐趣是个笼统的概念，但生命的所有用途都是有具体方案的——这些方案无法通过普遍性得到，正如无法单凭知道一些方法或规则就画出一幅画来一样；要得到这些，只能凭借洞察力、老练和具体知识。”[2]就算人们认为自己是在普遍原则引导下思考的，换句话说，就算人们认为思想是可以推理演绎的，他们实际上也只是在以别人的方式思考而已——凭本能反应。他们先裁决，之后才推想。

这就是霍姆斯著作中很多地方都能看到的一种主张背后的思想，而这种主张在他对最高法院洛克纳诉纽约州一案的异议中表现得最为淋漓尽致：“一般原则并不能决定具体案例。”[3]从先前事实出发进行逻辑推理，并不是人们多数时候做出实际选择的方式。因此霍姆斯认为，学习抽象的、法律裁定也明确以之为依据的法律原则——过去人们称之为“重要法条”(black letter law)——对法官来说是很糟糕的训练。法官在解释自己的决定时确实会援引这些原则，但是(正如霍姆斯主动运用同一原则来左右逢源地裁决给定案例时指出的那样)要解释达成的结果，这些原则远远不够。一箭穿心射出来的洞，形状总会有所不同。因此，任何可能会成为法官裁决动机的——道德信念，政治偏好，乃至(霍姆斯曾说到的)“皇

---

① Holmes, The Common Law, *The Collected Works of Justice Holmes*, vol. 3, 115.

② Oliver Wendell Holmes to Elmer Gertz, March 1, 1899, *Gertz Papers*, Library of Congress; Liva Baker, *The Justice from Beacon Hill: The Life and Times of Oliver Wendell Holmes* (New York: HarperCollins, 1991), 172 - 3.

③ Lochner v. New York, 198 U. S., 45, 76 (1905).

后的甜言蜜语”[1]——只要能帮助律师猜对结果，就都可能具有法律意义。

这就是1897年霍姆斯在《法律之路》一文中提出的所谓“法律预测理论”的精髓，而这篇文章是他的法律哲学最简明扼要的表述。他在文中写道：“我所说的法律，是要预言法院实际上会做什么，没有比这更自负的了。”[2]与法律决定先于法律理由的思路一样，预测理论是霍姆斯初出茅庐还在研究法律哲学的时候就已经阐明了的。这就是1872年刊于《美国法律评论》的一篇文章，他在文中论证道，在特定案例中，决定结果的并不是法律，而是法官说什么是法律。因为：“未必会遵循先例；法令可能会因为阐释而变成一纸空文……对律师来说唯一的问题是，法官会怎么做？”[3]从最开始，霍姆斯的法律观点就是以一种假设为前提，即假设法律很简单，只是以司法行为为经验依据。规则可以变成白纸黑字，可以反映最高统治者的意志，可以在逻辑上得到证明，或是得到风俗习惯的认可；但如果法庭不执行，就不能算是法律，把案件押在这条规则上的律师，就会输掉案子。

霍姆斯关于经验的概念中，第二个显著特征是，经验不是个体的而是集体的，不是内省而是共识，不是心理的而是社会的。这一认识促成了他对民法最重要的贡献，即发明了“理性人”形象。理性人是现代责任理论虚构的主角。如果你因为我的某一行为而受伤，那么由什么来决定民事责任？这个问题的答案，传统上有三种说法。第一种说法是，只需要证明因果关系就够了：我甘冒风险，因此我的行为造成的任何代价都要由我

① Oliver Wendell Holmes, Rev. of The Law Magazine and Review (1872), *The Collected Works of Justice Holmes*, vol. 1, 295.

② Oliver Wendell Holmes, “The Path of the Law” (1897), *The Collected Works of Justice Holmes*, vol. 3, 393.

③ Holmes, Rev. of The Law Magazine and Review, *The Collected Works of Justice Holmes*, vol. 1, 295.

来承担，至于我是否能预见这样的代价就不管了。这种说法在法律中叫做“严格责任”。第二种说法是，如果我是恶意为之，那我就得对给你造成的伤害负责，但要是我并未居心不良，让我承担责任就没那么公平。这是“犯罪意图”理论。第三种说法是，就算我从未希望也没有预料到你有可能受到伤害，只要我的行为是粗心大意的、草率从事的，那我就得对你负责。只要鲁莽行事，就得自担风险。这就是过失理论。[①]

在霍姆斯的著作中通常都很难区分描述和规范——也就是霍姆斯所认为的实际应用中的法律和法律理所应当的样子——之间的区别。霍姆斯没怎么帮助读者们做这种区分，原因在于他最喜欢的论证方法是，证明法律理所应当的样子就是已经完全显现出来的样子，只是描述有误罢了。例如在侵权法(决定非由协议引起伤害的民事责任的普通法)中，霍姆斯就在为第三种说法——责任归属当由所发现的过失来认定——据理力争，不过他的论证方法是，试图证明过失已经是(且大体上总是)侵权责任大致的基础。也就是说他证明的是，如果我们在侵权案例的分析中，将“罪责”“过错”这样的字眼弃之不用，而代之以“粗心”“鲁莽”等字眼，我们会发现一般都能得到同样的结果。将事关罪恶的道德语言替换为事关风险的经济语言，好处并不是可以惩罚另一拨犯错的人或另一种类型的错误，而只不过是为了明确道德语言倾向于掩饰什么，那就是(用《普通法》中的话来说)：“迄今为止，在任意给定时间，法律的实质都与我们理解的方便极为对应。”[②]——这句话的上下文表明，我们理应在尽可能宽泛的意义上理解“方便”一词。

因此对霍姆斯来说，问题并不在于侵权责任的基础应该是什么，而是裁定某特定案例为过失，应该以什么为基础。假设我们想让那些粗心大

① “Origins of the Modern Standard of Due Care in Negligence”, *Washington University Law Quarterly*, 54 (1976): 447 - 79, and G. Edward White, *Tort Law in America: An Intellectual History* (New York: Oxford University Press, 1980).

② Holmes, The Common Law, *The Collected Works of Justice Holmes*, vol. 3, 115.

意、鲁莽行事的人为他们的侵权行为造成的混乱付出代价，那么我们如何认定，什么行为算是粗心或鲁莽呢？我们如何区分侵权行为和意外事故，或者如何区分侵权行为和社会欢迎的活动附带产生的可以容忍的后果？有个办法是为行为制定一系列一般规则，只要违反了这些规则就构成过失；但霍姆斯对可以任人摆布的一般规则不屑一顾，这种解决办法显然要束之高阁。他的替代方案是，我们应当行事公正，就像我们面临判断时无论如何都会做的，也就是用经验教训来评估有争议的行为。他在《普通法》中指出："经验是一种检验，在这检验中我们裁定，在某些已知情形下，伴随指定行为而来的危险到了什么程度，是否足以让从事该行为的一方承担风险。"①

谁的经验？霍姆斯说，是"社会中聪明谨慎的成员"②的经验。他说的并不是特定的某个聪明谨慎的人——比如说法官。准确来讲，他指的是一个并不特别谨慎，也不特别轻率的人，是"社会的普通成员"——也就是说，陪审团。他阐释道："生活在社会中的人，一定程度的平均行为，超过一定限度的个性牺牲，对全体福利来说都是必要的。如果……有谁生来草率又笨拙，总是会惹麻烦，伤害自己或是邻人……那对他的邻人来说，他的差错带来的麻烦一点儿也不比有罪的疏忽带来的少。因此他的邻人会要求他自行承担风险，达到他们的标准，而他们建成的法庭也拒绝考虑他的个人公式。"③霍姆斯认为，这样一来，他所赞许的"额外标准"就成了一种应受谴责的标准，在这种标准下，被告的精神状态（反正在法律上难以衡量）变得无关紧要。他在另一处写道："万恶论迹不论心，人心可以想有多坏就有多坏，只要其行为还在规则之内。"④

---

① Holmes, The Common Law, *The Collected Works of Justice Holmes*, vol. 3, 191.

② Holmes, The Common Law, *The Collected Works of Justice Holmes*, vol. 3, 191.

③ Holmes, The Common Law, *The Collected Works of Justice Holmes*, vol. 3, 191.

④ Oliver Wendell Holmes, "Trespass and Negligence" (1880), *The Collected Works of Justice Holmes*, vol. 3, 91.

“理性人”这个词通常都与责任理论联系在一起。这个词并不是霍姆斯发明的——1850年左右这个词就已经开始在美国和英国的思想中出现了——但和他的英国朋友弗雷德里克·波洛克一起,他们为这个词的定义和确立做得比谁都多。这个概念在霍姆斯的理论中之所以行得通,是因为代表了一个复合概念。这个词所代表的,是集合名词,是统计虚构,是整个人群的平均值。这是阿道夫·凯特勒的“中人”在法律中的近亲,只不过其基础是行为,而非种族。“理性人”知道,特定情形下的特定行为——比如在人口密集的地方练习打靶——有伤害他人的风险,因为“经验”会告诉他。当然,任何情形下的任何行为都有伤害他人的风险,无论这风险有多小;“理性人”也知道这一点。但这样的认识并不是理性所在。理性所在之处是,知道这样那样的情形下,这样那样的行为会造成伤害的可能性是大是小。正如霍姆斯所说:“法律的平均原则即便在知识领域也同样适用。”①

将过失放在侵权责任的中心位置,就会让企业很容易逃避责任,不用对给工人和顾客造成的伤害(附带也会对事业造成伤害)负责,而在严格责任的理论下,企业必须为这样的伤害付出代价。毫无疑问,侵权责任的“理性人”标准对工业发展来说是法内开恩——这是一种现代法律标准,因为它与现代社会经济上的迫切需求十分合拍。不过,霍姆斯还是接受了对他所谓的有“额外风险”的活动适用严格责任的原则。按照这个原则,比如一家在其正常业务过程中使用炸药的公司,即使采取了合理的预防措施避免造成伤害,也可以认为需要对造成的任何伤害负责。不过,霍姆斯并不认为严格责任理论与理性概念相矛盾,甚至与过失概念也没什么不一致的地方。因为社会标记为有“额外风险”的活动,只不过是经验让“理性人”相信,活动本身就有危险。“过失”会有一点点受到霍姆斯在

① Holmes, The Common Law, *The Collected Works of Justice Holmes*, vol. 3, 194.

法律描述中所批评的那种道德色彩的影响：会表明被告这方面个人的失败。但霍姆斯所说的只是意味着，要冒着可以预见的风险采取行动。我们这么做可能会有完全正当的理由，但我们也必定愿意在法律边缘铤而走险。

因此，当霍姆斯在《法律之路》中谈到，尽管“对法律的理性分析来说当前的理性人以‘重要法条’为准绳……但未来的理性人是统计学的，也会对经济了如指掌”。[①] 他的意思是，法律责任可以看成是造成伤害的可能性的函数，法院也会将这种伤害的代价与相关行为的社会效益相比较权衡；这样做得越是明显，对正式法律原则的认识与预测法庭会做出什么判决的能力就越无关。霍姆斯在他的侵权理论中所做的，就跟达尔文在他的偶然变异带来进化的理论中，以及麦克斯韦在他的气体动力学理论中做的一样：他将19世纪最伟大的科学发现应用到自己的专业领域，即个体行为的不确定性可以通过从统计角度考虑平均水平的人来规范化。

克里斯托弗·哥伦布·兰德尔恰好也去听了霍姆斯的洛厄尔讲座，印象很好（也没有觉得被冒犯），过后没多久还给了霍姆斯一份工作。1882年，霍姆斯成了哈佛法学院教授。但是他在那儿连第一个学期都没教完，就得到了马萨诸塞州最高法院的一个职位，并马上接受了。他的同事很生气，因为他们为了给他这个教授席位筹款曾大伤脑筋。其中一位就是詹姆斯·布莱德利·塞耶，昌西·赖特在北安普敦的老朋友，也是“七贤”的前书记员，就是1850年代赖特最早的那个讨论团体。塞耶与霍姆斯相识多年，也曾帮他得到肯特的《美国法释义》新版的编辑工作，这是霍姆斯在法学上的第一部学术著作。该书出版时，霍姆斯在书中只字未提塞耶的功劳，而今霍姆斯匆匆离开法学院，让这段记忆死灰复燃。塞耶在日记中写道：“他这个人，引人注目的品质、纯粹的美德全都有，但就是

① Holmes, “The Path of the Law”, *The Collected Works of Justice Holmes*, vol. 3, 399.

缺乏人性中最高尚的那一面，自私自利、自命不凡，完全不为他人着想。"[①]霍姆斯最终在马萨诸塞州最高法院待了二十年，最后三年是首席大法官。正是在该院任职期间，霍姆斯写下了他的法律哲学集大成之作《法律之路》——他认为法律不多不少，正好就是法官的所作所为。那是在1897年。次年，威廉·詹姆斯向这个世界引入了实用主义哲学。

3

威廉·詹姆斯创造实用主义是为了帮助查尔斯·皮尔士。皮尔士也确实需要帮助。1887年，也就是他被霍普金斯扫地出门三年后，他和朱丽叶搬到了宾夕法尼亚州的米尔福德，这是特拉华河畔的一个度假小镇，从纽约坐火车过来要两个小时。他们在那里买了栋房子，还买了八百公顷的地。他们给自己的产业起名叫阿里斯贝，并启动了雄心勃勃的改造计划。但到了1891年，皮尔士连海岸调查局的工作也丢了。

调查局的负责人托马斯·门登霍尔是西蒙·纽科姆的门生，正是后者当初将皮尔士和朱丽叶婚前的那些好事告诉了霍普金斯的受托人。皮尔士在华盛顿本来就有行事拖沓且挥金如土的名声，似乎纽科姆也令门登霍尔确信，让皮尔士走人是明智之举。皮尔士于1891年12月31日被解雇。[②] 他为联邦政府工作了三十年，但那时候还没有退休金制度。他的父亲也已经去世。皮尔士知道，他的生存失去了依靠。1892年1月1日，他写了篇日记。其中写道："我面临艰难的一年，需要努力奋斗的一年，我觉得我恐怕很快就会被彻底毁掉，看起来在劫难逃。我只能坚持不

---

① James Bradley Thayer, Memoranda book D, *James Bradley Thayer Papers*, Harvard Law School Library, L MS 2148, vol. 3, 144.

② Joseph Brent, *Charles Sanders Peirce: A Life* (Bloomington: Indiana University Press, 1993), 189–202.

懈，努力做好本职工作。有必要的话，就勒紧裤腰带。有一件事我必须明确。每天我都得挣点钱回来。”[①]这个评价在各方面都十分准确。

皮尔士并不缺乏积极性。他做事虎头蛇尾的性格似乎从未打消他开启新任务的热情，他也纵身投入了一连串计划，其中就有在纽约上州建造一座水电站，已获专利的漂白方法的市场营销，以及建立一所逻辑学的函授学校——都保证能让他富起来。有几次他好像是上当受骗了，另外几次则肯定只是在用自己或投资人的钱打水漂。与此同时，他对那些铺天盖地而来的反对意见充耳不闻、安之若素，也在追求另一份学术职位。1890 年，他请求斯坦利·霍尔在克拉克大学给他一份工作。1891 年，他请纽科姆推荐他去斯坦福任职。1893 年，哈珀不再考虑让皮尔士去芝加哥大学，而是把那个职位给了约翰·杜威之后，皮尔士在哈佛大学当院长的哥哥詹姆斯给吉尔曼写了封信，求他给查尔斯一个开讲座的机会，好让他脱离一贫如洗的状态。但谁都不想沾上他。1893 年大萧条到来时，皮尔士唯一的固定收入是《国家》杂志，其编辑温德尔·菲利普斯·加里森（他父亲是著名的废奴主义者，他也与另一位废奴主义者同名）给了他一小笔津贴，让他写不具名的书评。

他找不到工作，仍然面临锒铛入狱的风险。1894 年，他雇了工人来修整自己的地产但是又没钱付给他们，于是被工人们起诉。詹姆斯·皮尔士用这份地产弄了个抵押贷款，把他保释出来。但不断有不同的债主起诉他，1895 年还有个仆人指控他严重侵犯和殴打他人，法院签发了逮捕他的命令。接下来两年他基本上都在纽约市东躲西藏，从世纪俱乐部要吃的（他仍然是这个俱乐部的成员），有时候露宿街头。他去米尔福德检查自己的家产时，还乔装打扮了一番。

1897 年，威廉·詹姆斯出版了一部文集，题献给皮尔士，名叫《信仰

---

① Charles S. Peirce, [Autobiographical fragment] (1892), MS 1607, *Charles S. Peirce Papers*, Houghton Library, Harvard University.

的意志》。皮尔士很高兴能引起关注。他拿到书之后，从纽约给詹姆斯写道："过去几年我学到了很多很多关于哲学的知识，因为那几年非常痛苦，我也一事无成，——可怕到超出任何一个有一般经验的人所能理解或想象的程度……一个我此前一无所知的新世界，我知道的作者都对这个世界所知甚少；这样一个世界在我面前显露，这就是悲惨世界。"①他说，他已经绝粮三日了。

詹姆斯马上行动起来。他安排皮尔士到剑桥做系列讲座，还筹集了1 000美元作为讲座酬劳。（皮尔士挥金如土的习惯众所周知，为了说服人们捐款，詹姆斯同意这笔钱有一半会分期，每周直接打给朱丽叶一小笔。）詹姆斯的想法是，讲座也许能成书，这样就能让皮尔士恢复学术声誉，他也敦促皮尔士让这些讲座尽可能通俗易懂。他告诉皮尔士："你脑子里全都是想法，讲座也完全不需要形成连续的整体。至关重要的人物带来的零零散散的话题也会非常合适。"②在他们的关系中，这是典型的剃头挑子一头热。皮尔士的回应带着几分生硬："我的哲学可不是我会'满溢'出来的'想法'，而是认认真真的研究。"③

但是他也没法弃之不顾。1898年冬天，他在布拉特尔街一栋私人住宅里做了讲座。詹姆斯认为讲座大获成功，他的同事，哈佛哲学系（就是詹姆斯现在所在院系）的乔赛亚·罗伊斯则认为讲座带来了很多启发。詹姆斯试图让《一元论者》的编辑保罗·卡勒斯把讲座内容登出来，皮尔士早几年曾为这本杂志贡献了从他在霍普金斯时的演讲《设计与偶然》生发出来的一系列文章。但这个建议没有下文。

不过到了5月，有了讲座收入和一些别的经济支持（世纪俱乐部到底

① Charles S. Peirce to William James, March 13, 1897, *James Family Papers*, Houghton Library, Harvard University, bMS Am 1092 (672).

② William James to Charles Sanders Peirce, December 22, 1897, *James Family Papers* (3384).

③ Charles Sanders Peirce to William James, December 26, 1897, *James Family Papers* (678).

还是把皮尔士踢了出去)，皮尔士夫妇得以返回阿里斯贝。8月，在加利福尼亚大学伯克利分校的一次演讲中，詹姆斯向大家介绍了“实用主义”一词。他告诉听众，实用主义来自

> 一位哲学家，他已出版的著作……并不能表露他的才华。我说的是查尔斯·桑德斯·皮尔士先生，我敢说你们很多人对他的哲学家身份都没有多少了解。他是当代最具原创性的思想家之一；务实主义的原则——或者按他的说法，叫做实用主义；当我1870年代在剑桥第一次听他阐明这一原则时——我发现自己越来越相信，这就是我们找到正确道路的线索或指南针。[①]

1898年的人可能不大知道查尔斯·皮尔士是谁，但他们都知道威廉·詹姆斯的大名；尽管归功于皮尔士并没有让他重新富起来——他的一生中没有任何事情做到了这一点——詹姆斯的演讲还是让实用主义成了此后二十年全世界都在热烈探讨和辩论的话题。这些讨论有一个小小不然的特点，就是被认为与实用主义有关联的所有重要人物，没有谁喜欢这个名字。詹姆斯用这个词，只不过因为他记得早在形而上学俱乐部的时代皮尔士就创造了这个词；他自己会更喜欢用“人文主义”，这是詹姆斯在英国的主要盟友，牛津的费迪南德·坎宁·斯科特·席勒采用的说法。约翰·杜威很快成了詹姆斯在美国的主要盟友，他管自己的哲学叫做“工具主义”。(他曾私下承认：“我从头到尾都反对‘实用主义’这个词。”[②])皮尔士自己在詹姆斯的演讲之前也从未在文章中用过“实用主义”一词，现

---

① William James, "Philosophical Conceptions and Practical Results" (1898), *Pragmatism*, *The Works of William James*, ed. Frederick H. Burkhardt (Cambridge, Mass.: Harvard University Press, 1975-88), 258.

② John Dewey to Addison W. Moore, January 2, 1905, *Joseph Ratner/John Dewey Papers*, Special Collections, Morris Library, Southern Illinois University.

在倒是得着机会，可以用著名人士公之于众的标签来重新包装自己的观点。但他也很快认识到，自己的思想与詹姆斯和杜威所说的并没有那么相似，于是为了区分他的意思跟其他所有人的意思之间的不同之处，他开始管自己的哲学叫“实用性主义”。（pragmaticism，他说他觉得这个词太难看了，没有谁会想拐走的。）但此时（1905 年左右），皮尔士的意思对大部分人来说已经不再重要。

4

实用主义描述的是人们的思考方式——人们提出想法、形成信仰、做出决定的方式。当我们可以做另一件事情的时候，是什么让我们决定做这件事情？这个问题似乎没法回答，因为生活呈现给我们那么多不同类型的选择，没法期待有哪种单一的解释能满足所有情形。决定点龙虾还是牛排，跟决定被告是否有超过合理怀疑的罪责，不是一回事。前一种情形下（假设价格不是问题）我们会考虑自己的偏好；后一种情形下我们就得求助于自己的判断，并努力将自己的偏好排除在外。但知道某个决定大致属于什么类别——知道这是个人偏好问题还是客观判断问题——并不会让这个决定变得更容易。跟你一起吃饭的人会不耐烦地说：“点你想吃的就好了。”但问题就是你不知道自己想吃什么。你想吃什么，正是你眼下想弄清楚的问题。

“点你想吃的就好了”只不过是关于你该用什么标准来引导自己慎重考虑的一则小小建议。这不是你面对菜单问题时的解决方案——就好像“做正确的事”和“说真话”也只是对标准的建议，而非对真实困境的答案一样。真正的困难是，在你需要直面的特定情形中，最正确的事情或最诚实的说法究竟是什么。找到解决自己口味偏好的办法，并不比找到解决公正或真实与否的办法更难，也不会更容易（尽管前者通常来讲没有那么重要），因此从这个意义上讲，做出这种决定——什么是正确的，什么是真的——就跟在餐馆决定点什么是一样的。

人们多数时候通过思考来做决定。这个陈述平淡无奇，但提到的这个思考过程神秘莫测。有个点头之交告诉你一则信息，要求绝对保密；没多久有个生死之交，因为不知道这个信息，即将酿成大错。你要背叛保密的承诺吗？“做正确的事”——但怎么做才是正确的呢？信守诺言，还是帮助你关心的人，让他免于伤害或难堪？就算是在只有这么两种选项的假设情形中，在原则之间做出选择还是会因为形势而变得很复杂——生活中也总是这样。如果告诉你秘密的是生死之交，即将酿成大错的是点头之交，你几乎肯定会做出不同的选择——就好像如果你那位点头之交令人生厌，或者那位生死之交十分幸运，或者保密规定可能已经失效，再或者你背叛成瘾，也确实应该打破这个约定，诸如此类的情况下你会做出的选择一样。最终你会去做你认为是“正确”的事情，但“正确”实际上只是你对自己深思熟虑的结果强加的赞美之词罢了。尽管在你思考的时候，“什么是正确的”始终在你的脑海中，但其完整形式还是要到最后才会逐渐成形，而不是一开始思考就会出现。

换句话说，我们思考时，并不是简单地考虑原则、理由、情绪或偏好；因为在思考之前，所有这些都是不确定的。是思考让这些因素变得真实。决定点龙虾能帮助我们认定，我们偏好龙虾；认为被告有罪则有助于我们确立适用于本案的司法标准；选择保密有助于让诚实成为原则，而选择背叛诺言则能帮助我们确认友谊的价值。

这是不是就意味着，我们的选择是武断的，或只是服务于自我的——也就是说标准和原则只是从我们的利益出发说它是什么就是什么，是用于满足自私目的或隐秘冲动的借口？我们没办法回答这个问题，只能说我们很少会觉得是这样。通常我们最终不会决定去做当时看来让人高兴的事或方便的事；经验告诉我们，这样的选择通常不会是明智之举。（詹姆斯就曾说道:“如果仅仅是‘感觉良好’就可以做出选择,那酩酊大醉肯定会是最合理的人类体验。”①)我们为一个决定感到高兴时,不会觉得这个决定是武断的,而会觉得这是必须做的决定。这是因为,其必然性是这个决定与我们的自我理解和我们所在的社会的整个初始假设有多契合的函数,而这些假设为我们做出的每一个判断都赋予了道德分量——比逻辑或偏好能带来的道德分量要大得多。这就是为什么,很多时候我们在知道我们为什么是对的之前就已经知道自己是对的。我们先决断,后推想。

这也并不意味着讨论信念是真是假就没有意义了。这只是意味着,没有非循环的标准用于判断某个信念是否为真,也没有能诉诸信念本身之外的标准。因为思考就是个循环过程,其中有些目标,有些想象出来的结果,早在任何一辆思维列车出发时就已经显现。詹姆斯在题为《实用主义》的演讲(于 1907 年出版)中说道:“真理是对观念而发生的。它之所以变为真,是被许多事件造成的。它的真实性实际上是个事件或过程,就是它证实它本身的过程。”②在讲座中还有一个地方,他说:“‘真的’不过是有关我们思想的一种方便方法,正如‘对的’不过是有关我们行为的一种方便方法一样。”③思考是一种形式自由、没有限制的活动,无论如何都会引领我们走向我们认为正确、公正或是道德的结果。

詹姆斯发明了实用主义——也就是说,他将自己的哲学观点用皮尔士早在二十年前就已经在一篇文章中发布的原则命了名,这就是皮尔士以他在剑桥的文章为基础写就的《如何让我们的想法更清晰》——以便在这个他看来过于科学主义和唯物主义的时代捍卫宗教信仰。这并不是皮尔士的本意(尽管皮尔士肯定也认为,自己的原则与宗教信仰并不矛盾),但詹姆斯所做的并没有任何古怪之处。19 世纪几乎所有科学家都觉得

---

① William James, The Varieties of Religious Experience(1902), *The Works of William James*, 22.

② James, Pragmatism (1907), *The Works of William James*, 97.

③ James, Pragmatism, *The Works of William James*, 106 (原文为斜体字)。

自己有义务捍卫宗教信仰。有些人的办法是拒绝现代科学(比如阿加西);有些人是让科学和信仰井水不犯河水(比如赫胥黎);还有些人则是宣称科学和《圣经》是同一回事(比如霍尔)。詹姆斯认为,所有这些捍卫宗教信仰的做法都以对信仰本质的错误理解为基础;他提出要证明,科学——准确说来就是新心理学——关于大脑如何运转所能说道的,既适用于人们思考上帝的方式,也同样适用于人们思考地球是不是圆的,或晚饭吃什么的方式。

1898年詹姆斯在伯克利的演讲中,对于他所谓的"皮尔士的原则,实用主义原则"也是这样总结的:

> 思想的灵魂和意义……除了产生信仰之外,绝对不会引导自身走向任何其他东西……一旦我们对某物品的想法在信仰中找到了归宿,我们对该物品的行动就可以坚定不移、安全无虞地开始了。简言之,信仰是行动的真正准则;思考的全部功能都只是养成行动习惯的一个步骤。如果思想中有一部分对思想的实际结果不产生任何影响,那么这部分对思想的意义来说就无足轻重。①

当然,皮尔士的"原则"是(通过圣约翰·格林)从英国新心理学奠基人之一亚历山大·贝恩那里借用的。贝恩在《情感与意志》一书中,将信仰定义为一个人准备采取行动的基础。詹姆斯对贝恩的著作也非常了解;在《心理学原理》讲"习惯"的一章中,该书也是资料来源之一。詹姆斯在那里写道:"大脑整个的可塑性可以用两个词来概括。如果我们将大脑称为一个器官,从感官流入的神经流在这里极为便捷地形成一个不易消

① William James, "Philosophical Conceptions and Practical Results", *Pragmatism*, *The Works of William James*, 259.

失的通道。”[1]这些神经通路一旦形成，就构成了习惯，并保证我们对刺激的反应——平均而言，因为习惯是统计学概念——是可预测、可重复的，也是习惯性的。

詹姆斯说的这些有个简单例子就是通过练习获得某些身体上的技能——比如篮球中的罚球。从神经学的角度来看，我们做得越多就能做得越好，这一事实证明生物体具备学习罚球的能力。成功和失败对所有尝试来说并不是随机分布的。每当协调好的运动序列成功时——每当篮球正中篮筐时——我们都会尝试再现这一序列。实际上我们在给自己装金属丝，好变成罚球机器——这样总有一天，当比分胶着、时间倒数之时，纵使场外呼声震天，我们还是能平心静气投入决胜一球。

这也正是詹姆斯的学生爱德华·桑代克从小鸡身上得出的结论。桑代克曾将小鸡（及其他驯化动物比如猫）放在带门的盒子里，测量小鸡需要多久才能学会开门（比如通过推动控制杆），够到外面的食物。他观察到，尽管一开始小鸡会尝试很多种行为，但明显没有系统性，只有饿了的鸡做出的成功行为——只有打开门使它们够到食物的行为——才会被习得。他的结论是，成功使这些行为在鸡的大脑中留下了印记。他的结果发表于詹姆斯伯克利演讲前两个月[2]。

如果你是篮球运动员，那么罚球就是詹姆斯说的这些简单例子；如果你是一只鸡，简单例子就是学习如何走出盒子。难一点的例子是信仰上帝。詹姆斯认为，信仰上帝“起作用”的方式与学习罚球——或者系鞋带，或者光耀门楣，再或者走出盒子——起作用的方式一样：每做出一次成功行为，就会作为有机体习惯得以加强。让信仰“留下印记”的是行为。

---

① James，The Principles of Psychology (1890)，*The Works of William James*，1：112.

② Edward L. Thorndike，*Animal Intelligence: An Experimental Study of the Associative Processes in Animals* (New York：Macmillan，1898). 该专著是《心理学评论》某系列增刊之一种 (vol. 2，no. 4 [June 1898])。

詹姆斯并不需要皮尔士的原则就能得出关于信仰的这一信仰；这信仰可以追溯到他 1870 年作出的决定，他认为自由意志是存在的。如果相信有自由意志或上帝存在能得到我们想要的结果，我们可不只是会开始相信这些；从实用主义的角度来看，自由意志或上帝就是真实的。詹姆斯阐释道："凡在信仰上证明本身是善的东西，我们就管它叫做真的。"[①]在他《实用主义》的最后一讲中，詹姆斯提出："只要关于上帝的假设在最广泛的意义上能令人满意地起作用，那这假设就是真的。"[②]詹姆斯认为，如果我们有意愿按自己的信仰行事，宇宙就会向我们屈尊俯就。我们会有更多机会得到食物。就算我们不再得到食物，可能也不会扔掉这信仰——就好像我们还是会不断地去教堂——但我们会逐渐不再把信仰当做行动准则。我们对上帝的信仰将不再具有马上变现的价值。

用皮尔士的话说，这就是经验验证是如何让信仰"固定"[③]下来的。因此，不会带来任何差别的信仰没有任何意义。（皮尔士有一段话詹姆斯经常引用："想想看，在我们的设想中我们概念的对象会有什么影响，也可以想象这些影响可能有什么实际意义，那么我们对这些影响的概念就是我们对这个对象的整个概念。"[④]）在实用主义看来，大量哲学语言都只是咒语。小鸡每次推动控制杆打开门时如果都同时发出特别的咯咯声，那么小鸡可能就会"相信"，在产生期望结果的动作序列中，这种咯咯声也是不可或缺的元素；但对人类观察者来说，咯咯声毫无意义，相信其功效就是迷信。皮尔士和詹姆斯也想用同样的方式来检验哲学。再次用皮尔士的话说，这就是他们提出的如何让思维"更清晰"。这是实用主义者的剃

---

① James, Pragmatism, *The Works of William James*, 42(原文为斜体)。

② James, Pragmatism, *The Works of William James*, 143.

③ Charles S. Peirce, "The Fixation of Belief" (1877), *Writings of Charles S. Peirce: A Chronological Edition*, Peirce Edition Project (Bloomington: Indiana University Press, 1982－), vol. 3, 242－57.

④ Charles S. Peirce, "How to Make Our Ideas Clear" (1878), *Writings of Charles S. Peirce*, vol. 3, 266.

刀：被设计用来剃去形而上的无关紧要的问题。

实用主义者认为，关于信仰很多人都会犯的错误是，认为只有当信仰反映了“事物真正的样子”时才真实或合理——用詹姆斯最常用的批评对象之一，即赫胥黎对不可知论的论证来讲就是，只有当我们在除了我们对上帝的信仰之外还能证明上帝存在的时候，我们对上帝的信仰才是合理的。詹姆斯认为，没有哪种信仰的合理性是因为与现实一致而得到证明的，因为反映现实并不是拥有思想的目的。他在这个问题上的立场是他作为职业心理学家首次披露的，出现在他最早发表的文章《论斯宾塞对“心灵即对应”的定义》中。这篇文章发表于 1878 年 1 月的《大众科学月刊》。他在文中写道：

> 对我来说，我无法避开这样的考虑……知者并不仅仅是一面镜子，漂浮在无根无基的随便什么地方，被动地映照着他所发现的一种简单存在的秩序。知者也是行动者，是真理的共同效能……心理兴趣、假说、假设，到目前一直都是人类行动的基础——这些行动极大程度上改变了这个世界——有助于让人们所宣称的成为真理。也就是说，自发行为，选择，从诞生之日起就属于思想。尽皆如此。①

在《心理学原理》的最后一章(也是他最引以为傲的一章)中，詹姆斯回到了这个问题。在这里，他想从科学上回答洛克和康德曾试图从哲学上回答的问题：对我们自身之外的世界，我们是如何形成概念的？洛克当然是将我们的所有概念都归功于感官经验；康德则指出，有些概念，比如因果关系的概念，无法从感官经验得到解释，因为我们“看不见”因果，只能推断出因果，于是他得出结论，这样的概念必定是先天的，生来就有。

---

① William James, “Remarks on Spencer’s Definition of Mind as Correspondence” (1878), *Essays in Philosophy*, *The Works of William James*, 21.

詹姆斯同意康德的一点是，很多我们关于这个世界的多少算是与生俱来的概念并非源自我们的感官经验，但他也认为有一种达尔文式的解释："先天"的概念是经过自然选择的偶然变异。包含这种概念的思想比没有这种概念的思想更受青睐。但是为什么呢？如果说是因为这些思想更准确地反映了现实，那可不大说得通。用达尔文式的观点来看，"准确反映"是无缘无故的赞美之词，是事后追认的合理化——就好像说在长颈鹿中长脖子被选中是因为对长颈鹿来说长脖子更好看一样。被选中的性状都是能帮助生物体适应环境的性状，舍此再无其他标准。

詹姆斯总结说，人类之所以拥有因果关系这一概念，并不是因为因果关系真的存在，而且无论我们是否相信，它都会存在。我们没办法知道究竟是不是这样，也没有理由去关心。他在《心理学原理》中评论道："'原因'这个词，是我们献给一个未知的神的祭坛。"[①]我们相信因果关系的原因是，经验证明相信因果关系是值得的。因果关系是可以变现的信仰，能让我们够到食物。十七年后，詹姆斯在《实用主义》演讲中宣称："真理的全部意义（我们自然地，不加思索地假定真理是现成的实在在心中所形成的简单的复本）是很不容易理解得清楚的。……我们的一切理论都是工具性的，都是适应实在的精神方式，而不是神圣创造的宇宙之谜的启示或神智的答案。"[②]

5

在伯克利演讲之后，詹姆斯差不多就把实用主义放在一边了。第二年夏天，他在阿蒂伦达克山徒步时心脏受了伤。之前他曾答应1900年去爱丁堡大学的吉福德讲座主讲，现在也不得不推迟了。他陷入了几乎跟

① James, The Principles of Psychology, *The Works of William James*, 2: 1264.

② James, Pragmatism, *The Works of William James*, 93-4.

他 1869 年拿到医学学位之后遭受的精神崩溃一样漫长而无力的抑郁中。跟往常一样，他尝试了各种疗法。看起来疗效最好的是每天两次注射一种叫做罗伯特-霍利淋巴复合物的物质——从山羊的淋巴腺、大脑和睾丸中提取出来的东西[①]。在这一帮助下（或者也可以想象，尽管有这种帮助），他得以站上讲台主讲，并于 1902 年 6 月完成吉福德讲座。讲座内容变成了《宗教经验种种》，在当年晚些时候出版。然后，詹姆斯重新发现了杜威。

詹姆斯在撰写《心理学原理》时读过杜威的心理学教材，感到很失望。那本教材还是杜威在密歇根大学处于黑格尔时期时写的。没有比黑格尔更让詹姆斯深恶痛绝的哲学家了。（叔本华可能是个例外；在他看来，赫伯特·斯宾塞只是个作家，为那些无缘接触哲学的人写作。）詹姆斯并没有真正读过多少黑格尔的著作，但他有一个观点，一个人沉迷于什么样的哲学家，反映的就是这个人的个性；他的同事乔治·赫伯特·帕尔默（断绝了皮尔士去芝加哥大学念想的那位）是个黑格尔主义者，而詹姆斯认为帕尔默是个让人无法忍受的道学先生。但 1891 年，因为杜威一篇论莱布尼茨的文章，詹姆斯给杜威写了封信，语气十分友好。杜威刚刚读过《心理学原理》，于是回信给詹姆斯，大表对这部著作的景仰之情——不过他也在信中指出，这部著作有些部分可能比詹姆斯愿意承认的还要黑格尔主义。

詹姆斯岿然不动，他们之间的通信也以学术风继续。1903 年，也就是《宗教经验种种》问世之后，詹姆斯写信给杜威，请他给要在剑桥举办的一个教育会议推荐一位演讲人。他解释说，他的建议是由赞助这一活动的慈善家昆西·亚当斯·肖夫人提出的，她婚前叫做保利娜·阿加西，是那位科学家的女儿。他补充道，自己刚刚"欣喜欲狂"般地读了艾迪生·

① Linda Simon, *Genuine Reality: A Life of William James* (New York: Harcourt Brace, 1998), 295.

穆尔关于"存在、意义和现实"的著作:"我的阅读进度落后了好多年。我不知道从1898年以来,你跟这样的大作距离有多近。我看到,一个全新的'思想学派'正在形成。"①实际上,在詹姆斯的伯克利演讲之后不久,詹姆斯·安杰尔就曾跟他通风报信,告诉他芝加哥正在发生什么。他告诉詹姆斯,杜威正在"驾驭"②跟皮尔士的实用主义极为相似的东西。而在1902年,席勒也曾告诉詹姆斯,杜威"好像也在芝加哥大学教某种实用主义"③。但那时詹姆斯只能专注于爱丁堡大学的吉福德讲座和他自己的健康问题。现在他已做好准备,可以回到实用主义的怀抱了。

收到詹姆斯谈"思想学派"的信,杜威激动万分。艾迪生·穆尔现在是芝加哥大学哲学系教授,当研究生的时候曾与安杰尔共同完成了对反应时间的研究,而这个研究正是杜威《心理学中的反射弧概念》一文的经验基础。"学派"正是杜威曾试图在芝加哥大学建立的,这个学派主要由受到詹姆斯的《心理学原理》启发的人组成。杜威告诉詹姆斯:"自从收到您的来信,我好长时间[走起路来]都飘飘然。"他随信寄去了《反射弧》那篇文章,以及一部文集的新书样本,作者包括穆尔、安杰尔、乔治·赫伯特·米德、他自己以及芝加哥大学的另一些教员,书名叫《逻辑论研究》。他说道:"我希望您能浏览一遍,看看是否受得了将这本书题献给您。"④

詹姆斯觉得自己受得了。他告诉杜威:"你可以放心,我会积极合作的。"⑤1904年,他在《心理学公报》上为本书撰写了书评,并在其中声称:

---

① William James to John Dewey, March 11, 1903, *William James Papers*, Houghton Library, Harvard University, bMS Am 1092.9 (886).

② James Rowland Angell to William James, November 13, 1898, *James Family Papers* (18).

③ Ferdinand Canning Scott Schiller to William James, December 8, 1902, *James Family Papers* (866).

④ John Dewey to William James, [March 1903?], *James Family Papers* (133a).

⑤ William James to John Dewey, December 3, 1903, *General Manuscript Collection*, Rare Book and Manuscript Library, Columbia University.

“芝加哥大学有了思想学派!”[1]杜威回应说,他和同事们“只不过是把已经属于您的那些思想用逻辑语言重新表述了一遍”[2]。那是在1月。到了2月,詹姆斯拜访了芝加哥大学,跟研究生讨论了现在他所谓的“新学派”[3]。跟很多人一样,杜威淡泊名利的态度给他留下了深刻印象。他向一位朋友写道:“奇怪吧,那位脖子老长、喜欢抽象的梦想家,还真在一个全新的哲学思想流派上留下了自己的印记。”[4]5月,杜威离开芝加哥大学去了哥伦比亚,芝加哥尽管没有完全失去自己的学派,至少也从此群龙无首。但实用主义已经蔚然成风。

杜威的实用主义是实验学校大获成功的结果。实验学校让他确信他的假说——思和行只是同一过程(在充满不测风云的宇宙中,尽我所能走好自己的路的过程)的两个名称——是正确的。学校的成功也同样能体现出哲学出了什么问题。离开芝加哥以后,杜威的职业生涯可以分成两部分:从他抵达哥伦比亚算起直到1917年美国参战,他在其他哲学家面前为实用主义辩护(经常都是在《哲学期刊》上,这本期刊由哥伦比亚两位教员:心理学家麦基恩·卡特尔和哲学系主任弗雷德里克·伍德布里奇于1904年创办[5]);从战争一直到他生命尽头,他都本着实用主义的精神解决他那个时代的各种问题。

杜威认为,哲学家坚持要把心灵与世界之间的关系作为问题来研究,这是个错误,而这种执着也带来了他口中的“所谓认识论这门学科”[6]——回

---

① William James, “The Chicago School” (1904), Essays in Philosophy, *The Works of William James*, 102.

② John Dewey to William James, January 20, 1904, *William James Papers* (135).

③ William James to John Dewey, February 2, 1904, *William James Papers* (889).

④ William James to Pauline Goldmark, February 23, 1904, *William James Papers*, bMS Am 1092. 1.

⑤ Sidney Morgenbesser, ed., *Dewey and His Critics: Essays from "The Journal of Philosophy"* (New York: Journal of Philosophy, 1977).

⑥ John Dewey, “Brief Studies in Realism” (1922), *The Middle Works, 1899 – 1924*, ed. Jo Ann Boydston (Carbondale: Southern Illinois University Press, 1976 – 83), vol. 6, 111.

答“我们如何知道”这个问题的尝试。实用主义者对这个问题的回应是，没有人曾就比如说手和世界之间的关系提出过什么问题。手的功能是帮助生物体适应环境；在手做不到的情况下，我们会试着用别的什么东西来代替，比如脚、鱼钩或是社论。在这些情况下没有人会担心缺少某种预先设定的“契合”——担心物理世界究竟是不是用来让手操纵的。人们只不过在手能奏效的地方用手而已。

杜威认为，思想和信仰就跟手一样，是用来适应环境的工具。一种思想并不比，比如说一把叉子，有更高的形而上的地位。当叉子被证明不能胜任喝汤的任务，去争论到底是叉子的固有属性中有什么要对失败负责，还是汤的固有属性中有什么能解释这种失败，都没有多大意义。你只要换个勺子就行了。但哲学家就喜欢杞人忧天，操心心灵是不是能感知世界的样子，他们也提出了各种各样的“契合”应该如何起作用——精神如何代表现实——的说法。杜威的观点是，“心灵”与“现实”，就跟“刺激”与“反应”一样，命名的是不存在的实体：都是从单一、不可分割的过程中抽象出来的。因此，探讨在心灵和世界之间需要克服的“鸿沟”，就跟探讨在手和环境之间的“鸿沟”，或是叉子和汤之间的“鸿沟”一样，几近于无稽之谈。他写道：“事物……就像人们所经验的那样。”[1]知识不是独立存在于其已知性之外的什么东西的复制品，“而是成功行为的工具或器官”。[2] 1905 年，他对一位朋友写道：“实用主义的最主要贡献被认为是认识论，这将是……对表象主义的最后一击。”[3]

杜威认为，给心灵特殊地位的倾向以及这种思想，是阶级偏见的反

① John Dewey, “The Postulate of Immediate Empiricism” (1905), *Middle Works*, vol. 3, 158.

② John Dewey, “The Bearing of Pragmatism Upon Education” (1908 - 09), *Middle Works*, vol. 4, 180.

③ John Dewey to Charles Augustus Strong, April 28, 1905, *Charles Augustus Strong Papers*, Rockefeller Archive Center, Rockefeller University.

映。希腊哲学家属于有闲阶级，因此他们自然就会把反思和臆测摆在比动手制造更高的位置——把“推理”说成是比推理的人所在环境更高的东西。杜威觉得，哲学自希腊以降，等同于在类似的阶级偏好下努力创建的历史，在一系列漏洞百出的二分法中将一个元素置于另一元素之上：稳定高于变化，确定高于偶然，美术高于实用艺术，劳心高于劳力。

其代价就是被时代抛弃。哲学在沉湎于自我的谜题时，科学采用了纯工具、纯实验的方法，改变了世界。杜威相信，是时候让哲学赶上来了。跟詹姆斯一样，他也认为，实用主义坚持认为思想和信仰始终是为利益服务的——用詹姆斯的话来说就是，“什么事物都打上了人的烙印”①——这是哲学革命的开始。杜威在詹姆斯的《实用主义》问世一年后写道：“当我们认识到在我们的评价中个人因素十分复杂的时候，当我们充分、直白、普遍地认识到这一点的时候，哲学的新时代就开始了。”②

不久，英国作家吉尔伯特·基斯·切斯特顿提出抗议，说“实用主义只是人类的需求，而人类最迫切的需求总有一个是比实用主义者要更迫切的”③。杜威觉得很高兴。他说，这一评论“把个人的牛奶洒在了绝对主义者的椰子里”④。实用主义对信仰的解释并不能满足我们的所有需求，这一反对意见恰好证实了实用主义最根本的观点，即人们选择去相信的是他们认为值得相信的东西。对人类思考方式的任何一种哲学解释，都是在支持做出解释的人所相信的人类的重要福祉。杜威认为，认识到这一点，有助于哲学家改变世界。他在1917年写的《哲学复兴的需求》一文中有一句名言：“当哲学不再被哲学家用于处理他们自己的问题，而是

---

① James, Pragmatism, *The Works of William James*, 37.

② John Dewey, "What Pragmatism Means by Practical" (1908), *Middle Works*, vol. 4, 113.

③ G. K. Chesterton, *Orthodoxy* (New York: John Lane, 1908), 62.

④ John Dewey, "A Short Catechism Concerning Truth" (1909), *Middle Works*, vol. 6, 11.

成为由哲学家培育出来处理人类问题的方法时,哲学就自行复兴了。"①

6

詹姆斯将《信仰的意志》题献给皮尔士,让皮尔士很感动,但他对这本书并不完全满意。在他看来,将"意志"这个词用于信仰完全错误,而信仰如果不是出于本能,他也认为毫无意义。詹姆斯也对这个书名追悔不已,后来他说,他多希望自己用的是《信仰的权利》这个词②——尽管几乎不会更合皮尔士的心意。但这也是因为詹姆斯思想的基础价值观是个人主义和唯意志论,而皮尔士对这些价值观嗤之以鼻。

1904 年《逻辑论研究》出版时,皮尔士都买不起,不过他从《国家》杂志拿到了一本。他赞同其态度,但他也认为该书并不严谨,并为此感到震惊。他给杜威写了封信,指责他"智力上放荡不羁"③,但并没有寄出去。他倒是在《国家》杂志上匿名评论了这本书,在书评中没有这样子口诛笔伐,但也只是稍微好一点点而已。他抗议道:"他们把真相,也就是事实,变成思考方式的问题,甚至是语言表达方式的问题。芝加哥学派或团体明显跟逻辑学家刚好是针尖对麦芒。他们所做的研究,没有哪一项会有人指望能直接或间接地在一定程度上影响 20 世纪的科学。"④

皮尔士对人们思考方式的描述,跟詹姆斯和杜威的描述是一样的。他同样认为信仰是概率宇宙中的一种赌注,而成功的信仰——赢得赌

---

① John Dewey, "The Need for a Recovery of Philosophy" (1917), *Middle Works*, vol. 10, 46.

② William James to Leonard Trelawney Hobhouse, August 12, 1904, *The Letters of William James*, ed. Henry James (Boston: Atlantic Monthly Press, 1920), vol. 2, 207. ("《信仰的意志》一文[其实应该叫《信仰的权利》,就没那么让人不快了]"。)

③ Charles S. Peirce to John Dewey, June 9, 1904, L 123, *Charles S. Peirce Papers*, Houghton Library, Harvard University.

④ [Charles S. Peirce], "Logical Lights", *Nation*, 79 (1904): 220.

注——就是习惯。他也同样反对心灵是对外部现实的映照的说法。皮尔士认为,没有办法把思想和事物联系起来,因为思想——心理表征——并不是指事物,而是指其他心理表征。我们听到"树"这个词时,不会想到一棵真实的树;我们想到的是树的概念,这个概念已经在我们的大脑中。皮尔士将这种中间表征叫做"阐释者"①。(1866 年在波士顿的一次演讲中他就引入了这个词,詹姆斯和温德尔·霍姆斯都去听了。)他在一封未署日期的信的草稿中写道:

> 表征的意义只能是表征。实际上,表征什么都不是,只能认为是表征自身脱去了无关紧要的外衣而已。但这件外衣永远也无法完全脱掉,只会变成别的更加薄如蝉翼的东西。因此,这里出现了无限回归。最终,阐释者什么都不是,只是另一个表征,真理的火炬借此得以传递;而作为表征,又会有自己的阐释者。又一个无限系列。②

皮尔士认为,我们的表征可以被分类、填写,并以各种各样的方式加以阐释;随着我们揭去它们的形而上学的外壳,它们甚至还可以在"更有用"的意义上变得"更好"。但作为个体,我们永远不能说表征与其对象是等同的。这可不只是因为我们的知识总是在(用皮尔士的话说)"变幻莫测、无法确知的连续体中游走"③,还因为——这也是皮尔士的符号理论的显著特征——并没有先于表征的对象存在。事物就是其自身的符号:事物身为符号完全就是事物身为事物自身的一种状态。你可以认为这个

① Charles S. Peirce, "The Lowell Lectures: The Logic of Science; or, Induction and Hypothesis" (1866), *Writings of Charles S. Peirce*, vol. 1, 466.

② Charles S. Peirce, ["Representation and Generality"] (n. d.), *Collected Papers of Charles Sanders Peirce*, ed. Charles Hartshorne, Paul Weiss, and Arthur Burks (Cambridge, Mass.: Harvard University Press, 1931 - 66), vol. 1, sec. 339.

③ Charles S. Peirce, ["Fallibilism, Continuity, and Evolution"] (c. 1897), *Collected Papers*, vol. 1, sec. 171.

概念反直觉，因为确实反直觉：皮尔士反对我们生来就知道些什么（也就是说不需要中间表征）的观点，而这个概念是其反对意见的一部分。对皮尔士来说，“知”无法从他所谓的“指号过程”（创造符号的过程）中分离出来，而符号的创造没有终点。如果你去字典里查一个字，就会发现这个字要用一大串别的字来定义，而这一大串字的含义可以继续在字典中查到，反过来又带来更多需要查阅的字。字典没有出口。皮尔士并不是简单地认为语言就像这样。他认为宇宙就像这样。

那么当他指责芝加哥学派将真理当成是语言表达问题而非事实本身时，他究竟是什么意思呢？他的意思是，杜威没有用到目的论。目的论中的进化观念令人困惑。达尔文的理论包含了目的论，认为生物体的一切都是为一个目的设计的——最终都是为了生存。这是达尔文思想中最具革命性的方面之一，也是詹姆斯和杜威的功能主义思想的来源——他们认为，信仰是行动的工具。我们不是因为有想法才行动；而是因为我们必须行动所以才有想法，而行动是为了达到目标。但达尔文的理论也蕴含了反目的论，因为并没有把宇宙本身看成是为了什么目的而设计的。变化是连续的，但并没有方向。进化发展不会受到先于自身或自身之外任何事物的引导。

皮尔士在第一种目的论的意义上跟詹姆斯和杜威在同一阵线，但在第二种意义上，他跟他们分道扬镳，跟达尔文走到了一起。他并不认为偶然变异足以解释进化——他觉得上帝的爱肯定有更重要的作用，这就是他所谓的“大爱主义”[①]，部分源于老亨利·詹姆斯的斯威登堡主义著作——他也无法想象宇宙会没有终极意义。他对这一点非常明确：“生理进化朝着目标发展，其方式就跟心理行为朝着目标发展的方式一样。”这是 1902 年他给一本哲学与心理学词典撰写词条时写下的，词典的编纂者

① Charles S. Peirce, “Evolutionary Love”, *Monist*, 3 (1892 - 93): 188.

是功能主义者詹姆斯·马克·鲍德温。(鲍德温后来也跟皮尔士有了一个共同点：1909年他被霍普金斯开除出教师队伍,因为巴尔的摩警方突击搜查一家黑人妓院时发现他正好在座。他的职业生涯终止于墨西哥[①]。)因此对皮尔士来说,习惯并不是对变动不居的环境条件作出的临时适应性反应,而是从不确定性到规则的普遍道路上的步骤,这条路物体和生物体都要走。至于物质,皮尔士认为只是"习惯已经固定下来的心灵,因此失去了形成习惯和失去习惯的能力"[②]。

在皮尔士的理论中,习惯决定了从分子到哲学家的所有事物。习惯使这些事物能一直保持同样的状态——就好像我们(对其他人来说)就是我们身上可以观察到的一组重复行为一样。如果我们的行为完全随机——也就是说没有任何习惯——我们就不会有特性;拥有特性的代价就是,再也不能从根本上改变这一特性。形成习惯的能力是"可塑的",因为在某种意义上,所有生物体都有潜力对给定刺激产生不同反应：按照皮尔士的解释,习惯的古怪之处在于,"并非精确行为"[③]。但这些反应也不是随机的,因为如果是随机的,就不可能有规则了。这些反应聚集在一个准则周围。将事物定义为其可能行为的总和,就是皮尔士所说的"实用主义原则"。

但是皮尔士和他父亲一样,也相信星云假说的一个说法：他认为宇宙是从混沌状态演变而来,其中发生的事情全凭偶然,但演变方向是绝对规则,或者说完全决定论的状态,在这个状态中再也看不到偶然,所有习惯也都会完全固定。他曾在霍普金斯的形而上学俱乐部讲过的那篇题为《设计与偶然》的文章中论证,长期来看,进化过程剔除了坏习惯,鼓励好

① Robert J. Richards, *Darwin and the Emergence of Evolutionary Theories of Mind and Behavior* (Chicago: University of Chicago Press, 1987), 496 - 501.

② Charles S. Peirce, "Uniformity", in *The Dictionary of Philosophy and Psychology*, ed. James Mark Baldwin (New York: Macmillan, 1901 - 05), vol. 2, 727 - 31.

③ Charles S. Peirce, "Man's Glassy Essence", *Monist*, 3 (1892 - 93): 15.

习惯繁衍生息，结果就是不确定性一直在减少。

受选择影响的习惯还包括我们的信仰。随着宇宙变得越来越可预测，我们关于宇宙的信仰也变得更加真实，更少个人主义，更"固定"。1905 年，皮尔士在一篇回应詹姆斯和杜威的文章中写道："就好像道德原因控制下的行为倾向于让某些行为习惯固定下来，而这些习惯的本质……不依赖于任何偶然情况，在这个意义上，可以说是天生的。因此，在合理的实验性的逻辑控制下的思想，倾向于固定在某些同样天生的意见上，其本质到最后都是一样的，然而一代代人在思想上无理取闹，恐怕会推迟最终的固定。"①对皮尔士来说，用哲学方式思考的整个目的都是（皮尔士语）"磨去思想中的武断和个人主义特性"，恢复我们的本能，也就是他所谓的"民族思想"②。

皮尔士的观点是，本能是我们与生俱来的无意识的决策能力，他喜欢用来支持这个观点的例子有很多。其中一个讲的是丢失的怀表。1879 年，皮尔士乘布里斯托号汽船前往纽约，在路上他的怀表显然是被偷了。皮尔士让船上所有非裔美国服务员站到甲板上，跟每个人都简单聊了几句。他没找到任何能推断出谁是小偷的线索（甚至也没法确定小偷是不是非裔美国人或服务员），于是决定猜一下。他走近其中一个人，信心满满地指控他偷走了怀表。后来他这样描述当时的感觉："所有的疑云一下子都消散了。没有自我批评。"③那位服务员不承认。皮尔士在平克顿侦探事务所雇了一位侦探，最后他声称，正好就是在他无凭无据指控的这个人那里找到了他的怀表。皮尔士总结道，肯定是在跟服务员谈话时，潜意识里得到了一些线索，这才让他得出正确结论——在一篇写到这个故事的文章中，他把这一成就拿来与开普勒发现行星运动定律相比。开普勒

---

① Charles S. Peirce, "What Pragmatism Is", *Monist*, 15 (1905): 177.

② Charles S. Peirce, ["Proem: The Architectonic Character of Philosophy"] (1896?), *Collected Papers of Charles Sanders Peirce*, vol. 1, sec. 178.

③ Charles S. Peirce, "Guessing" (1907), *Hound and Horn*, 2 (1929): 271.

也没有足够证据让他知道他的定律是正确的;他肯定也是猜的。皮尔士管这种猜测叫"诱导",认为这种方法对科学进步来说不可或缺,也指出了心灵和宇宙之间基本的相似之处。

古斯塔夫·费希纳曾做过一项研究,主题是分量需要增加到多少,人才能感觉到其中的变化。这也是生理心理学的一个开创性实验。布里斯托号事件过去几年之后,在霍普金斯大学任教的皮尔士和他的得意门生约瑟夫·贾斯特罗也做了一把这个实验。费希纳是想确定感觉的阈值;皮尔士和贾斯特罗则决定研究潜意识中的感觉。他们以特别小的幅度增加或减小刺激强度,因此不会被注意到,然后要求被试者猜测是在以哪种方式变化。他们发现,60%的人都猜对了——他们辩称,这个结果"让我们有新的理由相信,我们收集在我们彼此之间传递的思想,这些思想很大程度上来自感觉,但也十分微弱,因此我们不会充分感觉到有了这些思想;但在这些问题上我们可以借此达到无法解释何以至此的结果"。(他们提出,这也许还可以解释"女性的洞察力"[①]。)对皮尔士来说,这也再次证实,我们作为一个物种,正在朝与现实在认识论上完全和谐一致的方向进化。这种宇宙完全符合定律、信仰绝对真实的最终状态,皮尔士称之为"具体的合理性"。"具体"毫无疑问是"正确说法"。

这就是皮尔士在《如何让我们的想法更清晰》中的论点——"注定最终会得到所有研究人员认同的观点,就是我们所说的真理;而这一观点所代表的对象,就是真实"[②]——背后的想象。詹姆斯也许会用这个想法来说明,只要这些意见能让我们继续在经验中得到好处,就仍然是真的;但这并不是皮尔士的本意。在重组这篇文章好收进一本书中时(这项任务

---

① C. S. Peirce and J. Jastrow, "On Small Differences of Sensation" (1884), *Writings of Charles S. Peirce*, vol. 5, 135; Joseph Jastrow, "Joseph Jastrow", in *A History of Psychology in Autobiography*, vol. 1, ed. Carl Murchison (Worcester: Clark University Press, 1930), 136.

② Peirce, "How to Make Our Ideas Clear", *Writings of Charles S. Peirce*, vol. 2, 73.

1907 年,朱丽叶和查尔斯·皮尔士在他们的阿里斯贝庄园。这年早些时候,威廉·詹姆斯的一位学生在剑桥一间出租公寓里发现了营养不良、奄奄一息的皮尔士(得克萨斯理工大学实用主义研究所塔特尔藏品,哈佛大学哲学系授权使用)。

也从未完成)，皮尔士加了个脚注，警告说他的理论不应该用于“过于个人主义的意义”[①]。几乎可以肯定，他这时想到的就是詹姆斯。对皮尔士来说，研究通常是集体的——是诸多观测的中间值给出了恒星位置——最后的分析真的只是最微不足道的。在皮尔士的宇宙论中，所有人的信仰最后都必须相同，因为所有意见都必须融合起来。怀疑会消失，信仰会完全成为本能，成为物种可以遗传的遗产。个性和选择显然不属于这样的宇宙。从这个意义上讲，思想也不是这个宇宙的特征。皮尔士的实用主义，有点石成金的魔力。

7

从实用主义者的角度来看，为什么会出现实用主义的思想呢？按照皮尔士的说法，实用主义必须解释为通往具体合理性的阶梯上必要的一级。不过对詹姆斯和杜威来说，在这个意义上没有什么思想是不可或缺的：新想法并不是由先前的想法组成的链条上不容改变的下一环，而是偶然的产物，是幸运的变体，之所以受欢迎，是因为能将人们以他们认为有用的方式与环境联系起来。

詹姆斯很快发现，他和杜威在哲学上是从几乎完全相反的方向走向实用主义的。詹姆斯的灵感(除了查理・勒努维耶之外；杜威对这位哲学家似乎不怎么感兴趣)来自英国的经验主义者——约翰・洛克、大卫・休谟、乔治・贝克莱——詹姆斯觉得“物质”“特性”这样的哲学术语到了他们手里有了马上可以变现的价值。詹姆斯将《实用主义》献给了约翰・斯图尔特・穆勒，“要是他现在还在世的话，我极愿把他当作我们的领导

① Charles S. Peirce, [“The Pragmatic Maxim”] (1893), *Collected Papers*, vol. 5, sec. 402, P2.

者"[1]。当然,穆勒和英国那些经验主义者是杜威所受传统训练眼中的祸根——就好像黑格尔是威廉·詹姆斯深恶痛绝的人一样,但杜威却说,黑格尔的著作"在我的思想中留下了永久的底色"[2]。

詹姆斯和杜威都受到了新心理学的影响,这倒是真的,但詹姆斯即便在创作新心理学领域集大成之作时都对该领域的大部分主流假说不屑一顾,而学界也对他的臧否予以回敬。詹姆斯在伯克利演讲中介绍了实用主义后没几个月,冯特主义作家爱德华·蒂奇纳就向麦基恩·卡特尔抱怨道:"在我看来,詹姆斯在哲学和心理学两个领域的影响力,正变得越来越让人厌烦。他轻信于人,还动不动就诉诸情感,都肯定是与科学背道而驰的。"[3]实用主义在很多方面都是对实验心理学针锋相对的回应。它不仅抛弃了冯特心理学中的静态结构模型,杜威在《反射弧》一文中就驳斥过这种模型;同样也抛弃了 20 世纪早期的功能主义模型中隐含的行为主义。

在更宏大的知识图谱中,局面同样模棱两可。实用主义似乎反映了 19 世纪末科学研究方面的信念——不过詹姆斯引入实用主义,是为了攻击 19 世纪末科学界的自命不凡。实用主义看起来是达尔文式的,但又公开反对当时最杰出的两位达尔文主义者,赫伯特·斯宾塞和托马斯·赫胥黎;很多人都觉得在达尔文笔下上帝不再出场,而在詹姆斯的说法中,实用主义旨在让上帝回到舞台上。而实用主义跟威廉·格雷厄姆·萨姆纳这样的人的思想,或是跟以达尔文的表弟、统计学家弗朗西斯·高尔顿

---

① James, Pragmatism, *The Works of William James*, [3].

② John Dewey, "From Absolutism to Experimentalism" (1930), *The Later Works, 1925–1953*, ed. Jo Ann Boydston (Carbondale: Southern Illinois University Press, 1981–90), vol. 5, 154.

③ Edward Bradford Titchener to James McKeen Cattell, November 20, 1898, *James McKeen Cattell Papers*, Manuscripts Division, Library of Congress; Eugene Taylor, *William James on Consciousness beyond the Margin* (Princeton: Princeton University Press, 1996), 173 n. 47.

的成果为基础的优生学运动，都毫无共同之处。实用主义似乎源于统计学思想——但很多19世纪的统计学家都明确支持自由放任原则，詹姆斯和杜威却并不赞同；很多世纪之交的统计学家（高尔顿在其中最为著名）都致力于加强种族和社会工程等思想，但这些与詹姆斯和杜威写过的所有文字都水火不容。实用主义继承了爱默生对机构和体制的不信任，也体现了他将思想据为己有的同时抛弃这些思想的哲学基础的做派——但并不认可爱默生将个人良知视为超验权威的观点。

简言之，实用主义是19世纪许多思想流派的变体，但绝对不是这些流派注定的融汇点。它以一种让自己看起来易于辨识、貌似可信的方式，跟现有的思想储备相契合：詹姆斯的《实用主义》就以“一些旧思想方法的新名称”为副标题。但实用主义也是一群个体的产物，是他们相互之间的碰撞激荡，他们所处的环境，以及他们神秘莫测、不可复制的个性，使实用主义终于成形。

不过对于实用主义为何会出现，实用主义角度的阐述不会着眼于起源，而是会研究其后果。1898年之后的几十年中，美国人生活中发生了哪些改变，使实用主义在某些人看来成了合适的哲学工具？尽管普尔曼大罢工的直接后果对劳工来说是灾难性的，但杜威和简·亚当斯预言这一事件最终会被看成是19世纪经济布局中的过时之处，却并没有错。詹姆斯向世界介绍实用主义的同一年，美国经济也开始摆脱自由竞争的个人主义理想，转向管理和调节的官僚式理想①。

1898年，国会通过了《厄尔德曼法案》，承认工人组织工会的权利，并规定由政府部门调解劳资纠纷。从此，国家开始在经济事务中发挥作用。1901年创立的美国钢铁公司，将一百五十八家公司融合为一个组织；以

① Harold U. Faulkner, *The Decline of Laissez Faire*, *1897 - 1917* (New York: Rhinehart, 1951); Samuel P. Hays, *The Response to Industrialism*, *1885 - 1914* (Chicago: University of Chicago Press, 1957); and Robert H. Wiebe, *The Search for Order*, *1877 - 1920* (New York: Hill and Wang, 1967).

此为典范，美国企业开始改变商业模式，从单打独斗型（乔治·普尔曼这样的人可以在很大程度上按自己的意愿来运营公司，他要是高兴，搞垮了也没人管）变成联合型（由通常是银行家占主导地位的董事会从投资人利益出发监督公司政策），也就是金融资本主义体系。1898 年到 1917 年是实用主义的鼎盛时期，也是联合管理、公众监督和政治改革等价值观风行的时候。知识分子精英已随着镀金时代远去，商业精英也因为商业自身的原因而黯然离场。

在这样的情形下，实用主义的吸引力就不足为奇了。詹姆斯和杜威作为实用主义者写下的一切都可以归结为一句话：人是自己命运的主人。他们驱散了萦绕在 19 世纪几乎每一种思想体系之上的宿命论——例如拉普拉斯、马尔萨斯、达尔文、斯宾塞、赫胥黎和马克思这些作家笔下的机械决定论或唯物主义决定论，以及像是黑格尔、阿加西、莫里斯和皮尔士父子等作家的天命决定论或绝对主义决定论。詹姆斯和杜威描述的宇宙仍然在发展，在这个宇宙中，没有什么结论是预先决定的，所有问题都可以用杜威所谓的“智力活动”来解决。他们跟整整一代渴望为社会问题找到科学解决方案的学者、记者、法律专家和政策制定者交谈，而这些人也很高兴有了充分理由来忽略号称已经完结的宇宙学。

但这并不完全是詹姆斯想要得到的反应。1898 年到 1917 年的美国正在工业资本主义之下为生存而改变，照詹姆斯的性格，这种生活带来的很多状况他都看不惯。在 1898 年的美西战争中，美国以一种近乎本能的帝国主义姿态占领了菲律宾。詹姆斯认为，这场战争暴露了现代美国的灵魂：盲目扩张，不假思索地向集团化、规模化发展。1899 年，他对一位朋友写道：

> 至于我，可以说是自作自受。我反对任何形式的好大喜功，支持那种润物细无声的道德力量，从一个人传染到另一个人，像那么多柔

> 软的根须一样，再或者像水渗入毛细血管一样，偷偷渗入这个世界的缝隙……你面对的单元越大，生命就越显得空洞、残酷和虚伪。所以我反对所有这些大型组织，首先也是最重要的就是国家组织；反对所有大鸣大放和丰功伟绩。我拥护真理的永恒力量，这种力量总是体现在个人身上，也不会有立竿见影的效果；通常总是处于劣势的一方，直到这种力量逝去很久，已经成为历史，才会将这种力量奉为圭臬。①

詹姆斯的实用主义不是为制定政策、揭发丑闻的人或社会科学家准备的哲学，而是为与社会格格不入的人、神秘主义者和天才准备的——这样的人相信心灵感应，相信不朽，或者相信上帝。詹姆斯自己从来都不能毫无保留地相信这些，但终其一生，他都在努力尝试。

杜威和简·亚当斯倒是相信调整。他们是改革者，改革的目标是提高现有制度下的生活质量，而不是推翻既定秩序。杜威不会跟工业资本主义站在一边，但也没有工业资本主义终将消失的幻想。他的策略是在生活的所有领域（包括工业生活）中促进民主，而在他的理解中，民主就是"共同生活"的做法——在忍耐和平等的基础上与他人合作。他希望这种做法能在很久以后带来更公平的秩序。这种希望有其哲学上的合理性，杜威的整个职业生涯都在试图阐明这一点。但这也是一种独树一帜的和平主义性格的表现。他牢牢记住了亚当斯的教诲：没有必要对抗，因为对抗以对个人最大利益的误解为基础，也会带来暴力。

而害怕暴力可能是实用主义能够"契合"的根本原因。普尔曼事件刚发生时，尤金·德布斯在伊利诺伊州商店向罢工者发表了演讲。他告诉大家："普尔曼假装在做慈善，让这个局面变成了求解放的问题。他似是

① William James to Sarah Wyman Whitman, June 7, 1899, *The Letters of William James*, vol. 2, 90.

而非地关心‘劳苦大众’的福祉，与五十年前的奴隶主关心奴隶没有任何区别……你们罢工，是为了阻止无法避免的奴隶制和退化。”[①]克利夫兰政府很快准备好介入，以终止抵制运动。德布斯警告说，如果召集军队，就可能会激发新的内战[②]。德布斯不是激进分子，但他曾受到约翰·布朗的鼓舞，一旦卷入战争，他也很愿意成为烈士。在我们看来，他的行为可能就像是坚守原则的人所为。对1894年的很多人来说，这像是狂热分子所为，也就是因为这是坚守原则的人才会干的事。这些人也觉得，他们以前见过这种坚守原则的人：废奴主义者。

1865年之后，对很多美国白人来说，废奴主义者就是这个世纪的大反派——不仅因为他们被认为要对战争负责，还因为他们还有他们的继承人被认为要对重建过程中南方的耻辱负责。他们在美国白人中挑起了不和，而他们之所以这么做，是因为他们沉迷于一个想法。他们以抽象的名义，把这个国家推到了自毁的边缘。1890年代的美国社会在很多方面都分裂了：南方和北方，西部和东部，劳动力和资本家，农业和工业，借方和贷方，自称土著的人和新移民，全都在对着干。另一场内战似乎并非远在天边，这时候，一种告诫人们不要对思想产生偶像崇拜的哲学，也许是追求进步的政治唯一能成功倚靠的哲学。

也有可能进一步说，1898年到1917年间美国改革的代价就是，将种族问题从台面上去掉了。1892年人民党成立时，政治纲领包括征收所得税、铁路国有、制定保护工会的法律，等等，党的领导人也开始着手吸引黑人选民。到1906年，人民党已经成为白人至上的政党。在1896年的普莱西诉弗格森案中，最高法院认可了种族隔离制度；在1898年的威廉斯

① W. T. Stead, *Chicago To-Day: The Labour War in America* (London: Review of Reviews, 1894), 177. 引文前一部分来自1894年5月14日的演讲，后一部分来自5月16日的演讲。

② Ray Ginger, *The Bending Cross: A Biography of Eugene Victor Debs* (New Brunswick: Rutgers University Press, 1949), 138.

诉密西西比州案中，最高法院认可了剥夺南方黑人公民权的行径。1896年，路易斯安那州有 130 334 名非裔美国人注册参与投票；到 1904 年，就只有 1 342 人了[①]。美国白人可以自由引用废除奴隶制、解放全人类之类的浮夸之词，但不会将这样的言论随便应用到美国黑人身上。对生活当中的这一事实，德布斯洞若观火；尽管普尔曼卧铺车厢的所有服务生都是非裔美国人，却没有一个人参与抵制运动，因为德布斯自己的组织美国铁路工会也不接收黑人成员。

实用主义在那个时代遭到了其他哲学家无休止的批评，詹姆斯和杜威也花了相当多的时间来回应。詹姆斯和杜威并不认为实用主义是在攻击哲学，反而认为这只是帮助哲学变得更加实用、有效的一种工具。但毫不奇怪，哲学家的看法并不一样。而在想象没有形而上学的世界会多么危险时，哲学家们并非总是巨细靡遗。伯特兰·罗素于 1909 年写道，如果实用主义大行其道，那么“坚船利炮必定是形而上学真理的终极权威”[②]。（罗素对实用主义的攻击实在太过激烈，因此有幸成为少数几个激得杜威发火的人之一。杜威曾说：“你知道的，他搞得我好恼火。”[③]）

但撇开实用主义作为哲学的优点不谈（比如撇开其真理理论在逻辑上是否站得住脚的问题不谈），世纪之交的实用主义作为思想流派确实有两个较大的缺陷。其一是实用主义认为利益是理所当然的，至于是否值得追逐利益，除了追逐利益会带来什么后果，实用主义并没有提供一个方式来判断。我们形成信仰，好得到我们想要的，但我们是从哪里得到我们所要的东西的呢？这个问题凡勃伦、韦伯和弗洛伊德等作家都问过，但在詹姆斯和杜威的思想中，这个问题并不占据中心位置。第二个缺陷也与

① C. Vann Woodward, *The Strange Career of Jim Crow*, 3rd rev. ed. (New York: Oxford University Press, 1974), 85.

② Bertrand Russell, “Pragmatism” (1909), *Philosophical Essays* (London: Longmans, Green, 1910), 109.

③ Corliss Lamont, ed., *Dialogue on John Dewey* (New York: Horizon Press, 1959), 335.

第一个有关。欲望和信仰也会引导人们以明明不实用的方式行事。有时候结果是破坏性的,但有时候不是。某种意义上,历史是由一些男男女女的所作所为点亮的,对他们来说,思想不是用于调整的工具。实用主义解释了关于思想的一切,但没法解释,为什么会有人愿意为思想而死。

第十四章　多元主义

1

多元主义尝试在一个没法让人人都得到同样好处的境况中得到好处。人们来自不同的地方，以不同的方式理解世界，为了不同的目标而奋斗。结果证明，这个事实很难让人接受，原因在于我们作为相互关联的存在，自然就会想在别人身上也发现我们的品味、价值观和希望。也就是说，如果每一个体都只是有自己的倾向，但没办法让个体的集合有同一个倾向，就跟这是同一回事。但个人确实属于群体，个人从群体中获得身份，人们也往往是作为群体的一员来追求自己想要的好处。如果某个群体认为自己想要的好处与另一个群体的不相容，就会发生冲突。

从哲学上来说，多元主义认为世界由独立事物组成。任何事物都跟其他事物有关联，但关系取决于你从哪里出发。宇宙是多元的：连成一体，但是以多种方式，不止一种。威廉·詹姆斯喜欢说，现实各自为政。他是指事物之间所有的连接方式都是松散的、暂时的，而不是像黑格尔的一元论哲学那样，逻辑上不可避免，而且是终极的、绝对的。詹姆斯在一本笔记中写道：

> 一切事物与外界的关系都是多方向、多维度的，在沿着其中一个

阿兰·洛克 1908 年于牛津大学赫特福德学院。作为美国第一位非裔罗德学者，其时在牛津进修将满一年。（霍华德大学莫兰德-斯平加恩研究中心，阿兰·洛克文件。）

方向追寻一段时间之后，如果你想让别的对象，与初始方向上的事物有所不同的对象也与此产生关联，就得回到起点，在新的维度上重新开始。没有哪种观点或态度能在综合格局中同时统领所有事物。……

我的合理"经验"，比如我用这支笔写的这个本子，一方面会引导我进入物质、造纸厂等的世界，另一方面又会引导我进入我的心理世界，这是一种爱慕之情。两种关联都与这个本子相连接，但如果我要追寻其一，就必须舍去其二。这两种关联无法在可以被一次理解所包含的绝对意义上创造一个宇宙。①

这本笔记所记录的想法，用在了1908年5月牛津大学曼彻斯特学院的希伯特讲座中，一年后又以《多元的宇宙》为题出版。詹姆斯在书中写道：

事物都是以诸多方式相互有关，但是没有任何一个事物包括每个事物，或者统率每个事物。"以及"这个词跟在每个句子的后面。总归有些东西会被遗漏掉。……多元论的世界……更像一个联邦共和国，而不大像一个帝国或者王国了。不管能收集到的是多么的多，不管聚集在意识或者行动的有效中心里的是多么的多，还有其他的事物是自主的，没有收集进去的，没有归于一统。②

尽管讲座带来了万人空巷的局面，牛津大学的哲学家却没有什么反

① William James, Notebook J, *William James Papers*, Houghton Library, Harvard University, bMS Am 1092.9 (4509).

② William James, A Pluralistic Universe (1909), *The Works of William James*, ed. Frederick H. Burkhardt (Cambridge, Mass.: Harvard University Press, 1975–88), 145.

响[1]。詹姆斯有些失望,但并非完全出乎意料。因为他提出的其中一个观点是,在多元论宇宙中,没有哪个词汇、哪种论述,能将一切情形都包含进去;而希望能有某种论述包含所有情形,正是哲学家最古老的梦想之一。哲学家并不愿意放弃这个梦想。

1898 年以前,詹姆斯对政治并不特别感兴趣,但美西战争之后对菲律宾独立运动的镇压,以及稍后新闻对南方私刑的报道,都促使他积极参与到公共事务中。他也许把自己的实用主义和多元主义看成了他反帝国主义和反种族歧视的哲学表达[2],但是他宣布遵循实用主义思想可以追溯到美西战争之前(他的多元主义思想甚至比实用主义更早:1897 年,在《信仰的意志》序言中,他就明确表示自己秉持多元主义),不过他并没有用政治术语来呈现。他在希伯特讲座中的评论,说宇宙"更像一个联邦共和国,而不大像一个帝国或者王国了",很可能只是打个比方,是一个美国人(准确地说,一个爱尔兰裔美国人)在调戏英国听众。但在听众里边还是有两位听进去了,这个评论也成了文化多元主义思想的灵感之一。

2

文化多元主义跟政治多元主义类似,而美国的政治多元主义思想同样是受到詹姆斯启发,只不过没有那么直接。美国的政治多元主义最早主要出现在詹姆斯主讲希伯特讲座的同一年,即 1908 年,是在一本题为《政府过程》的书中。这部著作相对来说很多年里都鲜为人知,部分原因

---

① Linda Simon, *Genuine Reality: A Life of William James* (New York: Harcourt Brace, 1998), 357 - 8.

② Frank Lentricchia, *Ariel and the Police: Michel Foucault, William James, Wallace Stevens* (Madison: University of Wisconsin Press, 1988), 104 - 33; and George Cotkin, William James, *Public Philosopher* (Baltimore: Johns Hopkins University Press, 1990), esp. 123 - 76.

是其作者阿瑟·本特利没有学术背景。本特利1870年生于伊利诺伊州[①],曾经从好几个学院退学,最后终于在1892年从约翰·霍普金斯大学毕业,毕业前是理查德·埃利的学生。他去德国学习了一段时间,老师是社会学家格奥尔格·齐美尔和哲学家威廉·狄尔泰,后来又回到霍普金斯攻读博士,并于1895年拿到博士学位。随后他去了芝加哥大学,在那里当了一年的社会学讲师。

本特利博学多才但也有些孤高,学生则觉得他的作业要求高得离谱。他的班级在两厢情愿下解散了。直到将近五十年之后,也就是1941年到1942年,他才又在哥伦比亚大学当了一阵客座教授,除此之外他再也没有过任何学术职位。但在芝加哥大学的那一年,他跑去旁听了约翰·杜威的逻辑学课程[②](显然没有告诉杜威)。1896年他离开芝加哥大学,开始了给芝加哥的报纸做记者、写社论的生涯,同时也开始撰写《政府过程》一书。十二年后这本书才宣告完成,由芝加哥大学出版社出版,前言只有一句话,但充分体现了杜威的实用主义对该书的影响:"本书意在尝试成为工具。"

本特利的政府理论完全是芝加哥学派的功能主义。这一理论起源于杜威和米德,从他们那里又继承了詹姆斯《心理学原理》的思想;这一理论同样受到了狄尔泰在社会科学中的阐释理论的影响,根据该理论,要从部分到整体再从整体到部分不断往复运动,才能达成理解;这一理论还清晰反映了作者对简单解释的反感,这种反感堪称根深蒂固:本特利在霍普

① Peter H. Odegard, *The Process of Government* (Cambridge, Mass.: Harvard University Press, 1967), vii - xlii; T. Z. Lavine, *Introduction to The Later Works of John Dewey, 1925 - 1953*, ed. Jo Ann Boydston (Carbondale: Southern Illinois University Press, 1981 - 90), vol. 16, xii - xvii; and Richard Hofstadter, *The Age of Reform: From Bryan to FDR* (New York: Knopf, 1955), 55 - 6.

② 可能是"伦理逻辑"(1895年秋季学期)和"政治伦理"(1896年春季学期),John Dewey, *Principles of Instrumental Logic: John Dewey's Lectures in Ethics and Political Ethics, 1895 - 1896*, ed. Donald F. Koch (Carbondale: Southern Illinois University Press, 1998)。

金斯大学的本科论文是关于内布拉斯加农民经济状况的研究，文中强调造成农业大萧条的原因极为复杂；他的博士论文则对社会现象的机械因果论解读大加挞伐。在《政府过程》中，本特利的论证指向（他所认为的）政权中虚构的那一面。政治科学家谈到“国家”及其机构时，就好像这些东西独立于执掌政治权力的人而存在一样。从实用主义角度出发，本特利认为，国家就是执掌政治权力的人；这些人把自己组织为群体，原因则是杜威式的：个人是其社会环境的产物，也总是在社会中定义和表达自己。

本特利把这些相互争斗构成“政府”的群体称为“利益集团”，但他也告诫道，“利益”只是群体活动某一方面的名称，是进行中的相关生活过程某个特殊时刻出现的特定好处的标签。在本特利的理论中，激进之处并不在于他用利益冲突关系来定义国家，詹姆斯·麦迪逊（很奇怪，本特利并未提到这位作家）在《联邦党人文集》中用这些术语给宪政民主下的定义也非常著名；他激进的地方在于，坚持认为仅仅确定利益集团并不能让我们构建一个阐释模型出来，因为利益从来都不是固定不变的。我们可以对过程进行描述，但任一给定时刻，过程的组成要素总是独一无二的。这是因为，群体总是在不断地通过与其他群体的关系来定义、重定义自身，而所有群体，无论看起来有多边缘，也无论有多无足轻重，都是游戏的一分子。本特利写道：“除非与其他利益集团相参照，没有哪个利益集团有存在的意义。而其他那些利益集团就是压力，在政府过程中也算一份。就算是饱受歧视的最低种姓，被剥夺了保护财产乃至生命安全的权利，也仍然能在政府中成为因素之一。……没有哪个奴隶，即便是最受虐待的那些，没在政府形成过程中出一把力。他们也是其中的一个利益集团。”①

本特利在他著作问世的那年陷入了漫长的抑郁中。1911 年，他搬到

① Arthur F. Bentley, *The Process of Government: A Study of Social Pressures* (Chicago: University of Chicago Press, 1908), 271.

了印第安纳州乡下，从此将余生都投入到写作中。很多年以后，他重新和杜威取得联系，他们成了笔友，到最后还成了合作伙伴，1949 年一起完成了一本讲逻辑学的书，名为《认知与所知》，是年杜威已九十高龄，本特利也年近八十。但尽管《政府过程》问世时没有引起太多关注，在其他所有方面却都可以说是正当其时。1908 年也是伊斯雷尔·赞格威尔的剧作《熔炉》大热的一年，美国人沉迷于移民群体日渐蓬勃的状况，本特利的著作则为这一状况提供了一种理解方式。

从 1901 年到 1910 年，美国接收了 9 785 386 名移民；其中 70%来自南欧和东欧，主要都是天主教徒和犹太人。从 1911 年到 1920 年，又有 5 735 811 名海外来客被美国接收，其中 59%来自南欧和东欧[①]。1910 年，纽约市人口中有 40%出生于国外（当然，这些移民并不会全都永远留在美国）。在这个国籍由民族归属定义的时代，在这个民族被划分为三六九等的时代，路易·阿加西在内战时表露过的那种焦虑，再次甚嚣尘上：那么多非英裔美国人的出现，会不会造成国将不国？

实际上是进化论的进阶版，让这个问题露出了丑恶的锋芒[②]。19 世纪末，美国很多杰出的自然科学家都曾是阿加西的弟子。他们继承了老师的衣钵，相信自然世界很容易理解，但不再像阿加西一样反对进化论。但这些科学家的进化论并不是达尔文式的，而是拉马克式。他们相信后天获得的特性可以遗传——物种可以通过培养好习惯，并将好习惯通过基因代代相传而进步。这一理论被认为与社会达尔文主义相通，有时还会用来解释盎格鲁-撒克逊人所谓的优越性；但这个理论至少还能保证，

① Samuel Eliot Morison, Henry Steele Commager, and William E. Leuchtenburg, *The Growth of the American Republic*, 7th ed. (New York: Oxford University Press, 1980), vol. 2, 108 n. 3.

② Peter J. Bowler, *The Eclipse of Darwinism: Anti-Darwinian Evolutionary Theories in the Decades around 1900* (Baltimore: Johns Hopkins University Press, 1983), 58 - 106, 118 - 40; and Carl N. Degler, *In Search of Human Nature: The Decline and Revival of Darwinism in American Social Thought* (New York: Oxford University Press, 1991), 3 - 55.

“弱小”种族随着时间推移也有可能自我提升(通常是在盎格鲁-撒克逊人的指导下,比如菲律宾的情形)。

然而到1889年,德国生物学家奥古斯特·魏斯曼证明,拉马克的理论是错的。他的证据是,切掉尾巴的老鼠,永远不会生出短尾巴的后代——这一发现非常及时,正好赶上让詹姆斯在《心理学原理》一书结尾时讨论一番。(魏斯曼特别想驳斥其实验结果的一位科学家是夏尔·布朗-赛加尔,也是詹姆斯就读哈佛医学院时的老师之一。)魏斯曼的结论反响激烈、备受质疑,尤其是赫伯特·斯宾塞,但他们显然也无法证明他的结论是错的。还有一个结果就是,种族差异突然间似乎又一次变得不可改变。那些认为南欧和东欧人(更不用说亚裔和非裔美国人)在生物学上低人一等的美国人,如今又开始想象种族灾难。他们相信——因为没有任何科学理由能让他们不相信——这些在他们看来低人一等的人类种族的出现,会降低美国文明的标准。

这些人很多都认为自己很先进。其中有位社会学家名叫爱德华·罗斯,先是在斯坦福执教,后来又在威斯康星大学教书,是理查德·埃利的门生,也是莱斯特·沃德的追随者及伙伴(实际上他的妻子就是沃德的侄女)。罗斯在那个年代是最知名的公共知识分子之一,他的书卖了三十几万册[①]。他对社会主义有强烈兴趣,有时还会因为支持工人运动而危及自己的学术生涯。但他也是优生学家,还反对移民,因为他认为种族不平等是客观事实。1907年,他在《美国社会学期刊》上撰文称:“认为不同种族能力基本上相等,这种理论带来了愚不可及的荒唐行径:在南方的山谷中埋下五十万精挑细选的白人的骨头,用来改善四百万粗制滥造的黑

① Thomas F. Gossett, *Race: The History of an Idea in America* (Dallas: Southern Methodist University Press, 1963), 168–72; and, generally, Julius Weinberg, *Edward Alsworth Ross and the Sociology of Progressivism* (Madison: State Historical Society of Wisconsin, 1972), 149–76.

人的状况。”[1](罗斯并没有解释，为什么能幸存的群体会被他认定为“粗制滥造”。)但正当优生论即将成为开明政治观点，生物决定论也似乎要重新变得高高在上时，整个局面都被一个完全没有人预料到的发现给打乱了。

得出这个发现的人是弗朗兹·博厄斯[2]。博厄斯来自德国，但说来也怪，他的职业生涯跟杜威的几乎是如影随形。他出生于 1858 年，比杜威早一年；1881 年他从德国基尔大学拿到了博士学位，但由于反犹主义盛行，他想离开德国。(博厄斯是犹太人，他脸上有一道一辈子都没去掉的伤疤，传言说是他坚决要跟一个有反犹言论的学生决斗的结果——后来在美国熟悉他的人都觉得这个故事非常符合他的性格。博厄斯可没有甘心忍受傻瓜的名声。)1882 年，他想申请奖学金去约翰·霍普金斯就读，杜威也是这一年去的约翰·霍普金斯，但博厄斯被拒了。于是他转而去了巴芬岛，研究爱斯基摩人。

博厄斯一开始学的是生理心理学，是古斯塔夫·费希纳的学生。他的论文题目是《如何理解水的颜色》。这个话题势必涉及对感觉阈值这一经典费希纳问题的研究：光的明亮程度要增加或降低多少，我们才能感知水的颜色有变化？博厄斯对这个问题的思考让他得出与生理心理学基本假设相反的结论：感觉阈值不可能有普遍规律，因为感觉总是依情况而定的。不同观察者有不同的预期和经验，也会得出不同的反应，这样的差别不是天生的，而是有意或无意间习得的。这是体质人类学基础上的小小裂纹，但最终却帮助人文科学建立了一种新的阐释体系：文化。

---

① E. A. Ross, comment on D. Collin Wells, “Social Darwinism”, *American Journal of Sociology*, 12 (1906 - 07): 715.

② George W. Stocking, *Race, Culture, and Evolution: Essays in the History of Anthropology*, 2nd ed. (Chicago: University of Chicago Press, 1981), 195 - 233; and Melville J. Herskovits, *Franz Boas: The Science of Man in the Making* (New York: Scribner, 1953), 1 - 24.

研究过爱斯基摩人之后，博厄斯回到德国。1886年，他回到北美，参与对太平洋西北地区①贝拉库拉印第安人的田野调查，后来又在纽约找了份为《科学》杂志撰稿的工作。他在1887年写道，他的人类学工作向他证明了这一"事实"："文明不是绝对的，而是相对的，我们的想法和概念也只有在我们的文明发展到一定程度时才是正确的。……生物体在特定时刻的生理和心理状态由生物体的整个历史决定。"②在这种关系的意义上，他开始用"文化"这个词。他是第一个（用复数）提到多种"文化"的社会科学家③。

1888年，博厄斯坐火车去克利夫兰参加一个科学会议，在火车上跟邻座的一个人聊了起来。聊到最后，这个人给了他一份工作。这位友好的乘客就是斯坦利·霍尔，正在为新开张的克拉克大学招兵买马。博厄斯接受了这份工作，在克拉克大学教了四年书。他跟大部分教员一样觉得霍尔口是心非，最终也对霍尔感到很恼火。1892年教员大批逃离克拉克时，他也离开了。他去了芝加哥，但没有去芝加哥大学。威廉·雷尼·哈珀不愿意用他——他担心博厄斯不是个"听指挥"④的人。博厄斯去了哥伦布世界博览会工作，收集人类学数据。（约瑟夫·贾斯特罗，也就是查尔斯·皮尔士在霍普金斯的门生，也在博览会上做类似工作。）1896年，博厄斯又搬到纽约，开始做美国自然历史博物馆馆长助理。麦基恩·卡特尔在哥伦比亚大学给了他一个讲师职位，1899年他得到了终身教职。到1904年，他跟杜威终于相见恨晚，他们发现彼此在学识上颇有共鸣。

---

① 太平洋西北地区（Pacific Northwest）指美国西北部和加拿大西南部地区，贝拉库拉印第安人（Bella Coola Indians）主要居住在这一地区的不列颠哥伦比亚省。——译者

② Franz Boas, "Museums of Ethnology and Their Classification", *Science*, 9 (1887): 589 (the sentences have been reversed).

③ George W. Stocking, "Franz Boas and the Culture Concept in Historical Perspective", *American Anthropologist*, 68 (1966): 867 – 82, and *Race, Culture, and Evolution*, 203.

④ George W. Stocking, ed., *The Shaping of American Anthropology, 1883 – 1911: A Franz Boas Reader* (New York: Basic Books, 1974), 219.

1908年，美国参议院的迪林厄姆委员会在博厄斯的坚持下，同意资助一项关于移民后代体型的研究。该委员会主要负责调查移民和规划问题，这一项目被视为其总职责的一部分。在两年间，博厄斯及其团队调查了17 000人，结果就连博厄斯都感到惊讶。他的发现是，移民父母在美国生养的孩子，跟同样的父母在欧洲生养的孩子，身体特征有所不同。

博厄斯用的主要头部指数是头部宽度与长度之比，用百分数表示。他一直认为，头部形状是人种类型最稳定的特征之一，而令他吃惊的是，他发现不但在一代人之内头部形状就能变化，而且同样的生物学父母的后代之间也能有差异。西西里出生的孩子头型相对较长，东欧出生的犹太孩子则相对较宽；但西西里父母的美国孩子跟他们西西里出生的手足比起来头型更宽，而东欧犹太父母的美国孩子头型却比同胞更长一些。父母怀孕前在美国生活的时间越久，差别就越显著。西西里人和东欧犹太人的美国后代似乎在往类似的颅骨形状趋同发展，但基因与此毫无关系——因为魏斯曼早已证明，遗传特征不受环境影响。（魏斯曼曾提出一种假说，认为这是通过他所谓的“基因质”传播的，遗传学和进化论当时尚未融合。）博厄斯还研究了私生子、新生儿死亡率差异、裹婴儿的手法，以及种种其他可能的解释，但也全都排除了。他甚至并未提出一种理论来解释自己的结果；他觉得这些结论不言自明。1910年，他在提交报告时宣称：“我们不得不作出结论，如果这些身体特征发生了变化，移民整个的身体和心理构成也都会随之而变……现在所有的证据都表明，人种的可塑性非常高。”①

① The Immigration Commission, Abstract of the Report on Changes in Bodily Form of Descendants of Immigrants (Washington, D.C.: Government Printing Office, 1911), 8. Franz Boas, "Instability of Human Types", Papers on Inter-racial Problems, Communicated to the First Universal Races Congress Held at the University of London, July 26–29, 1911, ed. Gustav Spiller (Boston: Ginn, 1912), 99–103, and "Changes in the Bodily Form of Descendants of Immigrants", *American Anthropologist*, n. s. 14 (1912): 530–62.

博厄斯观测到的变化尽管统计学上看很显著，但实际上非常小：西西里后代的头颅指数由78%变为略微超过80%，犹太人后代则是从83%变为81%。而如果说头部形状变化了，这个人其他所有方面也都会随之而变，下这样的结论未免过于武断。博厄斯是个严谨的科学家，不是个武断的人。然而他已经乐于相信他所谓的"人种的可塑性"——种族群体在时间中改变自身特征的能力。德国马尔堡大学一位教授特奥多尔·魏茨于1858年出版的一部著作他一直很景仰，书名叫《论人类的统一性和人的自然状态》，旨在攻击人类多元起源论和美国的人类学学派，也就是以塞缪尔·莫顿的头颅学研究为基础建立的学派，在魏茨那个年代以约西亚·诺特为代表，也受到了阿加西的支持和鼓励。1894年，那还是博厄斯进行移民儿童头部形状研究之前很久，他在美国科学促进会发表了一场演讲。(就是在这个协会的会议上，阿加西宣布自己转而支持人类多元起源论。)在这场演说中，博厄斯将19世纪关于人种差异的几乎所有研究都驳为完全靠不住。博厄斯指出，这些研究是在假装殖民主义和种族压迫好像从未发生的情况下进行的。将缺乏高等文明归因为种族低下，但同时又不允许那些种族发展自己的文明，实在是太荒谬了。博厄斯说："欧洲人迅速散布到世界各地，将所有可能的开端都切断了。除了东亚，没有哪个种族有过发展文明的机会。"他还特意嘲弄了一下诺特和格利登在科学上的自命不凡，他说，这两位作家的"推论……要么就是没有充分考虑各种族的社会条件，从而混淆了因果关系；要么就是被科学或人道主义偏见所支配，或是被证明奴隶制合理性的热望所支配"①。博厄斯最有影响力的著作《原始人的思想》出版于1911年，其中就收录了这篇演讲，几乎一字未改。也是在这一年，他关于移民后代的最终报告问世了。博厄斯的头把莫顿的颅骨打回了原形。

① Franz Boas, "Human Faculty as Determined by Race", *Proceedings of the American Association for the Advancement of Science*, 43 (1894): 301 - 27.

但他们没能终结移民问题上的歇斯底里。迪林厄姆委员会发布了长达四十二卷的报告，尽管有博厄斯的结论，报告还是认为必须限制移民。尽管1914年在欧洲爆发的战争切断了涌向美国的移民潮，战争年代仍可能是美国历史上种族排外情绪最激烈的年份。大卫·沃克·格里菲思的《一个国家的诞生》于1915年1月1日上映，立即成了票房热门。威尔逊总统在白宫的一次特别放映会上观看了影片，据说还发表了一句短评——他说："这是闪电写下的历史"[①]——美国最高法院大法官也安排观看了这部影片。首席大法官爱德华·道格拉斯·怀特对电影没什么兴趣，但在听说这部电影讲的是三K党之后，还是从善如流去看了：原来内战之后，怀特曾在路易斯安那州加入过三K党。简·亚当斯参加了纽约组织的一场放映，之后呼吁封禁这部电影[②]。格里菲思因应她的批评确实改动了一些场景，但他的电影在北方几乎和在南方一样受欢迎。原因之一很可能是，很多北方人相信欧洲移民无法归化，而且将这个黑人未能归化的故事解读为这一信念的类比。

《一个国家的诞生》同样激发了三K党在佐治亚州威廉·西蒙斯的领导下复兴，还在纲领中加入了反天主教、反犹主义和天性论。也是在这一年(1915)，阿蒂尔·戈比诺的《论人种的不平等》，一部早在五十九年前就已由约西亚·诺特翻译过来的著作，出版了新的英文删节本。到1915年，已经有十三个州通过法律，允许对被诊断为有缺陷的人强制绝育(第一个通过这种法律的州是印第安纳，1907年)。1916年，美国反移民作品集大成者出版，这就是麦迪逊·格兰特的《伟大种族的消逝》——格兰特

---

① Richard Schickel, *D. W. Griffith: An American Life* (New York: Simon and Schuster, 1984), 270("这是闪电写下的历史")。

② "Jane Addams Condemns Race Prejudice Film", *New York Evening Post*, March 13, 1915, 4.

指的是北欧人，他称之为“出类拔萃的白人”[1]。1918年，也就是战争的最后一年，一本名为《纽约：交响乐研究》的小书出版了。该书呼吁创立一个新的“世袭美国”政党，政治纲领包括限制移民、强制未婚移民女性做家务、完全禁止亚洲人进入美国——

> 唯一的、充分且必要的原因是他们对待女性的态度。他们将自己的女性看成是低等种姓，还有他们厚颜无耻的一夫多妻、挥霍浪费和鸡奸……让我们的土地休耕、矿山不要开采，难道不是好过把我们自己暴露在异教徒的污染中间，让他们定居下来传播那些让人恶心的行径吗？他们自己已经因为那种种行径成为过街老鼠，智力上只会随声附和，懦弱无能。此外还有夏威夷人、菲律宾人和黑人的放荡，在我们的基督教理想和制度中成长起来的异教，难道不是已经比我们想要扫除的还要多吗？[2]

作者是梅卢西娜·费伊·皮尔士，即查尔斯·皮尔士的前妻，那位女权主义者。

这就是七年前詹姆斯的牛津讲座中，两位听众准备阐释文化多元主义概念时的背景[3]。

---

① Adison Grant, *The Passing of the Great Race, or The Racial Basis of European History* (New York: Scribner, 1916), 150.

② Melusina Fay Peirce, *New York: A Symphonic Study*(New York: Neale, 1918), 131.

③ Philip Gleason, "American Identity and Americanization", in Stephan Thernstrom, Ann Orlov, and Oscar Handlin, eds., *Harvard Encyclopedia of American Ethnic Groups* (Cambridge, Mass.: Harvard University Press, 1980), 38 - 47; John Higham, *Send These to Me: Immigrants in Urban America*, rev. ed. (Baltimore: Johns Hopkins University Press, 1984), 198 - 232; Werner Sollors, "A Critique of Pure Pluralism", in Sacvan Bercovitch, ed., *Reconstructing American Literary History* (Cambridge, Mass.: Harvard University Press, 1986), 250 - 79; and Walter Benn Michaels, *Our America: Nativism, Modernism, and Pluralism* (Durham: Duke University Press, 1995).

3

两人都是美国人。霍勒斯·卡伦和阿兰·洛克是在哈佛大学认识的，卡伦在那里给乔治·桑塔亚纳为研究生开的一门希腊哲学课当助教。洛克是这门课的学生，因此和卡伦成了朋友。1907 年，卡伦得到一份谢尔登旅行奖学金去了牛津大学进修。同年洛克也从哈佛毕业，作为罗德学者去了牛津大学学习，这就是为什么 1908 年詹姆斯讲座时两人刚好都在场。

尽管洛克的专业是哲学，他却从来没上过詹姆斯的课。卡伦上过詹姆斯的课，实际上他还自认为是詹姆斯的追随者，是他哲学上的继承人。卡伦出生于西里西亚，当时还是德国领土；1887 年他刚五岁就来了美国。他家是传统的犹太人家庭——他父亲还是波士顿的拉比——但到他上哈佛的时候，卡伦失去了自己的信仰。他不希望自己被看成是犹太人，而是希望被当成美国人①。

哈佛一位名叫巴雷特·温德尔的英语教授改变了他的想法。早在詹姆斯教生理学和解剖学的时候，温德尔还当过詹姆斯的学生，两人之间很亲密，他们以被同事们当做炫耀的事情为乐趣，他们的友谊也建立在这种乐趣之上。（作为学生，温德尔十分喜欢詹姆斯的着装：在剑桥，詹姆斯因欧洲风格的打扮而著称，跟正常的学院风比起来，这种风格更休闲也更优雅②。）但温德尔并不像詹姆斯那样喜欢人类的多样性，他是个婆罗明，社交上很保守，也是严格的天性论者。他对《旧约》对清教徒的影响很感兴趣——他是科顿·马瑟（新英格兰清教牧师）的传记作者之一，而且他

① Horace M. Kallen, *Individualism: An American Way of Life* (New York: Live- right, 1933), 5 – 8.

② Barrett Wendell to William James, November 26, 1900, in M. A. DeWolfe Howe, "A Packet of Wendell-James Letters", *Scribner's Magazine*, 84 (1928): 678.

认为，清教徒有希伯来血统——他让卡伦相信，身为犹太人和身为美国人是一样的，至少也跟身为新英格兰人一样。卡伦觉得这个建议非常有吸引力，还相应修改了他主张社会同化的计划。1903 年，他成了犹太复国主义者，1906 年上研究生时还帮助创立了哈佛圣烛台协会，这个组织旨在鼓励犹太学生为自己的宗教和文化遗产感到自豪——学习怎样以他们的犹太人身份为基础构建美国人身份。阿兰·洛克出现在课堂上时，卡伦觉得自己发现了另一个可能信奉他的双重身份理论的人。

洛克的情况跟卡伦并非完全一样。洛克的情况实际上跟谁都不一样①。他有心脏病，身材异常消瘦（身高一米五二，体重四十五公斤）；他是同性恋，还是个黑人。他是从费城来的，父母都在那里当老师；在当地几乎都是白人的学校里，他也总是能脱颖而出。在哈佛就读本科期间，他也同样优秀。但卡伦也是对的：他对自己的身份认同剪不断理还乱。他出生于 1885 年 9 月 13 日，但他总说自己的生日是 1886 年 9 月 13 日；他父母给他起的名字是阿瑟，但他自己改成了阿兰·勒罗伊；他也小心翼翼不去和哈佛别的黑人学生过从甚密，倒不是因为他想被白人接受，而是因为他是乔治·桑塔亚纳的追随者，也是个哲学上的审美家。他把自己的人生看成一场试图排除种族等外部偶然性的实验。他是第一个赢得罗德奖学金的非裔美国人，这一事实给他带来相当多的关注，但他并不想这样出名。赢得奖学金后，他写信告诉母亲："我不是种族问题，我是阿兰·勒罗伊·洛克。"②

但洛克来到牛津大学时，他的种族确实成了问题。牛津大学的五个

---

① Jeffrey C. Stewart, *Race Contacts and Interracial Relations: Lectures on the Theory and Practice of Race*, ed. Stewart (Washington, D.C.: Howard University Press, 1992), xxxvi – xlviii; and Stewart, "A Black Aesthete at Oxford", *Massachusetts Review*, 34 (1993): 411 – 28.

② Alain Locke to Mary Locke, March 23, 1907, *Alain Locke Papers*, Manuscript Division, Moorland-Spingarn Research Center, Howard University.

学院都拒绝接收他；他班上来自南方的罗德奖学金获得者在离开美国之前就曾正式向罗德奖学金受托人申请收回洛克的奖项，到了牛津也刻意回避他，跟那里的其他美国人一起把他视为眼中钉。洛克发现自己成了种族政治的焦点；只有那些来自印度、埃及和斯里兰卡的并非白人的殖民地学生才会接纳他——他们中有很多人都加入了一个自称为牛津世界俱乐部的团体。到学年结束詹姆斯前来主讲希伯特讲座时，洛克对种族问题在社会上的显著性已经有了更丰富的认识。整个经历都非常痛苦。洛克没有拿学位就离开了牛津大学——他平生第一次觉得自己在学术上失败了——接下来两年他都在柏林大学学习康德，并在东欧旅行。1911年，他回到美国，并在布克·华盛顿的帮助下得到了霍华德大学的一份教职。这时候的他，已经将种族差异只是生活中可以忽略的事实这一观念抛诸脑后。

过了很多年，在洛克去世之后，卡伦宣称，“文化多元主义”这个词最早是在他和洛克有一次聊天时提出的，那是洛克在哈佛的第四年[①]。历史似乎来得更复杂些[②]。卡伦对洛克在牛津大学的遭遇义愤填膺，他公开表示支持洛克：洛克并未受邀参加牛津美国俱乐部传统的感恩节晚宴，因此卡伦也拒绝参加。但是让卡伦特别难过的，还是对哈佛的侮辱。他写了封信把情况告诉巴雷特·温德尔，请他出面与他认识的在牛津的美国人交涉一下。卡伦在信中这样说到洛克：“你也知道，我并不尊敬也不喜欢他的种族——但就个人来说，他们每一个人都必须因自己的美德和价值被接受；如果说有一个黑人值得被接受的话，那么非这个孩子

① H. M. Kallen, “Alain Locke and Cultural Pluralism”, *Journal of Philosophy*, 54 (1957): 119; and Sarah Schmidt, “A Conversation with Horace M. Kallen: The Zionist Chapter of His Life”, *Reconstructionist*, 41 (November 1975): 29.

② Sollors, “A Critique of Pure Pluralism”, esp. 269 - 72; and Stewart, “A Black Aesthete at Oxford,” esp. 422 - 3.

莫属。”[1]

温德尔回信说，他无法完全设身处地地以卡伦的眼光来看这个问题。他说，他总是会拒绝跟黑人同桌进餐，就连布克·华盛顿也不例外，虽说他很尊敬这个人；他也同意南方人的看法，认为把罗德奖颁给洛克并不合适。他劝卡伦放下感恩节晚餐这件事，如果这样可以安抚他的情绪的话，可以邀请洛克一起喝茶，介绍卡伦在牛津的熟人给他。卡伦很快响应了。他采纳了建议，给温德尔写了回信；他请了洛克喝茶，还打算再请几次——“虽说对我来讲我很讨厌跟他吃饭……但既然洛克是哈佛人，我就有责任帮助他。”[2]卡伦知道他的老教授有偏见，可能他只是在假装也有这种偏见而已；但确实很难想象，他怎么能跟一个来自他完全不尊重的种族的人，就以种族特点为基础的宽容理论——这就是文化多元主义理论的实质——达成一致意见。至于洛克，他似乎从来没有把自己的多元主义归功于他当本科生时的随便哪次谈话。他提到的影响是他在牛津世界俱乐部认识的英国殖民地居民，以及后来在欧洲的旅行——全都是研究生时候的经历[3]。

无论他们在思想上交相辉映的程度有多深，卡伦和洛克都几乎是同时提出了他们的多元主义思想。卡伦的提法最早是1914年12月在美国哲学协会的一次演讲中提出的，演讲内容次年2月又以《民主与熔炉》为题发表在《国家》杂志上。当时卡伦在威斯康星大学任教，这里恰好也是爱德华·罗斯的大本营。卡伦的文章显然是在回应罗斯于1914年出版的《新世界中的旧世界》，这是他反移民作品中的一卷。文章一开始，卡伦与一位未具名的“知名律师”起了争执，那位律师说《独立宣言》是一大堆

---

① Horace Kallen to Barrett Wendell, October 22, 1907, *Barrett Wendell Papers*, Houghton Library, Harvard University, bMS Am 1907.1 (733).

② Horace Kallen to Barrett Wendell, November 12, 1907, *Barrett Wendell Papers* (733).

③ Alain Locke, “Values and Imperatives”, in Sidney Hook and Horace M. Kallen, eds., *American Philosophy Today and Tomorrow* (New York: Furman, 1935), 312.

"光鲜亮丽的套话"。卡伦认为这样的评价并不公允;《独立宣言》是属于那个时代的工具,所主张的自然权利是对与之相对的神圣君权的恰当回应。当然,时代在变,《独立宣言》也需要重写。卡伦解释道:"在1776年,要保护殖民者不可剥夺的权利,就必须宣布所有人都是平等的;但在1914年,要保护殖民者后代不可剥夺的权利,宣布所有人不平等就变成必须了。"①这不仅仅是个戏剧性的亮相动作(尽管已经够戏剧化了),实际上还是卡伦多元主义撰述的开场白。

卡伦思想的关键是他的信仰——受到他自己身上犹太人身份复苏的启发——生命有多满足取决于文化身份,文化身份又取决于种族渊源(他也称之为"种族"或"民族性"),而种族渊源是不可改变的。他在一篇著名文章中写道:"你可以在或大或小的程度上换掉自己的着装、政治观点、妻子、宗教信仰、哲学等,但是不可能换一个祖父。"②没过几年他又在另一篇文章中写道:"爱尔兰人始终是爱尔兰人,犹太人始终是犹太人……爱尔兰人和犹太人身份是客观事实;公民身份和教会成员身份则是文明中的人造物。"③种族世系是自我不可改变的组成部分,人们各自在生活中所追求的幸福"以某种形式隐含在祖传的禀赋中"④。你的希望和恐惧,都在你的基因里。

简单来说,卡伦的观点跟博厄斯的并不一样。其中的科学假设是反移民主义者的科学假设,是温德尔、罗斯之流的假设。卡伦和他们一样,相信种族是性格的决定元素。他也隐隐支持他们对混血的恐惧,虽说他并不认为混血是一种威胁,因为(他提出)人们更偏好自己的种族,而种族类型似乎是恒久不变的。他所希望的只是承认种族差异是20世纪美国

① Horace M. Kallen, "Democracy Versus the Melting-Pot", *Nation*, 100 (1915): 190-1.

② Kallen, "Democracy Versus the Melting-Pot," 220.

③ Horace Kallen, *The Structure of Lasting Peace: An Inquiry into the Motives of War and Peace* (Boston: Marshall Jones, 1918), 31.

④ Kallen, "Democracy Versus the Melting-Pot", 220.

生活中的客观事实,并承认这是一种优点。他认为,成为美国人不能被理解为就是要消融所有差异,而应理解为主张差异的结果。与杜威遥相呼应,他写道:“民主意味着通过自我控制、自我管理来实现自我,……没有其一就不可能有其二。”①

《民主与熔炉》并未过多涉及具体问题。卡伦在这篇文章中提出的,更是一种愿景而非蓝图,还对别的选择提出了两条警告。第一个跟允许同化主义倾向自由发展的后果有关。卡伦解释道,移民的孩子失去了自己父母的文化,但也并不是代之以真正的盎格鲁-撒克逊文化,而是一种为被连根拔起的受众准备的批量生产的文化——电影、棒球、标题党新闻,等等②。因此,保存、保护民族文化传统,是避免大众文化弱人心智的堡垒。另一条警告涉及欧洲的战争:德国和俄国一直妄图吞并中欧国家,展现了文化帝国主义的暴力后果,这种冲动让整个欧洲大陆都卷入了战争。卡伦借用詹姆斯的形象宣称,正确的制度是“联邦共和制度,其实质是民族民主;不同种族各有其完美之处,人们可以在各自的完美中自我实现;联邦共和的实质,也是这个自我实现过程中的自愿、自发的合作”。因此

> “美国文明”意思可能就是完美的“欧洲文明”,欧洲的荒废、邋遢和贫困都一扫而空——是一体中的多样,人类的一出合奏音乐。就像在管弦乐队中,每一种乐器都有建立在其实质和形式上的特殊调性;就像在完整的交响乐中,每种乐器都有合适的主题和旋律;社会中也是一样,每个种族群体都是一种自然乐器,其精神和文化就是它的主题和旋律,群体之间的和谐、不和谐乃至纷争一起构成了文明的交响乐,区别仅仅在于:真正的交响乐在演奏之前就已经谱好,文明

① Kallen, “Democracy Versus the Melting-Pot”, 219.
② Kallen, “Democracy Versus the Melting-Pot”, 217, 194.

的交响乐则是在演奏中谱写。[1]

为什么这种社会——比喻为管弦乐队的社会——需要重写《独立宣言》？如果卡伦是想提出所有民族传统都应平等对待，那为什么他的文章一开篇就要为所有人并不平等的原则辩护？因为他并没有把多元主义当成是促进社会流动性的手段，反而认为多元主义可以用来消除社会流动的魅力。他认为，流行文化最大的弊端在于，鼓励工人去向往富人的生活方式。但移民意味着美国的社会分层会变得越来越剧烈，而不是弱化分层，因为每个移民群体都会自然而然地被吸引到适合自己的社会和经济地位上。对这个地位感到不满，并因为电影和商业媒体的煽动而愈演愈烈，是对个人满足感和公民秩序的威胁。卡伦希望每个种族群体都能各安其位，他也只希望能以此为荣——坚守“不同种族各有其完美之处”的概念。卡伦的多元主义是一种并不厚此薄彼的种族隔离模式。

在卡伦的多元主义中，所有的种族群体都是欧洲人。他在文章里没有提到非裔美国人的情况。也幸亏如此，因为一种赞扬社会经济分层的理论可不会对已经被打发到社会底层的群体有显而易见的吸引力。双重身份的概念对非裔美国人的意义，跟对卡伦这样的美国犹太复国主义者的意义比起来，有极大不同。这一意义可以用威廉·詹姆斯另一位学生提出的词来概括——“双重意识”。这位学生名叫伯格哈特·杜波依斯，1888年直接进入哈佛读三年级(因为他已经在田纳西州纳什维尔的菲斯克大学有了文学学士学位)，詹姆斯成了他最喜欢的老师——后来他说，詹姆斯是“指引我清晰思考的朋友”[2]。尽管詹姆斯一向都很支持杜波依斯，却还是建议他不要拿哲学当饭碗。于是杜波依斯转而修习历史。

---

① Kallen, “Democracy Versus the Melting-Pot,” 220.

② W. E. B. Du Bois, Dusk of Dawn: An Essay Toward an Autobiography of a Race Concept (1940), *Writings*(New York: Library of America, 1986), 581.

1895年,在德国完成两年学习之后,他成了第一位拿到哈佛博士学位的黑人学生。他的论文出版于1896年,题为《1638—1870年对美国非洲奴隶贸易的压制》(但哈佛无伴奏重唱俱乐部拒绝接受他)。

跟洛克不一样,杜波依斯从一开始就在关注种族问题。他高中是在马萨诸塞州西部大巴灵顿镇读的,这里白人占大多数,毕业典礼上他发表了关于温德尔·菲利普斯的演讲;而在哈佛的学位授予典礼上,他的演讲主题则是杰斐逊·戴维斯。杜波依斯是个政治人物,但也是个知识分子;他觉得种族概念极为棘手,他的大半生精力也都花在克服种族问题带来的困难上面。1895年,布克·华盛顿在亚特兰大的棉花州国际博览会上发表演讲,支持将社会隔离作为种族合作的基础。他打了这么个比方:“在纯社会的一切事务上,我们可以像五指一样各自分离,而在对进步至关重要的事务上,我们有合而为一的手。”[①]杜波依斯这时在俄亥俄州的威尔伯福斯大学任教,他给华盛顿写了封信祝贺这场演讲,说“这个词说得恰如其分”[②]。两年后,杜波依斯在自己帮助创办的学术组织美国黑人学校发表演讲,题为《保护种族》。在演讲中他也提出,每个民族都有自己的传统和“精神”,也注定要在文明中做出自己的特殊贡献。这一愿景与十八年后卡伦将提出的愿景相去不远。不过也是在这一年,杜波依斯在《大西洋月刊》发表了一篇文章,题为《黑人的奋斗》,其中用到了“双重意识”一词。六年后杜波依斯最著名的作品《黑人民众的灵魂》出版,这是关于世纪之交美国黑人状况的研究,其中第一章就收入了《黑人的奋斗》一文。

杜波依斯认为,非裔美国人被他所谓的“两种敌对理想”所撕裂,即显

① Booker T. Washington, “The Atlanta Exposition Address” (1895), *The Booker T. Washington Papers*, ed. Louis R. Harlan (Urbana: University of Illinois Press, 1972–89), vol. 3, 585.

② W. E. B. Du Bois to Booker T. Washington, September 24, 1895, *The Booker T. Washington Papers*, vol. 4, 26.

然无法实现的想同时身为黑人和美国人的热望。但“双重意识”并非指身份之间的这种对立，而是指缺乏身份认同。杜波依斯写道：

> 黑人是某种“第七子”①，戴着面纱出生，在这个美国人的世界里生来就有先见之明——这个世界没有让他拥有真正的自我意识，只让他透过另一个世界的揭露来看到自身。这是一种奇特的感觉，是双重意识，是总要通过别人的眼睛才能看到自己的感觉，是用另一个世界的标尺来衡量自己灵魂的感觉，而这个世界看他，总是带着消遣式的轻蔑和怜悯。②

这就是这本书的关键认识：自我意识取决于别人怎么看你。身份不是来自生物或统计，而是来自社会和关系。

杜波依斯在《黑人民众的灵魂》每一章前面都安插了两段题词——多数时候前一段都是美国白人或欧洲人写的关于自由的诗歌中的句子，后一段则是几拍来自黑人圣歌（非裔美国人创作的基督教歌曲）的音乐符号，杜波依斯称之为“悲伤之歌”。题词的目的似乎是揭示这两种文化传统中的共同之处，其一是文学经典，是欧裔美国文化，其二是口耳相传的非裔美国文化。但这样并列也展现出别的效果，即美国白人对自由的情感如果不跟美国黑人对受到压迫的感觉放在一起，肯定会不大一样。在写作《黑人民众的灵魂》时，杜波依斯已经知道，群体身份并不像华盛顿所认为的或卡伦将认为的那样是固定不变的，而是像博厄斯和本特利将认为的那样是可塑的。而且，也正如本特利将在《政府过程》中提出的那样，

---

① 西方民间有关于“第七子”(seventh son)的传说，如果七个兄弟之间没有姐妹，则第七子会被认为拥有特别能力。数字七在西方神话传说和圣经中都有显要地位，如七宗罪、创世七天、七圣童等。西方也有很多以“第七子”传说为基础的文艺作品。——译者

② W. E. B. Du Bois, The Souls of Black Folk (1903), *Writings*, 364.

如果群体通过与其他群体的差异来定义自身，那么某群体地位的变化将影响到所有关联定义的群体。也就是说，如果黑人特征变得越来越接近白人特征，那么从某种程度上说并不只是黑人身份在变化，白人身份同样也在变化。《黑人民众的灵魂》部分意义上也是美国白人在种族分裂中的利害关系。

那么，这是不是意味着美国黑人被束缚在由其他群体所定义的身份里？阿兰·洛克1915年春天在霍华德大学做系列讲座时探讨的就是这个问题，这也是在卡伦的文章见于《国家》杂志之后不久。洛克本来希望就这一主题开一门课，但运营霍华德大学的白人牧师拒绝了他。霍华德大学是用来培养黑人专业人员的，他们不希望学校跟像是种族这样的争议性话题扯上关系。但在全国有色人种协进会霍华德大学分会的帮助下，洛克得以以系列公开讲座的形式上了这门课，题为《种族接触和跨种族关系》。

洛克对博厄斯的工作十分了解，他一开始就在为博厄斯对种族差异和种族不平等做出的区分辩护。前者是生物学范畴，后者是社会范畴；但两者一直被混为一谈。博厄斯早在1894年就曾说过，阻止一个群体发展其文明，然后又因其未能发展出文明而断定该群体在生物学上为劣等，实在是狗屁不通。但欧洲人就是这么干的。他们创造了对种族厚此薄彼的历史，然后又称之为自然。而无论他们是否选择（洛克曾试着选择无视），个人都是这段历史的承受者。洛克说："真的，现代人说到种族的时候，完全不是在谈论人类学或生物学意义上的种族。他真正想说的是某个种族群体成败的历史记录……从人类学的视角来看，这些群体是种族的假象。"①

但这些假象的影响却足够真实。这一点洛克在牛津大学时就已经领

① Locke, *Race Contacts and Interracial Relations*, 12. The text is an edited version of a stenographic transcript made when the lectures were repeated in 1916.

教过了。现在他提出的是怎样让这种假象对少数民族群体有利。他并不认为像华盛顿对非裔美国人或卡伦对欧洲移民的建议一样，这些群体可以通过保持相互隔绝来改善自身处境。因为现代文明不能容忍隔离——这也是洛克的特殊见解。他说："现代体系是要求或看似要求社会同化的体系。"人们或许会吃自己的民族食品，但在重要事情上，他们必定会坚守主流标准。现代社会

> 对社会文化不一定会像……早些年的社会那样霸道，但其霸道至少还是会到这个程度：为了他们所谓的共同生活标准、共同习俗以及共同遗产，他们会要求选择在现代社会中生活的人务必批量接受这一社会文化中的基本或核心原则。

他说，这才是熔炉的真正含义："美国……尽管自诩吸收了各种类型的人才，然而吸收这些人才也只是为了将他们重新塑造、重新浇铸进国家模子里……想要享受这个社会的特权，就必须符合这一类型。"[①]文化分离主义的代价就是在社会上屈居人下。洛克给了卡伦的多元主义兜头一盆冷水。

但也正如杜波依斯曾提出的那样，"盎格鲁-撒克逊"的假象，作为与其他类型相对而定义出来的一种民族类型的名称，已经证明对美国白人的自我概念至关重要。因为人们确实会将自身等同于民族或民族群体，而很多成就也都是在群体自豪感的激励下达到的。文明就是其中之一，是作为群体项目被创造、被捍卫的——无论在这种区别中是否含有任何生物学内容。正如洛克所说："群体需要将自己视为民族单位，跟群体就是民族单位的观点大异其趣。"[②]

① Locke, *Race Contacts and Interracial Relations*, 91.

② Locke, *Race Contacts and Interracial Relations*, 12。

因此，如果紧紧抓住民族身份不放是个错误，那么抛弃民族身份同样也是错误。诀窍是利用民族身份来克服民族身份。洛克宣称：

> 群体需要……对自己有个正确的概念，而只有通过激发自豪感才能做到这一点。这种自豪感就是民族自豪感，而民族自豪感似乎是一种忠诚的情感，跟对联合的或共同的文明类型更泛泛的忠诚比起来极为不同。但……通过民族团结的信条和文化，你确实能推动、刺激外来群体更快融入……总的社会文化，若非如此，就不可能做到这一点。①

也就是说，尽管民族身份没有生物学基础，尽管民族自豪感本身会造成社会分歧，但克服社会分歧的唯一方法却是激发民族自豪感——鼓励少数民族群体在其特殊活动和成就中获得满足感。渴望和其他所有人一样被接受——渴望迎合"共同标准"——源于希望自己和其他所有人的差异得到认可的渴望。你想证明自己的群体跟别的所有群体都一样优秀。洛克阐述中的精妙之处在于，认为无论是人类的共同点还是人类的差异，都既不真实，也并非本质。人类的异同是按照实际作用来定义的。普遍性和多样性都是社会实践的结果，是人们所作所为的结果，而不是天生就有的。洛克并没有出版自己的讲座内容，但他在讲座中提出的论证让他在十年后编辑《新黑人》并作序，这是名为哈莱姆文艺复兴②的文化运动最重要的文集。

---

① Locke, *Race Contacts and Interracial Relations*, 96 – 7.

② 哈莱姆文艺复兴是主要发生在1920年代的一场文化运动，也叫新黑人文艺复兴，主要集中在纽约市哈莱姆地区，但许多来自非洲和加勒比海的法语黑人作家也深受影响。该运动的主要内容是反种族歧视，批判并否定汤姆叔叔型温驯的旧黑人形象，鼓励黑人作家在文艺创作中歌颂新黑人精神，树立新黑人形象。阿兰·洛克于1925年编辑出版的《新黑人：一个解释》是年轻一代黑人作家诗歌、散文、小说、戏剧的选集，对黑人文坛有很大影响。——译者

洛克的多元主义在科学上和哲学上都与卡伦的多元主义有明显区别，但最关键的区别在于他对现代性的态度。一个社会如果不再将生命看成是循环，就达到了现代性的状态。在前现代社会中，生命的目的被理解为重现群体习俗和活动，人们被期望遵循父辈的生活道路，生命的终点在生命的起点就已经给定。人们知道自己生命的任务是什么，也知道任务在什么时候完成。在现代社会中，让习俗重现不再被认为是存在的主要目的之一，生命的终点也不再被认为是给定的，而是被发现、被创造的。我们不再期待个人要遵循父辈的生活道路，也不认为社会的未来将完全由历史所决定。现代社会不是简单的重复和扩展自身，而是在无法预知的方向发生变化，个人对这种变化的贡献也无法预先规定。投身于保护和重现自己群体的文化这一事业中，就有面对现代社会最可怕命运的危险，那就是过时。对洛克来说，赞成还是反对现代性并不是问题，问题是如何应对现代性。

4

1915 年，卡伦的文章在《国家》上发表时，他在实用主义圈子里已经小有名气。詹姆斯已经于 1910 年去世，死因是从 1899 年起就让他深受折磨的心脏病，这些年里时不时让他痛苦不堪。他曾经请卡伦帮忙准备出版材料，并打算出版一本讲形而上学的书；1911 年，这本书出版了，就是《哲学的若干问题》。随后卡伦开始搜集实用主义的文章，后来汇编为当时最重要的实用主义文集《创造性智慧》，出版于 1917 年——其中就有杜威的《哲学复兴的需求》。因此当杜威在《国家》上读到《民主与熔炉》时，他和卡伦早就在书信往还了。

杜威写给卡伦说，他对卡伦的文章很感兴趣，不过还是有些保留意见。他解释道："我主要想问的是，你是否低估了这些文化复兴中的怀旧性质和文学特性。”他说，他自己一半算是英国人，一半算是佛兰德人，但从来没有对自己的民族背景有那么大兴趣。他告诉卡伦：

我想看到这个国家美国化，也就意味着英国传统和其他传统要一起式微。我非常同意你的管弦乐队的观点，但有个条件就是，我们得到的是真正的交响曲，也没有大量不同乐器在同时演奏。我从来没有真正喜欢过熔炉的比喻，但真正彼此同化——而不是同化为盎格鲁-撒克逊文化——似乎对美国来说是必备的。在我看来，每一种文化都应维持自己与众不同的文学和艺术传统是最可取的，但目的是这样才可能对其他文化有更大贡献。我不确定你的意思是不是不止这些，但似乎还有地域隔离和别的隐含意义。我们应当认识到毫无疑问已经存在的隔离是必要的，但目的是不要让这种隔离强加在我们身上。①

杜威自己在1916年发表的一篇文章中就民族身份发表评论时，借用了卡伦的比喻并变通为自己的同化观点，以强调自己的批评。他写道：

无论是英格兰主义还是新英格兰主义，无论是清教徒还是保王党，更不用说是德国人还是斯拉夫人，都只能在宏大的交响乐中成为一个音符。对待“连字符主义”[德裔美国人、犹太裔美国人等]的方式……是热诚欢迎，但这是在对每一个民族都取其所长的意义上表示欢迎，这样一来就能融入共有的丰富智慧和经验中，都对此作出了特殊贡献。所有这些融入及贡献，一起创造了美国的民族精神。如果每个元素都孤立自己，试图依靠过去，并因此妄图让自己凌驾于其

---

① John Dewey to Horace M. Kallen, March 31, 1915, *Horace M. Kallen Collection*, American Jewish Archives, Hebrew Union College, Cincinnati.

他元素之上，或者至少是努力让自己完好无损，拒绝接纳其他文化的贡献，不让自己借此转变为真正的美国精神，那都是非常危险的。①

洛克是出于必要的美国主义者和现代主义者：他觉得非裔美国人无从选择，只能接受这些状况。杜威则是出于热望的美国主义者和现代主义者。对杜威来说，美国主义意味着民主，现代性则意味着生活的可能性不会预先封闭。因此，最激进的现代主义版本的多元主义会来自杜威门下的叛徒，也是恰如其分。

这个人就是伦道夫·伯恩。伯恩来自新泽西州，家里是长老会教徒，也绝非普通家庭——他的曾祖父是废奴主义者，还跟爱默生很熟——但生意场上的失败让家道中落。尽管伯恩作为学生智力超群，却直到二十三岁才上得起大学：1909 年，他拿了全额奖学金进入哥伦比亚大学。伯恩严重残疾——他还就此写过一篇文章。接生时的产钳严重夹坏了他的身体，他四岁时又患上了脊柱结核，简·亚当斯同样饱受这种疾病的折磨。在伯恩身上，疾病的影响还要更糟：他的发育受到阻碍，长成了驼背。他对自己的状况总是敏感得很：他觉得他的外貌会令人小看他的能力，不过他用才华弥补了这一点，但有时会显得格外咄咄逼人。他上大学时曾对一位朋友写道："我的命运似乎就在于戳穿别人。"②

伯恩是在弗雷德里克·伍德布里奇的哲学课堂上了解到威廉·詹姆斯的著作的。据他所说，他"着了迷"③。1913 年，他向一位朋友解释道：

① John Dewey, "Nationalizing Education" (1916), *The Middle Works, 1899 - 1924*, ed. Jo Ann Boydston (Carbondale: Southern Illinois University Press, 1976 - 83), vol. 10, 205.

② Randolph Bourne to Prudence Winterrowd, April 10, 1913, *The Letters of Randolph Bourne: A Comprehensive Edition*, ed. Eric J. Sandeen (Troy, N. Y.: Whitson, 1981), 78.

③ Randolph Bourne to Prudence Winterrowd, May 18, 1913, *The Letters of Randolph Bourne*, 86.

"詹姆斯的书",是"对生活和现实最鼓舞人心的现代观点"[1]。他成了杜威的学生,并染上了他所谓的"伯格森-詹姆斯-席勒工具型实用主义病毒"[2]。他也很景仰博厄斯的《原始人的思想》一书,还在《哥伦比亚大学月刊》上发表过这本书的书评;他了解麦基恩·卡特尔和爱德华·桑代克在社会心理学领域的工作;他还形成了社会主义政治观,部分原因是上了历史学家查尔斯·比尔德的课。所有这些教育的影响,加上毕业后去欧洲旅行一年的经验,结果很特别:让伯恩变成了美国一种新型的激进派,文化激进派[3]。他相信美国社会必须变革,而变革必须发生在文化上。他也认为,实用主义提供了变革方法。1915年,他在《新共和》杂志上写道:"杜威的'工具主义'哲学有一种优势,可以砍掉思维习惯,砍掉我们这个社会数百年来赖以生存的习俗和制度。"[4]杜威和詹姆斯绝对不会提出这种主张,但伯恩就是这么解读他们的遗产。他对他所谓的"简·亚当斯这号的女权主义者,以及他们对进步的盲目反抗"[5]嗤之以鼻。他不是改革家。他想要一场运动。

在移民为美国社会带来的种族变革中,他觉得自己找到了这场运动。伯恩认识卡伦,他发现卡伦那篇发表在《国家》上的文章极为激动人心。他以前和自己哥伦比亚大学的朋友讨论过同化问题,其中有一位——很可能是亚历山大·萨克斯,杜威的研究生,后来还当过富兰克林·罗斯福总统的经济顾问——提出,可以用"跨民族主义"来描述多元主义美国。

① Randolph Bourne to Prudence Winterrowd, January 16, 1913, *The Letters of Randolph Bourne*, 7.

② Randolph Bourne to Prudence Winterrowd, April 10, 1913, *The Letters of Randolph Bourne*, 78.

③ Christopher Lasch, *The New Radicalism in America, 1889 - 1963: The Intellectual as a Social Type* (New York: Knopf, 1965), 69 - 103; and Edward Abrahams, *The Lyrical Left: Randolph Bourne, Alfred Stieglitz, and the Origins of Cultural Radicalism in America* (Charlottesville: University Press of Virginia, 1986), 23 - 91.

④ Randolph S. Bourne, "John Dewey's Philosophy", *New Republic*, 2 (1915): 154.

⑤ Randolph Bourne to Alyse Gregory, March 13, 1914, *The Letters of Randolph Bourne*, 22.

伯恩采纳了这个词,并用在了他最著名的一篇文章的标题中:《跨民族的美国》,发表于1916年7月的《大西洋月刊》。

伯恩的文章算是多元主义思想的综合。在文中,伯恩引用了博厄斯关于种族可塑性的概念:"我们来谈谈低等文明,而不是低等种族……我们关心的并不是我们现在是什么,而是可塑的下一代在新的世界主义理想光芒映照下会变成什么样子。"他也复述了杜威对自由个人主义的批判:

> 如果自由就意味着有权为所欲为……那么移民已经找到了自由,而统治阶级在对待蜂拥而至的流民时,也有着异乎寻常的自由。但如果自由意味着在决定国家的理想和目标,以及工业和社会制度时的民主合作,那移民就还没有自由,盎格鲁-撒克逊民族也和所有欧洲国家中居于主导地位的民族一样罪责难逃:将自己的文化强加给少数民族。

他还回应了卡伦关于大众文化影响的谆谆告诫:

> 这种寡淡的鸡肋文化已经太多了——那么多的人,都是文化混血,既没有同化为盎格鲁-撒克逊人,也并非别的什么文化的国民……无论他们本来有什么样的民族文化,他们都只是用最原始的美国文化取而代之——廉价小报、"电影"、流行歌曲、无处不在的汽车等美国文化。

他采用了詹姆斯对联邦的描述:"美国没有什么独特文化。我们显然更愿意成为一个文化联邦。"他吸收了双重身份的概念:"在我们看来,双重公民身份很深奥,但也是对的。因为这一思想承认,尽管一个法国人会接受他的新国家的官方体制，也确实对这个体制非常忠诚，他身上的法国人特性也永远不会消失。”①

但最重要的是，他也像洛克一样赞扬文化特性，但目的是为了超越。伯恩的理想不是美国主义，而是超越国家的世界主义，美国在其中可以以身作则。他渴望的不是保存文化传统，而是创造新的文化可能。他是真正的现代主义者。

因此他担心的是，官方认可民族亚文化的完整和独立自主，会让在欧洲早已消失的风俗习惯在美国长久存续下去。他最不想看到的就是保护农村或犹太小镇的前现代文化。他的世界主义的形象是一个开化民族，一种后民族的民族认同。具体来讲，就是犹太复国主义。（不过他显然认为犹太复国主义只是空口白话，而非实际行动。）《跨民族的美国》发表三个月后，他在哈佛圣烛台协会（卡伦帮助创立的组织）的一次演讲中明确提出了这一点。伯恩告诉听众，跨民族主义“是犹太人的想法”②。散居在外的犹太人必须与主流文化和解，这也是所有民族群体都必须做到的。犹太复国主义就是典范，因为“真正的跨民族主义将是现代的”，而“犹太复国主义者的观念极为现代……在美国的犹太人每天都在证明，这种双重生活是可能的。”③

杜威对他学生提出的多元主义观点有什么反应没有人知道，因为在1917年，他俩因为美国参与欧洲战争的问题而决裂了。战争在美国知识界造成了分裂。杜威支持美国参战，对自己的立场也毫不含糊。1917年，他在发表于《纽约邮报》的一次演讲中宣称：“我一直举双手双脚完全赞成这个国家在这场战争中扮演的角色，我也一直希望看到这个国家的

① Randolph Bourne, “Trans-National America”, *Atlantic Monthly*, 108 (1916): 86 - 97.
② Randolph S. Bourne, “The Jew and Trans-National America”, *Menorah Journal*, 2 (1916): 280.
③ Bourne, “The Jew and Trans-National America”, 283.

资源都用于成功执行这一任务。”[①]对使用武力的反对意见，他斥之为大惊小怪，还指出军事手段是合理的，因为可能带来的后果是，美国或许有机会参与在欧洲建立民主的过程。简言之，他呼应了威尔逊政府的立场，这让他不但与自己的好友简·亚当斯观点相左，因为她自称是和平主义者；也与伯恩形成了对立。

1917年，伯恩在《七艺》杂志上发表了一篇文章，题为《偶像的黄昏》。他在文中谴责了实用主义，尤其是杜威的工具主义，因为这些思想“反对把对生活质量的关注置于对生活机制的关注之上”。现在伯恩抱怨的是，实用主义没有为如何评判价值提供稳定标准。杜威“总是说，他的哲学如果当做生活哲学来看，应该以价值观为起点。但在他的信条中，关于价值是如何被创造的，总是有令人不快的模棱两可之处。这让人们越来越容易认为，只要能达到目的，任何发展都是合理的，也几乎所有活动都是有价值的”。这会让人们无法看到“战争总是在破坏价值观”。伯恩的结论是：“调整的哲学甚至都不会带来调整。”[②]这不是求全责备，而是弃如敝屣。

对伯恩的背叛，或是伯恩攻击所用的语气，杜威不可能一笑了之。伯恩的硕士论文是在杜威指导下写的，他在很多杂志上都表示过支持杜威的哲学思想，跟杜威家人也很亲密。1913年杜威一家在欧洲旅行时，他跟杜威女儿伊芙琳的鸿雁传书就颇有点你侬我侬的味道（他们年龄大致相当）。但最后的决裂来得很古怪。1918年，杜威为《新共和》写了一篇书评，对象是马赛厄斯·亚历山大的《人类的最高遗产》。亚历山大是形体姿态方面的专家，他相信进化在心灵与身体之间造成了分离，所有的肌肉疾病也都是因此而产生的，比如背痛；他还开发了一套练习，用来让心

① John Dewey, “Democracy and Loyalty in the Schools”, *Middle Works*, vol. 10, 158.
② Randolph Bourne, “Twilight of Idols”, *Seven Arts*, 2 (1917): 695, 697-9.

灵与身体过程产生联系。杜威就经常有背痛,就是亚历山大宣称自己能治好的那种;杜威给这本书作了个序。伯恩的评论堪称目空一切,借机将亚历山大的理论批为工具主义泛滥的又一例证。

杜威一反常态,勃然大怒。《新共和》实际上可以算是他的杂志,他是这本杂志的招牌作家之一。他给伯恩写了封长信,指责他故意曲解亚历山大的著作,随后还在这本杂志上发表了对伯恩书评的回应。伯恩对杜威的回应又发表了一篇回应,但杜威的怒火并未平息。不久之后他受邀加盟《日晷》杂志的编辑委员会,他提了个条件,说要他接受除非伯恩离开这个委员会。编辑们照办了。

《日晷》是最后几个伯恩还能发表文章的地方之一。《大西洋月刊》曾刊发《跨民族的美国》,尽管其编辑埃勒里·塞奇威克(波士顿婆罗明)发现其论证实际上是对英裔美国人的攻击,令人反感(他还把这番评价告诉了伯恩)。伯恩对美国战争政策的批评让他在《新共和》成了危险人物,因为这份杂志与威尔逊政府关系密切。《七艺》则因其赞助人安妮特·兰金无法忍受杂志中的反战文章而关门大吉,其中伯恩所著尤其引人注目。1917 年 11 月,伯恩向一位朋友写道:"我写稿的那些杂志全都一命呜呼了,我的全部思想似乎全都无法付梓。"①十三个月后,他去世了,死因是一场流感,由从欧洲战场凯旋而归的美国军队带入纽约。

杜威再也没有公开提到过伯恩或是他的批评,但在看到威尔逊的民主欧洲愿景在《凡尔赛和约》中烟消云散之后,他也变成了和平主义者。他在第一次世界大战期间短暂倡导暴力手段,这是他职业生涯的一段特殊时期;但他对亚历山大书评的反应甚至更为特殊。很难理解,杜威怎么会看不出来,一本主张通过心理训练和练习就能战胜身体疾病的书,可不能指望会吸引伦道夫·伯恩。

---

① Randolph Bourne to Everett Benjamin, November 26, 1917, *The Letters of Randolph Bourne*, 404.

5

“文化多元主义”这个词直到1924年才见诸纸面，卡伦在自己题献给巴雷特·温德尔的著作《美国的文化和民主》中用了这个词[①]。三年前，美国建立了配额制度，专门用来限制南欧和东欧移民，但结果表明，支持移民限制的人对此仍然并不满意。到卡伦著作问世的1924年，更严格的移民法开始实施。曾催生卡伦和伯恩的多元主义社会愿景的现象不再是一个紧迫的公众问题，而催生杜波依斯和洛克的多元主义思想的现象仍然没有成为紧迫的公众问题。

在伍德罗·威尔逊总统自己就连对群体这一概念都公开表示反对的年代，提出文化多元主义思想很需要几分勇气。1915年，也就是卡伦发表文章的那一年，威尔逊宣称：“美国并非由群体组成。在美国，谁要是认为自己属于哪个特殊的民族群体，那他就还没有变成美国人；那些在你们中间利用你们的民族性摇唇鼓舌的人，也不配生活在星条旗下。”[②]但文化多元主义也会带来政治问题，因为以文化划分群体和以种族划分群体有同样后果：预先判定了人们的可能性。在卡伦的理论中，这种倾向极为明显，即使在伯恩和洛克更为动态的多元主义概念中，也假设人们就像携带自己的基因一样身负自己的文化。（伯恩曾说：“他身上的法国人特性也永远不会消失。”）只有在杜威的版本中，种族的幽灵才完全消失，但杜威并不认为自己是文化多元主义者。像亚当斯一样，他坚持认为各个部分只是在共同整体之内暂时抱团，他喜欢强调整体。

---

① Horace M. Kallen, *Culture and Democracy in the United States* (New York: Boni and Liveright, 1924), 3.

② Woodrow Wilson, “An Address in Philadelphia to Newly Naturalized Citizens” (May 10, 1915), *The Papers of Woodrow Wilson*, ed. Arthur S. Link (Princeton: Princeton University Press, 1966 - 94), vol. 23, 148.

还有一个问题是，“文化”命名的是一个不固定的实体。人类产出文化和人类产出二氧化碳可以说是一回事：他们不由自主，而产出物本身毫无价值，就在那里而已。将群体特性归因于其文化是一回事，就像博厄斯的看法一样；将文化提升为一组互不相关的传统和做法，群体中的成员不管是否愿意，都得因为这是自身群体的文化而为之自豪，就是另一回事了。文化只是对生活状况的反应，如果状况有变——现代社会中生活状况一直在变——文化也得跟着改变。“法国人特性”就跟“燕雀特性”一样可以变化，就其自身来说并不值得更多重视。这只是一个人们如何看待的问题。

最后，文化多元主义似乎违背了自己哲学本源概念的前提。杜威1902年在为詹姆斯·马克·鲍德温的《哲学与心理学词典》所撰写的“多元主义”词条中，写下了这个哲学术语的全部目标，即为“真正变化的可能性……真正多样的可能性……[以及]自由的可能性”[①]打下基础——因为多元主义考虑的是个人事务，因此个体的人不是作为更大的哲学整体的一部分，而是作为完整的自己，可以按照自己的选择，或随着生活展开，自由地建立关系。文化不是个人所能获得的，而是一组个人可资利用的产品、活动以及态度的总称。在洛克、伯恩和杜威所设想的现代社会中，文化是包含各种可能性的魔方。本特利关于政治利益集团的论述同样适用于文化：每一次联合都会在各元素之间产生新的关系。把文化当成政治问题，唯一可以总结出来的规律就是，个人对别人的产出接触越多，可能出现的新组合就越多。既然没有办法离开这个魔方，那么最有用的莫过于保证其中的自由度。

① John Dewey, “Contributions to Dictionary of Philosophy and Psychology” (1902), *Middle Works*, vol. 2, 204.

第十五章 自 由

1

抑制是天生的;自由才是人为。自由是由社会设计出来的空间,群体可以在其中追求自己的特定目标,同时又受到保护,否则其他群体自然而然就会想要干涉这一群体的追求。因此,个人自由总是意味着限制他人:如果不存在抑制这一现实,我们甚至都不会有自由的概念。我们认为自由是一种权利,因此也是规则的反面,但权利就是一种规则。这是禁止制裁某些行为的禁令。我们也会把权利看成是个人相对社会其余部分保留的特权,但权利不是出于个人利益创造的,而是出于社会利益。个人的自由是为了达到群体目标而产生的。

这样去思考自由有助于我们理解,为什么与美国思想和表达中现代自由原则的确立关系最密切的两个人,对个人权利的概念漠不关心。约翰·杜威和奥利弗·温德尔·霍姆斯,并没有多大兴趣为了给个人带来好处就去牺牲集体。杜威和霍姆斯都会对个人愿望屈从于集体意志乐见其成,不过杜威对此只是淡淡地怡悦,霍姆斯则是幸灾乐祸。但他们也都能看到,为个人的思想和表达创造一个保护区域,对社会来说大有裨益,而他们帮助建立的自由思想,很大程度上决定了20世纪乃至以后的美国生活中的独特之处。

1918 年 6 月 16 日，尤金·德布斯在俄亥俄州坎顿发表演讲。因为这场演讲，当局以《反间谍和反煽动法案》为依据逮捕了他（印第安纳州特雷霍特市尤金·德布斯基金会）。

2

美国人将学术自由原则的建立部分归功于爱德华·罗斯的种族主义,正是由于他的著作,才有了霍勒斯·卡伦的《民主与熔炉》①。1891年,罗斯在约翰·霍普金斯大学拿到经济学博士学位之后,到印第安纳州立大学找了份工作,一年后又去了斯坦福大学。创建斯坦福大学的人是中央太平洋铁路公司的创始人兼总裁利兰·斯坦福,这个人之前还当过加州州长;以及他妻子简·莱斯罗普·斯坦福。他们创建这所大学是为了纪念他们的儿子,他十五岁时就在旅欧途中不幸去世了(这所大学的官方名称仍然是小利兰·斯坦福大学)。斯坦福夫妇将这所大学视为他们的私人企业,甚至到了拒绝接受他人捐款的地步。1893 年老利兰去世后,遗孀成了这所大学唯一的受托人。爱德华·罗斯是个自由奔放的年轻人,也从来都不会回避争议;他似乎打算激怒斯坦福夫人。

尽管最早的几次尝试都归于失败,1900 年 5 月 7 日,他终于还是成功了。他对旧金山一群劳工领袖发表了演讲,站在优生学家的立场谴责亚洲移民。劳工联合会当然反对移民,因为移民是廉价劳动力的来源;但铁路大亨也出于同样的原因支持移民。中央太平洋铁路是靠中国苦力建起来的,斯坦福夫妇应该也对他们的亚洲工人产生了舐犊之情。罗斯早前就已经因为政治声明引起了简·斯坦福的注意,这下更是激得她坐不住

① Orrin L. Elliott, *Stanford University: The First Twenty-Five Years* (London: Stanford University Press, 1937), 326 - 78; Richard Hofstadter and Walter P. Metzger, *The Development of Academic Freedom in the United States* (New York: Columbia University Press, 1955), 436 - 45; Laurence R. Veysey, *The Emergence of the American University* (Chicago: University of Chicago Press, 1965), 400 - 407; Thomas L. Haskell, "Justifying the Rights of Academic Freedom in the Era of Power/Knowledge", in Louis Menand, ed., *The Future of Academic Freedom* (Chicago: University of Chicago Press, 1996), 48 - 53.

了。5月9日，她给斯坦福校长戴维·斯塔尔·乔丹写了封信，信中说道："我必须承认，我受够罗斯教授了。我觉得他不应该留在斯坦福大学……我相信，这学期结束之前罗斯教授会收到通知，告诉他新学年我们不会再雇他了。"[①]乔丹拖了半年，但简·斯坦福的怒火未见平息。11月，罗斯还是被迫辞职了。

在罗斯之前，教授因为冲撞了校长或受托人而被警告、处罚甚至开除的事件，已经发生过很多次。查尔斯·威廉·艾略特曾告诉巴雷特·温德尔，表现得过于古怪会让他迟迟得不到升迁。理查德·埃利1894年在威斯康星大学时，因为对罢工权利发表评论，冒犯了一位校务委员，还不得不在校内接受了一场"批判"。1895年在芝加哥大学还发生了一起著名事件，那时约翰·杜威刚到芝加哥不久，威廉·雷尼·哈珀迫使一位名叫爱德华·比米斯的年轻经济学教授辞职，因为他公开表态支持普尔曼大罢工、反对垄断，对于一个由约翰·洛克菲勒赞助的大学来说实在是很尴尬(比米斯后来成了俄亥俄州克利夫兰市水务部门的负责人)。

但被解雇并非完全出乎罗斯意料，他也处心积虑要把自己被解雇的原因弄得人尽皆知。斯坦福有七位教授辞职抗议(他们的职位很快由哈佛毕业的博士填上了)，罗斯学位论文的导师理查德·埃利创办的美国经济学会接管了这件事情。这是美国首次对学术自由受阻展开的专业调查[②]。乔丹拒绝接受问讯，也没有采取任何补救措施，但人们也终于认识到，学术自由遭到阉割，是高等教育的系统性问题。罗斯先是去了内布拉斯加，后来又去了威斯康星，也成了名人；十五年后，美国大学教授协会(AAUP)成立了。

希望保护学术自由实际上并不是成立教授协会的主要动机。协会的

---

① Jane Lathrop Stanford to David Starr Jordan, May 9, 1900, Elliott, *Stanford University*, 341.

② Hofstadter and Metzger, *The Development of Academic Freedom*, 442.

主要组织者是约翰·杜威，以及约翰·霍普金斯大学的哲学家阿瑟·洛夫乔伊。洛夫乔伊绝对算不上是实用主义的盟友。他1897年从哈佛拿到文学硕士学位，但在哲学上，他是一名现实主义者。1908年，他在《哲学期刊》上发表了《实用主义十三种》一文，此后经常被詹姆斯和杜威的批评者引用。但洛夫乔伊也是罗斯被解雇后从斯坦福大学辞职的七位教授之一；在去霍普金斯之前，他还在哥伦比亚教了一年书，他也很敬重杜威。1913年，他们与另外一些杰出学者一起——其中就有麦基恩·卡特尔，那位帮忙推荐杜威和弗朗兹·博厄斯去哥伦比亚的心理学家——在巴尔的摩聚首，开始筹划他们的组织。

杜威曾写信给博厄斯，游说他参与此事。他在信中说，他想的是"一个代表美国大学教师权益的组织，就好像美国律师协会或医学会那样"①。他想的可不是行业工会。杜威邀请巴雷特·温德尔加入时，温德尔回信说，他并不怎么喜欢专业人员协会的想法。杜威回答说他也不怎么喜欢，但他想创办的完全不是温德尔想的那样。他告诉温德尔："要是我认为哪个组织会削弱学者的个人自由，我会全心全意反对这样的组织。……要是我认为有哪个组织试图'经营'大学，而不是允许设立的权力机构来'经营'，有任何这样的危险，对这样的组织我至少会持怀疑态度。"②在杜威看来，教授协会的作用是向美国公众宣传学术成就。他与其他创始人曾争论的主要问题之一是遴选标准：他们感觉会员资格应该仅限于杰出学者，因为这些人能代表学界的最高水平。协会成立的头几年也确实是这样。

1915年，教授协会正式成立，杜威成了第一任主席。在第一次会议的致辞中他廓清了一点，申明组织不会将大量精力都放在调查侵犯学术

① John Dewey to Franz Boas, October 31, 1913, *Franz Boas Papers*, American Philosophical Library, Philadelphia.

② John Dewey to Barrett Wendell, December 7, 1914, *Barrett Wendell Papers*, Houghton Library, Harvard University, bMS Am 1907.1 (360).

自由的行为上面。到年底，他不得不承认自己过于乐观了[1]。协会成立后头两年就有三十一件学术自由案例提交到协会，此后也仍然源源不断。看来，大学教师表达自身观点的权利，并没有杜威想象的那么有保证。最终对会员身份的大多数限制都取消了，协会变成了杜威不想看到的样子：成了教授工会，也成了国家学术自由监察机构。

创立教授协会是内战后开始的大学专业化进程的顶点，这一进程中查尔斯·威廉·艾略特、丹尼尔·柯伊特·吉尔曼和威廉·雷尼·哈珀都是排头兵。事实证明，学术自由概念是整个发展过程的关键。这是因为专业领域与其他类型的职业都有所不同，需要自行调节。没有哪个专业人士，没有哪个医生、律师或建筑师，希望自己的执业条款由同行之外的人决定；只有同行才会一心从这个行业的利益出发，而不是想着行业之外的什么群体的利益。医生不希望由保险公司来决定怎么治疗才合适，建筑师不希望由开发商来决定谁有资格施工，律师也不希望由政治家来定义法律原则。（为什么这些领域的教育基本上都只局限在专业学院，只挑选自己想教的学生，这也是原因之一。）

大致与教授协会成立同时，美国大学也终于有了用来确保学术工作可以自行调节的制度化结构，成了现代意义上的大学。这也意味着博士学位成为受雇于大学的正常要求——因为有博士学位的人已经由本领域的权威专家认证。这同样意味着要在专业上继续精进，就需要在同行评议期刊上发表文章——原因同样是，同行评议是确保教授能控制所产生和受到奖励的学术成果的方式之一。此外，这也意味着将院系建成大学的基本管理单位——因为院系将自行决定对教师是雇用、升职、授予终身

① John Dewey, "Introductory Address to the American Association of University Professors" (January 1, 1915) and "Annual Address of the President to the American Association of University Professors" (December 31, 1915), *The Middle Works, 1899 - 1924*, ed. Jo Ann Boydston (Carbondale: Southern Illinois University Press, 1976 - 83), vol. 8, 98 - 108.

教职还是解雇，课程也由自己设置。

所有这些机制都是用来确保只有专业人员才能评判其他本专业人员的工作，并将学术工作内容与政治利益、经济利益区隔开，也与管理者、受托人、议员、校友乃至业余爱好者的个人利益区隔开。学术自由是专门为搞学术的人所设的自由：只有已经加入了这个俱乐部的人才能享受这种自由。专业领域对一切有天分的人敞开大门，从这个意义上来说专业领域是民主的；但专业领域也保护其成员不受所有非专业领域都必须应付的市场力量的影响，在这个意义上专业领域又是同业公会。终身教授不只是能接触到各种资源——图书馆、学生、学术网络——独立学者几乎完全不得其门而入；还能保证一辈子都有笔收入。专业化是市场调控机制。

因此，教授的学术自由实际上（或者潜在地）限制了其他所有并非教授的人。但这样做社会能得到什么好处？为什么社会理应让爱德华·罗斯这位私立大学的雇员有权畅所欲言，而给他发工资的简·斯坦福，却不能试图规定自己这所大学中知识分子的言行范围？她（和她丈夫）一手创建了斯坦福；她要是愿意，哪天把这所大学关了都行。但她却不能解雇爱德华·罗斯。

美国大学教授协会对这个问题的答案，出现在一份名为《关于学术自由与终身职位的报告》的文件中。该文件由协会中负责调查侵犯学术自由行为的第一委员会起草，并发表于1915年12月的协会第一份公告。公告称，管理者和受托人没有权力因教授的观点而处罚教授，原因是教授并不是为受托人工作。他们是为公众工作。

> 大学教师的责任主要是对公众本身，以及对他自己专业领域的判断；尽管考虑到他职业的某些外部条件，他会对他所在学校的管理方负有一定责任，但在他职业活动的实质意义上，他的职责面向更广大的公众，学校本身在道义上也应受公众约束。……大学教师就其

> 所得到和表达出来的结论而言，不应被认为要受到受托人控制，就好像法官就其裁决而言不应受总统控制一样。①

这些句子是不是杜威写的我们不得而知，但这些句子清楚表达了他自己学术自由观点的逻辑依据。在杜威任协会主席的那一年，宾夕法尼亚大学受托人拒绝与经济学家斯科特·尼尔林续签合同，因为这位沃顿商学院的教员持有改革派观点。（这所大学尽管叫做宾夕法尼亚大学，实际上却是一所私立学校，但也受到政府资助。正是因为政府威胁要削减拨款，受托人才决定解雇尼尔林。）这一事件受到广泛关注，《纽约时报》发了一篇题为《费城烈士》的社论，坚称受托人有权解雇他们认为合适的任何人，也没有义务提供这么做的理由。

杜威写给编辑的回应异常尖锐。他在开头写道："每当对大学学者所做调查的结果会让他们质疑现存经济秩序的任何特性时，《纽约时报》就会发现大学教授'特许的言论自由'，有'太多含混不清的蠢话'，毫无疑问，这很恰当，也很自然。"也就是说，《纽约时报》完全有权发表能讨好自己支持者的意见。但它误解了学术工作的本质。杜威解释道：

> 你采取的理由明显是，现代大学就像工厂一样，是由个人组织起来的机构；如果任何老师无论在校内还是校外的任何言论，无论出于什么原因，只要受托人觉得反感，那就什么都不用说了。这种看法实际上让受托人成了私人事业的主人。……[但]现代大学撇开法律管理方面不说，从任何方面来看都是有公共责任的公共机构，[教授]受过训练，会把追求和表达真相当成是一种公共职能，其行使将是出于他们道义上的雇主——社会整体——的利益……他们没有为自己向

① "General Report of the Committee on Academic Freedom and Academic Tenure", *Bulletin of the American Association of University Professors*, 1 (1915): 26.

社会谋求豁免或特权。为了保护他们自己，他们会对任何能保护现代大学与整个公众的关系的体制感到满意。[1]

达特茅斯学院案经常被看成是美国学术自由的基础，但最高法院在1819年的这个案子中驳回的论点，刚好就是差不多一个世纪之后杜威和教授协会提出来作为学术自由合理依据的论点。法院将达特茅斯学院从州议会手里夺过来还给学院"持有人"，理由就是这所学院是私人事业，不受公众控制。从政客手里救下私立学院后，法院实际上是把学院交给了受托人，而不是教授。因此，杜威和美国大学教授协会做到的，是与达特茅斯学院案有关的相当显著的成果：他们创建了非政府组织美国大学教授协会，并宣称这个组织代表公众而非大学赞助人的利益，并把这种利益定义为公正学术成就的必要条件。他们提出的交易是，作为不受一般市场情况约束的条件，教授们将致力于公平、公正地追求真理。在他们的论点中隐含了一个假设，就是公众——尽管应该算是大学真正的"持有人"——将不会出于自身利益干涉大学事务。毕竟，如果加州选民就能开除爱德华·罗斯，那么他从简·斯坦福那里得到的自由就会一文不值。而这一交易中最显著的特点是，美国社会——当然，整个过程中也有大量保留意见，还常常追悔莫及——全盘接受了。

3

美国社会并没有马上全盘接受。例如哈佛哲学系，就花了数年时间试图获准填补威廉·詹姆斯退休后留下的职位空缺。到了终于可以迈出这一步的时候，全系一致推荐了洛夫乔伊。但劳伦斯·洛厄尔校长否决

① John Dewey, "Professorial Freedom" (October 22, 1915), *Middle Works*, vol. 8, 407–8.

了这位候选人，因为洛夫乔伊参与创建了美国大学教授协会。洛厄尔是继查尔斯·艾略特之后出任的校长，以前也是本杰明·皮尔士的学生。乔赛亚·罗伊斯于1916年去世后，系里提出由伯特兰·罗素（曾在哈佛任客座教授）取代他的位置；洛厄尔还是拒绝了，因为罗素是个和平主义者。两年后系里又推荐了杜威，但洛厄尔觉得他年事已高。（当年杜威五十九岁。他后来继续教了十二年书，也继续著书立说三十四年[①]。）在多数校园里，仍然是校长君临天下。

当然，大学校长在教员任命和提升问题上确实有发言权。大学校长是学术官员，也据此行使权力。但大学校长又与教授有所不同，需要对受托人和其他团体负责，比如议员、校友等，他们满意与否关系到学校能否健康发展；这是校长们的工作，1910年代，他们仍然习惯于在自认为合适的时候，对教员意见行使绝对权威。这种局面可以说一触即发，而有一件事不但激发了矛盾，也在知识分子中间造成了裂隙，比如杜威和伦道夫·伯恩就因此分道扬镳：1917年4月，美国人进入了欧洲战场。

早在1915年，皇家邮轮卢西塔尼亚号的沉没就已经激起了美国人的反德情绪，但美军参战唤醒的爱国主义情感，对边疆从未受到威胁的国家来说，还是有几分怪异。在由战争唤起的诸多爱国主义象征性行动中，匹兹堡市决定封禁贝多芬的音乐，可能算是最有创意的。反对参战的美国人各有各的理由。对简·亚当斯来说，理由只是反对暴力。不过还有很多人是在替社会主义者担心，认为美国将军队派到欧洲另有隐情：想推翻俄国的布尔什维克政权。比如说伯恩，对于自己跟杜威在战争问题上意见相左，尽管他从未提出这个理由，但他确实在某种意义上算是社会主义者，而杜威不是。

1917年6月，美国宣战两个月之后，尼古拉斯·默里·巴特勒在哥

---

① Bruce Kuklick, *The Rise of American Philosophy: Cambridge, Massachusetts, 1860 - 1930* (New Haven: Yale University Press, 1977), 409 - 11.

伦比亚大学毕业典礼上宣布，尽管以前反对美国参战的意见尚可容忍，因为国家还处于和平，但现在他要提出禁止在校园里发表不忠诚的言论。他解释道："对我们中间那些没有全心全意、全力以赴地为确保世界民主安全无虞而奋斗的人，这是本校第一次也是最后一次警告。"[①]8 月，麦基恩·卡特尔向三位国会议员递交了一份请愿书，请他们支持一项禁止派应征入伍的人上战场的法案。议员们向巴特勒抱怨此事，巴特勒告诉了学校受托人，受托人则解雇了卡特尔。

很多年以来，巴特勒一直都想把麦基恩·卡特尔赶出这所大学。卡特尔这个人就连他的很多同事都觉得反感，尤其是巴特勒，因为卡特尔经常公开批评巴特勒独断专行又自命不凡。（巴特勒和卡特尔曾在同一个系任教，与此也许不无关系。）要把卡特尔赶出去的这最后一击，其实并不是因为他向国会议员请愿才突然引爆，而是因为在一件比这小得多的事情上的争议：哥伦比亚教师俱乐部是否应该解散。但他公然藐视巴特勒对反战意见的禁令，终于让解雇流程开动起来，杜威自然也卷入其中。

在杜威看来，学术自由的原则远远谈不上是绝对的。罗斯事件发生后，他于 1902 年在谈到学术自由思想时写道：

> 我们也许会坚持认为，一个人除了要学富五车，也要老练圆熟。或者也可以说，要支持人类利益——既然"圆熟"一词或许表示的是，对当前问题有点过于模棱两可。……有的事物对人性有重大意义，然而有的人对这样的事物缺乏尊敬，又渴望在公众中暴得大名，就可能诱使这样的人摆出真理殉道者的姿态，但这种人实际上只是在精

① 1917 年 6 月 6 日在毕业典礼上的讲话，哥伦比亚大学档案馆。Hofstadter and Metzger, *The Development of Academic Freedom in the United States*, 499.

神和道德上缺乏镇定沉着并深受其害而已。[1]

杜威觉得卡特尔的表现不够圆熟——在那件事情上杜威也跟卡特尔有过相持不下、不欢而散的时候——看到他桀骜不驯带来的后果，杜威也并不觉得遗憾。但是他认为，卡特尔向国会议员写信，“只是在行使所有美国公民都应该有的权利，对于摆在政府立法机构面前的问题发表自己的意见”。[2] 而受托人以不忠为由将他扫地出门，也属行为失当。

10 月，紧跟在卡特尔后面，英语系有位名叫亨利·沃兹沃斯·朗费罗·达纳的副教授因类似原因被解雇，查尔斯·比尔德因此辞职。受托人曾警告他不要发表在他们看来不爱国的观点，而他觉得这样的警告滑天下之大稽，于是甩手走人。杜威向新闻界发了个声明。他声称，在卡特尔被解雇之后，对比尔德的事情他并不意外。他说：“在我看来，这所学校只不过是座工厂，而且运营得很糟糕。这是工厂才会有的手段：让一位教授可以被大学驱逐，所依据的只不过是既对他的工作一无所知，也不是他的伙伴们的意见。”[3]——卡特尔身上发生的正是如此。批评很直白，但措辞很谨慎。杜威并没有说卡特尔不应该被解雇；他只是想说，要不要解雇他是他的同行的事，而不是校长或受托人的事。学术自由是社会乐见其成的特权；为学术自由而抗争，说到底就是为如何定义这个社会而抗争。问题完全只是由谁来决定。

继比尔德之后辞职抗议的还有两位哥伦比亚大学教授，但杜威不在其列。后来在 1931 年，巴特勒因在裁军和国际和平方面做出的贡献而荣获诺贝尔和平奖，当年与他一同获奖的，是简·亚当斯。

---

① John Dewey, “Academic Freedom” (1902), *Middle Works*, vol. 2, 60.

② Robert Mark Wenley, “Report of my conversation with Dewey on the Cattell Case”, December 28, 1917, *Wenley Papers*, Bentley Historical Library, University of Michigan.

③ “Press reports of statements by Professor Dewey” (1917), Columbia University Archives.

4

哥伦比亚大学的受托人之所以会对卡特尔、达纳和比尔德等教授的所作所为感到焦虑不安，并不完全是因为他们在被一种夸张的忠诚观念所左右。这里面真的有法律问题。1917 年 6 月 15 日，也就是美国宣布参战两个月之后，国会通过了《反间谍法案》。从此，发表意在妨碍武装部队取得成功的错误声明，在军队中煽动抗命之风，或是阻碍征兵，都成了犯罪行为。之后还不到一年，1918 年 5 月 7 日，该法案经修订，使得讲出或发表任何不忠于美国或意在妨碍战争投入的言论，无论真实与否都成了犯罪。1918 年法案又称《反间谍和反煽动法案》，引出了美国最高法院历史上最著名的法律意见书之一，即奥利弗·温德尔·霍姆斯对艾布拉姆斯诉合众国案的异议意见书。这一异议也是最高法院历史上最不可能出现的意见书之一，大多数熟悉霍姆斯法律观点的人都不会预见到他会有这样的意见。

1919 年艾布拉姆斯一案裁决时，霍姆斯七十八岁高龄，在最高法院任职也已经十七年了。这时候的他已经成为进步人士的偶像，这既令他欣慰（因为他喜欢被吹捧），也令他茫然。他成为偶像的原因并不是因为他跟进步人士有相同的政治期望，而是因为他和进步人士一样都认同司法限制的思想。在进步人士看来，自 1890 年代以来，法院在社会和经济改革运动中扮演的角色，主要都是负面的：他们宣称监管商业的法律违反了第十四修正案，也就是禁止"未经正当法律程序"就剥夺公民"生命、自由或财产"的修正案。第十四修正案是内战后的重建修正案之一，意在保护解放后的黑人公民。但在 1873 年的屠宰场案中，最高法院裁定，该修正案并不限制州政府，由此打下了《吉姆·克劳法》[①]的宪法基础。到

① 《吉姆·克劳法》是指 1876 年至 1965 年间美国南部各州以及边境各州对有色人种（主要针对非洲裔美国人，但同时也包含其他族群）实行种族隔离制度的法律。——译者

1890年代，“正当程序”一词成了私营企业的保护伞，而不是种族平等的保证。这就是为什么世纪之交的进步人士反对积极的司法：他们希望法官停止利用第十四修正案来扼杀改革立法。

在1905年洛克纳诉纽约州一案（也叫做“甜面包店老板案”）的异议意见书中，霍姆斯就已经表达过对第十四修正案的经济阐释极为蔑视。纽约州通过了一项法律，规定面包店雇工的工作时间不得超过每天十小时；最高法院的多数意见认为该法律违宪，侵犯了面包店店主由第十四修正案所代表的“财产权”。霍姆斯的异议很简短，其要点（跟后来的很多情形一样）可以一言以蔽之：“第十四修正案又没有把赫伯特·斯宾塞的《社会静力学》写入法律。”①

《社会静力学》出版于1851年，也就是约翰·赫歇尔为阿道夫·凯特勒的《概率论》撰写书评两年后。这是斯宾塞的首部重要著作，书名也已经表明，该书试图从静力学本应揭示的社会学“定律”中得出什么原则。斯宾塞宣布的原则是：“人人都有为所欲为的自由，只要没有侵犯他人的同等自由。”②——这正是自由放任主义的经典信条（赫歇尔的书评中也有类似结论）。霍姆斯认为，自由放任没有任何“自然”可言；他说，这只是一种经济理论，而

> 一部宪法不应代表具体的经济理论……宪法是为所持观点大相径庭的人而设的。我们偶尔会发现某些意见很自然、很熟悉，或是很新奇，甚至很令人震惊，但在判断使这些意见具体化的法令是否与美国宪法相矛盾时，这些偶然因素都不应成为结论。一般原则并不能决定具体案例……但是我认为，前文所述修正案会把我们远远向前

---

① Lochner v. *New York*, 198 U. S. 45, 75 (1905).

② Herbert Spencer, *Social Statics: or, The Conditions Essential to Human Happiness Specified, and the First of Them Developed* (London: John Chapman, 1851), 103 (original in italics).

带到终点。[1]

霍姆斯并不是说，他认为监管企业行为是良好的社会政策；很可能他的看法与此相反。他只是在说，他的所思所想无关紧要。这是进步主义的司法信条。

霍姆斯对权利的看法在1919年并不是什么秘密。前一年他在《哈佛法律评论》发表了一篇题为《自然法》的短文。他在文中写道："权利本质上只是一种预言能力——想象出来的一种物质，支持如下事实：公众力量将施加给那些行事意在侵犯权利的人——就好像我们说到的万有引力，可以解释太空中天体的行为一样。"[2]这一分析源自近五十年前昌西·赖特和圣约翰·格林的教导："权利"一词指的是我们可以很肯定地预测，法庭会阻止其他群体干涉某些行为，就好像"万有引力"意味着我们可以很肯定地预测太空中天体的行为一样。"权利"只是个方便的名称，并不在自然界中，也不是仅仅因为我们生而为人就与生俱来。

因此，当1919年1月第一批《反间谍法案》的案子提交到最高法院，保守派首席大法官爱德华·道格拉斯·怀特并不觉得指派霍姆斯撰写法律意见有什么危险。有三个案子是在同一次开庭中裁决的，被告分别是：来自堪萨斯城的雅各布·弗洛沃克，在密苏里州德语报刊《国家报》上发表文章，倡议抵制征兵；费城社会党总书记查尔斯·申克，散发传单反对征募新兵；以及尤金·德布斯[3]。

1919年德布斯六十四岁，也是美国最著名的社会主义者。他竞选过

① Lochner v. *New York*, 76.

② Oliver Wendell Holmes, "Nature Law", *Collected Works of Justice Holmes: Complete Public Writings and Selected Judicial Opinions of Oliver Wendell Holmes*, ed. Sheldon M. Novick (Chicago: University of Chicago Press, 1995—), vol. 3, 447.

③ David M. Rabban, *Free Speech in Its Forgotten Years* (Cambridge, England: Cambridge University Press, 1997), 249 - 380.

四次总统。1912年他的竞选对手是伍德罗·威尔逊、威廉·霍华德·塔夫脱和西奥多·罗斯福，他获得了6%的选票。社会党是普尔曼事件后在德布斯帮助下于1898年成立的政党，反对美国参与欧洲战争，支持俄国的布尔什维克政权。1918年6月16日，德布斯在俄亥俄州坎顿的大型群众集会上发表演说，社会党大会也在这个州举行[①]。1912年的总统竞选中，俄亥俄州有8%的票投给了德布斯，是所有州中得票率最高的。德布斯来到这里准备演讲时，本地社会党已经有三位领导人因阻碍征兵而身陷囹圄。这一场合政治意味极为浓厚。

德布斯怀疑有人监视他，也确实如此。北俄亥俄的联邦检察官沃茨在人群中安插了速记员，好记下德布斯的演讲。演讲主要是在呼吁大家加入社会党的行列，祝福布尔什维克革命，不过德布斯也举出被拘禁的同志为例，作为真正的社会主义者应当渴望的样子。沃茨将这些理解为意在阻挠募兵，因此也就违反了一个月前通过的《反间谍和反煽动法案》，于是通知首都华盛顿的司法部说，自己这里有个案子。司法部觉得证据有点儿牵强附会，决定不予起诉；但沃茨还是从克利夫兰的联邦大陪审团那里搞到了一份起诉书。在9月的一次陪审团审判中，德布斯被判有罪，收监十年。

霍姆斯为三个案子分别写下了意见。在所有意见中，他都强调了环境的关系至关重要。在弗洛沃克一案中，他写道："所有这些也有可能就算在战争时期说出来或写出来也并不构成犯罪，但……不可能说也许还没有人发现，这份报纸是在吐一口气就足够点燃大火的地方流通。"[②]在德布斯一案中，霍姆斯说，就算"战争是错误的"这个提法只是在为社会主义抗辩时的言多必失，那也无关紧要。霍姆斯提出，如果"这样表达反对

---

① Nick Salvatore, *Eugene V. Debs: Citizen and Socialist* (Urbana: University of Illinois Press, 1982), 291-4.

② Frohwerk v. United States, 249 U.S. 204, 209 (1919).

意见自然而然会带来妨碍征兵的结果,其目的本身亦如是;……如果在任何情况下都有可能产生这样的结果,那么就不能以这是普通程序的一部分为由,以这是在表达一种普遍的、一丝不苟的信仰为由来辩护”[①]。而在申克案中,霍姆斯提出了他的语境标准。他写道:“一切有关言论的案件,其问题都在于,所发表的言论是否在这样一种环境下作出并具有这样一种性质,以至于将导致明显而即刻的危险,产生实际危害。这样的话,国会就有权阻止。这是一个紧迫性和程度的问题。”[②]在所有案子中霍姆斯都轻易看穿了政府的出发点,也都维持了原判。战争结束已经四个月,德布斯被送往西弗吉尼亚州芒兹维尔的一所联邦监狱服刑十年。他随身带着自己最珍贵的财富:约翰·布朗在哈珀斯费里用过的烛台。

霍姆斯的法律意见让他的秉持进步主义的崇拜者觉得很痛苦,这让霍姆斯有些吃惊。其中一位叫做勒尼德·汉德。跟大部分进步人士一样,汉德对个人权利的观念并不特别热衷,反而认为个人权利与“财产权”“契约自由”之类一样,都是宪法捏造的概念。1919 年,汉德已经在纽约南区当了十年的联邦地区法官。1893 年他毕业于哈佛学院,在那里他在威廉·詹姆斯门下修习心理学,在乔赛亚·罗伊斯门下修习哲学。他本来打算以哲学为业,但他去找罗伊斯想听点建议时,罗伊斯对此并不看好,于是他去了哈佛法学院,成了詹姆斯·塞耶的门生。塞耶刚刚出版了他最著名的作品《美国宪法学说的起源和范围》,主张司法限制。塞耶解释道:“宪法总是能有各种各样的解读……宪法并不会把任何具体意见强加给立法机构,而是会留下宽广的选择范围……司法职能仅仅是确定立法机构合理行动的外部边界。”[③]这正是霍姆斯对洛克纳一案的异议,只不过写在洛克纳案发十二年前。

---

① Debs v. United States, 249 U. S. 211, 215 (1919).

② Schenck v. United States, 249 U. S. 47, 52 (1919).

③ James Bradley Thayer, “The Origin and Scope of the American Doctrine of Constitutional Law”, *Harvard Law Review*, 7 (1893): 144 – 5.

汉德修了塞耶的宪法学课程，他后来说，他发现这门课“刷新了三观”。用汉德的话说，这是因为塞耶教导他们

> 宪法一大半都是由循环命题构成的，这些命题证明了法官先入为主的态度是正确的。这些法官往往主要是行动者，对语言陷阱浑然不觉，但这种陷阱会对他们饱以老拳，他们往往不知不觉就陷了进去……结果就是让我们满心怀疑将法庭设立为社会冲突的最终仲裁者是否明智。①

当然，塞耶只是在重复昌西·赖特对概念崇拜的警告。塞耶让汉德认识到原则的危险。汉德以纽约市年轻律师的身份，开始涉足进步人士圈子。1908年，刚好在他被任命为法官之前（在任上他宣誓摒弃所有政治活动），他在《哈佛法律评论》上发表了一篇题为《法律的正当程序和每天八小时》的文章，向洛克纳案的多数意见叫板。

因此霍姆斯是汉德的司法偶像，他终其一生都在效仿霍姆斯的意见。多年以后在合众国诉卡罗尔拖车公司案（1947）中，他发布了一个公式，用造成伤害的概率来裁定被告有没有适当注意——这是霍姆斯理性人标准的统计实例。但是对霍姆斯《反间谍法案》案子的结论，汉德有些不满，尤其是德布斯一案。他有理由对这些案子的结论感到如鲠在喉，因为他自己在同样的宪法领域吃过大亏。1917年《反间谍法案》授权邮局局长封锁被认定违反了该法案条款的材料，1917年7月3日，也就是该法案通过十八天后，纽约市邮局局长托马斯·帕腾按照邮政总局局长的指示，拒绝邮寄《大众》杂志8月号。杂志社向联邦地区法院申请强制令，7月24日，汉德发表了意见书。

---

① Learned Hand, “Three Letters from Alumni”, *Harvard Law School Bulletin*, 1 (January 1949): 7.

《大众》是一本激进的小杂志，撰稿人阵容极为强大：约翰·里德、路易斯·昂特迈耶、卡尔·桑德伯格、弗洛伊德·德尔、约翰·斯隆、乔治·贝洛斯以及斯图尔特·戴维斯。杂志由马克斯·伊斯门主编，他是杜威在哥伦比亚的研究生。汉德对伊斯门略有所知，尽管他自己的政治观念跟《新共和》杂志更为接近——他毫不犹疑支持美国参战——但他也倾向于支持伊斯门[①]。《大众》8月号有大量批评战争的内容，包括一幅漫画，画着死去的妇女儿童，标题是《征兵》。但杂志并未明确建议干涉战争投入或是抵制征兵，汉德也就准备抓住这个漏洞。他精心炮制了一份在他自己看来肯定是极为婉转的意见。

汉德认为，在战争时期国会“毫无疑问”有权禁止国会认为会威胁国家安全的言论。但国会恐怕不能意图压制仅仅是在批评政府政策的言论，因为在民主国家，“自由表达意见[是]权力的最终来源”。批评政府政策跟提出的意见违反了法律绝对不是一回事；而“要将这种合情合理的焦虑等同于直接煽动暴力抵抗，就是无视对所有政治鼓动手段的宽容，而在和平年代这种宽容正是自由政府的守护神”。在《大众》杂志8月号中，汉德无法找到任何“直接煽动对抗”征兵的内容，因此他作出结论，受到邮局局长压制的表达没有达到国会所设想的应承担罪责的水平[②]。他签发了强制令。

四个月后，巡回上诉法庭一致同意推翻了他的结论。法庭认为：“煽动犯罪不一定非得是直接的。有的人可能会故意妨碍入伍服役，但并没有直接提出反对入伍的言论……在我们看来显而易见，毫无争议。”[③]汉德是个出色的法律专家，但也非常敏感，缺乏安全感；他可不愿意看到自

① Gerald Gunther, *Learned Hand: The Man and the Judge* (New York: Knopf, 1994), 153–5.

② Masses Publishing Co. v. Patten, 244 Federal Reporter 535, 543, 539, 540, 541 (S. D. N. Y. 1917).

③ Masses Publishing Co. v. Patten, 246 Federal Reporter 24, 38 (2d Cir. 1917).

己的逻辑这么简单就被打翻在地。另外，第二巡回上诉法庭本来有一个空缺，他对这个空缺渴慕已久，也有理由认为这是他的囊中之物。但现在这个空缺给了另一个法官。

汉德每年会去新罕布什尔州避暑，霍姆斯避暑则是在马萨诸塞。次年6月，他俩在去波士顿的火车上不期而遇，一起探讨了汉德对《大众》杂志一案的法律意见（霍姆斯尚未拜读）以及言论自由的法律。汉德当然渴望偶像能支持自己的观点，他向霍姆斯强调了自己的"直接煽动"理论的长处——这个理论是说，政府不能压制言论，除非该言论明确主张犯罪。霍姆斯很喜欢这次谈话，但他没有被汉德的理论说服，原因也很容易看出来。因为霍姆斯对法律的完整态度正好在巡回法庭推翻汉德的论点中一览无余：决定责任的并不是言辞本身，而是环境。

不过既然对这个话题的讨论已经展开，九个月后读到霍姆斯在德布斯一案中的意见时，汉德觉得自己有必要给霍姆斯写一封信。他在开头写道："德布斯在任何可以想到的适用于此案的法规下都是有罪的，对此我毫不怀疑。"（他其实并未开诚布公；基本上可以肯定，他觉得德布斯被冤枉了[①]。）但他是想再次强调，言论责任只有"当言辞直接煽动"[②]犯罪时才成立。霍姆斯回信说，自己一直"在忙着传播新的似是而非的观点之类，因此也一直无暇为旧观点辩护"。但是，"恐怕我没太弄明白您的意思……我没看出来问题在哪里，或者说我们有什么不同"[③]。他也引用了自己在申克一案中"明显而即刻的危险"这一理论。不过第二年秋天，霍姆斯写了一篇汉德乐见其成的意见。这就是霍姆斯对艾布拉姆斯一案的

---

① Gerald Gunther, "Learned Hand and the Origins of Modern First Amendment Doctrine: Some Fragments of History", *Stanford Law Review*, 27 (1975): 739 - 40.

② Learned Hand to Oliver Wendell Holmes, [March] 1919, *Learned Hand Papers*, Harvard Law Library, Box 103, Folder 24.

③ Oliver Wendell Holmes to Learned Hand, April 3, 1919, *Hand Papers*, Box 103, Folder 24.

异议。

雅各布·艾布拉姆斯是俄裔犹太移民，住在曼哈顿，是一个无政府主义组织的成员。1918年9月12日，他跟六个同伙——莫利·斯泰默、塞缪尔·李普曼、海曼·拉霍夫斯基、雅各布·施瓦茨、加布里埃尔·普罗贝尔和海曼·罗桑斯基——被联邦大陪审团以妨碍战争投入的罪名起诉：他们印制了两种传单（分别用英语和意第绪语）抗议美国的对俄政策，并在纽约第二大道的楼顶抛发。这个案子是在汉德的管辖区域起诉的，汉德作为高级法官，很有可能会主持这次审判；但因为他法庭上的案子已经积压如山，所以他邀请了几位联邦法官来纽约帮忙，案子就交给了其中一位。这位法官名叫小亨利·德拉马尔·克莱顿，来自亚拉巴马州，父亲曾是邦联军少将。1918年10月24日，纽约陪审团判决艾布拉姆斯、斯泰默、李普曼、拉霍夫斯基和罗桑斯基有罪。（普罗贝尔被判无罪，施瓦茨则在审判期间去世了。）克莱顿判罗桑斯基交罚金，判斯泰默十年监禁，艾布拉姆斯、李普曼和拉霍夫斯基则判了二十年①。

1919年10月21日，这个案子提交到最高法院讨论——这一天刚好也是李斯堡之役五十八周年。霍姆斯可不只是从汉德那里听到过他对前一年春天《反间谍法案》诸案例的意见，还有诸多跟他颇有交情的进步知识分子用文章和信件对他狂轰滥炸，其中就有哈佛的三位教授，奇里亚·查菲、厄恩斯特·弗罗因德和哈罗德·拉斯基。拉斯基自己也因为一场演讲陷入了麻烦。他是个英国人，早熟的政治科学家，因为一本谈论政治多元主义的著作而知名，就是他在1917年出版的《主权问题研究》，那年他才二十四岁。他从1916年开始在哈佛任教，也从那时开始就与霍姆斯频频书信往还。霍姆斯特别喜欢拉斯基。1919年9月，波士顿警察出来罢工，拉斯基也公开表态支持他们。州长卡尔文·柯立芝动用本州民兵

① Richard Polenberg, *Fighting Faiths: The Abrams Case, the Supreme Court, and Free Speech* (New York: Viking, 1987), 43 - 147.

镇压了这次罢工,而拉斯基的立场也让他在哈佛不再受欢迎。他也是《讽刺》杂志上反犹漫画的对象,最后在洛厄尔的压力下,他被迫辞职了。总之,有诸多力量促使霍姆斯重新阐释他对第一修正案的看法,挑战《反间谍与反煽动法案》。1919 年 11 月 10 日,最高法院宣判艾布拉姆斯及其他被告罪名成立,援引霍姆斯自己在申克案中的意见驳回了他们拿第一修正案做的辩护。霍姆斯提交了异议。

跟往常一样,霍姆斯不愿意用权利主张来压倒立法活动。他写道:"我一刻也没有怀疑过,就跟教唆他人杀人一样要受到惩罚完全合理一样,美国宪法可以惩罚那些产生了或意在产生明显而即刻的危险的言论,这些言论马上会带来某些实打实的邪恶,美国宪法会试图对此加以阻止。"但在眼前这个案例中,他找不到这样的危险。他说道:"谁都不能这么设想:有个无名小卒偷偷摸摸地发布了这么一份愚不可及的传单,仅此而已,就会带来什么即刻的危险,就好像他的意见会妨碍政府各部门马到成功,或是有任何这样的明显倾向一样。"[①]他拒绝维持原判。

尽管汉德多次恳请,霍姆斯还是没有放弃他的语境标准。他只是简单解释了事实,将对艾布拉姆斯及其他人的指控远远置于法律范围之外。汉德的理论比霍姆斯的更能保护言论自由,但霍姆斯的标准对语言更敏感。从国民的自由主义观点来看,语境阐释似乎会让陪审团将自己的成见解读为证据。但霍姆斯认为,陪审团无论如何都会这么做——不管怎样,主流意见最终一定会占上风。唯一合理的态度是假定,如果陪审团理解了这个标准,就能正确运用。这并不是说霍姆斯对普通人的判断很有信心,他只是认为,这就是系统运转的方式。

霍姆斯总是坚持认为,他在艾布拉姆斯一案中的异议,与他在申克案中的法庭意见完全一致。也确实如此。但艾布拉姆斯案还是与众不同,

---

① Abrams v. United States, 250 U. S. 616, 627 - 8 (1919).

因为霍姆斯通过此案认识到，为了证明他对事实的解读合情合理，他需要有个理论。在支持言论自由这一个人权利时，他需要解释，保证这样一项权利为什么符合多数人的利益。在异议的最后一段中，他提出了自己的理论：

> 对发表意见的人加以迫害，在我看来完全合乎逻辑。如果你对自己的假定和能力没有任何疑问，也全心全意想要得到一个确定的结果，那么你自然会合法表达你的期望，扫除一切反对意见。……但是当人们认识到，时间已经打败了很多对抗的信仰时，比起相信自身行为的切实基础，他们可能会变得更相信，最终的良好愿望最好通过思想的自由交流来达到——检验真理的最佳方法，就是将思想放在自由竞争的市场上，看哪种思想会被接受；而真理是他们的愿望能安全实现的唯一基础。无论如何，这就是我们宪法的理论。这是一种试验，就像所有生命都是试验一样。我们年复一年，甚至是日复一日，被迫将灵魂得救的希望押在一些以不完整的知识为基础的预言上。虽然这个实验也是我们系统的一部分，我觉得我们也应该永远保持警惕，不要试图阻止那些我们厌恶的、我们相信充满死亡的意见表达出来……只有在紧急情况下，如果把纠正邪恶提法的工作留给时间会立即带来危险的情况下，才能为"国会不应制定……任何会限制言论自由的法律"这条横扫一切的命令破例。……很遗憾，我无法用能更令人印象深刻的语言来表达我的信念，但根据这项起诉给他们这样定罪，实际上就是剥夺了美国宪法赋予这些被告人的权利。[①]

直到1925年，美国最高法院才承认言论自由是受第十四修正案正当

① Abrams v. United States, 630 - 31.

程序条款保护的自由之一。也一直要到1927年，才有路易斯·布兰代斯撰写的一份法律意见书采纳了霍姆斯保护政治言论不受国家制裁的观点[①]。第二次世界大战之后，汉德和霍姆斯于1917年和1919年提出的立场成了司法的试金石，也成了第一修正案中的自由大力推广的基础。

宪法中关于言论自由的内容，是内战后数十年间在剑桥和其他地方出现的思维方式带来的最重要的好处。在这种思维方式中，思想的价值不再取决于与既存现实或形而上学真理的对应，而仅仅在于能给群体生活带来什么影响。霍姆斯"思想市场"的比喻受到所有市场理论通病的影响：总是会有外部因素在起作用，让市场无法真正充分竞争。有的思想就是无法公之于众。但这也是概率论思想的比喻：你照着箭靶射出的箭越多，你对靶心的感觉就会越好；个体变异越多，群体存活的机会就越大。根据霍姆斯的逻辑，允许思想自由表达不是因为某些个体说不定会有正确的思想。没有哪个个体自己就能有正确的思想。我们允许思想自由表达，是因为我们要有整个群体的资源才能得到我们需要的思想。思考是社会行为。我容忍你的思想，是因为一定程度上这也是我的思想——即使我的思想将自己定义为你的对立面。

5

学术自由和言论自由是典型的现代原则。现代社会的决定性特征是社会总在变——不是向上或向下，而是向前，而且是朝着始终还在成型中的未来——因此合法性的问题会一直出现。在前现代社会中，合法性有赖于世袭的权威和传统；而到了现代社会，也就是路易·阿加西、老奥利弗·温德尔·霍姆斯和本杰明·皮尔士生活过也书写过的社会中，合法

① Gitlow v. New York，268 U. S. 652（1925）；Whitney v. California，274 U. S. 357（1927）.

性趋向于从领导人和习俗转向自然。阿加西、老霍姆斯和本杰明·皮尔士全都认为,社会布局如果符合自然世界的设计,那就是合理的——阿道夫·凯特勒、亨利·托马斯·巴克尔、托马斯·赫胥黎以及威廉·格雷厄姆·萨姆纳也都如是说。但是,在一个致力于改变过去,将自然本身也看成一个不断改变的过程的社会中,如果有人宣称事物的某个特定状态是合法的,我们要如何才能相信呢?

解决方案是将合法性的标志从前提改为程序。我们说某个结果是正确的,并不是因为这个结果来自万世不易的原则,而是因为这是遵循正确程序得到的结果。科学之所以成为现代科学,并不是因为我们认为科学是对来自独立来源——神启——的真理从经验上加以确认,而只是因为我们认为科学是在对科学研究方法的追寻中得到的任何结果。如果方法是科学的,那么结果就必定是科学的。现代法律观念也是如此:如果遵循法律程序,那么结果就是公正的。公正并非先于手头的案件而存在;公正是程序会带来的任何结果。就连现代社会中的艺术也采用了相同标准:现代定义的艺术变成了艺术媒介审美潜能的实现。我们谈论的诗歌是在探索语言的源泉,绘画是在操控画布与颜料、图像与背景。汉德和霍姆斯关于民主的论证——简·亚当斯和约翰·杜威也有同样的论辩——逻辑是一样的。他们的逻辑是,只有人人都被允许参与的决策,才可以称之为民主决策。

不过在霍姆斯的思想中,自由市场不是唯一的比喻。在他的措辞中,内战的形象无处不在——"扫除一切反对意见""对抗的信仰""充满死亡"。跟汉德一样,霍姆斯相信应当保护政治意见,因为这是民主政府维持合法性的唯一途径。和杜威一样,他相信言论自由不是个人利益,而是社会利益——允许人人都自由表达自我能让我们得到好处,是因为我们需要所有人的思想。霍姆斯的观点中与众不同的地方在于,他坚持认为思想也是危险的。他用风险来为言论自由辩护。霍姆斯绝不会自称为实用主义者；他把这个词与一种想要在伪科学的掩护下把宗教夹带进现代思想的欲望联系在一起。但是他相信生命是一场试验，既然我们永远无法确定，我们就必须容忍不同意见，这些思想与詹姆斯、皮尔士和杜威写下的一切都是一致的。霍姆斯所没有的，是这些思想家身上的乐观主义。他不相信实验精神必将引领我们最终走上正确的道路。民主是一场试验，而试验的特点就是，有时难免会有失败。这样的失败，他曾亲眼见证。

后　记

1907 年，威廉·詹姆斯的一个学生在剑桥一间出租公寓里发现了因营养不良而病得奄奄一息的查尔斯·皮尔士。詹姆斯意识到皮尔士想要东山再起是没指望了，于是筹措了一个基金来帮助他。这个基金每年能有 1 000 美元左右的进项，皮尔士为表感激，给自己加了个中间名圣地亚哥，也就是圣詹姆斯。三年后詹姆斯因心脏病去世，他已经受此折磨十余年。弟弟亨利专门从英国过来陪他。临死前，威廉叫亨利在他死后在剑桥继续待六个星期：他到时候会试着隔着坟墓跟他交流。就算威廉在死后确实发出了什么消息，他的弟弟也什么都没收到。

詹姆斯死后，皮尔士继续笔耕不辍，但他每天都得服用吗啡，对抗癌症带来的痛苦。他也知道自己已经跟其他思想家的著作隔绝太久了——他买不起他们的书——没办法再做出什么贡献。1911 年，他给自己剩下为数不多的通信者之一写道："我差点就能教会人们一些对他们有益的东西。但因为遭遇了一些不幸，我跟不上时代了。"① 就是到了行将就木的时候，他都还在让朱丽叶给他拿来纸笔好写点什么：他说这是他知道的唯一能缓解疼痛的方式。1914 年，皮尔士去世了。就在临死前，他告诉朱丽叶自己的大作已经完工，这部著作会给科学带来革命性剧变，他们也能有钱出门旅行了。他去世后，他的妹妹海伦简单写了一段悼词。她说："这些年我们见面很少，不过每次见面他都喜欢回忆，我们回忆起 60 年代

奥利弗·温德尔·霍姆斯，1934 年 12 月（去世前三个月）于华盛顿特区（克拉拉·西普雷尔摄，哈佛法学院图书馆艺术与视觉材料特藏部提供）。

他和朋友们的唱和，那是他愿意和我一起沉湎其中的时光。”②

朱丽叶还是住在阿里斯贝，避世隐居。1932 年，皮尔士以前在霍普金斯的学生约瑟夫·贾斯特罗去看望她，发现房子已经破败不堪；房子外面的水泵是唯一的水源。不过，朱丽叶很高兴见到贾斯特罗。他后来写道："她对皮尔士先生在波士顿做洛厄尔讲座时的种种细节如数家珍，这些讲座肯定是他们刚结婚不久的事情。她最想见到的是威廉和艾丽斯·詹姆斯夫妇。在聚在一起聆听她丈夫演讲的群英中，有一个座位是留给她的。她发现自己的邻座是詹姆斯太太，觉得很开心。"③朱丽叶寡居二十年，于 1934 年去世。

温德尔·霍姆斯参加了詹姆斯的葬礼，但他私下里强调自己并不同意詹姆斯的观点。他认为，詹姆斯把科学上的不确定性当成了相信存在一个未曾见过的世界的理由。霍姆斯在写给弗雷德里克·波洛克的一封信中抱怨道："他的愿望让他调暗了灯光，好让奇迹有机会出现。"④但他并没有忘记，他们的友谊意味着什么。1912 年，詹姆斯的儿子亨利准备编辑父亲的书信集，于是写信问霍姆斯他那里都有些什么。詹姆斯写来的信霍姆斯都存着，他又从头到尾读了一遍。在送给亨利时他随信写道，这些信件"唤醒了一生的苦痛——让两个相爱的人生出罅隙"⑤。

霍姆斯经常说，他晚年的时光是最幸福的。1920 年代，公众对进步

---

① Charles S. Peirce to Victoria Welby, May 25, 1911, in *Charles Peirce's Letters to Lady Welby*, ed. Irwin C. Loeb (New Haven: Whitlock, 1953), 46.

② Helen Peirce Ellis, memorial, MS 1644, *Charles S. Peirce Papers*, Houghton Library, Harvard University.

③ Joseph Jastrow, "Obituary: The Widow of Charles S. Peirce", *Science*, 80 (1934): 441.

④ Oliver Wendell Holmes to Frederick Pollock, September 1, 1910, *Holmes-Pollock Letters: The Correspondence of Mr. Justice Holmes and Sir Frederick Pollock 1874 - 1932*, ed. Mark DeWolfe Howe (Cambridge, Mass.: Harvard University Press, 1941), vol. 1, 167.

⑤ Oliver Wendell Holmes to Henry James, February 29, 1912, *James Family Papers*, Houghton Library, Harvard University, bMS Am 1092.

时代[1]政治敌对状态的记忆开始淡去，他成了美国自由主义大受欢迎的代表人物。他没有费心去澄清公众对他的看法，因为他太喜欢公众的关注了。1925年，约翰·杜威出版了他最包罗万象的哲学著作《经验与自然》。在这部著作中，杜威所说的"经验"正是霍姆斯四十年前在《普通法》著名的开场白中的意思——都是"文化"的代名词。（杜威后来说，他希望自己这本书能叫《文化与自然》。）在最后一章，他称赞霍姆斯为"美国最伟大的哲学家之一"[2]，接着还大段引用了霍姆斯的《自然法》一文。这本书霍姆斯读了很多遍，越读越开心。他觉得，杜威作为哲学家，他关于存在的观念似乎跟自己的观念十分契合。他告诉波洛克："尽管杜威的书文笔很糟糕，但对我来说……跟宇宙之间有了一种让我觉得无与伦比的亲密感。所以在我看来，如果上帝不善言辞但又特别急切地想要告诉你这是什么情况，他大概就会说这么一番话。"[3]

霍姆斯在最高法院待了三十年。1932年他终于听从劝告退了下来，1935年在首都华盛顿与世长辞，刚好在他九十四岁生日的前两天。他去世后，人们在他衣橱里发现了两身内战时期的军服，上面还别了张小纸条："这是我在内战时穿的军服，衣服上的污迹是我的血。"[4]

杜威写《经验与自然》时已经六十六岁，但完全没有就此封笔的意思。1930年，他从哥伦比亚大学退休，但仍然继续写作和演讲。1937年，七十八岁的杜威前往墨西哥，领导一个委员会调查约瑟夫·斯大林在莫斯科

① 进步时代在美国历史上是指1890年至1920年期间，美国的社会行动主义和政治改良纷纷涌现的一个时代。——译者

② John Dewey, Experience and Nature (1925), *The Later Works, 1925 – 53*, ed. Jo Ann Boydston (Carbondale: Southern Illinois University Press, 1981 – 90), vol. 3, 312.

③ Oliver Wendell Holmes to Frederick Pollock, May 15, 1931, *Holmes-Pollock Letters*, vol. 2, 287.

④ John Flannery to Mark D. Howe, May 13, 1942, *Oliver Wendell Holmes Papers*, Harvard Law School; G. Edward White, *Justice Oliver Wendell Holmes: Law and the Inner Self* (New York: Oxford University Press, 1993), 488.

审判中对流亡墨西哥的第四国际领导人列夫·托洛茨基的指控是否属实。杜威很佩服托洛茨基的勇气,也对他的思维缜密赞赏有加;但他还是告诉一位随行的美国同伴说,他觉得托洛茨基"很悲剧。这么才华横溢的本土智慧被禁锢在绝对准则中"①。爱丽丝·杜威去世于1927年。到1946年,八十七岁的杜威又跟四十二岁的罗伯塔·洛维茨·格兰特结了婚。他们收养了两个比利时的战争孤儿,杜威工作时也很喜欢有他们承欢膝下。1951年末,他在和孩子们一起玩的时候摔倒了,摔坏了髋骨,再也没有完全恢复。第二年春天,他得了肺炎,之后于1952年6月1日去世。

五个月后,美国在太平洋上的伊鲁吉拉伯岛引爆了一枚氢弹。对很多美国人来说,世界变得非常不一样了(当然对很多美国之外的人来说也同样如此)。接下来的四十年,霍姆斯、詹姆斯、杜威,这些曾经在美国知识分子生活中叱咤风云达半个世纪的人物,似乎已经完全黯然失色。从内战经历中应运而生的思想运动,似乎随着冷战到来也走向了尾声。为什么会这样呢?

要完整回答这个问题很难,因为冷战几乎改变了美国知识分子生活的方方面面。人们对霍姆斯、詹姆斯和杜威的兴趣渐渐淡去,只是价值观和优先顺序发生更大变革的缩影。对他们地位变化的简单解释也是对这类变化的常见解释,即人们开始认为霍姆斯、詹姆斯和杜威跟他们弟子的成就密切相关,而这些门徒的地位远远没有他们的师承那么让人望而生畏,他们的主张在很多人看来也颇有争议。霍姆斯在《普通法》和《法律之路》中强调过的对法律形式主义的批评,到20世纪二三十年代被叫做法律现实主义的法学流派所继承,其中的代表人物坚持认为法律原则中存在政治偏见(同时完全抛弃了霍姆斯反对司法激进主义的立场),这完全

① James T. Farrell, "Dewey in Mexico", in *John Dewey: Philosopher of Science and Freedom*, ed. Sidney Hook (New York: Dial, 1950), 374.

不是霍姆斯的观点。杜威的遭遇也与此类似，在进步教育运动中以儿童为中心的概念极大扩展，杜威在自己的教育学著作中强调过的儿童自身兴趣的重要性成了这一概念的基础；但进步教育运动也因为缺乏纪律且不够严谨而饱受诟病，尤其是在冷战时期。美国的大学中也有人试图让詹姆斯和皮尔士的实用主义成为哲学教授的研究项目，但因为研究传统哲学明显更适合当前的学术模式，那些努力也只能付诸东流。而詹姆斯思想中有疗愈效果的那一面——在他与优柔寡断和郁郁寡欢的斗争中诞生的，相信哲学可以成为动力的坚定信念——在从把情感克制视为美德的文化中移植到把情感宣泄视为灵丹妙药的文化中时，同样未能幸存。

霍姆斯、詹姆斯、皮尔士和杜威都是现代主义者。他们的成就最终会进入历史的故纸堆，这对他们来说差不多也算是意料之中。皮尔士跟其他人有所不同，他并不相信思想完全是临时性的，但就连他都认为，一代人的观念注定会被下一代人的观念所取代。霍姆斯也老喜欢说，二十年以上的书，就再也没有读的必要了（尽管他自己的阅读习惯完全不是这样）。思维方式确实会渐渐式微，思想也会失去说服力。霍姆斯、詹姆斯和杜威，他们自己就曾帮助一种思维方式式微下去——他们的父辈和师门，霍姆斯博士、本杰明·皮尔士、老亨利·詹姆斯、詹姆斯·马什、路易·阿加西、乔治·西尔维斯特·莫里斯所代表的思维方式。在这过程中他们还帮助终结了认为宇宙是一种观念的观念，也终结了在这个充满偶然的世界中尽我们所能经营好一亩三分地，而在这些凡尘俗世之外还有某种我们看不见的秩序，触犯其逻辑就得风险自担的观念。

然而在冷战期间，人们对霍姆斯、詹姆斯和杜威的看法，也并非只是思维方式已经进入故纸堆的思想家。人们也认为他们的思维方式天真幼稚，甚至还有几分危险。究其原因还是在于，内战之后的智识环境和冷战期间的智识环境有所不同。霍姆斯、詹姆斯、皮尔士和杜威的思想，底层的价值观是宽容。美国一定意义上是欧洲人以宗教宽容的名义移民创立的。(更准确地说,是以反对宗教不宽容的名义。)从某种意义上说,实用主义思维方式各式各样的衍生品——教育哲学、文化多元主义观念、言论自由应予扩大的主张——就是把这种个人主义的、新教徒的伦理转而用社会的、世俗的语言来表述。但是现代的宽容观念与其说类似于新教对自由的信仰,即人人都可以听凭自己的良心来敬神,不如说类似于工程学中耐受力的观念——比如说一段钢材的耐受力。实用主义者希望社会有机体能允许更大的(尽管绝对不是无限制的)差异存在,但并不只是为了差异本身,甚至也不是因为他们认为爱和公平的原则需要这样的差异。他们想要给错误创造更多社会空间,因为他们认为,这样更有机会出现有益的结果。他们不只是想要对话继续下去,他们想达到更好的目标。

这种姿态听起来跟冷战期间美国的自我概念似乎没什么不一致,从20世纪最初二十年开始的许多社会改革,到20世纪五六十年代也有了狂飙猛进的速度。霍姆斯、詹姆斯和杜威——也有必要记住,还有很多跟他们的哲学观念并不一致的人一起——让宽容成为现代美国公认的高尚品行。但这种美德的智识基础在1945年之后发生了变化。霍姆斯、詹姆斯、皮尔士和杜威都多次谈到,信仰只是对未来下注。尽管我们也许会毫无保留地相信某些真理,但总是有可能,另外一些真理也是真的。最终我们不得不根据我们的信仰来行动;我们不能等到宇宙其余部分来确认。但我们的行为是否正当,取决于我们是否对世界上其他存在方式、其他考虑问题的方式展现了耐受力。另一种选择就是武力。实用主义意在让人们避免仅仅因为受到信仰的驱使就随随便便诉诸武力。

这听起来无懈可击,在很多方面也确实如此。但重要的是也要看到,这种思想是一种妥协。霍姆斯、詹姆斯、皮尔士和杜威想把理念、原则和信仰带到人类的层面,因为他们不想看到藏在抽象层面的暴力。这是内战带给他们的教训之一。他们的哲学设计出来,要支持的政治制度是民主。而在他们的理解中，民主不只是要让正确的人有发言权，也要让想错了的人也有发言权。民主要给少数派和有异议的人留出空间，到最后多数人的利益仍然会占上风。民主意味着游戏中人人平等，但也意味着谁都不能选择退出。现代美国思想，与霍姆斯、詹姆斯、皮尔士和杜威紧密关联的思想，代表了统一主义在思想领域取得了胜利。

冷战是一场关于原则的战争。在世界上很多地方——朝鲜、越南、尼加拉瓜——当然也是一场真刀真枪的战争，但是在美国，这场战争主要是用形象和思想来打的。因此，将妥协置于对抗之上的思维方式不会有什么吸引力。就连那些反对冷战的人也把他们的反对立场置于原则之上。自由社会的价值观（这也是冷战之所以发动的原因）是偶然的、相对的、易出错的结构，对有些目的来说很好，对另一些目的来说就没那么好；这样的观念并不符合这个时代的道德需求。冷战期间为捍卫美国公民自由而发起的大规模民权运动来源于一个宗教团体黑人南方浸信会，这个团体相信每个人都因为生而为人就享有不可剥夺的自由权利——正是詹姆斯和杜威觉得要质疑的那种个人主义。马丁·路德·金并不是实用主义者，也不是相对主义者或多元主义者，如果他领导的这场运动是受到了杜威和霍姆斯而非莱恩霍尔德·尼布尔和圣雄甘地的启发，那么这场运动是否能达到现在的成就还是个问题。冷战期间的美国人并不反对宽容和自由的价值观，而是恰恰相反——但是他们把这些价值观移植到了明显并非实用主义的土壤中。

冷战一结束，霍姆斯、詹姆斯、皮尔士和杜威的思想马上又重新冒了出来，就跟之前的消失一样突然。在美国和其他国家，人们开始认真研究这些作家，激烈讨论他们的思想，而此前四十年他们都无人问津。这是因为冷战之后的世界有太多相互竞争的信仰体系，而不是像冷战期间只有两种；对任何特定信仰的决定性保持怀疑态度，对有些人来说已经再次成为重要的价值观。这种怀疑主义所造就的政治理论认为，民主是验证所有其他价值观的价值观,这样的理论也重新受到重视。从这个角度来看,民主参与并不是达到目的的手段;民主参与本身就是目的。试验目标是让试验继续进行。霍姆斯对艾布拉姆斯一案的异议,詹姆斯所坚持的"信仰的权利",皮尔士所坚持的要让追本溯源的道路始终敞开,以及简·亚当斯和约翰·杜威所认为的要将对抗理解为朝共同目标前进时的暂时阶段,都蕴含了这一点。这种 19 世纪的思维方式到了 21 世纪是否真的还能发挥作用,并没有人知道。

1872 年,神秘的形而上学俱乐部成员聚集在剑桥,讨论他们的战后世界中思想的地位;从那时到现在,已经过去了很多年。的确,这些人以及他们的思维方式,对今天的我们来说还能以相当离奇的方式让人觉得似曾相识。但试着想想他们和他们的世界究竟有多奇特,奇特到简直不可思议,也是很值得的。在他们的思想中,关联和奇特总是形影相随。

致 谢

刚开始的时候，我对这座我要爬的山到底有多大一无所知。我也完全不知道，这一路上会被那么多了不起的人物深深吸引——彭罗斯·哈洛韦尔，一心想从他那心不甘情不愿的朋友温德尔·霍姆斯身上榨取出最后一丝理想主义的力量；赫蒂·格林，描着残疾姨妈的签名，梦想着数百万家产；头脑清醒的亨利·托里，在佛蒙特的树林里散着步，和年轻的约翰·杜威讨论着康德；雄心勃勃的斯坦利·霍尔；敏感然而并不多愁善感的阿兰·洛克；令人生厌的麦基恩·卡特尔。还有麦克斯韦和拉普拉斯的那两个神奇的小妖精。整个旅程中简直迷死人不偿命的精彩之处俯拾即是，但是(对于写书，我绝对想不到我会这么说)很遗憾，本书到此结束。

如果没有国家人文基金会和约翰·西蒙·古根海姆基金会的慷慨资助，我恐怕都没法开始这项工作。古根海姆基金会不只是给了我一年的经费，多年来他们一直支持我，不断表露出兴趣，给我鼓励。我要感谢我在基金会的朋友彼得·卡登、汤姆·坦赛尔和乔尔·康纳罗。我的工作也得到了纽约城市大学专业教员联合会(PSC CUNY)的资助。

在我开始这项工作的时候，纽约大学的纽约人文研究所给了我一个地方办公，有如雪中送炭。对那些年所受到的款待和陪伴，我必须感谢研究所主管理查德·特纳和精力充沛的副主管乔斯琳·卡尔森。也要感谢纽约城市大学研究生中心的所有同事,他们对我的支持始终如一,尤其是约翰·布伦克曼、约翰·帕特里克·迪金斯和琼·理查森,我曾和他们一起教授本书的部分材料。最后还有凯瑟琳·沙因,她好心借给我一个完美的去处,让我可以完成本书的最后几页。

本书的部分内容也曾作为讲座在约翰·杰伊刑事司法学院的暴力与人类生存中心、罗格斯大学、林肯的内布拉斯加大学、布朗大学、波莫纳学院以及加州大学河滨分校的思想与社会中心讲过。感谢这些活动的赞助人,讲座中听众的响应也令我获益匪浅。

有几位朋友在本书写作过程中阅读了部分章节,还有几位读者的专业水平也远远在我之上,他们的反馈极有见地,也非常有价值。他们所做的也远远超出了仁至义尽的程度。感谢保罗·伯曼、威廉·凯利、大卫·莱泽、南希·米勒、理查德·罗蒂和肯尼思·萨克斯。我也迫不及待地向爱德华·亚伯拉罕斯、布鲁斯·库克里克和贝弗利·帕尔默征求了建议,他们慷慨提供了诸多信息,让我获益良多。乔纳森·加拉西和琼·理查森对整部手稿提出了很多很有用的建议。凯瑟琳·梅南在项目启动和收尾时都做了一项吃力不讨好的壮举:在波士顿帮我爬梳文献——不过她是我娘亲。埃米莉·亚伯拉罕斯多次和我深入讨论,对整部手稿的评论也非常睿智;对我能写出来的这本书,她从中获得的乐趣是我最看重的——不过她是我内人。

亨利·芬德很显然彻夜通读了整部手稿,提出的建议缜密细致,博大精深。他的大部分建议我都采纳了,剩下那些我也很希望自己有能力采纳吸收。多年以来,在很多时候我都要仰赖我的朋友安·赫尔伯特作为编辑的惊人智慧。她是本书第一部分(关于霍姆斯的那些章节)的第一位读者,如果没有她的反馈,本书其余部分都会仍然是无人能攀的高峰。最后她对手稿提出了诸多建议,对我已经完成的工作提出整体构架,这是最大的帮助。

通过写作本书，我对美国有了更广泛更深入的了解，而我要感谢的所有人对我最大的恩惠就是让我知道，不要说我知道的就是真实的：对于书中的那些人和事，我努力想要写得鲜活有趣，但我所做的还远远谈不上十全十美。

路易斯·梅南

约翰·杜威，1940年代于加拿大新斯科舍省滨海渔村哈伯兹。（罗伯特·诺伍德摄，约翰·杜威照片系列[N3－1109]，南伊利诺伊大学卡本代尔分校，莫里斯图书馆特藏。）

参考资料

Abbott, Henry L. *Fallen Leaves: The Civil War Letters of Major Henry Livermore Abbott*. Ed. Robert Garth Scott. Kent, Ohio: Kent State University Press, 1991.

Abrahams, Edward. *The Lyrical Left: Randolph Bourne, Alfred Stieglitz, and the Origins of Cultural Radicalism in America*. Charlottesville: University Press of Virginia, 1986.

Adams, Henry. *Novels, Mont Saint Michel, The Education*. New York: Library of America, 1983.

Addams, Jane. "A Modern Lear." *Survey*, 29 (November 2, 1912): 131–7.

———. *Democracy and Social Ethics*. New York: Macmillan, 1913.

———. "The Settlement as a Factor in the Labor Movement." In Residents of Hull-House, *Hull-House Maps and Papers: A Presentation of Nationalities and Wages in a Congested District of Chicago*. New York: Thomas Y. Crowell, 1895.

———. *Twenty Years at Hull-House, with Autobiographical Notes*. New York: Macmillan, 1910.

Agassiz, Louis. *Contributions to the Natural History of the United States of America*. 4 vols. Boston: Little, Brown, 1857–62.

———. "The Diversity of Origin of the Human Races." *Christian Examiner*, 49 (1850): 110–45.

———. "Evolution and Permanence of Type." *Atlantic Monthly*, 33 (1874): 92–101.

———. "Prof. Agassiz on the Origin of Species." *American Journal of Science and Arts*, 2nd series 30 (1860): 142–54.

———. "Sketch of the Natural Provinces of the Animal World and Their Relation to the Different Types of Man." In Josiah C. Nott and George R. Gliddon, eds., *Types of Mankind; or, Ethnological Researches*. Philadelphia: Lippincott, Grambo, 1857.

———. *Twelve Lectures on Comparative Embryology*. New York: Dewitt and Davenport, 1849.

Agassiz, Louis, and Elizabeth Agassiz. *A Journey in Brazil.* Boston: Ticknor and Fields, 1868.

Ahlstrom, Sydney E. *A Religious History of the American People.* New Haven: Yale University Press, 1972.

Allen, Gay Wilson. *William James: A Biography.* New York: Viking, 1967.

Anderson, James William, " 'The Worst Kind of Melancholy': William James in 1869." *Harvard Library Bulletin,* 30 (1982): 369–86.

Angell, James Rowland, and Addison W. Moore. "Reaction-Time: A Study in Attention and Habit." *Psychological Review,* 3 (1896): 245–58.

Archibald, R. C. "Biographical Sketch." *American Mathematical Monthly,* 32 (1925): 8–19.

Baker, Liva. *The Justice from Beacon Hill: The Life and Times of Oliver Wendell Holmes.* New York: HarperCollins, 1991.

Baltzell, E. Digby. *Puritan Boston and Quaker Philadelphia: Two Protestant Ethics and the Spirit of Class Authority and Leadership.* New York: Free Press, 1979.

Bannister, Robert C. *Social Darwinism: Science and Myth in Anglo-American Social Thought.* Philadelphia: Temple University Press, 1979.

Bartlett, Irving H. *Wendell Phillips, Brahmin Radical.* Boston: Beacon Press, 1961.

Baxter, Maurice G. *Daniel Webster and the Supreme Court.* Amherst: University of Massachusetts Press, 1966.

Bedell, Leila G. "A Chicago Toynbee Hall." *Woman's Journal,* 20 (May 25, 1889): 162.

Benedict, G. G. *Vermont in the Civil War: A History of the Part Taken by the Vermont Soldiers and Sailors in the War for the Union, 1861–5.* 2 vols. Burlington, Vt.: Free Press Association, 1886–88.

Benedict, G. W. *An Exposition of the System of Instruction and Discipline Pursued in the University of Vermont.* 2nd ed. Burlington, Vt.: Chauncey Goodrich, 1831.

"Benjamin Peirce." *Proceedings of the American Academy of Arts and Sciences,* 16 (1880–81): 446–7.

Bentley, Arthur F. *The Process of Government: A Study of Social Pressures.* Chicago: University of Chicago Press, 1908.

Berenson, Bernard. *Sunset and Twilight: From the Diaries of 1947–1958.* Ed. Nicky Mariano. London: Hamish Hamilton, 1964.

Beveridge, Albert J. *The Life of John Marshall.* 4 vols. Boston: Houghton Mifflin, 1916–19.

Biddle, Francis. *Mr. Justice Holmes.* New York: Scribner, 1942.

Birney, James G. *A Letter on the Political Obligations of Abolitionists, with a Reply by William Lloyd Garrison.* Boston: Dow and Jackson, 1839.

Blake, William. *Complete Writings of William Blake*. New ed. Ed. Geoffrey Keynes. London: Oxford University Press, 1966.

Bledstein, Burton J. *The Culture of Professionalism: The Middle Class and the Development of Higher Education in America*. New York: Norton, 1976.

Boas, Franz. "Changes in the Bodily Form of Descendants of Immigrants." *American Anrthopologist*, n.s. 14 (1912): 530–62.

———. "Human Faculty as Determined by Race." *Proceedings of the American Association for the Advancement of Science*, 43 (1894): 301–27.

———. "Instability of Human Types." In Gustav Spiller, ed., *Papers on Inter-racial Problems, Communicated to the First Universal Races Congress Held at the University of London, July 26–29, 1911*. Boston: Ginn, 1912.

———. "Museums of Ethnology and Their Classification." *Science*, 9 (1887): 589.

Bourne, Randolph. "The Jew and Trans-National America." *Menorah Journal*, 2 (1916): 277–84.

———. "John Dewey's Philosophy." *New Republic*, 2 (1915): 154–6.

———. *The Letters of Randolph Bourne: A Comprehensive Edition*. Ed. Eric J. Sandeen. Troy, N.Y.: Whitston, 1981.

———. "Trans-National America." *Atlantic Monthly*, 108 (1916): 86–97.

———. "Twilight of Idols." *Seven Arts*, 2 (1917): 688–702.

Boutroux, Émile. *De la contingence des lois de la nature*. 2nd ed. Paris: Ancienne Librairie German Baillière, 1895.

Bowler, Peter J. *The Eclipse of Darwinism: Anti-Darwinian Evolutionary Theories in the Decades around 1900*. Baltimore: Johns Hopkins University Press, 1983.

Brent, Joseph. *Charles Sanders Peirce: A Life*. Bloomington: Indiana University Press, 1993.

Brown, Victoria. "Advocate for Democracy: Jane Addams and the Pullman Strike." In Richard Schneirov, Shelton Stromquist, and Nick Salvatore, eds., *The Pullman Strike and the Crisis of the 1890s: Essays on Labor and Politics*. Urbana: University of Illinois Press, 1999.

Bruce, George A. *The Twentieth Regiment of Massachusetts Volunteer Infantry, 1861–1865*. Boston: Houghton Mifflin, 1906.

Bruce, Robert V. *The Launching of Modern American Science, 1846–1876*. New York: Knopf, 1987.

Buckle, Henry Thomas. *History of Civilization in England*. Vol. 1, London: John W. Parker, 1857. Vol. 2, London: Parker, Son, and Bourn, 1861.

Buder, Stanley. *Pullman: An Experiment in Industrial Order and Community Planning, 1880–1930*. New York: Oxford University Press, 1967.

Butler, Benjamin F. *Autobiography and Personal Reminiscences of Major-General Benjamin F. Butler: Butler's Book*. Boston: Thayer, 1892.

Butler, Jon. *Awash in a Sea of Faith: Christianizing the American People*. Cambridge, Mass.: Harvard University Press, 1990.

Cabot, James Elliot. *A Memoir of Ralph Waldo Emerson*. 2 vols. Boston: Houghton Mifflin, 1888.

Cajori, Florian. *The Teaching and History of Mathematics in the United States*. Washington, D.C.: Government Printing Office, 1890.

Campbell, Lewis, and William Garnett. *The Life of James Clerk Maxwell*. Rev. ed. London: Macmillan, 1884.

Cartwright, Samuel A. "Unity of the Human Race Disproved by the Hebrew Bible." *De Bow's Review*, 29 (1860): 129–36.

Castle, Henry Northrup. *Henry Northrup Castle Letters*. London: privately printed, 1902.

Channing, William Ellery. *Works of William Ellery Channing, D.D.* 6 vols. Boston: J. Munroe, 1841–43.

Chesterton, Gilbert Keith. *Orthodoxy*. New York: John Lane, 1908.

Coleridge, Samuel Taylor. *Aids to Reflection, in the Formation of a Manly Character, on the Several Grounds of Prudence, Morality, and Religion*. Burlington, Vt.: Chauncey Goodrich, 1829.

Commager, Henry Steele. *The American Mind: An Interpretation of American Thought and Character Since the 1880s*. New Haven: Yale University Press, 1950.

Cooley, Charles Horton. *Sociological Theory and Social Research*. New York: Henry Holt, 1930.

Cooper, Lane. *Louis Agassiz as a Teacher: Illustrative Extracts on His Method of Instruction*. Rev. ed. Ithaca, N.Y.: Comstock, 1945.

Cotkin, George. *William James, Public Philosopher*. Baltimore: Johns Hopkins University Press, 1990.

Coughlan, Neil. *Young John Dewey: An Essay in American Intellectual History*. Chicago: University of Chicago Press, 1975.

Creighton, Margaret S. *Rites and Passages: The Experience of American Whaling, 1830–1870*. Cambridge, England: Cambridge University Press, 1995.

Cross, Whitney R. *The Burned-over District: The Social and Intellectual History of Enthusiastic Religion in Western New York, 1800–1850*. Ithaca, N.Y.: Cornell University Press, 1950.

Dana, Richard Henry, Jr. *The Journals*. Ed. Robert F. Lucid. 3 vols. Cambridge, Mass.: Harvard University Press, 1968.

Danziger, Kurt. *Constructing the Subject: Historical Origins of Psychological Research*. Cambridge, England: Cambridge University Press, 1990.

Darwin, Charles. *Charles Darwin's Marginalia*. Ed. Mario A. di Gregorio. New York: Garland, 1990–.

———. *The Correspondence of Charles Darwin*. Ed. Frederick H. Burkhardt and Sydney Smith. Cambridge, England: Cambridge University Press, 1985–.

———. *More Letters of Charles Darwin: A Record of His Work in a Series of Hitherto Unpublished Letters*. Ed. Francis Darwin and A. C. Seward. 2 vols. New York: D. Appleton, 1903.

———. *The Works of Charles Darwin*. Ed. Paul H. Barrett and R. B. Freeman. Cambridge, England: Cambridge University Press, 1988–.

Davis, Allen F. *American Heroine: The Life and Legend of Jane Addams*. New York: Oxford University Press, 1973.

———. *Spearheads for Reform: The Social Settlements and the Progressive Movement, 1890–1914*. New York: Oxford University Press, 1967.

Davis, Lance E., Robert E. Gallman, and Karin Gleiter. *In Pursuit of Leviathan: Technology, Institutions, Productivity, and Profits in American Whaling, 1816–1906*. Chicago: University of Chicago Press, 1997.

Degler, Carl N. *In Search of Human Nature: The Decline and Revival of Darwinism in American Social Thought*. New York: Oxford University Press, 1991.

Dewey, John. *Correspondence of John Dewey, Volume I: 1871–1918*. Ed. Larry A. Hickman. Electronic edition. Center for Dewey Studies, Southern Illinois University at Carbondale, 1999.

———. *The Early Works, 1882–1898*. Ed. Jo Ann Boydston. 5 vols. Carbondale: Southern Illinois University Press, 1967–72.

———. *The Later Works, 1925–1953*. Ed. Jo Ann Boydston. 17 vols. Carbondale: Southern Illinois University Press, 1981–90.

———. *The Middle Works, 1899–1924*. Ed. Jo Ann Boydston. 15 vols. Carbondale: Southern Illinois University Press, 1976–83.

———. *Principles of Instrumental Logic: John Dewey's Lectures in Ethics and Political Ethics, 1895–1896*. Ed. Donald F. Koch. Carbondale: Southern Illinois University Press, 1998.

Diliberto, Gioia. *A Useful Woman: The Early Life of Jane Addams*. New York: Scribner, 1999.

Dubofsky, Melvyn. "The Federal Judiciary, Free Labor, and Equal Rights." In Richard Schneirov, Shelton Stromquist, and Nick Salvatore, eds., *The Pullman Strike and the Crisis of the 1890s: Essays on Labor and Politics*. Urbana: University of Illinois Press, 1999.

Du Bois, W. E. B. *Writings*. New York: Library of America, 1986.

Duffy, John J. Introduction to *Coleridge's American Disciples: The Selected Correspondence of James Marsh*. Amherst: University of Massachusetts Press, 1973.

Dupree, A. Hunter. *Asa Gray, 1810–1888*. Cambridge, Mass.: Harvard University Press, 1959.

Dykhuizen, George. *The Life and Mind of John Dewey*. Ed. Jo Ann Boydston. Carbondale: Southern Illinois University Press, 1973.

Edel, Leon. *Henry James*. 5 vols. Philadelphia: Lippincott, 1953–72.

Eliot, Charles William. "Reminiscences of Peirce." *American Mathematical Monthly*, 32 (1925): 1–4.

Eliot, Thomas Dawes. *Hetty H. Robinson, in equity, vs. Thomas Mandell, et al., U.S. District Court, Massachusetts District: Arguments, in 3 Parts*. Reported by J. M. W. Yerrinton. Boston: Alfred Mudge, 1867.

Elkins, Stanley M. *Slavery: A Problem in American Institutional and Intellectual Life*. 2nd. ed. Chicago: University of Chicago Press, 1968.

Ellenberger, Henri F. *The Discovery of the Unconscious: The History and Evolution of Dynamic Psychiatry*. New York: Basic Books, 1970.

Elliott, Orrin L. *Stanford University: The First Twenty-Five Years*. London: Stanford University Press, 1937.

Ely, Richard T. "Pullman: A Social Study." *Harper's New Monthly Magazine*, 70 (1884–85): 452–66.

Emerson, Edward Waldo. *The Early Years of the Saturday Club: 1855–1870*. Boston: Houghton Mifflin, 1918.

Emerson, Ellen Tucker. *The Letters of Ellen Tucker Emerson*. Ed. Edith E. W. Gregg. 2 vols. Kent, Ohio: Kent State University Press, 1982.

Emerson, Ralph Waldo. *The Complete Sermons of Ralph Waldo Emerson*. Ed. Albert J. von Frank. 4 vols. Columbia: University of Missouri Press, 1989–92.

———. *Emerson's Antislavery Writings*. Ed. Len Gougeon and Joel Myerson. New Haven: Yale University Press, 1995.

———. *Essays and Lectures*. New York: Library of America, 1983.

———. *The Journals and Miscellaneous Notebooks of Ralph Waldo Emerson*. Ed. William H. Gilman et al. 16 vols. Cambridge, Mass.: Harvard University Press, 1960–82.

———. *The Letters of Ralph Waldo Emerson*. Ed. Ralph L. Rusk and Eleanor M. Tilton. 10 vols. New York: Columbia University Press, 1939–95.

Emery, William M. *The Howland Heirs: Being the Story of a Family and a Fortune and the Inheritance of a Trust Established for Mrs. Hetty H. R. Green*. New Bedford: E. Anthony, 1919.

Farrell, James T. "Dewey in Mexico." In Sidney Hook, ed., *John Dewey: Philosopher of Science and Freedom*. New York: Dial, 1950.

Farrell, John C. *Beloved Lady: A History of Jane Addams' Ideas on Reform and Peace*. Baltimore: Johns Hopkins University Press, 1967.

Faulkner, Harold U. *The Decline of Laissez Faire, 1897–1917*. New York: Rhinehart, 1951.

Feinstein, Howard M. *Becoming William James*. Ithaca, N.Y.: Cornell University Press, 1984.

Feuer, Lewis. "H. A. P. Torrey and John Dewey: Teacher and Pupil." *American Quarterly*, 10 (1958): 34–54.

———. "James Marsh and the Conservative Transcendentalist Philosophy: A Political Interpretation." *New England Quarterly*, 31 (1958): 3–31.

Fisch, Max H. *Peirce, Semeiotic, and Pragmatism: Essays*. Ed. Kenneth Laine Ketner and Christian J. W. Kloesel. Bloomington: Indiana University Press, 1986.

———. "Was There a Metaphysical Club in Cambridge?" In Edward C. Moore and Richard S. Robin, eds., *Studies in the Philosophy of Charles Sanders Peirce, Second Series*. Amherst: University of Massachusetts Press, 1964.

Fox, William F. *Regimental Losses in the American Civil War, 1861–1865*. Albany: Albany Publishing, 1889.

Fredrickson, George M. *The Black Image in the White Mind: The Debate on Afro-American Character and Destiny, 1817–1914*. New York: Harper & Row, 1971.

———. *The Inner Civil War: Northern Intellectuals and the Crisis of the Union*. New York: Harper & Row, 1965.

Garrison, Wendell Phillips, and Francis Jackson Garrison. *William Lloyd Garrison, 1805–1879: The Story of His Life, Told by His Children*. 4 vols. New York: Century, 1885–89.

Garrison, W[illia]m Lloyd. "Address." *Liberator*, 9 (July 19, 1839): 114.

———. "Prospectus of the Liberator," *Liberator*, 8 (December 28, 1838): 207.

———. *Selections from the Writings and Speeches of William Lloyd Garrison*. Boston: R. F. Wallcut, 1852.

"General Report of the Committee on Academic Freedom and Academic Tenure." *Bulletin of the American Association of University Professors*, 1 (1915): 15–43.

Ghiselin, Michael T. *The Triumph of the Darwinian Method*. Chicago: University of Chicago Press, 1984.

Gigerenzer, Gerd, Zeno Swijtink, Theodore Porter, Lorraine Daston, John Beatty, and Lorenz Krüger. *The Empire of Chance: How Probability Changed Science and Everyday Life*. Cambridge, England: Cambridge University Press, 1989.

Gillispie, Charles Coulston. "Intellectual Factors in the Background of Analysis by Probabilities." In A. C. Crombie, ed., *Scientific Change: Historical Studies in the Intellectual, Social, and Technical Conditions for Scientific Discovery and Technical Invention, from Antiquity to the Present*. New York: Basic Books, 1963.

———. *Pierre-Simon Laplace, 1749–1827: A Life in Exact Science*. Princeton: Princeton University Press, 1997.

Gilman, Daniel C. "The Benefits Which Society Derives from Universities." *Johns Hopkins University Circulars*, 4 (1885): 43–54.

Ginger, Ray. *Altgeld's America: The Lincoln Ideal Versus Changing Realities*. New York: Funk & Wagnalls, 1958.

———. *The Bending Cross: A Biography of Eugene Victor Debs*. New Brunswick: Rutgers University Press, 1949.

Gleason, Philip. "American Identity and Americanization." In Stephan Thernstrom, Ann Orlov, and Oscar Handlin, eds., *Harvard Encyclopedia of American Ethnic Groups*. Cambridge, Mass.: Harvard University Press, 1980.

Gossett, Thomas F. *Race: The History of an Idea in America*. Dallas: Southern Methodist University Press, 1963.

Gougeon, Len. *Virtue's Hero: Emerson, Anti-Slavery, and Reform*. Athens: University of Georgia Press, 1990.

Gould, Stephen Jay. *The Mismeasure of Man*. New York: Norton, 1981.

———. "Morton's Ranking of Races by Cranial Capacity." *Science*, 200 (1978): 503–9.

———. *Ontogeny and Phylogeny*. Cambridge, Mass.: Harvard University Press, 1977.

Grant, Madison. *The Passing of the Great Race, or The Racial Basis of European History*. New York: Scribner, 1916.

Grant, Ulysses S. *Memoirs and Selected Letters*. New York: Library of America, 1990.

Gray, Asa. *Darwiniana: Essays and Reviews Pertaining to Darwinism*. New York: D. Appleton, 1876.

———. "Statistics of the Flora of the Northern United States." *American Journal of Science and Arts*, 2nd series 22 (1857): 204–52; 23 (1857): 62–84, 369–403.

Green, Nicholas St. John. *Essays and Notes on the Law of Tort and Crime*. Menasha, Wis.: George Banta, 1933.

Greenslet, Ferris. *The Lowells and Their Seven Worlds*. Boston: Houghton Mifflin, 1946.

Gunther, Gerald. "Learned Hand and the Origins of Modern First Amendment Doctrine: Some Fragments of History." *Stanford Law Review*, 27 (1975): 719–73.

———. *Learned Hand: The Man and the Judge*. New York: Knopf, 1994.

Habegger, Alfred. *The Father: A Life of Henry James, Sr.* New York: Farrar, Straus and Giroux, 1994.

Hacking, Ian. *The Emergence of Probability: A Philosophical Study of Early Ideas about Probability, Induction and Statistical Inference*. Cambridge, England: Cambridge University Press, 1975.

———. "Nineteenth-Century Cracks in the Concept of Determinism." *Journal of the History of Ideas*, 44 (1983): 455–75.

———. *The Taming of Chance*. Cambridge, England: Cambridge University Press, 1990.

Hale, Edward Everett, "My College Days." *Atlantic Monthly*, 71 (1893): 355–63.

Hall, Granville Stanley. *Life and Confessions of a Psychologist*. New York: D. Appleton, 1923.

———. "The Moral and Religious Training of Children." *Princeton Review*, n.s. 9 (1882): 26–48.

———. "The New Psychology." *Andover Review*, 3 (1885): 120–35, 239–48.

Haller, John S., Jr. *Outcasts from Evolution: Scientific Attitudes of Racial Inferiority, 1859–1900*. Urbana: University of Illinois Press, 1971.

Hand, Learned. "Three Letters from Alumni." *Harvard Law School Bulletin*, 1 (January 1949): 7–8.

Haskell, Thomas L. "Justifying the Rights of Academic Freedom in the Era of Power/Knowledge." In Louis Menand, ed., *The Future of Academic Freedom*. Chicago: University of Chicago Press, 1996.

Hatch, Nathan O. *The Democratization of American Christianity*. New Haven: Yale University Press, 1989.

Hawkins, Hugh. *Between Harvard and America: The Educational Leadership of Charles W. Eliot*. New York: Oxford University Press, 1972.

———. *Pioneer: A History of the Johns Hopkins University, 1874–1889*. Ithaca, N.Y.: Cornell University Press, 1960.

Hays, Samuel P. *The Response to Industrialism, 1885–1914*. Chicago: University of Chicago Press, 1957.

Hedge, Frederick Henry. "Coleridge's Literary Character." *Christian Examiner and General Review*, 14 (1833): 109–29.

Hegel, Georg Wilhelm Friedrich. *Gesammelte Werke*. Hamburg: Felix Meiner Verlag, 1968–.

———. *Hegel: The Letters*. Trans. Clark Butler and Christiane Seiler. Bloomington: Indiana University Press, 1984.

———. *The Phenomenology of Mind*. Trans. J. B. Baillie. 2nd ed. London: Macmillan, 1931.

Herschel, John Frederick William. "Quetelet on Probabilities." *Edinburgh Review*, 92 (1850): 1–57.

Herskovits, Melville J. *Franz Boas: The Science of Man in the Making*. New York: Scribner, 1953.

Higginson, Thomas Wentworth. "How I Was Educated." *Forum*, 1 (1886): 172–82.

Higham, John. *Send These to Me: Immigrants in Urban America*. Rev. ed. Baltimore: Johns Hopkins University Press, 1984.

Hillard, George S. *Life, Letters, and Journals of George Ticknor*. 2 vols. Boston: James R. Osgood, 1876.

Hirsch, Susan E. "The Search for Unity among Railroad Workers: The Pullman Strike in Perspective." In Richard Schneirov, Shelton Stromquist, and Nick Salvatore, eds., *The Pullman Strike and the Crisis of the 1890s: Essays on Labor and Politics*. Urbana: University of Illinois Press, 1999.

Hofstadter, Richard. *The Age of Reform: From Bryan to FDR*. New York: Knopf, 1955.

———. *The American Political Tradition and the Men Who Made It*. New York: Knopf, 1951.

———. *Social Darwinism in American Thought*. Rev. ed. Boston: Beacon Press, 1955.

Hofstadter, Richard, and Walter P. Metzger. *The Development of Academic Freedom in the United States*. New York: Columbia University Press, 1955.

Hollander, John. *American Poetry: The Nineteenth Century*. 2 vols. New York: Library of America, 1993.

Holmes, Oliver Wendell, Jr. *The Collected Works of Justice Holmes: Complete Public Writings and Selected Judicial Opinions of Oliver Wendell Holmes*. Ed. Sheldon M. Novick. 5 vols. Chicago: University of Chicago Press, 1995–.

———. *Holmes and Frankfurter: Their Correspondence, 1912–1934*. Ed. Robert M. Mennel and Christine L. Compston. Hanover: University Press of New England, 1996.

———. "The Holmes-Cohen Correspondence," ed. Felix Cohen. *Journal of the History of Ideas*, 9 (1948): 3–52.

———. *The Holmes-Einstein Letters: Correspondence of Mr. Justice Holmes and Lewis Einstein 1903–1935*. Ed. James Bishop Peabody. New York: St. Martin's, 1964.

———. *Holmes-Laski Letters: The Correspondence of Mr. Justice Holmes and Harold J. Laski, 1916–1935*. Ed. Mark DeWolfe Howe. 2 vols. Cambridge, Mass.: Harvard University Press, 1953.

———. *Holmes-Pollock Letters: The Correspondence of Mr. Justice Holmes and Sir Frederick Pollock, 1874–1932*. Ed. Mark DeWolfe Howe. 2 vols. Cambridge, Mass.: Harvard University Press, 1941.

———. *Holmes-Sheehan Correspondence: Letters of Justice Oliver Wendell Holmes, Jr., and Canon Patrick Augustine Sheehan*. Ed. David H. Burton. Rev. ed. New York: Fordham University Press, 1993.

———. *Touched with Fire: Civil War Letters and Diary of Oliver Wendell Holmes, Jr., 1861–1864*. Ed. Mark DeWolfe Howe. Cambridge, Mass.: Harvard University Press, 1946.

Holmes, Oliver Wendell, Sr. "The Autocrat of the Breakfast Table, No II." *New-England Magazine*, 2 (1832): 134–8.

———. *The Autocrat's Miscellanies*. Ed. Albert Mordell. New York: Twayne, 1959.

———. "My Hunt after 'The Captain.'" *Atlantic Monthly*, 10 (1862): 738–64.

———. *Ralph Waldo Emerson*. Boston: Houghton Mifflin, 1884.

———. *The Works of Oliver Wendell Holmes*. 13 vols. Boston: Houghton Mifflin, 1892.

Hook, Sidney. *Pragmatism and the Tragic Sense of Life*. New York: Basic Books, 1974.

Hopkins, John Henry. *A Scriptural, Ecclesiastical, and Historical View of Slavery, from the Days of the Patriarch Abraham, to the Nineteenth Century, Addressed to the Right Rev. Alonzo Potter, D.D.* New York: W. I. Pooley, 1864.

Howe, Daniel Walker. *The Unitarian Conscience: Harvard Moral Philosophy, 1805–1861*. Cambridge, Mass.: Harvard University Press, 1970.

Howe, Mark DeWolfe. *Justice Oliver Wendell Holmes: The Proving Years, 1870–1882*. Cambridge, Mass.: Harvard University Press, 1963.

———. *Justice Oliver Wendell Holmes: The Shaping Years, 1841–1870*. Cambridge, Mass.: Harvard University Press, 1957.

Howe, Mark A. DeWolfe. *Holmes of the Breakfast-Table*. London: Oxford University Press, 1939.

———. *Memories of a Hostess: A Chronicle of Eminent Friendships, Drawn Chiefly from the Diaries of Mrs. James T. Fields*. Boston: Atlantic Monthly Press, 1922.

———. "A Packet of Wendell-James Letters." *Scribner's Magazine*, 84 (1928): 675–87.

"The Howland Will Case." *American Law Review*, 4 (1870): 625–63.

Hoyt, Edwin P. *Improper Bostonian: Dr. Oliver Wendell Holmes*. New York: Morrow, 1979.

Hunt, James. "On the Negro's Place in Nature." *Memoirs Read before the Anthropological Society of London*, 1 (1865): 1–64.

Huxley, Thomas H. "On the Hypothesis that Animals Are Automata, and Its History." *Fortnightly Review*, n.s. 16 (1874): 555–80.

———. *Science and Education: Essays*. New York: D. Appleton, 1896.

Immigration Commission. *Abstract of the Report on Changes in Bodily Form of Descendants of Immigrants*. Washington, D.C.: Government Printing Office, 1911.

Irmscher, Christophe. *The Poetics of Natural History: From John Bartram to William James*. New Brunswick: Rutgers University Press, 1999.

Irwin, Richard B. "Ball's Bluff and the Arrest of General Stone." In Robert Underwood Johnson and Clarence Clough Buel, eds., *Battles and Leaders of the Civil War*. 4 vols. Rpt. New York: Thomas Yoseloff, 1956.

James, Alice. *The Diary of Alice James*. Ed. Leon Edel. London: Rupert Hart-Davis, 1965.

James, Henry. *Letters*. Ed. Leon Edel. 4 vols. Cambridge, Mass.: Harvard University Press, 1974–84.

———. *Notes of a Son and Brother*. New York: Scribner, 1914.

———. *A Small Boy and Others*. New York: Scribner, 1913.

James, Henry. *Charles W. Eliot, President of Harvard University, 1869–1909*. 2 vols. Boston: Houghton Mifflin, 1930.

James, Henry, Sr. *The Church of Christ Not an Ecclesiasticism: Letter to a Sectarian*. New York: Redfield, 1854.

———. *Lectures and Miscellanies*. New York: Redfield, 1852.

———. "Marriage Question." *New York Tribune*, September 18, 1852, 6.

———. "Postcript to Y.S.'s Reply to A.E.F." *Harbinger*, 8 (December 30, 1848): 68.

———. "Remarks." *Harbinger*, 8 (December 2, 1848): 37.

———. *The Secret of Swedenborg: Being an Elucidation of His Doctrine of the Divine Natural Humanity*. Boston: Fields, Osgood, 1869.

———. *Society the Redeemed Form of Man, and the Earnest of God's Omnipotence in Human Nature*. Boston: Houghton, Osgood, 1879.

———. *Substance and Shadow: Or, Morality and Religion in Their Relation to Life: An Essay upon the Physics of Creation*. Boston: Ticknor and Fields, 1863.

———. "Woman and the 'Woman's Movement.'" *Putnam's Monthly*, 1 (1853): 279–88.

James, William. *The Correspondence of William James*. Ed. Ignas K. Skrupskelis and Elizabeth M. Berkeley. 12 vols. Charlottesville: University Press of Virginia, 1992–.

———. *The Letters of William James*. Ed. Henry James. 2 vols. Boston: Atlantic Monthly Press, 1920.

———. *The Works of William James*. Ed. Frederick H. Burkhardt. 19 vols. Cambridge, Mass.: Harvard University Press, 1975–88.

Jastrow, Joseph. "Joseph Jastrow." In Carl Murchison, ed., *A History of Psychology in Autobiography*. Vol. 1. Worcester: Clark University Press, 1930.

———. "Obituary: The Widow of Charles S. Peirce." *Science*, 80 (1934): 440–41.

Johnson, Robert Underwood, and Clarence Clough Buel, eds. *Battles and Leaders of the Civil War*. 4 vols. Rpt. New York: Thomas Yoseloff, 1956.

Kallen, Horace M. "Alain Locke and Cultural Pluralism." *Journal of Philosophy*, 54 (1957): 119–27.

———. *Culture and Democracy in the United States*. New York: Boni and Liveright, 1924.

———. "Democracy Versus the Melting-Pot." *Nation*, 100 (1915): 190–94, 217–20.

———. *Individualism: An American Way of Life*. New York: Liveright, 1933.

———. *The Structure of Lasting Peace: An Inquiry into the Motives of War and Peace*. Boston: Marshall Jones, 1918.

Kant, Immanuel. *Immanuel Kant's Critique of Pure Reason*. Trans. Norman Kemp Smith. London: Macmillan, 1929.

———. *Kritik der reinen Vernunft*. Riga: Johan Friedrich Hartnoch, 1781.

Kelvin, William Thomson, Baron. *Mathematical and Physical Papers*. 6 vols. Cambridge, England: Cambridge University Press, 1882–1911.

Ketner, Kenneth Laine. *His Glassy Essence: An Autobiography of Charles Sanders Peirce*. Nashville: Vanderbilt University Press, 1998.

Kuklick, Bruce. *The Rise of American Philosophy: Cambridge, Massachusetts, 1860–1930*. New Haven: Yale University Press, 1977.

Lader, Lawrence. *The Bold Brahmins: New England's War Against Slavery, 1831–1863*. New York: Dutton, 1961.

Lamont, Corliss, ed. *Dialogue on John Dewey*. New York: Horizon Press, 1959.

Laplace, Pierre-Simon. *Oeuvres complètes de Laplace*. 14 vols. Paris: Gauthier-Villars, 1878–1912.

Lasch, Christopher. *The New Radicalism in America, 1889–1963: The Intellectual as a Social Type*. New York: Knopf, 1965.

Lears, T. J. Jackson. *No Place of Grace: Antimodernism and the Transformation of American Culture, 1880–1920*. New York: Pantheon, 1981.

Lentricchia, Frank. *Ariel and the Police: Michel Foucault, William James, Wallace Stevens*. Madison: University of Wisconsin Press, 1988.

Lenzen, Victor F. *Benjamin Peirce and the U.S. Coast Survey*. San Francisco: San Francisco Press, 1968.

Lewis, R. W. B. *The Jameses: A Family Narrative*. New York: Farrar, Straus and Giroux, 1991.

Lindsey, Almont. *The Pullman Strike: The Story of a Unique Experiment and of a Great Labor Upheaval*. Chicago: University of Chicago Press, 1942.

Locke, Alain LeRoy. *Race Contacts and Interracial Relations: Lectures on the Theory and Practice of Race*. Ed. Jeffrey C. Stewart. Washington, D.C.: Howard University Press, 1992.

———. "Values and Imperatives." In Sidney Hook and Horace M. Kallen, eds., *American Philosophy Today and Tomorrow*. New York: Furman, 1935.

Lovering, Joseph. "On the Application of Mathematical Analysis to Researches in the Physical Sciences." *Cambridge Miscellany of Mathematics, Physics, and Astronomy*, 1 (1842): 73–81, 121–30.

Lowell, Abbott Lawrence. "Reminiscences." *American Mathematical Monthly*, 32 (1925): 4–5.

Lowell, James Russell. "Thoreau's Letters." *North American Review*, 101 (1865): 597–608.

Lowell, John Amory. "Darwin's Origin of Species." *Christian Examiner*, 68 (1860): 449–64.

Lurie, Edward. *Louis Agassiz: A Life in Science*. Chicago: University of Chicago Press, 1960.

———. "Louis Agassiz and the Races of Man." *Isis*, 45 (1954): 227–42.

McPherson, James M. *Battle Cry of Freedom: The Civil War Era*. New York: Oxford University Press, 1988.

Maher, Jane. *Biography of Broken Fortunes: Wilkie and Bob, Brothers of William, Henry, and Alice James*. Hamden, Conn.: Archon Books, 1986.

Maine, Henry Sumner. *Popular Government: Four Essays*. London: John Murray, 1885.

Marcou, Jules. *Life, Letters, and Works of Louis Agassiz*. 2 vols. New York: Macmillan, 1896.

Marsh, James. *Coleridge's American Disciples: The Selected Correspondence of James Marsh.* Ed. John J. Duffy. Amherst: University of Massachusetts Press, 1973.

———. "Preliminary Essay." In Samuel Taylor Coleridge, *Aids to Reflection, in the Formation of a Manly Character, on the Several Grounds of Prudence, Morality, and Religion.* Burlington, Vt.: Chauncey Goodrich, 1829.

Matthiessen, F. O. *The James Family.* New York: Knopf, 1947.

Maxwell, James Clerk. *Maxwell on Heat and Statistical Mechanics: On "Avoiding All Personal Enquiries" of Molecules.* Ed. Elizabeth Garber, Stephen G. Brush, and C. W. F. Everitt. Bethlehem, Pa.: Lehigh University Press, 1995.

———. *The Scientific Papers of James Clerk Maxwell.* Ed. W. D. Niven. 2 vols. Cambridge, England: Cambridge University Press, 1890.

———. *Theory of Heat.* London: Longmans, 1871.

Mayhew, Katherine Camp, and Anna Camp Edwards. *The Dewey School: The Laboratory School of the University of Chicago, 1896–1903.* New York: D. Appleton-Century, 1936.

Mayr, Ernst. *Evolution and the Diversity of Life: Selected Essays.* Cambridge, Mass.: Harvard University Press, 1976.

———. *One Long Argument: Charles Darwin and the Genesis of Modern Evolutionary Thought.* Cambridge, Mass.: Harvard University Press, 1991.

Meigs, J. Aitken. *Catalogue of Human Crania in the Collection of the Academy of Natural Sciences of Philadelphia.* Philadelphia: Lippincott, 1857.

Menand, Louis. "William James and the Case of the Epileptic Patient." *New York Review of Books,* 45 (December 17, 1998), 81–93.

Merz, John Theodore. *A History of European Thought in the Nineteenth Century.* 4 vols. Edinburgh and London: William Blackwood, 1904–1912.

Michaels, Walter Benn. *Our America: Nativism, Modernism, and Pluralism.* Durham: Duke University Press, 1995.

Montgomery, David. "Epilogue: The Pullman Boycott and the Making of Modern America." In Richard Schneirov, Shelton Stromquist, and Nick Salvatore, eds., *The Pullman Strike and the Crisis of the 1890s: Essays on Labor and Politics.* Urbana: University of Illinois Press, 1999.

Morgenbesser, Sidney, ed. *Dewey and His Critics: Essays from "The Journal of Philosophy."* New York: Journal of Philosophy, 1977.

Morison, Samuel Eliot. *Three Centuries of Harvard, 1636–1936.* Cambridge, Mass.: Harvard University Press, 1936.

Morison, Samuel Eliot, Henry Steele Commager, and William E. Leuchtenburg. *The Growth of the American Republic.* 2 vols. 7th ed. New York: Oxford University Press, 1980.

Morris, George Sylvester. *Philosophy and Christianity: Syllabus of a Course of Eight Lectures.* New York: Robert Carter, 1883.

———. "The University and Philosophy." *Johns Hopkins University Circulars*, 2 (1883): 54.

Morse, John T., Jr. *Life and Letters of Oliver Wendell Holmes*. 2 vols. Boston: Houghton Mifflin, 1896.

Morton, Samuel George. *Catalogue of Skulls of Man and the Inferior Animals*. Philadelphia: Lippincott, 1849.

———. *Crania Americana; or, A Comparative View of the Skulls of Various Aboriginal Nations of North and South America*. Philadelphia: J. Dobson, 1839.

———. "Hybridity in Animals, Considered in Reference to the Question of the Unity of the Human Species." *American Journal of Science and Art*, 2nd series 3 (1847): 39–50, 203–11.

Motley, John Lothrop. *The Correspondence of John Lothrop Motley*. Ed. George William Curtis. 2 vols. New York: Harper, 1889.

Myers, Gerald E. *William James: His Life and Thought*. New Haven: Yale University Press, 1986.

Nevins, Allan. *Grover Cleveland: A Study in Courage*. New York: Dodd, Mead, 1932.

———. *The War for the Union*. 4 vols. New York: Scribner, 1959–71.

Newcomb, Simon. *The Reminiscences of an Astronomer*. Boston: Houghton Mifflin, 1903.

The New-York Conspiracy, or A History of the Negro Plot, with the Journal of the Proceedings Against the Conspirators, at New-York in the Year 1741–2. New York: Southwick & Pelsue, 1801.

Nicolson, Marjorie H. "James Marsh and the Vermont Transcendentalists." *Philosophical Review*, 34 (1925): 28–50.

Norton, Charles Eliot. "The Advantages of Defeat." *Atlantic Monthly*, 8 (1861): 360–65.

———. *The Letters of Charles Eliot Norton*. Ed. Sara Norton and M. A. DeWolfe Howe. 2 vols. Boston: Houghton Mifflin, 1913.

Nott, Josiah C. "Climates of the South in Their Relation to White Labor." *De Bow's Review*, 34 (1866): 166–73.

———. "The Mulatto a Hybrid—probable extermination of the two races if the White and Black are allowed to intermarry." *American Journal of the Medical Sciences*, n.s. 11 (1843): 252–6.

———. *The Negro Race: Its Ethnology and History*. Mobile, 1866.

———. "The Problem of the Black Races." *De Bow's Review*, 34 (1866): 266–83.

Nott, Josiah C., and George R. Gliddon. *Indigenous Races of the Earth; or, New Chapters of Ethnological Inquiry*. Philadelphia: Lippincott, 1857.

———. *Types of Mankind: or, Ethnological Researches*. Philadelphia: Lippincott, Grambo, 1854.

Novick, Sheldon M. *Honorable Justice: The Life of Oliver Wendell Holmes*. Boston: Little, Brown, 1989.

Odegard, Peter H. Introduction to Arthur F. Bentley, *The Process of Government* (1908). Cambridge, Mass.: Harvard University Press, 1967.

O'Donnell, John M. *The Origins of Behaviorism: American Psychology, 1870–1920*. New York: New York University Press, 1985.

"Origins of the Modern Standard of Due Care in Negligence." *Washington University Law Quarterly*, 54 (1976): 447–79.

Papke, David Ray. *The Pullman Case: The Clash of Labor and Capital in Industrial America*. Lawrence: University Press of Kansas, 1999.

Paris, Louis-Philippe-Albert D'Orleans, comte de. *History of the Civil War in America*. 4 vols. Trans. L. F. Tasistro. Philadelphia: Porter & Coates, 1875–88.

Parrington, Vernon Louis. *Main Currents in American Thought: An Interpretation of American Literature from the Beginnings to 1920*. 3 vols. New York: Harcourt, Brace, 1927–30.

Pease, Jane H., and William H. Pease. *The Fugitive Slave Law and Anthony Burns: A Problem in Law Enforcement*. Lippincott: Philadelphia, 1975.

———. *They Who Would Be Free: Blacks' Search for Freedom, 1830–1861*. New York: Atheneum, 1974.

Peirce, Benjamin. "Criterion for the Rejection of Doubtful Observations." *Astronomical Journal*, 2 (1852): 161–3.

———. *Ideality in the Physical Sciences*. Boston: Little, Brown, 1881.

———. *Linear Associative Algebra* (1870). Ed. C. S. Peirce. New York: Van Nostrand, 1882.

———. "The National Importance of Social Science in the United States." *Journal of Social Science*, 12 (December 1880), xii–xxi.

Peirce, Charles Sanders. "The Architecture of Theories." *Monist*, 1 (1891): 161–76.

———. *Charles Peirce's Letters to Lady Welby*. Ed. Irwin C. Lieb. New Haven: Whitlock, 1953.

———. *Collected Papers of Charles Sanders Peirce*. Ed. Charles Hartshorne, Paul Weiss, and Arthur Burks. 8 vols. Cambridge, Mass.: Harvard University Press, 1931–66.

———. *The Essential Peirce: Selected Philosophical Writings*. Ed. Nathan Houser, Christian Kloesel, and the Peirce Edition Project. 2 vols. Bloomington: Indiana University Press, 1992–99.

———. "Evolutionary Love," *Monist*, 3 (1892–93): 176–200.

———. "Guessing." *Hound and Horn*, 2 (1929): 267–85.

———. "Logical Lights." *Nation*, 79 (1904): 219–20.

———. "Man's Glassy Essence." *Monist*, 3 (1892–93): 1–22.

———. *Pragmatism as a Principle and Method of Right Thinking: The 1903 Harvard Lectures on Pragmatism*. Ed. Patricia Ann Turrisi. Albany: State University of New York Press, 1997.

———. "Uniformity." In James Mark Baldwin, ed., *The Dictionary of Philosophy and Psychology*. 3 vols. New York: Macmillan, 1901–05.

———. "What Pragmatism Is." *Monist*, 15 (1905): 161–81.

———. *Writings of Charles S. Peirce: A Chronological Edition*. Peirce Edition Project. 30 vols. Bloomington: Indiana University Press, 1982–.

Peirce, Melusina Fay. *New York: A Symphonic Study, in Three Parts*. New York: Neale, 1918.

Perry, Bliss. *Life and Letters of Henry Lee Higginson*. Boston: Houghton Mifflin, 1921.

Perry, Ralph Barton. *The Thought and Character of William James*. 2 vols. Boston: Little, Brown, 1935.

Peterson, Sven R. "Benjamin Peirce: Mathematician and Philosopher." *Journal of the History of Ideas*, 16 (1955): 89–112.

Phelps, William Lyon. "When Yale Was Given to Sumnerology." *Literary Digest International Book Review*, 3 (1925): 661–3.

Phillips, Wendell. *Speeches, Lectures, and Letters*. Boston: Lee and Shepard, 1884.

Pierce, Edward L. *Memoir and Letters of Charles Sumner*. 4 vols. Boston: Roberts, 1877–93.

Plumer, William, Jr. *Life of William Plumer*. Boston: Phillips, Sampson, 1856.

Podmore, Frank. *Modern Spiritualism: A History and a Criticism*. 2 vols. New York: Scribner, 1902.

Polenberg, Richard. *Fighting Faiths: The Abrams Case, the Supreme Court, and Free Speech*. New York: Viking, 1987.

Popkin, Richard H. "The Philosophical Bases of Modern Racism." In Craig Walton and John P. Anton, eds., *Philosophy and the Civilizing Arts*. Athens: Ohio University Press, 1974.

Porter, Theodore M. *The Rise of Statistical Thinking, 1820–1900*. Princeton: Princeton University Press, 1986.

———. "A Statistical Survey of Gases: Maxwell's Social Physics." *Historical Studies in the Physical Sciences*, 12 (1981): 77–116.

Pound, Ezra. *ABC of Reading*. New Haven: Yale University Press, 1934.

Quetelet, Adolphe. *A Treatise on Man and the Development of His Faculties*. Trans. R. Knox. Edinburgh: Chambers, 1842.

———. "Sur les indiens O-Jib-Be-Wa's et les proportions de leur corps." *Bulletin de l'académie royale des sciences, des lettres, et des beaux-arts de belgique*, 15, part 1 (1846): 70–76.

———. "Sur les proportions de la race noire." *Bulletin de l'académie royale des sciences, des lettres, et des beaux-arts de belgique*, 31, part 1 (1854): 96–100.

———. *Sur l'homme et le développement de ses facultés, ou Essai de physique sociale*. 2 vols. Paris: Bachelier, 1835.

Rabban, David M. *Free Speech in Its Forgotten Years*. Cambridge, England: Cambridge University Press, 1997.

Reed, Edward S. *From Soul to Mind: The Emergence of Psychology, from Erasmus Darwin to William James*. New Haven: Yale University Press, 1997.

Renouvier, Charles. *Essais de critique générale: deuxième essai: l'homme*. Paris: Ladrange, 1859.

Residents of Hull-House. *Hull-House Maps and Papers: A Presentation of Nationalities and Wages in a Congested District of Chicago*. New York: Thomas Y. Crowell, 1895.

Reuben, Julie A. *The Making of the Modern University: Intellectual Transformation and the Marginalization of Morality*. Chicago: University of Chicago Press, 1996.

"Review of *On Man, and the Development of His Faculties*." *Athenaeum* (1835): 593–4, 611–13, 658–61.

Richards, Robert J. *Darwin and the Emergence of Evolutionary Theories of Mind and Behavior*. Chicago: University of Chicago Press, 1987.

Rieber, R. W., ed. *Wilhelm Wundt and the Making of a Scientific Psychology*. New York: Plenum, 1980.

Roberts, Jon H., and James Turner. *The Sacred and the Secular University*. Princeton: Princeton University Press, 2000.

Rockefeller, Steven C. *John Dewey: Religious Faith and Democratic Humanism*. New York: Columbia University Press, 1991.

Rodrigues, José Honório. *Brazil and Africa*. Trans. Richard A. Mazzara and Sam Hileman. Berkeley and Los Angeles: University of California Press, 1965.

Ross, Dorothy. *G. Stanley Hall: The Psychologist as Prophet*. Chicago: University of Chicago Press, 1972.

Ross, Edward A. Comment on D. Collin Wells, "Social Darwinism." *American Journal of Sociology*, 12 (1906–07): 715–16.

Russell, Bertrand. *Philosophical Essays*. London: Longmans, Green, 1910.

Ryan, Alan. *John Dewey and the High Tide of American Liberalism*. New York: Norton, 1995.

Salvatore, Nick. *Eugene V. Debs: Citizen and Socialist*. Urbana: University of Illinois Press, 1982.

Santayana, George. *The Works of George Santayana*. Ed. William G. Holzberger and Herman J. Saatkamp, Jr. Cambridge, Mass.: MIT Press, 1986–.

Schickel, Richard. *D. W. Griffith: An American Life*. New York: Simon and Schuster, 1983.

Schilpp, Paul Arthur, and Lewis Edwin Hahn, eds. *The Philosophy of John Dewey*. 3rd ed. La Salle, Ill.: Open Court, 1989.

Schmidt, Sarah. "A Conversation with Horace M. Kallen: The Zionist Chapter of His Life." *Reconstructionist*, 41 (November 1975): 28–33.

Schneirov, Richard, Shelton Stromquist, and Nick Salvatore, eds. *The Pullman Strike and the Crisis of the 1890s: Essays on Labor and Politics*. Urbana: University of Illinois Press, 1999.

Schwarcz, Lilia Moritz. *The Spectacle of the Races: Scientists, Institutions, and the Race Question in Brazil, 1870–1930*. Trans. Leland Guyer. New York: Hill and Wang, 1999.

Schweber, Silvan S. "Demons, Angels, and Probability: Some Aspects of British Science in the Nineteenth Century." In Abner Shimony and Herman Feshbach, eds., *Physics as Natural Philosophy*. Cambridge, Mass.: MIT Press, 1982.

———. "The Origin of the *Origin* Revisited." *Journal of the History of Biology*, 10 (1977): 229–311.

Shaler, Nathaniel Southgate. *The Autobiography of Nathaniel Southgate Shaler, with a Supplementary Memoir by His Wife*. Boston: Houghton Mifflin, 1909.

Simon, Linda. *Genuine Reality: A Life of William James*. New York: Harcourt Brace, 1998.

Small, Albion. "Lester Frank Ward." *American Journal of Sociology*, 19 (1913–14): 75–8.

———. "Scholarship and Social Agitation." *American Journal of Sociology*, 1 (1895–96): 564–82.

Smith, Roger. *The Norton History of the Human Sciences*. New York: Norton, 1997.

Sollors, Werner. "A Critique of Pure Pluralism." In Sacvan Bercovitch, ed., *Reconstructing American Literary History*. Cambridge, Mass.: Harvard University Press, 1986.

Sollors, Werner, Caldwell Titcomb, and Thomas A. Underwood, eds. *Blacks at Harvard: A Documentary History of African-American Experience at Harvard and Radcliffe*. New York: New York University Press, 1993.

Sparkes, Boyden, and Samuel Taylor Moore. *Hetty Green: A Woman Who Loved Money*. Garden City, N.Y.: Doubleday, Doran, 1930.

Spencer, Herbert. *Social Statics; or, The Conditions Essential to Human Happiness Specified, and the First of Them Developed*. London: John Chapman, 1851.

———. "A Theory of Population, Deduced from the General Law of Animal Fertility." *Westminster and Foreign Quarterly Review*, 57 (1852): 457–501.

Stanton, William. *The Leopard's Spots: Scientific Attitudes toward Race in America, 1815–1859*. Chicago: University of Chicago Press, 1960.

Stead, W. T. *Chicago To-Day: The Labour War in America*. London: Review of Reviews, 1894.

Steiner, Paul E. *Disease in the Civil War: Natural Biological Warfare in 1861–1865*. Springfield, Ill.: Charles C. Thomas, 1968.

Stephen, James Fitzjames. "Buckle's *History of Civilization in England*." *Edinburgh Review*, 107 (1858): 465–512.

———. *A General View of the Criminal Law in England*. London: Macmillan, 1863.

Sterling, Dorothy. *The Making of an Afro-American: Martin Robison Delany, 1812–1885*. Garden City, N.Y.: Doubleday, 1971.

Stewart, Jeffrey C. "A Black Aesthete at Oxford." *Massachusetts Review*, 34 (1993): 411–28.

Stigler, Stephen M. *The History of Statistics: The Measurement of Uncertainty before 1900*. Cambridge, Mass.: Harvard University Press, 1986.

Stocking, George W. "Franz Boas and the Culture Concept in Historical Perspective." *American Anthropologist*, 68 (1966): 867–82.

———. *Race, Culture, and Evolution: Essays in the History of Anthropology*. 2nd ed. Chicago: University of Chicago Press, 1982.

———, ed. *The Shaping of American Anthropology, 1883–1911: A Franz Boas Reader*. New York: Basic Books, 1974.

Storr, Richard J. *Harper's University: The Beginnings*. Chicago: University of Chicago Press, 1966.

Strouse, Jean. *Alice James: A Biography*. Boston: Houghton Mifflin, 1980.

Struik, Dirk J. *Yankee Science in the Making*. Rev. ed. New York: Collier, 1962.

Swijtink, Zeno G. "The Objectification of Observation: Measurement and Statistical Methods in the Nineteenth Century." In Lorenz Krüger, Lorraine J. Daston, and Michael Heidelberger, eds., *The Probabilistic Revolution*. Vol. 1. Cambridge, Mass.: MIT Press, 1987.

Taylor, Eugene. *William James on Consciousness beyond the Margin*. Princeton: Princeton University Press, 1996.

Thayer, James Bradley. *Letters of Chauncey Wright, with Some Account of His Life*. Cambridge, Mass.: privately printed by John Wilson, 1878.

———. "The Origin and Scope of the American Doctrine of Constitutional Law." *Harvard Law Review*, 7 (1893): 129–56.

Thoreau, Henry David. *Correspondence*. Ed. Walter Harding and Carl Bode. New York: New York University Press, 1958.

Thorndike, Edward L. *Animal Intelligence: An Experimental Study of the Associative Processes in Animals*. New York: Macmillan, 1898.

Tilton, Eleanor M. *Amiable Autocrat: A Biography of Dr. Oliver Wendell Holmes*. New York: Schuman, 1947.

Tocqueville, Alexis de. *Democracy in America*. Trans. Henry Reeve. Ed. Phillips Bradley. 2 vols. New York: Knopf, 1945.

Touster, Saul. "In Search of Holmes from Within." *Vanderbilt Law Review*, 18 (1965): 437–72.

Tower, Walter S. *A History of the American Whale Fishery*. Philadelphia: Publications of the University of Pennsylvania, 1907.

Tucker, George F. "New Bedford." *New England Magazine*, 21 (1896): 97–117.

Turner, James. *The Liberal Education of Charles Eliot Norton*. Baltimore: Johns Hopkins University Press, 1999.

Ullman, Victor. *Martin R. Delany: The Beginnings of Black Nationalism*. Boston: Beacon Press, 1971.

Veblen, Thorstein. *The Theory of the Leisure Class: An Economic Study in the Evolution of Institutions*. New York: Macmillan, 1899.

———. "Why Is Economics Not an Evolutionary Science?" *Quarterly Journal of Economics*, 12 (1989): 373–97.

Venn, John. *The Logic of Chance; An Essay on the Foundations and Province of the Theory of Probability with Especial Reference to Its Application to Moral and Social Science*. London: Macmillan, 1866.

Veysey, Laurence R. *The Emergence of the American University*. Chicago: University of Chicago Press, 1965.

von Frank, Albert J. *The Trials of Anthony Burns: Freedom and Slavery in Emerson's Boston*. Cambridge, Mass.: Harvard University Press, 1998.

V.X. "Mathematics in Court." *Nation*, 5 (1867): 238.

Ward, Lester F. *Glimpses of the Cosmos*. 6 vols. New York: Putnam, 1913–18.

Washington, Booker T. *The Booker T. Washington Papers*. Ed. Louis R. Harlan. 14 vols. Urbana: University of Illinois Press, 1972–89.

Weinberg, Julius. *Edward Alsworth Ross and the Sociology of Progressivism*. Madison: State Historical Society of Wisconsin, 1972.

Weiner, Jonathan. *The Beak of the Finch: A Story of Evolution in Real Time*. New York: Knopf, 1994.

Weiss, John. *The Life and Correspondence of Theodore Parker: Minister of the Twenty-Eighth Congregational Society, Boston*. 2 vols. New York: D. Appleton, 1864.

Weiss, Paul. "Charles Sanders Peirce." In *Dictionary of American Biography*. 26 vols. New York: Scribner, 1928–60.

Wenley, R. M. *The Life and Work of George Sylvester Morris: A Chapter in the History of American Thought in the Nineteenth Century*. New York: Macmillan, 1919.

Westbrook, Robert B. *John Dewey and American Democracy*. Ithaca, N.Y.: Cornell University Press, 1991.

Wheeler, John. *A Historical Discourse by Rev. John Wheeler, D.D., . . . Delivered on the Occasion of the Semi-Centennial Anniversary of the University of Vermont*. Burlington, Vt.: Free Press, 1854.

White, G. Edward. *Justice Oliver Wendell Holmes: Law and the Inner Self*. New York: Oxford University Press, 1993.

———. *Tort Law in America: An Intellectual History*. New York: Oxford University Press, 1980.

Wiebe, Robert H. *The Search for Order, 1877–1920*. New York: Hill and Wang, 1967.

Wiener, Philip P. *Evolution and the Founders of Pragmatism*. Cambridge, Mass.: Harvard University Press, 1949.

Wilson, Woodrow. *The Papers of Woodrow Wilson*. Ed. Arthur S. Link. 69 vols. Princeton: Princeton University Press, 1966–94.

Wise, M. Norton, ed. *The Values of Precision*. Princeton: Princeton University Press, 1995.

Woodward, C. Vann. *American Counterpoint: Slavery and Racism in the North-South Dialogue*. Boston: Little, Brown, 1971.

———. *The Burden of Southern History*. Baton Rouge: Louisiana State University Press, 1960.

———. *The Strange Career of Jim Crow*. 3rd rev. ed. New York: Oxford University Press, 1974.

Wright, Chauncey. "John W. Draper's Thoughts on the Future Civil Policy of America." *North American Review*, 101 (1865): 589–97.

———. *Letters of Chauncey Wright*. Ed. James Bradley Thayer. Cambridge, Mass.: privately printed by John Wilson, 1878.

———. "Mathematics in Court." *Nation*, 5 (September 19, 1867): 238.

———. "The Philosophy of Herbert Spencer." *North American Review*, 100 (1865): 423–76.

———. "A Physical Theory of the Universe." *North American Review*, 99 (1864): 1–33.

———. "Spencer's Biology." *Nation*, 2 (1866): 724–5.

———. "The Winds and the Weather." *Atlantic Monthly*, 1 (1858): 272–9.

Wundt, Wilhelm. *Grundzüge der physiologischen Psychologie*. 2 vols. Leipzig, 1873–74.

Young, Robert M. *Mind, Brain, and Adaptation in the Nineteenth Century: Cerebral Localization and Its Biological Context from Gall to Ferrier*. Oxford: Clarendon Press, 1970.

图书在版编目(CIP)数据

形而上学俱乐部 / (美) 路易斯·梅南(Louis Menand)著；舍其译. — 上海：上海译文出版社，2020.5
(译文纪实)
书名原文：THE METAPHYSICAL CLUB
ISBN 978-7-5327-8336-6

Ⅰ.①形… Ⅱ.①路… ②舍… Ⅲ.①纪实文学—美国—现代 Ⅳ.①I712.55

中国版本图书馆 CIP 数据核字(2020)第 053410 号

图字：09-2013-165 号

形而上学俱乐部：美国思想的故事
〔美〕路易斯·梅南/著 舍 其/译
责任编辑/张吉人 装帧设计/邵旻工作室

上海译文出版社有限公司出版、发行
网址：www.yiwen.com.cn
200001 上海福建中路 193 号
启东市人民印刷有限公司印刷

开本 890×1240 1/32 印张 16.5 插页 2 字数 394,000
2020 年 5 月第 1 版 2020 年 5 月第 1 次印刷
印数：00,001-13,000 册

ISBN 978-7-5327-8336-6/K·277
定价：78.00 元